KB092275

야생 문화 사전

김창규(金倉圭, 문학박사)
대구교육대학교 명예교수

저서
『韓國翰林詩評釋』
『安自山의 國文學研究』
『麗鮮詩文學論考』
『韓國翰林詩研究』
『일본식민문화가 남긴 찌꺼기 말』
『盧溪詩文學原典資料集成』
『蘆溪詩文學論考』
『蘆溪詩評釋』

야생 문화 사전

초판 인쇄 2014년 7월 21일
초판 발행 2014년 7월 30일

지은이 김창규 ┃ **펴낸이** 박찬익 ┃ **편집장** 김려생 ┃ **책임편집** 김지은
펴낸곳 도서출판 **박이정** ┃ **주소** 서울시 동대문구 천호대로 16가길 4
전화 02) 922-1192~3 ┃ **팩스** 02) 928-4683 ┃ **홈페이지** www.pjbook.com
이메일 pijbook@naver.com ┃ **등록** 1991년 3월 12일 제1-1182호

ISBN 978-89-6292-668-2 (91800)

* 책값은 뒤표지에 있습니다.

김창규

야생문화사전

野生

文化

事典

도서
출판 박이정

머리말

　1990년대 중반쯤인가 서울역에서 열차표를 사기 위해, 창구직원한테 "무심날 표주이소" 했더니, 못 알아들었다. 이것이 계기가 되어 사라져가는 고향말을, 남겨 후생들이 알게 해야 되겠단 심정에서, 새벽잠에서 깨어나면 잠자리에서 생각나는 말을 메모하고, 아내가 무심중에 내뱉는 고향말과 친구들의 대화에서 오가는 고향말을 잊지 않고 기록했다. 지금은 텔레비전·휴대폰 등 대중매체가 범람하는 속에, 자꾸 사라져가는 고향말들을 더욱 남기고 싶었다. 표준말의 삼대원칙은 이미 멀리 내동이 쳐졌다. 순 서울말이 어디 있으며, 중류사회가 어디 존재하는가. 각 지방의 고향말들은 이런 거대한 매스컴의 급류 홍수 속에 떠내려가고, 드디어 죽어가고 있다. 그래서 이 격랑의 탁류 속에서 고향말을 건져내야겠다는 심정에서, 이 일은 비롯하게 되었다. 요즘은 젊은 여자들일수록 고향말 쓰는 것을 부끄럽게 여겨, 서울식말의 억양으로 지껄이고 있는 세대다.

　고향말만 거두어들이려 하다 보니, 그 둘레가 너무 좁아 결국은 고향말의 보고인 민요와 규방가사·속담 그리고 현대시까지 찾아들어 가게 되었다. 규방가사에서는 지금 우리들이 모르는 옛 어머니들의 삶이, 얼마나 괴롭고 고단하였는지 알 수 있었다. 뿐만 아니라 지난날의 그 괴로움과 고단한 삶 속에서, 어머니들의 생활과 풍속 또는 민속 그리고 속담들 속에 깃든 고향말을 찾아낼 수 있었다.

　옛 어머니들의 삶이란 삼종지도와 칠거지악의 오라의 매여, 대가족 속에서 시집살이는 사구고(事舅姑)·봉제사(奉祭祀)·접빈객(接賓客)·침선방적(針線紡績) 등의 고달픔과 괴로움의 연속이었다. 뿐만 아니라 사람의 형상 내지 음식까지도 음양오행(陰陽五行)에 좇아 헤아리고 살았던 것이다. 지금은 잊혀진 우리 민속 문화들도 다시 깨우쳐주는 의미에서, 규방가사 속에 깃든 글들을 장황하게 인용하기도 했다.

특히 안동지방에서 많이 불려졌던 「윷노래」는 『시경』 내지 인구에 회자된 한시구(漢詩句)와 고사성어를 자유자재로 구사한 점으로 미루어, 유식한 선비가 썼음을 짐작할 수 있었다. 이 「윷노래」가 한글로 전사되는 과정에서 와전되기도 하여, 그 뜻을 알 수 없는 경우가 많았으나, 가능한 한 괄호 속에 한자어를 병기해, 이해가 가능하도록 시도했다. 그러므로 정월민속 윷놀이의 온전한 모습을 볼 수 있도록 하기위해, 이 가사만은 전부를 그대로 실었다.

여기 고향말은 영남일원으로 삼았지만, 내가 대구에 오래 살았기 때문에, 그 중심은 대구둘레를 위주로 하였다. 가끔 텔레비전 드라마에 보면, 경상도말을 쓰는데, 저게 부산 말인지·대구 말인지 구분이 안 되는 경우를 왕왕 볼 수 있다. 사실 경상도 말이라도 안동·영덕·상주·대구·경주·부산·남해 등 그 차이를 볼 수 있다.

본 졸저는 국어사전식으로 가나다순으로 엮었으며, 난해한 민요나 규방가사의 어휘들 가운데 풀이 못한 것도 있고, 또 잘못 풀이한 것도 있다. 그리고 국어학 내지 방언학을 고려하지 않고 썼다. 현대시·민속·규방가사·민요·속담 등이 수록된 고향말과 그 둘레 민속문화들을 20년 가까이 거두어 실었기에 책이름도 『야생 문화사전』이라 붙였다. 더러 표준어가 고향말에 뒤섞인 경우도 있는데 독자들의 양해를 구하는 바이다.

2014년 7월
저자

※ 규방가사는 ㉮ 민요는 ㉵ 현대시는 ㈪로 지명 옆에 표기했음

가꾸목 가꾸(角)목. 이 말도 일본어 "かく(角)"에 우리말 목을 붙여 그대로 쓴 것이다. 이는 네모지게 켜낸 목재를 뜻한다.

각근(가끈)하다 각근(恪勤)은 정성껏 부지런히 힘쓰는 것. 혹은 각근(恪謹)은 조심하거나 삼가는 것.

「우사모가」 (경주지방) ㉮
불초불초 내죄사뢸 하처에 각근하리

제가 제 잘못을 말씀드릴 사처에 계신 어른께, 정성껏 부지런히 힘쓰겠다는 다짐이다. 사처는 손님이 묵고 있는 집을 높여 쓴 것.

가근방 집 근방(家近方). 대구지방에서 노인들이 주로 잘 쓰고 있는데, "이 가근방에서는 그만한 사람이 없다."

가끈시리 · 가끈이 썩 가까이 대하는 것. 가까이에서 연유된 말이다. "저 사람은 나한테 유별나게 가끈시리 칸다."

가는 손님 뒷꼭지가 참하다(이쁘다) 접빈객의 거추장스러움에서 나온 말이다. 떠나는 손님이 보기 좋다는 말이다.

가다 깡패. 형틀. 일본어 "かた(肩)" 곧 어깨에서 유래되어, 보편화된 말이다.

가단이 있다 강단(剛斷)이 있다. 질기고 끈덕지게 어려움을 견뎌나가는 힘을 말한다.

가대기 · 까대기 · 가닥 본채 옆에 임시로 붙여서 만든 의지간을 이른다. 요즘은 살기 편리한 아파트 생활을 하고 있지만, 60년대만 하더라도 아들 장가들여 대처로 살림 내놓으려면, 전세나 사글세방을 얻어야 한다. 이런 집은 대개 집주인이 집세를 받아먹기 위해, 처마 밑 서까래와 연결하여, 더 달아냈다. 지붕을 씌워 비바람이 치지 않게끔, 방 앞쪽 담에 붙여, 가닥을 달아낸 방이었다. 또는 "한 가대기로

묶어래이"

가댁 가댁질은 아이들이 서로 붙들고 쫓아다니며, 이리저리 피해 달아나 뛰며, 뒹굴고 노는 장난.

> 「복선화음록」 (대구월촌) ㉮
> 날고기는 가댁인들 어른앞에 꾸질시면
>
> 아이들이 날고 기는 가댁질로 장난을 친들, 어른 앞에서 꾸짖을 것 같으면 안 되는 것으로, 곧 아낙네 목소리가 문밖으로 나가서는 안 됨을, 조심시키는 대목이 되겠다.

가따간에 · 가따나 어찌 하든 간에. 그러지 않아도 매우. 이 말은 "가뜩이나"에서 온 것이다. "가따간에 쪼들리는데…".

가따리 지차나 먼 일가. "가"는 "가장자리"로, 같은 성씨에 딸린 먼 일가붙이. 혹은 한일강제합병 후 족보를 돈을 주고 사는 사람들이 많았는데, 이런 경우 "저 사람은 가따리다."라고 하였다. 혹은 이들을 "붙임"이라고도 불렀다.

가라 가짜. 일본어에서 온 것으로, "空(から)"에서 왔다. 혹은 일본어 "カラ"에서 온 말로, 이는 영어 "컬러"를 뜻하기도 한다.

가락재비 · 반눈쟁이 가락잡이. 애꾸눈이. "저 가락재비 하나이 간다."

가락톳 가락토리. 물레로 실을 겹으로 드릴 때, 가락의 두 고동 사이에 끼우는 대통이나 또는 그처럼 된 물건. 물렛줄을 걸어 물레를 돌게 하는 것. 「물레노래」(예천지방) 참조.

가란하다 빛나고 눈 부시는 것.

> 「춘유가」 (달성지방) ㉮
> 어화우리 여반들아 동풍삼월 호시절에
> 풍일(風日)은 화창하고 청경도 가란하다
>
> 여인네들이 봄놀이 때, 아! 아낙네들이여! 봄바람 부는 삼월 좋은 시절에, 바람과 볕은 부드럽고 맑아, 경치는 빛나고 "눈부시네"라고 읊고 있다.

가람(림)옷 갈음옷. 갈아입을 옷이거나 외출복. "가람"은 "갈아입는 옷"으로 집에서 평상복을 입다가, 외출 시 외출복을 말한다. "가림"은 남들 앞에 차려입는 뜻을 가진 말이다.

가랑파 쪽파.

가래(랭)이 · 가구쟁이 · 갈구지 · 가랙지 가랑이. "저 젊은이 가랭이가 질어 잘 댕긴다."

가래갱이 짚신의 뒤축. 「모숨기노래」(경산지방)[민] 참조

「모숨기노래」 (경산지방)[민]
첩아첩아 요내첩아 신을벗고 어데로가노
가래갱이 숙삼촘에 따라가며 신겨볼가

첩아! 이 나의 첩아! 신을 벗고 어디로 가느냐. 신뒤축 익힌 삼으로 운두를 이루는 낱낱의 울을 한 신을, 따라가며 신겨볼까.

가래초 가래. 논이나 늪 같은데 자라는 곡식에 해로운 풀.

「모숨기노래」 (경산지방)[민]
등넘어 조를숨가 가래초가 절반일세

가름마 · 가르매 · 가르패 가르마. 옛날엔 부녀자들이 뒤통수에 머리를 땋아, 틀어 올려 비녀를 꽂았다. 그리하려면 족집게로 이마전이 네 모 반듯하게 머리잔털을 뽑는 일로서 단장하는데, 많은 시간을 보냈다. 그리고 쪽지려면 정수리머리는 가르마를 타야만 했다. 요즘은 부녀자들의 머리는, 모조리 개성 있는 "산발"이 되었다. 옛날엔 "산발"은 시부모나 친정부모가 돌아간 경우만 하였다. 이상화의 「빼앗긴 들에도 봄은 오는가」에서 "가르마같은 논길을 따라 꿈속을 가듯 걸어만 간다."가 있다.

가리 가루. "밀가리" · "쌀가리"

가리다 나누다. 가르다. 또는 음식 가운데 가려, 골라 먹는 것으로도 쓰이고 있다.

가리늦께 바로 늦게. "가리 늦게 와서 큰소리만 땅땅 친다."

가리술 가루술. 쌀가루 반죽을 엿기름가루와 메주가루를 넣어 치대어 삭힌 음식으로 물에 타서 먹는다.

가리톳이 서다 샅에 멍울이 생기는 것. 보기 몹시 언짢을 때, "눈에 가리톳이 서서 못 보겠다."고 한다.

갈랑교 가렵니까. "가니껴"는 안동지방에서 쓰이며, "가여"는 상주지방에 쓰인다. "갈랑교"는 대구동쪽지방에서 쓰고 있다.

가마이 · 가만때기 가마니. 일어 "かます(叺)"와 유사.

가막소 감옥소(監獄所)를 소리 나는 대로 표기된 것이다. "저 사람은 까막소를, 지 집 나들듯 한다."

가막쏘(소) 물이 천천히 흐르면서 고인 깊은 곳을 "가마소"라 한다. "가맣소"가

원어로, 혹은 "청소"라고도 부른다. 시냇물이 흐르다가 괴여있는 깊은 곳을 이르는 데, 물이 깊어 물빛이 검게 보인다. 좀 과장해서 실꾸리 하나가 다 들어갈 정도로 깊다고도 하는데, 어릴 때 이런 "가막쏘"를 보면 무시무시했다. 이런 지명으로는 "가마소·각시소·요강소·구시소·진소·올리소·배소·독대기소·돗소· 고냉이소·덤백이소·할아비소" 등 많이 볼 수 있다. 특히 경주서천에 있는 "애기청소"는 해마다 사람이 많이 빠져 죽는 곳으로, 김동리의 소설 『무녀도』의 배경이 되기도 한 곳이다. "소"는 한자어 "소(沼)"로 표기하고 있으나, 이는 우리 고유어를 한자어로 표기한 것일 뿐이다.

「만전춘(滿殿春)」⑷
올하 올하 비올하
여흘란 어듸두고
소해 자라온다
소콧얼면
여흘도 됴ᄒ니
여흘도 됴ᄒ니

「성산별곡(星山別曲)」 (정철) ㉮
환벽당(環碧堂) 용(龍)의소히 빗머리예 다히셰라

「독락당(獨樂堂)」 (박인로) ㉮
세심대(洗心臺) 느린물에 덕택(德澤)이 이어흘러
용추(龍湫) 감흔곳애 신물(神物)조차 즐겨시니

「평암산화전가」 (규방가사, 영양지방) ㉮
섬돌밑에 푸른소는 강태공의 조대(釣臺)같고…
광대한 푸른쏘는 보던중 제일이요

「만전춘」의 "소"와 「성산별곡」의 "용의 소"와 「독락당」의 "용추 감흔 곳" 그리고 「평암산화전가」의 "푸른 쏘"는 시냇물이 흐르다가 괸, 깊은 물웅덩이를 가리킨 것이다.

가(까)무치 코구영같다 가물치 코 구멍처럼, 영영 소식을 알 수 없게 된 것. 함흥차사격 (咸興差使格)이 된 것. "그 사람 한번 가디이, 까무치 코구영이 됐네."

가물지다 넉넉하다. 고어 "가ᅌᅳ멸다"에서 왔다. 가멸다.

「동애따기노래」 (안동지방) ㉣

칠기청청 벋은동애 가물지게 물진동애

칡처럼 푸른 잎으로 뻗은 동아, 넉넉하게 물진 동아다. "물지다"는 한창 수확되는 때.

가(까)물치다 삐는 것.

가뭄살 가뭄이 드는 무섭고도 거친 기운을, 살기(煞氣)라 한다. 채전에 심이높은 남새류가 가뭄이 들어 잎이 시들시들한 상태가 되면, "가뭄살"을 탄다고 한다.

가반다 칭찬하다.

「춘유가」 (칠곡지방) ㉮
단술먼저 대접하니 맛좋다 가반다고.

가배치 값어치. "이 물건은 가배치 안 나간다."

가부하다 같이 장사하는 것. 일본어 "株(かぶ)"에서 온 말로, 여럿이 나누어 갖거나 같이 어떤 일을 함께 하는 것. "가부시끼(株式)"는 식당에 친구들과 같이 가서 음식을 먹고, 균일하게 음식값을 고루 나누어 내는 것을 이르기도 한다.

가부때이 · 갑댕이 대님. "가부때이 안 풀리도록 바짝 잡아 매어라."

가부리 가오리. 어떤 일에 실없이 관여할 때, "가부리 좆같다"고 욕한다.

가뺐다 · 가뻤다 · 가뿌랬다 가버렸다. 주로 경주 · 울산지방에서 많이 쓴다.

가뿍 몹시 많이. "술이 가뿍 취했다."

가상자리 가장자리.

가설라무네 가서. 가서는. 글을 읽거나 말을 하다가 막힐 때 내는 군소리. "가설랑은" "설랑"의 강조어.

가세 가에. 가장자리에. "가세 안뜰 마라."

가(까)시개 · 가새 가위.

가시(수)나 · 간난이 계집애. "가시"가 안 된 아이의 준말. "간난이"는 상주 · 선산 · 김천 지방에서 주로 쓴다. 성인여자를 "가시"라하며, 이 말은 조선조에는 "각시"라고도 사용하였다. 부부를 "가시버시", 장인 · 장모를 "가시아비 · 가시어미"라 하나, 이 말은 비속어로 현재 안 쓰이고 있다.

「방귀노래」 (고성[固城]지방) ㉣
저게가는 저가시나 방구통통 뀌지마라
조개딱딱 벌어진다
저게가는 저머슴아 방구통통 뀌지마라

붕알덜렁 떨어진다

저기 가는 저 가시나 방귀 통통 뀌지 말라 조개 딱딱 벌어진다와, 저기 가는 저 머슴아 방구 통통 뀌지 말라 불알 덜렁 떨어 진다에서, 조개와 불알은 성기를 가리킨 것으로, 해학적 · 외설적 면이 그대로 노출되었다.

가시더　잘 갑시다라는 인사말. "가입시더"는 대구쪽에서 사용되며, "가시더"는 영천 · 경주 등에서 사용된다. 그런데 요즘 서울쪽에서는 "가세요"라 하니 "가느냐"인지 "갑시다"인지 구분이 잘 안 된다. 어른한테는 "잘 가십시오"라 써야 맞는 말이다.

가시윷　편을 갈라 양편이 한사람씩 섞여 앉아 번갈아 노는 윷.

가실게　가을에. 수확 철에. 이는 고어 "가슬"이 아직 남아있는 형태다.

가실 무시 껍디기 뚜거우믄, 그해 저실기 춥다　가을무우의 껍데기가 두꺼우면, 그해 겨울이 춥다는 것이다.

가심　음식을 만드는데, 그 본바탕이 되는 재료로, 이것을 정제(精製)하는 수공이나 · 응용하는 방법을 더하여, 최후의 목적을 달하는 것이라는 사전적 해석도 있다. 주로 김치를 담그거나 국을 끓이거나 할 때, 가심이 알맞게 들어가야만 한다. 이 가심은 "감"으로 어떤 일 · 물건의 재료 · 바탕이 되는 사물을 뜻하는데, 경상도 말에 더 고형이 남아있는 예가 되겠다. 경상도에서는 "가실(가을) · 저실(겨울) · 마실(마을)" 등의 말이 지금도 사용되고 있다.

가심이 두근반 시근반한다　마음이 몹시 조마조마하여, 가슴이 두근거리는 것. "수박 서리 갔다가 주인한테 들킬까바, 가심이 두근반 시근반 한다."

가아들　그 아이들. "가아들이 하마 가삐다."

가이방　과방(果房). 숙설간(熟設間). 숙수간(熟手間). 잔치 때 손님의 음식상을 차리는 곳. "요리(料理)"는 일본어로, 우리말로는 "숙수"가 맞다. 참으로 일제식민지기간에 남긴 일본어를, 우리는 똑바로 알고 써야 하겠다.

가예　갑니까. 평교간에 쓰이는 말로, 서울말에 "가세요"와 같다할까.

가오 세우다　체면을 세워주는 것. 이도 일본어 "かお(顔)"에서 온 말이다. 요즘은 다방이 없어져, 어쩌다 눈 닦고 찾아보면 있을까. "가오마담"이 바로 이런 예가 되겠다. 요즘 대처에서 찾기 힘든 것이 다방과 시계방이다. 거드름피우는 장년신사들이 "가오"마담 앞에서 기를 세우려고 "어이 마담! 오늘 잔치에 부조를 좀 해야겠는데 봉투 하나 달라"해서, 일부러 두툼한 지갑을 꺼내 돈을 헤아리며, 뽐내는 꼴불견을 왕왕 볼 수 있었다.

가이생 일본어 "かいせん(合戰)"(아이들 놀이). 편을 갈라 붙잡히지 않으려고 아래쪽에 갔다가 올라오는 놀이. 이런 놀이는 지금 흔적도 없이 사라졌다.

가이소 · 오이소 가십시오 · 오십시오. "가이소"는 "가세요"와 같다.

가입시더 가십시다.

가작(즉)다 · 가찹(칙)다 가깝다.

> 「석별가」 (영일지방) ㉮
> 처음에는 좋은듯이 제일에 골몰하야
> 분수를 모르다가 받은날이 가즉와서
> 신행을 생각하니 희비가 상반이라

> 혼사 정해진 처녀가, 처음에는 좋아서 시집가기 위한 제 일에 골몰했다. 이렇게 제 분수도 모르고 골몰하는 사이 혼인날이 가까이 다가와서 신행갈 일을 생각하니, 기쁨과 슬픔이 반반씩이 된다는 것이다.
> 기쁨은 생면부지의 낭군을 기대하는 일이요, 진정 슬픔은 부모를 멀리하고 동기간의 이별하는 일이 되겠다.

가재이 가자. 이는 아이들한테 어른이나 친한 동무들끼리 주로 쓰이는 말이다. "잘 가재이."

가쟁(재)이 나뭇가지. "가쟁이가 바람에 뿔가졌다."

가죽자반 경상북도 김천 · 상주 · 선산지방에서, 가죽나무 새순이 올라와 잎이 제법 넙죽넙죽해지면 잘라, 찹쌀 풀을 쑤어 고추장에 버무려서 햇볕에 말리면 가죽자반이 된다. 이는 모심기나 논매기를 할 때, 일꾼들의 참 반찬을 하는데, 불에 구워 내어온다.

가지 · 까지 전부. 뿐. "배운기 가지라"

가지롭다 가지런한 것. 여기서는 부모가 구존(俱存)한 것이다.

> 「사친가」 (영천지방) ㉮
> 가세도 풍족하다 부모도 가지롭다

> 시집간 딸이 시집형세도 넉넉하고, 부모님께서 다 살아 계심을 은근히 뽐내고 있는 모습을 그린 것이다.

가(개)지미 개짐. 월경 때 샅에 차는 헝겊.

가지때 주발뚜껑.

가직하면 고향이오, 멀리가면 타향이라 가까우면 고향이 되고 멀리 가버리면 타향이 된다. 역시 시집가는 신부가 시집으로 멀리 떠나는 심정을 나타낸 것이다. 「석별가」(영일홍해지방) 참조.

가짢다 되잖다. 이 말은 "같지않다"에서 "같잖다"로 표기된 말이다. 겉보기에는 그럴싸하나 실상은 그렇지 않을 때 쓰인 말이나, 사람이 되잖아 비웃음이 나올 때, 말의 앞머리에 쓰는 말이 되겠다.

가차다 담기 찬 것.

> 「교녀사」 (예천지방) ㉮
> 시댁으로 가찬남자 친정으로 일가소년
> 힘이없다 핑계하고 남정들만 조차놀아
>
> 시댁 쪽으로 담기(膽氣) 찬 남자들과, 친정 쪽으로 일가 소년들한테, 자기는 힘없단 핑계대고 남정네들끼리만 좇아 노는 것이다.

가축없다 어림없다. 쌀을 마질할 때, 평평하게 말의 전과 같이 되도록 싹 밀어서, 조금도 더 주는 여축이 없다는 것이다. 아주 어림도 없음을 나타내는 말로 전용되고 있다. "쪼메도 가축이 없다."

─가치 개비. 가락. 절(젓)가락 윷가치. 철가치. 엿가치. 성냥가치.

가탄이다 가탄(可歎)은 가관(可觀)을 뜻하기도 한다. 언행이 꼴답잖아 비웃음이 나올 때 쓰인다.

가택이 과택(寡宅). 과부(寡婦). 과수(寡守). "미망인"은 일본이 주로 쓰는 말을 받아들였기 때문이다. 이 "미망인"은 자칭으로 쓰는 것으로, 호칭으로는 맞지 않다.

가포 비용이 많이 드는 일이나 물건. 가포(價布)에서 온 것.

각썽바지 각성받이. 각각 다른 성씨. 한 집성촌이 아닌 경우, 각기 다른 성 바지들이 들어와 사는 마을. "저 마실게는 각썽바지들이 살고 있다."

각(곽)중에 · 불각중에 "각중에"는 갑자기 · "불각중에"는 별안간의 의미도 있다.

간검(看檢) 보살피고 검사하는 것. 감독한다는 의미도 있다.

> 「노부인가」 (청도지방) ㉮
> 질삼을 간검튼지 곡식을 간검튼지
> 며느리도 등한하고 연들도 밉잖군
>
> 길쌈하는 일을 감독하든지 · 고방 곡식을 감독하든지, 어쨌든 며느리는 감독하는

일을 마음에 두지 않고 예사로이 하니, 일하는 여인네들도 절로 밉지 않게 보인다는 것이다.

간께·온께 가니까·오니까. "가니"·"오니"의 준말.

간난쟁이 갓난아기. 갓 태어난 어린 아기인데, "쟁이"가 붙어 귀엽게 붙여진 것이다.

간날 가쩍에 지나간 날. 지나간 적에. "옛날 옛쩍에 간날 가쩍에"로 옛이야기를 시작한다.

간낭 일본어 "かんらん(甘藍)"에서 온 것. 영어 "cabbage(캐비지)." 양배추. "간낭 이퍼리 쩌서 밥싸 묵자."

간당 수 앞에 놓여, 그 수를 다 채웠을 때 쓴다. "올게 간당 육십이다."

간대이 자신이 간다고 손아래 사람들에게 하는 인사말. "내 간대이."

간드라지다 몹시 되바라지게 핀 모습.

「꽃노래」(청도지방) ㉮
간들랑진 감꽃은 덕산띡이 꽃일랑강

덕산댁의 성격을 감꽃에 비겼는데, 감꽃은 예쁘고 맵시 있거나 가늘고 부드럽지 않다. 따라서 감꽃처럼 못 생긴 것을 비유한 것이다.

간따바리·간띵이 간이 큰 것을 속되게 이름. "간따바리가 배밖에 나왔나."

간생(새)이짓 간사(奸邪)한 짓. 또는 남의 결점을 윗사람에게 몰래 잘 일러바치는 짓. "손 잘 비비고 간생이짓을 잘 하는 사람이 출세한다."

간잽이 소금 친 생선. 더운 여름날 생선을 다 못 팔면, 나머지생선의 애를 꺼내고, 소금을 친 것.

간조찡 건조증(乾燥症). 마음이 몹시 타는 것. "일이 잘 안 되이 간조찡이 나서 못 살겠다."

간직이다 간직하다.

「바다의 마음」 이육사
여기 바다의 아량(雅量)이 간직여 있다.

갈가시 장구벌레.

갈가지 어린아이가 젖니를 갈고, 새 이가 솟아나지 않았을 때 "갈가지"라며 놀린다. 그리하여 윗니가 빠지면, 큰 채 지붕 위에 던지고, 아랫니가 빠지면 사랑채에 던지면서, 깐치야 깐치야 너는 헌니하고, 나한텐 새니 다오 한다.

「갈가지」 (상주지방) ㉲

앞니빠진 갈가지 앞도랑에 가지마라

덧니빠진 갈가지 뒷도랑에 가지마라

앞도랑에 가면은 붕어새끼 놀랜다

뒷도랑에 가면은 잉어새끼 놀랜다

반복되는 말이 오면서, "갈가지"가 앞도랑에 가면 붕어새끼가 · 뒷도랑에 가면 잉어새끼가 놀라니, 가지 말라는 동심의 세계에서 나오는 순박함을 보여주는 동요가 되겠다.

갈가지 호랑이의 새끼. 개호주. "밤에 산길에 댕기다가 "갈가지"를 만날라."

갈겊다 곤궁하다. "초록 싸리 필 때가 한참 갈겊을 때"

갈구다 남을 꾸짖는 것. 혹은 "가래다"의 뜻도 있다. "알라한테 너무 갈구지 마라."

갈납 달걀을 얇게 구워서 실처럼 썬 것.

「강능화전가」 (강능지방) ㉮

후추생강 가진양념 실고추 갈납하여

후추와 생강 등으로 갖은 양념을 하고, 거기다 실고추와 달걀구운 것을 실처럼 썰어, 꾸미를 만드는 모습이다.

갈라누마 · 갈란구마 가렵니다. 대구 · 영천지방에서 많이 사용되고 있다.

갈라칸다 가려고 한다. "인자 갈라칸다."

갈마물 칡의 물.

「화전가」 (영주지방) ㉮

칠승목에 갈마물 들여 일곱폭 치마 떨쳐입고

칠승포 삼베 허리띠를 제모만 있게 둘러띠고

일곱 새 무명에다 칡 물을 들여, 일곱 폭 치마를 만들어 떨쳐입고, 일곱 새 삼베 허리띠를 "제모(齊貌)"는 가지런한 모습이 되게 둘러 띤 모습을 그린 것이다.

갈미리다 갈무리다.

갈발없다 어찌 할 수 없는 것.

「정부인자탄가」 (영천지방) ㉮

거룩하신 시모님은 세수물을 손수들고

내방에 들어와서 손을잡고 하신말씀

우지마라 부모동생 생각이야 갈발없이 짓지마는

「소회가」 (안동지방) ㉮

너의동생 숱하나 억만회포 갈발없다

여필종부 여자행을 뉘라서 되단말가

여자유행 원부모는 전부터 그러하니 　　　　「부인탄로가」 (영천지방) ㉮
수삼삭 수이 지나가면 귀령부모 할것이오 　　　　일동부산 오늘광경 아삼비회 갈발없다

시어머니가 세수 물을 손수 들고 며느리 방에 들어와, 새 며느리의 손을 잡고 하는 말씀이, 친정부모 생각이야 어쩔 수 없지만, 『시경』에 "여자유행(女子有行) 원부모형제(遠父母兄弟)"라, 여자가 시집가면 친정부모와 형세를 널리하는 것은, 예부터 내려오는 법도라, 이제 시집에서 서너 달 지나면 친정으로 근친(귀령, 歸寧) 가게 될 것이라고 타이르는 모습을 그린 것이다.

너의 동생 숱하게 많으나, 억수로 일어나는 내 마음속에 품은 생각이야 어쩔 수 없다. 여자는 남편을 따라 시집을 가야하니, 누구라서 이렇게 되지 마라 할 것인가.

함께 부산 구경 간 오늘 광경, 내 마음속에 일어나는 슬픈 회포를 어쩔 수가 없다.

갈뱅이 · 갈바리 갈가위. 몹시 얕게 노는 사람을 이르는 속어.

갈야부리하다 체구가 가느다랗고 얄따랗게 보이는 것. "저이는 몸이 억시기 갈야부리하게 빈다."

감발 발감개. 짚신감발. "바지가랭이가 펄럭거려 감발을 하고 길을 떠난다."

감자꾸지 감자구이. 곧 감자를 밭에서 캐어, 그 자리에서 구워 먹는 것.

감적하다 감적(疳積)은 어린 아이들이 잘 못 먹어, 빈혈증이 오거나 · 음식의 맛을 몰라 먹어도 소화가 잘 안 되는 병이다. 여덟 가지 맛좋은 진미를 드려도, 이내 구미에는 맛을 모른다는 것이다. 「한별곡」(칠곡지방) "팔진미 드리난들 이내구미 감적하리."

감조리 감따는 장대.

감직다 감추다. "여름철 감자를 쪄놓으면, 식구는 많지 냉중에 묵을라고 감직는데, 더운 때라 금세 곰새이가 피어 못 먹고 내다버리게 된다."

감직이다 간직하다.

　　「바다의 마음」 이육사 시
　　　여기 바다의 아량(雅量)이 간직여 잇다.

감태(甘苔) 김.

　　「신수탄」 (영천지방) ㉮
　　이모돌고 저모돌고 한머래기 돌아가니…
　　감태같이 검은머리 끝만풀까 반만풀까

이 모롱이 · 저 모롱이 돌고, 한 모롱이 돌아가는 모습이요, 깁처럼 검은 머리 상사를 만나, 끝만 풀까 · 반만 풀까 망설이는 모습이다.

갑신갑신(곱신곱신)하다 고만고만하다. 굽실거리는 것. "돈 몇푼을 줬던이 갑신갑신 한다."

갓갓 굴비 따위의 열 마리는 "갓". 고사리 · 고비 따위를 열모숨 한 줄로 엮은 것을 단위로 이르는 말.

「고사리노래」 (군위지방) 囮
줌줌이 꺾어서 단단이 묶어다가
바리바리 실어다가 갓갓이 엮어서로
앞지동에 달았다가 딧지동에 달았다가

한줌씩 꺾어서 한 묶음인 한단씩 묶어다가 소등에 짐바리로 잔뜩 실어가, 고사리 열 모숨씩 한 줄로 엮어, 앞 기둥에 달았다가 뒷기둥에 달았다가.

갓두(도)리 가장자리. 가의 둘레. "갓두리에 잘 찾아라."

갓바 우장. 포르투갈어 "**capa**"가 일본어 "カッパ(合羽)"로 되어, 그대로 우리말로 쓰임.

갓지기 산에 나무를 지키는 산지기. 요즘도 지명에 "웃갓"이니 "아래갓"이 쓰이고 있다.

갓채 바깥채.

갔심더 갔습니다. "점섬 먹으로 갔심더."

갔어예 갔어요. 주로 아이들(여자)이 애교스럽게 말할 때, 많이 사용되고 있다.

강(간)간이 간간이. 드문드문. 듬성듬성. "그 사람이 요시는 강간이 비더라."

강금 간검(看檢) 감시하거나 · 감독하는 것.

「사친가」 (청도지방) ㉮
노비야 갖건마는 음식강금 골몰이라

노비들이야 갖추어져 있건만, 그래도 주부는 음식 등을 감독하느라 골몰한다는 것이다.

강낭숙구 강냉이와 수수.

강똥답기 "깡똥하다"는 다리로 매우 가볍게 뛰는 모양. 혹은 채신머리없이 매우 가볍게 행동하는 것.

> 「화수석춘가」 (의성지방) ㉮
> 강똥답기 살구경은 못이루면 병이되고

채신머리없이 경솔하게, 왕래하는 사람들을 살그머니 구경 못하면 병이 된다.

강생이 · 강인지 깅이지. 이 말은 이른들이 애기들이 귀여워 "요강생이" 또는 "똥강생이"라고 한다. 우리말에 "하룻강아지 범 무서운 줄 모른다"는 말이 있다. 여기서 "하룻"강아지는 "하릅"이 되어야 맞다. 가축의 나이는 사람의 나이로 열 살까지 헤아린다. 곧 하릅(한습) · 이듭(두습) · 사릅(세습) · 나릅 · 다습 · 여습 · 이릅 · 여듭 · 구릅(아습) · 열릅(담불) 등이다.

강잉(强仍)하다 마지못하여 그대로 하는 것.

> 「석춘사」 (경주지방) ㉮
> 어화 아깝도다 요지연에 봄이간다
> 이몸이 다사하여 철가는줄 몰랐더니
> 강잉하여 창을여니 화초가 난만하다

아! 아깝구나. 서왕모가 산다는 요지(瑤池)에서 벌이는 잔치처럼, 우리 봄도 가는구나. 이 몸이 살림에 골몰하느라 철 바뀌는 줄 몰랐더니, 마지못해 창을 열고 바라보니, 이미 화초가 만발하여 흐드러졌구나.

강작(强作)하다 억지로 하는 행동.

> 「유행원부모형제붕우」 (성주지방) ㉮
> 반갑도다 고향산천 안전의 광활하다
> 일희일비 흘린눈물 연연이 강작하니
> 반갑도다 반갑도다 옛보던집 반갑도다

근친가는 길에 친정이 가까워지자, 살던 고향산천이 눈앞에 넓게 · 전망 좋게 트였는데, 한편 기쁘고 또 한편 슬픔에 벅차 흐르는 눈물, 그립고 애틋한 마음 억지로 자꾸 눈물 흘리게 되니, 반갑고 반갑구나! 옛 보던 친정집이 반갑구나.

강(광)지리 · 강지 광주리.

> 「모숨기노래」 (김천지방) ㉯
> 상주함창 뒷냇물가 상추씻는 저큰아가
> 잎을훑어 강지담고 줄기한장 나를주소

> 「모심기노래」 (동래지방) ㉯
> 상주산간 흐른물에 뱁추씻는 저처자야
> 잎은따서 강지담고 쭐건뜯어 나를주마

상주함창 뒷냇물에 상추 씻는 큰 처자야. 잎은 훑어서 광주리 담고, 줄기 한 장을 따서 나를 달라는, 남녀간 연정을 그린 것이다.

상주 산간 흐르는 물에 배추 씻는 저 처자야. 잎은 따서 광주리에 담고, 줄기는 뜯어 나를 주마하는, 역시 남녀간의 은근히 오가는 연정을 묘사한 것이다.

같애보다 비교해 보다. "이게 같애 빈다."

개가 보드랍다 털이 부드럽거나, 사람 성격이 부드러운 것. 일본어 "け(毛)"는 우리말이 아닐까 한다. "저 사람은 개가 보드랍다."

개갈가지 살쾡이.

개갑다 가볍다. "소캐 천근과 씨(쇠) 천근 어느 기 더 개갑노."

개게(기)붙다 아이들이 달라붙어 성가시게 굴다.

> 「화전조롱가」 (문경지방) ㉮
> 아무리 개기나마 이런경은 들어두소
>
> 아무리 성가시게 달라붙어 애 먹이나, 이런 경우는 좀 들어두십시오.

개구랍다 가렵다.

개구신 술 먹고 행패부리는 사람에 대한 비속어. "술 쳐묵고 장판에서 개구신짓을 하고 댕긴다."

개굴(골)창 수챗물이 빠져나가 흐르는 작은 도랑. 계곡의 바닥, 혹은 신바닥을 "창"이라고 한다. 이 창은 "안창"·"골목창"·"진창" 등으로 쓰이는데, 깊숙한 곳을 이른다.

개궂다 아니꼽다. 짓궂다.

개꽃 철쭉꽃. 연달래. "개꽃"은 먹지 못 하고, "참꽃"은 먹을 수 있는 꽃.

개나발(불다)이다 일이 어긋날 때, 이르는 속어. 흙은 소리.

개들고 북을 쳤다 만만한 개한테 화풀이를 한 것.

> 「교녀사」 (예천지방) ㉮
> 우리부모 야속하야 몹실시집 날보내야
> 이데도록 미워하며 이데도록 박대하니
> 개들고 북을쳤네
>
> 우리부모가 박정하고 쌀쌀하여 몹쓸 시집으로 날 보내어, 시집이 날 이다지도 미워하고 박대를 하니, 나는 만만한 개를 잡아들고 북치듯 치면서 화풀이를 했다.

개똥밭에 인물난다 지체가 낮은 집안에서도 인물이 난다는 것.

개띠는 팔자가 좋다 술생(戌生)은 팔자가 괜찮긴 하나, 그렇지 못 한 경우를 볼 수도 있다. "묵고 노는 개팔자"라는 말이 있긴 하나, 개처럼 매양 먹고 놀면서, 도둑이나 지키는 팔자는 아니란 것이다.

개락 물 따위를 함빡 뒤집어 쓴 것. "물 개락했다." 매우 많고 풍성한 것. "산나물이 개락일다."

개(기)랄 계란(鷄卵). 달걀. "개랄 한 꾸러미."

개랍다 가렵다. "살키가 개랍다."

개멀구 까마중.

개바라지 개한테 뒤치다꺼리를 하는 것. 곧 쓸데없는 일을 하느라 수고하는 것.

개바지 개나 닭의 출입을 막는 바자 울타리. 곧 갯버들가지로 엮어 만든 바자.

개발하로 가자 갯마을에서 음력 보름이나, 그믐에 물이 많이 빠짐으로, 해산물을 채취하러 가는 것. "바다에 개발하로 가자."

개밥궁이 개밥그릇. "개밥궁이에 개죽 주었나."

개보기 싫어 문어 산다 얄미운 사람 꼴 보기 싫어, 엉뚱한 다른 짓을 하는 것.

개복(改複) 다시 고쳐 마음먹는 것.

> 「물래」(의성지방)[민]
> 울고나니 날이샌다 개복하야 시가로 가니

개비(피)다 고이다. 괴다. 『역어유해, 상』 "고인믈(死水)." "요번 비에 도랑물이 좀 개빘다." · "개골창물이 째질째질하기 개빈다." · 장작을 산떼미겉이 개빈다.

개비리 갯가의 벼랑.

개사돈 곁사돈. 같은 항렬의 방계간의 사돈.

개살시럽다 마음이 괴팍한 구석이 있는 것. "괴팍"은 성미가 괴이하고 퍅한 것. "퍅하다"는 성질이 몹시도 좁고도 비꼬여 걸핏하면 성을 잘 내는 것.

> 「동냥노래」(군위지방)[민]
> 한단지는 우리형님 개살단지
> 못주겠소 못주겠소 한줌동냥 못주겠소
>
> 한 항아리는 우리 형님의 "개살단지"로, 손윗동서가 개살스러워 한줌 동냥도 못 주겠다고 한다.

개삼신 술 먹고 행패부리는 사람에 대한 비속어.

개상어 두툽상어.

개심 게염.

개아리타다 윗사람에게 대들다. "저 사람이 개아리타고 대든다."

개안타 "괜찮다"는 괜하지 않다. "괜하다"는 공연하다. 공연하다는 까닭이나 필요가 없다. "그 일은 개안타."

개오(호)지 산짐승. 개호주는 범의 새끼.

개잘량때기 더럽고 지저분한 것을 비유적으로 이른 것.

개조차분하다 성격이 까탈스런 것. 「팔씨름」(『경중예원』, 1946, 최영조(崔英朝)) "제바닥 출신자의 개조차분한 용식이 비위에 여간 걸리는 것이 아니다."

개좆대가리 · 개좆대갱이 · 개지머리 · 개좆뿌리 감기의 속어. "복없는 봉사는 괘문을 배화 노흐면, 개좆뿌리 하는 놈도 없다."

개(갯)주(쭈)머이 포켓. 이는 "개화주머니"에서 온 말로 이를 줄여 쓰게 된 것.

개초(蓋草) 이엉.

> 「규중감흥록」 (예천지방) ㉮
> 울을하고 담을치고 개초걷고 기와하고
> 안밖중문 소실대문
>
> 울타리를 하고 담을 치고, 이엉을 걷어내고 기와를 하고, 안팎에 중문을 하고, 소슬대문
> 은 행랑채지붕보다 높게 만든 대문.

개코 · 쉬코 아무 것도 아닌 것. 속어. "개(쉬)코같은 놈."

객강스럽다 괘꽝스럽다는 언행이 예상외로 이상한 것. "객강시리 그 말을 왜 하노."

객개수리 가께수리. 부녀자들의 성적(成赤)에 필요한 물건을 담아두는 작은 상자. 이 말은 일본어 "かけすずり(懸硯)"에서 들어온 말이 아닐까 한다. 『열녀춘향수절가』에 "여간 기물 놓였는데, 용장(龍欌)봉장(鳳欌) 개께수리 이렁저렁 벌였는데."

> 「화전가」 (경주지방) ㉮
> 오동장농 객개수리 이문저문 열어놓고
> 이것저것 뒤적뒤적 차례차례 내어놓고
>
> 오동나무로 만든 장롱과 작은 궤짝 문을 열어놓고, 이것저것 뒤적여 차례대로 옷을
> 내어놓고 바느질하려는 것.

객구물림 객귀(客鬼)물림. 객귀는 객사한 사람의 혼령. 혹은 잡귀. 이를 "한박물림" 또는 "쪽박물림"이라고도 한다.

갱기다 감기다. "아아들이 지어미한테 갱겨붙어 못 살게 칸다."

갱끼 제사 때 쓰는 국.

갱물 객물. 본디 있는 물에 다른(客) 물이 들어와 섞이는 것.

갱빈 · 갱분 강변(江邊). 「캐지나 칭칭나네」(동래지방) "시내 갱빈에는 자갈도 많고"

갱솥 작은 동솥. 사랑방이나 건너방에 거는 작은 솥.

갱시기 콩나물과 찌꺼기 반찬 따위를 넣어 끓인 죽으로 갱죽과 같다.

갱우바르다 경위 바르다. 곧 사리의 옳고 그름이나, 시비분간을 옳게 하는 것이다.

갱조개 재첩.

갱죽 갱죽(羹粥). "저실게 저임 묵을 끼거리가 어슬플 때, 짐치를 썰어 넣고 머루치를 비벼넣어 쑨 갱죽이 지일이라."

갱피 피 종류. "논에 갱피가 벌겋다."

갱핀 개평은 남이 가지게 된 것에서 조금 얻어 가지는 것. 노름판에서 이긴 사람이 딴 돈에서 얼마씩 떼는 것.

거꾸 · 거쿠 그렇게. "거꾸 달라고 해싸터이."

거느름하다 어스레하다. 저뭇하다.

거들거리다 함부로 어떤 일에 참견하거나, 또는 설쳐대는 것 "저집 청년이 어디딘동 거들거려싸서, 눈꼴 시그럽어 몬 보겠다 아이가."

거들나(내)다 살림이나 먹던 양식이 바닥이 났다는 것이다.

거떠보다 거들떠보다.

거뜻하다 걸핏하다.

거랑(렁) · 걸 · 고랑 물 흐르는 도랑. "거랑"이나 "걸"은 대구지방을 중심으로 쓰이고, "고랑"은 경남바닷가에서 쓰이고 있다.

　　「월수없이 너를놓다」 (의성지방) ㉑
　　자닷분을 쩍틀어서 점치노니 두궐내라
　　피여노니 내궐내라 박달나무 물방팅이
　　박달나무 물방맹이 상주하천 흐른물에
　　금사옥사 솟는물에 옥돌기라 마주놓고
　　어리넝청 거렁처녀 월수탕탕 씻다가니

한 자 다섯 분 나가는 개짐을 쫙 틀어서 접치니 두 걸레인데, 펴니 내 걸레다. 박달나무
로 만든 물 반통이에다 박달나무로 만든 물 방망이로 상주 하천 흐르는 물은, 금빛모래
옥빛모래에서 솟아나는 물에, 옥 같은 빨랫돌 위에 마주 놓고, 어리능청스레 물가
처녀가 몸엣것을 탕탕거리며 씻는 모습이다.

영남에서는 "걸레"는 개짐을 이르기도 한다.

거래 자태.

「난감춘아」 (동래지방) 민
앉거라 인물보자 서거라 거래보자

앉거라 인물보자 서거라 자태를 보자

「춘아춘아」 (의흥지방) 민
너가락지 누가준노 자수별감 주시드네
머를보고 주시드노 거래보고 주시드네

네 가락지 누가 주었나. 좌수별감 주시드네. 뭐를 보고 주시드냐. 자태보고 주시드네.

거래생 상인과 상인 또는 상인과 고객 사이 상행위나 영리행위. 사람과 사람 사이
사귀고 사랑해 주는 모습.

「아해놓은 처자」 (의흥지방) 가
사우사우 내사우야 인물생이 나쁘드냐
거래생이 나쁘드냐 인물생도 거래생도
나쁘지야 않두마는 당신딸의 행실보소

「원한가」 (안동지방) 가
우리부모 나를낳아 귀애함도 귀애할사
귀애함도 끔직하고 거래도 장할시고

사위야 내 사위야, 내 딸이 인물 모습(人物相)이 나쁘드냐 사교하는 모습(去來相)이
나쁘드냐. 인물상도 사귐상도 나쁘지야 않지만, 당신 딸의 행실을 보십시오.

우리 부모 나를 낳아 귀여워함도 귀여워하여, 너무 극진하였고, 딸한테 주고받는
사랑도 장하였다.

「화전가」 (안동지방) 가
우리종부 거동보소 인물도 출중하고
거래도 좋건니와 먹는데는 체면없네

우리 종부 몸가짐을 보시오. 인물도 여러 사람 가운데 뛰어나고, 사귐성도 좋은
데 다만 먹는 데 체면이 없다. 여기서 "인물생"은 인물상(人物相)이고 "거래생"은
거래상(去來相)이 되겠다.

－**거리**　일정한 기간. 하루거리・이틀거리・사흘거리. 오이・가지 따위의 수효를 셀 때, 50개를 단위로 함. 오이 두 거리.

거리구신 들릿나　집에 가만히 있지 못 하고, 바깥으로만 싸대고 돌아다니는 것.

거림티이・거름테미　거름을 모아 두는 곳. 거름퉁이. "거림티이에 부적 재를 버린다."

거무　거미가 연약한 줄을 치듯, 살림살이가 아주 빈한한 것.

「시집살이노래」 (대구지방) ⑫

쌀독이라 열어보니 암거무 줄서렸네

팥독이라 열어보니 수거무 줄서렸네

쌀독과 팥독에 담아두었던 곡식이 다 떨어져, 암거미와 수거미가 줄을 칠 정도로 빈한한 모습이다.

거부지기　거웃. 음모(陰毛). "열대여섯 넘어 거부지기가 난다."

거섭　개장국이나 육개장을 끓일 때 넣는 남새. "개장에는 거섭을 많이 옇고 끓이믄, 맛이 좋다."

거스륵돈　거스름돈.

거슥하다　거식하다. 무엇하다.

거심시럽다(부리다)　마음씨가 고약스러운 것.

「화전가」 (안동지방) ㉮

거심많은 노동댁은 더디준다 호령하여

유사한테 덤벼드니 싸울까봐 걱정이요

화전놀이에서 마음씨가 고약한 노동댁은 음식을 더디 준다고 볼호령하고, 유사(有司) 한테 덤벼드니, 싸움이 일까 걱정이 된다.

여기서 "볼호령"은 볼멘소리로 거만하게 꾸짖는 것이오, "불호령"은 갑작스럽게 내리는 무섭고 급한 호령을 이른다. 이를 혼동하여 쓰면 안 되겠다.

거싱이・꺼깽이　사람 뱃속의 회충(蛔蟲).

거어　거기. "거어 가바라."

거우　거위. 게우.

「청상과부가」 (영해지방) ㉮

눈물강을 강이라고 오리한쌍 게우한쌍

쌍쌍이 떠드로네

청상과부(靑孀寡婦)는 젊은 나이에 홀어미가 되어, 독숙공방(獨宿空房)을 지키면서 하도 울어, 그 여자가 울어서 흐른 눈물이 강물이 되었는데, 그것도 강물이라고 오리와 거위가 각기 한 쌍씩 떠들어온다는, 과장법을 써서 표기한 것이다. 베갯모에 수놓은 오리와 거위를 보고 읊은 것이다.

거진반 · 거반 거의. 거진반(擧盡半). 거지반(居之半). "성질 급한 피랭이는 잡히면 거진반 곧장 다 죽어삐린다."

거짓꾸로 거짓으로. 일부러. 음식에 입만 약간 대거나, 일부러 넘어진 체 하는 것. "새벽 일찍 나서자니, 그냥 가기 그래서 거짓꾸로 쪼메 묵었다."

「사친가」 (영천지방) ㉮
노래자의 효성같이 아롱다롱 옷을입고
부모앞에 넘놀다가 거짓꾸로 넘어져서
부모께 응석하세

노래자가 70이 넘어서도 노부모께 기쁘게 해 드리기 위해, 오색 무늬 옷을 입고, 그 앞에서 넘놀다가 일부러 넘어진 체, 어린아이처럼 울었다는 고사를 그리고 있다.

거짓불 거짓말.

건걸 걸신(乞神). 지나치게 부리는 억지나 욕심.

건(경)구 · 금색 금줄. 애기가 태어나면 왼새끼를 꼬아 대문위에 거는데, 사내아이는 고추를 계집아이는 미역을 꽂는다. 이는 사람들의 출입을 한 칠 안에 금하기 위해서 다. "금줄"은 "인줄"이라 하여 부정한 사람들이 드나들지 못 하게 하는 표지로, 문이나 길 어귀에 건너질러 매는 줄. "금(禁)색"은 "금새끼."

「화전조롱가」 (문경지방) ㉮
금색을 둘러치니 딸낳았다 소문듣고
걸인도 찡그리고 딸낳았다 말을듣고
과객도 혀를찬다 그러고 세월보내
고생으로 자라나니 육칠세 칠팔세에
규문을 굳게닫고 아는것이 안뜰이요
문만나도 발이설어

대문 앞에 금새끼 줄을 치니, 딸 낳았다는 소문 듣고 걸인이나 과객까지도 못 마땅하게 여겼으나, 그러구러 세월이 흘러 고생 속에 성장하여 칠팔 세가 되니, 규문 안에 갇혀서 안뜰에서 살게 되매, 문밖만 나가도 발길이 낯설어진다는 것이다.

당시 여자들은 외출을 하지 못 하고, 집안에 갇혀 사는 죄수와 같은 존재였다.

건목　물건을 만들 만한 재목으로, 곧 훌륭하게 될 인재 감. 또는 거칠게 대강 만든 것.

　「수연축친가」 (대구월촌) ㉮
　관중(寬重)한 손자형제 장래에 일인지하
　만인지상 건목되니 천하 귀재(貴才)라

　인심이 너그럽고 소중한 손자형제, 장래에 재상 같이 되어 한 사람아래·수많은 백성들 위에, 이 세상에 귀한 인재가 되리라 여기는 모습이다.

건바　양쪽어깨에 매는 바.

　「계녀가」 (영양지방) ㉮
　내마음 어떠하며 이심사 갈발없어
　우마에 짐을싣고 건바를 굳게매어
　친정을 하직하고 시가로 들어가니

　신부가 시집가는 마음이 어떠하며, 이 심사 어쩔 수 없어, 우마에 짐을 싣고, 지고 가는 짐은 건바를 야무지게 매어, 친정을 하직하고, 시집으로 들어가는 모습을 그린 것이다.

건(겸)박　오가리. 박고지.

건 밥　"걸다"에서 온 말로, 많고도 푸진 밥.

건삼연·곤삼연(乾三緣·坤三緣)　하늘과 땅으로. 곧 부부는 삼생인연으로 맺어지는 것.

　「여자탄식가」 (봉화지방) ㉮
　천황지황 삼긴후에 우리인생 탄생하니
　강유로 분간하여 음양으로 배판하니
　건삼연이 남자되고 곤삼연이 여자되고
　남자길러 치부하고 여자길러 출가하니

　천황씨(天皇氏)가 하늘을·지황씨(地皇氏)가 땅을 삼긴 뒤로, 우리 인생이 생겨나니, 굳센 것과 부드러운 것을 분간하여, 음양으로 짝을 짓게 판별하였다. 하늘은 삼생인연으로 남자가 되고, 땅은 삼생인연으로 딸이 되니, 남자는 자라나서 재물을 모아 부자가 되고, 여자는 자라나서 남의 가문으로 시집가게 된다는 것이다.
　불교에서 "삼연"은 친연(親緣)·근연(近緣)·증상연(增上緣)이 있다.

건종(끈중)하다 우뚝한 모양. 혹은 건중그리다. 흩어진 것을 대강 가리고 골라서 간단하게 하다.

> 「화전가」 (안동지방) ㉮
> 회칠은 하였으나 건종할사 중천강당
> 물결에 마주비쳐 수정궁이 분명하다

건물에다 회색 칠을 대강 하고 보니, 우뚝 하구나. 중천에 서 있는 강당이, 앞에 있는 연못 물결에 비치니, 마치 수정궁같이 분명하다.

건진국시 밀가루를 치대어 안반위에서 밀고, 칼로 썰어서 삶아 건져낸 국수. 여기는 오방색고명으로 소고기 따위가 곁들여진다.

건찮다 많지 않은 것. 「원한가」(풍산지방)

건(겅)충거리다 껑충거리는 것. 긴 다리로 신이 나서 자꾸 내뛰면서 걷는 것. "저 사람은 무어이 좋은지 건충거리고 있다."

걸 거리(길).

걸객(乞客)·걸각 화전놀이에 온 사람들이, 음식을 얻어먹으러 나타나는 청년들을 이른 것. 곧 외관을 잘 갖추어 입고 다니면서, 이런 모임에 찾아와 얻어먹는 사람을 이른다.

> 「화전가」 (안동지방) ㉮
> 걸객같은 남성들이 뒤솔밭에 와앉아서
> 술과떡이 먹고싶어 길고도 짜른목을
> 생긴대로 다늘리고 꿀덕꿀덕 하는소리

여자들의 화전놀이에 남성들은 한집안 일가로, 일부러 음식을 얻어먹기 위해 뒤솔밭에 와서 앉아, 술이고·떡이고 먹고 싶어 짧은 목을 길게 뽑아, 생긴 대로 목을 늘릴 대로 늘려, 목구멍에 음식이 꿀꺽꿀꺽 넘어가는 소리를 내는 모습을 자세하게 그렸다.

> 「화전답가」 (예천지방) ㉮   「화전답가」 (의성지방) ㉮
> 이렇듯이 노닐적에 말석에 돌아보니   이렇듯이 잘놀적에 말석좌를 살펴보니
> 걸객들이 어찌많고 자세보니 딸네로다   걸객들이 하도많아 다시보니 딸네로다

이렇듯이 화전놀이에서 노닐 적에 말석을 돌아보니, 비공식적으로 참여한 사람들은 시집간 딸네들로, 미리 알고 걸객으로 온 것이다.
여기서는 공식적으로 초청한 사람들은 자기집안이고, 출가외인은 비공식적으로 초대

치 안 했음을 알 수 있다.

걸거질 음식이나 재물 따위를 욕심내는 행동.

걸(갈)거치다 거치적거리다. 어떤 일이나 또는 마음에 걸려, 방해나 상치가 되는 것. "서 잎에 칠쪼밍 뜸에 길그친다."

걸구 걸귀(乞鬼). 음식을 몹시 탐내는 사람.

걸구다 걸다. 거름을 주어 땅을 비옥하게 하다.

걸금 거름. "참이(외)농사꾼 걸금 낼 때부텀 성낸다."

걸라간다 걸려서 가게 하는 것. "재우 자죽 띠는 얼라를 걸라간다."

걸량 방향. "삼을 다 째문 대가리(삼)를 한 걸량으로 묶어 톱으로 톬운다."

걸레 개짐.

걸망타 나이가 들어 보이는 것. "저 사람은 보기 걸망케 보인다."

걸뱅이 · 거랭이 · 걸구새이 · 걸버시 거지. "걸뱅이 삼신들었나."

걸시매다 밭을 다시 매는 것.

「호미소리」 (동래지방) 旬

에헤헤야 호매이로다 이것매고 걸시매자

에헤헤야! 호미로구나! 지금 매는 밭을 매고, 다시 매자.

「호미소리」 (청송지방) 旬

에헤헤야 호미로다 어서매요 걸시매자

걸싸하다 그럴사 하다. 그럴듯한 것.

걸이 옷 입은 모습.

「사친가」 (청도지방) 껴

걸이도 좋거니와 얼굴도 다복하다

옷 입은 자태도 좋거니와, 얼굴도 다복스럽게 생겼다.

걸치다 먹다. "한술 걸치다"

걸판지다 거방지다.

걸피다 걸근거리다. 음식물이나 재물 등을 얻으려고 치사하고 구차스러운 짓을 하는 것.

검검(건검)찝지부리하다 기분에 짠 듯, 뒷맛이 개운치 않은 것.

검저(처)리 거머리. "모심기 논에 검저리가 있다."

경궁다지 마구잡이.

경궁윷말 윷말과 말판이 없이 말로만 쓰는 윷말.

겅(건)궁잽이 공중(空中)잡이. "건궁잽이로 땅바닥에 내리쳤다."

> 「과부노래」 (김천지방) ㉮
> 둥실둥실 수박등은 채전밭을 어데두고
> 저리겅궁 달렸는고 알숭달숭 참외등은
> 채전밭을 어데두고 저리겅궁 달렸는고
> 쪼각쪼각 마늘등은 채전밭은 어데두고
> 저리겅궁 달렸는고 꽁지진 붕어등은
> 천질소 어데두고 저리겅궁 달렸는고

사월초파일 관등행사로 수박등·참외등·마늘등·붕어 등은 채전 밭과 천길소를 어디 두고, 저렇게 공중에 달렸는가, 역시 과부가 노래한 것이다.

겅궁 공중.

겅덩일 정성을 안 들이고 건성건성 하는 일.

겉잎같은 울어머니 속잎같은 나를두고 배추의 겉잎이 속잎을 잘 감싸주는 것.

> 「엄머생각」 (달성지방) ㉵
> 겉잎같은 울어머니 속잎같은 나를두고
> 갈때는 오마더니 오마소리 잊었는가

우리 엄마가 배추 겉잎 같이 날 에워싸고 키우더니, 연한 배추 속잎 같은 나를 두고, 갈 때는 쉬이 오마더니, 하마 오마 소리를 잊었는가.

게 정말. 진짜 "게이껴"

게(저)드랑 겨드랑. "저드랑에 암내가 숭악케 난대이."

게발물어 던진 듯이 팽개쳐 버리는 것.

> 「진성이씨회심곡」 (선산해평) ㉮
> 설음없이 자랐더니 수백리밖 낙낙원지
> 게발물어 던진듯이 이몸이 여기왔노
> 시집살이 왔다하니 가장없는 시집이오
> 귀향살이 왔다하니 죄명없는 귀향인가
> 사고무친 고독단신 이내길이 어인일고

아무런 슬픔도 모르고 성장하여, 수백 리 밖 멀리 떨어진(落落) 곳에다, 마치 게발 물어 던진 듯이 팽개쳐 버린 상태로 시집은 왔으나, 낭군은 공부하러 객지에 나가 있어, 가장 없는 시집이오, 귀양을 왔으나 죄명 없이 온 귀양이오, 사방을 둘러 봐도 의지할 만한 알음이 전혀 없는 고독단신으로, 이 나의 길이 어찌 된 일인가하며, 탄식을 하고 있는 것이다.

게시고무 지우개. 일본어 "けし(消)ゴム"에서 온 것이다. 이 말도 지금 젊은 세대들은 안 쓴다.

게아내다 게우다. 토하다. "술묵고 길바닥에 게아낸 것을 보민, 꼭 개날구지 한 것처럼 비기 싫다."

게(깨)악질 구역(嘔逆)질. "욕지기"는 토할 듯 메슥메슥한 것.

게죽주근하다 계적지근하다.

게타분하다 고리타분하다.

겐또 일본어 "けんとう(見當)"로 방향 또는 예상·예측·가늠하다는 뜻으로 사용 되고 있다.

겔(낄)밫다 게으른 것. "낄밫아 굶어죽기 맞다."

겨개떡 "노깨"(밀가루를 뇐 찌끼)나 보릿겨 따위를 반죽하여 넓적하게 반대기를 만들어 찐 떡.

「복선화음록」 (대구월촌) ㉮
겨개떡 보리죽을 탐탐하여 감식할까

개떡이나 보리죽이나마, 매우 즐겨 좋아하며 달게 먹는 것.

겨매기 겨와 곡식가루를 물에 버물러 떡밥처럼 만들어, 물가에다 뿌려놓으면 고기가 모여든다. 이때 입구를 막고 반두로 후려 고기를 잡는 것으로, 주로 예천지방에서 행해졌다.

계갈이 계모임.

계정푸리 심술궂게 불평하는 말과 행동.

「노처녀가」 (단대본) ㉮
웃지말고 새침하면 남보기가 매몰하고
계정푸리 하자하면 심술궂은 사람되네

웃지 않고 시치미를 떼고, 태연하거나 얌전한 기색을 꾸미면, 남 보기가 독하고 쌀쌀해 보인다. 심술궂어 불평만 하자하면, 심술궂은 사람이 된다.

고 방아공이. 곧 쑥 내민 나무. 『두시언해』고저(杵). "외손자는 방아 고다."

고께이 골계(滑稽). 우스꽝스러운 것. 일본어 "こっけい(滑稽)"에서 온 말이다.

고골사 그것이야. 그것으로. "고골사 공부라고 했나."

「메누리설움」 (칠곡지방) ⑰
어제왔던 새메누라 고고라사 일이라고
점심때는 덜대왔나 애라요년 물리쳐라…
애라요년 물리쳐라 고고라사 일이라고
점심때가 덜대왔나

어제같이 시집왔던 새며느리 그것이 일이라고, 점심 때는 덜 되어 왔느냐. 에라! 이년 물리쳐라. 에라 이년 물리쳐라. 그것이 일이라고 점심때도 덜 되어 점심 먹으러 왔느냐.

고단새 그 사이. "고단새 갔다."

고달 까닭.

고대 곧.

고대포 대구포.

고동색 고동색(古銅色). 적갈색 혹은 검누른 빛.

고동시 세로로 불룩 내민 커다란 감.

고드럼 고드름.

「초부가」 (영천지방) ⑰
만첩산중 고드럼은 봄바람이 풀어 내건마는
내마음의 수심은 누가 풀어낼고

봄이 오면 겹겹이 쌓인 산중의 고드름은 절로 녹지만, 내 마음속에 쌓인 수심은 그 누가 풀어낼 것인가.

고들다 곯다. 채소 따위가 채취한지 오래 되어 시든 것. "배추 뽑은지 오래라, 말카 고들었다."

고들뺑이 고들빼기. "늦가실게 고들뺑이짐치를 담는다."

고등각시 그리마. "초가집에는 고등각시가 많다."

고땡이 첫째가는 우두머리. "가아가 지일 고땡이 서서 간다."

고(꼬)랑태 골탕.

고래고래 고합치다 화가 나서 꾸짖을 때, 목소리를 높여 큰 소리 지르는 모양.

고래장깜 고구려시대 늙고 병든 노인을 산 채로, 동굴 속에 두었다가 장사지내는 일. 늙어서 노망이 들거나 하면, "고래장깜"이라 한다. 요즘은 이 "고래장"이 노인요양원이다. 자식들이 가보고 싶을 때 가보면 된다. 따라서 자식들은 요양원의 요양비를 대어주는 현대판 "고래장"이 되겠다.

고롭다 몹시 괴로운 것. "오늘사아나 설쳐댔던이, 몸이 좀 고롭다."

고르매이 고따위것. 고매이.

고리 껍질 벗긴 가는 버들가지로 결은 옷 담는 상자나, 혹은 키도 결음. 이는 우리말이 일본어가 된 예가 되겠다. "こうり(行李)."

고리땡 코르덴. "corded velveteen"에서 온 것으로, 일본어로 "コル－デュロイ"를 "コールテン"으로 사용하였는데, 그 말이 그대로 쓰인 것이다.

고마꿈하다 고만하다.

고만 그만. "더 부들지 말고 고만 가거래이."

고매순 고구마줄기의 껍질을 벗겨내고 만든 나물.

고무도둑 좀도둑. 『동문유해,하(同文類解,下)』 "고모도적(窃盜)."

「원한가」 (안동풍산) ㉮
밤새와 잔기침은 고무도둑 지킴이오

노인이 잔기침을 밤새워 하는 것은, 집에 드는 좀도둑을 지키기 위함이라는 것.

고바 고와. "얼굴이 고바 빈다."

고방·곳간 고방(庫房). 고간(庫間). "광"은 "고방"이 축약된 것.

고방 지름이 말랐다 남녀간 기력이 쇠잔한 것.

－고백이 먼지고백이. 물고백이. 한몫에 많이 뒤집어 쓴 것.

고분딩이 길이 굽이진 곳. 곱둥이. "저 고분딩이를 돌아가민 우리 집이다."

고상 고생(苦生). 이러한 예로는 "선상(선생)·학상(학생)·동상(동생)" 등 많다. "고상 고상하고 살다가, 인자 쪼메 살만하이 고만 죽었다."

고새둥거리 썩은 나무그루터기. "고새둥거리는 화기가 없어 못 쓴다."

고시내 고시레. 남의 집에서 음식이 들어오면 먹을 때나·무당이 푸닥거리할 때, 조금 떼어 던지면서 외치는 소리. 바깥 교외에 나갔을 때, 싸갖고 간 음식을 조금 떼어내어, 던지면서 외치는 소리. 이는 단군 때 고시(高矢)라는 사람이 백성들에게 농사짓는 법을 가르쳤다는데서 생겼다고도 한다.

고시라지다 · 고세다 고꾸라지다.

고암 굄 받는 것. "괴다"는 특별히 귀여워하고 사랑하는 것.

고오 거기. "고오 두고 가래이."

고 오이라 가지고 오너라. 경남 남해안에서 주로 쓴다.

고외가 증조부의 외가.

고이다 괴다. 귀여워하고 사랑하는 것.

「댕기놀애」 (의성지방) ㉖   「댕기노래」 (대구지방) ㉖
주었기사 주었건만 고일없이 너를줄까   마주칠때 너를주지 고일없이 너를주랴

고이적다 괴이쩍다. 곧 괴이한 느낌이 있는 것.

고일 공일. "오늘은 고일날이니 실컨 잠이나 자자."

고일(질)받고 얄미하다 보기에 애처롭고 얄밉다. 곧 면괴스럽고 얄미운 것.

「정부인자탄가」 (영천지방) ㉗
이칸청에 둘러서서 내행지만 살펴보니
바꼼바꼼 보는눈은 고질받고 얄미하다…
녹의홍상 새댁들은 첩첩이 둘러서서
섰다가 앉는모양 눈빠지게 자세보고
저희끼리 돌아보며 눈도깜작 하여보고
입도삐죽 하는구나

신부가 현구고례(見舅姑禮)를 하기 위해 올라선 두 칸 대청위에, 시댁사람들이 둘러서서 신부의 행동거지만 살펴보니, 곁눈질하여 빠끔히 보는 눈이 아니꼽고, 속이 뒤틀려 얄밉다는 것이다. 시집 쪽 녹의홍상을 입은 새댁들도 겹겹이 둘러서서, 신부의 섰다 · 앉는 모습을 눈 빠지게 자세히 보고는, 새댁들끼리 돌아보며 눈짓으로 껌벅거리기도 하고, 입도 삐죽삐죽하는 모습을 그렸다.

고재기 골목. 고샅. 이 말은 "고샅"에서 온 것으로, 마을의 좁은 골목길.

고저리 먹(묵)다 마늘 따위가 병들어 썩는 것. "마늘이 모지리 고저리 묵었다."

고주바리 고집이 센 사람. "저이는 고주바리가 억시기 시다."

고즈배기 썩은 나무그루터기.

고즉히 고즈너기. 잠잠하고 다소곳이.

고지기 여자속곳. 고의(袴衣). 여기서는 "속속곳"과 "단속곳"을 통칭한 것.

「가짐노래」(김천지방) [민]
고지기다 고지기너서 은사놋사 끈을달아
허릿쌈 둘러들어

속곳에다 그 속곳에 넣은 것은, 가짐을 은실 끈이나·놋쇠 끈을 달아, 허리춤에 둘러 들인 것이다.

−고진것 −고 싶은 것.

「만가(輓歌)」(김천지방) [민]
이세상을 올찌게는 백년이나 살가만이
먹고진것 못다먹고…
산천조종은 곤륜산이요 수지조종은 황해수라
왜놈조종은 이등박문 다리조종은 노족다리

이 세상을 올 적에는 백년이나 살까 싶어, 먹고 싶은 것 못다 먹고 가는 인생. 산천의 조종(祖宗)은 곤륜산이요, 물의 조종은 황해가 된다. 왜놈의 조종은 이등박문이다. 일본에 대한 원한이 서려 있어, 민가에서조차 이런 노래가 나왔다. 다리의 조종은 노디다리가 된다.

고추자지 깨묵붕알, 멀구같이 늘어졌네 할머니가 손자의 조그만 자지를 고추처럼·조그만 불알은 까만 깻묵처럼, 손자 본 것을 아주 자랑스럽게 여기는 것.

「상사몽」(칠곡지방) [가]
관옥같은 얼굴이며 깨묵불알 늘어졌네…
고추자지 깨묵붕알 멀구같이 늘어졌네

손자를 안고 자랑하는 할머니의 흐뭇한 심정은, 손자의 아름다운 얼굴을 관옥(冠玉)에 그리고, 까만 불알은 깻묵에 비유했다. 여름철이어서 손자의 고추자지와 깻묵불알이 머루송이처럼 축 늘어진 모습을 보고, 몹시 자랑스러워하는 것이다.

고치비비기 물레를 돌리기 전, 고치에 솜을 비비는 것. 물레에서 실을 뽑기 전, 활에 타서 부풀어 오른 솜을 가락에다 비벼야 한다.

고침(藁枕) 빈소의 상주 앞에 두는 짚으로 만든 베개.

곡색히 곡색이다. "곱새기다"는 일을 그릇되게 생각하거나 곡해(曲解)하는 것.

「한별곡」(경산지방) [가]
곡색한 이내간장 별반으로 생각되오…
곡색한 이내마음 곡색히 생각하여

「한별곡」(의성지방) [가]
곡색이 생각하여 허탕한 소년욕설
믿어한일 내그르지 점잔하신 우리군자

흙은 하소연과 욕설로 미워한일 내그르지

그릇되게 생각한 애타는 이내 마음, 별다르다 생각되느냐. 그릇되게 생각한 이내 마음을 또 그릇되게 생각하여, 흩어지게 되는 딱한 사정과 욕설로 미워하게 된 일을, 내 정녕 옳지 못 하였던 것이다.

꼬이고·막히게 생각함에 오해되는, 아무 소득 없는 소년의 욕설, 믿어서 한 일 내가 글렀지, 점잖하신 우리 낭군.

곡수주다 곡수(穀數)는 곡식소출의 양을 일렀으나, 소작인이 농사지어 지주한테 소작료를 주는 것으로 바꿔어 쓰였다.

곤 생선의 수놈의 정액을 이리. 곤이(鯤鮞)에서 온 말. 복어는 세상에 맛 좋기로 잘 알려져 있지만, 복어 알은 독이 있어 못 먹는다. 다만 수놈의 곤을 먹을 수 있는데, 중국의 소동파(蘇東坡)도『풍창소독』(楓牕小牘)에서 "식하돈치득일사(食河豚值得一死)"라고 했다. 우리나라에서도『동국세시기』에 "도화미락 이하돈화청근유장 위갱미심진미(桃花未落 而河豚和靑芹油醬 爲羹味甚珍味)"란 복사꽃이 떨어지기 전, 복어에 파란 미나리와 간장 그리고 기름 등을 넣고 국을 끓이면, 진미가 난다고 했다. 그러므로 중국인들은 "반사흘하돈(拚死吃河豚)"이라 하여 복어를 먹는 것은, 목숨을 버리는 것이라고 말했다.

곤곤(困困)하다 몹시 빈곤한 것.

곤때 새 옷을 입어서 약간 묻은 때.「상명가」(봉화지방) "중값주고 지은의복 곤때하나 못 묻히고." 중(重)값은 비싼 값을 주고 지은 의복은 진솔옷으로, 약간의 때도 못 묻혔단 것이다.

곤박산이 쥐벼룩. 밤이 되면 천장에서 쥐가 날뛰기 때문에 잠을 설칠 수 있다. 그래서 간혹 방바닥으로 쥐가 기어 내려와 손가락을 물기도 하는데, 반드시 곤박산이가 있기 마련이다.

곤젓 명태의 내장 젓갈.

곤지 무말랭이.

곤지랍다 작은 것이 약간 징그러운 느낌이 드는 것.

곤짠지·골금짠지 무말랭이로 담근 김치나 지.

곤치다 고치다. "고장난 시계를 곤쳤다."

곤칠개이 애를 먹이는 자식. "자슥 하나 있는기 곤칠개이다."

곤혹(困惑) 곤란한 일을 당하여 어찌할 바를 모르는 것.

「계녀사」 (예천지방) ㉮

침석이 곤혹하고 없난채 부디마라

잠자리와 음식이 어렵다거나, 또는 없는 체를 부디 말라는 것이다.

골가지 골마지. 곰팡이. 곰사구.

골골네(레) 어디든지·무엇이든지 일을 손쉽게 잘 해 나가는 사람. "저이는 일을 시키문, 골골네라 잘 한다."

골구(쿠)다·골딱지 끓게하다. 쪼글쪼글하게 말리는 것. "가무살이 들어 채소가 골가 죽겠다."

골동이다 머리를 동여매는 것. 「화전가」(영주지방) "수자수건 골동이고"

골따구(때기) 성을 내는 것에 대한 속어. 골＋따귀. "골따구가 억시기 시다."

골로 갔다 "죽음"에 대한 속어.

골맥이 골막이. 고을의 수호신.

골메(미)운다 아이들이 몸이 쇠약할 때, 찰밥을 지어 먹인다. "날씨가 더버 축 늘어지고 심이 없으면, 찰밥을 해 골을 미운다."

골미 바느질할 때 손가락에 끼는 골무.

「계모노래」 (예천지방) ㉯

장개가네 장개가네 쉰다섯에 장개가네

머리신대 먹칠하고 눈빠진대 불콩박고

이빠진대 박씨박고 코빠진대 골미박고

누릿누릿 호박꽃은 울담에라 넘나들때

그모양이 첫째로다 지붕처마 넘나들때

박꽃이 첫째로다

나이 쉰다섯에 장가를 가는데, 그 모습을 보면 머리 센 데 먹칠하고·눈 하나가 빠진 데는 불콩을 박고·이 빠진 데는 박씨를 박고·코 빠진 데는 골무를 박은, 해학적인 모습이다. 거기다가 누릿한 호박꽃은 울타리 담을 넘나들 때와, 박꽃은 지붕처마를 넘나들며 벋어날 때, 첫째가 된다는 것이다.

쉰 살 넘어 장가가는 남자가, 꽃 중에 늙은이처럼 보이는 호박꽃과, 저녁에 피는 박꽃을 제일로 삼은 것은, 늙은 노인의 장가가는 모습을 합리화하려는 우스꽝스런 광경이다.

골미떡 골무떡. 설 아래 떡국에 쓰는 가락을 길게 뽑아 납작하게 자른 흰떡.

골뱅이 달팽이. 논 고둥. 논우렁이.

골부리 다슬기.

골빙들다 골병. 되게 상해서 병이 속으로 깊이 든 것.

골빠지다 얼빠지다.

골지기 골을 지키는 사람. 산지기.

「물레노래」 (함양지방) [민]
산수산수 노산수에 골지기로 누었는듯

산수 간에 언제나 산수 간에 골 지키는 사람으로 누운듯하다는 것이다. 여기서 "노산수"는 노상 산수 간에 있어서 골지기 노릇을 한다.

곰배 고무레. "곰배로 밭에 흑딩이를 깬다."

곰새기(이) · 곰백이 곰팡이. "여름철에는 눅눅해서 옷에 곰새기가 피었다."

「가자가자 감나무」 (동래지방) [민]
가자가자 감나무야 오자오자 옷나무야
시리밑에 곰백이야

「놀림노래」 (동래지방) [민]
일본놈 꼬온놈 시리밑에 곰백이

시루 밑에 곰팡이로, 일본놈이 일제하에 미우니까 깐놈 시루 밑에 곰팡이 같다고 한 것.

곰탱이 어리석고 둔해, 곰 같은 것. "미련 곰탱이 같은 놈아."

곰피 바다에서 나는 해조류. 미역보다 잎이 넓적하고 · 억센데 쌈으로 많이 먹는다.

곱다 일이 뒤틀리는 것. 이익을 보려다가 도리어 손해를 보는 것. "일을 하다가 곱았다."

곱사하다 곱살스러운 것.

「화전가」 (안동지방) [가]
네모양 곱사하니 행인지심 없을지며

너의 모습이 곱살스러우니, 길가는 사람들에 대한 마음이 없을 것이다.

곱상그리다 곱송그리다. 겁나거나 놀라서, 몸을 잔뜩 오그리는 것.

곱새 영구새. 초가지붕의 용마름. "초가지붕말랭이에 일 곱새를 엮었다."

곱질 이증에 걸린 사람. 똥에 피가 섞여 나오는 물그레한 점액.

「복선화음록」 (선산해평) [가]
염병이며 풍병이며 이질이며 곱질이며
각색병이 구출한다.

염병(染病)은 장티푸스요, 풍병(風病)은 신경의 탈로 생기는 온갖 병과, 곱질은 이증(痢症)을 이른다. 이런 각종 병을 구출(俱出)은 곧 골고루 갖추어 나타난다는 것.

곳딱지딱 꼴딱지딱. 꼴딱은 목구멍으로 단번에 넘어가는 소리요, 지딱은 닥치는 대로 먹는 것. 「규중행실가」(안동지방)㉮ 참조

곳빠리 새끼상어(회거리). 50년대만 해도 상어새끼가 많이 잡혀, 장꾼들이 장에 가서 곳빠리를 사면, 생선전에서 상어껍질을 벗겨주니, 보기가 안 좋았다. 그렇지만 지게 고리에 이를 매달고, 한잔 술을 마시고 비틀거리며 집으로 돌아왔다.

공개(구)다 받쳐주는 것. 괴다. "지둥이 썩어 다른 낡으로 공구았다."

공겹 공손하게 대접하는 것.

공굴(공구리) 콘크리트. 영어 "concrete"에서 일본어 "コンクリート"가 우리나라에 들어와 "공굴"이 되었다. 그리하여 경상도에서는 "공굴다리"니 "장깡에 공굴했다"느니 쓰고 있다.

공기·건구 권구(眷口). 한 집에 같이 사는 권속(식구). "너그 집 공기가 메치고."

공다지 공짜.

공달패 건달패. 「모심기노래」(상주지방) 친구야 벗님은 간곳없고 공달패만 모였구나.

공매 공로. "아무 공매 없는 일."

공맹자가 원수로다 삼종지도와 같은 유교교훈에 구속되어, 바깥출입도 못 하고 집안에 갇혀 지내는 여자로서는, 공·맹자가 원수 같다는 것이다.

「화전가」(안동지방)㉮
시부모 안미우면 제며느리 중매한다
시부모 원망보다 공맹자가 원수로다

시부모란 존재는 밉기 마련인데, 그렇다고 안 밉다면, 과부된 며느리를 중매 서는 몹쓸 짓은 안 할 것이다. 그런데 이런 시부모보다 더 원수는, 여자를 집안에 구속한 공·맹자라는 것이다.

공뺑이 공짜로. 공(空)뺑이. "오늘은 차를 공뺑이로 탔다."

공소(空疎) 사이가 엉성한 것.

「인정이 공소하면」(군위지방)㉯
인정이 공소하면 성문인들 두릴손가

인정이 엉성하면 성문(聲聞) 곧 소문인들 두렵겠는가.

공중(空中) 허공중에 국수를 빼어 널거나, 옷 따위를 세탁하여 너는 것. 「남녀부정」 (군위지방) 참조.

공징이 태주할미. 공중(空中). 무당의 일종. 태주는 마마를 앓다가 죽은 어린 계집아이 귀신. 혹은 다른 여자에게 신지펴서 길흉화복을 말하고, 온갖 것을 잘 알아맞히는 것.

공참(孔慘) 매우 참혹한 것.

> 「화전가」 (영주지방) ㉠
> 신병팔자 과히하고 가화가 공참하셔
>
> 몸에 난 질병에 대한 운명을 지나치게 하여, 집안의 앙화가 매우 참혹함을 그린 것이다.

과객편에 중우 · 저구리 무치기 일이 허사가 되는 것.

과맥이 관목어(貫目魚). 삐득삐득 말린 청어. 이 과매기는 봄날들에 돋아나는 쑥을 뜯어 넣고 국을 끓여 먹는데, 특히 과매기 알이 통통밴 것은 맛이 좋았다.

과시하다 과세(過歲)하다. 설을 쇠는 것.

과장하다 지나치게 꾸짖는 것.

괌 고함. "할배 괌소리가 백락같다."

광대등걸 험상궂게 생긴 나무등걸. 얼굴이 파리해져 뼈만 남은 것. 「백발가」(예천지방) 참조.

광보 걸핏하면 성내고 소리를 지르는 사람.

괘않나 괜찮나. 관계치 않다. "좀 진일 봤는데 괘않나."

괴기 · 기기 고기. "괴기가 많이 잽힌다."

괴기는 씹는 맛으로 먹고, 씹은 박는 맛으로 한다 고기는 씹는 맛이 있어야 하고, 여자성기는 박아주는 맛이 있어야 한다.

괴따다 괴팍하다.

괴머리 물레의 왼쪽. 가리장나무 끝에 가락을 꽂으려고 만든 부분. 「물레노래」(예천지방) 참조.

괴물시럽다 꽤 까탈스러운 것.

괴정 콜레라.

괴하다 · 괴타 괴이하다. 괴(怪)하다는 성질과 행동이 괴상하다.

> 「계녀사」 (고령지방) ㉠
> 무슨보화 너를줄고 두어줄 가사쪽을

은근히 너를주니 문사도 황당하고
존시께 괴하나 외인첨시 불견하여
농의깊이 간수하여 일다하고 잠안올때
친정생각 나거들랑 이것내여 보고서는
날본듯이 빈기어라
글씨는 얼굴본듯 사연은 말듣는듯
잠시간의 잘터이니 만금같이 바라여라

시집가는 딸한테 무슨 보화를 줄고. 다만 두어줄 가사(계녀사)를 써서 은근히 너를 주니, 문사도 거칠고 허탄함에, 이를 만약 시어른이 보면 괴상히 여길 테니, 다른 사람들이 첨시(瞻視)는 눈을 휘둘러보게 하여서는 안 된다. 이를 장롱 안에 깊숙이 간수하여, 시집에서 일이 끝난 뒤, 잠이 안 올 때면 꺼내어, 날 본 듯이 읽고 반겨라. 글씨는 내 얼굴 본 듯, 적힌 사연은 내 말을 들은 듯이, 이를 읽다가 피곤하여 잠시간 잘 터이니, 만금같이 이 「계녀사」를 의지하라는, 친정아버지가 딸한테 당부가 너무 절절하다.

굉(갱)다리 나무의 괭이.

구감(口疳)하다 입안이 헐어 터지는 병. 여기서는 찧은 곡식을 입대는 것.

「노부인가」 (청도지방) ㉮
방앗간에 구감하고 흉두(兇肚)가 도졌는가
꾸민없고 꾸미어없어 밥한술은 못먹겠나

방앗간에서 찧은 곡식을 입대고, 흉스런 속병(위장병)이 도졌는가. 꾸미(반찬)는 없는데다 구미(口味)조차 없으니, 입맛이 없어 밥 한 술도 못 먹겠다고 한다.

구구자 구기자.

구닥다리 집안 구석구석에 놓아둔 허섭쓰레기 같이 버려도 좋은 물건. "집구적에 웬 구닥다리가 이리도 많은가."

구더리 · 기더리 구더기. "정낭에 구더리가 많아 할미꽃 뿌리이를 넣었더니, 구더리가 다 죽었다."

구두들거리다 입안에서 불평 짓는 것. "늘쌍 무신 소린지 구두들거린다."

구두칼 구두주걱. 곧 구두를 신을 때, 뒤축에 대고 발을 들여미는 도구. 화비(靴篦).

구들배미 귀뚜라미. "구들배미 풍류한다."는 게을러 논에 손을 대지 아니 하여, 농작물의 소출이 없는 것.

구들장군 늘 방에 들어박혀 잇는 사람.

구딩이 구덩이. "흑구딩이 물이 고였다."

구라찌 클러치. 영어 "clutch"가 일본어 "クラッチ"로 바로 쓰이고 있다.

구라치다 거짓말의 속어.

구루마 수레. 일본어 "くるま(車)"가 그대로 쓰인 것이다. 지금은 거의 안 쓰이고 있다.

구름차일 덩그렇게 높이 쳐서, 햇빛을 가리기 위한 포장.

「질헌수가 · 족형경축가」 (대구월촌) ㉔   「화전가」 (상주지방) ㉔
구름차일 높이치고 큰상차림 구경하세.   구름차일 높이치고 바람병풍 둘러치고

잔치 날 마당에 구름처럼 높이 친 흰 차일 아래, 차려놓은 환갑잔치의 큰상을 구경하거나, 또는 혼례식 마당에 둘러친 병풍 등의 모습을 그린 것이다. 이 "차일"은 "채알"로 많이 말하고 있다.

구리분 크림. 이는 영어 "cream"이 일본어 "クリーム"를 거쳐 "분"이 덧붙여진 것이다.

「강능화전가」 (강능지방) ㉔
치분으로 양치하고 비누세수 빨리하고
도화분 미안수며 향유기름 구루무며
구름같이 흐튼머리 반달얼개 넌짓들어

치약이 가루로 된 것으로 양지(楊枝)질과 비누세수를 빨리하고, 붉은 분과 스킨을 바르고, 향유기름과 크림이며, 구름같이 흩은 머리를 반달처럼 생긴 얼개빗을 넌지시 들어 빗는 모습이다.

구링이 구렁이. "풀이 더부룩한데 구링이가 있을라 가지마래이."

구무내다 음식을 "구멍 내다"는 것은, 온전한 음식에 손댄 흔적이 있는 것.

「계녀가」 (영양지방) ㉔
음식을 나눌적에 구무내어 주지마라

잔치나 제사음식을 이웃집에 나누어줄 적에, 손댄 음식을 주어서는 안 됨을 강조한 것이다.

구무잃은 자치같다 제 숨을 구멍을 잃은 까토리(자치,雌雉)같이, 매우 황급히 구는 모양.

「만수가」 (영천지방) ㉔
구무잃은 자치(雌雉)같이 올줄갈줄 모르면서

구무지킨 배암같다 부녀자들의 외부출입을 막아, 집에만 틀어박혀 있는 사람을 비유한 것.

> 「이씨회심곡」 (해평지방) ㉮
> 연죽을 벗을삼고 고대광실 넓은방에
> 구무지킨 배암같이 새우잠을 본을받아
> 누었으락 앉았으락 고금역사 상상하니
> 전생인가 차생인가 꿈이라도 흉몽일세

> 긴 담뱃대를 벗 삼아, 커다란 집 넓은 방에, 뱀이 제 구멍을 지키듯 집에만 틀어박혀, 허리 굽은 새우처럼 누워, 그렇게 잠자는 것을 본받아 누웠거나·앉았거나, 지나간 자기의 일과 지나온 고금 역사를 생각하니, 자기 신세가 전생인지·차생인지 헷갈려 꿈이라도, 마치 흉몽을 꾼 듯하다는 것이다.

구민구민·구미구미 여기저기. 구석구석. 혹은 구멍구멍. "뒷날 묵을라고 구민구민 감직는다."

구부 베 두필을 이름.

구분다지 굽은 모퉁이. "저 길 구분다지에 내 동무집이 있다."

구불다·굼불다·궁굴다 구우는 것. "아이들이 방구적에서 구불고 장난친다."

구비치다 구겨지다.

> 「싱각시로 동행하세」 (군위지방) ㉞
> 고이곱게 해가지고 농에여니 구비치고
> 줄에거니 줄때묻고 꽃방우리 하나사서
> 안에담속 여가지고 뒷동산 노승낭게
> 천장만장 걸어놓고

> 옷 한 벌을 곱게 마련해 농에 넣자니 구겨질 것 같고, 줄에 걸자니 줄 때 묻을 것 같고, 꽃방구리 하나 사갖고 그 안에 담쏙 넣어 가지고, 뒷동산 노승나무에 높이높이 걸어 놓고.

구뿌다 몹시 마음에 만족스러운 것. 혹은 먹고싶은 생각이 나거나, 입맛이 당기는 것.

구(쿠)사리먹다 꾸지람 듣다. 일본어 "くさ(腐)り"에서 왔으나, 일본어의 뜻과는 달리 쓰인다.

구시(새)간 정랑(淨廊). 「중노래」(군위지방)에 "우리어마 구새가고 구새길이 머고머다". 일본어 "くそ(糞)"도 우리말이 건너간 흔적으로, 경상도에서는 아직도 쓰이고 있다.

구식 · 구억 · 구적 구석. "구직구직 몬지고뱅이다."

구신날나리같다 아주 이상야릇하게 꾸민 것에 대한 속어. 무당집에 여러 가지로
　　이상야릇하게 꾸민 것처럼, 잘 꾸민 집이나 · 옷을 잘 차려 입었을 때, 흔히 하는
　　말이다.

구신떡달이 몹시 귀찮게 달라붙는 것. "한번 놀로 오면 저 사람은 구신떡달이다."

구실 홍역.

구역 · 구영 · 궁게 · 굼게 · 궁가 구멍에. "고방궁가로 쥐가 들락거린다."

구연하다 겸연쩍다.

구우구우 닭의 모이를 줄 때 부르는 소리.

구이젖 구유젖. 젖꼭지가 속으로 들어간 것.

구재 구들재.

구젓 굴젓.

구죽죽하다 구중중하다.

　　「노정기」이육사
　　여기저기 흩어져 마을이 구죽죽한 촌보담 어슬프고…

구(굿)짜 화투에서 같은 패끼리 먹어가고, 남은 패. 또는 누군가 가지게 될 것인지
　　정해져 있는 물건.

구차투생(苟且偸生) 구차는 정당하고 어엿하지 못하고 구구한 것. 투생은 욕되게
　　살기를 꾀하는 것. 「이씨회심곡」(봉화지방) 참조.

구처없이 하는 수 없이. 어쩔 수 없이.

「사향곡」 (봉화지방) ㉮	「벽진이씨사향곡」 (영덕지방) ㉮
부득사세 구쳐업셔 아연히 작별하고	원부모 이형제도 구채업시 이별되고
매정한 수레꾼이 내몸실어 떳쳐와서	원조상 이친족도 부득사세 이별되니
아모리 생각해도 몽혼이나 아니던가	

　　마지못해 어쩔 수 없는 형세가 되어, 급작스레 이별하고 나니, 얄밉고 인정 없는
　　수레꾼이 내 몸을 싣고 떨쳐나서서, 시댁까지 왔다. 아무리 생각해도 마취된 듯
　　환상 같다.

　　친정부모를 멀리하고 친동기간을 이별하고, 어쩔 수 없이 이별이 되어버리고, 조상들을
　　멀리하고 일가들과 이별하게 되니, 하는 수 없이 이별이 되고 만다.

구피 굴피. 참나무의 두꺼운 껍질.

국(굿)기다 궂은일을 당함. 곧 어떤 일에 마장(魔障)이 들어, 일이 잘 되지 아니하거나, 상사가 나는 것.

국단지 밥솥에 얹어 국을 끓일 때 쓰는 작은 단지.

국시 꼬랑대이 국수 빼고 나머지 부분. 아주 분량이 적은 것. "국시 꼬랑대이만치 준다."

국을 먹어야 인덕이 있다 음식도 유동성이 있는 것을 먹어야, 사람이 덕성스럽다는 것이다.

국척(跼蹐) 마음이 황송하여 몸을 굽히는 것.

국캐 수렁의 진흙. 수녕(水濘)은 진창·진 수렁으로 땅이 곤죽같이 진 곳. 이 곳에 한번 발이 빠지면 사정없이 들어가게 된다. "국캐 빠져 해감내가 등천을 한다."

군(구)달네 딸린 식구. "저 집에는 구달네가 많아 양석이 많이 든다."

군달스럽다 궁색한 모습이 보이는 것. "역시기 군달시리 살았다."

군동질 군것질. 군내.

「여탄가」 (의성지방) ㉮
삼시로 먹는음식 배부르게 먹고서도
남편발끝 엿보아서 군동질을 잘도한다

하루 세끼를 먹는 음식을 배부르게 먹고서도, 남편의 행동거지를 살펴보아, 군것질을 잘 하는 것.

군둥(동)내 김치가 오래되어 나는 냄새.

「교녀사」 (예천지방) ㉮
박대하는 시부모를 어찌하여 속여볼꼬
눈결만 돌리거든 세간이나 훔쳐내고
발끝만 돌리거든 군동지나 하여먹고
바느질 하라거든 예예틈틈 잠만키워
속창옷 버선커리 십여일씩 빼쳐가고
질삼을 하라하면 못하는걸 어이하리
잡채여 못견디면 의병으로 하는체로
고치풀고 무명감고 쐬기질 활타기며
물래질 베짜기를 일일이 남을시켜

「규중행실가」 (인동지방) ㉮
깨진그럭 자조닦아 수저가락 불에들어
군둥재를 자조해도 배불러 살안찌네

인정 없이 심하게 구는 시부모를 어찌하여 속여 볼까. 시부모가 눈길만 돌리면 세간이나 훔쳐내고, 발끝만 돌리면 군것질 거리를 꺼내 음식을 만들어 먹고, 바느질 하라하면 대답만 예예하고 틈틈이 잠만 잔다. 속창옷이나 버선켤레 일을 열흘이나 뻗쳐가게 하고, 길쌈을 하라하면 못하는 걸 어찌하리. 일에 쫓겨(독촉) 못 견디면 병인 양하여 하는 것처럼, 고치 풀고·무명감고·쐐기질·활타기·물래질·베짜기를 일일이 남을 시킨다.

깨어진 그릇 자주 닦고 숟가락과 젓가락이 아궁이 불에 들어가, 군둥내 나는 재를 자주 묻혀도, 배가 불러도 살이 안 찌네.

군(꾼)들거리다 꿈틀거리는 것. "째기발 디디고 서니, 몸이 군들거린다."

군드러지다 "눕다"의 속어. "저 방아 큰아가 군드러져 잔다."

군디(대) 그네. "단오에는 군디를 띤다."

군디발 밑싯개. 그네 줄의 맨 아래에 걸쳐서 발을 디디거나 또는 앉아 있도록 된 긴 네모의 물건.

군밤과 지집은 잘에 있으믄 묵게된다 여자는 가까이 있으면 손이 쉬이 가게 된다. "뽂은 콩과 지집은 잘에두고 몬 참는다."

군웅(軍雄)구신 군왕대감. 군웅대신. 액을 막아주는 무신(武神).

「현부인가」(대구월촌)㉮
무당이 밥을하여 성주군웅 손비비네

군지 코뚜레.

굴창 걸창. 내장. "굴창이 상했다"(분해 속이 상했다.)

굴쿠(구)다 굵게 하다. "물외를 굴카 따 묵자."

굴티이 시골 구석진 골짜기. "이 촌놈은 굴티이 살고 있십니다."

굴패 큰 비로 땅의 흙이 패여 나간 곳.

굶어도 엉덩방아 맛으로 산다 굶어도 성교하는 맛으로 산다는 것.

굼빈이 굼벵이. "굼비이 구불 재주한다."

굽스리다 굽히는 것. 「베틀가」(예천지방) 참조.

굿 삼굿. 삼을 찌는 구덩이나 큰솥.

궁가(기) 굶겨. "안 먹여 궁가 죽였다."

궁겁다 궁금하다.

「소회가」(상주지방)㉮　　　　　「사향곡」(봉화지방)㉮
매봉가절 배사친에 그리우면 엇지하며　　이러커던 마음업서 궁거움도 그리움도
철예상사 우쥬명월 궁거우면 엇지할고　　희로애락 불분하면 신상이나 편안하제

왕유(王維)의 「구월구일억산동형제시(九月九日憶山東兄弟詩)」 "독재이향위이객
(獨在異鄕爲異客) 매봉가절매사친(每逢佳節倍思親)"을 인용한 것으로, 매양 좋은
계절을 맞으니, 점점 어버이를 생각는 그리운 마음 어찌하며, 멀리 떨어져 서로
그리워하는 우주 가운데, 밝은 달처럼 임이 궁거우면 어찌 할고. 여기서 "철예상사"는
"천애상사(天涯相思)"의 오기다.

고향생각이 이러 하거든, 마음에 없어도 궁거움과 그리움 그리고 희로애락을 분간할
줄 모르면, 내 몸이나 편안하지.

궁깅이　궁궁(芎藭)이. 단오 때 여인들의 머리에 꽂고 다니는데, 이상한 향내가 나기
　　때문에 뱀이 그 냄새를 싫어한다고 함.

궁상　궁싯거리는 것. 이리저리 몸을 뒤척이는 것.

「등노래」(창녕지방)㉯
경상감사 너어디 두고 그리궁상 허송세월

경상감사를 너는 어디 두고, 그리 궁싯거리며 허송세월 하는고.

궁디이 찔기다　한자리 앉으면 일어설 줄 모르는 것. "저 사람은 한 자리 앉으면
　　궁디이 찔기다."

궁매　장승. "여기 옛날에 궁매가 있었던 곳이다."

궁시(지)렁거리다　입안에서 지껄이는 말. "저 영감은 무신 소린지 궁시렁거린다."

궁없다　보기 흉한 것. 마음씨가 바르지 못하고 엉큼한 것.

궂안일　묏자리를 만드는 일.

권석　권속(眷屬). 돌보는 식구를 말한다.

「시집살이」(통영지방)㉯
아래웃방 권석들아 너무집의 권석들은
첫새벽에 일어나서 물기깽이 손에들고
두룸마당 다니는데 우리집의 권석들은
해돋두록 잠을자네

아래·윗방 권속들아 남의 집 권속들은 첫새벽에 일어나서 물꼬꽹이 손에 들고 논두렁
둘러보러 다니는데, 우리 집의 권속들은 해가 돋도록 잠을 잔다. 권속들의 게으름을

노래한 것이다.

귀가 절벽강산이다 늙어서 귀가 먹은 것. 아래 "귀가 층암절벽"도 귀가 아주 먹은 것.

「백발가」 (영해지방) ㉮
정강이를 볼작시면 비수검이 날이서고
팔다리를 볼작시면 수양버들 흐늘흐늘
아래턱이 코를차고 무릅팍이 귀를넘네
어린체를 하랴고서 코물조차 훌적이며
울고이별 하얏난지 쌍안눈물 무삼일고
등짐장사 하얏난지 집팽이는 어인일고
떡가루를 치랴는지 채머리는 무삼일고
신풍미주 취한듯이 비척걸음 가관일다…
청춘이 어제러니 백발이 시작이라
소문없이 오는백발 귀밑을 재촉한다…
꽃같이 곱던얼골 검버섯이 절로난다
옥갓치 희든살이 광때둥걸 되얏구나
백옥같이 희던살이 황금불이 되었으며
삼단같이 좋든머리 다박솔이 되었으며
등잔같이 맑은눈이 반판수가 되었으며
청산유수 같던말이 반벙어리 되었으며
정의말을 듣던귀가 만강풍우 못들었다
일행백리 하던걸음 상투끝이 먼저간다
살대같이 곧은허리 길마가지 부러워라
손수박씨 까던이가 북덕입이 되었으며
단사같이 곱던입이 이운박꽃 되었구나
있던근력 도망가고 맑은총명 간데없네
묵묵무언 앉았으니 참선을든 도선이요
자질보고 꾸짖으면 구석구석 웃음이요
어른훈수 말대답이 대접하여 망령이라

「백발가」 (예천지방) ㉮
꽃같이 곱던얼굴 검버섯은 웬일이요
옥같이 희던살에 광대등걸 되었구나
삼단같이 검던머리 불한당이 쳐갔으며
볼때기 있던살이 마고할미 주워갔네
샛별같이 맑던눈이 반장님이 되었으며
거울같이 밝은귀가 절벽강산 되여가네
밥먹을제 볼작시면 아래턱이 코를차고
정강을 걷고보면 비수같이 날이서고
팔때기를 걷어보면 수양버들 늘어졌네
무슨시름 쌓였는지 눈물조차 느러지고
추어한기 들렸는지 콧물같이 흐르도다
떡가루를 치랐는지 채머리는 무삼일고
지팽이를 짚었으니 등걸장사 하였는가
묵묵히 앉았으니 부처님이 되었는가
정신이 혼미하니 총명인들 있을손가
남의말을 참여할때 문동답서 답답하고
집안일을 분별할제 딴전이 일수로다
그중에도 먹느라고 비육불포 노래하고
그중에도 입을라고 비백불난 말만하네
누가주어 늙었는가 자식보면 떼만쓰고
소년보면 자세하야 울듯하면 성만내고
예사말은 하건말건 건듯하면 서러하고
육십육갑 꼽아보니 덧없이 돌아가고
사시절을 살펴보니 빠르게도 돌아간다
집안일을 분벌할재 망영이 일수로다

「백발가」는 영해지방과 예천지방을 비교했는데, 거의 양쪽 규방가사가, 그 흐름은
비슷하나, 영해지방이 백발·반벙어리·걸음걸이·곧은허리·박씨이·단사입 등이
삽입되어 구체적으로 묘사되었고, 예천지방은 비육불포·백비탕 등이 추가되었다.
"광대"는 용모의 속어요 "등걸"은 나무의 줄기토막처럼 노인이 뼈만 남은 모습이다.

삼단 같은 머리가 "불한당"이 되었다는 것은 행패부리는 무리들이 쳐서, 엉성하고 어지러운 머리를 비유한 것이다. 젊을 때 속살이 옹찼는데, 이미 노파의 살갗 모습이 되었고, "체머리"는 병적으로 흔들려지는 머리다. "신주·미주"같은 술을 먹고 취하여 비틀비틀 걷는 모습이요. 지팡이를 짚고 나서는 모습에서, 등짐장수처럼 보인 것이다. 마지막에 가서는 노인이 항시 "비육불포(非肉不飽)"를 말하니, 고기를 안 먹으면 배가 부르지 않다고, "비백불난(非帛不煖)"은 비단옷이 아니면 몸이 따스하지 않다고 불평을 늘어놓는다.

해학적인 표현도 보이니, 노인의 정강이가 살이 빠져 뼈만 남은 것을 보고 비수검인 칼날과 팔뚝은 수양버들과 같이 흐늘거리는 모습의 비유라든지, 아래턱이 코밑을 차고·무릎이 귀를 넘었다는 것도 여윈 모습을 그린 것이다. 한번 길나서면 백리 길도 거뜬하게 걷던 걸음이, 허리가 꼬부라져 상투 끝이 앞서게 된다는 표현이 멋지다. 젊을 적 희던 살이 검버섯이 돋거나 검거나·황금부처가 되었다 했고, 삼단 같은 머리에서 "불한당"은 노인의 손질하지 않은 어지러운 머리요, "다박솔"은 다보록하고도 짧은 머리털을 가리킨 것으로, 아주 멋진 표현이다. 잘 듣던 귀가 늙어 꽉 막힌 귀를 "층암절벽(層巖絶壁)"이 되었다거나 "만강풍우(滿江風雨)"로 시끄럽게 내리는 비·바람소리를 듣지 못 하는 귀를, 은유적으로 표현하여 문학적 묘미가 있다.

귀(기)경　구경. 귀경(貴景). "가실 단풍귀경이나 가재이." 노계의 「소유정가」에 "새봄을 귀경(貴景)ᄒ랴."

귀꼬마리　귀의 속어. "귀꼬마리가 인자 뚫렸다."

귀당　귀퉁이 마당.

> 「계녀가」 (영천지방) ㉮
> 아해불러 귀당썰고 혼연영접 하였으니
> 내듣기 헌걸하다

아이 불러 마당 귀퉁이를 쓸게 하고, 아무 구별 없이 손님을 맞이하였으니, 내가 듣기에 너의 태도가 당당하고 너그러워 인색하지 않게 보인다.

귀때기병　귀때병. 액체를 따르기 좋게 부리가 있는 병.

귀띰(뜸)　귀띔. 눈치를 알아차릴 만큼, 요점만 알려주는 것.

귀(기)럽다　괴롭다. 귀찮은 것. "몸이 와 이리 기럽나."

귀령(歸寧)　근친가는 것. 시집간 딸이 친정 어버이를 뵈러 가는 것.

> 「여탄가」 (의성지방) ㉮
> 맛난음식 장만하여 귀령부모 하올적에

> 「회향가」 (안동지방) ㉮
> 정유년 경영하던 귀령지행 하여보세

어이그리 더디던고 　　　　　　　　　 귀령도 사하려니 친척정화 소원이다

맛난 음식 장만하여 친정 어버이를 뵈러 갈 적에, 친정 가는 걸음이 마음만 앞서가고, 실제는 몸이 더디 감을 표현한 것이다.

정유년에 계획했던 근친가는 일을 하여보자. 근친가는 일을 허락하신 구고께 사례하니, 친정친척들과 그동안 있었던 일들을, 정다운 이야기로 나누어 보는게 소원이라 했다.

귀막재기　귀머거리.

귀망(양)머리　귀밑머리. 귀밑머리로 아이들 머리를 땋는데, 앞이마 한가운데서 양쪽으로 갈라 살쩍과 얼려서 가느스름하게 땋아서 따로 귀 뒤로 넘긴 머리털.

「양동이」 (군위지방)ⓜ
귀망머리 풀찌게 양동인줄 알았는게

양동이는 "바께스"로, 며느리가 이를 깨뜨려, 시집에서 물어달라고 한다. 그래서 귀밑머리 풀어 다리로 팔았을 적에, 양동이를 살 줄 알았는데.

귀망하다　깐깐하다.

귀부알　귓볼. 귓밥.

귀역　구석.

귀옆머리　귀양머리.

「화전가」 (안동지방)ⓐ
귀옆머리 볼작시면 동지섣달 걸인같고
소의빠진 쥐같더라

귀밑머리를 볼 것 같으면 동지섣달 걸인 같고, 소(沼)에 빠진 쥐 같은 모습이다.

귀점　귀이개.

귀짜대기　귓불의 속어. 귓바퀴 아래쪽으로 늘어진 부분. "고만 기짜대기를 갈길기제."

귀(기)창(청)　귀지. 귓구멍에 엉겨 붙은 누른 때. "여덟팔자로 누어 있으믄, 가인이 귀청을 후벼주는 그 기분이 좋다."

귀타리(기팅이)　귀퉁이.

귀(기)통배기　귀퉁이의 속어로 귀의 언저리.

규로(逵路)　아홉 방향으로 통하는 큰길. "규로 들다"는 큰길로 찾아 들어오는 것.

「달거리」 (안동지방)ⓜ
삼월이라 삼진날에 강남서 나온제비

옛집을 잊지 않고 처마지붕 규려드네
부진부진 규려드네 우리님은 어디가고
찾아들줄 모르는가

삼월삼짇날 강남서 날아온 제비가 예집을 잊지 않고 처마지붕 밑으로 찾아든다. 더하지 않게끔 많이 찾아드는네, 우리임은 어디가고 찾아들 줄 모르는가.

그거 맨치로 그것 모양으로. "뿌사진 걸, 그전 맨치로 맹글어라."

그당(새)사안아 · 그다안 · 그단새 그 동안에. "그당사안아 댕겨 왔나."

그대 그 동안.

「어린아기노래」(창년지방)[민]
남산죽순 원하더니 그대커서 왕대되야

남산의 죽순처럼 자라길 원했더니, 그 동안 성장하여 왕대처럼 컸단 것이다.

그라고 그리고. "그라고 또 놀러 온내이."

그랭이 강바닥을 긁고 지나가면서 재첩을 잡는 도구.

그렁지 그늘. 그림자. "당수나무 밑에 그렁지에 앉아 쉬어라."

그로(루)거로 그러구러. 우연이 그렇게 되어.

그륵 그릇. "그륵이 수북하다."

그마끔하다 그만하다.

그마이 그만큼.

그 머시고 그 무엇이고. 말이 빨리 안 나올 때, "그 머시고"하다가 생각해서 말이 이어 나온다.

그부로 · 니부로 · 저부로 그 때문에. 너 때문에. 저 때문에. "그부로 일부로 왔다 아이가."

그자 너거 그자. 아이들한테 달래는 말로 "너그 그자, 네 말 잘 들어래이."

그적사는(그적새) 그 때서야. "그적사는 무신 일인고 알았다."

그철 · 이철 · 저철 그처럼. 이처럼. 저처럼. "그철 가지마라 캤는데, 기어이 갔다."

그카다 그렇게 말하다. "동상이 그카다. 엄마가 그카다."

그캐싸코 그렇게 말하고. "세상사람들이 그케 쌓더라."

그쿠 그렇게. "그쿠 가지마라고 캤다."

그큼 그만큼. "그큼 말렸는데, 가삐렀다."

극난(極難) 극히 어려운 것.

> 「규중감흥록」 (예천지방) ㉮
> 여자행실 극난이라 열녀전을 사모하여
> 착한일을 본을받고 악한일을 버려두고
> 내몸을 돌아보고 부디부디 조심하야
> 무죄한 친부모로 욕된일을 면케하라

평소 여자의 행실은 아주 어려워, 『열녀전』을 읽고 거기 나오는 열녀들의 행실을 사모하되, 착한 일은 본을 받고 · 악한 일은 버려야 된다. 항상 내 행실을 돌아보아 조심하여, 아무 죄 없는 친정 부모들이, 나로 인하여 욕된 일을 당하지 않고, 면하게 해달라고 소원하는 모습이다.

극분(極憤)하다 지극히 분하게 된 것.

> 「만수사」 (달성지방) ㉮   「붕우사모가」 (봉화지방) ㉮
> 마음대로 노다가자 신신조로 기약터니   남과갓치 자복없고 가장자식 등등하나
> 남에게 매인몸이 여자일신 극분하다   노경소조 극분하다

마음대로 놀다 가자고 거듭거듭 부탁하고 약속했더니, 시집에 매인 이 몸이, 여자로 태어난 일신이 너무나 분하다.

남들처럼 자식 복이 없고, 가장과 자식들이 등등(騰騰)하게 있으나, 늙바탕에 소조(蕭條)함은 쓸쓸하게 되고 보니, 지극히 분한 마음만 앞선다.

근근간간(勤勤懇懇) 부지런하고 정성스러운 모양.

> 「교녀사」 (예천지방) ㉮
> 근근하고 간간하야 내괴롬 전혀몰라

근대 근량. 무게.

근사(勤仕)하다 열심히 일하는 것. 맡은 일에 힘쓰는 것.

> 「화전가」 (영주지방) ㉮
> 이내말만 명심하고 삼사년 근사한 일일세

이내 말만 마음속에 새겨두고, 삼사년을 열심히 일한 것이다.

근심썩는 약은없다 사람의 근심과 걱정을 썩게 하는 약은 없다. 「청상가」(대구지방) 참조.

근원좋다 부부지간 금실지락이 좋은 것. "근원 버힐 칼이 없고, 근심 없앨 약이 없다"는 부부간의 금실은 끊을 수 없으며, 인간생활에서 근심걱정은 언제나 따른다는 것.

「모숨기노래」 (동래지방) ㉶
유자캉 성노캉 의가좋아 근원좋아
한덩거리 둘열렸네.
처녀총각 근원좋아 외통베개 둘비었네.

유자하고 석류하고 정의가 좋아 곧 금실이 좋아 한군데 둘이 열렸다. 처녀총각 외통베개를 둘이 베었다.

글때 그전에. 한참 전에.

글 용하다 글을 잘하는 것.

「화전가」 (영주지방) ㉮
어떤 부인은 글용해서 내칙편을 외워내고

어떤 부인은 글을 잘해서, 「내칙편」을 외워 내는 암기력을 보이고, 있는 모습이다.

글카다 그렇게 말하다. "가아가 글카더래이."

글텅이 그루터기.

금달래같다 치장을 울긋불긋하게 한 것. 일제강점하 대구에 살았던 정신이상여성으로 잘 알려져 있었다.

금마 그놈아이. "금마가 어델 끄지르고 댕기노."

금삭(今朔) 오늘 초하루.

「화전가」 (봉화지방) ㉮
혼인은택 깊은자품 금삭같이 귀히여겨
면면각각 반기시니 옛추억이 새롭도다

시어른들의 우리 부부를 혼인시킨 은혜로움과 덕택, 그리고 시부모의 깊은 타고난 좋은 성품을 보자, 며느리 마음은 항상 오늘 초하루 같은 마음으로 귀히 여기고, 또 구고께서 제각기 며느리를 반기시니, 혼인하던 그 옛날 추억이 오히려 새롭구나.

금세 금시에.

금실 "금슬(琴瑟)"은 악기를 이르고, "금실"은 부부가 의가 좋은 것. 이는 『시경』에서 유래 되었으나, 의미가 바뀌어 부부지간의 사이가 좋은 것을 일렀다.

「남편원망」 (거창지방) [민]
꽂이피네 꽂이피네 한이불에 꽂이피네
꽂이피나 잎이지나 싫은임을 어이하나

「팔자노래」 (거창지방) [가]
나도죽어 환생하여 군자부터 생길나네
얻으면 첩이요 낳으면 자식이요

혼인시절에는 한 이불 속에 꽃이 피어 금실이 좋았으나, 뒤로는 세월이 흘러 꽃이 피나 · 잎이 지나, 이제는 권태기로 접어들어 싫어지는 낭군을 난들 어찌 하겠는가.

여자인 나도 이제 죽어서 만약 환생한다면, 남자로 태어나겠단 것이다. 내가 남자가 된다면 세상에 많은 여자를 얻으면 첩이요, 그 첩들이 낳으면 자식이다.
이는 여자로 태어난 것을 한탄하며, 남아선호사상이 잘 드러난 「팔자노래」다.

금실금실 폭이 넓고 느리게 파동 쳐 움직이는 모양이나, 모나 채소 따위를 옮겨 심어, 땅기운을 받고 새잎이 돋아나와, 자라는 모습이다. 감실감실.

「모심기노래」 (동래지방) [민]
이논빼미 모를숭거 금실금실 영화로세
우리부모 산소등에 솔을숭거 영화로다

이 논배미 모를 심어 살음 하니, 새잎이 나와 무럭무럭 자라는 모습이 영화롭고, 우리 부모산소 등에 솔을 심어 청청하게 자라나니, 그 역시 자식들한테는 영화롭다고 했다.

금철 그믐철.

「과부노래」 (김천지방) [민]
정월이라 대보름날 양반상인 노소없이
달구경도 야단일네 어여뿌다 우리님은
기어데가 이별하고 달구경도 못하는고
그달금철 다보내고 이월이라 한식날에

정월 대보름날 양반상인이나 노소 없이 달구경하느라고 야단이다. 불쌍하도다. 우리임은 그 어디 가 이별하고 달구경도 못하는가. 그달 그믐 철을 다보내고 이월이라 한식날에.

긔시다 하옵다.

「서울양반 맏딸애기」 (함안지방) [민]
한분일색 보로가니 나에리다 긔시더니
두번일색 보로가니 외가갔다 긔시더니

「설음노래」 (의성지방) [민]
삼단같은 이내머리 구름같이 헌튼머리
용어리로 어리설설 개려내여 전반도리

삼세분을 거듭하니 마지못해 보이는데
아이주람 바라건대…
그처자 머리보니 구름같은 시단머리
준지당기 몰있다네 강남서는 대자오고
서을서는 편지오고 대자편지 빈아놓고
서울편지 띄어보니 꼽기싫은 금봉고요
타기싫은 쌍가매요 가기싫은 대한질에
넘기싫은 먼넘고개 들기싫은 대궐안에
앉기싫은 임금앞에 하기싫은 절을하고
팔모깨끼 꽃유리잔 술치다가 죽었다네
메늘아기 죽었다네 메늘아기 죽었다네

넓게땋아 궁초댕기 끝만물려 맺어네라
맺어네라 붕어맺임 맺어네라 맺어네어
뒤로횟근 제치놓고 들게싫은 가매문에
앉게싫은 꽃방석에 넘게싫은 문경새재
서세싫은 님금앞에 하세싫은 설늘하고
들게싫은 금잔들고 절로좋은 사랑앞에
한번넘쳐 올리다가 깨였도다 깨였도다
금잔옥잔 깨였도다

첫 번째 뛰어난 가인을 보러 갔더니, 나이 어리다고 하옵더니, 두 번째 가인을 보러 갔더니 외가 갔다 하옵더라. 세 번째 거듭 갔더니 마지못해 보여주는데, 아이를 주렴너머로 바라보았다. 그 처자 머리를 보니 구름 같은 숱한 머리 진주댕기 물려 있다네. 강남서는 대자로 쓴 글이 오고, 서울서는 편지가 왔다. 서울편지 떼어보니, 꽂기 싫은 금봉채요, 타기 싫은 쌍가마요, 가기 싫은 작정된 목숨처럼 된 대한(大限)길에 넘기 싫은 먼 고개를 넘어, 들기 싫은 대궐 같은 시집에, 앉기 싫은 임금 같은 시부모 앞에 하기 싫은 절을 하고, 팔모로 깎은 유리잔에 술을 치다가 며느리가 죽었다는 해학적인 민요다.

숱이 많고 길게 늘인 머리에 구름같이 흐트러진 머리를 용얼레빗으로 어리설설 빗어내어 땋아 늘인 머리채가 숱지고 치렁치렁한 머리를 흔들고, 넓게 땋아 궁초댕기를 끝만 물려 맺었다. 붕어맺음을 맺었다. 뒤로 휘끈 젖혀놓고, 들어가기 싫은 가마문에, 앉기 싫은 꽃방석에, 넘기 싫은 문경새재, 서기 싫은 임금 같은 시부모 앞에, 하기 싫은 절을 하고, 들기 싫은 금잔을 들고, 저절로 좋은 남편 앞에 한 번 넘치게 부어 올리다가, 금잔 옥잔을 깨트렸다는 것이다.

기 게. 겨울밤이면 골목을 누비는 "영덕대기"요 하는 소리가 들렸다. 일본어 "かに (蟹)"는 우리말이 건너간 것이 아닐까 한다.

기걸 게글.

기글맞다 게으른 것.

기꾸도 안한다 일본어 "き(聞)く"가 그대로 쓰인 것. "아버지에게 내 소망을 여쭈었더니, 기꾸도 안 하신다."

기다 그것이다. 맞다. "그게 기다."

기다꿈하다 기다랗다.

기(귀)다리 미역귀가 되는 부분. "여름철에는 밥을 물에 말아 기다리를 고추장에 찍어 묵는 맛이 좋다."

기똥차다 유별난 것의 속어. "돈을 더 붙여 줬더니, 일을 기똥차게 잘 했다."

기(귀)럽다 귀한 것. 그립다. 아쉬운 것. 생김새가 귀태가 나는 것. "요새 금값이 올라 기럽다."

기룬성지 의형제. "저 사람은 기룬성지겉이 지낸다."

기리다 그리워하거나, 부모를 여읜 고아를 말할 때. "세종대왕을 기리다." 혹은 "저 얼라는 시살묵어, 애비를 기렸다." 일본어 "き(切)り"도 역시 우리말의 흔적이 남아 있다고 보고 싶다. 혹은 골다. "코를 기리고 잔다."

> 「종금새」 (달성지방) ㉤
> 살기는 좋다마는 부모기리 못살네라
>
> 살기는 좋다마는 부모 그리워 못 살겠다.

기맹물 설거지한 물. 곧 기명을 씻어 헹군 물

기미 구미(口味). "기미가 땡겨 묵었더이 탈이 났다."

기사리 귀퉁이. 가장자리. "기사리에 앉지 마라."

기생사촌 · 거북사촌 말소리가 유창한 것과 행동이 느린 것을 일렀다. 여기서 "사촌"은 가깝다는 뜻이 되겠다.

> 「평암산화전가」 (영양지방) ㉠
> 부덕좋은 교동댁은 말소리를 볼작시면
> 기생사촌 닮았는가…
> 덕촌댁을 볼작시면 거북사촌 닮았는가
> 느리기도 느리도다
>
> 부인으로 덕 있는 교동댁은 말소리를 볼 것 같으면, 기생에 가깝게 · 애교스럽게 말을 잘 하고, 덕촌댁을 볼 것 같으면, 거북에 가까워 느리기도 느리다고 했다.

기스 흠. 상처. 일본어 "きず(傷)". 이 말은 그대로 지금도 많이 쓰이고 있다.

기상(장)구 기저귀. "얼라 기상구 채였나."

기수(琪樹) 아름다운 나무. 「기망가」(봉화지방) 참조.

기암 기함(氣陷) 별안간 몹시 아프거나 놀라거나 하여, 소리 지르며 기급(氣急)하는 것. 「화수석춘가」(의성지방) 참조.

기염기다 옆에 끼다. 「가야산해인가」(성주지방) "냇물하나 기염기고"

기염스럽다 개염스러운것. 개염은 부러운 마음으로 새워, 탐내는 욕심.

기장 옷의 길이.

기전 디리다 기전(忌奠). 기일을 당하여 음식을 마련하여 빈소의 궤연 앞에서 전을 드리는 것. 이때 반드시 제문 한 장을 지어 읽는데, 남자들은 한문으로 짓고·여자들은 친정부모 제문을 한글로 지어 읽을 때, 자기 형세와 아울러 부모에 대한 추억을 구구절절이 써서, 모두가 슬피 울었다.

기지떡 증편. 기주(起酒)떡.

기지사 기제사(忌祭祀). 기일에 지내는 제사.

기차 지차(之次).

기추 계취(契聚). 계모임. "오늘은 기춧날이다."

기침없다 기척이 없다. 별다른 어려움이 없다.

기태 하필. 구태어. "기태 오늘 갈 께 아니다."

기투룸 트림. 투리미.

> 「복선화음록」(대구월촌) ㉮
> 트림하고 방구뀌니 더구나 해연(駭然)하다
> 트림하고 방귀를 뀌니, 더욱더 이상스러워 놀라겠다.

기팅이 귀퉁이. 기퉁배기. 깃팅이. 깃땡이. 「물래」에서 보면, "한깃땡이 깎고나니 어마이도 생각히네"에서 고된 시집살이를 안 하려고, 여승이 되려고 머리 깎는 장면에서 나오는 말이다.

기피앗다 거피(去皮) 앗는 것. "팥 기피앗다."

긴상민상부르다 긴성민성 싶다. 사실인 듯도 싶고·아닌 듯도 싶다.

긴(깅)피 낌새·기척·기색(氣色)·기미(機微). "사랑아 손님이 갈 깅피가 보이나."

길구다 기르다.

길기다 즐기다. 이 말은 고로들이 호욕 씀을 볼 수 있다. "술 묵고 길긴다."

길길하다 빌빌하다.

깃달기·초달기 깃털 덧붙이기. 먼저 한 말에 말을 덧붙여 하는 것.

> 「복선화음록」(대구월촌) ㉮   「복선화음가」(안동지방) ㉮
> 문을열고 엿보기와 마룻전에 춤뱉기와   둘이앉아 흉보기와 문틈으로 손보기며

마른벽에 코풀기와 등잔앞에 불끄기며   당에올라 시비구경 어른말씀 초달기와
화로전에 불쬐기며 어른말씀 깃달기와

문을 열고 엿보는 일과 마루 가에서 침 뱉기와 마른 벽에 코풀기와, 등잔 앞에 불끄기며
화로 전에 불 쬐기며, 어른말씀에 며느리가 덧붙여 하는 말들로, 여자행신에 조심해야
할 교훈이다.

부인들이 둘이 앉으면 남 흉보기요, 문틈으로 오는 손님을 엿보며, 높은 당에
올라 마을의 시비구경이요, 어른의 말씀 뒤에 이유 달기를 함을, 교훈으로 보인
대목이다. 여기서 초달기는 깃달기와 같은 것이다.

깃다리 옷깃. 「석별가」(문경지방) 참조.

깃바쿠 귓바퀴. 외이(外耳)의 한 부분.

깃밥 귓불. 귓볼의 두께.

까구 숨바꼭질놀이. 일본어 "隱(かく)す"에서 온 말. "인자 이번 차례, 까구는 니가 해라."

까구다 없애다. 깎다. "품값을 까굴라 카이."

까구장하다 성격이 모난 상태. "눈을 까구장하게 해서 대든다."

까(꺼)굴잽이 거꿀잡이. 가꿀잽이. 거꾸로 서는 것.

까굽증 갑갑증. "삼통 집에 있었던이 갑굽증이 나서 몬 살겠다."

까그랍(럽)다 깔끄럽다. 까다롭다.

까글막 가풀막.

까(꼬)꾸레이 굴삭기. "요새는 궂안일도 꼬꾸레이로 한다."

까꿀로 거꾸로. 방향이나 차례가 반대로 바뀌게.

까끄래기 가끄라기. 벼ㆍ보리 따위의 수염 동강.

까끔받다 깔끔하다. 깨끗하다.

까널라 갓난아이. "까널라는 묵고자고 묵고자고 삼신할매한테 그렇구 빈다."

까디피다 까뒤집히는 것. "화툇장을 까디핀다."

까딱하민 하마터면. "까딱하면 큰 진일 볼 뻔 했다."

까래비다 할퀴다. 남을 헐뜯는 것. 채전 밭을 일구는 것. "까래비 묵고 산다"하면
근근히 입에 풀칠하고 산다는 것이다.

까마구 할배다 까마귀 할아버지다. 목욕을 하잖아, 때가 꼬질꼬질 낀 것.

「화전답가」 (예천지방) ㉮
얼굴꺼믄 모양이나 때나없이 씻고오지

날아가는 저까마구 할배요 불러본다

얼굴이 검어도 씻지 않아, 긴 때나 씻고 올 일이지, 날아가는 까마귀가 오히려 이 사람을 보고, 할아버지라고 부르겠다는 것.

까마구괴기 묵었나 들은 것을 잘 까먹고 잊는 것.

까메다 자꾸 까나가는 것. "돈 채한 걸, 얼마썩 까메나간다."

까무깨 주근깨.

까무치 가물치. "까무치 코구영 같이 됐다". 소식이 없는 것.

까무태다 지워버리는 것. "지우개로 까무태다."

까물씨다 · 까무라지다 까무러치다. 너무 놀라 정신이 가물가물해 지는 것.

까물치다 삐는 것.

까미우다 까메우다. 언덕 따위를 깎아 구렁을 메우는 것.

까바지다 나물을 삶아 부피가 주는 것. "배추에 소금을 쳐놓고, 자고나서 보면 까바진다."

까박 깜박. "정신없어 까박했다."

까베(바) 나간다 하나씩 덜어 나가는 것. 금전 따위를 갚아 나가는 것.

까뿟하다 곤궁하고 힘드는 것.

까새(시) 가시.

까시래이(기) 가시랭이. 손톱 언저리 일어나는 살갗.

까시럽다 까탈스러운 것. "저이는 되기 까시럽다."

까시쟁이 가시덩굴.

「만수가」 (영천지방) ㉮
우차(吁嗟)타 이잔명이 실낱같이 붙었다가
부모흉중 칼이되고 동기안전 까시되어

아! 남아 있는 목숨이 실낱같이 붙어 있다가, 부모 가슴속에 꽂히는 칼이 되고, 형제들 앞에서는 가시 같은 존재가 된다.

까악지 갈퀴.

까이 까짓껏. 싫어서 내뱉는 소리. "까이 다 버리라."

까자기 가재.

까재는 작아도 바우를 지고, 지집은 작아도 사내를 태운다 작아도 제 기능을 다할 수 있는 것.

까재미 가자미.

까중하다 깡충하다.

까(꽈)저리 과즐은 유밀과자의 한 가지. 소매에 침과 코가 묻어 딱딱하게 된 것.

— **까지꺼** 까짓것. 일부 대명사 밑에 붙어서 업신여기는 뜻. "그까지꺼 내삘라라."

까지껀 까짓것. 힘들여 애쓰는 모습이거나, 어떤 한도까지를 나타내는 것. "내딴에는 온다고 까지껀 왔다." · "까지껀 묵으라." · "까지껀 공부해도 잘 안 된다."

까지다 성격이 되바라진 것. 말만 앞세워 입을 놀리는 것.

까추 까대기. 처마에서 지붕처럼 더 달아내는 것.

— **까치** 가치. 담배 한 개피.

까(꺼)치래기(랭이) 거스러미. 손톱밑쪽 살 껍질이나, 나무의 결 같은 것이 얇게 터져 일어나서 가시처럼 된 부분.

까치럽다 까다롭고 거칠다.

까치바늘 도깨비바늘.

까치복상 야생복숭아.

까푸랍다 까다롭고 거친 것. 가파르게 비탈진 것.

까풀 꺼풀. 곧 여러 겹으로 된 껍질이나 껍데기. "책까풀 입힌다." 눈까풀.

깍금술 깨끼솔기. 안팎솔기를 곰소로 박은 사붙이의 겹옷. 「정부인자탄가」(영천지방) 참조.

깐깐오월 음력오월은 깐깐하게도, 몹시 지루하게 지나감을 멋스럽게 이른 것.

깐놈 상대편을 얕잡아 보고 내뱉는 비속어.

깐보다 깔보다. 상대편을 얕보는 것. 마음속으로 가늠을 해 보다. "얼라가 어른을 깐본다."

깐주래기 가지런히.

깐중(족)하다 깐동하다는 흐트러짐이 없이 하나로 정돈되어, 매우 단출한 것. 잘 정리된 모양.

깐챙이 까치. "새벽에 깐챙이가 울어 쌓는다."

깐추리다 간추리다. 가지런하게 하는 것. 골라 추리다.

깔가붙이다 갉아 부치다. 말로서 못 살게 해대는 것. 주로 가정주부들이 자기 남편한테 잘 하는 행위. 곧 좀스럽게 헐뜯는 것. 갉아 붙이다.

깔개 겨울에 못의 말칠 때 깔고 앉는 것. 방석 따위.

깔그작거리다 속이 약간 아픈 것. 약간씩 괴롭히는 것. "속이 자꾸 깔그작거린다."

깔까리 깔깔이. "깔깔하다"에서 나온 것으로, 사람의 손을 대지 않아 인쇄면을 만져보면 깔깔해서, 은행에서 갓 내온 돈을 이르기도 한다. 깔깔하다는 물건이나 성미가 건조하고 딱딱하여 부드럽지 못 한 것.

깔(까)꾸리 · 깍지 갈퀴. "몰개 깔꾸리"라 하면, 수전노를 이른다. 갈퀴로 모래를 긁어 모으면 다 빠져 나가기 때문에, 돈에 아주 약삭빠른 사람이다.

깔끔받다 깔끔하다는 깔깔하여 매끈한 것. 몸가짐이나 · 살림을 깨끗이 하고 다니는 것.

깔따분하다 뜻대로 안 되어 마음이 답답한 것.

깔딱고개 산이 가팔라 오르는데, 숨이 차서 깔딱거리며 오르는 것.

깔딱낫 날이 다 닳은 낫.

깔딱질 · 깔따구 딸꾹질. "음식물이 목으로 넘어가다 잘못되면, 깔닥질을 하게 된다."

깔미다 깔아 뭉개버리는 것. 까 메우는 것. "저 구딩이를 깔미어라."

깔보다 남을 업신여기는 것으로, 교만한 마음에서 낮추어 보거나 멸시하는 것. "지 잘났다고 깔보기 여사다."

깔비 솔잎연료. 소개비. "깔꾸리로 갈비를 끌었다."

깔삼하다 멋있게 보이는 것에 대한 속어. "이발하고 나니, 신수가 훤하고 깔삼해졌다."

깔아지다 앓고 난 뒤 기운이 없어, 몸이 처지는 것. "몸이 축 깔아진다."

깔이다 식물의 떡잎이나 소물게 난 것을 베어내거나 추리는 것. "여름철 무성한 콩잎을 낫으로 침으로써, 콩이 많이 달리게 깔아냈다."

깜동까치 검둥 갖신.

「적은며느리의 설움」(칠곡지방)[민]
깜동까치 딸딸끌고…

「물래」(의성지방)[민]
깜둥까치 신던발에…

깜동물 검정 물. "깜동물 들인 비(베)"

깜동붕알 내렸나 사춘기를 지나 거웃이 나기 시작한, 사내아이를 이른 것이다.

깜비기 깜부기. "보리밭에 깜비기가 많다."

깜실하다 군데군데 약간 가무스름한 것. 약간 까무레한 것. "얼라 머리가 제법 깜실해졌다."

깝치다 재촉하다. 이를 60년대 사투리라 하여, 국정교과서에서는 "까불다"로 편찬자가 고친 일이 있었다. 아래 시를 보면 "들마꽃"도 "들마을"로, "짬"은 "셈"으로 고쳐 썼다. "들마꽃"의 "들"은 야생이고 "마꽃"은 "메꽃(모매꽃)"이 아닐까 한다. 마꽃은 담황록색의 서여과에 딸린 다년생 덩굴 풀로 산과 들에 절로 나는 식물이다. 이 "짬"도 겨를이란 뜻보다는, "요새 물가가 짬 없이 비싸다"고 할 때, 겨를과는 거리가 먼 것으로 "앞뒤 없이"나 "두서없이"가 되겠다. 그리고 "팔목이 시도록 매고"는 어떤 책에는 "발목이 시도록 밟아도 보고"로 고쳐졌다. 지심을 매는 일이니, "팔목"이 맞다.

「빼앗긴 들에도 봄은 오는가」 이상화Ⓐ
나비 제비야 깝치지 말아
맨드라미 들마꽃에도 인사를 해야지
아주까리기름을 바른 이가 지심매던 그 들이라
다 보고 싶다

내 손에 호미를 쥐어다오
살진 젖가슴같은 부드러운 이 흙을
팔목이 시도록 매고
좋은 땀조차 흘리고 싶다

강가에 나온 아이와 같이
짬도 모르고 끝도 없이 내닫는 내 혼아
무엇을 찾느냐 어디로 가느냐
웃어웁다 말을 하려무나

깡다구 강단을 부리는 것(속어). 악착같이 버티는 힘. 억척스럽게 버텨 밀고 나가는 오기.

깡새 억지로 우겨대는 것.

「타령」 (경주지방) Ⓐ
나물 뜯으러 간다고 깡새말고.
나물 뜯으러 간다고 억지로 우겨대지 말고.

깡다지 밥을 국 또는 물에 말지 않고, 맨밥으로 먹는 강다짐. "깡다지로 밥을 묵고 있다." 남을 강압적으로, 억지를 부리는 것. "깡다지로 자꾸 대든다."

깡밥 강밥. 강다짐으로 먹는 것. 곧 맨밥으로 먹는 밥.

깡알이 남에게 지지 않겠다는 꼿꼿한 속마음. "선비들의 깡알이 정신은 바로 딸각발이가 되겠다."

깡(깽)엿 강엿. 검은 엿.

깡지침 강기침. "목이 간질간질 하면서 깡지침이 나온다."

깡철이 강철(强鐵)이. 가뭄을 가져다 주는 용의 일종.

깨구리보리 잘된 보리.

「타작노래」 (동래지방) 働

엉해야 깨구리 보린가 엉해야 훌짝훌짝

엉해야 새롱 보린가 엉해야 뽈고뽈고

중보린가 엉해야 몽글도 몽글타

엉해야 양반 보린가 엉해야 새애미도 질다

엉해야 개구리보리는 잘된 보리로 타작하니 훌짝훌짝 잘도 뛰고, 새롱 보리는 못된 보리, 붉고 붉은 중 보리는 낟알이 알속 있고 깨끗하다. 엉해야 양반 보리는 수염도 길다. 엉해야.

깨(깽)이 괭이. "깨이로 땅을 판다."

깨글막지다 가파른 것. "산길이 아주 깨끌막지다."

깨금(기)발 디디다 뒤꿈치를 들고 서는 것. "사람이 우비기 둘러서서, 뒷사람은 깨금발을 디디고 본다."

깨금 개암.

깨금 깻묵. "참깨짜고 깨금이 나온다."

깨금장 된장에 깨소금 따위가 들어간 것.

깨꼴비 개꼬리비.

깨꾸(부)다 깨우는 것. "핵교 가도록 깨바라."

깨끔받다(바자) "깔금하다"는 깔깔하고·매끈하다. 또는 깨끗한 것.

깨두거리 나무의 썩은 그루터기.

깨뚤타 꿰뚫다. "일을 훤하게 깨뚤코 있다."

깨목 개암. 혹은 깨를 짠 찌꺼기인 깻묵.

깨분(운)하다 가뿐한 것. "목욕을 하고 나니, 몸이 깨뿐하다."·"잠을 자고나니, 몸이 깨운하다."

깨소·콩소 깨를 소로 넣은 것. 콩을 소로 넣은 것.

깨주다 온 돈을 잔돈으로 바꿔주는 것. 큰돈을 깨는 것. "버스를 타고 만원을 내놓으니,

모지리 동전만 한 혹콤 깨준다."

깨춤을 추다 남이 잘못 된 일을 좋아하는 것.

깸 고누.

깽매 메구(꽹과리).

깽상거리다 깽깽거리다. 아프거나 부대끼거나 하여 잇따라 깽 소리를 내는 것. "돈이 없다고 남편보고 깽상거린다."

깽판치다 파투 놓다. "일이 잘 안 돌아가니, 고만 깽판을 쳤다."

꺼(껄)갱이 · 꺼싱이 지렁이는 지룡(地龍)에서 온 것. 거싱이.

꺼거렁보리 겉보리.

꺼그렁베 거친 삼베.

꺼꾸중하다 허리가 약간 앞으로 굽은 것. "나이 드니 허리가 꺼꾸중해진다."

꺼끄럼욕심 자기가 가지고 있는데도, 실없이 욕심을 부리는 것.

꺼(끄)대기다 까불다. 까닥거리다.

꺼득 꺼떡꺼떡.

「꺼득꺼득」 (영천지방) [민]
꺼득떠득 말탄놈도 꺼득 소탄놈도 꺼득
지애비 좆도 꺼득.

꺼득(떡)거리다 꺼떡대다. 신이 나서 건방지게 행동하는 것. "공부 쪼매 했다고 꺼득거린다."

꺼득하다 꺼덕꺼덕하다. 상처가 고름이 안 나고 아무는 것. "곪았는 데가 인자 꺼득해진다."

꺼딩이 · 꺼디 끄덩이. 머리털의 끝. "멀꺼딩이"

꺼리짹 "꺵거리"로 길마를 얹을 때, 소 궁둥이에 막대를 가로 대고, 그 두 끝에 줄을 매어 길마 뒷가지에 좌우로 잡아매게 된 것.

「과부노래」 (김천지방) [민]
꺼리짹도 짹이있고 헌신짹도 짹이있고
매돌짹도 짹이있고 은낭나무 행자나무
둘이쌍쌍 마주서고 시상천지 만물중에
짹없는기 없든구만 칭이같은 내팔자야

껑거리·헌신짝·맷돌도 모두 제짝이 있고, 은행나무와 행자나무도 두 나무가 쌍쌍이 마주 서있는데, 이 세상천지 만물 중에 짝이 없는 나야말로, 키와 같은 내 팔자로구나.

꺼벅거리다 뭐라고 떠들어대는 것. "시끄러이 꺼벅거리 쌓더이 갔다."

꺼불장충 허풍.

꺼빠라지다 "죽다"·"잠자다"의 속어. "그놈아 꺼빠라졌다 카더라."

꺼스무리하다 잠이 오려고 눈자위가 스르르 감기려는 것.

꺼적대기 거적으로 만든 문. "꺼적대기로 정지문을 달았다."

–꺼정·까즘 까지. "어데꺼정 왔노."「어깨팔노래」(부산지방) 참조.

꺼주다 불이 꺼지게 하다. "정지 동솥 아궁지 불을 꺼준다."

꺼지(시)르다 불에 그스르는 것. "불에 꺼질러 내다."

꺼질럭거리다 좀 되잖게, 꺼떡거리는 것.

꺼짐 끼리. "너어꺼짐 갈래."

꺼추(주)리하다 꺼칠한 것.

꺽꺽하다 나긋나긋하지 못한 것. 품질이나 성질이 억세어서 부드러운 맛이 없다.

꺽쑥하다 목이메이는 것.

껀디기 건더기. "국에 껀디기만 건져 묵는다."

껄대 걸대. 물건을 높은 곳에 걸 적에 쓰는 기름한 장대.

껄덕거리다 음식이 먹고 싶어, 나대는 것. 목구멍에 조금씩 삼킬 때, 소리가 자꾸 나는 것.

껄떡질 딸꾹질. "멀 묵었는지 껄떡질을 한다."

껄렁하다 껄렁껄렁하다. 부랑스러운 것.

껄미다 하는 일이 고되어, 입술이 부르튼 것. "일이 고된가, 입이 모지리 껄미었다."

껌디 검둥이. 흑인. "우리나라도 인자 껌디가 많다."

껌은챙이 눈동자의 검은 부분. 다수굿한 눈길을 보내는 것. 청안시(靑眼視).

껍띠기·깝때기 껍데기. 아버지의 비속어. 우려먹는 것 "너그 껍디기 어데 가시노"· "깝때기 삐끼 묵었다."

껠밪다·께글맞다 게으르다. "껠바자 디비져 자기만 한다."

꼬가다 때때옷. 어린이들의 말로 아이들이 입는 참한 옷.

꼬가지 골마지. 간장·된장·술·초·김치·고추장 따위 물기 있는 음식물 표면에 생기는 흰 더께. "꼬장단제 꼬가지가 핀다."

「장구장구 보장구야」 (동래지방) ㉖
장구장구 보장구야 장구장구 보장구야
새끼손에 물방구야 돌에붙은 따갭이야
김치국에 꼭가지야

장구벌레가 나오니 뜻이 없는 보장구를 곁들였고, 새끼손가락에 붙은 물방개야, 돌에 붙은 따개비야, 김치 국물에 끼어 있는 꼬가지야.

꼬개(갱)이 고갱이. "가실 뱁차는 속꼬개이 맛이 달다."

꼬갱이꼬갱이 접다 꼬개꼬개 접는 것. 첩첩이 접는 것.

꼬굴시다 · 꼬구리다 · 꼬부리다 꼬꾸라지다. "할매가 꼬굴시고 밭일을 한다."

꼬꼬재배 아이들의 혼인놀이. 구식혼례에서 봉황대신 장닭과 암탉을 올려놓는데, 닭이 "꼬기오"하며, 울기 때문에 꼬꼬라 했고, 신랑과 신부가 재배하기 때문이다.

꼬꾸랑 고부랑. 허리기 굽은 것.

「꼬꾸랑할마시」 (동래지방) ㉖
꼬구랑 할마시가 꼬꾸랑 짝지를 짚고
꼬꾸랑 질을 가다가 꼬꾸랑 고개올라
꼬꾸랑 똥을누니 꼬꾸랑 개가와서
꼬꾸랑 똥을 묵다가 꼬꾸랑 짝지로
꼬꾸랑 할마시가 때려
꼬꾸랑 깽깽 꼬꾸랑 깽깽

고부랑 할머니가 고부랑 지팡이를 짚고, 고부랑 길을 가다가, 고부랑 고개에 올라, 고부랑 똥을 누니, 고부랑 개가 와서, 고부랑 똥을 먹기에, 고부랑 지팡이로, 고부랑 할머니가 때리니, 고부랑 깽깽, 고부랑 깽깽. 어릴 때 가장 많이 들었던 동요로, "꼬구랑"이란 말이 11회 반복되고 있다.

꼬(꼰)바리 꼴지. "우리 손자는 쪼치발래기하믄 맨날 꼰바리한다." 혹은 대꼬바리(대롱).

꼬내기 · 괴내기 · 살쭌이 · 꿈지 고양이. "도둑 꼬내기가 밤중에 소리 지르고 댕긴다."

꼬다리 과실의 씨 부분, 곧 과육. "능금 속 꼬다리는 몬 묵는다."

꼬대기다 까불다. 아이들이 까불며 장난치는 것. "얼라들이 짓이 나서 잘 꼬대긴다."

꼬두바리 꼴지. 꼬바리.

꼬둘빼기 고들빼기. 꼬들지.

꼬드(까다)랍다 까탈스러운 것. 별스럽게 까탈이 많은 것. "너무 꼬드랍게 일을 시킨다."

꼬드리 뾰족한 꼭지.

꼬드밥 고두밥. 지에밥. "술 담을라고 꼬드밥을 찌민 구시한 냄새가 등천을 한다."

꼬들꼬들 · 꼬드리하다 밥알 따위가 속은 무르고, 겉은 오들오들한 모양.

꼬등애 고등어. "장에서 꼬등에 한손을 사갖고 왔다."

꼬딩이 된밥. "밥 안칠 때 물을 적게 잡아, 밥이 꼬딩이다."

꼬라(나)보다 눈동자를 옆으로 굴려 못 마땅한 듯이 노려보는 것. 눈으로 상대편을 위압적 기세로 꼬나보는 것. "밉어서 딱 꼬라보고 있다."

꼬라지 꼬락서니. 꼴의 속어. "아이고 원성스러라, 꼬라지도 보기 싫다."

꼬랑내 고린내. 곧 여름철 더러운 발 · 살에서 나는 땀 냄새. "구두 벗고 들어오니 꼬랑내가 등천한다."

꼬랑지(댕이) 꼬리의 속어. "살찐이가 꼬랑지를 살살 흔든다."

꼬랑테 하던 일이 잘못 된 것에 대한 속어. "장사를 하다 꼬랑테만 묵었다."

꼬로(리)박다 돈을 꼴은 것. "노름을 좋아 해, 수타 꼬로박았다."

꼬롬하다 · 꼬리다 구린내나 · 기분이 언짢은 것. "저 아아는 머가 안 좋은지 꼬롬하다."

꼬막장사 딸은 인물 없어도, 꿀장사 딸은 인물이 훤하다 굴(石花)장사의 딸은 굴을 많이 먹어, 인물이 훤하다는 것은, 굴이 영양소가 많아 인물조차 훤하게 한다는 것이다.

꼬매이 꼬마둥이의 준말. "저 꼬매이가 아주 대단타."

꼬무작거리다 곰작거리다. 곧 작은 몸을 굽히는 모양.

꼬박 "꼬바기"는 어떤 상태를 고스란히 계속하는 모양. 땅두멍에 한달 둔 진흙을 꺼내어, 진흙 속에 공기를 빼려고 발로 밟아 다 못하면, 손으로 둥그렇게 짓이기며 작업하는 것.

꼬방시다 남의 잘못을 고소하게 여기는 것. "저 사람이 지니, 마음에 꼬방시다."

꼬뱅이 팔이나 다리의 굽이. 다라꼬뱅이. 팔꼬뱅이

꼬부랭이(래기) 마지막 따낸 보잘것없는 과일. "이 위(참외)는 인자 꼬부래이다."

꼬부장 · 꾸부정 구부정하다. "물위(오이)가 꼬부장하게 컸다."

꼬불닥꼬불닥 · 꼬불당꼬불당(꾸불닥) 고불고불. "산질이 꼬불닥꼬불닥한다."

꼬불시(치)다 돈을 남몰래 주머니나 지갑에 넣는 것. "할매는 돈만 받으믄, 꼬불치 옇기 바쁘다."

꼬사리 고사리.

「교녀사」 (예천지방) ㉮
나라집과 사사집에 흥망이 게있나니
이전에 좋은음식 대강일러 듣기을까
삼팔정에 이왈식은 백성을 가르치고
문왕무왕 반찬보아 효도를 하여있고
백이숙제 고사리국 만고충신 되어있고
주공에 도포밥은 착한선비 맞으시고
공자님의 접석밥은 행도하던 걱정이라
안자의 단사밥은 누항낙도 하여있고
맹자님의 기장밥은 하루장인 가르치고
한태조의 찬조반은 창업을 하여있고
한신의 포모반은 영웅이 뜻을잇고
한광무의 백반두죽 중흥을 하여있고
이적선의 외조전죽 우애가 지극하고
정자의 국말이밥 묻힌교훈 들으시고
주자의 백반청탕 따님을 교훈하고
퇴계선생 담찬밥이 해동부자 되었구나

국가와 개인이 살림하는 집에도 흥망이 거기 다 있으니, 이전부터 내려오던 좋은 음식을 대강 일러서 듣게 할까. 삼팔정이란 정자에서 먹었던 이왈식?이란 음식은 백성을 바르게 가르쳤고, 문왕과 무왕이 반찬을 보아가며 어버이께 효도를 하였고, 백이숙제가 수양산에 들어가 꺾어먹었던 고사리국으로 만고충신이 되었고, 주나라 문왕의 아들이요 무왕의 아우인 주공(周公)의 도포소매 밥은 착한 선비를 맞게 되었고, 공자님의 접시밥?은 도를 행하려던 걱정 때문이라. 안자(안회)의 한 초래기 밥은 누항에서 안빈낙도를 하였고, 맹자님의 기장밥은 하루먼저 난 장인을 가르쳤고, 한나라 태조의 찬 조반은 마침내 창업을 하였고, 한신의 포돈과 순모로 지은 밥은 영웅으로 마침내 뜻을 이루었고, 한나라 광무제의 백반과 두죽(豆粥)은 나라를 중흥하였고, 이적선의 외조부의 전죽(饘粥)은 집안의 우애를 지극하게 하였고, 정자의 국말이밥으로 깊이 묻혔던 교훈을 듣게 하였고, 주자의 백반과 청탕(清湯)은 따님의 행신을 청백하게 가지라고 교훈하였고, 퇴계선생은 대담하여 오달진 밥이 마침내 해동부자가 되었다.

꼬셈 꾐.

꼬시라지다 고스러지다. 잠이 몹시 와서 몸을 굽혀 자는 것. "나락이 빌 때가 지나,

이삭이 꼬시라졌다."

꼬시리하다 밥이 꼬들꼬들한 것. "뱁이 꼬시리해 묵기 좋다."

꼬시매 고수머리. 머리가 곱슬곱슬한 것. "저 색시는 머리가 꼬시매다."·"꼬시매와 옥니백이는 말도 말아라."

꼬자배기 나무의 썩은 그루터기. 꼬주배이.

꼬작빼기 고집쟁이.

꼬장 고추장. 꼬치장의 준말. "자슥땜에 속에 꼬장을 담는다."

꼬장가리·꼬쟁이·꼬장(지)갱이 꼬챙이.

「대문놀이노래」 (김천지방) 🈁
할마이 할마이 꼬장가리로 따나
문좀 열어주개 영감한테 물어보게
영감아 영감아 꼬장가리로 따나
문좀 열어주게 찔걱 열었네

할머니! 할머니! 꼬챙이로 딴은 문 좀 열어주게. 영감한테 물어보게. 영감아! 영감아!
꼬챙이로 딴은 문 좀 열어주게. 찔걱 열었네.
역시 동요로 할머니와 영감을 통하여 잠긴 문을 여는 노래다.

꼬장물 고지랑물. 옷이 더러워 때가 낀 것. 구정물. "낯을 안 씻거 꼬장물이 흐른다."

꼬장주 고쟁이. 속곳 위와 단속곳 밑에 입는 속옷. "인자 꼬장주는 없어졌다."

꼬재비다 꼬집다. "저 엄마는 저그 얼라가 잘못하믄 자꾸 꼬재빈다."

꼬지 산적(散炙) 같은 꼬치. "꼬지에 낀 괴기."

꼬지래기 꼬지락. 곧 장대비를 말한다. 여름철 비가 각중에 쏟아지는 것. "비가 꼬지래기로 왔다."

꼬질꼬질하다 외모가 추한 것. 꼬지리하다. "얼굴이 꼬질꼬질하다."

꼬치 고추. "꼬치가 작아도 맵다."·"꼬치맛과 씹맛은 화끈해야 맛이 있다."

꼬타리 꼬투리. 담배꼬투리. 송이. 일이 일어나는 단서나 근본. 곧 실마리. "일의 꼬타리를 잡아야 한다."

꼬투래기 남의 결점. "저 사람은 남 꼬투래기만 잡고 댕긴다."

꼭다리 꼭지. "능금 꼭다리."

꼭대(두)배기 꼭대기. "산꼭대배기 구름이 떠 있다."

꼭제기다 기름방울을 떨어뜨리는 것.

「미영가는 노래」 (통영지방) ⑩

설축때문 난개머리 줄이늦어 그렇든가

개머리를 다시끼고 참깨국을 꼭제기다

물레의 서있는 축(軸) 때문에 난 괴머리가 줄이 늦어져 그렇든가. 괴머리를 다시 끼우고 참깨기름을 떨어뜨렸다.

꼭지 식물이 달려있는 줄기나 마지막. 혹은 줄여나가는 것.

「모숨기노래」 (경산지방) ⑩

절우자 절우자 이모판을 절우자

절우자 절우자 유지장판을 절우자

절우자 절우자 갈모꼭지를 절우자

줄여 나가자 이 모판을 줄여 나가자. 절여 나가자 유지장판을 절여 나가자. 줄여 나가자 갈모꼭지까지 줄여 나가자. 여기서 갈모꼭지 곧 마지막까지 모판을 줄여 나가자.

꼰데 아버지나 선생에 대한 속어. "너그 꼰데 집에 기시나."

꼰데기 번데기.

꼰 뚜다 곤두는 것. 풀이나 돌멩이로 땅에다 판을 그려놓고 하는 노름.

꼰(꾼)드랍다 약간 높은 데, 어떤 물건을 받치고 섰을 때, 몸이 전후좌우로 넘어질 듯 움직이는 것. 좀 위태로운 것. "목치미 받치고 서니, 억시기 꼰드랍다."

꼰뱅(꼼배)이 꼴지. 영어 "competition"가 일본어 "コンペ"로, "경쟁"이나 "겨루기"가, 영 다른 뜻으로 달리기에서 "꼴찌"로 바뀐 것이다.

꼰장 멀고 험한 곳.

꼰지서다(엎드리다) 발과 다리를 거꾸로 들고 엎드린 것. 곤두서다. 「숨는노래」(함안 지방) "이박 저박 꼰지박 꼰지할매 쪼대롱." 이 바가지·저 바가지·엎어진 바가지·거꾸로 선 할머니·좆대롱. 이 역시 동요로, 마지막 "좆대롱"은 농조가 되었다. "꼰지안다"는 아기를 수직으로 안는 것.

꼰(꼬)치 고치. 솜을 고치에 말아 쥐고 물래를 돌린다.

「시집가기싫은노래」 (예천지방) ⑩

엄마엄마 날키워서 촌시집 주지마소

꽁버리밥 딘장찌게 먹기싫여 못살겠네

시아버지 만든물래 자끅자끅 소래나고
꼰치마다 손에쥐고 물래돌을 비고자네

엄마한테 날 성장하거든, 시골시집을 보내지 마소. 순 보리쌀로 지은 밥에, 된장찌개가 먹기 싫어 못 살겠소. 다만 시아버지가 만들어 준 물레를 돌릴 때마다, 자깍자깍 소리 나서 듣기 싫은데, 고치미다 손에 쥐고서 물레가 움직이지 못 하게 핀 돌을 베고, 잠이나 자자는 것이다.

꼴난 것 별 것 아닌 것. "꼴난 것 가주고 엔가이 자랑한다."

꼴두마리 물레의 꼭지마리.

「물래노래」 (예천지방) [민]
문강성 중원길에 미영씨 받아다가
의성땅에 먼저숨거 온조선에 퍼졌구나
파람내여 실잣기를 어찌하여 하잔말고
강성손자 물래씨가 물래를 만들었네
신통하고 공교하다 무심찬이 만들었네
괴머리를 볼작시면 뒤높으고 앞낮으니
남북극이 고저있어 그본으로 하였는가
두기둥을 세웠으니 양의를 본을받아
여덟살이 골랐으니 팔괘를 본을본가
가운줄이 돌았으니 황도적도 본이온가
이리저리 얽었으니 성신경위 본이온가
가락톳을 꾸몄으니 북두칠성 돌아지고
꼴두마리 꼬였으니 도화자루 거기로다
불이한일 의심병통 행신못한 괴머리요
여러가지 나는병통 마음잡기 괴머릴세
마음을 다시잡아 다른곳 병통없고
괴머리 다시고쳐 물래에 병통없네
두무릎을 쓰러놓고 배식앉아 외아드니
꼴두마리 반만올이 가락몸에 감아놓네
오리선자 실사자를 역역히 생각하니
칠일내복 동계절에 일선양기 실오리라
칠월칠석 오색선이 결교하던 실오리라
오동중에 사면실이 이실로 하였는가

착한행실 좋은행실 실과같이 길어지고
부창부수 좋은정에 실과같이 갱기있고
어려운일 극난사를 도리있게 풀어내고
일언일동 내행실이 실끝만치 허물없고
세간살이 조심하여 이실같이 짜이고저

문강성(文江城君,追封. 益漸 1329~1398)이 중국사신 갔다, 귀국하는 길에 무명씨를 붓 대롱 속에 넣어 갖고 와서, 의성 땅에 먼저 심었고, 차차 온 조선에 퍼져나갔다. 솜으로 고치를 만 솜방망이를 만들어내어 실잣기를 어찌 하면 좋단 말고. 강성의 손자 문래(文來)씨가 처음으로 물레를 만들었다. 이 물레가 신기하고 묘한데다, 재치 있고 기묘하다. 물레는 무심하지 않게 만들었다. 물레왼쪽 가리장나무 끝에 가락을 꽂으려 만든 괴머리를 볼 것 같으면, 뒤는 높고 앞은 낮으니, 남극과 북극이 높고 · 낮음이 있어, 그것을 본 받았는가. 물레에 두 기둥을 세웠으니, 음 · 양을 본 받았는가. 물레바퀴의 여덟 살을 골랐으니, 팔괘를 본받았는가. 물레바퀴와 바퀴를 연결하는 동줄기인 가운데 줄이 돌았으니, 황도(黃道)와 적도(赤道)를 본받음인가. 줄이 이리저리 얽혔으니, 별의 경위(經緯)를 본받았는가. 물레를 실로 겹으로 드려, 가락의 두 고동사이에 끼우는 가락 톳을 꾸몄으니, 북두칠성처럼 돌아졌다. 물레를 돌리는 손잡이인 꼭지마리가 뒤틀려 굽었으니, 도화자루가 바로 그것이다. 쉽지 않은 일로(不易)도 의심 병을 지녀, 행신을 못하는 것이 괴머리요, 여러 가지 나는 병 가운데, 사람마음을 잡게 하는 것도 괴머리다. 물레 일에 마음을 다잡게 된다면, 다른 곳에 병이 없고, 괴머리를 다시 고쳐 잡으면, 물레에도 병이 없다. 두 무릎을 그러모아 놓고, 한쪽으로 기울려 앉아 비켰으니, 꼭지마리로 반만큼 올을 가락 몸에 감아놓는다. 올이란 "실선(線)자"와 "실사(絲)자"를 뚜렷이 생각해 보니, 이렛날 입는 내복은 겨울철에 일선(一線) 양기(陽氣)의 실올이다. 칠월칠석 다섯 빛깔의 선(線)은, 칠석전날 저녁 부녀자들이 견우직녀에게 길쌈과 바느질을 잘하게 해 달라 빌던 실올이다. 우리 동방 가운데(吾東中) 사방(四面)의 실이, 이 실로써 하였는가. 착한 행실과 좋은 행실일랑 실과 같이 길어지고, 부부 화합하는 좋은 정도 실과 같이 감겨 있고, 어려운 일과 지극히 어려운 일은 도리에 맞게 풀어내고, 한 마디 말과 한 번의 동작이, 실 끝만큼 허물이 없고, 살림살이 조심하여, 이 실과 같이 짜이게 하고 싶다.

꼴따구 · 꼴때　성질내는 것에 대한 속어. "니가 자꾸 꼴따구 낼네."

꼴레미　꼬락서니.

꼴미이치다　메치는 것.

꼴부리　논고둥. 논꼴부리. 추수하고 난 뒤, 논에서 나는 식용 뿌리의 일종.

꼴자　골짜기. "꼴자 질고 곧으민, 고도실 혹은 고도리라 한다."

끓다 · 끓았다 성내는 것. 도박에서 돈을 잃은 것.

꼴(리)다 성질이나 성욕이 불끈 일어나는 것. "좆 꼴린다." "저놈아 애 달가 놓으이 꼴았다."

꼴박다 노름에서 돈을 끓는 것. "노름해서 돈을 꼴박았다."

꼴아본다 꼬나보다. 성이 나서 상대편(相對便)을 똑 바로 보는 것.

꼴창물(깨꼴창물) 개울물. "꼴창물이 장마로 불었다."

꼼냉이짓 몹시 다랍게 구는 것. "지 돈 쓰는기 아까바 꼼냉이짓을 한다."

꼽다 아니꼽다. "돈 있다 자랑하니, 꼽다 꼽아."

꼽다시 그냥 그대로. 완전히. 꼼짝없이. 고스란히. "꼽다시 속을 뺀했다." "꼽다시 죽을 뺀했다."

꼼비기 묵다 호미씻이로 점심을 먹이는 것. "밭 매고 꼼비기 묵었다."

꼽비비다 꼬부려 비비다.

꼽(곱)새춤 곱사등이춤. 곱사모양을 하고 추는 춤. "화전놀이에서 꼽사춤이 웃겼다."

꼽사리 끼다(먹다) 어디 얹혀 끼어 먹는 것. 혹은 보채는 것. "안다이 똥파랭이가 술냄새 맡고, 또 꼽사리 끼었다."

꼽삶다 곱삶다. 두 번 삶는 것. "보리밥은 꼽삶아 찌자진다"

꼽새(디이) 곱사(등이).

꼽재이 배가 되는 것. "채소가 장마에 녹아, 장사꾼들이 꼽재이 남가 묵는다."

꼽찌다 애벌 찌고 나서 다시 한번 더 찌는 것. 꽁보리밥은 두 번 밥을 지어야 했다.

꼿배칸(차) 꼬빼는 수레나 차량에 연결하는 짐칸. 곧 곳간차로 유개화물 차다. 화차. 6·25사변 중에는 객차는 모조리 징용되어 버리고, "꼿배"차를 임시로 객차로 개조해, 그 차를 타고 통학을 했다. 이 "꼿배"차는 의자도 딱딱한 나무인데다, 전구조차 없어 여객들이 초를 사서 촛불을 밝히고 다녀야만 했다. 더구나 측간이 바로 "꼿배"차안에 붙어있어, 그 냄새는 견딜 수 없었다. 그리고 화차였기 때문에 다른 "꼿배"차로 이동을 할 수 없었다. 이런 "꼿배"차이나마 정시에 출발할 수 없었다. 전시여서 군용열차가 우선 다녔기 때문에, 통학차는 그것들을 다 양보해주고 나면, 이튿날 새벽에 출발하는 수 도 있었다.

꽁꼬무리하다 고릿하다.

꽁꾸레이 소죽을 푸거나 뒤집을 때 쓰는 도구.

꽁다리 짧게 남은 동강이나 끄트머리.

꽁대기 꽁당보리밥. 험한 보리밥. "보리 꽁대기로 묵엇다."

꽁댕이·꼬랑대이 꽁지. "말 꼬랑대이."

꽁덕보리밥 꽁보리밥. "여름철 꽁덕보리밥을 사발에 고봉으로 담아 앞에 갖다 놓으면, 삼복더위와 한께 화로 불을 안은 듯 너무 더버, 땀이 마구 줄줄 흐른다."

꽁베르듯 꿩 벼르듯. 몹시 벼르는 일. "지삿날 오길 꽁베르듯 한다."

꽁삐개이 꿩의 새끼로, 곧 꺼병이.

꽁조밥 강조밥.

꽁하다 속이 뒤틀리는 것. 말이 없고 마음이 너그럽지 못 한 것. "속이 꽁하니, 도무지 알 수 없다."

꽂감 접말 곶감 겹말. 곶감은 "건시(乾柿)"와 "관시(串柿)"는 꼬챙이에 꿰어 말린 감이요, "준시(蹲柿)"는 껍질만 깎아 꼬챙이에 꿰지 않고 말린 감. 곶감·건시·관시가 동일한 의미로, 똑 같은 말을 겹쳐하는 것을 이르는데, 같은 소리를 반복함으로써 상대가 듣기 귀찮을 때 하는 말이다. 상주지방 곶감은 유명하니, 상주삼백은 곶감·쌀·고치 등을 이른다.

꽃따름 "꽃달임"은 참꽃이 필 때, 그 꽃을 따서 적을 부치거나 떡에 넣어, 여럿이 모여 먹고 노는 일. 화전놀이.

「평암산화전가」(영양지방) ㉮   「시절가」(안동지방) ㉫
꽃따름 하는길에 팔폭병풍 구경하고   꽃은피여 화산(花山)되고 잎은피여 청산(靑山)일세
앞으로 평암산은 경치좋고 꽃도많다

꽃달임 가는 길에 굽이굽이 팔폭 병풍처럼 둘러친 산천을 구경하고, 앞에 보이는 평암산이 경치도 좋고 꽃도 많이 피었다.

꽃은 한꺼번에 피어 꽃으로 뒤덮인 산이 되고, 잎은 피어 푸른 산이 되었다는 표현기교가 뛰어났다.

꽃미아리 꽃망울. 꽃봉오리.

꽉 차다 꺅 차다. "너무 묵어 뱃구리가 꽉 찼다."

꽐 꽈리.

꽤때미 까끄라기.

꽤배기 꽤질땅. 단단한 땅.

꾀가롭다 까다롭다.

꾀시럽다 꾀바르다.

꾀양·게암 고욤. "늦가실게 꾀양을 따서 단지에 옇어놓고, 저실게 퍼다 먹으믄 그 맛이 아주 좋다."

꾕매구 꽹과리와 매구. 매구는 손에 들고 치는 작은 북.

꾸게다 구겨지는 것. "책을 접어 꾸겠다."

꾸굽하다 꿉꿉한 것. 조금 눅눅한 것. "눅다"도 일본어 "ぬく(溫)い"는 우리말이 전래된 것이 아닐까 한다.

꾸득살 굳은살. 손바닥·발바닥에 단단하게 된 살. 또는 헌데가 곪기 전에 딴딴하게 된 살.

꾸덕시기리하다 약간 굳은 느낌이 드는 것. "가래떡이 좀 꾸덕시기리하다."

꾸럼하다 날씨가 약간 흐린 것. "꾸무리"한 것. 일본어 "くも(曇)り"도 우리말이 건너간 것이다. "날씨가 쪼메 꾸럼하다."

꾸룽(렁)내 구린내. "통시 여불대기에 앉았더이 꾸룽내가 진동한다."

꾸무대다 구물거리는 것. "내내 꾸무대고 있다."

꾸미·꺼미 고명.

꾸버렁·꾸불퉁 구불텅하다. 굽은 것. "질이 꾸버렁하다."

꾸에다 굽히다. 꾸이다. "괴기가 잘 꾸엤나." "꿈이 자꾸 꾸엔다."

꾸역꾸역묵다 먹기 싫은 것을 억지로 먹는 것. 꺼귀꺼귀하다. "꾸역꾸역 묵더이, 배탈이 났다."

꾸움(꿈) 까지. "그꿈 갈라칸다."

꾸정물 구지렁(고지랑)물. 썩어서 더러운 물. 혹은 개수대에서 나온 폐수. "옷에 꾸정물이 줄줄 흐른다."

꾸주구리하다 외모가 단정하지 못 한 것. 종이·피륙이 젖어 풀기가 없어 보기 흉하게 된 것. "옷을 입고 나온 것이 꾸주구리하다."

꾸중새 며느리한테 꾸중만 하는 시어미를 이른 것. 「시집살이요」(경산지방) 참조.

꾸치다 발목을 잘못 디뎌 약간 다친 것. "발목을 꾸치다."

꾼내 구린내. "거름티이 여불때기를 지나가니, 꾼내가 난다."

꾼(군)드러지다 군드러지다. 취하거나 몹시 피곤해, 정신을 잃고 쓰러져 자는 것.

꾼지 코뚜레.

꿀 굴. 석화. 경남남해안에서 많이 사용한다.

꿀돼지 돼지처럼 먹기만 하는 것. "저 아아는 먹기만 잘 해, 꿀돼지다."

꿀뚜름하다 마음이 움직이는 것.

꿀뚝같다 무엇을 하고 싶은 생각이 간절한 것. 꿀떡. "집에 가고 싶은생각이 꿀뚝같다."

꿀뚝속에 쉰 개꼬리, 삼년인들 검을소냐 하얗게 쉰 개꼬리가 굴뚝 속에 든들 검게 될 리 없는 것으로, 그 본성이 변하지 않은 것을 이름.

「교녀사」 (예천지방) ㉮

집에서 새는박이 들에간들 아니새며
꿀뚝속에 쉰개꼬리 삼년인들 검을소냐

집에서 새는 바가지가 들에 나간들 아니 새며, 굴뚝 속에서 쉰 개꼬리가 삼년인들 검어질 것이냐.

꿀밤 도토리. 졸참나무의 열매. 일본어에 우리말에 "밤"을 "くり(栗)"라 하는데, 이 역시 우리말이다. 그런데 경상도에서는 "도토리"란 말은 잘 안 쓴다. 도토리는 떡갈나무에 열리는 열매를 이른다. 이 도토리는 "돝의밤"으로 "도토밤" 또는 "도톨왐"이라고 썼다. 이 열매를 멧돼지가 좋아한대서 "돝의 밤"이라고 불렀다. 일본의 도치기(とちぎ,栃木・橡木)현은 우리말 "돝이"와 나무가 합해진 말이다. 이 상수리 나무 열매를 돝이 좋아 함으로써, "도치"라 부르게 된 것이다. "부사산(富士山)"이 우리말 "불산(火山)"에서 유래된 것이다.

꿀비 욕심쟁이의 속어. "저 꿀비같은 놈, 혼자 쳐먹고 잘 살아라."

꿉배기 성질이 야물고 굳은 사람.

꿍수부리다 어떤 꾀를 부리는 것. 요즘은 정치가들이 "꼼수"란 말을 많이 쓰고 있다.

꿍(꾹)심 속셈의 속어. "속에 품고 있는 꿍심이 대단하다."

꿀인다 꿇다. 재물이나 권세가 있는 것. 혹은 그네를 구르는 것.

「과부노래」 (의성지방) ㉮

추천구경 가자세라 한번꿀여 앞이돋고
두번꿀여 뒤가돋고 삼시번 거듭꿀여
순풍에 날릴듯이

그네 뛰는 구경 가자구나. 한번 굴려 앞으로 솟아오르고, 두 번 굴려 뒤로 솟아오르고, 세 번을 거듭 굴려, 순하게 부는 바람에 날릴 듯하구나.

꿉(꼽)치다 발목을 접질리는 것. 삐는 것. "발목을 꿉쳐 침을 맞았다."

꿍치다 한 뭉치씩 뭉쳐 넣는 것. "주는 대로 받아 꿍쳐 옇기 빠쁘다."

꿤지(꿘대기) 꿰미.

끄내끼 · 끄나갱이 · 끈가리 · 끄내까리 끄나풀. "끄내기로 홀쳐 매어라."

끄륵지 아류. "복셩을 한 끄름지 안고 갔다."

끄실다 그을다. 햇볕에 그은 것. "햇볕에 얼굴을 많이 끄실었다."

끄적거리다 그적이다. 아무렇게나 함부로 "끄적거리고 돌아댕긴다."

끄지(스)름 그을음. 옛날 정지간은 숙수(요리)하거나 · 군불을 지피기 때문에 "끄지름"이 천장에나 벽면에 디룽디룽 달려 있었다. 가장 위생적인 정지간이 되어야 했으나, 바람이 마음대로 나들고 추웠다. 수도시설은 도저히 생각할 수 없었고, 여자들이 오리 밖에 있는 동네 우물물을 동이에 여다 음식을 만들어야 했다. 꼭두새벽 일어나면 불씨부터 살펴보고, 소죽솥에 명태대가리를 넣어 끓인 물에 머리부터 감아 빗고, 밥 짓기를 시작한다. 토매간에 나락을 찧지 못하면, 디딜방아에 고된 다리품을 팔아야 한다. 서답은 한복을 입기 때문에 많은 식구들의 빨래는 산더미 같은데, 겨울이라도 손이 벌겋게 얼 만큼 추워도 개울가에서 빨래해야 한다. 그리고 여름철이면 푸새하여, 시원한 새벽에 불이 이글거리는 다리미를 가슴 앞에 드리대고 옷을 다려야만 했다. 그런 가운데 아기를 젖 먹여 키운다. 삼시세끼 식구들의 밥을 아사주어야 한다. 여름에는 삼 솥에 익힌 삼을 쪄오면, 그 삼을 째서 넓적다리에 얹어놓고 삼을 삼아 삼베길쌈을 하고, 가을에는 목화를 따다가 씨아 틀에 씨를 발라내고, 활로 부풀려서 고치꼬챙이에다 둘둘 말은 것을, 물레에 돌려 실을 뽑아내어 무명베를 짜는 일이다. 거기다가 누에치기는 더욱 어려워, 누에 방을 정갈하게 해야 하고, 누에가 세 잠을 자고 고치가 되면, 끓는 물에 고치를 넣어 거기서 명주실을 뽑아낸다. 그러니 겨울은 무명베 짜기요 · 봄가을은 명주 짜기요 · 여름은 삼베 짜기로, 여인네들은 하루 24시간이 모자랄 정도로 일의 노예가 되어 살았다. 우리 할머니들이 이렇게 삶을 살아왔음을 지금 젊은이들은 모를 것이다. 정재(淨齋)는 절에서 밥을 짓는 곳으로, 일찍이 이덕무(李德懋)는 『청장관전서(靑莊館全書)』에서 정지를 "창고"라고도 했다.

끄직어내다 끌어내다. 속에 있는 것을 끄집어서 밖으로 내는 것.

끄질러 먹고 산다 불에 그으러 먹고 산다. 근근이 살아가는 것. "그냥 재와(겨우) 끄질러 묵고 산다."

끈안다 끌어안다.

끈중하다 껑쭝하다. 위로 솟구쳐는 것. 「베틀가」(예천지방) "버팀개를 질러놓아 양머리가 끈중하니"

끌거모우다 끌어 모우는 것. "깔꾸리로 소갑을 끌거 모운다."

끌떡붓 몽당붓.

끌아재비 오조카 자기보다 나이어린 아저씨와 조카가 아저씨보다 나이 많은 것. 아저씨뻘·할아버지뻘 되는 일가가 자기보다 나이 적으면, "아잼"·"할뱀"이라 한다.

끌티기·끌떼기 문턱·마루에 뾰족한 나무 결이나 남의 결점을 이르는 것. 손톱부근 에 나는 거스러미. 혹은 그루터기.

끗도라 구슬치기의 일순.

끝다리 우수리.

끼꿈하다 께끔하다. 마음에 몹시 깨끗지 못 함을 느끼거나 꺼림칙한 것. 「규중행실가」 (안동지방) 참조.

끼꾸름하다 마음이 찝찝한 것. 께끄름하다는 께적지근하고 꺼림하여 마음이 안 내키다. "마음에 먼가 끼꾸름하다."

끼금찮다 "께름하다"는 께적지근하고 꺼림하다.

> 「규중행실가」 (안동지방) ㉮
> 바람에 옷걷히면 끼금찮다 위사하리
>
> 바람에 옷이 걷혀지면 속옷이 드러난다. 이렇게 되면 끼꿈하게 되니, 남에게 우사 당하지 않을까 마음 쓰이는 것이다.

끼리고 산다 더불어 함께 사는 것. 끌어 안는 것. "지 손자 끼리고 산다."

끼(꾸)미 괸 음식위에 보기 좋게 실고추나 달걀 등으로, 얹어서 꾸미는 것.

> 「시집살이」 (통영지방) ㉯
> 씨아바님 상에는 남자독자 끼미놓고
> 씨어마님 상에는 여자독자 기미놓고
>
> 시아버님 상에는 남자독상에 꾸미 놓고, 시어마님 상에는 여자독상에 꾸미 놓고.

끼버들다 게염나다. 부러운 마음으로 샘을 내어 탐내는 마음이 생기는 것.

끼임없다 사람을 싫어함이 없는 것. 혹은 거리낌이 없는 것.

「벽진이씨사향곡」 (영덕지방) ㉮

사철윤의(倫誼) 낙사(樂事)하면 얼마나 끼임없이 좋을턴데

구태여 우리들은 여자몸이 되고나니

개탄(慨歎)이고 가식(可惜)하다.

「동기별향곡」 (김천지방) ㉮

친시양을 갖었으니 끼임없는 이몸이여

사철을 통하여 윤의(倫誼)있게 지내면 모든 일이 즐거우며(樂事), 얼마든지 끼임 없이 좋을 텐데, 구태여 우리들은 여자 몸이 되고 보니, 몹시 걱정스럽게 탄식함이 애틋하고도·안타깝구나.

친정 쪽과 시댁 쪽 양가를 갖추었으니, 아무 거리낌이 없는 이 몸이다.

끼적거리다 음식이 맞잖아 저로 헤저으며, 빨리 안 먹는 것. 혹은 글씨를 쓰는 것.

끼졸이 꾀쟁이. 꾀보. 꾀가 많은 사람. "저 사람은 끼졸이다."

끼지리다 끼어 지르는 것. "끼지리고 싸댕긴다."

낀걸(갈)이 끈으로 걸게 된 것.

낀달이·낀갈이 끈에다 뭔가 달아놓는 것. "이불보에다 낀달이를 해라."

낀대기(이) 풀의 가는 줄기에 메뚜기 같은 것을 꿰는 것. 나락 익는 가을이믄 메뚜기를 잡으러 나가는데, 잡아서 병 안에 넣기도 하지만, 대개는 "낀대기"에 꿰어 온다.

낑구다 끼우다. 혹은 차에 치이는 것.

나난 울안. 날안(埒內)에서 유래함. "나난에 갖다 두어라."

나도백이(나조배기) 나이배기. 보기보다 실제 나이가 많아 보이는 것. "야시도백이". "끼도백이".

나라비서다 줄서는 것. 일본어 "なら(並)び"에서 온 것이다. 우리말 "나란히"와 연관된다. 이와 같은 유로, 꽃다발의 "다발"이 일본어의 "たば(束)"도 바로 우리말인 것이다. 일본어 "あに(兄)"는 "언니"와 연관되고, "とも(友・朋・伴)"는 "동무"와 연관된다.

나락 벼. 이 말의 어원을 우리 선인들은 "나록(羅祿)"이라 했고, 신라의 벼슬아치들이 받은 녹봉에서 왔다고, 그 유래를 밝히고 있다. 『시경물명언해(詩經物名諺解)』에서 "도(稌)"를 "나락"이라 명칭했다.

나래(날개) 이엉.

나릿하다. 나른한 것.

나무떠거리 나무떨기.

나무접시 소년적 나무접시 같이 날랜 소년 적. 「숨기는노래」(동래지방) 참조.

나물사냥 나물 뜯으러 가는 것.

「고사리노래」(군위지방) ㉖
나물사냥 가자사라 큰산으로 갈가나
야산으로 갈가나…
올라가며 올고사리 줌줌이 꺾어서
내리가세 내리가세 내리가는 널고사리
줌줌이 꺾어서 단단이 묶어서
바리바리 실어다가 갓갓이 엮어서로
앞지동에 달았다가 딧지동에 달았다가

장장이 실어다가 팔아서로 한디받고

두디받고 이사람아 먹고사네

나물 뜯으러 가자구나. 큰 산으로 갈까 야산으로 갈까. 올라가며 올고사리 줌줌이 꺾어 내려가세. 내려가며 열(녀다)고사리 줌줌이 꺾어서, 단으로 묶고 바리바리 실어갖고, 또 각각 엮어서 앞기둥과 뒷기둥에 달아놓았다가 장날마다 실어다가 팔아서, 쌀 한되 받고·두되 받고, 이렇게 이 사람아 먹고 산다네.

나미치다　엷게 물결치다. 이 역시 일본어 "なみ(波)"를 그대로 쓴 예가 된다. 일본 강점기 때 영향은, 아직도 우리말 구석구석에 끼어서 쓰이고 있다. 가령 "샤부샤부 (しゃぶしゃぶ)"는 얇게 저민 고기를 끓는 물에 살짝 데쳐, 양념간장에 찍어먹는 음식으로, 우리말로 "살랑살랑"이라면 맞을지 모르겠다.

나박나박하다　사각사각한 것. "무시짐치가 나박나박해 묵기 좋다."

나발이다　일이 걸려져 버리는 것의 속어. "개나발".

나배다　잎 덤불 속을 뒤지는 것. "꿀밤을 주을라고 덤불속을 나밴다."

나부대다　몹시 설쳐대는 것. 철없이 가볍게 부스대다. "업은 얼라가 나부댄다."

나부락(래)에(나불)　가는 바람에(통에). "가는 나부락에 따라 나섰다."

나부래기　나부랭이. 헝겊·종이의 자그마한 오라기. 남은 찌꺼기. "옷이 떨어져 나부래기가 너덜너덜하다."

나부로 · 니부로 · 지부로 · 우리부로　나(너·저·우리) 때문에 일부러.

나부리　너울. 바다의 사나운 큰 물결.

나샀다 · 나수다　낫다. 병이 나았다. "헌디를 나샀다."

나(날)생이 · 아시개이 · 나이　냉이. "나생이는 봄나물로 입맛을 돋군다."

나시　소매 없는 옷. 이 말은 일본어 "そで(袖)な(無)し"에서 "소데"는 생략되고, "나시"만 쓰는 예가 되겠다. 여자들이 집에서 숙수할 때, "다시"도 "だ(出)し"로 "맛내기"를 위해 다시마나 멸치 따위를 넣어 푹 끓여, 맛국물을 내는 일을 "다시"라 하여, 우리말로 거의 굳어졌다.

나알 · 날　나흘. "오늘이 초나알이다."

나오리　놀. 아침·저녁 하늘에 벌겋게 보이는 기운. 혹은 바다에 사납게 이는 큰 물결. "아직 나오리 붉다."

나요링　나일론. 영어 "nylon"이 일본어 "ナイロン"을 거쳐 들어온 말이다. "비로드" 는 포르투갈어 "veludo"가 일본어 "ビロ-ド"를 거쳐 들어온 말이다.

「화전가」(안동지방)㉮
양단이라 웃저고리 비로도 좋은치마
나요링 상하단에 청춘홍안 때맞추어

수놓은 듯 짠 비단 윗저고리에, 비로드(우단) 좋은 치마, 나일론으로 상·하단에,
청춘홍안에 때를 맞추어 잘 차려 입은 모습이다.

나우·나위　나비. "나우같은 옷을 입었다."

나이방　색안경. 영어 "raiban"에서 온 것임. "여름에 나이방을 씨고 왔다."

나주불　납채 때 신부 집에서 나좃대에 켜는 불.

「노처녀가」(단대본)㉮
향피면서 나주불을 질러놓고
신랑온다 외자하고 전안한다 초례한다

향을 피우고 아울러 나좃대 불을 질러 놓고선, 신랑 온다고 떠들썩하다. 신랑이
전안례(奠雁禮)하고, 초례(醮禮)를 행할 때 켜는 불.

나주라　놓아 주어라. "붙잡고 애믹이지 말고 나주라."

나(내)캉 너(니)캉　나와 너와. "나캉 너캉 놀재이."

나후다링　일본어 "ナフタリン"에서 온 것임. 영어 "naphthalin".

낙달　넉살.

낙매　낙상(落傷).

낙수　낚시.

난개　6·25이후 외래종으로 들어온 좀 파랗고 길쭉길쭉하게 생긴 호박. 호박꽃이
　　지고 금방 달린 어린 것은, "애딩이" 호박이요, 호박의 껍질에 누런빛이 돌아야
　　"호박"이 된다. "장사꾼들이 난개사라고 외치고 있다."

난닝구　영어 "running cost"가 일본에서 준말이 되어, "ランニング"로 바로 우리말에
　　지금껏 쓰이고 있다.

난다리　흠이 생긴 과일. 또는 채소.

난도　나도. "난도 쫌 주라."

난디　산초(山椒).

난쟁이 좆지레기　몹시 키가 작은 사람을 비웃는 비속어. "키가 난쟁이 좆지레기만
　　하다."

난질가다 도망가다. 본디는 계집의 오입질이나, 소년들의 집나가는 것을 일반적으로 말한다. “저 집 아들이 난질로 나가삐렀다.”

「난질간다」 (군위지방) [민]
안동 삼백골로 난질을 간다.

ㄴ

날개비(가지) 날개. 끝에 붙는 것. “저놈의 소상은 날개비가 달렸는가, 잘도 간다.”

날궂이 여름 흐린 날에 개가 먹은 개죽이 맞잖아 토하는 것으로, 비라도 맞으면 흐물흐물하여 아주 보기 싫은 모습. “여름날에 개가 날궂이를 잘 한다.” 유시아명(幼時兒名)은 강아지 · 노변정좌(路邊正坐)는 볼가지 · 평생주식(平生晝食)은 누룽지 · 일생질병(一生疾病)은 날구지 · 간간별식(間間別食)은 뼈가지 · 음양배합(陰陽配合)은 돌아지 · 영결종천(永訣終天)은 흘가지 · 망은부모(忘恩父母)는 오르지. 우스갯소리로 상대편에 욕보이려고 던지는 말.

날깝다 날카롭다.

「바늘요」 (예천지방) [가]
입끝이 날까우니 촉바른말 할것이요
몸동이가 꼿꼿하니 마음조차 곧겠구나
귀구멍이 뚫폈으니 오른말도 듣겠구나
빽빽한걸 잘뚫버니 슬기조차 있을게요
바른길로 찾아가니 그른노릇 안할게요
꼬박꼬박 절을하니 예절을 배웠는가
반들반들 빛이나니 행실을 배웠는가
떨어진걸 잘기우니 인정편도 있을게요
부러지기 일수하니 결단성도 있을게요
실과손과 함께하니 의논성도 있을게요
오장육부 없다해도 소견재주 여상하네

「원한가」 (창녕지방) [가]
바늘같은 이내몸에 황소같은 병을실고
나는가네 나는가네 자는듯이 나는가네

바늘은 입 끝이 날카로우니, 살촉같이 바른말만 할 것이오, 몸뚱이 꼿꼿하니 마음조차 곧겠구나. 바늘은 귀 구멍이 뚫렸으니, 옳은 말만 듣겠구나. 빽빽한 베(천)를 잘 뚫고 들어가니, 슬기조차 있을 것이오. 바늘은 바른 길로만 찾아가니, 그른 노릇을 안 할 것이다. 바늘이 천을 뚫고 들어가는 모습이 꼬박꼬박 절하듯 잘 하니, 예절을 배웠던가. 바늘은 반들반들하게 빛이 나니, 행실을 잘 배웠는가. 떨어진 옷을 잘 기우니, 사람과 같은 인정도 있는 편이요, 부러지기를 가끔 잘 하니, 딱 잘라 결단을 잘 할 것이요. 실과 손이 함께 하니, 의논을 잘 하는 성질이요. 바늘이 오장육부는 없다 해도, 본 바가 있고·철이 들어 늘 같이 한다네.
이 「바늘요」는 조선 순조 때 유씨부인이 쓴 「조침문」보다 더 간결하게 바늘의 모습과 성격을 잘 그렸다고 할 수 있겠다.

바늘같이 가냘픈 이내 몸에, 황소 같은 큰 병을 싣고, 나는 가네·나는 가네, 자는 듯이 이 세상을 나는 떠나가네

날다   베를 짜는 것. 피륙이나 돗자리 같은 것을 짜려고, 날을 고르게 벌여 치는 것.

「베틀가」 (경산지방)ⓜ
지상에 나려와서 할길이 전이없어
금상한필 날아보세 금상한필 날아노니

인간 사는 땅위로 내려와서 할 일이 아주 없어, 무늬 좋은 상품 비단 한 필을 날아 놓으니.

날래(다)   속히. "날래 댕겨 온네이."

날레쓰다   갈겨쓰다.

날미들미   나며들며. "박산을 날미들미 다 묵었다."

날비   병이나 일이, 생기게 되는 원인. "병의 날비를 바로 잡아야, 쌔기 나술 수 있다."

날삼재·들삼재   그해 운세를 좇아 삼재(수재·화재·풍재)가 드는 해를 "들삼재"라 하여, 매사에 조심을 한다. 그러나 "날삼재"에 오히려 마음 씀씀이를 해이하게 가짐으로써, 삼재를 당하는 수가 있다.

날수   곡식을 타작해서 얻는 수확량.

날씨금   날마다. "저 이는 날씨금 놀러 댕긴다."

날감지   물고기의 지느러미.

날입살다   날로 입에 풀칠만하고 사는 것.

「계부가」 (봉화지방)ⓜ
넉넉잖은 날입살아 허량한맘 먹지마라

넉넉잖아서 날마다 입에 풀칠하고 살아도, 허튼 마음은 먹지 마라라.

남게(기)·낭케·냉기   나무에. "굼게"는 "구멍에".

「새는새는 남게자고」 (동래지방)ⓜ
새는새는 남게자고 쥐는쥐는 굼게자고
각씨각씨 새각씨는 신랑품에 잠을자고

우리같은 아이들은 엄마품에 잠을자고
새는새는 남게자고 쥐는쥐는 굼게자고
돌에붙은 따깨비야 남게붙은 솔방울아
나는나는 어디자꼬 우리엄마 품에자지

새들은 나무에서 잠자고 · 쥐들은 구멍에서 잠자고, 각시는 신랑 품에서 잠을 자고,
우리 같은 아이들은 엄마 품에 잠을 잔다. 새들은 나무에서 잠자고 · 쥐들은 구멍에서
잠자고, 돌에 붙어 있는 따깨비야 · 소나무에 붙어 있는 솔방울아, 나는 어디서 잘꼬.
우리 엄마 품에서 자지.

동요로 새와 쥐를 끌어 오면서, 바닷가 돌에 붙어사는 따깨비와 소나무에 붙은 솔방울처
럼, 우리 같은 아이들은 엄마 품에 딱 붙어, 사랑을 함빡 받으며 잠자겠다는 소망이
서린, 좋은 노래로 보급되어야 하리라 본다.

「너도식집 살아봐라」 (군위지방) ㉬
낭클숭가 낭클숭가 뿌리없는 낭클숭가
때때로 물을주어 시시로 북을도아
한가쟁이 달이솟고 한가쟁이 해가돋아
달은따서 걸을대고 해는따서 안을대여
조모싱이 수를놓고 쌍무지개 선두르고

나무를 심어 뿌리 없는 나무를 심어, 때때로 물을 주고 시시로 북을 돋워, 한 가지는
달이 솟고 한 가지는 해가 돋아, 달은 따서 겉을 대고 해는 따서 안을 대어, 저
모서리 수를 놓고 쌍무지개처럼 선을 둘러 주머니를 짓는 모습이다.

남녀가 입을 맞추믄, 배꾸영도 맞추게 된다 성교장면.

남머이 남 먼저. "저 사람은 질 나서민, 남머이 가삐린다."

남새(사)스럽다 · 남스럽다 남우세스럽다. "앞뒤 전주어 보고 말 안 하이, 남사스러워
죽을 뻔 했다."

남자(주)리 잠자리. 주로 김천 · 상주 · 문경지방에서 사용하고 있다. "가실게는 꼬치
남자리가 많이 날라 댕긴다."

남정 열다섯 이상이 된 사내.

「김대비훈민가」 (영양지방) ㉮
여인의 가는길에 뒤를따라 가지마소…
늙은사람 가는길에 앞에서서 가지마소…
출입을 할지라도 살피어서 알아하소

남정이 가는길에 앞에서서 가지말고
얼른돌아 섰다가 저지낸후 갈것이라
여름날이 덥다해도 옷벗고 나지마소

여자가 가는 길에 남정네가 뒤를 따라가지 말 것이며, 늙은 사람 가는 길에 젊은이가
앞상 서서 가시 날아라. 바깥출입을 알지라노 여자들은 살 살펴서, 알아 할 것이오.
남정네가 가는 길에 앞에 서서 가지 말고, 남정들을 길에서 보게 되면, 얼른 돌아
섰다가 지내간 뒤, 가는 길을 갈 것이다. 여름날 아무리 덥다 해도 옷 벗고 나가지
마라는 것이다.

요즘 남녀간에 야기되는 여러 문제로 시끄러운데, 유념해야 할 대목이 된다 하겠다.
남자들은 여인의 뒤를 미행하지 말고, 젊은이들은 노인이나 남자들을 앞질러 가지
말고, 외출 때는 잘 살펴보고, 또 길에서 남자들을 만나면 잠시 돌아섰다 가고, 더운
여름에는 옷 벗기를 조심해야 된다는 것이다.

남정네는 안들 서이를 잘 만나야한다 남자는 평생 여자 셋을 잘 만나야 한다는
  것. 이 여자 셋이란, 어머니·마누라·며느리를 이른 것.

남정네 없는 지집은 살아도, 여자 없는 남정네는 몬 산다 여자는 과부가 되어도
  홀로 살지만, 남자는 아내 없이 못 산다는 것. "홀애비는 이가 서말이요, 과부는
  은이 서말이다."

남지기·남저(처)지 나머지. 나무지기. 나무처지. 나무지기. "남지기는 갈라 묵어라."

남청장 술이 몹시 취해, 정신을 차리지 못하는 것. 이는 평북정주군에 있는 "납청장(納
  淸場)"을 이른 것으로, 본디는 몹시 얻어맞거나·위압에 눌려 납작해진 사람이나
  물건을 비유하기도 함. "저 사람은 술이 남청장이 됐다."

남쿠다·숨쿠다·줄쿠다 남기다·숨기다·줄이다. "다 묵지 말고 쪼메 남쿠라."

남핀 숭을 볼라카문, 부처밑구멍같다 남편 흉을 다른 사람에게 하는 것은, 부처
  밑을 보는 것처럼, 오히려 자기 결점만 보여주는 결과가 되는 것.

남질찌게·남필찌게 나뭇잎이 질 적에·나뭇잎이 필적에. 「꽃노래」(군위지방)

납닥발이 개오지. 개호주는 범의 새끼. 여기서는 살쾡이를 이른 것.

납닥시그리하다 납작한 모습을 이른 것. "납대대하다"는 얼굴이 둥그름하고 나부
  죽한 깃. "저 색시는 납닥시그리하고 차마타."

납장 납작한 장.

납조래이 낫자루. "납조래이를 고오 오이라."

낫기 베를 짜는 일. 「여자탄식가」(김천지방) "모시낫기 삼베낫기."

낫세 나이께나 들어 보이는 것. "저 노인은 낫세나 들어 빈다."

낫이 여유 있게. 넉넉히. "낫이 묵어라."

낭 낭떠러지.

낭낭끄팅이 위험한 가장자리. "낭게 낭낭끄팅이 매달렸다."

낭낭하다 국 같은 것의 맛이, 먹기 좋게 잘 든 것.

낭자 낭재(郞材). 신랑감.

낭창하다 하는 행동이 되바라진 것. "일을 시키민 낭창하게 한다."

낮걸이 낮거리. 낮에 하는 성교.

낮놀이 벌이 분봉하기 위해, 한 곳에 모여 있는 것.

낮잠 자지 말고, 밤에 머리 빗질하지 마라 우리가 어릴 때 낮잠 자면 자지 못하게 매질을 했고, 또 밤에 머리 빗질하는 것도, 몸에 안 좋다며 못 하게 했다.

낯 바새다 면식이 있어, 대하기 곤란한 것. "저 집에 놀러 갈라카이 억시기 낯바샌다."

낯짝 낯의 속어. "비룩도 낯짝이 있다."

낯판때기 · 상판때기 "상(相)판대기"는 얼굴의 속어. 낯바대기. 낯파대기. "낯판대기 가 멀쩡한 놈이, 저리 얻어 묵고 댕긴다."

내걸이 외출복(안동지방). "내걸이가 옳아야 입고 나가지."

내구미게 왕겨.

내굴 방 두 칸이 연도를 하나로 구들을 놓은 것.

내그럽다 연기가 목구멍이나 눈을 쓰리게 하는 기운이 있는 것. 냅다. "내그러버 눈을 못 뜨겠다."

–내(래)기 나기. 거기 태생이거나 자랐음을 가리키는 말. "저 이는 대구내기다."

내금 · 내미 냄새. "마늘 내금이 많이 난다."

내년게 내년에. "내년게 또 놀러 온네이."

내다지 내내.

내들(내도록) 내내. "손자는 내들 잠만 자고 있다."

내뚜다 내두다. 곧 바깥에 둔 것. "고만하고 내뚜어라."

내띠다 냅뜨다. 일에 기운차게 앞질러 쑥 나오는 것. 잘 아는 채 앞장 서는 것. "저 사람은, 지가 잘 안다고 혼차 내띤다."

내락 속마음. 결단력.

내란지소 내려앉으시오. "밥먹게 내란지소."

내랍다 마렵다. "오줌이 내라바 식겁 무었다."

내리기 내력. 그 집안의 지내온 경로나 경력. 여기서는 선천성의 병력이나 좋지 못한 버릇 등을 찝어 말할 때 사용된다. "저 놈의 소상 남 때리는 벌장머리는 내리기가 있다."

내리사랑은 있어도, 치사랑은 없다 요즘은 할아버지나 아버지를 보고 "사랑합니다" 하는 말이 보편화되었는데, 이는 영어 "Love"의 영향 때문이다. 서양 사람들은 제 할아버지나 아버지를 보고 "Love"로 위·아래 없이 쓰지만, 우리나라에서는 나이 비슷한 사이나·손아래 사람 또는 애인들 사이에서는 사랑으로 통하지만, 아버지나 할아버지를 보고 "사랑 합니다"고 쓰는 것은 있을 수 없다. 대신에 "공경 합니다"·"존경 합니다"로 쓰는 것이 맞겠다. 우리말에서는 사랑이란 대등한 관계나 자기보다 아랫사람한테 쓰이고 있다. 마찬가지로 "고맙습니다"나 "착하다"를 웃어른께는 쓸 수 없다. 이런 예가 아침에 출근하면서 "좋은 아침"이란 말을 쓰는데, 이도 역시 "good morning"을 그대로 받아쓰는 것이다.

내리씰다 내리쓸다. 허물이나 쓰레기를 내리 쓸어버리는 것.

「계녀가」 (안동지방) ㉑
부모와 지아비는 인정이 지근하여
허물이 있다해도 내리씰어 보려니와
재물은 씨자해도 동기간 불목되고
언어를 불순하면 지친이 불화되니
그아니 두려우며 그아니 조심이라

부모와 남편은 정이 지극히 가까운 사이여서, 허물이 있다 해도 내리덮어 보려니와, 재물은 쓰게 되면 형제간에 화목하지 않게 되기 쉽고, 말을 불순하게 하면 부자·형제지간에 불화하게 되니, 이를 볼 때 그 아니 두려우며·그 아니 조심하랴.
부자·형제지간일수록 재물과 일상 언어에서, 항상 두려운 마음으로 삼가고, 경계해야 한다는 것을 강조하는 가사가 되겠다.

내백뜨리다 마구잡이로 내어놓는 것.

내빼다 "달아나다"의 속어. 도망가다. "앉아 놀던이 실기미 내뺐다."

내사 나야.

「임」 박목월 ㉑
냇사 애달픈 꿈꾸는 사람…

「윤사월」 박목월 ㉑
송화가루 날리는 외딴 봉우리

밤마다 홀로, 눈물로 가는 바위가 있기로
기인 한밤을, 눈물로 가는 바위가 있기로
어느 날에사, 어둡고 아득한 바위에
절로 임과 하늘이 비치리오

윤사월 해길다 꾀꼬리 울면
산지기 외딴집 눈먼 처녀사
문설주에 귀대고 엿듣고 있다

「승무」 조지훈Ⓐ
얇은사 하이얀 고깔은
고이 접어서 나빌레라…
이밤사 뀌또리도 지세우는 삼경인데
얇은사 하이얀 고깔은 고이 접어서 나빌레라

박목월(朴木月)의 「임」에서 "어느 날에사"는 "날에야", 「윤사월」에서 "눈먼 처녀사"는 "처녀야" 그리고 조지훈의 「승무」에서 "이밤사"는 "이밤에야"로 풀이 된다. 그리고 「승무」에서 "나빌레라"를 본디는 "납의(衲衣)"로 썼다고 보는 쪽도 있다. 그렇다면 납의는 승려들이 입는 검정 옷으로 하얀 고깔과 흑백의 대조를 이룬다. 이런 "납의"가 "나비"로 희한하게도 둔갑해, 오히려 시어로 더 부드럽게 되었다.

내지르다　소리를 냅다 지르는 것.

내치　내내. "온다고 내치 오긴 왔다."

내엘(낼)·니일　내일. "니일 온다꼬 했다."

내우　내외. "저 집 내우간은 의가 좋다."

낵　뿐. 따름. 작정. 처지. "방만 씰 낵이지."

낸장　감탄사. "낸장! 요새는 장사가 안 돼, 파랭이를 날린다."

내졸기다　도망치는 것. "퍼뜩 내졸기고 안 빈다."

냇기　밭고랑 지울 때 쓰는 농기구.

냉골이다　냉돌. 방에 불을 넣지 않아 방바닥이 차갑고 싸늘한 것.

냉면국시　메밀가루가 없어 밀가루로 냉면처럼 만들어 먹은 국수로, 6·25이후 북한 피란민들이 부산서 만들어 먹던 국수.

냉주(내중)　나중에. "냉주에 도 놀러 온네이."

너그　너희. "너그 아버지 나가있나?"

너그마씨·너가바씨　너 어머니·너 아버지의 속어. "너그마씨 뒷밭에 밭 매더라."

너검마·너(니)개비·너거아바이·너거마이(니에미)　너 엄마. 너 애비의 속어. "너 검마가 지일이라."

너끈하다　어떤 일을 쉽게 해내는 것. 무엇을 해내는데 힘이 넉넉하여 여유가 있는 것.

너널너널 쟁기질할 때, 소가 오른쪽으로 돌아라는 소리.

너(널)떠러 너한테. 너에게. "너떠러 모지리 덮어 씨운다."

너래 땅속에 보이는 바위.

너레기 널벅지. 자배기. 옹추리.

너르치다 너그럽고 크다.

너벌 남 앞에 서기를 좋아하는, 비위가 좋은 사람. 입담이 좋은 사람.

> 「화전가」 (예천지방) ㉮
> 너벌좋은 강실이는 이리가며 저리가며
>
> 친정 와서 화전놀이에 남 앞에 말하기를 좋아하는 비위가 좋은 강실이는 이리저리 쏘다니는 모습이다.

너부적거리다 안 와야 될 곳에 나타나, 설쳐대는 것. "머 안다고 너부적거리노."

너불대 화사(뱀). "배미는 너불대가 좋다." 너블미기.

너블성이 있다 남에게 포용력이 있거나, 원만한 성격을 지닌 것.

너이 · 서이 넷. 셋. "사람 너이가 가더라."

너헐산 너마저.

> 「교녀사」 (예천지방) ㉮
> 일찍이 실모하고 가련히 크난모양
> 수시로 생각하니 골절이 아프구나
> 너헐산 없었드면 그자취 어찌보랴
>
> 일찍이 어머니를 잃고 불쌍하게 크는 모양을 보고, 수시로 너를 생각하니 뼈마디가 아프다. 너마저 없었다면 네 어미의 자취를 어찌 보랴.

넉달 넉살. 부끄러움을 타지 않고 언죽번죽하고 검질기게 구는 짓이나 성미. 「회심곡」 (예천지방) "마주앉아 웃음 넉달."

넌(넝)구링이 능구렁이. 성격이 음침한 것. "저 사람은 도무지 넝구렁이 같아 심사를 잘 모르겠다."

넌덜넌덜하다 부들부들하다.

널너리하다 빈 공간 또는 좌석이 많은 것. 널려지다, 곧 많은 것. "오늘 자리가 널너리하다."

널비기 너르게. 또는 질그릇의 일종. "널비기 앉아래이."

널찌다 떨어지다. "나무재주 잘 하는 놈은 나무에서 널찐다."

널쿠다 넓히다. "아파트를 널쿠어 이살 갔다."

널푸다·널파 넓게하다. 넓혀. "식구가 많아 방을 쪼메 널팠다."

널푼수 원만하고 넓은 성품. "저 이는 사람이 널푼수가 없다."

넘가주다 넘겨주다. "돈 받고 물건을 넘가주었다."

넙덕웃음 너부데데한 것은, 둥글번번하고 너부죽한 얼굴에 웃음 짓는 것.

　「화전가」 (예천지방) ㉮
　넙덕웃음 전실이는 임색하여 불참하고

　둥글번번하고 너부죽하게 생긴 얼굴의 전실이는 "임색(臨席)"은 다른 일이 있어 모임에
　불참한 것.

넙디기·넙판이 구운 전의 한 조각. 또는 얼굴이 넙적한 것. "넙디기 하나 묵었다."·
　"아이고! 넙디기! 넙판아!"

넝기(구)다 넘기다. "해를 넝겼다." "국을 넝가비렀다."

넝뚱쟁이 여름 장마비를 빗대어 한 말. 잘 우는 아기를 희롱조로 말하는 것.

　「비노래」 (대구지방) ㉯
　앞집뒷집 나의동무 뭘하고 놀으시노
　넝뚱쟁이 넝뚱쟁이 아침부터 우는울음
　이때까지 안끝이네

　앞·뒤 집에 사는 내 동무들이여! 뭘 하고 노느냐. 잘 우는 아이처럼 아침부터 내리는
　비는, 여태껏 안 그치고 내리네.
　역시 동요인데, 장마로 집에 갇혀 지내는 동심을 읊은 것이다.

넝치럽다 넉넉하다

네사려춤 네 번을 사려 한 춤이 되는 것. "사려"는 긴 물건을 헝클어지지 않도록
　빙빙 돌려 감는 것. "춤"은 가늘고 긴 물건을 한손으로 쥘만한 분량. 「시집살이요」(경
　산지방)

녈고사리 열고사리는 "녀다"에서 온 것으로 산을 내려가며, 꺾는 고사리.

노고리하다 노곤하다.

노고지리 종다리.

「사모가」 (선산해평) ㉮

골수에 분한마음 노고지리 쉰질뛰듯

뛰어보면 시원할까

뼈 속 깊이 사무친 분한 마음이야, 종달새가 쉰 길이나 높이 날아오르듯, 그처럼 뛰어보년 내 마음이 시원해실사.

노구마(메)　산천의 신령에게 제사지내기 위해, 노구솥에 짓는 밥.

노구질　뚜장이 노릇을 하는 늙은 할미. 「복선화음록」(선산해평) "늙은종의 노구질을"

노근노골(勞筋勞骨)　매우 힘써 일하는 것.

「교녀사」 (예천지방) ㉮

층층시하 주모고역 스물네해 중소임에

노근노골 시켰구나

부모와 조부모가 모두 살아계신 시하에서 집안 살림을 주장하여 다스리며, 살아온 부인의 고된 일로, 스물네해 중소임에 힘든 일만 시켰다.

노깨　밀가루를 쳐내고 남은 찌꺼기.

노나깨이　노끈. 노내끈이. 노로 꼰 끈. "노나깨이로 홀쳐 매어라."

노닥거리다　입으로 조잘거리는 것의 속어. "자꾸 시끄럽게 노닥거릴래."

노달기　노는 철.

노디　징검다리. 안동지방의 놋다리(노디다리밟기)도 여기서 유래했다. "걸물에 노디 가 놓였다." 이 징검다리가 없는 곳에서는 한겨울이라도 신발과 양말을 벗고 건너야 했다. 한 청년이 막 신발을 벗고 건너려고 하는데, 어떤 노인이 신발 벗는 모습을 보고는, "어르신네 지 등에 업히시이소" 했다. 노인은 고맙게도 청년의 등에 업혀 물을 건너는데, 자네가 성은 뭐고·관향이 어딘가 물었다. 청년이 자기와 같은 성씨니, "내가 말을 놓겠네" 하니, 청년은 업어 건네주는 것만 해도 고맙다 해야 되겠는데, 그만 도분이 나서 "나도 놓네" 하면서 물에다 놓았다는 이야기가 있다.

노래기각시·노네각시　노린재. 옛날에는 초가여서 짚 속에 노린재가 많이 살았다. 이를 퇴치하기 위해 "노래기부적"을 벽에다 붙였다. 부적에는 "향랑각씨속거천리(香娘閣氏速去千里)." 혹은 "노랑각씨천리속거."라 썼다.

노랭이 짓을 한다　자기 돈을 아껴 안 쓰려는 사람을 이르는 것. 곧 노랑이는 규모가 좁고 인색한 사람을 일컫는 것. "저레 노랭이 짓을 하고 뎅긴다."

노름하고 지집질엔 집이 망해도, 먹어서는 집이 안 망한다　먹고 사는 일에서는 집안이

망하지 않는다.

노박 늘. "노박 쳐묵고 놀기만 한다."

노삼 질이 낮은 삼으로 꼰 줄.

노상가쟁이 노관주나무 가지.

노성하다 뇌성(雷聲)하다. 천둥소리가 나는 것. "하늘이 노성을 한다."

노성낭케 노관주나무에.

> 「쾌자노래」 (울진지방) 민　　　　　　「댕기노래」 (대구지방) 민
> 그 말해서 안듣걸랑 가지많은 노성낭케　　가시나무 노성낭케 바람불어 쨌다하오
> 샛바람에 쨌다하게
>
> 그 말을 해서 곧이 안 듣거든, 가지 많은 노관주나무에 봄바람이 불어와 찢어졌다고 하게. 곧 찢어진 쾌자에 대한 핑계를 봄바람에다 대는 것이다.
>
> 가시나무와 노관주나무에 바람이 불어와 찢어졌다고 하오. 역시 찢어진 옷에 대한 핑계를 바람 탓으로 돌리고 있다.

노치 쌀가루에다 프라이팬 바닥에 기름을 둘러 구운 떡. 차노치는 찹쌀가루로 구운 것.

> 「평암산화전가」 (영양지방) 가　　　　「화전가」 (봉화지방) 가
> 구시월 차노친들 이맛을 당할소냐　　　팔구월 파놋치가 이우에 더좋으며
>
> 구시월 찹쌀가루로 구운 떡과 팔구월에 팥을 넣고 구운 떡인들, 이 화전놀이에 먹는 이 위에 맛을 당하겠느냐.

노타리치다 경운기로 논을 갈다. "경운기로 논을 노타리친다."

녹노그래지다 몹시 반가워 좋아하는 것.

녹디질금 숙주나물. "새야새야 파랑새야 녹디밭에 앉들마라."

녹살 녹두·메밀·수수 등을 갈아 찧는 것.

녹쿠다 녹이다. 녹게 하다. "양구비같이 생긴 여자가, 사내 간장을 녹쿤다."

논(농)가리다·논구다 나누다. "떡을 논가리다."

논골뱅이 우렁이.

논다래기 논 다락. 다락은 논배미. "논다래기를 부쳐먹고 산다."

논다이패 아무 직업 없이 노는 젊은 사람. 사당패처럼 노는 것. "논다이패 뒤를 쫓아 댕긴다."

논또가리 논뙈기. 뙈기는 논밭의 한 구획을 일컫는다. "논또가리 파먹고 산다."

논뚜룽 비앵구 태운다 논두렁 비행기 태우는 것. 일부러 거짓으로 칭찬하는 것.
논뜨럭 논두렁. 물이 괴도록 논가에 흙으로 둘러막은 두둑. "논뜨럭으로 달라뺐다."
논빼미 논배미.

「논매기노래」 (고령지방) [민]
서마지기 논빼미 반달같이 떠나간다
지가무슨 반달인고 초생달이 반달이지

서마지기 논배미가 반달처럼 떠나간다니, 논매기의 조금 남은 논뙈기 모습이 흡사 반달같이 남은 것이다. 그러면서도 반달만큼 남은 논뙈기 제가 무슨 반달인고, 초승달이 반달이라고 긍정하는 모습이다.

논틀밧틀 논두렁이나 밭두렁을 따라, 꼬불꼬불하고 좁게 뻗은 길. "허둥지둥 논틀밧틀로 간다."
논팽이 놈팡이. 직업 없이 빌빌거리며 노는 남자를 희롱조로 이르는 속어. "저 놈아는 사알도록 묵고 노는 논팽이다."
놀구다 · 놀가 놀리다. "기계는 놀구믄 못 씬다."
놀갱이 노루. "놀갱이가 막 뛰어갔다."
놀량패 직업 없이 놀고 지내는 패거리. 또는 사당패 따위를 이르기도 함.
놀운 놀아야 할 운수.

「규중감흥록」 (예천지방) [가]
세시북남 좋은때에 놀운도 놀아보고
진수옥백 흔히하고 호화로이 생장터니
연광이 십육세라

일년 중 좋은 제철을 만나, 북남 쪽으로 흩어진 친구들을 만나, 놀아야 할 운수로 놀아보고, 맛좋은 음식과 옥 같은 비단을 흔하게 차려입고 호화로이 자랐더니, 어느덧 나이가 16세라.

놀음채(債) 놀이에 필요로 하는 경비나 물자.

「화전가」 (예천지방) [가]
놀음채나 들어보소
집집이 쌀을내어 가지각색 떡이로다
명월같은 송편이며 반달같은 월병이며

동서남북 절편이며 늘어지는 인절미며
메물팔아 묵을하니 느리기에 다섯이요

화전놀이에 필요로 하는 경비나 물자를, 당시는 집집마다 쌀을 거두어 감당했다. 이 쌀로 명월 같은 송편과 반달 같은 달떡, 그리고 동서남북처럼 네모진 절편, 길게 늘어진 인절미 등을 마련했다. 거기다가 메밀을 사서 묵을 만드니, 나무로 만든 느리기 함지에 다섯이나 되었다.

놀쿠다 전지 따위를 경작하지 않거나, 사람이 백수건달로 놀고 있는 것.

놋날같이 억세게 쏟아지는 빗줄기. 장대비. 빗발이 노끈을 드리운 것 같이 죽죽 쏟아지는 모습. "비가 놋날같이 와제낀다."

놋다리 고려 공민왕10년(1361)노국대장공주가 홍건적의 난을 피하여, 조령을 넘고 풍산을 지나 소야천(所夜川)을 건너려할 때, 마을 부녀자들이 인다리를 만들어 왕후와 공주가 안동으로 피할 수 있었다. 다른 여러 가지 전설이 있긴 하나, 그때 여인네들이 대열을 지어 허리를 굽혀, 그 위로 왕후와 공주(어린 여아)가 인답교(人踏橋)를 건넜다. 인다리 양쪽 끝에 선도하는 두 부인의 손에 이끌려 앞으로 나아가며, 놋다리를 불렀는데, 이를 혹은 유교(鍮橋)·동교(銅橋)?라고도 하는데, 안동지방에서만 행해진다. 여기 참여 못한 여인들은 집안 뜰에서 6·7인이 손을 잡고 원을 그리며 놋다리를 하는데, "궁굴놋다리"라고 한다. "에울망건" 참조.

농투사이 농군의 속어.

높대 장대.

「독백」 이육사
높대보다 높다란 어깨.

뇌짐 폐병.

누꺼(끼) · 내꺼 · 니꺼 누구의 것. 나의 것. 너의 것. "이게 누꺼(끼)고." "내끼다."

누꼬 누구냐. "밖에 누꼬."

누룽지 누룽지. 옛날에는 아이들이 먹을 주전부리거리가 없었다. 길고긴 겨울밤 긁어놓은 바싹 마른 누룽지를 할머니가 갖고 와 시키먼 이불속에 손자를 품고누어, 옛날이야기를 슬슬 해나가면서 할머니 입안에서 이윽하도록 불려 씹은 누룽지를 손자 입안에 넣어준다. 손자가 두셋 되면 이것도 먼저 받아먹으려고 싸움이 난다. 이도 안 닦은 할머니 입안에서 내뱉어 먹여주는 그 누룽지 맛이 할머니 침과 보태어져 달다고, 먼저 받아먹으려 형제간 한바탕 싸움이 벌어지기도 했다. 이를 좋게 본다면

새들이 새끼를 까서, 모이를 물어다 먹여주는 주는 것과 별로 진배없다고 생각된다.

「누룽지」 동요⑭
하늘천 따지 가마솥에 누룽지
딸딸 긁어서 선상님도 한그륵
나도 한그륵 다묵었다

누루백히다 한 곳에 자리하고 오래토록 머무는 것. "궁디가 질기다"고 한다. "한번 누루백있다믄 궁딩이 띨 줄 모른다."

누리 우박.

누마리 눈구석.

누베(비) 누에. 오늘날에는 누에농사는 안 한다. 다만 동충하초의 약용이나 오디 정도 때문에 뽕나무를 키운다.

누부·누야 누이. "누부야, 언제 올래."

누븐자래기 눈자라기. 고추 앉지 못 하는 어린 아기. "니겉은 자래기가 머 안다고 까부나."

눈갈비 진눈깨비.

눈기이다 어떤 일을 눈앞에서 숨기는 것.

「정부인자탄가」 (영천지방)㉮
우리어매 한번도 눈기이듯 아니하며
우리 엄마가, 한번도 내 눈 앞에서 뭔가 숨기듯 하는 행동이 없었다.

눈까리 눈알의 비속어. "와 몬 봤노. 눈까리가 빠졌나."

눈까재비 애꾸눈이.

눈까풀이 거물거물한다 잠이 오려는 상태. "눈까풀에 잠이 올란가 거물거물한다."

눈깔사탕 새알사탕. 과자가 귀한 시절에는 커다란 눈깔사탕을 한 개 사면, 형이 먼저 빨다가 아우가 빨리 빨라고 졸라대면, 다시 아우의 입안에 넣어준다. 그러므로 형제간에 눈깔사탕 돌려 빨기를 했던 것이다.

눈꼽재기·눈꼬랍지 눈곱자기. 꼽재기는 때나 먼지 같은 더러운 것이나, 작은 사물을 가리키는 말. "떡을 달라니, 눈꼽재기만큼 준다."

눈꿀딴이(때기) 눈이 큰 아이. "자아는 눈꿀딴이다."

눈뜨(뚜)버리 눈시울. "하도 울어서 눈뜨버리가 퉁퉁 부었다."

눈부뜨다 눈을 부스스 뜨다.

> 「경부록」 (충남연산) ㉮
> 내단잠을 실컨자고 그집아침 다된후에
> 눈부뜨고 일어나면 주접고도 어렵도다
> 다리고기 쑥쑥나고 젖퉁이가 벌건하며
> 허리퉁이 석자이요 치마길이 넉자이라
> 이마털은 부엉이요 뒤퉁시에 새집짓고
> 콧구영에 끄름앉고 주럽없이 냅떠시면
> 저런모양 어떠할꼬

내 단잠을 실컷 자고, 시집에서 아침밥이 다 된 후에, 눈을 부스스 뜨고 일어나면, 시집식구들한테 추저분하게 보여 대하기가 어렵다. 여자의 민다리가 쑥 나와 있고, 젖퉁이는 벌겋게 나왔으며, 허리퉁은 석자로 긴데, 치마길이는 겨우 넉자가 되는 짧은 모습이다. 이마에 난 머리털은 부엉이 같고, 뒤퉁수는 새집을 지었다는 것은, 자고 일어나서 머리를 손질 안 한 모습이다. 거기다가 밤새 호롱불을 켜놓고 자서, 콧구멍에는 그을음이 끼었고, 그런데도 아무런 피로와 고단함 없이 앞질러 쑥 나서면, 저런 모습이 시집식구들한테 어떻게 보일 것인가.
이런 게으른 며느리한테, 경계하는 대목이 되겠다.

눈불(뿔)래기 눈알이 부루퉁한 것. 눈이 큰 것. "눈으로 사방을 살피는 눈불래기다."

눈불시다 눈을 부릅뜨다.

> 「계녀가」 (안동지방) ㉮
> 침선방적 하던일도 부녀에게 소임이요
> 생남생녀 키운일도 부녀에게 책임이요
> 일가친척 우애함도 부녀에게 관계로다
> 노비고용 거느림도 부녀에게 치산이요…
> 약간실수 보게되면 눈불시기 무슨일고

> 「상장가」 (안동지방) ㉮
> 두푼짜리 안된것이 무단히 눈불시고
> 공연히 고성하니 그분함이 어떠할고

부녀에게 침선방적 · 생남생녀 · 일가친척 · 노비고용 등의 소임 · 책임 · 관계 · 치산 등 일을 떠맡겨, 약간 실수라도 하게 되면, 남편이 눈 불시고 나무라게 됨을 지적한 것이다.
두 푼짜리도 안 되는 어이없는 사람이(남편), 아무런 결단심도 없이 눈만 부릅뜨고, 괜스레 높은 목소리를 내지르니, 그 분한 마음이야 어떠할꼬.

눈살(쌀)미 눈썰미. 한번 본 것을 뚜렷하게 잘 아는 것.

눈썹새가 넓으민, 시건머리가 있다 양미간은 인당(印堂)으로, 이 인당이 넓으면
  소견이 확 틔어 좋다고도 하고, 혹은 소년등과 한다고 한다.
눈속 눈속임.

「계녀가」 (연천지반) ㉮
외당에 통기있어 손님이 오시거든
없다고 눈속말고 있난것 사양마라

바깥사랑에 통지가 있어 손님이 오게 되면, 없다고 눈속임 말고 있는 것을 사양하지
말라.

눈수부리 눈시울. "애비 죽고 얼마나 울었는지 눈수부리가 부었다."
눈이 짚다 눈대중에 적게 보이는 것. 눈대중으로 짐작하는 것. "암만 봐도 저 물건은
  눈이 짚어 보인다."
눈짱디 시그럽다 눈언저리가 시다. 행신이 참아 보기 아주 아니꼬워 볼 수 없는
  것. "하는 행신머리가 보자보자 하니 눈짱디 시그러버 몬 보겠다."
눈챙이 눈알의 검은 부분. 혹은 눈만 보이는 어린 물고기.

「우리엄마」 (거제지방) ㉱
우리엄마 날보기는 먼데산천 꽃보기요
다신엄마 날보기는 검은눈창 다버리고
흰창갖고 나를보네

우리 엄마 돌아가고 안 계시니, 날 보기는 저 먼데 산천의 꽃 보기 같고, 아버지의
후실로 들어온 계모(다신엄마)가 날 보기는 사랑하는 눈길로 바라보기는, 곧 검은
눈창으로 청안시(靑眼視)하는 것이 아니고, 전처자식을 항시 못 마땅히 여겨 꼬누어보
기 때문에, 흰 눈창이로 백안시(白眼視)하여 나를 본다는 것이다.
딸이 가고 없는 친모에 대한 그리움과, 계모는 전처소생을 백안시하는 갈등관계를
묘사한 것이다.

눈천 눈의 가장자리. "아아들 까불마 눈천에 눈물난다."
눈초재기 눈가장자리에 생기는 "눈 꼽재기."
눈치코치 남이 어떻게 하는지, 전혀 요량도 못하는 것.

「꽃봉우노래」 (영천지방) ㉮
웃음을 웃더라도 눈치코치 다보인다

백만사 능칠이 이러텃이 느달하니
고향생각 아니할가

웃음을 웃더라도 어떻게 하는지, 요량 못 함이 다 보인다. 많은 일들을 감쪽같이 속여, 이렇듯이 종작없이 지껄이니, 고향 생각인들 아니 나겠는가.

눌내 눈내.

눌쿠다 눋게 하다. "솥에 밥을 눌카, 숭냥해 묵는다."

눕하라 뉘어라. "얼라를 눕하라."

눈치가 고수(高手)다 눈치가 빠른 것. "저 사람은 아주 눈치가 고수다."

눈티이가 반티이 반퉁이는 나무로 만든 둥근 큰 그릇. 또는 눈두덩의 불룩하게 나온 부분. "뚜디리 맞아 눈티이가 반티이가 됐다."

눌(訥) 기와 천장을 헤아리는 단위.

느달시리(하다) 종작없이 지껄이는 것. "느달시리 쳐주낀다."

느름국시 홍두깨로 안반 위에 밀가루에 콩가루를 넣어 밀고, 이를 썰어 채소 따위를 넣어 삶아, 그대로 그릇에 담아 간을 맞추어 먹는 국수.

느리기 나무로 만든 함지. 「화전가」(예천지방) "느리기에 다섯이요."

느리미 산적.

「강능화전가」(강능지방) ㉮
황육산적 느리미며 모치떡 전유어를
은어생복 덴뿌라며 황육찌져 곁들이고
대구포며 백자포며 갈납찌져 안주놓고

소고기산적·느리미산적·모치떡·전유어(煎油魚, 저냐)·은어·생복·튀김·소고기 지져 곁들이고, 대구포·이리로 만든 육포·달걀을 구워 썬 것 등을 안주로 놓은 광경이다. 일본어 "テンプラ"에서 온 것이고, "백자포(白子脯)" 물고기 이리로 만든 포다.

느지 늦. 좋은 조짐. 바지의 사타구니 부분.

−는게·니껴·능교 습니까. "인자 집에 가능교." "인자 집에 가는 게." 안동지방은 "인자 집에 가니껴."

늘기(구)다 늘이다. "죽쑤어 묵으민 양식을 늘군다."

늘창 늘.

늘품 원만하고 넓은 성품.

능글맞다 능청스럽고 능갈치다. "저 능글맞은 사람은 꼬라지도 비기 싫다."

능금 일제 때 대구지방에서는 "사과"를 "능금"이라 불렀다. 이 능금은 시대적으로 볼 때, 조선효종 때 들어왔다고 전한다. 박지원의 『열하일기』에 "아국위지사과(我國謂之沙果) 중국칭사과(中國稱沙果) 즉아임금야(卽我林檎也)"라 했다. 우리나라의 "사과"를 중국에서는 "임금"이라고 했던 것이다. 그러나 일본이 한국을 강제합방하고 토지측량을 제 마음대로 했는데, 특히 하천의 땅을 측량하여, 넓은 땅을 일본인 소유지로 만들고, 거기다가 사과나무를 심으면서, 일본인이 "りんご(林檎)"라 불렀다. 그 "임금"이 와전되어 "능금"이 된 것이다. 그리하여 한때는 "대구능금"으로 통하였으나, 지금은 대구지방은 고목된 능금나무를 베어버리고, 대신 포도나무나 대추나무를 심었고, 좀 기후가 추운 북쪽인 청송이나 영주 쪽에서 재배되면서, "청송사과"니 "풍기사과"니 이름 붙었고, 충청도 쪽으로도 지금은 많이 재배됨으로써, "대구능금"은 사라졌다.

능깽이 알면서도 시치미 떼는 것. "저 아이는 능깽이짓을 한다."

능증이 얄밉고 능청스레.

「귀녀가」 (군위지방) ㉮
코춤도 알아밭고 하품도 길게마라
코춤을 남이보면 더러이 여길세라
하품도 길게하면 능증이 여길세라

콧물과 침도 잘 알아서 밭아야 하고, 하품도 기지개를 하면서 오래 하지 말아라. 콧물과 침을 남들이 보게 되면 더럽게 여긴다. 또한 하품을 오래하면 능청스럽게 여긴다. 부녀자들이 시집에서 조심할 요소들을 지적한 것이다.

능치럽다 능숙하다.

능칠이 감쪽같이 속이는 것. 「꽃봉우리노래」(영천지방) 참조.

능활(能猾)하다 능간(能幹)있고 교활하여, 권변(權變)이 무상한 것.

「내간」 (성주지방) ㉮
능활하신 김산댁은 남다르신 인정으로
낭랑한 옥음소리 언제다시 들어볼고

일을 잘 감당하는 재주에다 교활한 김산댁은, 남다른 인정으로 대해 주니, 낭랑한 고운 목소리 언제 다시 들어 볼까.
김산댁이 좀 못 마땅한 듯하나, 인정스레 구니 김산댁의 낭랑한 목소리를, 언제 다시 들어볼 기회가 있으랴하는, 미련을 둔 모습이다.

니개비 · 니에미   너 아버지. 너 어머니의 속어. "니개비 어디 갔노."

－니꺼내   니까.

「강노새」 (청도지방)ⓜ

그방에 자니꺼내 첫날밤에 자니꺼내

그 신방에 자니까, 첫날밤에 자니까.

니미랄 · 지기랄   "니어미를"의 준말로 비속어. "니미랄 죽어라 카는기가." 제기랄.

니기미 떠갈(떠그랄)   "너거어미"의 준말. 비속어로 감탄사. "니기미 떠갈! 어짜자고 자꾸 그러노."

니나도리 · 너내도리   너와 나 하는 친한 사이. "나이 차이 삼년 내지 오년 안에는 니나도리를 한다." 너나들이.

니리막   내리막. "재를 넘고 삼통 니리막이다."

니맛도 내맛도 없다   아무런 맛이 없는 것. "이 술은 니맛도 내맛도 없대이."

니비다   누비다. "저실옷은 솜을 넣어 한땀씩 누빈다."

니아까   리어카. 사람이 앞에서 몰고 차는 뒤에 따라 오는 것. 영어 "rear car"가 일본어 "リ ャ カ"에서 온 말

니일   내일. "니일 아들이 온다."

니카만 · 나카만 · 지카만   너보다. 나보다. 저보다 "니카만 공불 몬 할라꼬."

니피다   눕히다. "애기를 자리에 니피다."

닐다보다   내려 보다. "이층에서 닐다보고 있다."

「후실장가 와갈랑고」 (칠곡지방)ⓜ

니모링이 도거들랑 가매채가 니란지소

네 모롱이 돌거들랑 가마채가 내려 앉으시오.

「어린님」 (안동지방)ⓜ

그아래를 닐다보니 나구걸이 옷을입고

다락걸은 말을타고 불티걸이 지내가네

그 아래를 내려다 보니 나비같이 옷을 차려입고, 다락같이 높다란 말을 타고 불티같이 빨리 지나가네.

닝기다   넘기다. "장에서 팥을 장사꾼들한테 닝깄다."

닝닝하다   밍밍하다.

다갈마치 대갈마치. 아주 야무진 사람을 비유적으로 쓰는 말.

다(대)걸(글)리다 · 다(대)들리다 들키는 것. 어떤 일이 탄로가 나서, 되잡히게 된 것. "이 일이 고만 다걸리고 말았다."

다고다셔 다하고 다하는 것. 「회인별곡」(달성지방) 참조.

다구지다 다부지다. 당차다. 힘 드는 일을 능히 결정지을 과단성이 있는 것. "고놈 참 다구지게 생겼다."

다글다글 햇볕이 따갑게 내려 쬐는 것. "방낮에는 해가 다갈다글 한다."

다깡 왜단무지. 일본어 "たくあん(澤庵)"에서 온 것이다.

다단일다 다단(多端). 일이 이 끝 저 끝으로 가닥이 많은 것.

다다까이 일본어 "た(立)てか(替)え"에서 왔는데, 이는 뒤에 상환 받을 목적으로 금품 등을 대신 지불하는 것. 여기선 돈을 대신 내어주고, 빌려준 돈을 뒤로 받는 것이다.

다달히다 직면하다.

　「반도화전가」 (안동지방) ㉮
　헛마음 다달히며 일번용의 못하여서

　헛된 마음을 직면하게 되니, 한번 뜻을 가다듬지 못 하여서.

다대기 일본어 "たた(叩)き"에서 온 것으로, 다진 고기나 그것을 사용한 숙수로, 우리는 다진 양념장으로 잘못 쓰이고 있다. "설렁탕 맛이 밍밍하이 다대기를 주이소"

다대다 어린아이가 턱밑에 바싹 붙어, 제 엄마를 괴롭히는 것. 혹은 "다걸리다"는 뜻도 있다. "글쿠 다대믄 어이 살겠는고." 혹은 다걸리는 것.

다(대)댕기는 대로 · 다등기는 대로 닥치는 대로 "저 사람은 술만 묵었다 하믄 다댕기는 대로 찍자를 붙는다."

다라이 대야. 일본어 "たらい(盥)"에서 온 말.

다라지 다리의 속어. "다라지가 멀쩡한 놈이 걸뱅이 짓을 한다 아이가."

다(대)래끼 다래끼. 눈에 부스럼, 또는 아가리가 작은 바구니. "눈에 다래끼가 잘 난다."

다래끼양밥 사람의 왕래가 많은 삼거리에, 행인들이 안 볼 때, 돌을 얼기설기 놓아 깐챙이집을 짓고, 침을 받은 뒤 종기난 속눈썹을 뽑아 넣어 두는 것.

다래몽두리 다래순.

다레(리)다 뱃속이 답답하고 거북한 것.

다루다 · 달다 혼인 이튿날 처가청년들이 신랑을 다루는 장난. "신랑을 다룬다."

다리몽(목)댕이 · 다리꼬뱅이 다리모가지의 속어. "다리몽댕이가 멀쩡한 놈이 얻어 먹고 댕긴다."

다리비(미) 다리미. 옛날에는 여름철 선선한 새벽이나 아침에 옷을 다리미로 다린다. 그러나 옷을 잡아주는 아이의 턱밑까지 뜨거운 숯불이 치올라 올 땐, 참으로 견디기 어려웠다.

다리이 다른 이. 다른 사람. "이 일을 할 다리이를 찾아바라."

다마네기 양파. 일본어 "たまねぎ(玉葱)"가 그대로 쓰이고 있다.

다마치기 구슬치기. "다마"는 일본어 "たま(玉)"에서 온 것이다. 이 말은 지금은 안 쓰인다.

다무랑 담장.

다문다문 드문드문.

다바(부)다 도리어. "저 물건은 다부다 돌려좌라."

다배다 논밭을 가는 것. "소를 몰고 훌치기로 밭을 다밴다."

다부 · 다불러 · 다부로 도리어. "샀던 물건을 다부로 물리 달란다."

다부랑죽 밀을 곱게 갈아 양대 · 호박 · 감자 등을 넣어 끓인 죽.

다부쟁이(장사) 시골 장날 농촌사람들이 곡식이나 나물 따위를 갖고 나오면, 장사꾼들이 먼저 흥정해 싸게 사서, 장꾼들이 모여들면 되파는 장사꾼을 이른다. "장날이면 다부쟁이들이 물건을 다 차지해 삐린다."

다분시럽다 몹시 말이 많은 것. "아지매는 너무 다분시럽다."

다시 맛내기. 일본어 "た(出)し"에서 온 것으로, 이 "だ(出)しじ(汁)る"의 준말로 곧 다시마 · 가다랭이포 · 멸치 등을 넣고 끓여 우린 국물. "오늘지녁은 국시해 묵게 다시 내어라."

다신에미 계모.

> 「우리엄마」 (거제지방) ⓜ
> ㄷㅏ신언마 날ㄴㅐ기는
> 검은눈창 다버리고 희눈창 갖고 날보네

다안에 동안에. "햇다안에 댕겨오너라."

다황 당황(唐黃). 성냥. "다황 갖고 온네이."

닥달 닦달은 몰아대서 닦아 세우는 것. "되기 닥달해 놓을 기지."

단대기 반찬을 담아둔 그릇. "꼬내기한테 반찬단대기 맽긴 것 같다." · "반찬단대기 꾕이 드나들듯."

단도리 단속. 잡도리. 일본어 "だんど(段取)り"에서 온 것으로, 진행시키는 순서 · 방도 · 절차. "요번 일을 잘 단도리해라."

단디이 단단히. "단디하고 잘 댕겨온나."

단묘(端妙) 단정하고 묘한 것.

> 「화전가」 (예천지방) ㉮
> 무던한 백실이며 단묘한 김실이며…
> 단묘한 남산댁과 은근한 게이댁과

> 너그럽고 수더분한 백실(白室)이며 단정하고 묘한 김실(金室)이며, 단아하고 묘한 남산댁과 서로 통하는 마음이나 정이 남모르게 알뜰한 게이댁과.

단배 입맛이 있어 음식을 달게 많이 먹을 수 있는 나이. 「회심곡」(예천지방) 참조.

단보다 꾀가 많은 것. "그 사람은 끼가 단보다."

단스 왜 장롱. 일본어 "たんす(簞笥)"에서 온 것으로, 그대로 사용됨.

단지 작은 항아리. "애물단지"는 애를 태우거나 · 나이 어려 부모 앞서 죽은 자식으로, 단지는 한꺼번에 많이 담을 수 있는 것으로 대용되었다.

> 「화전조롱가」 (문경지방) ㉮   「화수답가」 (영주지방) ㉮
> 기물단지 주실댁은 장갈제를 바래보고   쏭쏭한 입모숨이 알분단지 정실이는
> 여광여취 정신없이 생각는이 실랑이다   다시보니 차숙일세
> 알분단지 법전댁은 울상은 무슨일고

> "기물단지"는 기이한 것만 좋아하는 주실댁은 장에 갈 때를 바라고, 너무 기뻐 미친

듯·취한 듯 정신없이 생각는 것이, 남을 못 견디게 굴어 시달리게 했다. "알분단지"는 남의 일만 잘 알려고 하는 법전댁은, 울상을 짓는 것은 무슨 일고.
여기서 주실댁과 법전댁의 성격이 확연히 다름이 잘 나타나 있다.

말을 막힘없이 잘 하는 입모습이, 남의 일만을 잘 알려고 하는 정실인가 싶어, 다시 보니 차숙이구나.

「중노래」 (군위지방) ㉹
도장안에 들어가니
한단지는 우리아바 인심단지
한단지는 우리어마 인심단지
한단지는 우리올바 용심단지
한단지는 우리형님 개살단지

도장 안에 들어가니 한 단지는 우리 아버지 인심 많은 분이요, 한 단지는 우리 어머니 인심 많은 분이요, 한 단지는 우리 오빠가 심술로 헤치려는 마음만 있고, 한 단지는 우리 형님(올케)이 남을 힐뜯으려는 괴팍한 심사만 있을 뿐이다.
여기서 "알분단지"·"기물단지"·"인심단지"·"용심단지"·"개살단지"의 단지는 항아리 속에 기물·알분·인심·용심·개살 등으로 가득 찼음을 표현한 것이다.

단지럽다 좀스럽다.

단지백산이 볼거리.

단첨에 단참(單站). 중도에 쉬지 않고 곧장 가는 것. 단숨에. "단첨에 댕겨 온네이."

단통에 그 자리에서 곧장. 당장에. 대번 빠르게.

「바늘노래」 (창원지방) ㉠
네몸이 자끈하니 내몸이 소끈하다
부러졌네 부러졌네 단통으로 부러졌네

너의 몸(바늘)이 별안간 세게 부러지니, 내 몸(바느질하는 여인)이 깜짝 놀라 몸이 소끈한다. 부러졌네·부러졌네 거침없이 부러졌네.
부녀자들이 침자에서 바늘이 가장 소중한 것이나, 부러질 때는 거침없이 부러지고 마는 안타까운 심정을 읊은 것이다.

달가지·달아지·달구리 다리의 속어. "달가지로 한 정거장을 걷겠지."

달개다 달래다. 곧 마음이 즐겁도록 타이르다. "얼라를 까자를 주어 살살 달갰다."

달구똥같은 눈물 닭의 똥 같은 눈물이 뚝뚝 떨어지는 것.

달구 땅을 다지는데 쓰는 도구. 달고.

달구비슬　닭의 볏. 맨드라미꽃을 이르기도 한다.

「꽃노래」 (달성지방) ㉺
호박꽃과 박꽃은 사촌형제 휘돌았네
얼없는 할미꽃은 남보디 먼저피고
사시장춘 무궁화는 우리나라 꽃이라네
방수방수 홍연화는 물가운데 솟아나고
불고나는 나팔꽃은 동방야외 모아서네
알룩빼둑 맨드래미 달구비슬 흡사하고
시절맞쳐 이밥꽃은 깨끗이 피고나네
황금추색 해바라기 해를따라 돌아간다

담장에 호박꽃과 지붕위에 박꽃은, 사촌 형제처럼 덩굴로 뻗어 휘돌아 나갔다. 조금 부끄러운 듯, 표정 짓는 할미꽃은 다른 꽃보다 먼저 피고, 사철 어느 때나 늘 봄철처럼 피는 무궁화는 우리나라 꽃이다. 방싯 방싯거리며 피는 붉은 연꽃은, 물 가운데서 솟아나고, 불면 소리 날 듯한 나팔꽃은, 동쪽 들판에 오보록이 피어있다. 알록알록하고 빠듯한 맨드라미는, 닭의 볏과 닮아 있고, 제철에 맞추어 피는 이팝나무 꽃은, 깨끗이 피어나고 있다. 황금빛이 도는 해바라기 꽃은, 해를 따라 돌아간다.
수수한 시골농가에 피는 호박꽃 · 박꽃 · 무궁화 · 연꽃 · 나팔꽃 · 맨드라미 · 이팝나무꽃 · 해바라기 등의 꽃을, 그대로 그린 것이다.

달구살　닭살. 이것도 일본어 "とりはだ(鳥肌)"에서 온 것이 아닐까 한다. 일본에서는 살갗에 돋는 소름으로 쓰이고 있다. "저놈아 하는 짓을 보이, 달구살이 돋는다."

달구삼삼　조금 달고도 맛이 삼삼한 것.

「노부인가」 (청도지방) ㉮
달구삼삼 찹쌀합주

조금 달고 삼삼한 맛이 나는, 찹쌀로 빚은 여름철에 먹는 막걸리다.

달구삼신　닭이 모이를 쪼듯, 남의 결점을 잘 파헤치는 사람. "저놈의 소상은 달구삼신이 들었는가베."

달구쌈　닭싸움. 아이들끼리 싸우는 것을 이르기도 함.

달구질　무덤의 흙을 다져, 봉분을 만드는 것.

달내(랭)이　달래.

달다　채소 따위가 사이가 없이 촘촘하게 난 것.

달다무리하다 약간 단 맛이 비치는 것. "과실이 달다무리한 맛이 없다."

달띠이 달덩이. "저 각시는 얼굴이 달띠이 같다." 호박띠이. 산띠이.

달라빼다(가다) 도망가다. "돈 띠묵고 달라뺐다."

달매 달무리.

달뱅이 월경.

달비 다리(月子).

> 「청상요」 (군위지방) ㉮
> 하날걸은 가장몸에 태산걸은 병이들어
> 월짜팔고 쪽잠팔아 패독산의 약을지어
> 청동화로 백탄숯에 약탕관을 걸어놓고
> 모진년의 잠이들어 깜짝놀라 깨달으니
> 임의목숨 간곳없고 약탕관은 벌어졌네

> 하늘같이 높은 가장 몸에 태산보다 더 큰 병이 들어, 있던 다리와 쪽잠까지 내다팔아 패독산(감기나 몸살을 푸는 약)약을 지었다. 그리하여 이 약을 청동화로 백탄숯불 위에 약탕관을 올려놓고, 모진 연(아내)이 잠시 동안 살풋 잠들었다가, 깜짝 놀라 깨어나 보니, 낭군의 목숨은 이미 가버렸고, 뜨거운 백탄숯불위에서 약은 다 타버리고, 거기다가 약탕관마저 벌어져버린 안타까운 모습을 그린 것이다.

달애비 금전이나 물건 따위를 몹시 아껴, 남들 보기에 다랍게 구는 사람.

달에삼다 달빛아래 삼을 삼는 것. 「질삼노래」(군위지방) ㉲ 「질삼노래」(통영지방) ㉱ 참조.

달옴밥 닭백숙. 닭의 복통에 찹쌀을 넣고 푹 고은 죽. "삼복에는 닭옴밥이 지일 보신이 잘된다."

달을 보다 죽방렴 속의 그물에, 멸치가 얼마나 잡혔는지 살펴보는 것을 이른다.

닭띠해에 난 사람은, 가실게 태어나면 잘 산다 유년생(酉年生)은 가을철에 태어나면 잘 산다는 것.

담너머 꽃이 더 이쁘다 남의 계집이 더 예쁘게 보이는 것.

담넘으로 인사치고, 울틈으로 손을쓰다 담 너머로 혹은 울타리 틈으로, 시부모 몰래 음식들을 주고 인심을 사려는 것.

> 「교녀사」 (예천지방) ㉮
> 시어미 볼데있어 여러날을 맽겨두면

그 사이에 손을 써서 인심이나 얻어볼까
밥을 푸고 죽을 푸서 담넘으로 인사치고
장을 뜨고 곡식 푸서 울틈으로 손을 씨며

시어머니 볼일이 있어 며느리한테 집안일을 여러 날 맡겨두면, 그 사이 선심을 써서 인심이나 얻어 볼까하여, 밥을 퍼고 · 죽을 퍼서 남 너머도 넘겨주며 인사 지르고, 장을 뜨고 곡식을 퍼서 울타리 틈새로 주고, 곧 삼이웃에 선심을 쓰는 것이다.

담박 단박은 한번에 빠르게. 아주 쉽게. "담박에 해치워라."

담방 흠뻑. "옷이 담방 젖었다."

담방구 물장구.

담부랑 담벼락. "사람이 담부랑에 붙어 간다."

담(단)복장 임시로 먹기 위해, 담는 된장.

담살이 더부살이. 남의 집에 살면서 밥을 짓고, 심부름 따위를 하는 여자.

담지꾼 가마를 메는 사람.

답다부리하다 답답한 것. 병이나 근심걱정으로 가슴속이 갑갑한 것. 또는 사물에 대한 시원한 느낌이 나지 않는 것. "오늘날씨가 꾸무러해서 맘이 답다부리하다."

답산가(踏山歌) "답산"이란 좋은 묏자리를 잡으려고 산을 돌아보며 다니는 것인데, 지사(地師) · 지관(地官) 혹은 풍수(風水)들이 암기하기 좋게 써진 가사로, 대개가 수진본(手珍本)이 많다. 필자가 소장하고 있는 「답산가」도 490구의 「도선답산가(道詵踏山歌)」(『황극조수(皇極祖數)』)와 531구의 「답산부(答(踏)山賦)」(『산서론(山書論)』, 鄭騎準장본) 등이 있다. 이는 광복 전까지만 하여도 부모에게 효도하는 방편으로 좋은 묏자릴 씀으로, 자손이 발복한다고 믿어온 신앙과 같은 것으로, 일제강점기 시절만하여도 각 문중에서 산송(山訟)은 끊이지 않았으나, 지금은 수목장(樹木葬)까지 행해지고 있어, 이 묏자리를 좋은데 본 다는 것은 사실상 별문제가 되지 않고 있다. 여기 실린 「답산가」의 전반 13구는 백두산을 위시하여 전라도 월출산·건지산까지와 후반 18구는 광중토색(壙中土色)으로 묏자리를 알아 보는 것으로, 여기서도 발췌한 원문만 실었다.

「도선답산가」『皇極祖數』
…조선국(朝鮮國) 팔도산(八道山)을 역력(歷歷)히 도라보니
곤륜산(崑崙山) 대간룡(大幹龍)은 황하수(黃河水)가 협류(挾流)ᄒ고
백두산()白頭山) 중조봉(中祖峯)은 압록강(鴨綠江)이 원조(遠祖)로다

함경도(咸鏡道) 대관령(大關嶺)은 성대산(聖代山)이 내맥(來脈)이라
갈석산(碣石山) 봉황산(鳳凰山)을 갈룡(碣龍)의 여기(餘氣)로다
황해도(黃海道) 구월산(九月山)은 수양산(首陽山)의 효조(孝祖)로다
평안도(平安道) 자모산(慈母山)은 대동강(大同江)이 배합(配合)하고
경기도(京畿道) 삼각산(三角山)은 한강수(漢江水)가 회조(回朝)로다
강원도(江原道) 태관령(太關嶺)은 태백산(太白山)의 태식(胎息)이라
충청도(忠淸道) 계룡산(鷄龍山)은 백마강(白馬江)이 둘너있다
경상도(慶尙道) 지리산(智理山)은 낙동강(洛東江)이 원조(遠祖)로다
전라도(全羅道) 월출산(月出山) 건지산(乾池山)이 상응(相應)이라
용삼합(龍三合) 혈삼합(穴三合) 득수(得水)로 위주(爲主)하니…
용혈(龍穴)이 이러홀제 토색(土色)인들 안이볼가
수기(水氣)로 작체(作體)하면 청토(靑土)에 미문(微紋)을 보고
화기(火氣)로 작국(作局)하면 적토(赤土)에 백문(白紋)을 보고
금기(金氣)로 성국(成局)하면 백토(白土)에 자지문(紫芝紋)이오
목기(木氣)로 선체(成體)하면 흑토(黑土)에 청홍문(靑紅紋)이라
토체(土體)로 결국(結局)하면 황토세사(黃土細沙) 차자씨소
발응(發應) 변복(變福)이 차색(此色)의 미여난니
제체(諸體)로 갓틀진딘 귀복(貴福)이 연면(連綿)하네
제체(諸體)와 상반(相半)하면 성패(成敗)로 쇠잔(衰殘)하네.
광중(壙中)에 나는토색(土色) 제행실(諸行實) 일치마소
자색(紫色)잇난 적토(赤土)면 직류수(直流水) 차자가고
혜멸근 백토(白土)면 횡류수(橫流水)가 제격(格)이요
청토백토(靑土白土) 섯빅키여 곡류환류(曲流還流) 배합(配合)이면
황토(黃土)의 얼린빗친 내수거수(來水去水) 다조흔니라
토중(土中)에 유석(有石)이오 석중(石中)에 유토(有土)하면
백골(白骨)이 정강(精强)하야 완합(完合)이 되난이라
비석(非石) 비토(非土)의는 대개수문(大皆水門)을 취(取)하야 쓰고
사석(沙石) 사토(沙土)에는 장류수(長流水)을 차지보소…

닷섯가지 몹시 얽히고설킨 나뭇가지. "닷"은 몹시. "섯"은 섞임.

「복선화음록」(대구월촌) ㉮
낮이면 두필이요 밤이면 닷섯가지

부인들이 낮이면 방적으로 두필 베를 짜고, 밤이면 몹시도 얽히고설킨 나뭇가지처럼

일이 많은 것을 일렀다.

당가루(리) 속겨. 보드라운 겨와 싸라기가 많이 섞인 가루.

당(단)강하다 바지가 짧아 발목이 드러난 것. "아랫도리가 당강하다."

닭구다 담그다 "술을 당구다." "진치를 당군다."

당구월 구월을 당하다. 이는 달 앞에 통상으로 붙여 쓰는 접두사.

당나구 당나귀.

「척사가」 (안동지방) ㉮
이씨부인 말할진대 미꾸라지 자손인지
미끌미끌 잘도놀고 박씨부인 거동보면
조롱박의 삼신인지 동글동글 잘도놀고
정씨부인 노는태도 당나구 삼신인지
깡충깡충 잘도뛰고 유씨부인 노는양은
수양버들 총생인지 미끈하게 잘도논다
신씨부인 거동보면 똥바가지 자손인지
껄직하게 잘도논다

이씨부인을 말할진대 미꾸라지의 자손인지 미끌미끌 잘도 놀고, 박씨부인 거동 보면 호리병박의 삼신(아기를 점지하는 세 신령)인지 둥글둥글하게 잘도 논다. 정씨부인 노는 태도는 당나귀의 삼신인지 깡충깡충 잘도 뛰고, 유씨부인 노는 모습은 수양버들 더부룩한 무더긴지 미끈하게 잘도 논다. 신씨부인 거동 보면 똥바가지 자손인지 거름기가 있는 듯 걸쭉하게 잘도 논다.

여기서는 각 부인의 성씨를 따라 이씨부인을 제쳐 놓고, 박씨는 글자처럼 "조롱박"으로, 속칭 정씨는 초서글자모양이 당나귀처럼 보여 "정당나귀"라 하며, 유(柳)씨는 글자 그대로 "수양버들"이 더부룩한 것이요, 신씨는 글자모양이 똥바가지처럼 생겨 "신똥바가지"라 한다. 또 김씨는 돼지와 연결되어 숲돼지・꿩이 껄껄하고 울기에 張꽁・"축(丑)"자에 꼬리가 붙으니 소꼬랑대이尹 등으로 부르고 있다. 성씨의 속칭에다 부인들의 성격과 연관시켜 그럴싸하게 「척사가」는 지어졌다. 위당(爲堂) 정인보(鄭寅普)선생은 호가 "위락당(爲樂堂)"이었는데, 이 위락당을 거꾸로 읽으면 "당락위"로 곧 "당나귀"가 된다. 그러나 가운데 "락(樂)자"를 빼고 "위당"이라 하였단 말도 있다.

당나발 나발의 한가지로, 보통 나발보다 크다. 여기서는 입이 부르튼 것. "아주 피로한가 입이 당나발이다."

당면국시 당면을 삶아 비빔국수처럼 만들어 먹었는데, 6・25 이후 부산으로 피란 온 사람들이 해 먹은 국수.

닷시 · 엿시 다섯 시 · 여섯시. “새빅 닷시 아이믄 엿시에 갈까.”

당시기 옷 · 음식물 따위를 담거나, 바느질거리를 담는 반짇고리. 떡당시기. 반질당시기.

당체 당초에. 애초. “당체 말이 안 통한다.”

대가리 소똥도 안 버진 놈 쇠딱지는 어린아이 머리에 눌어붙은 납작한 때 조각. 옛날엔 아이들 머리를 잘 안 감기고 목욕을 안 시켰기 때문에, 정수리에 쇠딱지가 눌어붙어 있었다. 따라서 정수리에 쇠딱지가 없다는 것은, 손수 몸치레를 할 줄 아는 성년이 되었다는 뜻이다. 여기서는 “구상유취(口尙乳臭)” 아직도 입에서 젖비린내가 난다는 것이라 할까.

ㄷ

대갈림 나락 대궁이째 베어, 지주와 나누는 것.

대갱이 · 대갈빼이 · 대가빠리 머리의 속어. “대가빠리 소똥도 안 버진 놈이.”

대국땅방울 같다 꾸짖음이 대단한 것. 작은 것을 곱게 부르는 것. “저 어른 호령소리가 대국땅방울 같다.” “대국땅방울만한 놈이 잘도 간대이.” 대국은 중국을 지칭한 것이며, 땅방울은 쇠사슬에 둥근 쇳덩이를 달아서 죄인의 발에 채웠던 형구. 그러므로 큰 호령을 이른 것이다.

대궁 식물의 줄기.

대궁밥 먹다가 그릇 안에 남은 밥. 「장탄가」(경주지방)

대기 영덕대게. “저실밤에 영덕대기요, 외치는 소리가 그립다.”

대꼬바리 담배설대. “대꼬바리 물고 마실 댕긴다.”

대끼다 곡식의 껍데기를 방아를 찧어 깎아내는 것. “보리쌀을 먹기 좋도록 대낀다.”

대낄이다 몹시 좋을 때 내지르는 소리. 일본어 “てっきり”는 “틀림없이” · “아니나 다를까” 등의 뜻을 가짐. 혹은 우리말 대길(大吉)에서 왔다고 하나, 아무래도 일본어의 영향이 아닐까 한다. “대낄이다. 잘 됐다.”

대돋움 상여 나가기 전날 마을청년들이 모여 빈 상여를 메고 놀이하며, 음식을 받아내어 먹고 노는 놀음. 상두꾼들이 내일 행상이 나가기 전, 오늘 우선에 대돋음 놀이를 하며 술을 먹고 노는 것.

대(되)라지다 · 대바라지다 되바라지다. 포용성이 없거나, 어수룩한 구석이 없고 지나치게 똑똑한 것.

「꽃노래」 (청도지방) [민]
대라졌다 석루꽃은 함박떡이 꽃일랑강

어수룩하지 않고 너무 똑똑한 듯, 뒤로 젖혀진 듯한 석류꽃은, 함박댁의 꽃일런가.

대물찌 물부리.

대밑 대목 밑. "대밑에 와서 외상값을 모지리 갚아야 하는데, 시방 돈은 없고 걱정이다."

대빡에 당장에. 대번에. "얼매나 배가 고팠는지, 대빡에 밥 한그륵을 뚝딱 묵어 치운다."

대배(바)기 산꼭대기. 꼭대배기. 산대배기. "솔대배기"를 어떤 집 족보에는 "松太白" 으로 표기하기도 했다.

대부동(大不等) 큰 아름드리의 나무. 소부동(小不等) 작은 나무.

> 「지신밟기」 (동래지방) 閔
> 타박솔이 자라나 소부동이 되었네
> 소부동이 자라나 대부동이 되었네
> 대부동이 자라나 한장목(長木)이 되었네
> 그솔이 점점자라 도리기둥 되었네
> 그솔이 점점자라 천장목(天障木)이 되었네

대분에 대번에. 당장에. 서슴지 않고 곧 한번에. "그 일을 대분에 해 삐린다."

대비 대비짜리. "마당을 구석구석이 대비로 쓸었다."

대빵(댓방) 아주 몹시. 대번에. "동문회에 가서, 대빵 동문회 기금을 내놓았다."

대애(이)다 서로 닿게 하거나, 일에다 손 붙이는 것. "여름철에 더울 땐, 다른 사람한테 대이면 안 된다."

대울리다 성격이 억세고 제멋대로 휘두르는 사람.

대전 대반(對盤). 신랑의 옆에서 대접하는 사람.

대찐 댓진. 담뱃대에 낀 진. "대꼬바리에 대찐이 새카맣다."

대차게 억세게. "기골이 대차게 생겼다."

대척 대꾸.

대추꾸리 잘게 썬 대추를 묻힌 인절미.

대통받다 쪼개지 아니하고 짧게 자른 대나무의 토막처럼, 앞뒤가 막힌 것. "우리집 영감은 대통받다."

대팅이다 대통 맞다. "저 대팅이 같은 놈."

대한(大限) 작정된 목숨. 수한(壽限)으로, 하늘에서 받은 수명. 정해진 운명.

댁바리 "대가리"의 속어. "댁바리가 커서 모잘 몬 쓴다."

댁지놈 아이들을 꾸짖을 때 내지르는 소리. "댁지놈! 인자 다시 그라지 마래이."

댓다 · 딧다 마구.

댓마루 대들보.

댕(딩)기다 다니다. 혹은 불을 댕기다. "저 이가 시낭고낭 하더이, 요새 살살 댕긴다."

댕저 속격.

더겁 언덕. "앞두둘 더겁."

더겁조상 빼어난 조상.

더(덥)께더(덥)께 옷을 겹겹이 입은 것. "날이 칩다고 옷을 더께더께 입었다."

더냉기다 쑥덕쑥덕 흉을 보고 어르는 것. 어르는 것은 놀려주며 장난하는 것. 더넘이.

> 「사친가」 (청도지방) ㉖
> 가내댁에 품아시오 정지년들 더냉기라
>
> 한집안 댁들끼리 품앗이요, 부엌에 일하는 여자들은 날 놀려주며 장난한다.

더데발이치다 분명하거나 깡총하지 못한 것. "시키는 일마중, 더데발이를 친다."

더듬하다 하는 행동이 깡총하지 못 한 것. 데데하다. "일 시키놓으믄, 더듬하게 한다."

더레라 더러워라. "아이고 더레라,"

더버(치버 · 깨바 · 더부) 더워(추워 · 깨와 · 더위). 정월대보름 새벽 아이들이 할배요 할배요하고 부르면, 대답이 있으면 "내 더부 사이소"하고 도망친다. "요샌 날씨가 미키한 게 더버 죽겠다."

더부리 · 더부러기 아기들이 날이 추우면, 입술을 떨며 소리 내는 것. "비가 올라나 얼라가 더부리한다."

더분성하다 좀 더운 듯한 것. "옷을 좀 낫게 입고 왔더이, 더분성하다."

더불고 데리고. "손지 더불고 놀러 나왔다."

더블(브)레기하다 아랫사람의 일을 도와주는 것. "아아들 일하는 기 힘들어서, 더블레기해 주었다."

덕니 덧니. "요새는 덕니도 잘 나면 차마타고 한다."

덕달같다 득달같다.

덕석말이 멍석말이. "저 놈 행실이 나빠, 덕석말이할 놈이다."

덜괭이 꾀 없이 덜렁대는 사람.

덜빵하다 사람의 행동이나 생각이 좀 모자라는 것. "저놈아 덜빵해서 일 못 시킨다."

덜큰하다 달콤하다.

덤더무리하다 덤덤하다. 마땅히 말할만한 자리에서 아무 말도 없이 가만히 있는
것. 혹은 맛이 그리 입에 땅기지 않는 것. "니맛도 내맛도 없이, 덤더무리하다."

덤바우골 바위투성이의 산골.

덤불쌈 싸움을 말리던 사람까지 말려들어 함께 싸우는 것.

덩거리 덩어리.

> 「모숨기노래」 (동래지방) ㉑
> 유자캉 성노캉 의가좋아 근원좋아
> 한덩거리 둘여렸네
> 처녀총각 근원좋아 외통비게 둘비었네
>
> 유자하고 석류하고는 의가 좋고 근본이 좋아, 한 덩이에 둘이 열렸다. 처녀총각도
> 금실이 좋아 신혼 때, 외통베개를 둘이 베었다.

덩구타 교미. 흘레.

덩돌하다 어리둥절하여 멍한 것.

> 「규중행실가」 (인동지방) ㉮
> 우리모다 덩돌하다 도적질로 접신이다
> 십목소시 만당안에 불이활활 저솥안에
> 절절끓는 개장국은 번개같이 날려간다
> 따배진을 치고앉아 곳딱지딱 얼른먹자
>
> 우리 모두 어리둥절하여 멍했다. 마련해 놓은 음식을 도둑질하여 가는 것이 신들린
> 것처럼 잘 한다. 수많은 눈이 보고 있는 마당 안에는 불이 활활 타오르는 저 솥
> 안에 절쩔 끓는 개장국을, 번개같이 훔쳐 날라 간다. 또아리처럼 둥글게 진을 치고
> 앉아, 개장국을 훌쩍훌쩍 얼른 먹는 모습이다.

덤붕(벙)·덤비 논 옆에 파놓은 조그만 물웅덩이. 여름 가물 때, 이 물을 두레로
퍼내어 논에 물을 댄다.

덤(더)비기 한 곳에 많이 몰려있는 모양. 혹은 물을 뒤집어썼을 때 "물덤비기",
온몸이 땀투성일 때 "땀덤비기"라 한다. 흙덤비기. 혹은 덤불.

덤티(탱이) 덤터기. 남에게 넘겨씌우거나, 또는 억울한 누명·오명을 씌우는 걱정거
리. "남 일에 찌였다 덤텡이를 당했다."

－**덧기** 듯이.

「화수석춘가」 (의성지방) ㉮

소년행실 볼작시면

어른앞에 자부랍기 책을보면 병답기

기생보고 날고짚기 혼자누워 낮잠자기

글씨서며 하품하기 편지답장 차작받기

운자보면 기암하기 못난일을 잘난덧기

모로난것 없난덧기 세속일은 밝은덧기

그런일은 잘나서기 옳은일은 말못하기

있는돈은 씨고짚기 그른일은 훈수하기

옳은일 나무래기 죽을보면 비상같기

밥을보면 뛰고짚기 노림음식 도적하기

먹고도로 흉만하기 우습도다 소년행실

소년들의 행실을 볼 것 같으면 어른 앞에서 꾸벅꾸벅 졸기요, 책을 보면 잘못 읽는다. 예쁜 기생을 보면 기분이 좋아 날고 싶고, 혼자 누워 있을 때는 낮잠 자기다. 글씨를 쓰면서 하품하기요, 온 편지 답장을 다른 사람한테 써서 받는다. 한시의 운자(韻字)를 보면 기급하고, 제가 잘 모르는 일은 잘 아는 듯이, 모르는 것 없는 듯이, 세속 돌아가는 일은 훤히 밝게 아는 듯이, 남의 그른 일은 나서기를 좋아 하며, 옳은 일은 입 다물고 말 못한다. 주머니에 돈이 있으면 쓰고 싶어 안달이 나고, 남의 그른 일은 풍기어 가르쳐주고, 남의 옳은 일을 나무라고, 죽을 보면 싫어하여 비상같이 피하고, 밥을 보면 기뻐서 뛰고 싶고, 놀음에 음식을 보면 도적질하기요, 남의 음식을 잘 먹고 도리어 흉만 보니, 소년행실이 우습구나. 각운(脚韻)에 "기"가 19개나 와서, 낭송하면 아주 리드미컬하게 귀에 울릴 것 같다.

덧정없다 정나미가 뚝 떨어지는 것. "오늘 내내 일했더이, 인자 고만 덧정 없다."

데(대)럼·데리미 도련님. 장가 안 간 시동생에 대한 호칭. 반대로 아지매·새아지매.

데뽀 "육백"에서 쓰이는 화투용어.

데피(푸)다·더(디)푸다 덥히다. 데우다. "식은 밥을 데푸다."

덴뿌라 튀김. 이는 포르트갈어 "tempero"에서 온 말로, 이를 일본이 "テンプラ(天麩羅·天婦羅)"로 쓰면서 우리나라로 들어온 말이다.

델(덜)고 데리고. "얼라 델고 마실 한바쿠 돌았다."

도가 양조장. 도가(都家)는 동업자끼리 모여 계를 하거나, 장사에 대한 의론을 하는 집이다. 그런데 이 "도가"는 "술도가"정도만 현재 쓰이고 있다. "농업협동조합"· "교원노동조합"이니 하는 "조합"은 일본어 "くみあい(組合)"에서 온 말로, 일본어

에서는 맞붙어 싸우거나·짝이 되거나·편을 짜는 것을 말한다. 우리말에서 굳이 찾는다면 "도중(都中)"으로 계원의 전체를 이른 말로, 바꾸어 쓸 수 있겠다.

도구치다 논에 나락이 누렇게 다 익으면, 물을 빼기 위해 논두렁 가장자리에 물길을 터주는 것. 이 때 베어낸 나락을 훑어 쪄서, 방아에 찧으면 "찐쌀"이 나온다. 이 "찐쌀"을 한 움큼 입안에 넣어 이윽히 씹으면 구수한 고향 맛이 난다. 도구(道溝).

도구통 돌 절구통으로 본디는 "독통". "독도"는 원래 "독(돌)섬"인데, "독도(獨島)" 가 되었다.

도꾸(치) 도끼. "칠십노인이 도꾸질을 한다."

> 「달」 (조선어독본, 권3) ㉤
> 달아달아 밝은달아 이태백이 노던달아
> 저기저기 저달속에 계수나무 박혔으니
> 옥도끼로 찍어내고 금도끼로 다듬어서
> 초가삼간 집을짓고 양친부모 모셔다가
> 천년만년 살고지고 천년만년 살고지고
> 양친부모 모셔다가 천년만년 살고지고

달하면 이태백이요, 달 속에 계수나무를 찍어내어 초가삼간을 지어, 양친부모 모셔다가 효도하면서 오래토록 살고 싶다는 소망이 서려있다.

도꾸보탕 도끼모탕.

도꾸이 단골. 일본어 "とくい(得意)"에서 온 것으로, 본디 "득의"의 뜻이나, 단골로 오는 손님을 이른 것이다. 그 말이 지금도 그대로 살아 쓰이고 있는 실정이다.

도당수 조당수. 조를 묽게 쑨 탕수.

도둑놈병 "학질"의 속어. "한여름에도 도둑놈병에 걸리면 양달에 앉아 몸을 오슬오슬 떨고 있은이,도둑놈병이라 한다."

도둑씹이 더 맛있다 남몰래 성교하는 것이, 묘미가 있다는 것.

도득이다·도디키다 도둑질하는 것.

> 「견월사향가」 (선산해평) ㉠
> 벽해장천(長天) 야야삼(夜夜三)에
> 약도두긴 후회하던 계궁(桂宮)항아 네아니냐
>
> 「규중행실가」 (인동지방) ㉠
> 문안걸고 하절잠에 도적받기 즉각쉽다

푸른 바다처럼 높은 하늘, 밤은 깊어 삼경에 약을 도둑질하고, 후회하는 달 속 계수나무 궁궐에 사는, 항아선녀가 정녕코 너 아니냐.

대문을 걸지 않고 여름철 잠자다가 도둑맞기 아주 쉽다.

도들양지 햇볕이 잘 드는 양달.

> 「베틀가」 (경산지방) ㉮
> 도들양지 은줄에 사흘나흘 바래가주
> 닷새엿새 푸새하여 이여드레 다담아서

햇볕이 잘 드는 양달마당 은으로 된 빨랫줄에, 사나흘을 바래어, 대엿 새 만에 풀을 먹여, 이레여드레에는 다듬이질을 하는 것이다.

도라 구슬치기에서 상대 구슬을 치는 것. 일본어 "とら(虎)"에서 온 것이 아닐까 한다. 이 말도 지금은 안 쓰인다.

도라무통(깡) 드럼통. 뱃구레 살이 쪄서, 허리통이 잘록함이 없는 사람을 보고 이르는 것. 이 말도 일본어 "トラム"에서 온 것으로 이는 영어 "drum"이다. "깡"은 일본어 "かん(罐)"은 "통"을 말한다. 이 "깡"은 "깡통"으로 쓰이고 있는데, 이도 영어 "can"을 일본이 가져올 때, "캔"과 비슷하게 취음하여, "관(罐)·缶(罐의 약자)"으로 바꾸어 쓴 것이다.

도락빼다 아이들이 장난을 심하게 쳐, 정신이 없는 것. "온 집안을 도락을 뺀다." 이 말도 영어 "truck"이 일본어 "トラック"가 우리나라에서는 "도락" 또는 "추럭"으로 발음되었다. 지금은 영어원음대로 "트럭"이라 말하고 있다. 옛날에는 트럭에 시동을 걸면, 그 소리가 몹시 시끄러운데서 연유한 것 같다.

도랑태 둥근 바퀴같이 생긴 것.

도래질 아가들이 목을 좌우로 흔드는 것. "얼라가 도래질을 잘도 한다."

도루무기 도루묵 "말짱 도루무기다". 곧 허탕치는 것.

도름(롬)도름(롬) 일하는 태도나 자태 또는 모습. "저 집 새댁은 일하는 도름도름이 차마타."

도리광(강)떨다 마구 까부는 것. "아이들이 방구식에서 도리광을 떨민서 장난을 치고 있다."

도리방정 심하게 방정을 떠는 것. 곧 요망스러운 것. 방정은 드레지지 못 하고, 몹시 가볍게 하는 말이나 행동. "저 딸아가 도리방정을 피운다."

도리(레)솔 무덤둘레 솔. "할부지 무덤에 도리솔이 차마타." 도리솔과는 연관이 안 되지만, 일본 신사에 세운 "とりい(鳥居)"는 우리말에 둥근 기둥을 "도리기둥"라고 하는데, 우리말이 건너간 것이다.

도마리 싹쓸이.

도마이 화투용어. 화투 패를 잡았던 사람이, 다른 사람에게 넘겨주는 것.

도매 도마. "도매를 칼클케 씻거야 한다."

도박 바다에서 나는 해조류로, 진이 많이 나서 그냥 먹을 수 없어, 물에 씻어서 음식으로 만들어 먹는다. 곰피.

도배미 도마뱀. "요새는 오염이 심해서 도배미도 잘 안 빈다."

도부흥정 장사치가 물건을 가지고 이리저리 다니며 흥정하여 파는 것.

도분내다 성내는 것.

> 「계녀가」 (봉화지방)㉮
> 부모님 꾸중커든 엎드려 감수하고
> 아무리 옳으나마 발명을 바삐마라
> 발명을 바삐하면 도분만 나느니라
>
> 부모님이 꾸중을 하시거든 엎드려 달게 받아들이고, 내 말이 아무리 옳다고 해도 변명을 바삐 하지 말아라. 만약에 변명을 빨리하면, 어른이 더 성만 내게 된다.

도붓말 짐만 싣는 말.

> 「사친가」 (청도지방)㉮
> 열두마리 도붓말이 교마가마 등대하고
>
> 열두마리 짐만 싣는 말에, 가마와 말 등이 미리 준비하여 기다린다.

도습 도습(蹈襲)은 그대로 본받아 따르는 것. 주책없이 수선스럽게 변덕을 부리는 것.

> 「베틀노래」 (예천지방)㉮
> 저질게라 하는것은 도습을 맞게하니
> 남의일 심술놀아 저질게질 부디마소
>
> 베틀기구의 하나인 "저질게"는 변덕부리는 일을 알맞게 하니, 남의 일에 심술을 놓아 저지르는 일을 부디 마소.

도신행 혼인하여 신부가 바로 시집으로 가는 것.

도액(度厄) 액막이.

> 「교녀사」 (예천지방)㉮
> 어리석은 규중부인 속이기가 어려울까

검살운에 망신살에 구설수에 자궁살을
도액곧 아니하면 말씀이 못되겠소
체신없이 놀래면서 어찌해야 좋단말고
법당앞에 불공할까 칠성단에 기도할까
공산에가 불을켤까 성주앞에 기도할까…
내외분 입던의복 아깝기 아지마소
그래서 도액되면 아까운게 무엇인고

어리석은 규중 아낙네 속이기가 쉬우니, 사물의 해롭고·독한 모진 기운인 살을
지닌 운수와, 망신당하는 살의 운수 그리고 구설을 듣게 될 신수에다, 자궁에 좋지
못한 살을 액막이를 아니 하면, 말이나 되겠느냐. 몸을 경망하게 가져 체모가 없이
놀라면서, 어찌해야 좋단 말고. 법당 앞에 불공을 드릴까, 아니면 칠원성군(七元星君)
을 모신 단 앞에 기도를 할까. 사람 없는 산에 가서 촛불을 켜고 빌까. 집을 지킨다는
신령 앞에 기도를 할까. 내외간 입던 의복을 복채로 내더라도, 액막이만 된다면
무엇이 아깝겠느냐.

역시 부녀자들에게 "사"를 지키지 말라는 경계하는 글이디.

도오 달라. "책을 도오." 혹은 동이.

도오감 동이처럼 생긴 감. "도오감이 많이 달렸다."

도오도 몹시도. "도오도 기찮게 칸다."

– **도오리로** 동안. "사알 도오리로."

도장 광. 본디 도장방으로, 이는 주로 여자들이 거처하는 방을 일렀으나, 경상도에서
는 흙담을 두텁게 쌓아 만든, 음식물을 보관하는 광을 일렀다. 요즘은 냉장고에
음식물을 두지만, 옛날에는 이 도장 안이 여름은 시원하고·겨울은 춥지 않기
때문에, 여기다가 음식물을 보관했다. 이 광은 고방(庫房)에서 온 말이다.

도장나무 회나무.

도적 주로 제사지낼 때, 쓰는 소·돼지·상어 등 꼬치고기. "지기(제기)에 도적을
고아라."

도집 도집사의 축약.

도치눈 도끼눈. 분하거나 미워서 눈을 날카로운 도끼날처럼 하여, 상대방을 매섭게
쏘아보는 것. "아이고 무서라. 저 사람이 날 도치눈을 하고 본다."

도치다 "돋치다"로, 성질이 돋아서 내미는 것이나, 남을 성질나게 만드는 것. "사람이
성질이 도처, 살 수 없다."

도침자(搗砧子)질 다듬이질.

「사친가」 (청도지방) ㉮

필필이 도침자질과 가지가지 침자질은
부모간장 오직하리

한필 한필마다 다듬이질과 가지가지의 바느질일은, 친정부모 마음 씀씀이야 오직
하겠는가.

도토라지 명아주. "밭가세 도투라지가 엄심이 컸다."

도통 도무지. "요새는 친구들이 도통 안 빈다."

독 돌. 본디 "돌섬"은 "독섬"인데, 한자 "독도"로 바뀐 것이다.

「평암산화전가」 (영양지방) ㉮

독으로 솥을걸고 후적후적 구운떡이
돌에반씩 돌아가니

돌로 솥발처럼 놓고 솥을 걸어, 후적후적 구운 떡이, 한사람한테 두개하고도 반씩
돌아간다.

독간 아주 짠 간장.

독도구(절구) 돌로 만든 절구.

독(돗)구리 자라목셔츠. 일본청주를 담는 작은 병. 일본어 "とっくり(德利)". 이
웃도 6·25전쟁 때 겨울에 방한용으로 많이 입었는데, 지금은 자취를 감추고 없다.

독새풀 뚝새풀.

독씨가난다·독나다 독 세나다. "세나다"는 물건이 잘 팔려 자꾸 나가는 것. 곧
찾는 사람이 많아 잘 팔림. "라면을 세일한다니, 독씨가났다."

독자 독상(獨床). 「시집살이」 (통영지방) ㉱ 참조.

독(돌)짜구 돌쩌귀. 문짝을 문설주에 달고 여닫기 위해, 암톨쩌귀는 문설주에·수톨쩌
귀는 문짝에 박아 맞추어, 꽂게 만든 쇠붙이로 만든 것. "큰방 문이 독짜구가 빠졌나."

돈내기 일한만큼 주는 일정 액수의 돈. 곧 모두 온통·전부·가릴 것을 가리지
않고, 그냥 모두라는 "통거리"나, 한데 합쳐서 몰아치는 "도거리"와 같은 뜻이다.
"우리나라 사람들은 돈내기 일 시키믄, 죽을까 살까 모르게 겁나게 일하고, 날일을
시키믄 세월아 내월아 한다."

돈들(돈돌)막 돈대(墩臺)의 가파른 바닥. 위험한 지점. 혹은 높은 언덕. "얼라가

돈들막에 서 있다."

돈(돔)배기 제수용(祭需用) 생선(상어)을 토막 친 것. 돔배기. 그 별칭은 "양재기·청사리·모노" 등이 있다. "모노"는 뼈 옆에 붙은 고기. "양재기(지)"는 배 쪽에 붙은 고기. "청사리"는 껍질에 붙은 고기. 이 상어는 양인들이 제작한 "죠스"란 영화가 등장하면서, 요즘 젊은이들은 상어가 사람의 팔다리를 물고 달아나거나 인명피해를 주기 때문에, 이 고기를 기피하는 현상이 있다.

돈벌갱이 바퀴벌레. "부적안을 칼클케 안 해, 돈벌갱이가 득실거린다."

돈적 애호박을 동그랗게 잘라 부친 전.

돌가리 시멘트. "장독깐에 돌가리로 공굴해라."

돌가지·돌갱이(돌개)·도래 도라지. "여름에 피는 돌개꽃은 흰곳과 보라꽃이 이쁘다."

돌개 돌꼇. 실을 감고 풀고 하는데 쓰는 도구.

돌개바람 회오리바람. 구풍(颶風). "돌개바람이 불어오니, 정신이 없다."

돌개삼 도라지. "돌개삼은 인삼대신 할만하다." 제사에 쓰는 도라지는 조상이요·고사리는 선조요·푸른나물은 자신이다.

돌개잠 돌꼇잠. 누운 자리에서 빙빙 돌며 자는 잠.

돌김 바닷가 돌에서 채취하는 김으로, 흔히 돌이 붙었기도 하고, 김이 촘촘하지 못하고 두껍고, 그 맛이 달다.

돌까불이 유별나게 까부는 것. "저 아아는 어찌나 까부는지 돌까불이다."

돌바리 동해에서 나는 잎이 단단한 미역이나 김. 주로 기장지역에서 나는 미역을 이름. 이 생미역으로 쌈을 싸먹는데, 된장 대신 멸치젓국물로 싸먹는다.

돌베락 돌벼락. 잘못에 대하여, 어른의 불호령이 떨어지는 것. "할부지한테서 돌베락이 떨어졌다."

돌빡 돌바닥.

돌삔(뺑)이 부피가 작은 돌. 돌멩이. "걸에는 돌삔이도 많다."

돌(둘)레빠구(꿈) 둘레바퀴. 일을 그때그때 잘 둘러치는 것.

돌시다 돐. 일본어의 "とし"(年, 歲)도 우리말이 건너간 것이다.

돌옷 돌에 낀 이끼. "계단에 돌옷이 올라 퍼렇다."

돌잽이 돌이 된 아기.

「진갑수사」(성주지방)㉮
기사이월 십삼일에 돌차비를 하사이다

인간오복 좋은중에 수가제일 으뜸이니

실과같이 길단수명 실꾸리를 잡으소서

기사년 이월십삼일에 돌(돐)채비(差備)는 준비를 합시다. 인간오복은수(壽) · 부(富) · 강녕(康寧) · 유호덕(攸好德) · 고종명(考終命) 가운데, 수명이 제일 으뜸이 되니, 실과같이 기다린 수명을 가지라고 · 실꾸리를 잡으라 축원하는 거다. 신삽에 수를 비는 가사다.

돌잽히다　돌날 아기한테 실 · 붓 · 돈 등을 놓고 잡게 하는 것. 돌상을 차려놓고 아이로 하여금 마음대로 잡게한다. 돈과 곡식은 부(富), 국수와 실은 수(壽), 책은 학문, 활은 무(武)와 현달(顯達)로 점한다.

　　「농장가」 (거창지방) 민

　　은자동아 금자동아 부자급제 공명동아

　　부상금옥 일광동아 광활옥토 월광동아

　　남극노인 수성동아 오채영롱 경운동아

　　은보다 귀한 아들! 금보다 더 귀한 아들아! 부자지간에 급제해 공명을 떨칠 동자야. 해뜨는 부상에 금옥처럼 · 일광(日光)처럼 빛나는 동자야, 넓고 기름진 땅위에 월광(月光)같이 빛나는 동자야. 남극노인성을 보게 되면 장수하게 되는, 수성(壽星)같은 동자야, 청 · 홍 · 황 · 백 · 흑의 다섯 채색 광채가 찬란한 큰 서운(瑞雲)을 띤 동자야. 이 「농장가」는 농장지경(弄璋之慶) 곧 아들을 낳은 경사스러움을 일렀는데, 어린 아들의 돌잡히며 지은 민요가 되겠다. 딸은 농와지경(弄瓦之慶).

돌캉(창)　도랑이나 하수도. 돌창은 도랑창. "돌캉에 수채내금이 올라 온다."

돌콩이　아주 작은 사람을 비유적으로 쓰는 말.

돌타랑　돌이 쌓여있는 비탈.

돗대기　사람이 붐벼 시끄러운 곳. "교실 안이 돗대기 시장판 같다."

돗바　춘추용 반코트 영어 "topper"가 일본어 "トッパ-"로 표기되고, 그대로 우리말에 쓰이고 있다.

-동　둥. 오래 만에 친구를 만났더이 얼마나 반가운 "동".

동가리(갱이)　동강. "연필 동가리."

동(똥)가리다　잘라 나누는 것.

　　「반도화전가」 (안동지방) 가

　　백사를 동가리니 과공(過恭)은 무슨일고

백가지 일을 나누고 보니, 지나친 공손함은 무슨 일인고

동가심 앙가슴. 가슴의 두 젖 사이. "옷이 허술해 동가심이 다 빈다."

동개다 포개는 것. 자리에 앉을 때 다리를 겹쳐 포개는 것. "방바닥 책을 동개고 나이, 방이 훌빈하다." 내외간이 20대는 동개 자고·30대는 끌어안고 자고·40대는 나란히 자고·50대는 따로 자고·60대는 딴방에 자고·70대는 산에서 잔다.

동개동개 차곡차곡. "동개다"는 것은 물건을 거듭 포개는 것.

동구다 모종을 옮겨 심는 것.

동구(고)리 음식물을 담는 버들로 결은 상자. "사돈네 집에서 떡동구리가 왔다."

동 나다 동뜨게 뛰어난 것.

「노처녀가」 (예천지방) ㉮
신랑의 동남과 신부의 아담함이
차등이 없사오니 천정한 배필이
오늘이야 알겠구나

신랑의 동뜸과 신부의 아담함이 차나 등급이 없으니, 하늘이 정해 준 부부로서의 짝임을 오늘에야 알겠구나.

동대이 목말.

동독(득)께미 · 동두깨비 어린 계집아이들의 소꿉놀이.

「교녀사」 (예천지방) ㉮
아이난지 삼년만의 부모품을 떠난다니
젖줄을 그친후는 살금살금 재잘노니
풍한을 조심하고 음식을 삼가먹여
엽측으로 가르칠적 꽃싸움 숨바꼭질
동두께미 절배우기 아이놀음 여자놀제
너무금치 마라마는 오른도리 바른노릇
연골부터 가르치며 나무순 꺾지말고
곡식이삭 꺾지말고 부모홀대 하지말고
남의아이 치지말고 음식보면 사양하고
어른보면 공경하고 이웃집에 가더래도
훔치질 하지말고 남의말을 듣더래도
타인에게 전갈말고 옳은일 보거들랑

「동독께미」 (동래지방) ㉮
동독께미 놀이하자 동독께미 살림사자
돌찾아서 솥을걸고 흙파서러 밥을짓자

본을받자 마음먹고 악한일을 보거들랑
나는마자 마음먹고 여일곱살 되거들랑
일배우자 마음먹고 일여들살 되거들랑
사내들과 놀지말고 동생사촌 되더래도
몸데이시 앉지말고

아이가 태어나서 삼년이 지나면, 부모의 품안을 떠나게 되니, 젖을 떼고 나면 살금살금
재잘거리며 놀 때는, 감기를 조심시키고·음식을 경계하여 먹이며, 여자는 어머니
곁에서 가르침을 받을 적(엽측에서 가르칠적)에, 꽃 싸움과 숨바꼭질 그리고 소꿉질하
면서, 절 배우기가 여자애들이 놀음이요, 이런 놀이를 너무 금치는 말라마는, 옳은
도리와 바른 노릇을 나이가 어려서부터 가르친다. 돋아나는 나무순과 곡식이삭은
꺾지 말고, 부모를 소홀히 대하지 말고, 남의 아이 치지 말고, 음식 보면 우선 사양하고·
어른 보면 공경하고, 이웃집에 가더라도 훔치는 짓을 하지 말고, 남의 말을 듣더라도
다른 이에게 전하지 말고, 옳은 일 보거들랑 본을 받자 굳게 마음먹고, 악한 일을
보거들랑 나는 그렇게 하지 말자고 굳게 마음먹고, 여섯·일곱 살 되거들랑, 침선·방
적·숙수 등 일을 배우자고 마음먹어야 한다. 일곱·여덟 살 되거들랑 사내들과
놀지 말고, 동생이 사촌지간이 되더라도 몸 닿게 앉지 말라고 했다.
교훈적인 가사로서, 부모의 품안을 떠나 여덟 살이 될 때까지, 여러 가지 여자행신으로
지킬 것을 나열하였다. 특히 남녀칠세부동석이란 말이 있지만, 가까운 사촌이라도
몸 대어 앉지 말라는 성교육도 가르쳤다.

소꿉놀이하자, 소꿉놀이 살림을 살자. 알맞은 돌을 찾아내어 솥을 걸고, 흙을 파서
밥을 짓자.
계집애들의 소꿉놀이로 돌을 찾아 솥을 걸고, 흙으로 밥을 짓는 모습을 그린, 동요가
되겠다.

동띠기 동뜨게. 훨씬 뛰어나게. "저 아이는 공부를 동띠기 잘 한다."

동마 연줄 감은 얼레의 줄이 다 풀린 것.

동마리 툇마루.

동말(맽)기다 부엌에서 하는 일을, 전적으로 하녀한테 맡기는 것.

「훈시가」 (영양지방) ㉮
음식을 정제하고 반간을 조심하여
반상을 닦고닦아 기명을 씻고씻고
반찬을 놓을적에 고저를 알아놓고
수절을 놓을적에 징그렁 말아서라
손님이 들어시고 불안지심 가질세라

잘대접은 못하여도 불안케사 어찌하리
손님이 오시거든 노소를 분간하여
노인손님 오시거든 무른반찬 제일이라

음식을 정성껏 만들되, 음식 맛보기를 조심해야 한다. 반상을 매우 닦아야 하고, 기명들은 매우 씻고 씻어야 하고, 반찬을 놓을 적에 높낮이를 맞추어 놓아야 하고, 수저를 놓을 적에 쨍그렁 소리를 내지 말아라. 이렇게 소리를 내면 외당 손님이 들으시고, 불안한 마음을 갖게 된다. 잘 대접은 못 하여도 오신 손님을 불안케야 어찌 하겠는가. 손님이 오시거든 노소를 잘 분간하여, 노인손님한테는 무른 반찬이 가장 좋으니, 이를 반상에 올리도록 하란 것이다.
접빈객에서 음식은 정성껏 장만하란 것이다.

ㄷ

동병상 같은 상위에 나란히 놓는 것. 「여탄가」(의성지방) 참조.

동사디 동생의 댁. 손아래 올케. 손위는 형님. 동상의 댁은 남한테 말할 때 쓰는 호칭어.

동상의 댁 동생의 아내를 다른 사람에게 호칭할 때. 경상도에서는 "학생"을 "학상"·"선생"을 "선상"·"고생"을 "고상" "천상(天生)" 평상(平生)으로 말한다.

동세 동서. 여자들은 손위를 "형님"이라 하나, 손아래는 "새댁"이라 한다. 그런데 여형제의 남편들도 동서가 되는데, 요즘은 손위를 보고 "형님"이라 호칭하나, 과거에는 그냥 "동서"라고 호칭했고, 손아래는 "김서방"이니 "이서방"이니 불렀다.

동솥 옹솥. 갱솥. 이 솥은 건넌방이나 사랑방 아궁이에 거는 작은 솥이다.

동심 깊고 의뭉한 마음.

동안뜰 한길과 사이가 떨어져 있는 안뜰.

「시집살이」(의성지방) [민]
우리어매 묻거들랑 동안뜰에 놀드라소
우리아배 묻거들랑 황애전에 놀드라소

우리 어머니가 날 찾거들랑 동안뜰에 놀더라고 일러주시오. 우리 아버지가 묻거들랑 황화전에 놀더라고 일러주시오.

「댕기노래」(의성지방) [민]
동안뜰에 널뛰다가 빠졌도다 빠졌도다
동안뜰에 빠졌도다

동안뜰에서 널을 뛰다가 빠뜨렸구나. 댕기를 동안뜰에 빠드렸구나

「꽃노래」 (달성지방) ㉑

동안뜰에 성노나무 성노열어 후어지고

동안뜰에 석류나무에 석류가 달려, 가지가 휘어지고

동우 동이. 물 동우.

동(東)의 동상(東廂) 동틀놓다 동쪽 행랑에 형틀(베틀) 놓는 것.

동전 동정. "동전은 얼굴을 흰하게 잘 나도록 한다."

동지지나문 노인이, 십리를 더 간다 동지가 지나면 곧장 해가 길어져 노인걸음으로도, 십리 길을 더 간다는 것.

동칫바람 바지저고리차림.

동탕(動蕩) 얼굴의 생김새가 토실토실하고 아름다운 것.

동테바꾸 동그란 테 모양으로 된 바퀴. 수레나 자동차의 바퀴.

돛대 가장 잘 난 체하는 것. "지가 무신 돛대가."

돼지띠는 잘 산다 해생(亥生)은 잘 산다는 것인데, 돼지꿈을 꾸면 재수가 있대서, 복권을 사거나, 또 어떤 해는 황금돼지해라서 황금돼지저금통이 불티나게 팔린 적도 있었다.

돼지보 돼지의 태나 위장. "안뽕"이라고도 한다.

됀지 돼지. 식성이 좋아 많이 먹는 것. "됀지같이 먹기만 한다."

되 되우. 아주 몹시. 매우. 심하게.

「교녀사」 (예천지방) ㉠

가장보면 흉을하고 자식보면 되를움켜

공연히 들볶어서 못견디게 볶아내어

고운성정 버려놓고

가장을 보면 흉을 하고 · 자식을 보면, 몹시 움켜 꽉 잡아, 공연히 못 견디도록 볶아대어 고운 성정마저 버리게 한다.

되(대)고마고 아무렇게나. 마구잡이로. "도나개나"와 동의어.

「질헌수가 · 족형경축가」 (대구월촌) ㉠

구씨 할매가 노혼 정신으로

되고말고 심적으로 구구 축하축하

구씨 할매가 조카 헌수가를 지으며, 늙어 정신이 혼암한 터에, 아무렇게나 자기

마음 내키는 대로, 구구하게 축하한다는 말을, 가사 마지막 겸손하게 쓴 말이다.

되라지다 · 되바라지다 행동거지가 오만하게 보임. "행신이 되바라졌다."

되리 모임. 여러 사람이 모여 음식을 조금씩 거두어 함께 먹고 노는 일.

되매 · 두미(頭尾) 제상에 오르는 과일과 어물 따위를 위(주둥이)와 아래(꼬리) 부분을 칼로 잘라내는 것. "야야 저 실과를 되매해라." 서울에서는 "대미"는 다식과 · 타래과 · 약과 · 만두과 따위를 통틀어 이르는 말. 그런데 우리 제사에서 제수 진설할 때 음양이치를 유독 많이 따진다. 그 실례를 보면,

홍동백서(紅東白西) : 붉은 것은 동쪽 · 흰 것은 서쪽.

어동육서(魚東肉西) : 물고기는 동쪽 · 육류는 서쪽.

두동미서(頭東尾西) : 대갈은 동쪽 · 꼬리는 서쪽.

생동숙서(生東熟西) : 익힌 나물은 서쪽 · 생김치는 동쪽.

병동면서(餅東麵西) : 떡은 동쪽 · 면은 서쪽.

좌포우혜(左脯右醯) : 포는 왼쪽 · 식혜는 오른쪽.

좌반우갱(左飯右羹) : 왼쪽에 메 · 오른쪽은 국.

건좌습우(乾左濕右) : 마른 제수는 좌편 · 젖은 제수는 우편.

좌고우저(左高右低) : 산채는 높은데서 나고 · 야채는 낮은데서 나는 것이오

좌귀우천(左貴右賤) : 귀한 것은 왼쪽 · 천한 것은 오른 쪽이오

천산양수(天産陽數) : 어육은 양으로 기수로 차림.

지산음수(地産陰數) : 과곡(果穀)은 음으로 우수로 차림.

적전중앙(炙煎中央) : 산적은 제수중심인 중앙에 놓음.

어배향위(魚背向位) : 물고기 등이 신위를 향하게 함.

배복방향(背腹方向) : 닭구이 · 생선포는 등이 위로 향하게 함.

시저거중(匙箸居中) : 수저는 신위 앞 중앙에 놓음.

접동잔서(楪東盞西) : 접시는 동쪽 · 잔은 서쪽이오.

음양조화(陰陽調和) : 첫째 · 셋째 줄은 홀수, 둘째 · 넷째 줄은 짝수.

반중서병(飯中西柄) : 숟가락 패인 곳을 제수 동쪽으로 향하게 하고, 메 중앙에 꽂음.

남좌여우(男左女右) : 제상왼쪽엔 남자 · 오른쪽엔 여자가 서게 된다.

고서비동(考西妣東) : 선고(先考)는 서쪽 · 선비(先妣)는 동쪽.

이서위상(以西爲上) : 신위를 향해 좌측이 상위.

사자반생(死者反生) : 죽은 사람은 산사람의 반대방향.

등이다. 그리고 제사에는 필수적으로 조율이시(棗栗梨柿)와 과채탕자(果菜湯炙)가 따른다. 조(棗)는 씨가 1개로 임금·율(栗)은 씨가 3개로 삼정승·감(柿)은 씨가 6개로 육조판서·배(梨)는 씨가 8개로 팔도방백 등으로 생각했다. 여기서 대추처럼 자손이 번성하고·밤처럼 세세 천년하라는 기원이 서려 있기도 하다. 오채로 콩나물·숙주나물·무나물 등에 고사리와 도라지가 든다. 탕에도 3탕이면 육탕·소탕·어탕이지만, 봉탕·잡탕이 들면 5탕이 되고, 적도 육적·어적·소적으로 3적이 된다. 그리고 고사리는 꺾고 꺾어도 열두 번 돋아나기 때문에 자손이 번성하라는 뜻으로 쓴다. 제사에 쓰지 않는 생선은 비늘 없는 고기와 "…치"(갈치)자가 든 고기 그리고 잉어·숭어·양태 등은 안 쓰나, 가오리는 쓴다. 이밖에 복숭아·붉은 팥·고춧가루·마늘양념도 안 쓴다. 신주는 밤나무로 깎아 만들고, 무당이 신들린 사람의 악령을 쫓아낼 때 복숭아가지로 때린다. 이는 밤나무는 귀신을 불러들이고, 복숭아가지는 귀신을 내치기 때문이다.

된변　된맛. 몹시 심한 괴로움을 당하는 것.

됫박　되바가지. "맨날 됫박쌀 팔아먹고 산다."

됫짜리　곡식을 되다가 되단위로 남은 것.

두드리·두다락지　두드러기. "꼬등에를 잘 몬 묵었딩이 온몸에 두드리가 났다."

두들　언덕.

두디(기)　누더기. 포대기. 옛날에는 애기들을 키울 때, 요즘처럼 기저귀가 없었다. 두디기라고 하면 될까. 애기들이 잠들면 "두디기"로 덮어준다. 그러니 요즘처럼 1회용 기저귀는 생각할 수 없었다. 그런데 애기가 노랑 똥이라도 방바닥에 싸면, "워어리 워어리"하고 똥개를 부르면, 이 개는 먼저 알아차리고, 애기 있는 방으로 후다닥 뛰어들어 애기똥을 맛있게 먹는다. 바닥에 애기 똥이 조금 남았으면, "싹싹"하면 긴 혀 바닥을 빼내어, 말끔하게 핥아먹고 나간다. 그리고 재래식 변소는 통시비탈이란 두개의 나무를 걸쳐놓아, 어린아이들은 그런 정랑에 들어가기를 꺼려해, 뒤란 아무데나 똥을 누어놓으면, 똥개가 찾아다니며 말끔히 먹어치운다. 사람의 똥을 먹는다하여, 똥개라고 한다. 지금은 사람의 똥을 먹는 똥개란 아예 없고, 조그만 애완용 개를 개미장원에 데려가서 돈 들여 치장하고, 감기 들세라 옷까지 해 입히고, 신까지 신겨 다니는 팔자 좋은 개판이 되었다. 옛날 집에서 키우는 개는 사람들이 먹고 남는 찌꺼기로 개를 키웠다. 그래서 개밥보다는 개죽 주었느냐한다. 그리고 이 똥개는 복날이 다가오면 복달임으로 가난한 시골사람들의 영양보충용의 개장으로 바쳐진다. 개는 어디까지나 개다. 사람이 사는 집안에서 살 수 없다. 서양인들의 사고방식이 옳은 것인지 생각해 봐야 하겠다. 사람 사는 아파트 안에 개를 키우기 때문에 이웃집까지 시끄러워서야 되겠는가. 이 애완용개는 사람위주로 키운다. 개위주로 키우는 애완용개가 아니다.

두랭이 두루마기.

두레전 여러 사람이 먹을 수 있게 넓게 구운 전.

두렛불 둥그렇게 피워놓은 불 둘레.

> 「아편」이육사Ⓐ
> 나릿한 남만(南蠻)의 밤
> 번제(燔祭)의 두렛불 타오르고

두루(둘고)가다 데리고 가다. "손지 둘고 갔다."

두루거리 평상복.

두루미 초나 술을 담는 목이 잘룩한 질그릇.

두룸마당 논두렁을 둘러보러 다니는 것. 「시집살이」(통영지방)Ⓜ 참조.

두멍 부엌에 둔 물 담는 항아리. "물두멍에 물을 여다 붓는 것도 큰일이었다."

두바(부)가다 데리고 가다. 더불어 가다. 함께 가다. "엄마가 얼라를 두바간다."

두장문ㆍ천원문 노름할 때 돈의 뒷자리에 붙는 말로, 한 장문ㆍ두장문 혹은 백원문ㆍ 천원문 한다. 윷놀이에서 두동무니(사니)ㆍ세동무니(사니)한다.

두지 뒤주. 두지(斗庋). 대청에 놓인 큰 두지는 그 집의 부와 위신을 세워 주어 당당해 보였다.

두통비개 두동베개. 신랑신부가 베는 기다란 하나로 된 베개. 외통베개.

> 「댕기노래」 (밀양지방)Ⓜ
> 너와나와 첫날밤에 두통비개 잠들적에
> 댕기댕기 줏은댕기 그시절 그때 너를주마

> 너와 나와 첫날밤에 부부가 함께 베는 두통베개 베고 잠잘 적에, 옛날에 내가 댕기를 주었는데, 혼인하기 전 그 때ㆍ그 시절 너한테 주었으면, 얼마나 더 좋았을 텐데 하는 아쉬움을 나타낸 것이다.
> 주은 댕기를 그 당시 주었더라면, 일찍이 인연이 되었을 것이라 한다.

두티(치) 상어껍질을 삶아 식혜 엉긴 편육을 초고추장에 찍어먹는 것. 혹은 "두께"를 이르기도 함. "장아 가서 두티를 사다 묵었다."

둔기 노망.

둔채 가마나 상여에 손을 잡게 만든 나무로 된 손잡이. 가마둔채. 상여둔채.

둘개둘개 미영(목화솜)이나 삼삼을 때, 여러 사람이 둘러 가면서 잣는 것.

「삼 삼는 노래」 (군위지방) [민]
시집가는 사흘만에 둘개둘개 카거들랑
떡둘개만 여겼드니 왈칵달라 대드렀네

시집간 지 사흘 만에 여러 사람이 둘러가며 삼 삼으라 하거들랑, 떡을 둘러가며 만드는 일로만 여기고, 왈칵 달려 대들었다. 그러나 이 삼 삼는 일이, 그리 쉬운 일은 아니었다.

둘개방 여자들이 원형으로 둘러앉아 삼을 삼는 것. 두레는 길쌈을 서로 협력하여 공동작업하기 위한, 마을단위의 조직이다. 「풍덕빠져 죽고제라」 (군위지방) [민]

둘레빠꾸(꿈)치다 일을 잘 대응하거나 처리하는 것. "저 집 메누리는 둘레빠꿈을 잘 한다."

둡때 · 십때 · 닙때 두끼 · 세끼 · 네끼. 요즘 노인들이 아내가 차려주는 끼니를 "둡때" 찾아먹으면 "이식(二食)"이라 하고, 줄창 집에서 "셉때" 끼니를 먹으면 "삼식(三食)"이라 한다.

둥기미 짚으로 둥글게 결은 물건을 담는 그릇. "둥기미에다 챙이로 까분 콩을 담았다."

둥둥팔월 이는 둥덩 팔월로 곧 건들팔월이다. 건들팔월처럼 빨리 간다는 멋스런 말이다.

둥주리 둥우리.

뒤(디)피다 가축의 짝짓기. "돼지 뒤피러 갔다."

뒤꾸머리 뒤꿈치.

뒤비지다 몸을 엎는 것. "죽다"라는 속어로도 쓰인다.

뒤뽈 지난 뒤 내는 성.

뒤이지다 · 디이지다 죽다의 속어. "그쿠 나대더니 디이졌다."

뒤지께 뒷짐.

뒤치다 뒤집는 것. 「교녀사」(예천지방)

뒷거두기 자식 낳고 기르는 것.

「노처녀가」 (단대본) [가]
서방만 얻었으면 뒷거두기 잘못할까

낭군만 얻었다면, 자식 낳고·기르는 일을 잘 하였을 것이다.

뒷더　뒷등. 등에 업는 것.

「화전가」 (영주지방) ㉮
된동이를 뒷더업고 본고향을 돌아오니
된동이(인명)를 등에다 업고서, 본 고향으로 돌아오는 것이다.

뒷(디)통시·뒤꼭대기·뒤꼭지　뒤통수.

드다리다　다루다.

드러치다　들이치다. 안으로 향하여 치는 것.「원한가」(풍산지방) 참조.

드리께·디리께　좀 전에. "좀 디리께 있었던 일이다."

－드매로　－자마자. －은 즉시로. "가드매로 이내 온내이."

드베이　박의 뒷부분을 조금 도려내고, 속을 파내어 그릇으로 쓰는 것.

드(더)부냉기다·더비넝기치다　샀던 물건을 다시 넘겨 파는 것. "장에 나오는 사람들의 팥을 사서, 그 자리에서 드부냉긴다."

드성거리다　일찍 일어나, 꼼작거리는 것. "새복부터 부적에서 드성거리고 있다."

드(더)터보다　관심을 갖고 잘 살펴보는 것. 훑어보는 것. "후지(후제) 차즐란지 잘 드터보아라."

득수재배한다·득시넘기　득수재배(得水再拜). 텀블링처럼 몸을 뒤집고 거꾸로 물에 뛰어 들어 가는 것. "여름철 걸물에 아아들이 물속으로 득수재배해 들어간다."

－득이　듯이. "묵득이." 먹듯이.

든장우　들린 장지문 위.

「여자탄식가」 (안동지방) ㉮
사랑에 오신손님 문틈으로 잠깐보고
이웃집 가는양반 든장우에 엿보려고
사랑방에 온 손님을 문틈으로 잠간 엿보거나, 이웃집에 가는 낭군 들린 장지문 위에서 엿보는 것.

들게다　포개다.

들경머리　어떤 데 들어가는 첫머리가 되는 곳.「꼴베는 아이노래」(청도지방) 참조.

들깐　출입문. "호맹이를 들깐에 걸어두래이."

들꼬가다 데리고 가다. "손지를 들꼬 갔다."

들락거리다 나드는 것. "하도 들락거려 문 개탕(開鐋)이 다 뚫갔다."

들마리 들마루. 평상. "할배가 들마리에 누워 기신다."

들(둘)막 두루마기. "할배 둘막 차려입고 나가셨다."

들미 행동이 무게가 있어, 신중하게 보이는 것. "저이는 억시기 들미가 있어 빈다."

들삼재 삼재가 드는 첫해.

들셔보다 · 들씨다 살짝 들어보다. "이 안에 머이 들었는고 살짝 들셔봤다."

들(득)쌀대다(지기다) · 등쌀 아이들이 소리치고 떠들며, 시끄럽게 장난치고 노는 것. "아아들이 집구적에서, 들쌀대고 노이 시끄러버 죽겠다."

들쑤시다 들이쑤시다. 마구 쑤시는 것. "막 들쑤셔 어지럽히 놓았다."

들지름 들기름.

들치다 비 따위가 들어 치는 것.

「비야비야 오지마라」(동래지방) [민]
비야비야 오지마라 우리세이 시집간다
가마문에 비들치고 다홍치마 어룽진다

비야 오지 말아라. 우리 형(언니)이 시집간다. 가마 문에 비가 들어 치면, 다홍치마가 얼룩진다.

등 산소가 있는 등성이. 또는 "덩"으로 반가(班家)에서 혼인 때 타는 승교(乘轎).

「화전가」(안동지방) [가]
중간등 상묘소는 시정공의 내압할배
산소로다…
건너등 저산소는 누산손고…
육칠대 한등에 계시오니

「모심기노래」(동래지방) [가]
우리부모 산소등에 솔을숭거 영화로세

가운데 있는 산등 제일 위의 묘소는 시정공(시호)인 외압 할배 산소구나. 건너 산등 저 산소는 뉘 산소인고. 육칠 대 조상들이 한 산등에 계신다.

우리 부모님 산소 등성이 솔을 심어 잘 자라나니, 자손들이 영화롭게 보이는 것.

「처자과부」(선산지방) [민]
달이떴네 달이떴네 흰등안에 달이떴네
저달이 달아닐세

강수자는 상가매 타고 옥처자는 흰등타고

위의 달은 인물이 좋은 색시로, 강씨 더벅머리 총각은 쌍가마 타고 옥같은 처자는 승교를 탄 모습이다.

등개장 등겨로 만든 장. 나락의 겨로 겉겨는 왕겨이고·속겨는 쌀겨. 이 등개장은 보드라운 보리 겨로 둥글게 뭉쳐, 불에다 구워 새끼줄에 꿰어 말린 뒤, 이로써 장을 담는다.

등(둥)개등(둥)개 여러 겹. "날이 칩어지이 얼얼한데 옷을 등개등개 입있다."

등거리 등걸장작. 나무를 베고 난 그루터기를 장작으로 만든 것.

등걸이·등지기 죽삼. 대나무로 잘게 쪼개어 결은 몸 위에 걸쳐 입는 것으로, 여름철 몸에 땀이 나도 옷이 안 달라붙고 시원하다.

등검쟁이·등걸장사 등짐장수. 허름한 일용품을 등에 지고, 시골로 돌아다니며 파는 장수. 「백발가」(예천지방) 참조.

등(딩)구다 댕기다. 불을 붙이다. "부적에 불을 등군다."

등꼴빼먹다 등골 빼먹다. 등마루 뼈 속골을 뽑아먹다시피 한다는 뜻으로, 노는계집이 외입쟁이 남자의 재물을 빨아먹는 것. 소를 잡으면 등골부터 먼저 뽑아먹는다.

등나가다 옷의 등마루 쪽이 땀이 나서 찢어지는 것.

「아리랑」(김천지방) ⑩
총각총각 손목놓게 길상사 적샘이
등나간다
총각아 손목 놓게. 길상사 적삼이 등이나가 찢어진다.

등다락 높은 다락.

등때기 등허리의 속어. "등때기 따시고 배부르다."

등물 목물. "더버서 등물을 했다."

등사말랭이 등성마루. 등골뼈를 이른다. "산말랭이"는 산마루. "목말했더이 등사말랭이가 시원하다."

등신이 바보. "저 등신이 좀 바라."

등어리 등허리. "등어리 찜질을 했다."

등천을 하다 냄새가 가득한 것. 등천(昇天)은 하늘로 솟구쳐 오르는 것. "내금이 등천을 한다."

등충이 빙충이. 똑똑하지 못하고 어리석고 수줍기만 한 사람.

등피같다 등불같이 환한 것. 남포등에 덧씌우는 유리꺼펑이. 남포도 영어 "lamp"가 일본어 "ランプ"가 우리말 "남포"가 되었다.

등하다 하는 행동이 둔한 것. "저 사람은 등해 일 못 시킨다."

디 되. "딧박쌀 팔아 묵고 산다."

디(듸)구리 메우다 달구질 소리를 메기다.

「현부인가」 (대구월촌) ㉮
맹자님 어리실때 문전에 행상소리
귀와눈에 익히듣고 돌아와서 하는소리
디구리 메움소리 축쌓고 묘묻는일

맹자가 어릴 때, 문 앞에 상여소리를 듣고서, 귀와 눈에 익히 듣고 돌아와서 하는 소리가, 달구질 메우는 소리하고 · 무덤에 묘축 쌓고 묻는 장난을 하고 노는 것. 맹모삼천지교에 나오는 한 대목을 표기한 것이다.

디(듸)기 몹시. 굉장히. "온 날씨가 디기 덥다."

디꾸다 데우다. "시수할라고 물을 디꾼다."

디디하다 데데하다. 아주 변변치 못 하여 보잘 것 없다. "그 일이 좀 디디하기 됐다."

디딜바 디딜방아. "나락을 디딜바, 찌거묵고 살았다."

디딜방아 겉보리 찧듯 속궁합이 썩 잘 맞는 성교장면을 빗대어 하는 말.

디리디리 아무렇게나 드리워진 것. "구신날라리같이 꾸민 기, 디리디리하기 보기 싫다."

디리밀다 밖으로부터 안으로 향하여 미는 것. 함부로 몹시 미는 것. "막 문안으로 디리밀고 들어온다."

디리없다 드리없다. 경우에 따라 이리 하기도 하고 · 저리 하기도 하여, 일정하지 아나한 것. "요새 물건값이 디리없다."

디리이(듸리)하다 모여서 함께 먹는 것. "모듬떡을 디리이하다." · "개꼬라지 비기 싫어 문에사서 디리이한다."

디꾸(푸)다 데우다. 액체를 따뜻하게 하는 것. 데우다. "물을 디꾸다."

디끼(치)다 뒤집다. 안이 겉으로 드러나고 · 겉이 안으로 들어가게 하는 것. 또는 자빠졌던 것을 제쳐놓거나, 제쳤던 것을 엎어 놓는 것. "화투장을 디끼다." · "책을 디쳐 해를 쬔다."

디디(데)발이 사람이 더듬한 것. 아주 변변치 못하여 보잘 것 없는 것. "이 일을 갖고 디디발이를 친다."

디(데)라지다 되바라진 것. 어수룩한 구석이 없이 지나치게 똑똑한 것. "사람이 너무 디라지면 친구가 없다."

디리따 · 디따 들입다. 함부로. 마구. "구경꾼이 많아 출입구로 디리따 밀고 있다." "공술이라고 디따 마신다."

ㄷ

디리받다 들이받다. 대가리를 들어대고 받다. "막 디리받고 대든다."

디빵(댓방) 아주 많이. "디빵 묵었딩이 배가 뿔룩하다."

디비다 적을 구울 때, 뒤치는 것. "뒤치다"는 "제쳐졌던 것"을 엎어놓는 것. "적을 디비다." 혹은 갓난 애기가 몸을 뒤치는 것.

디비시다 몸을 뒤치는 것. 뒤집다. "몸을 디비시다."

디(딜)시다 들추다. 무엇을 찾으려고 자꾸 뒤지다. "그 일을 인자 디시지 마라."

디이지다 죽다. "뒤지이다"의 속어. "그쿠 나대더니 디이졌다."

디잖다 되잖다. "하는 일이 디잖겠다"

디치다 뒤지다. 제치다. 「처자과부노래」(선산지방) 참조.

디푸리 말린 밴댕이로 맛내기를 하는 것으로, 주로 부산지방에서 쓰인다.

딘장 된장. "말 많은 집에 딘장이 씹다."

딧경 독경(讀經). 음력설을 쇠고 보름이 지나면, 앞으로 한 해 동안 집안이 무사하게 해달라고, 무당을 불러 하룻밤 북을 치며 경을 읽히는 일. "설쉬고 올게도 집안 운수대통 하라고 딧경했다." "봉사 딧경한다"는 봉사가 독경하는 것으로, 당연히 해야 할 일을 이른 것.

딧방말 김천시성내동. 우리 고유지명이 도시화에 따라 그곳에 살던 사람들이 떠나고, 지금은 한자어로 된 행정지명만 통한다. 우리 고유지명이 참으로 얼마나 좋은지, 다시 되살려 쓰고 싶다. 가령 "한실"은 "대곡(大谷)"으로 쓰인다. "고도리" · "고도실" · "굴민이" · "노오래" · "구래실" · "새각단" · "댕무" · "댕산" 등 수두룩하다. 「노정기(路程記)」(김천지방)[민]에 보면 "김천장터 썩나서서 한양서울 갈라한다 한양서울 몇백리냐 김천서는 오백리라" 아래에서 표기된 지명을 보기로 하겠다. 딧방말 → 꾀부리주막 → 봉계 → 서돌(立石)주막 → 떡전거리 → 신촌주막 → 감나무골 → 당마로(秋風嶺) → 둥구징주막 → 짐산반고개 → 널기주막 → 뱅기주막 → 쇠실주막 → 설풍 → 상주못안 → 못안딧재 → 느라주막 → 보은구염쟁이 → 귀정부리 → 관터주막

→ 새거리주막 → 거치실 → 귀영다리 → 보은바람부리 → 한임주막 → 대바우 → 거북터
→ 거북터덧재 → 질궐주막 → 청산모랩 → 청산다리 → 쌀안장터 → 청주용꼴 → 북방아주막
→ 북방아덧재 → 분잰재 → 천안삼거리 → 대시리주막 → 진진아말랭이 → 반야월주막
→ 청안탑탑샌이 → 청안노름봉이 → 진챙이(鎭川)생파리 → 생파리덧재 → 도로올주막
→ 진천어지미 → 고자진덩 → 살구진주막 → 머리실주막 → 죽산괴용원 → 상거리주막
→ 상거리덧재 → 죽상장싱이 → 삽다리주막 → 죽산배미 → 외창주막 → 가죽골진동
→ 안골주막 → 곱당이재 → 빌미주막 → 먹거리주막 → 김령장터 → 고동골 → 머주고개
→ 어징개 → 예인함앞 → 예인읍내 → 풍덕믜 → 먼애 → 광주너드리 → 상거리주막
→ 다르내재 → 재운주막 → 개아리 → 말죽구리 → 새풍이 → 뽕나무징이(漢江) →
생봉고(西氷庫) → 이태인(이태원) → 남산밑 → 관훈묘(관왕묘) → 남대문밖 → 한양서울.
한양서울 → 청패배달이 → 말좃거리 → 새온 → 다리내 → 너드리 → 여인 → 메주고개
→ 고등골 → 멋거리 → 빌미 → 곱당이재 → 암골주막 → 가조골진동 → 죽산배미 →
장성이주막 → 꾕이운 → 고자진동 → 어지미주막 → 도리원 → 생파리 → 청안피선이
→진진아말랭이 → 대시라주막 → 천안삼거리 → 분진개 → 북방우주막 → 청주용꼴
→ 쌀안장터 → 청산모랩 → 중터 → 질궐주막 → 거북터주막 → 태바우주막 → 보은바람부리
→ 거치실 → 보은관터 → 귀정부리 → 보은곰징이 → 귀임징이덧재 → 상주느라 →
느라탑재 →상주못안 → 쇠실주막 → 뱅기 → 상주포종 → 주모진덩 → 솥덧재 → 부곡주막
→ 큰재 → 너먼덜주막 → 장똘 → 쾨부리주막 → 어름터아래주막 → 어름덧재 → 여우앞
→ 돌기이 → 짐산나꼴(金山金羅).

딩기다 불을 댕기다. "초에 불을 딩기다."

딩기풀이 댕기풀이. 장가를 가게 됨으로써 댕기를 풀고, 상투를 틀게 되는 것. 장가를 들게 됨에 친구들한테 한턱 쓰는 것. 혹은 아이로서 관례를 치르고, 동무들에게 한턱내는 것.

따가리(개이) 뚜껑(병). 병따가리.

따가리 뜯다 헌데. 딱지. 결점. "저 사람은 다른 사람들의 잘못을 들추어 따가리를 뜯는다."

따감 납닥감. "따감을 동우에 옇고, 물을 끓여 붓고 소금을 쪼메 뿌려 식히면, 따감맛이 달고 아삭거려 참 좋다."

따개비 쓰는 모자의 속칭. "저 어른 따개비 씨고 나들이 하신다."

따게따게 다닥다닥 흩어지지 않게 붙은 것. "대처에는 집이 따게다게 붙어 있다."

따나 딴은. 하기는. 과연. "지따나 한다고 했다."

따담다 다듬다. "저 집 총각은 손재주가 좋아 남글 잘 따담는다."

따듬이돌 뚜드리믄, 어메 젖을 잃는다 금기어로 옷 다듬이질할 때만, 다듬이 돌을 두들기라는 것이다.

따따분하다 풍족하다.

따뱅(배)이 또아리.

「화전가」 (봉화지방) ㉮
죽영을 당도하니 따배굴이 여기로다

중앙선의 죽령을 이르니, 또아리 굴이 여기로구나.

따숩다 따습다. 아주 알맞게 따듯하다.

「척사가」 (안동지방) ㉮
우리부모 따순정을 눈물흘려 하직하고
불원천리 가올적에 눌바라서 그리가오

우리 친정 부모님 따스한 인정을, 친정집으로 가시는 아버지를 눈물 흘리며 하직하고, 천리를 머다 잖고 가실 적에, 누굴 바라서 그렇게 갑니까?

따알 딸기. "산딸을 오다가 따묵었다."

딱다 문서를 만들다. 셈을 맞추어서 문서로 밝히는 것. "기추에 문서를 딱았다."

딱새 말이 많은 사람의 속어. 구두닭이. "저 딱새는 말도 어이 그리 많노."

딱장같다 딱장받다. 도둑에게 갖은 형벌을 하여, 죄를 불어내도록 하는 것. "할배 호령이 딱장같다."

딴딴짝이 단단적이. 단단하게. 걸맞게.

「농낙답가」 (영일지방) ㉮
걸인의 생신인가 감식걸식 꾸역질로
옆눈으로 서로보며 딴딴짝이 먹은후에

거지의 생일날인가, 음식을 달게 먹고, 걸신들린 것 같이 먹고는 구역질하면서, 곁눈질로 서로 눈짓하면서, 단단하게 먹은 뒤.

딸갔다 닮았다. "신이 모지리 딸갔다."

딸기다 달이다. "국을 푹 딸긴다."

딸딸이　경운기. "시골에는 딸딸이 때민 차운전하기 어렵다."

딸막하다(거리다)　계속되지 못 하는 상태. "독안의 양식이 딸막거린다."

딸박(막)딸박(막)　밑천이나 양식이 다 되어 가는 것. "밥이 딸막딸막한다."

딸여우다　딸 시집보내는 것.

땀때기　땀디. "여름엔 더버 땀도 많이 나고, 땀때기가 잘도 난다."

땅감　토마토. "토마토"보다 우리말이 더 좋은 것 같다. "땅감이 요새 지철이다."

땅강생이　땅강아지.

땅검　땅거미.

땅두멍　거른 흙을 10일이 지나, 흙을 건져 담아두는 두멍. 이 두멍에 한달을 두면 좋은 진흙이 된다. 이 흙으로 사기그릇을 빚는다.

땅발　첫발.

땅빼기　땅벌. 고집불통.

땅잣　땅콩.

때갈시럽다　때깔스럽다. 피륙 같은 것이 눈에 선뜻 비치는 태도나 빛깔. 태가 나는 것. "옷을 차려입으니, 때갈시럽다."

때(따)개다　쪼개다.

때그럭　밥 때 지난 뒤, 드는 손님. 여기서는 "때"는 끼니를 뜻하고, "그럭"은 "그르다"가 "글러"가 되어야 맞는데, "그럭"으로 착각하게 된 것이다.

　「석별가」 (선산지방)㉮
　단정히 바로앉아 눈을높이 뜨지말아
　불가히 여기리라
　하품을 하지말아 능멸히 여기리라
　코침을 길게말아 더러워 여기리라
　때그럭이 오는손을 잔소리를 하지말아

시댁에서는 앉음새를 단정히 바로 앉아, 눈을 높이 뜨지 말아라, 그렇게 하면 좋잖게 여긴다. 하품을 크게 하지 말아라, 남을 업신여겨 깔본다고 한다. 콧물과 침을 멀리 뱉지 말아라, 남들이 더럽게 여긴다. 끼니때를 놓쳐 오는 손님을 보고, 마땅찮게 잔소릴 하지 말아라.
친정어머니가 친정을 떠날 때, 시집살이에 행신상 주의해야 할 요점을, 일러주는 모습이다.

때(따)기다 홀닦이다. 곧 남의 허물을 들어 몹시 나무라는 것. 꾸짖음을 당하는 것. "아버지에게 디기 때겼다."

때기치다 딱지치기. 옛날에는 신문지나 헌 공책을 접어서 딱지를 만들었다. "마실 아들이 골목에서 때기를 치고 있다."

때(떼)꼬양 쓰다 떼거리. 떼(고집)를 부리는 것. 곧 부당한 말이나 행동으로 제 의견이나 요구만을 억지로 주장하는 것. "머든동 떼꼬양만 쓰믄 이긴다."

때끼다 대끼다. 곧 애벌 찧은 보리나 수수 따위를 물을 조금 쳐가면서, 마지막으로 깨끗이 찧는 것. "보리를 인자 때껴라."

때끼때끼하다 따끔따끔하다. "날이 치버이, 살가죽이 때끼때끼한다."

때때 방아깨비 비슷한 곤충. 황글래비. "미띠기 잡으러 나갔다, 때때도 잡았다."

때때매띠기 방아개비(수컷). 항글래.

때산이 태나 모양. "옷채림이 그런 때산이로 해갖고 어데 가노." · "너겉은 때산이가 머 안다고 까불라 쌓노."

땍비리 사람이 성격이 모나거나 되바라진 것. "저 사람은 빌라서(별나서) 땍비리다."

땐땐바우 땡땡바위. 야무진 사람을 이르는 속어. "저 아는 몸이 땐땐바우다."

땐땐하다 땡땡하다. 단단한 것. "감이 땐땐하다."

땡감 자그만 작은 감. 또는 생감으로 떫은맛이 가시지 않은 감. 아이들 동요 "영감아! 땡감아!" "영감에 감이 오니, 같은 감으로 그 앞에 땡이 붙어 땡감이 된 것." "아쉬운 감장사 유월부터 한다."는 설익거나 꼭지 빠진 감이 일찍이 떨어지면, 이를 주어 시장거리에서 팔았다.

땡감지르다 땡감은 땡고함. 몹시 크게 고함지르는 것. "우리 영감은 땡감을 잘 지른다."

땡글리다 당기는 것. "뱃멀미가 너무 심해, 창시가 땡글려 똥물꺼정 올라왔다."

땡기다 당기다. 곧 음식이 먹고 싶은 것. "입맛이 땡긴다."

땡비 땅벌. 땅비. 성질이 괴팍스러워 잘 덤벼드는 것. "못 됫길 땡비다."

땡빛 생빛을 내는 것. "땡빛을 내가주고라도 한번 가보겠다."

땡빛 뙤약볕. "여름땡빛에 화상을 입는다."

땡초 몹시 작고도 매운 고추.

땡촌이 성격이 몹시 별난 사람의 별칭(속어). "약아 빠져 땡촌이 짓을 하고 댕긴다."

떠러미 장판에 팔다 남은 물건을 헐하게 파는 것. "자 떠러미요. 헐타. 막 판다."

떠부득거리다 · 떠벅거리다 더뻑거리다. 앞을 헤아리지 않고 자꾸 쑥쑥 내미는 것. 혹은 떠드는 것. "떠부득거리고 놀러 왔다."

떡광지기다(부리다) 애기가 떼를 쓰는 것. "얼라가 떡광을 부린다."

떡골비 가래떡.

떡달이 끈질기게 달라붙는 우둔한 사람. "아이고, 이 떡달아!"

떡두레 떡을 담은 당시기.

> 「화전가」 (안동지방) ㉮
> 방석같은 떡두레를 뚤뚤말아 집어보니
> 남보기도 고이적고 맥힐까봐 걱정이요
>
> 방석같이 생긴 떡당시기 떡을 집어 뚤뚤 말아 입에 넣고 보니, 남 보기도 괴이적게 뵈고, 또 목 막힐 가 봐 걱정이 된다.

떡시루 뽄뜨다 떡시루와 솥 사이 김이 안 새도록 시루 둘레에, 가루를 반죽하여 바르는 것. 시룻번.

떨갔다 놓치게 된 것. "큰질로 오다가 앞사람을 고만 떨갔다."

떨구다 끊어지다. 경상도에서는 땅으로 떨어지는 것을 "널찌다"고 한다.

> 「모숨기노래」 (함양지방) ㉮
> 저건네라 황새봉에 청실홍실 군디매네
> 님카나카 둘이띠어 떨어질가 염예로다
> 군디줄은 떨어져도 사랑을랑 띠지마소
>
> 저 건너라 황새봉에 청실과 홍실로 그네를 매었다. 임과 나와 둘이 그네를 뛰어, 그넷줄이 끊어질까 염려가 된다. 그넷줄은 끊어지더라도 사랑일랑 떨어지게 하지 마십시오. 「한림별곡」 8장에 "홍실로 홍글위 매요이다"가 연상된다.

떨깨동하다 빼어나다.

떼가락 떼거리. 떼(끼니)의 비속어.

> 「화전답가」 (의성지방) ㉮
> 주는대로 아니먹고 떼가락이 무슨일고
>
> 주는 대로 안 먹고, 음식투정을 부리는 떼거리가 무슨 일고.

떼깡스럽다 떼쓰고 강짜 부리는 것. "니가 자꾸 떼깡시리 칼레."

떼떼불 떼떼불 불평이 있어 내뱉는 말. "저 영감은 무신 소릴 떼떼불떼떼불거린다."

떼짱쓰다 떼짱이는 늘 떼를 쓰는 버릇이 있는 사람. 떼보. 떼군. "니 맨날 떼짱쓸레."

뗀깡 일본어 "てんかん(癲癇)"에서 온 말. 떼를 쓰고 애를 먹이는 것. "전간"은 우리말로 지랄병으로, 이 말은 삼가야겠다. "너 뗀깡부릴레."

또가리 · 또갱이 · 때기 떼기. 이불 · 담요 따위 덮개 · 깔개를 하찮게 이르는 말. 논밭의 한 구획. "천봉답 또가리는 비 안 오문 소출이 없다."

또갑으리하다 뚜껍으리하다.

또개다 · 똥가르다 나무나 종이 따위를 자르거나 쪼개는 것. 또는 톱이나 칼로 자르는 것. "연필을 똥가른다."

또뜨기다 똑똑 떨어뜨리는 것.

「물래노레」 (안동지방) ㉰
참기름을 또뜨기니 연사같이 돌아가네
물레가 잘 안 돌아 참기름을 똑똑 떨어뜨렸더니, 연한 실처럼 잘 돌아간다.

또랭이 혼자 잘난 체하거나 성격이 괴팍한 사람. "저 아아는 또랭이짓을 하고 댕긴다."

똑 뿔어진다 똑 부러지다. 사리판단이 분명한 것. "저 사람은 무신 일이라도 똑 뿌러지게 한다."

똑똑자반 어린아이가 딱 부러지게 똑똑한 것. 또는 어른이 어떤 일을 잘 알아 말할 때, 비꼬는 조로 말하는 것. 이는 본디 "똑도기자반"으로, 살코기를 저민 뒤에 가로세로 잘게 썰어, 대강 볶다가 진장 · 기름 · 꿀을 치고 후춧가루를 뿌려, 다시 볶은 뒤 흰깨로 버무린 반찬. 그러나 이는 영 엉뚱하게 쓰인 예가 되겠다.

똑띵이 똑똑히. "우산을 똑띵이 챙겨 온네이."

똔똔이다 · 또또이 비기다. 엇비슷함. 일본어 "とんとん"에서 온 것임. "장사 이문이 똔똔이다."

똘똘 돼지죽을 줄 때, 부르는 소리.

똘똘마리 노름의 내기화투에서, 혼자 판돈을 먹어 버리는 것. "노름 막판에 니가 똘똘마리를 해라."

똘방개이 동그라미. "똘방개이 줄을 쳐라."

똘방하다 둥글다. 얼굴이 둥근 것을 말할 때 많이 쓴다. "얼굴이 똘방하다."

똘배기 · 뚜르박 · 뜨레박 · 뚤박 두레박.

「첩의노래」 (의성지방) _ⓔ
은동오란 옆에끼고 은뚤배기 손에들고
은따뱅이 머리엱고

　은동이를 옆에 끼고 은두레박 손에 들고 은또아리 머리에 앉고

똘배(빵)이　동그란 것. "시험을 잘 쳐, 모지리 돌배이다."『동국여지승람』에 보면
　청송 주왕산(周王山)은 주방산(周房山)으로 기록되어있다. 이는 "두루방"산으로
　"방"이 "왕"으로 바뀐 것이다. 그런데 중국의 주나라 왕이 정벌하러 왔다는 전설로
　만들어진 근사한 예로 볼 수 있다. 산의 바위가 "두루방" 곧 둥글기 때문에 "주방산"
　이라 한 것이다.

똥강생이　자기 아기를 귀엽게 부르는 것. "우리집 똥강생이."

똥고집　고집이 센 것. 되도 않은 고집을 마구 부리는 것. "똥고집만 버럭버럭 씨운다."

똥구영이 째지게 가난타　춘궁기가 닥쳐 양식이 떨어지면, 그야말로 초근목피로
　연명해야 하는데, 특히 송기를 꺾어다 먹으면 뒤에 변비가 되어, 항문의 변을
　파내야 할 정도였다. 그러므로 변비로 변을 보자 하니, 항문이 찢어질 정도가
　된다는 데서 유래한 말이다.

똥낀 놈이 썽낸다　자신이 정중한 태도를 가져야 함을 나타낸 말. 방귀 뀐 사람이
　성내는 것.

똥도 촌수가 있다　어린 자식의 똥을 엄마는 만져도, 더럽잖게 잘 치우는 것.

똥두디　기저귀. 애기의 대소변을 받아내는 두더기. "노름판이 똥두디판이다."

똥보　더러운 심보를 이르는 말.

똥싸놓고 빌겠다　아예 굽히지 않겠다는 것. "니한테 똥사놓고 빌겠다."

똥(오줌)쌀게　똥(오줌)싸게. 동요 "오줌쌀게 똥쌀게 소문내 볼까"

똥자바리　"항문"의 속어. 미주알. "고만 똥자바리를 들고 찰기지."

똥쭐빠지다(나다)　몹시 혼이 나, 황급하게 달아나는 것. "똥줄"은 급하게 내깔기는
　똥의 줄기. "똥쭐 빠지게 도망쳤다."

똥찌그리하다　시시하여 별 수 없는 것. "멀 똥지그리한 걸 가주고 그래싼노."

똥태망태　더럽거나 망신을 당할 때.

똥파랭이　똥파리. 똥냄새나 썩은 냄새를 맡고 덤벼드는 파리. "안다이 똥파랭이."

뚦다　생선 주둥이와 지느러미를 잘라내는 것.

뜅　똥. "뜅이 매럽다."

뚜게이 · 뚜베   뚜껑.

뚜(띠)빙이 · 뚜에   뚜껑. "밥사발 띠빙이 덮어라."

뚝다리   물 흐르는 시내 둑 위에 걸려있는 다리. 흔히 어린아이가 귀엽다든지 하면, 아이를 놀려주는 말로, "너는 다리 밑에서 주어왔다. 너 검마 지금도 칠성시장(대구)에서 똥떡꾸버 판다. 가볼래"하면, 아이가 앙하고 울게 된다. 다리 밑에서 주어왔단 말은, 금방 태어난 애기를 엄마의 다리 밑에서 삼을 가르고, 주어 올려 엄마의 품에 안겨주기 때문에 나온 말이다.

뚝심   뒷심. 굳세게 버텨가는 힘. "사람은 무신 일이든동 뚝심을 가져야 한다."

뚫벗다   뚫었다. "베람박을 뚫벗다."

뚱치다   훔치다. 쥡싸 동이는 것. "저 책을 뚱쳐 여어라."

뜨끔하다   몸이 결리는 듯, 아픔이 느껴지는 것. 「규중감흥록」(예천지방)

뜨다   한판 붙다. "소머리로 뜨다."

뜨럭   뜰. 대청아래 신 벗는 댓돌이 놓인 널찍한 곳. "자고나민 뜨럭을 씰어라."

뜨르르   날씨가 바람불고 추워지는 것. 혹은 큰 물건이 세게 떠는 모습. "추버질란가 날시가 뜨르르한다."

뜨름뜨름   이따금. "친구가 요시는 뜨름뜨름 온다."

뜨물   진딧물. "농약 안 치면 뜨물이 말도 몬 한다."

뜨(따)시다   뜨습다. 매우 따뜻하다. "등뜨시고 배부르다."

뜨신변   좋은 일을 이르는 말.

뜬걸이   부랑인.

뜬귀   잔치집에서 음식을 먹고, 갑자기 배가 아프거나 열이 나고 오한이 들 때, 뜬귀가 범접했다 한다.

뜯어말리다   싸움이 붙게 되면 떼어 말리는 것. 어우러져서 싸우는 것을, 각각 떼어서 못 하게 말리는 것. "흥정은 붙이고, 싸움은 뜯어말려야 한다."

뜸(듬)북장   콩을 삶아 띄운 청국장.

뜸비기   뜸부기. 논에 벌레를 잡아먹는 새다. 이 새는 지금 볼 수가 없다.

뜸질   찜질. 뜸으로 뜨는 것. "일 뜸질했다."

띠   잔디. 띠는 본디 띠 풀이나, 무덤위에 잔디를 뜻한 것이다. "띠장"은 "뗏장"인데, 잔디를 심기 위해, 흙이 붙은 뿌리째로 떠낸 조각. 따라서 "띠장"도 무덤위에 잔디를 뜻한다.

「연모노래」 (군위지방) ㉮

겉잎같은 울어매 속잎같은 나를두고
갈때는 오마더니 오마소리 잊었는가
비가와서 개골산에 눈이와서 백두산에
그산너미 가섰드면 죽은부모 보지마는
송추을나 울을삼고 두견일나 벗을삼고
띠잔대를 이불삼고 외로이 기실래라
황천길이 머다더니 건너산이 북망이라
송추로 울을삼고 백악으로 정자삼아
띠장으로 집을삼고 잔디를 벗을삼아
일가친척 많다마는 어느일가 대신갈고

배추겉잎같이 나를 돌봐주던 우리 어머니, 속잎 같은 나를 두고, 갈 때는 돌아 오마라고 말씀하더니, 그만 나를 잊었는가. 비가 와서 개골산이요·눈이 와서 백두산같이 그 먼 곳으로 가셨다면, 죽은 부모라도 만나 보겠지만, 지금은 산소둘레 소나무를 울타리삼고·두견새를 벗을 삼아서, 뗏장잔디를 이불삼고 외로이 누워계실 것이라. 저승길이 멀다고 하더니, 바로 집 앞 건너 산이 무덤이다. 소나무로 울타리 삼고·백토 (무덤속 석회)로 정자삼아, 뗏장잔디로 집을 삼고·잔디로 벗을 삼아, 일가친척이 많다마는 죽음 길에 어느 일가가 대신 갈 것이고.
어머니의 죽음에 대한 어린 딸의 슬픔이 서려 있는 동요가 되겠다.

띠개미 아이 업을 때 쓰는 띠.

띠금띠금 띄엄띄엄. "저 사람은 어쩌다 띠금띠금 빈다."

－**띠기** 차림. "잠바띠기로 나왔다."·"속옷띠기 그대로 골목에 댕긴다."·"장마에 이불이 눅눅해 이불띠기를 빛에 널었다."

띠깅이 더껑이. 곧 걸쭉한 액체가 거죽에 엉겨 굳은 꺼풀. "옷에 죽띠깅이가 붙었다."

띠다 떼다. "혹 띠로 갔다가 붙여 온다."

띠리하다 정신이 약간 흐리멍덩한 것. "요새 내 정신이 좀 띠리해졌다."

띠봉 물건을 싸서 띠로 둘러 잡아매고 봉하는 일.

띠뿌리 삘기.

띠잔디를 이불삼다 무덤 속에 있는 것.

띠(띄)장 된장. "띠장 옇고 국을 끓인다."

띠지기 두더지. "땅속에 띠지기가 지내갔나."

띠(뛰)지다 밭가는 것에 대한 속어. "흙띠지 먹고 사는 놈."

띤띤하다 뜬뜬하다. 종기가 곪아 성난 것. "곪을라고 그런가 살가죽이 띤띤하다."

띵가먹다 떼어 먹는 것. "저 사람은 돈도 안 갚고, 잘 띵가먹었다."

띵꼴이 돈을 잘 안 쓰는 수전노 같은 사람. "저놈아는 돈엔 띵꼴이다."

−**띵이** 덩이. 호박띵이. 산띵이. 달띵이.

ㄹ

·····

—ㄹ끼다 ㄹ것이다. "니일은 갈 끼다."

—ㄹ진이라 ㄹ지니라. 마땅히 그러할 것이니라의 뜻으로 장엄성을 지닌 글에 쓰이는
어미. 「수신가」(영양지방) "열진이라" · "말진이라"

마구깐에 가 내놓고 있으믄, 당나구라 하겠다 남자의 성기가 큰 것.

마구다 공과금 따위를 내는 것. "학교 공납금을 마구고 왔다."

마꺼풀(거불) 외양간에 넣어주는 짚북데기. "마구간에 마꺼풀을 많이 옇어 주어라."

마꼬불 마곱을. 갑절을. "돈을 마꼬불 갚았다."

마늘해기(장다리 · 호드레이) 마늘종. 마늘의 속대. "마늘해기가 올라온다."

마다리 마대(麻袋). 거친 삼실로 짠 큰 자루. "당신이 진정코 나를 사랑하신다면 베로베또 치마가 어또. 아이고! 아이고! 나는 싫어. 나는 싫어요. 당신이 진정코 나를 사랑하신다면 마다리가 어또."

마답 마당가 소나 말을 매어두는 곳.

마당떼기 호미씻이.

마당미구리 마당에 있는 귀신.

「저성간 맏딸애기」 (군위지방)⑫
마당안에 들어서니 마당미구리 막아서네
통시에라 들어서니 옹이각씨 막아서네
마귀에라 들어서니 마대장군 막키서네
정지에라 들어서니 종의각씨 막키서네
뜰에라 올라서니 짓치구신 막아서네
마리에라 올라서니 성주구신 막아서네
방안에 들어서니 구석할매 막아서네

마당에는 마당마구리 · 측간에는 옹이각씨 · 마구에는 마대(馬隊)장군 · 부엌에는 종의각씨 · 뜰에는 주초(柱礎)귀신 · 마루에는 성주귀신 · 방안에는 구석할매가 못 들어오게 막아섰던 것이다.

마(매)들가리 나뭇가지가 없는 줄기. 땔나무의 줄거리. 또는 새끼나 실이 홀쳐져

맺힌 마디. "바람이 많이 불더니, 땅바닥에 마들가리가 많이 널쪘다."

마디힘 뼛심.

마때 짧은 나무토막을 긴 막대기로 멀리 쳐서 날리는 아이들의 놀이. "마당에서 아아들이 마때놀이를 한다."

마뜩다 잘 정리하여 깨끗한 것. "아지매가 마뜨근게 정지가 마뜩하다."

마라(래)기 머리에 쓰는 모자의 일종.

> 「놋다리」 (안동지방) 阅
> 그무엇을 쓰고왔도 마라기를 쓰고왔네
> 무엇을 쓰고 왔더냐. 마래기(청조때 벼슬아치들이 쓰던 투구모양의 모자)를 쓰고 왔네.

마락케 말갛게

> 「매밀노래」 (영덕지방) 阅
> 쪼구마는 노구솥에 기름장물 독떡깼어
> 마락케 대우쳐서
> 조그만 노구솥에 기름과 장물을 똑똑 떨어뜨려 말갛게 데우쳐서.

마루(룻)대 대들보. 「화전가」(영주지방) 참조.

마른거 마른안주.

마른 장작이 화기가 시고, 마른 사람이 정력이 시다 바싹 마른 땔감이 화력이 좋고, 바싹 마른 체구의 사나이가 정력이 세다는 것.

마빡(방) 이마박의 속어. "손지 마빡이 훤하다."

마수걸이 장날 물건을 처음 파는 것. "전 피고 마수걸이로 하나 팔았다."

마실나가다 이웃집에 놀러 가는 것. "지녁 묵고 마실나갔다."

마아 감탄사. "마아, 왔다."

마이 신사복 정장. 일본어 "かたまえ(片前)"는 외자락 곧 싱글. "りょうまえ(兩前)"는 더블. "마에"가 "마이"로 와전. —만큼. "그마이 해라."

마이여겨 싫게 생각하여, 달갑잖게 여기는 것.

> 「귀랑가」 (대구월촌) ㉮
> 갈길을 마이여겨 문병(門屛)에 종일성복(終日成服) 초롱(燭籠)하고.
> 갈 길을 달갑잖이 여겨, 대문안쪽 막은 가림 병풍 뒤에서, 종일 상복입고 등을 밝혔다.

마재기·마자반 모자반. 해조류의 일종. "마재기로 국을 낄인다."

─마중 ─같이.

「모숨기노래」(칠곡지방)⑩
새별같은 저밭골에
반달마중 떠나오네

─마중 마다. 「닭노래」(칠곡지방) "석걸마중 걸어놓고 구남매를 낳았더니." 애기를 낳을 때 처마마다 금줄을 걸어놓고, 너희 구남매를 낳았다.

마지 마지기(斗落). 곡식의 씨앗 한말을 뿌릴 만한 논밭의 넓이. "지차부터 장개 보내면, 오두막집 지어주고, 논 서마지 준다. 그래서 큰집 둘레둘레 산다."

마지매 일본어 "まじめ(眞面目)"를 그대로 쓴 것. 진심이나 진정. 착실·성실. "저 사람은 아주 마지매다."

마차로다 마저. 마지막 까지다. 마자로다. 마자막. "인자 참말로 마차다."

─마춤(침) ─만큼. "내마침만 해라"

마치맞다 마침맞다. 꼭 알맞은 것. 곧 마침 맞은 것.

「귀랑가」(대구월촌)㉮
백릉버선 두발길에 마침맞게 기워신고
먼데보니 그림같고 곁에보니 선녀로다

흰 능라비단 버선을 두 발길에 꼭 알맞게 기워 신고, 먼 데서 보니 그림같이 보이고, 곁에서 보니 선녀로구나.

마카·말게 모두. 전부. "마카 갔다 온네이." · "말게 날 보고 쳐주끼니, 내사 마아 어쩔고."

마티다 융통성이 없고 고집스런 것. "조거는 마티에 빠졌다."

마풀다 부풀어 오른 상태.

「정부인자탄가」(영천지방)㉮
마푼미영 물리기를 조리있게 가르치며
본문기역 니은갈쳐 철부지 어리석음
전후실수 많건마는 우리어메 한번도
눈기이듯 아니하며 한번도 매질안해

부풀은 무명 물리기를 조리 있게 가르치며, 한글 기역·니은 가르쳐 철부지하고 어리석은 나를 깨쳤다. 전후로 실수도 많이 저질렀건만, 우리 어머니 한번도 남의 눈을 피하지 아니 했으며, 한번도 잘못한다고 매질을 안 했단 것이다.

마후라 머플러. 일본어 "マフラ"에서 온 것으로, 영어 "muffler"의 일본식 표기다.

막불매다 논·밭 따위를 마지막 매다. 초불의 반대. "논매기 인자 막불이다."

막살 하던 일을 중도에 그만 두는 것. "일이 힘들어 막살했다 아이가."

막죽 마지막.

「견월사향가」 (선산해평) ㉮
이해가 막죽가니 일만근심 다보내고
신년운기(運氣) 신년복록 무궁무진 받으리라

이 해가 마지막 가니, 묵은해의 수많은 근심 다 실어 보내고, 새해 좋은 운수와 복록을 무궁무진 받을 것이다.

막지 술 간장 두부 등을 만든 뒤, 남은 찌꺼기.

만경(晚景)곳 해질 무렵 경치.

「나물캐는노래」 (안동지방) ㉯
만경곳에 우리엄마 젖먹으로 찾아가네.

해질 무렵 우리 엄마한테, 젖 먹으러 찾아간다.

만경실(시루) 찰진 떡에 콩이 들어간 것. "식구들끼리 만경시루떡을 맹글어 묵었다."

만고강산에 아주. "만고강산에 이럴 수 있나." "차례강산"은 차례가 아득히 먼 것. "천지강산."은 수많은 것. "강산"이 붙어 아주 많거나, 아득한 것을 강조하고 있다.

만(반)까이 일본어 "ばんかい(挽回)"에서 온 말. 만회. "잃어버린 재산을 인자 반까이 해라."

만단(萬端)좋다 여러 가지가 다 좋은 것.

「과부놀래」 (의성지방) ㉯
만단좋다 하건마는 그달그믐 다보내고

여러 가지 좋다하건마는 그달그믐 다 보내고

만대 무엇 때문에. "만대 찾아 왔노."

만댕(딩)이 산마루. "산만댕이 달이 떴다."

만들래미 청미래덩굴.

만만하다 넘칠 만큼 가득한 것이나, "많이·수없이"란 뜻으로도 사용되었다.

「화전가」 (예천지방) ㉑
만만이 잘꾸어서 은광우리 담아볼까…
만만이 해온음식 아기년불러 술부어서…
만만이 잘놀았다 집으로 가자서라…
내년오늘 이날오기 만만이 바래옵고
오늘은 이만섭섭 그치노라

화전놀이를 위해 적 따위를 구워 온 빛나는 광주리에 담아볼까. 수없이 해온 음식에다 어린 애기를 불러 술을 붓게하여, 많이 흡족하게 잘 놀았다. 집으로 가자구나. 내년 오늘과 같은 이 날이 오길 많이많이 바라면서, 오늘은 이만 섭섭하지만 그치노라.

만문다행 만분다행. 천만다행. 뜻밖에 일이 잘 되어, 매우 다행한 것. "오늘 일은 고만하이 만문다행이다."

만문하다 거리낌 없이 만만한 것. 손쉬운 것. "일할 때 입기 만문하다."

만지장터 아주 넓은 장터. "기염기다"는 옆에 끼다.

「가야산해인가」 (성주지방) ㉑
만지장터 이르러서 동북간을 행하여서
냇물하나 기염기고 안온하게 열린동네

아주 넓은 장터에 도착해 동북간으로 가서, 냇물 하나를 옆에 끼고 조용하고 편안하게 열린 마을이 있다.

–만치 만큼.

「모숨기노래」 (상주지방) ㉑
모시야적삼 안섶안에 연적같은 저젖보소
많이보면 병납니다 담배씨만치 보고가소

처녀나 새색시가 입은 모시적삼 안섶 안에, 연적같이 불룩한 저 젖 좀 보소. 이 젖을 많이 보면 상사병이라도 나니, 담배씨만큼만 얼른 슬쩍 보고 가란 것이다. 담배씨만큼만 보고 가라니, 담배씨는 너무 작아 본둥만둥 한 것으로, 참으로 미치고 환장할 지경이 되는 것이다. 이 구절은 읽어 볼수록 문학적 묘미와 더불어 해학이 넘친다.

만치다 만지다. "자루속을 만친다."

만판이 온통. 충분히. 마음껏. 흐뭇하게. "산빈달에 만판이 꿀밤천지다."

만포장(滿飽腸) 창자에 가득 찰 만큼 배가 부른 것. "오늘은 만포장이다." · "음석을 만포장으로 채렸다."

맏아비 큰아버지. 맏어매. 주로 경북 북부지방에서 사용되고 있다.

말광대 곡마단.

말구르다 말곁 구르다. "말곁"은 남이 말하는 옆에서 덩달아 참견하는 것으로, 곧 말곁이 돌아 옮겨가는 것이다. 곧 어른의 말씀에 수하가 덧붙여 말하는 "깃달기"다.

> 「복선화음록」(대구월촌) ㉮
> 시부모 격정(激情)말씀 쫑쫑거려 대답하고
> 말구르는 포악소리 삼동내가 요란하다
>
> 시부모께서 격렬한 감정으로 말씀하면, 며느리가 쫑알거려 대답하는데, 옆에서 덩달아 참견하면, 더욱 사납고도 포악한 소리가 나게 되고, 마침내 이웃 동네까지 요란하게 된다.

말기다 말리다. "쌈을 뜯어 말기다."

말끔 조금도 남김없이.

말똥꿀레 애기똥풀.

말랭이 산마루. "산말랭이가 디기 높다."

말례받다 몰인정한 것. "남한테 말례받게 해서 복받겠나."

말루다 말리다. "비맞은 옷을 쌔기 말라라."

말매같은 여근동서 말매의 "매"는 맵시나 생김새. "여근"은 "여긴". 사납고도 거친 매같이 여긴 동서. 「부녀가」(김천지방) 참조.

> 「어린임」(안동지방) ㉱
> 말매소매 다파나마 은잔하나 물어내게.

말무덤 장수가 죽을 때, 그가 타고 다니던 말을 묻었다고 하는 무덤. 여기서는 바로 "마로(宗)"가 축약되어 말이 되고, 따라서 장수가 타고 다니던 말을 묻었다고 잘못 전해진 말이다.

말박줄박 마구 되는대로 지껄이는 것. "머라고 말박줄박 지낀다."

말밤 마름. 물밤 조율(藻栗). "말밤이 이 못에는 쌨다."

말밤쌔 철조망. "과수원 가세로 말밤쌔를 둘러쳤다."

말서슴다 말더듬다.

말세진지 수다스레 여러 말수를 널어놓으며 차린 진지. 말수. 「첩노래」(영해지방)
말쑴하다 말쑥하다. 지저분함이 없이 깨끗하다. "차림새가 말쑴하다."
말 안이다 어불성설. "그 일은 말 안이다."
말조가리 말의 다리.

「후실장가 와갈랑공」 (칠곡지방) [민]
시모링이 돌거들랑 말조가리 뿌리지소.

세 모롱이 돌아가거든 말다리가 부러지소.

「이생원 맏딸애기」 (군위지방) [민]
말이나 터거들랑 졸가리나 뿌리지소.

말짜리 곡식을 되다가 말단위로 남은 곡식.(버심)
말짱 모조리. 모두. "말짱 황이다." • 일이 허황하게 되는 것. "말짱 도루묵이다"
말짱하다 아무런 흠이 없이 본디 모양 그대로인 것.
말치 맨 끄트머리.

「베틀가」 (예천지방) [가]
최활이라 하는것은 버팀개를 질러놓아
양머리가 끈중하니 남하고 수작해도
말칠랑 두지마소

최활이라 하는 것은 버팀개로 질러 놓았기 때문에, 양쪽가장자리가 솟구쳐 우뚝하니, 가령 남하고 수작을 하더라도 맨 끄트머리에 두지 마십시오.

말캉 모조리. "말캉 다 모아라."
말피 · 소피같다 검붉은 진한 간장의 빛깔. "말피겉은 지렁장." • "소피겉은 지렁장."
맛국시 국수틀에서 빼낸 국수를 썰어 담고, 나머지기 국수를 끓여 먹는 것.
맛시하다 맛을 보는 것. 「여자탄식가」(김천지방).
맛질 맛 지다. 맛있다. "술을 맛질 나게 담았다."
맛짜가리 맛에 대한 속어. "이 음식은 아무 맛짜가리도 없다."
망개나무 청다래 덩굴. "망개나무이퍼리에 떡을 쌌다." 망개떡.
망깨(개) 땅을 다지는 둥근 나무로 된 도구. "터를 다진다고 일꾼들이 땅바닥에 망깨를 놓는다."

망냉이 · 막딩이 막내. "저 얼라는 망냉이다." 막딩이는 사내아이한테 해당된다.

망댕이가마 흙을 타원형으로 뭉쳐 만든, 사기를 굽는 가마.

망두 · 망세기송편 돌송편.

망새(생)이 망아지. "자아가 망생이처럼 막 뛴다."

망조(罔措) 망지소조(罔知所措)의 준말. 갈팡질팡 어찌할 바를 모르는 것. 「교녀사」 (예천지방) 참조.

매 쥐나 개미가 갉아 파놓은 흙.

매구 농악기구. "청년들이 매구치고 잘도 논다."

매그럽다 연기가 나서 눈이 매운 것. "젖은 짚으로 불을 때니, 눈이 너무 매그럽다."

매꼬다이 넥타이의 와전. "매꼬다이 매고 어디 갈라카노."

매꼬자 밀짚모자. 맥고모자(麥藁帽子).

매끼다 맡기다. "일을 그 사람한테 맽겼다."

매나 역시 마찬가지로. "가나마나 매나 한가지다."

매나끈 결국은. 알아듣게. 그렇게도 "매나끈 가지 마라고 일렀는데, 고만 안 듣고 갔다."

매단(동)가지 · 매동가지 · 매동가리 멱의 속어. 혹은 어떤 일의 결말. "매단가지를 눌러라." · "무신 일이든동 매단가지가 있어야 한다."

매대(디) 마디.

「베틀가」 (선산지방) ㉮
은가락지 끼던손에 상장(喪杖)매대 웬일인고
검은꽃신 신던발에 짚신이 웬일인고

은가락지 끼던 손에, 상제 지팡이마디를 쥐게 된 일이 웬 일인고. 검은 꽃신 신던 발에, 상제 짚신을 신게 된 일이 웬 일인고.

─**매동** 마다. "내가 올 때 매동 이 친구는 집에 없다."

「과부노래」 (의성지방) ㉲
골골매동 버들패기 가지매동 붕동하네.

골골마다 버들잎이 피어나고 가지마다 싹이 튼다.

매뜩지다 마음에 들만한 것. 깔끔한 것.

매미치레 도포의 등뒷자락에 덧댄 감.

매란당 형편 없는 것. "집 꼬라지가 매란당이다."

매랍다 마렵다. "똥이 매랍아, 베락같이 뒤어왔다."

매련(란)없다 모습이나 형세가 어려운 것. "저 사람 사는 행핀이 매련없다."

매롱(랭)이 매미. "초복을 지나니 남게 매랭이가 울어싼는다."

매사르다 서둘러 준비하다.

매술받다 여물고 빈틈이 없는 것.

> 「규방여자가」 (영양지방) ㉮
> 백결현순 헌저구리 덥쳐꿰어 너불너불
> 썩은새끼 두세불을 돌띠같이 매였으니
> 매술받다 너의모양 도적질이 이골났다

입은 옷이 갈기갈기 찢어진 헌 저고리를 덮쳐 꿰매어 입고 나서니 너불너불한데, 썩은 새끼 두세 번을 어린아이들 돌 띠 같이 등 뒤로 돌려 매었으니, 야무지고 빈틈없는 너의 모습이, 도적질이 익숙해진 것이다.

지난 날 우리들 삶의 자화상을 보는 듯, 얼마나 의식주가 어려웠는지, 잘 보여주는 대목이 되겠다.

매슴치레하다 보기 좋게 입은 옷. "오늘은 매슴츠레하게 차려 입고 어딜 가노."

매아리 망울, 꽃망울.

매에매에(미이미이) 매에. 미이. 매우 심하게 더 공을 들이는 것. 남기지 않고 깨끗이 치우는 것. "미주를 매에매에 밟아라." · "그륵 밥 냄기지 말고 매에매에 다 묵어라."

–매(맹)이로 모양으로, 처럼. "곰이 사람매이로 걷는다."

매조지다 마무리하다. "인자는 일을 매조지자."

매지 매듭.

매착(찰) 조심성. "매착없이 주낀다."

매추 작은 대추. "매추가 익어서 맛이 참 좋다."

매총이 분수를 모르는 사람.

매지근하다 · 매작지근하다 미지근한 것. 더운 기가 조금 있는 듯한 것.

매카넣다 채워 넣다. "굼게 찌꺼래기가 들어가 매카졌다."

매포하다 시체나 동물의 사체가 썩으면서 나는 냄새.

맥기 정신이 흐릿한 증상.

맥맥 혈통. 내림.

맥방석 짚으로 결은 둥근 방석. "여름철 밤에 모갱이 불피워 놓고, 맥방석에 누버

하늘의 빌을 본다.”

맥아리 맥이 빠진 상태. “맥아리가 하나도 없어 빈다.”

맥아지 며가지. 멱의 속어. “그놈의 자슥, 맥아지를 잡을 거지.”

맥지 백줴. 이는 “백주(白晝)에”의 준말. “맥지 한번 갔던이 일이 파이가 됐다.”

맥히다 막히다. “골목길이 맥힜다.”

맨 민. “맨살따구”는 살을 그대로 드러내놓은 것. “맨얼굴”은 얼굴단장을 하지
않은 것.

맨깔대기 아무 것도 덮지 않고 자는 것. 또는 찬이 없는 밥. “한데서 맨깔대기로
잤다.”·“반찬 없는 맨깔때기 밥을 묵었다.”·“지가 무슨 장사라고, 맨깔대기로
설쳐제낀다.” 혹은 맨손.

맨날 만날. “내 친구는 맨날 우리집에 잘 온다.”

맨다리 삭정이.

맨다지 맨몸. 아무것도 지니지 않은 상태를 비유적으로 이르는 것.

맨드럽다·맨들맨들하다·맨질맨질하다 반드럽다·반들반들하다. “사람이 너무
맨드럽게 카이, 동무가 없다.”

맨밥없어 비듬이오, 된밥없어 물말일세 반찬을 갖추지 않은 밥이어서 비름나물반찬
으로 밥을 먹고, 되게 지은 밥은 물에 말아 먹는 것이다. 이렇게 맛만 보고는
배부를 리 없는 데, 여자들은 그릇에 먹다 남은 밥이나 먹고 사자니, 이런 밥은
전혀 신기(身氣)가 없다고 했다.

「장탄가」 (경주지방) ㉠ 「광사탄」 (상주지방) ㉠
맨밥에 비듬이오 된밥에 물말일세 내밥없어 비듬이오 된밥없어 물말이라
맛만보아 배부른가 대궁밥이 신기없네 맛만보고 배불을가 대궁밥이 실기(失氣)없대

내 먹을 밥에 반찬이 없어 대신에 비름나물로 먹고, 된밥에 반찬이 없어 물에 밥을
말아 먹는다. 음식을 맛만 보고 배가 불을까마는, 먹다 남은 밥이나마 배고픔을
면하게 해 주네.

맨살(다리) 아무것도 입지 않아, 살갗이 그대로 드러난 것. “맨다리에 맨살이 다
빈다.” 맨밥. 요즘은 팬티 같은 아랫도리를 입고 다닌다. 이러고서도 성폭력 소리는
세상을 시끄럽게만 한다.

맨스무리하다 옷을 잘 차려 입은 것. 머저리. “가람옷을 입고 나서이, 모양이 맨스무리
하다.”

맨작이(자구) 소견이 좁은 것. "저 사람은 맨작이가 되어, 도통 말이 안 믹히 들어간다."

－**맨처(치)로 · 맨트로** 모양처럼. "개가 사람맨처로 서서 걷고 있다."

맨(매)초름하다 보기 좋게 잘 매만진 것. 한창 때 건강하고 아름다운 태가 있다. "젊은이들은 뭘 입히도 비기 맨초름하다."

맸다 헤매는 것. 아파서 어쩔 줄 모르는 것. "아파 니방구석을 맸다."

맹(매양) 노상. 지속적. 계속. 매양. 역시. "맹 그놈이 그놈이다."

> 「능주구씨경자록」 (대구월촌) ㉮
> 없다고 맹없으며 있다고 맹잘살까
>
> 없다고 매양 없으며, 있다고 매양 잘 살까.

맹건 망건(網巾). 광복 전에 아주 보수적인 늙은 노인들은 상투에 망건차림을 간혹 하고 다녔는데, 이 노인들이 거처하는 사랑방에 들면 흰 벽은 담배연기로 노랗게 절었고, 머리를 자주 못 감기 때문에 머리냄새가 아주 고약하게 많이 났다. 상투야말로 요새말로 치자면, 아주 비위생적이었다. 동요 「이걸이 저걸이」는 최근까지도 많이 불렀다.

> 「이걸이저걸이」 (영천지방) ㉯　　　　「수(數)노름」 (안동지방, 1931) ㉯
> 이거리 저거리 각거리 동서맹건 두맹건　　이거리 저거리 각거리 동사맹근 도맹근
> 스물이 박구 돗박구 연지통에 열두통　　　스무리 박구 돗박구 연지탕게 열두냥
> 가사머리 양두칼치포　　　　　　　　　　가사 머리 양 두 칼

이쪽 벽걸이와 저쪽 벽걸이에는 갓을 걸 수 있는 갓걸이요, 동쪽 벽과 서쪽 벽에는 망건을 걸 수 있는 망건걸이다. 스물 바퀴에 두 바퀴, 연지통에 열두통, 가사는 갓이다. "양두칼치포"는 별 의미 없이 동요에 맞추기 위해 따라붙은 것이다.

> 「원한가」 (풍산지방) ㉮
> 두불갱끼 팔상투는 뒤통시로 귀양가고
> 둥실둥실 수박머리 빈탕함이 아니런가
> 힘없는 목고개는 앞을 땡겨들고
> 쫄작하신 두무럽은 귀우에 높이솟아
> 근력이 할일없어 꼬글시고 앉인거동
> 어찌보면 고슴도치 어찌보면 곱사등이
> 전체가 동실동실 물형으로 삼겼습네

노인이 머리숱이 적어 상투를 트는데, 머리를 빗질하여 땋아 두 번을 감으니, 그 상투머리가 팥알만하고, 정수리에 동곳을 박아야 할 곳에 머리칼이 없으니, 뒤통수로 귀양가버렸다. 머리숱이 없는 머리가 둥실둥실한 수박처럼 생겼는데, 딱딱한 견과류 속 알맹이가 없는 것처럼 머릿속이 텅 빈 것 같다는 것이다. 힘없는 목 고개를 숙이고 있으니 앞으로 당겨있고, 살이 빠진 뼈만 남은 좁다란 두 무릎은 귀 위로 높이 솟아있는 것처럼 보인다. 기력이 어떻게 할 도리가 없어 꼬부려져 앉은 거동을 보면, 고슴도치나 곱사등이 같아, 전체의 모습이 둥실둥실한 물형으로 생겼다고 표현한, 아주 해학적인 모습이다.

맹글다 만들다. "싸리를 비어다가 비짜루를 맹글었다."

맹(맥)나로 매양. "맹나로 일해 봤자 헛 일이다."

맹딩이 초목의 우듬지. 중둥이와 밑둥. "봄에 올라오는 맹딩이를 꺾지마라."

맹물 민물. 혹은 아무런 간도 안 한 경우. "이 국은 맹물맛이다."

맹석댕이 좋은 신.

「서울양반맏딸애기」 (함안지방) 민
외씨같은 접보선에 맹석댕이 받쳐신고

「설음노래」 (의성지방) 민
외씨같은 접보선에 발에신은 만석댕이

겹버선을 신은 여인의 발이 맵시 있게 갈쭉하고 통통한데, 신발을 멋지게 신은 모습.

맹송맹송하다 정신이 말짱한 것. 방문 시 빈손으로 감. "친구 집에 빈손으로 갈려하니, 마음이 맹송맹송한다."

맹아리 몽우리.

맹이 울릉도산 산나물. 사람의 목숨을 이어준 나물이라 하여 "명(命)이"가 "맹이"가 됨.

─맹크로 · 맹이로 모양으로. "저 사람맹크로 잘 돼 바라."

맹탕 공연히. 아주 싱거운 국물. 성질이 싱거운 사람. "오늘 볼일은 맹탕 헛일만 했다."

머거리 부리망.

머(멀)구 머루. 머위. "산멀구는 너무 새그랍다." 혹은 머저리.

머구리 개구리

「시집노래」 (의성지방) ㉑

동에동천 문을열고 남에남천 걸어앉아
이불밑에 내려가며 자라등이 가매실고
머구리가 기동서고 찬피리가 정매들고

동쪽하늘로 문을 열고 남쪽하늘 보고 걸어앉아, 이불 밑에 내려가며 자라 등에 가마
싣고, 개구리가 기둥서고 찬물 피라미가 정마를 섰다. 정마(征馬)는 먼길 가는 말로
시집살이에서 얼토당토않은 일을 시킴에, 해학적인 자라등·머구리 따위를 등장시킨
것이다.

머 대다 뭐 되는 것(친척). "저 사람은 나하고 머 댄다."

머(무)어라 먹어라. "밥이라도 머라."

머라칸다 꾸짖는 것. "형님이 날 머라칸다."

머라카노 뭐라고 말하노. 성을 좀 내어서 말할 때, "머라카노."

머래기 모롱이. 사물의 옆이나 가장자리.

머리태 머리의 맵시.

「귀랑가」 (대구월촌)

머리태도 거울같고 허리태는 세류로다

머리의 맵시도 거울 같이 환하고, 허리의 맵시는 가느다란 버들 같다.
두시(杜詩)에 "격호양류약뇨뇨(隔戸楊柳弱裊裊) 흡사십오여아요(恰似十五女兒腰)"
지게문을 사이하고 있는 버드나무가 약하게 간들거리니, 흡사 열댓 살 먹은 계집애의
허리 같다고 읊었다.

머만길 멀고 먼 길. 삼천리 멀고 먼 길로, 한림학사 보러 갔다는 것이다. 「싱각시노래」
 (군위지방) "삼천리 머만길에 한림학사 보러갔네."

머슴아 사내아이의 속어. 본디는 머슴살이하는 아이. "머슴아들이 억시기 심히 시다."

머(먼)이 먼저. "씨분 것부터 머이 묵고, 단 것은 뒤로 묵어라."

머잖다 멀지 않다.

「올망종말 잘죽었네」 (군위지방) ㉑

요망하다 요시누야 너도너도 머잔앴다
말탄서방 머잔앴다

요망스런 시누이야 너도 말타고 장가들러 오는 서방을 만날 날이 머잖았다.

머째이 멋쟁이. 멋을 부리는 사람. "앞집 젊은이는 머째이다."

먹고(구)잽이 잘 먹고자 하는 것. "괴기를 보민서 먹고잽이가 된 것 같다."

먹고진 것 먹고 싶은 것. "배는 고프고, 먹고진 것이 자꾸 생각난다."

먹구(보) 귀머거리. 잘 못 들었을 때. "저 먹구 좀 바래이."

먹더꿍이 먹을 것 내기.

먹을공사·입을공사 시집살이하는 여자들의 일과로, 음식장만과 입성에 대한 침선을 이름.

「붕우가」 (예천지방) ㉮
자고나면 먹을공사 먹고나면 입을공사
백년못살 인생들이 골몰중의 들단말가

「붕우소회가」 (안동지방) ㉮
자고나면 먹을공사 먹고나면 입을공사
늘이리 백년못살 인생들이 골몰중에

부인들은 자고나 눈뜨면, 먹을 음식 만드는 일이요, 먹고 나면 입을 옷 만드는 일이다. 우리 여자들도 백년 못 살 인생들로, 음식과 침선하는 일에만 정신을 쏟아야 된단 말인가.

먹지(주) 피라미의 일종. "여름철에 걸물에서 먹지를 잡는 재미가 참 좋다."

먼눈 신부가 시집에 와서, 눈에 보는 것들이 모두 낯선 것.

「수신가」 (영양지방) ㉮
물길에 나타남에 모여서 광설마라
먼데눈이 그릇되며 오해당키 쉬우니라
남의집에 놀러갈때 신발을 조심하라
남자신이 있게되면 물어보고 들어가라
남에집에 닫친문은 함부러 열지마라
가부를 무른후에 그제야 열진이라
남이와서 험담할제 거들지 말진이라
험담하고 다닌이가 그심사가 온전하리
남이남과 험담할제 다듣지 말진이라
남의물건 차용하면 쓴뒤에 갖다주라
찾으러 오게되면 두번차용 못한이라
친한동류 힘을믿고 비밀을 통치마라
말이라 하는것이 믿쁜새에 나는이라
남이수작 하는말은 엿듣지 말진이라
숙여된 행동으로 온당치 못하리라

「망부가」 (청도지방) ㉮
초행재행 삼행길에 신정이 미흡하여
구석구석 먼눈이요 겨우자게 되었구나

웃음에 소리라도 제자랑을 하지마라
자랑이 쉬가쓸어 남에마음 받는이라

여인들이 우물에 물 길러 가서 모이면, 길게 지껄이지 말아라. 눈앞에서 주의하지 않고 만전보다 그릇되게 오해받기 쉬우니라. 남의 집 놀러갈 때 댓돌위에 놓인 신발을 보고 조심해야 한다. 만약에 남자 신이 있게 되면, 반드시 인기척을 내어, 물어보고 들어가야 한다. 남의 집 닫혀 있는 문을, 함부로 열고 들어가지 말아라. 반드시 열어도 좋은지・아닌지 물은 뒤, 그때야 비로소 열어야 한다. 남이 다른 사람을 흠구덕할 때, 끝까지 다 듣지 말아야 한다. 남의 물건을 빌려 썼으면, 다 쓴 뒤에 바로 갖다 주어야 한다. 빌려준 주인이 찾으러 오게 되면, 뒷날 다시 빌려 쓰지 못 한다. 친한 동류들의 힘을 믿고, 비밀스런 말을 통하지 말아라. 말이라 하는 것은, 믿음성이 있는 사이에서 나게 된다. 남들이 주고받는 말은 엿듣지 말아야 한다. 숙녀 행동으로는 사리에 어그러져 알맞지 못하다. 웃음을 지으면서 실없이 하는 말이라도, 절대로 제 자랑을 하지 말아라. 제 자랑을 너무 하면 말썽이 일어, 남의 원성을 받게 된다. 부녀자들의 행동거지에 대한 수신을 조목조목 나열한 것으로, 지금도 우리가 지켜야할 에티겟이 아닐까 한다.

신랑이 장가들러 오는 첫날이 초행이고, 그 다음 날은 신랑이 본가에 가려 해도, 교통이 불편해 갈 수 없어, 처가동네 다른 집에서 자는데, 처갓집 지붕이 안 보이는 다른 집에서 자고, 처가에 가면 재행이 된다. 재행하여 처가에서 자고, 본가에 갔다가 처가에 다시 걸음하게 되면 삼행이라 한다. 삼행 길에 신랑이 와도 부부간의 새로운 인정이 아직 흡족하지 못 한데, 구석구석 먼 데서 신랑을 바라보는 눈들뿐이라, 겨우 신랑과 동침하게 되었던 것이다.

첫날밤은 신랑신부를 처가 쪽 사람들이 지켜보게 되는데, 문구멍에 침을 발라 뚫고서 보며, 또 귀를 바짝 대고 무슨 말을 하는지 엿듣는다. 신랑의 어머니가 생면부지의 신부한테 첫날밤 무슨 말부터 먼저 꺼내어야 하느냐를 일러 주는데, 첫마디 떼는 말이 "당신 집 소가 몇 마립니까?" 이렇게 말의 초를 떼면, 그 다음부터는 자연스럽게 다른 말로 이어진다. 이에 앞서 신랑이 신방에서 신부를 기다리다 단장하여 들어오면, 곧 뒤이어 야물상이 들어온다. 술을 쳐서 한잔씩 나누는데, 이 땐 신랑만이 마시게 된다. 그리고 신랑이 신부의 족두리와 한쪽 버선을 벗겨준다. 이어 신랑이 이부자리에 들 때, 촛불은 이불자락으로 펄럭여 끄게 된다. 이렇게 하여 깜깜한 신방에서 신랑신부가 나누는 말과 행동거지는 이튿날 신랑신부를 달 때, 처가 쪽 청년들에게 신랑을 다는 좋은 트집거리로 이바지된다. 이 날 과부댁은 신방근처에 얼씬도 못 하게 한다. 그러나 짓궂은 신랑처가 쪽 청년들은 신방병풍너머에서 엿듣다가, 그대로 자고 나오는 수도 있었다.

먼옷 수의(襚衣).

멀(머)꿈하다 속셈이 따로 있는 것. 구지레하지 않고, 훤하게 깨끗한 것.

멀끄딩이 머리끄덩이. "멀그딩이를 잡아지고 흔든다."
멀대 신수가 훤한 것. "멀대가 멀쩡한 놈이, 얻어묵고 댕긴다." 혹은 키크고 멍청한 사람.
멀대죽 멀건 죽. "늘구어 묵느라고, 멀대죽을 묵고 살았다."
멍기 우렁쉥이. 멍게. "봄철 입맛나기 하는 것은, 멍기가 지일이다."
멍덕(맹덕) 멍석.

「밍(木花)노래」 (선산지방) [민]
울아배요 울아배요 맹덕자리 픽트리고 여간지소 저간지소

우리 아버지요 멍석자리 펴뜨리고서, 여기 앉으시오 · 저기 앉으시오 권하는, 자식의 자상스런 마음이, 잘 드러나 있다.

ㅁ

멍뚱하다 멀뚱한 것. 멀거니 눈을 뜨고 있는 모양. "전차에 받혔나, 와 저리도 멍뚱하노."
메 철매. 굴뚝바닥이나 구들바닥에 쌓인 그으름. 혹은 제상에 올리는 밥.
메눌 서이 보믄, 시어마이 단지곰한다 며느리를 셋 보게 되면, 아무리 우악스런 시어머니라도 독에 넣어 곰을 하듯, 마침내 기가 꺾이고 만다는 것이다.
메(미)띠기 메뚜기.

「어사영」 (경산지방) [민]
계묘년 흉년에 당가루 핥아 먹다가
몽당 비짜루 맞아죽은 우리 영감아
밋디기 뒷발에 치여죽은 우리 영감아
수지비 아흔아홉 그릇 먹다가
배터져 죽은 우리 영감아

계묘년은 1903년 큰 흉년이 들어 백성들이 곤고하게 지낼 때, 방아 고에 남은 당가루를 핥아먹으려다, 그조차 몽당비를 얻어맞고 죽은 우리 영감아! 이어, 메뚜기 뒷발에 치어죽은 우리 영감아! 수제비 아흔아홉 그릇을 먹고 배가 터져 죽은 우리 영감아! 라고 했다. 지난날에 우리 삶이 얼마나 어려웠는지 짐작할 수 있는 익살스러운 대목이 되겠다. 「어사영」은 나무꾼들이 산에 나무하러 가서, 부르는 노래를 이른 것이다.

메우다 만들다. "챗물 메우다."
메(매)지 고향말에서는 상대편을 얕보거나 깔보아 쓰는 밀로, 동류 · 부류 · 무리 등의 뜻으로 쓰임. 국어사전에서는 "일의 한가지 한가지가 끝나는 마디"라고 했다. "니 겉은 메지로 에럽다." · "똑같은 메지들이 모여 논다."

멘펜(민핀)하다 면평(面平). 평평한 것. "땅바닥이 멘펜하다."

멜젓 멸치젓. 멜고기. 멸고기.

멧(묏)밭 비탈에 있는 밭. "묏밭에 나가 지심을 맸다."

며루(르)치 멸치. "국을 끓일라하문 며루치 다시를 낸다."

명두랭이 무명두루마기.

모 화투 한모. 저 한모. 화투는 16세기 포르투갈사람이 갖고 온 "가루다"를 보고 일본스럽게 만든 것으로, "1월 솔·2월 매조·3월 벚꽃·4월 흑싸리·5월 붓꽃·6월 목단·7월 싸리·8월 공산·9월 국화·10월 단풍·11월 오동·12월 비"로 되어있다. 그리고 화투점을 치면, 1월은 "소식"·2월은 "임"·3월은 "산보"·4월은 "희롱"·5월은 "국수"·6월은 "기쁨"·7월은 "횡재"·8월은 "달밤"·9월은 "술"·10월은 "슬픔"·11월은 "돈"·12월은 "손님"이라고 하나, 이는 지역에 따라 다를 수가 있다. 12월 "비"에 나오는 인물은 "수가와라 미치자네"(管原道眞, 845~903)다. 그는 헤이안(平安)시대 문인이요·유학자로 33세에 문장박사가 되었다. 그가 젊을 시절 공부를 하다가, 마침 비가 와서 머리도 식힐 겸 우산을 쓰고 바깥에 나갔다. 그런데 수양버들잎에 조그만 개구리가 수십 차례 뛰고 뛰다가 마침내 잎에 달라붙는 광경을 보게 되었다. 이를 보고 수가와라는 저렇게 노력하면 된다는 것을 깨닫고, 마침내 열심히 공부하여 이름난 문인과 대학자가 되었던 것이다. 또는 "오노 도후"(小野道風, 894~967)로 헤이안시대의 서도가를 이르기도 한다. 컴퓨터에는 오노가 주로 설명되고 있다.

모가치 몫. "니 울민서 떼씨민 니 모가치도 못 찾아 묵는다."

모간지 모가지. 목의 속어.

「사슴」 노천명Ⓐ
모가지가 길어서 슬픈 짐승이여
언제나 점잖은 편 말이 없구나
관이 향기로운 너는 무척 높은 족속이었나 바

모개 모과. 혹은 못생긴 여자를 놀림조로 이름.

「큰애기노래」 (남해지방) Ⓜ
정포의 큰애기는 모개장사로 다나가고
정포(남해의 포구)의 처녀들은 모과장수로 다 나간다.

모개(금)돈 모개로 떠넘기며 치루는 금액. “물이(오이)를 모개금으로 넘갔다.”
모갱이 · 머구 모기. “여름밤에는 모갱이 불을 피운다.”
모노 고래 고기 뼈 앞에 붙은 고기.
모대기 모다기. 무더기. 과일을 몇 개씩 무더기 지운 것. “복성을 모대기 지어 놓고 판다.”
모대다 모으다.
모도대기 금치다 한데모아 값을 치는 것. 도매금 치다. “모지리 싸잡아 모도대기 금쳐서 팔았다.”
모똑잖다 몸이 좀 불편할 때. “몸이 모똑잖다.”
모동모동 무더기무더기. 많은 물건이 한데 수북이 쌓인 더미.

「노루타령」 (선산지방) [민]
포수포수 박포수야 날잡아다 그머할래
모동모동 싸리모동 덤불덤불 칠기덤불

포수야! 박 포수야! 날 잡아다가 뭐 하려느냐. 무더기무더기 싸리무더기 덤불덤불 칡덤불인데, 거기 숨으면 못 잡을 텐데.

모두사리 떡에 콩을 섞은 것. “모두사리떡을 쪘다.”
모둠실 여러 사람이 쌀을 내어, 그 쌀로 만든 떡. “화전놀이에 모둠실떡을 했다.”
모들치다 흩어진 것을 한데 모음.
모때기 베개의 모서리 수놓은 부분. “비게 모때기에 원앙수를 놓는다.”
모(못)때다 되지 못 하다. 악한 성질을 갖고 있다. “고얀놈! 아주 못땠다.”
모랑지 · 모랭(링)이 모롱이.

「총각호래비노래」 (남해지방) [민]
활장같이 굽은길에 화살같이 쏴나간다
한모랭이 넘어가니 까치새끼 찌숙째숙
또한모랭 넘어가니 여수새끼 캉캉짖고
또한모랭 넘어가니 혼사탄말 죽는구나

활의 몸통같이 휘우듬 굽은 길로, 화살을 쏜 것같이 빨리 지나간다. 한 모롱이 넘어가니 까치새끼 찌숙째숙 울고, 또 한 모롱이 넘어가니 여우새끼 캉캉 짖고, 또 한 모롱이 넘어가니 혼사에 타고 가는 신랑 말이 죽는구나.

모래사장우 모래무지.

모럼있다 묘리 있다. 「사친가」(청도지방) "모럼있게 가르치고"

모리국시 생선 남은 찌꺼기를 국수에 넣어 삶아 먹는 것. 주로 구룡포지방에서 많이 쓰고 있다.

모매꽃 메꽃. 논에 피는 일종의 꽃. 꽃은 나팔꽃과 비슷하다.

「꽃노래」 (함안지방) ⓜ	「꽃노래」 (군위지방) ⓜ
붉고푸른 모매꽃은 길섶에서 피여나고	오래볼살 모매꽃은 논뚝밭뚝 휘돌으네
「화전가」 (안동지방) ⓜ	「화전가」 (안동지방) ⓜ
보기좋은 모매꽃과 유실무실 오동꽃과	허리질숨 모매꽃은 어전사령 분명하고

붉고·푸른 메꽃이 길가에 피어나고, 또 오래 볼수록 메꽃은 논둑·밭둑에 휘돌아 피었다네. 보기 좋은 메꽃이라 하기도 했고, 허리가 길쭉한 꽃이라고도 했다. 이 메꽃은 들판이나 논밭 둑에서 흔히 볼 수 있는 꽃으로 가사에 올랐던 것이다.

모삽다 인색하다. "저래 모사운동 몰따."

모색(貌色) 모습.

「시집노래」 (안동지방) ⓜ
대천지 한바닥에 한모색이 어데없소
우리아배 내달으며 그게왔는 승각시
우리딸이 완연하다

큰 천지 한바닥에 한 모습이 어디 없겠소. 우리 아배 내달으며 거기 왔는 싱각시(여승) 우리 딸이 완연하구나.

모습 모습.

「첩노래」 (의성지방) ⓜ
뒷동산에 치치달아 새한마리 휘쳐다가
열두상을 벌려놓고 잡우시요 잡우시요
크다크다 큰어마님 점심한상 잡우시요
에라요년 요망한년 그것도다 내게로다
이마전이 조렇거든 솔전이나 어련하리
이모습이 조렇거든 비모습이 어련하리
눈구석이 조렇거든 방구석이 어련하리
처매귀가 조렇거든 직연귀가 어련하리

여자눈에 조렇거든 남자눈에 어련하리
크다크다 큰어마님 참칼겉이 먹은마음
찬물겉이 풀고가소

뒷동산 위로 달려 올라가 새 한 마리 잡아다가, 이 새를 장만하여 열두 상을 벌려 차려놓고, 수저를 잡으라고 권한다. 위엄 있는 큰어머님 점심 한 상을 받으십시오. 그러자 본처가 에라! 요년! 이 망할 연, 점심상도 모두 내 재산으로 이룩한 것이다. 나부죽한 이마가 저렇게 생겼거든, 부엌의 솥전이라고 어련하랴. 입모습이 저렇게 생겼거든, "비(鼻)모습"은 코 모습이야 어련하랴. 눈구석이 저렇게 생겼거든, 방구석도 어련히 잘 손질했겠는가. 치미귀를 저렇게 만들었거든, 낭군의 직령귀가 어련하랴. 나 같은 여자 눈에 저렇게 자태・행동이 마음에 들게 생겼거든, 남자 눈에야 어련하랴. 본처가 첩의 모습을 이 구석・저 구석 다 훑어보고서, 남자를 호릴 만큼 잘 생겼단 것이다. 그리고 첩이 본처를 보고 큰어머님, 올 때는 날 찔러 죽이려고 칼 같은 마음을 품고 왔지만, 오늘 내가 대접하는 점심상을 받아먹고, 그만 찬물같이 마음을 풀고 돌아가 달라는 애원이 서려 있다.
처첩간의 갈등관계에서, 첩이 본처를 잘 대접하고・자태나 행동이 민첩함을 보고, 남자를 능히 유혹하고 남음이 있다고 수긍을 하는 것이다.

모싱이 모서리.

「너도시집 살아바라」(군위지방) [민]
한가쟁이 달이솟고 한가쟁이 해가돋아,
달은따서 겉을대고 해는따서 안을대서,
조모싱이 수를놓고 쌍무지개 선두르고

해와 달로 주머니 안과 겉을 대고, 주머니 한 모서리에 수를 놓아, 끈은 쌍무지개처럼 선을 둘렀다는 것이다. 아주 멋있게 비유를 잘 끌어온 작품이 되겠다.

모아다 뭇다. "배를 모아다."

모장갈 모잽이. "모장갈로 누우라"

모재 모양. 태도.

모쟁이 모자반을 이르는데, 주로 경남해안에서 사용한다.

모제(母弟) 동모제(同母弟). 곧 동복(同腹) 아우.

모중 모룽이.

「여탄가」(의성지방) ㉮
한모중과 두모중과 한구비와 두구비를

감돌아서 빨리가니 고향산천 멀어진다

신부가 시댁으로 돌아가는 모습으로, 한 모롱이·두 모롱이 돌아가고, 한 굽이·두 굽이를 돌아가니, 친정을 떠나 시집에 감돌아 빨리 가니, 친정 고향산천이 자꾸만 멀어지는 안타까운 심정을 그린 것이다.

모지랭이 과실이 흠집이나 이상한 모양이 된 것. "능금이 큰비에 모지랭이가 됐다."

모지리 모조리. "모지리 이리 온너라."

모커리 목화(木靴). 벼슬아치들이 사모와 각띠를 할 때 신는신. 「과부노래」(김천지방)㉣.

모타리 덩이. "괴기 모타리가 쪼맨하다."

모태 모퉁이. 근처. "이 모태 사니더."

모투다 아궁이에 불을 지피는 것. "아궁지에 불을 모툰다."

모팅(통)이 꾸지람. "아버지한테 모팅이 들었다."

목 모. "화투 한목 가져온네이."

목거지 모꺼지. 모꼬지. 여러 사람들이 놀이나 잔치 또는 그 밖의 일로 모이는 일이다. 이러한 잔치를 벌이는 놀이나 모임에 대한 적절한 이름이 없어, 일본의 "축제(祝祭)"를 그대로 갖고 와 쓰고 있다. 음악제(音樂祭)·예술제(藝術祭)니 하여, 아무 거리낌없이 쓰고 있다. 이 제(祭)는 일본어로 "まつ(祭)り"에서 온 것으로, 어떤 학자는 이 어원이 영고(迎鼓)에서 왔다고 한다. "영(迎)"은 "맞이"요 "고(鼓)"는 "두드리고"에서 "맞두드리"가 일본으로 건너가 "마츠리"가 되었다고 주장하고 있다.

「나의 침실(寢室)로」이상화Ⓐ

마돈나 지금은 밤도 모든 목거지에 다니노라 피곤하여 돌아가련도다

아! 나도 먼동이 트기전으로 수밀도(水蜜桃)의 네가슴에 이슬이 맺도록 달려오너라

여기서 "모꼬지"는 놀이나 잔치 또는 그 밖의 모이는 일로, 곧 잔치모임에 다니다가 밤이 깊어 이제 돌아가련다. 부드러운 젖퉁이 사이 구슬땀이 맺히도록 달려 오너라는, 아주 관능적 촉감을 불러오게 하는 표현으로, 이슬은 땀을 은유적으로 나타낸 것이다.

「원부모형제붕우가」(성주지방)㉮

난정정사 모꼬지에 소장군집 열좌한듯

홍문연 큰잔치에 만고영웅 일어있고

진(晉)나라 왕희지(王羲之)의 난정정사(蘭亭亭舍) 모꼬지에, 젊고 의기 왕성한 이들이 떼 지어 모여, 자리에 죽 벌여 앉은 듯, 한나라 고종 유방(劉邦)과 초나라 항우(項羽)가 홍문에서 잔치를 베풀 때, 만고 영웅들이 한자리에 다 모인 듯, 친정의 여러 동기들과

모임을 가진 것을, 과장되게 그렸다.

목걸라 보다 친구들 사이에 이 사람・저 사람을, 하나가 되게 만들어보려는 것. "친구들과 목걸라 볼라하이 일이 잘 안 된다." 혹은 "목꾸르다"는 여러 동무가 한 동무를 괴롭히는 것.

목골라 목고르다. 과일 따위를 좋고 튼실한 것을 골라 사는 것.

목노 올가미.

목다리 목달이. 목. 통로. 양말이나 버선의 맨 윗부분. "목다리가 발목을 많이 조운다."

목말 목물. 등물. "날이 더버 벗어 제끼고, 목말을 했다."

목발 지겟다리.

ㅁ

목수리 정월보름날 가축의 목에 홀갱이 같은 것을 둘러, 한해 병이 없기를 비는 일.

목(다리)좋다 길의 종요로운 통로가 되는 곳. 곧 길목. "장판 목좋은 자리는 없대이."

목쭐때 목줄띠. 목구멍의 힘줄. "묵을끼라고 목쭐때를 빼어 놓고 있다."

목차다 힘겹게 부담이 큰 것.

목치미 목침(木枕). "여름에는 목치미 비고 낮잠 자면 지일이다."

몰개・모새 모래. "몰개뜸질."

몰따 모르겠다. "어따 둔지 몰따."

몰매 뭇매. 여러 사람이 덤벼 때리는 것. "여럿이 물매로 때린다."

몰몰하다 몰인정하다.

몰미리 몰밀어. 모조리. 몰표. "몰미리 얼만교."

몰삭 완전히.

> 「모심기노래」(고령지방)[민]
> 석탄백탄 타는데 연기는 몰삭 나건만
> 이내간장 타는줄 우리아기도 모르네
>
> 석탄과 백탄이 타는데, 연기는 모조리 나건만, 이내 간장 타는 줄은 사랑하는 우리 처녀는 모르네. 짝사랑하는 남자의 마음을 읊은 것이다.

몰씰다 모조리. 모조리 쓸어 온 듯하다는 것. 「동기별향가」(김천지방) "몰씰어 온듯 하나"

몰짱하다 만만하게 보는 것. "다른 사람한테 몰짱하기 비어선 안 된다."

몰차다 매몰찬 것. 아주 인정 없이 쌀쌀한 것. "너무 몰차게 굴믄 안 된다."

몰쳐 모조리 합쳐. "이 물건을 몰쳐 얼만교."

몰풍시럽다 보기에 흉한 것.

몸기럽다 몸괴롭다.

> 「청손가」 (대구지방) ㉮
> 날로라사 동류라고 놀고놀자 권한들살
> 몸기럽다 칭탁하고 혼자앉아 낙루로다
>
> 나로라고야 친구라고 놀고 놀자 권한들, 몸 괴롭다고 핑계대고, 혼자 앉아 눈물만 흘린다.

몸빼 여자들이 막일 할 때 입는 왜 바지. 이 말도 역시 일본어 "もんぺ"에서 연유된 말이다. 이 말의 어원은 포르투갈어 "Calção"에서 "칼"은 취음으로, 흔히 "경삼(輕衫)·경진(輕袗)"을 "カルサン"으로 읽기도 한다.

몸부름 몸부림. "손지카 같이 잤더이, 몸부름을 어찌 치는지 잘 수가 없다."

몸수검 수검(搜檢)은 수색하여 검사하는 것이나, 시부모의 편찮은 데가 있는지 없는지 살펴보는 것.

몹시·모시 모이. "달구새끼 몹시 주어래이."

몹시하다 못살게 굴다.

못깽이 곡괭이. "못깽이로 파야한다."

못종 못물 빼는 구멍. "큰물이 져서, 못물이 곧장 넘치겠으이, 못종을 얼른 뽑아라."

못철개이 왕잠자리. "못철개이가 철개이 중 지일 크다."

몽글타 몽글다. 낟알아 까끄라기나 허섭쓰레기가 붙지 않고, 알속있게 깨끗한 것.

> 「타작노래」 (동래지방) ㉯
> 엉해야 뿔고뿔고 중보린가
> 엉해야 몽글도 몽글타
> 엉해야 양반보린가
>
> 붉고 붉으니 중보린가. 몽글몽글타 양반보린가

몽꾸 꾸지람 듣는 것. 일본어 "もんく(文句)"에서 온 것으로, 불평(不平)이나 이의(異議)를 뜻한다. 요즘은 거의 안 쓰이지만, "모팅이 듣다"는 뜻으로, 이전에 많이 사용했다.

몽달구신 총각으로 죽은 귀신. 몽달귀의 반대는 "손말명". 경상도에서는 "손각시"라 한다. 이렇게 장가·시집 못 가고 죽은 원혼들은 죽은 뒤 혼인시켜 줌으로써, 집안의 액땜을 하기도 한다. 죽은 총각 집에서 손각시 집을 찾아내어, "죽사돈"을 맺고 무당을 불러 한지로 신랑·신부를 만들어 첫날밤을 치른 뒤, 이튿날 총각무덤에 푸닥거리에 쓴 음식을 산천에 뿌림으로써, 굿은 끝나게 된다.

몽댕(디)이 몽둥이. "몽디이 들고 막 설쳐댄다."

몽두딸 멍석딸기.

몽두리 딸기. "다래 몽두리."

몽오리 멍울.

몽창스리 몽총하다. 푸접 없고 냉정한 것. "디기 몽창시리 그런다."

몽캉몽캉 몽클몽클. "땅감이 너무 익어 몽캉몽캉 한다."

묏계절 묘의 앞자리.

묏봉 묏등

무까끼 배운 바가 없어 잘 모르는 것. 이 말도 역시 일본어 "むがく(無學)"에서 온 말로 "무가쿠"가 와전되어 우리말화한 것이다. 어떤 방면에 지식이 없을 때, 자신을 겸양하는 뜻으로 쓴다. "내같이 무까끼한 사람이 멀 알겠는가."

무꾸 무를 이르는데, 주로 경북북부지역에서 사용된다.

무꾸노·묵고노 먹고 노는 사람. "저 사람은 핑생을 무꾸노로 살아왔다."

무꾸다 묶다. "무시단을 무꾼다."

무꾸리 무당·판수 그 밖의 신령을 모신 사람에게 길흉을 점치는 일.

「교녀사」 (예천지방) ㉮
일없는 무꾸리와 유관찮은 도부흥정
사람눈을 피해가며 생도적도 잘도맞고

일없는 무꾸리와 관련 없는 도붓장사와 흥정을 하고, 사람의 눈을 피해가면서도 억울하게 도둑의 누명을 잘도 쓴다.

－**무끼** 일본어 "む(向)き"에서 온 것. 이 어휘는 "적절한·적격"의 뜻을 가짐. "저 사람은 순사무끼가 아이다."

무내(우내)안개 부옇게 낀 안개.

「모숨기노래」 (영일지방) ㉤   「모숨기노래」 (경산지방) ㉤
무내안개 잦은곳에 방울없는 매가떴네   우내야안개 잦은곳에 처녀들이 난질가네

그매저매 내매로다 천리강산 산양가세   명주수건 목두리하고 총각들이 뒤따리네

부연안개가 잦아진 곳에 방울 없는 매가 공중에 떴다. 그 매와 저 매는 내 매다. 천리강산으로 사냥가자.

부연안개가 잦아진 곳에 처녀들이 정을 통한 남자와 도망을 간다. 명주수건을 목도리하고 총각들이 뒤를 따리긴다.

ㅡ무니(문이) 화투나 윷놀이에서 숫자 뒤에 쓰이는 말. "화투 두장무니로 했다." "넉동무니 윷놀이를 했다."

무다이 무단히. "무다이 아프다고 소리 지른다."

무당꼴부리 달팽이. "여름들민서 무당꼴부리가 많이 기어 댕긴다."

무대 노름에서 열 끗이나 스무 끗을 이름.

무대가리 무덮어 놓고. "지 심을 믿고 무대가리로 대든다."

무디이 무더기. "옛날에는 접머슴은 똥무디이 보고 정했다."

무떼뽀 함부로 마구 대드는 것. 이는 일본어 "むてっぽう(無鐵砲)"에서 온 말이다. 앞뒤 생각 없이 무턱대고 하는 언행. 분별이 없거나·무모하게 굴거나·경솔한 행동을 하는 것.

무라리 물어내는 것.

무라쌂다 푹 무르게 삶는 것.

무람하다 무안하다.

무루(물우)다 물다. 물쿠다. 비가 오려고 날이 찌는 듯이 무더운 것. "날씨가 비가 올란가 디기 무룬다."

무름없다 무람없다는 예의를 지키지 아니하여 버릇이 없는 것. 「계녀가」(봉화지방) 참조.

무릅 쓰다 부녀자들이 외출 시 장옷처럼 쓰는 것. 「계녀사」(예천지방).

무무(貿貿)하다 언행이 서투른 것. 또는 무식하여 예의범절이 없는 것.

「귀녀가」 (군위지방) ㉮	「유실경계사」 (안동지방) ㉮
이리저리 살펴보면 무무하다 말하노라	이런곳에 내가나서 무무하기 말할손가

신부가 이리저리 살펴보는 행동거지를 보고, 무식하여 범절을 잘 몰라 언행이 서툰 것. 이런 문견 없는 곳에 네가 태어나서, 무식하고 예의범절을 몰라, 모든 행신이 서툰 것을 어이 다 말하겠는가.

무삼 품질이 떨어지는 삼.

무세(시)라 무서워라. "아이고 무세라 구신 나올라이."

무수새질 흙을 개어 바르는 행동.

무시 무. "저실 진진 밤엔 무시구덩이, 무시 내다 깎아 묵는 재미도 좋다."

무시오그락지(오그랭이) 무우말랭이.

무시장사 딸은 속병 곤치고, 참위장사 딸은 속병 얻는다 무는 먹으면 병을 고칠 수 있지만, 참외는 잘못 먹으면 병을 얻게 된다는 것.

무시하고 지집은 바람들면 몬 씬다 설 쉰 무우와 여자가 바람나면 못 쓴다.

무심날 무시(無市)날. 대구 내려가기 위해, 서울역 창구에서 열차표를 사려고 직원에게 "무심날 표주이소"했더니, 도무지 못 알아듣는다. 아! 이 말은 평일의 표를 달라는 말인데 못 알아듣는구나. 본디 시골장이 안 서는 날인 "무시"날인데, "무시"가 "무심"으로 변한 말이다. "장날"의 반대어는 "사날"이다. 사날은 장이 서지 않는 날이다. 이 말은 충남당진 쪽에서도 쓰인다고 들었다.

무심찌레 무심결에. "무심찌레 고만 그 말이 나왔다."

무썩무썩 아이들이 무럭무럭 잘 자라는 것. "얼라가 무썩무썩 잘 큰다."

무여이 까닭 없이. "무여이 물팍이 아프다."

무왕불복 무왕불복(無往不復)가는 일이 없고, 다시 함이 없는 것. 「벽진이씨사향곡」 (영덕지방) 참조.

무운나 먹었냐. "밥 무운나?"

무자수 무자치. "논에 무자수는, 독이 없어 무섭잖다."

무자이불 자수를 놓지 않은 평상용 이불. "언지 무자이불 덮고 잘 팔자냐."

무작배기 마구잡이.

무제다 쌓이는 것. "돈을 무제놓고 안 씬다."

무제 기우제. 무우제(舞雩祭)의 준말. "땡땡 가물라 무제를 지낸다 카더라."

무지(질)러불다 종이나 천 따위를 가위로 자르는 것.

「평암산화전가」 (영양지방) ㉮
무지러불 기골댁은 솥두구리 닮았는가

가위로 잘라 버릴만한 과단성이 있는 기골댁은, 그 속을 헤아릴 수 없는 솥뚜껑을 닮았는가.

무질러 앉다 퍼질러 앉다.

무질레 아주 연약하고 부드러운 것.

무찔하다 무직한 것. "들어 보이 무찔하다."

묵다리 구년묵이.

묵돌이 많이 먹는 아이의 속어. "저 아아는 잘 묵는 묵돌이다."

묵말랭이 밤 따위는 묵을 쑤어 놓으면, 오래 두지 못하기 때문에, 말랭이를 만들어 두었다가, 후제 물에 불려 곧장 해 먹게 된다.

묵미 오래된 묘. 묵은 묘. "마실 뒤 묵미는 아아들 놀이터다."

묵사들이다 남의 집에 여러 날 묵으며 지내는 것.

묵삼재 삼재가 드는 둘째 해. "눌삼재"라고도 한다.

묵세배 묵은 세배.

묵신행 딸이 혼인하여 바로 시집에 가지 않고, 친정에 한해 묵혔다가 시집에 가는 것.

묵자는 놈하고, 하자는 놈은 못 당한다 배가 고파 먹으려고 하는 사람과, 성관계를 갖자고 덤벼드는 사람은 당해 낼 수가 없다.

묵재 묵은 재.

묵정이 묵정밭. 갈아먹지 않고 버려두어 거칠게 된 밭. "이 밭은 묵정밭이 된지 오래되었다."

문드러지다 채소 따위가 물러서 썩을 정도가 된 것.

문디깨구리 무당개구리. "요시는 문디깨구리는 안 빈다."

문디이 미띠기 두꺼비메뚜기.

문딩이같다 일이 틀어지는 것에 대한 속어. "문디이겉이 코궁가 마늘 빼머라."

문(민)때다 문지르는 것. "때를 싹싹 문때라."

문받이 대문 앞에서 작별하는 것.

> 「계녀사」 (예천지방) ㉮
> 쥬렴을 굳게매여 문받이 보낼적에
> 경계할말 무수하다
>
> 가마 문 앞에 드리운 발을 잘 단속하여 매고, 대문 앞에서 하직하여 보낼 때, 친정부모가 시집가는 딸한테, 경계할 말이 너무 많은 것.

문에 문어. "문에 디리이(되리)하는데 개가 바라고 앉았다." 문어는 뼈가 없는 건어물이기 때문에, 사람들이 그것을 먹는데 개가 앉아서 기다리고 있어 봤자, 얻어먹을 것이 아무 것도 없다는 뜻으로, 별 볼일이 없는 것을 말한다. "개꼬라지 미버 낙지 산다."

문우주다 무너뜨리는 것.

문지 먼지. "농우에 문지가 많이 쌔였다."

문(모)지르지다 붓 따위가 많아 짧아지는 것. "붓이 문지르져서 내뻐랐다."

문천 문설주 위로 가로 댄 나무.

묻들마라 묻지를 마라. "안부를 묻들마라."

물 무렵.

물개락 물벼락. 물을 갑자기 뒤집어쓰는 것. "소내기를 맞아, 전신만신 물개락이 됐다."

물갱이 산에서 나는 달랭이 비슷한 나물. "물갱이는 나물로서 맛이 좋다."

물거리 생나무가지. "나무하러 보냈더이 물거리만 해 왔다."

물골내다 도구치는 것.

물구진지 무룻나물로 차린 진지. "믈구지인지 닭의 똥인지"는 몹시 감별하기 어려움을 이르는데, 별로 잘 차리지 못한 진지.

물끼 벼논에 물이 들고 나고 하는 어귀. 물꼬.

[모숨기노래] (상주지방) ㉥
이물끼저물끼 헐어놓고 주인네양반 어디갔노
문어야대점복 손에들고 첩의방에 놀러갔네
새벽같은 저밭골이 반달같이 떠오네
네가무슨 반달인고 초생달이 반달이지
해발름해발름 꼬장바지 궁둥이 시러워 못살겠네
덮어줌세 덮어줌세 한산소매 덮어줌세
모시야적삼 안섶안에 연적같은 저젓보소
담배씨만치 보고가소 많이보면 병납니다
상주함창 공갈못에 연밥따는 저처자야
연밥줄밥 내따줄게 이내품에 들어다오

모심기 때문에 논주인양반이 이 물꼬·저 물꼬 다 헐어놓고, 일꾼들은 모심도록 버려두고, 주인은 어디로 갔느냐. 일꾼들은 힘든 노동에 시달려 괴로운데, 주인양반은 팔자가 좋아 술안주로, 문어와 큰 전복을 손에 들고, 첩의 방에 놀러갔다. 새벽같이 밭에 나가 일을 하다보니, 어느 사이 일할 밭이 반달만큼 남았다. 밭 매다가 반달만큼 남은 밭이 무슨 반달이냐, 초승달이 반달이지. 여자들 내의인 꼬장주(고쟁이)는 궁둥이 쪽이 벌어져 있어, 여자들이 대·소변을 보기 편리하게 되었는데, "해발름"은 고쟁이 뒤가 해바라져 발쭉 벌어졌으니, 바람이 들어와 궁둥이 시려 못 살겠다고 했다. 여인의 궁둥이가 그리 시릴 수 없지만, 이는 좀 해학적 표현이랄까. 그 고쟁이를 사나이가 한산모시 적삼소매로 덮어주겠단 것이다. 여인네들이 입는 모시적삼은 속살이 아늘아늘하게 비치는데, 저고리 안자락 깃 아래, 기다란 섶 안에 연적 같은 저 젖 좀 보소. 많이 보면 병날 테니, 담배씨만큼 보고 가란다. 담배씨만큼 보고 가란 말은, 본 둥·만 둥한 것이다. 그러니 얼른 퍼뜩 보고마니, 미칠 지경이 된다. 상주함창 공갈 못은 지금은 다 메워지고 흔적만 남아 있다. 공갈 못은 "공검지"로 신라 때부터 유래한 못이다. 이 공갈은 여자의 음핵을 이른다고 한다. 이 공갈 못에 연밥 따는 처녀를 보고, 내 품안에 안겨달라는 것이다. 그러면 연밥은 그 사내가 따주겠단 것이다.

이 「모심기노래」야말로, 참으로 멋진 훌륭한 문학작품이랄 수 있겠다. 문어점복 손에 들고 첩의 방에 갔다든지, 매던 밭이 남은 모습이 반달처럼 보인다든지, 벌어진 고쟁이가 궁둥이 시리다든지, 젊은 여인의 젖통을 담배씨만큼 보고 가라느니, 연밥 따는 처녀를 보고 은근슬쩍 말을 걸어 내가 대신 따줄게 내 품안에 안겨달라는 표현 등은, 바로 노동을 통한 훌륭한 문학작품으로 승화시킨 민요라 하겠다.

물나들 나루.

물나불치다 물너울 치는 것. "바닷물이 물나불을 친다."

물데설데 모른다(없다) 마구 설치거나, 더 물러 설 데가 없는 것. "자아는 물데설데 모르고 나부댄다."

물도오 물동이. 옛날엔 집안에 우물이 없기 때문에, 일꾼들이 한가할 때 무지게로 물을 쪄다 주든지, 아니면 아낙네들이 오리밖에 있는 우물까지 물동이를 이고 가서, 물을 길어다가 식수로 사용했다. "머리위에 또아리를 받쳐, 부엌 안 물도오까지 물을 담아 이고 오면, 동이 안에 바가지를 넣어 가지고 오기 때문에, 물이 넘쳐흐르지는 않았다."

물땀떼기 물땀띠. 피부병의 하나. "여름철 더버이, 얼라들한테 물땀띠기 막 난다."

물때(태) 이끼.

물렁죽사발 사람의 성격이 야무지지 못 한 것. "사람이 너무 텍없이 좋아, 물렁죽사발 이다."

물미 사물의 이치를 터득하는 것. 초교에 다니는 학생들이 처음에는 공부하는 방법을 잘 몰라 애먹다가, 차츰 그 방법을 알게 되는 것이다. 그럴 때 물미가 터진다 한다. 김몽선의 시조시집 『한지(韓紙)·냉이꽃 그 하얀 이마』에서 "꾸준히 가다보면 터지는 물미"라고 썼다.

물반 물받이.

> 「지신밟기」 (동래지방)
> 오행으로 물반놓고 금개구리 주추심어
> 주추위에 기둥세워 기둥위에 납장걸고
> 납장위에 중보걸고 중보위에 소래기
> 소래기위 상보걸고 사방으로 추련빼고
> 육십사귀 연목걸고 오색토로 알매치고
> 태극으로 기와얹고 사모에 풍경달아
> 동남풍이 건들부니 풍경소리 요란하다

> 오행을 짚어 물받이를 놓고, 금개구리 같은 주춧돌을 박고, 주춧돌위에 기둥을 세워, 기둥위에 납작한 장목위에 중들보를 걸고, 중들보 위에 느리개요, 느리개 위에 상들보를 걸고, 사방으로 주련을 빼고, 육십사귀에 서까래를 걸고, 오색 흙으로 산자 위 받는 흙으로 치고, 태극문양의 기와를 얹고, 네 모퉁이에 풍경을 달아 동남풍이 건들 불어오니, 풍경소리가 요란하구나.

물배기 물바가지.

물빵구 물방귀. 물수제비 혹은 물방개.

물씨인다 목이 말라 물을 켜게 되는 것. "소금 먹은 놈이 물씨인다."

물앙팅이 턱없이 마음이 좋은 사람. "내 동무 하나는, 물앙팅이같이 좋다."

물여다 동이에 물을 이는 것. 물을 긷는 것. "오리밖 샘물을 여다 묵고 살았다."

물외 오이. 물맛이 나는 외. "시골에서는 아이들의 심심거리 군것질로 물외 맛이 좋았다."

물음마구리 시비를 따지며, 옥신각신 따지는 것.

물좋고 · 반석좋고 · 정자좋은데는 천지 없다 이 삼자가 올바르게 갖춘 곳은 없다는 말로, 이전에는 남녀간의 맞선을 볼 때 흔히 쓴 말이다. 이 삼자란 인물 · 재력 · 학벌 등을 골고루 구비하기란 어렵단 것이다.

> 「춘유가」 (왜관지방) ㉮
> 침선방적 골몰하야 세월을 잊었더니
> 어난듯 이팔이라 여필종부 법을따라
> 물좋고 반석좋은 복든방이 어데든가

> 「화전가」 (안동지방) ㉮
> 행구를 차려들고 가자가자 어서가자
> 물좋고 반석좋은 만유정자 먼저가자

천지일월 이세계에 원통할사 우리몸은
팔년부지 남의남자 백년으로 언약맺고
남의부모 부모삼고 남의동세 동세삼고
삼종지도 법을좇아 원부모 형제되니…
방중이 세월이요 대문밖이 친리로다
규중에 묻혀앉아 고초함도 그지없다

바느질과 베 짜기에 정신을 쏟아 세월 가는 것도 잊었더니, 어느덧 십륙 세라. 여자는 반드시 남편을 좇아 시집가는 법도를 따라, 물 좋고·반석 좋은·복이 가득한 집이 어디던고. 하늘과 땅 사이 해와 달이 비치는 이 세상에, 우리는 여자 몸이 된 것이 너무 원통하구나. 얼굴도 모르는 낯선 남자한테, 평생을 언약하고·남의 부모를 부모삼고·남의 동서를 동서삼고, 여자는 성장할 때는, 친정아비요·시집가서는 남편이요·늙어서는 아들한테 좇아가는, 삼종지도가 엄연히 있다. 그리하여 내 살붙이인 친정부모와 형제를 멀리하게 된다. 다만 시집가서는 방안에 갇혀 세월 보내니, 대문밖이 천리 길처럼 아득하여, 여자는 나다닐 수 없다. 다만 안방에 갇혀 괴롭고 어려운 시집살이는, 끝이 없다는 원망이 서려 있다. 여기서 "팔년부지"는 "생면부지"의 오기다.

행장을 차려 갖고서, 가자가자 어서 가자, 물 좋고·반석 좋은 곳·정자까지 고루 갖춘 곳으로, 먼저 가자.

물줄개 젖을개. 모시를 짤 때, 베틀에 실이 마르지 않도록 적셔주는 나무토막. 나무 끝에 헝겊을 달았다.

물지다 홍수지다. 과일 등이 한참 제철이 된 것. "물지니 물난리가 났다."·"수박이 물졌다."

물찔다 물 긷다. "물 찔러, 마을 앞 샘까지 댕겼다."

물캐지다 채소 따위를 너무 삶아 뭉크러진 것.

물팅이 물을 먹어서 팅팅 부은 것. 사람이 무른 것. "저 물팅이 같은 사람이다."

물팩 무르팍. "노인의 노리개는 손자다."

뭉개지다 문질러 으깨다. 일을 어떻게 할 줄 몰라 짓이기는 것. 무너뜨려 버리는 것. "나무판대기에 쓴 글씨가 뭉개져 안 빈다."

뭉티기·뭉텅이(팅이)·뭉치 뭉텅이. "생소고기를 뭉텅이로 썰어 낸다." "고기의 살점. 뭉텅. "식당에서 술안주로 소뭉티기를 묵었다."

미 뫼. 묘. "인자 미는 쓸 필요가 없는 시절이 됐다."

미구 매구. 천년을 묵은 늙은 여우가 변하여 된다는 매구로, 계집아이가 꾀가 많고 약게 노는 아이한테 쓰는 속어다. "야이! 미구딱지야."

미금 먼지.

미기 메기. "미기는 만치민 미끈미끈한다."

미깔시럽다 밉광스러운 것. 얄밉다. "저 할망구는 행실이 미깔시럽다."

미꼬리(라지)·미꼬랭이 미꾸라지. "미꼬리 국 먹고, 용티림한다."

미끈 지게의 맬 끈. "지게 미끈이 헐렁하다."

미끈유월 음력유월은 쉽게 지나감을 멋스럽게 이른 말.

미끔하다 미끈하다. 흠이 없이 밋밋하다. "미끔하게 잘 생긴 저 젊은이."

미난지 미나리.

미다 무이다. 털이 빠져서 살이 드러난 것. "옷이 오래 돼 미졌다."

미딱지같다 매구딱지 같다. 깨끗이 잘 정돈된 것. "집안을 미딱지 같이 해 놓았다."

미뜽 밀삐. 지게끈.

미련 곰탱이 "곰탱이"는 곰팡이를 가리키나, "곰탱이"가 곰으로 착각하여, 사람이 어리석고 둔한 사람을 말하기도 한다.

미련새 미련한 것. 「시집살이요」(경산지방) 참조.

미리지떡 쌀가루반죽에 팥이나 콩소를 넣고 타원형으로 빚은 떡.

미메추리 산에 사는 메추리. 「문답노래」(김천지방) 참조.

미물국시 메밀국수. "엄마, 미물국시 해 묵자."

미물철개이 하늘높이 나는 잠자리. 고추잠자리. "가실게 하늘 높이 나는 미물철개이."

미뻘 산소의 공간. "미뻘 새 소낭키 너무 소물다."

미수(未收)나다 돈 따위가 모자라는 것. 일이 밀리는 것. 쌀을 말이나 되로 되는데, 좀 모자라면 미수난다고 한다.

> 「풍덕빠져 죽고제라」 (군위지방) ⑩
> 미수나네 미수나네 이내곤치 미수나네
> 좀 모자라네 모자라네, 이내 고치가 좀 모자라네.

미식거리다 메슥거리는 것. 음식물을 토해낼 듯한 기분. "속이 미식거려 더 못 묵겠다."

미어진다 무이다. "옷이 낡아 미어진다." 혹은 꽉 차서 터질 것처럼.

미역설치 기장지방에서 생미역을 채취하여, 콩나물국을 끓여 거기다가 생미역을 썰어 넣고 먹는 음식.

미영 모양.

「분통같은 저젖봐라」 (동래지방)㉤
호리호리 삿갓집에 연가불숙 나는집의
알금삼삼 곱은처자 오미영 조미영
대장부 간장 다녹인다

호리호리한 삿갓 같은 집에 연기 불쑥 나는 집에, 얼굴 마마자국이 얕고도 얇게 얽은 모습인 고운 처자야. 이쪽 모양과 저쪽 모양을 봐도, 대장부 간장을 다 녹일 만큼 일색이란다.

미영바심 무명바심. 목화를 솜으로 만드는 일. "밍비 짤라카믄 가실게 미영바심부터 한다."

「활노래」 (예천지방)㉠
타고보세 타고보세 미영바심 타고보세
곧은허리 굽스리고 활장손을 낮개붙여
살금살금 당기노니 활줄에 붙인후에
허리피고 손을드니 염축이로 놓고당겨
조밥댕이 이지말게 활활둘러 고로타서
뭉개뭉개 피워내니 오호상에 연기른가
용문산에 안개른가 초한전장 먼지른가

가을 흰 목화를 따서 씨아로 목화씨를 빼내고, 이를 활로 타는 광경이다. 목화를 타고보자, 목화를 솜으로 만들기 위해 타고보자. 꼿꼿한 활의 허리를 굽혀·활장을 손에 낮게 붙여, 살금살금 당겨 놓며 활줄에 붙인 뒤에, 활의 허리를 펴고 손을 들어 옆쪽으로 놓고 당기며, 솜이 조밥덩이처럼 일지 말게, 활활 둘러가며 고루 타서, 솜을 뭉게뭉게 피워내니, 솜이 마치 오호위에 피어나는 연기 같고, 용문산(예천)에서 일어나는 안개런가. "초한전"은 초(楚)나라와 한(漢)나라가 싸움에서 일어나는 먼지런가.

미자바리 미주알. "미자바리 빠지게 졸겼다."

미조차 미쳐.

미주고주 · 미주알 고주알 이리저리 캐묻는 것. 혹은 싫증나게 묻는 것.

미주 메주. 일본어 "みそ(味噌)"인 된장도 우리말이 아닐까 한다. "콩 쌂아 미주를 디딘다."

미즈구리 물가자미. "미즈구리로 식혜를 담가 묵는다."

미즌밭 집 가까운데 있는 밭. "미진밭에 채소를 키운께, 조석반찬꺼리는 된다."

미지기짜지기 사람들이 서로 밀어붙이는 것.

　「장타령」(동래지방) ㋿
　꾸벅꾸벅 구포장 허리가 아파 못보고
　미지기 짠다 밀양장 싸개를 묶어 못보고

　꾸벅꾸벅 졸음 오는 구포 장은, 허리가 아파서 못 보겠고, 서로 밀어붙이기 잘 하는 밀양장, 너무 싸게 사려해 못 보겠다. "꾸벅"과 같은 두음 "구"포장, "미"지기의 두음 "밀"양을 따온 해학적 표현이다.

미직지근하다 · 미지그리하다 미지근하다. "방바닥이 미직지근하다."

미찐하다 꺼림직한 것.

미칫나걸칫나 말이나 행동을 마구할 때의 속어. "저놈아가 미칫나걸칫나."

미출하다 · 미추리하다 · 미치무리하다 미추름 하다. 한창 때 건강하고 아름다운 태가 있는 것. "저 사람은 미추리하게 잘 생겼다."

미출미출(미추리)하다 미끈미끈하다. 미추름하다. "똥걸금을 많이 하이, 남기 미출미출하다."

미키하다 매캐하다. 연기냄새가 나는 것. 곰팡이 냄새가 나는 것. 물쿠다. 날씨가 무더워 기분 나쁜 상태. "비가 올란가 무덥고 미키하다."

민다리 삭정이. 맨다리.

민듯하다 울퉁불퉁하지 않고 땅바닥이 편편한 것. "질(길)이 민듯하이, 눈감고라도 다니겠다."

민주르다 함께 나란히 상대하다.

　「붕우가」(예천지방) ㋑
　어와 붕우들아 집에서 없던잠이
　서서도 잠이오니 앉아서도 잠이오고
　서서도 잠이오니 원수고도 민줄러라

　아! 벗들이여! 집에서는 없던 잠이, 서서도 잠이 오고 · 앉아서도 잠이 오고 · 서서도 잠이 오니, 원수하고도 나란히 비교가 된다.

민줒단지 미움받이.

민핀하다 면평(面平)하다. "땅바닥이 민핀하다."

밑자리떡 미나리 · 부추 등을 밀가루에 버무려 밥 위에 찐 떡.

밀게 고무래. 멍석에 곡식을 널 때 사용하는 농기구. "마당에 나락을 밀게로 널고 있다."

밀구다 · 밀가 미루는 것. "일을 자꾸 밀가 나간다."

밀뚝하다 퉁명스러운 것.

밀띠 벼메뚜기. "나락논에 농약을 많이 쳐서, 밀띠가 안 빈다."

밀사리 밀을 불에 구워 먹는 것. "사리"는 사르다에서 왔다. "콩사리" "집에 가는 길에, 배가 출출해 밀사리를 해 묵었다."

「살이」 (동래지방) [민]
살이살이 살이중에 무슨살이 제일인고
콩살이는 입만끌고 담살이는 배고프고
시집살이 속만타고 양주살이 제일좋다

살이 가운데 무슨 살이가 제일 가는가. 콩사리 해먹으면 입만 시커멓게 그을 게 되고, 남의 집 더부살이는 배가 고프고, 시집살이는 속만 타고, 단출한 부부살이가 제일 좋단 것이다.

밀찌불(울) 밀기울. "밀찌울로 누룩을 디디민, 내중에 술 담으믄, 좋은 술이 안 나온다."

밀창문 미닫이문. "밀창문을 확 여니, 시원한 공기가 좋다."

밉생 밉상. 어린아이가 잘 생겼으면, 잘 생겼다 말하지 않고, 반대로 밉상이라고 한다. "저 얼라는 밉생이대이."

밋돌 멧돌. "밋돌에 콩을 갈아, 조피를 맹근다."

밍그지다 뭉개지다.

밍(민)깅 면경. "밍깅 보고 이미 털을 민다."

밍긋하다 밍근하다. 약간 따스한 기운이 도는 것. "방바닥이 밍긋하다."

밍(미)기적거리다 궁둥이를 바닥에 대고 약간씩 움직이는 것. 곧 뭉그적거리는 것. "궁딩이를 밍기적거린다."

밍년 명년. "지난이 밍년에 보세."

밍(멍)다구 살갗에 멍이 든 것. "팔띡이 밍다구가 시퍼렇게 들었다."

밍지 명주. 닷새비~보름새비. "밍지전대 개똥 들었다."

밍태 명태. "옛날에는 밍태 하나로 가늘게 째서, 그 보푸라기로 반찬을 맹글었다."

밑도리 이발.

밑두방치 밑바탕. "장시를 할라캐도 밑두방치가 없어 못 하겠다."

밑절미 밑천. "장사를 할라믄, 밑절미가 있어야 한다."

바기미 바구미. 쌀독 안에 이는 벌레. 한 가지 일에 열중하는 것. "쟈는 공부바기미다."

바꾸 바퀴. "앞바꾸 뒷바꾸 자동차바꾸."

바끈·발끈 아주 썩 가까이. 박근(迫近). "바끈 삼촌이 된다."

바두다 바짝 서두는 것. "바싹 바두어 가거래이." · "얼매 안 남았으이 바다 힘내 해라."

바딱 벌떡. "바딱 일라 댕겨 온내이."

바락고 있다 기다리고 있다. "저 노인은 아들이 온다고, 바락고 있다."

바래주다 배웅. "할매 가시는데, 버스머리꺼정 바래주었다."

─바리 마리. "한바리 두바리."

바리바리 계속 잇대어 오는 것. "전화가 바리바리 자꾸 온다." "짐이 바라바리다."

바보축구 축구(畜狗). 사람답지 못한 사람. "이 바보축구야."

바뿌(쁘)제 보자(褓子)기. "바뿌제에 감을 항그 싸갖고 왔다." 밥보자기.

바싹하면 얼핏 하면.

「교녀사」 (예천지방) ㉮

시간사리 하기싫어 건공에 마음두어

바싹하면 구경가고 삐긋하면 놀음추름

세간 살이 하기 싫고 · 허공 중에다 마음을 두어, 얼핏 하면 구경 가고 · 걸핏 하면 놀음에 추렴은 돈을 얼마씩 내는 것.

바소구리 발채. 바소쿠리. 싸리로 만든 삼태기. "지게에 바소구리를 얹었다."

바숨 바심.

바시웁다 눈 부시는 것. 눈이 어리어리하다. "눈이 바신다."

바실바실하다 바지런한 것.

바우옷 돌이끼. "폭포의 돌에 바우옷이 찌었다."

바자구 바닥.

바직하다 국물이 조금만 남게, 되직하게 끓이는 것. "찌개를 바직하게 꾫인다."

바질타 보기보다 잘 보채거나, 개가 몹시 짖는 것. "얼라가 바질케 운다." · "개가 바질케 짖는다."

바틀리다 부딪. "차가 남게 바틀렸다."

박나다 바닥나다. 끝장내다. "두지의 쌀이 박났다."

박산 · 박상 튀밥. 쌀을 튀긴 것. "기추에 강냉이박상을 한자리 사들고 왔다."

박재기 바가지. 바가지 긁다. 옛날에 여름철 콜레라 같은 전염병이 돌 때, 역신을 구축하기 위하여, 무당을 불러다 주문을 외면서 상위에 바가지를 긁어 소리를 냈다. 그런데 이 바가지 긁는 소리가 귀에 거슬리게 들리고, 뒤로 잔소리가 잦으면 "바가지 긁는다"고 했다. 요즘은 아내가 남편한테 주로 쫑알거리는 잔소리를 "바가지 긁는다"고 쓰고 있다.

반감 반감(飯監)은 궁중에서 음식물이나 진상품을 맡아보던 벼슬아치를 일렀으나, 여기서는 음식에 간보는 것을 말한다.

「애향곡」(의성지방, 양동이씨부인) ㉮
반감음식 잔손일을 칠칠하기 주장이라…
반감을 잘못하면 하인들이 웃을세라
삼일후의 반감할제 입맛맛게 쉽잔토다

「종자매유희가」(인동지방) ㉮
동지섣달 설한풍에 반감하기 손시리고
오월유월 삼복더위 쳐신하기 땀나도다…

음식에 간맞추기와 음식에 잔손가는 일을, 민첩하게 하기가 주된 일이라. 음식 간을 잘 못 맞추면 하인들한테 웃음거리가 된다. 시집와서 사흘 만에 낯선 부엌에서, 음식 간 맞추는 일은, 곧 시어른 입맛 맞추기가 쉽잖다.

신부가 동지섣달 눈바람 속 음식 간 맞추려니 손 시리고, 오뉴월 삼복더위에 시집에서 처신하기 땀이 난다.

「계녀가」(봉화지방) ㉮
손님이 오시거든 청령더욱 하여서라
이웃에 꾸러오나 없다고 핑계말고
소리를 높게하여 외당에 듣게마라
반감을 손수하고 종만맡겨 두지말고
반상을 매우닦고 기명을 씻고씻어
밥그릇 골게말고 국그릇 식게마라
반찬을 놓을적에 제자리 알아놓고

「한별곡」(경산지방) ㉮
마음을 진정하여 심회를 잊을려고
침선들어 의복하니 동정에 고름달고
조석으로 반감하니 지렁에 객수로다

음식이 불결하여 손님이 앉았으면

주인이 무안하고 안흉이 나느이라

사랑에 손님이 오시거든 외당(사랑)에서 영 떨어지길 더욱 기다려, 말씀 듣기를 귀 기울려야 하고, 이웃집서 꾸러 오거든 없다고 핑계대지를 말고, 여자들의 목소리가 사랑에 들리게 하여서는 안 된다. 음식 간맞추기를 손수 하여 종한테 맡겨두지 말고, 반상을 깨끗이 닦고 · 기명을 깨끗이 씻어야 한다. 밥이 밥그릇 안에 빈 구석이 없게 담아야하고, 국그릇은 식게 하여서는 안 된다. 반찬을 반상에 놓을 적에 제 자리를 알아 놓아야 하고, 음식이 불결하여 손님이 손대지 않고 앉았으면, 주인이 면목이 안 서게 되어, 안사람의 허물이 된다.

이는 접빈객의 대목에서 주의해야 할 점을 강조한 것이다.

낯선 시댁에서 마음을 진정하여, 심중에서 이는 친정에 대한 심회를 잊으려고, 바늘을 들고 의복을 만드는데, 동정에다 고름을 달게 된다, 아침저녁 끼 때마다 음식 간을 맞추어야 하는데, 잘못 해 간장에 객수를 넣게 된다.

신부가 시댁에서 모든 일에 정성을 쏟아야 하는데, 덤벙거리다 보니, 동정에 고름을 달고, 간장에 객수를 넣게 되는, 조심성 없는 행동을 지적한 것이다.

반갱(飯羹) 밥과 국.

「여자훈계가」 (예천지방) ㉮

제삿날이 닥쳐오면 삼일재계 정히하고

집안이 가난하여 반갱으로 차리더라도

정히정히 장만하고 지성으로 할량이면

귀신이 흠향하고 복록이 무궁하며

제물이 많다하나 정성이 부족하면

귀신이 흠향 아니하고 허도행사 하느니라

제삿날이 닥쳐오면 삼일동안 목욕제계를 깨끗이 하고, 집안이 가난하여 밥과 국만으로 제상을 차리더라도 깨끗이 장만하고 지극정성으로 할 양이면 귀신이 제물을 받아먹게 되고, 조상의 음덕으로 복록이 무궁하게 된다. 재물이 많아도 정성이 부족하면 귀신이 흠향하지 않고 헛된 행사가 되고 만다.

반거칭이 반거들충이. 반거충이. 재주를 배우다 건둥그려 다 이루지 못 한 것. "공부하다 중도 고만 두민, 반거칭이가 된다."

반께이 어린 계집아이들의 살림놀이 도구. 방두(득)깨비. "딸아이들이 놀음에, 반께이 살고 있다."

반대기 감자가루로 구운 떡의 일종.

반디(대) 반두. "큰물이 져서 걸에 반디 갖고 괴기 잡으로 갔다."

반물 짙은 검은 빛을 띤 남빛.

「화전가」 (안동지방) ㉮
반물치마 명주상은 사치기운 전혀없다

「화전가」 (영주지방) ㉮
광당목 반물치마 끝동없는 흰저고리
흰고름을 달아입고 전의입던 고장바지
대강대강 수습하니

검은 남빛 띤 명주치마는, 사치스런 모습이 아주 없어 보인다.

광목과 당목에 검은 남빛 띤 물들인 치마에, 옷소매 끝에 댄 동이 없는 흰 저고리에 흰 고름을 달아 입고, 또 전에 입었던 고장바지를 입고, 대강대강 외출차림새를 바로잡고 나온 모습을 묘사한 것이다.

반바래기 길 따라 다니기.

반보 반물들인 보자기. "반보에 감을 싸들고 왔다."

반부담(半負擔) 작은 부담짝.

「친정가는노래」 (의성지방) ㉪
활장같이 굽은길로 안반같이 넓은길로
서발짱대 뻗친길로 설대같은 곧은길로
반부담에 도둣타고 울렁울렁 걷는말에
우리집에 나는간다 오동나무 꺾어들고
오동도동 나는간다

활 몸처럼 굽은 길로 떡치는 두껍고 넓은 안반 같은 길로 서발 장대처럼 쭉 뻗친 길로·담배설대처럼 곧은길로 작은 부담짝에다 말을 둔워 타고 울렁출렁 걷는 말에 우리 친정으로 나는 간다. 친정 가는 기분이야 마치 오동나무를 꺾어들고 오동오동거리며, 기분 좋게 가는 모습을 그린 것이다.

반빗하님 하배들끼리 반빗(반찬 만드는 계집하인)에 대하여 조금 높여 일컫는 말.

「복선화음가」 (안동지방) ㉮
수중하님 열두이요 반빗하님 수물둘이라

수종(隨從)드는 하님은 열둘이요, 부엌하인은 스물둘이다.

반실 방앗간. "반실에다 나락을 찧어 묵고 살았다."

반양달 반쯤은 양달. "반엄달"은 반쯤 응달.

「꼴베는 아이노래」 (청도지방) [민]
저건너 반엄달 반양달새 들경머리
꽃바구니 앞에찌고 나물캐는 저큰악아
이리오너라 도래고사리 여기많다

서 선너 만응날이요 반양달인 늘어가는 첫머리가 되는 곳에, 꽃바구니는 앞에 끼고서 나물을 캐는 저 큰아기야. 이리 오너라 도르르 말린 고사리가 여기 많다.

반월깃 옷깃이 반달처럼 된 것. 「석별가」(문경지방) 참조.

반자 방 · 마루의 천장을 평평하게 만드는 시설.

「복선화음가」 (안동지방) [가]
보라대단 요이불을 반자까지 도로싸고

보랏빛 비단으로 만든 요와 이불이 천장까지 도리어 쌓인 것으로, 많은 요와 이불을 혼수로 마련했음을 알 수 있다.

반쟁이 작은 게를 이른다. 주로 경남 남해안에서 많이 사용된다.

반절 상대편 사람을 업신여겨, 비웃는 듯한 태도로 절하는 것.

「쾌지나 칭칭나네」 [민]
이팔청춘 소년들아 백발보고 반절마라.

이팔청춘 소년들아! 백발노인 보고 업신여겨, 반만 절을 하지 마라라.

반(밤)조개 밤조개. 재첩. "강물 속에서 반조개를 잡아낸다."

반주 날실은 명주 · 씨실은 삼실로 각기 두 번씩 번갈아가며 짠 베.

반중둥 붓을 반쯤만 먹물에 푸는 것.

「상사몽」 (칠곡지방) [가]
청황모 무심필을 반중둥 훨씬풀어
백설같은 간지장에 허혼편지 쓰는구나

청황빛 나는 짐승 털로 맨, 다른 털을 붓 중간에 박지 않은 좋은 붓을 반만큼 먹물에다 풀어서, 흰 눈 같은 장지에다 허혼편지를 쓰는구나.

반종(半種) 튀기. "요새는 우리나라도 반종이 많아 예사로 본다."

반지기 반작(半作). 수확이 평년에 비하여 반 쯤 되는 것.

반지깽이 반짇고리.

반질당새이 반짇고리. 바느질당식이. "반질당시기에 까시개가 있나"

반치(반튼 · 반틈) 반수. "반타다"는 반에 나누는 것. "이 밥을 반치만 묵으래이."

반포수건 「모심기노래」(영일지방)㉆ 반포수건(斑布手巾)은 검은 실과 흰 실로 짠 베. 이 베로 만든 수건을 이른다.

　　수건수건 반포수건 임주시던 반포수건
　　수건귀가 떨어지면 이내맘도 떨어지네.

　　검정과 흰 실로 짠 수건을, 임이 주시던 그 반포수건을, 땀이 나서 빨고 **빤** 수건귀퉁이가 떨어지면, 이내 마음도 떨어지고 마네.

반핀(푼)이 반편(半偏). 사람이 반병신인 것. 혹은 지능이 보통 사람보다 아주 낮은 사람.

　　「여자자탄서」 (영천지방) ㉮
　　머리자연 나직하고 몸도 국척(跼蹐)하니
　　말씀하는 사람들은 반편이라 흉을보니
　　이아니 어려운가

　　새댁이 시집에서 머리는 절로 나직하게 하고 · 몸도 황송하게 굽히니, 말하는 사람들마다 반편이라 흉을 보니, 행신하기가 이리 어려운 것 아닌가.

반(방)팅이 나무로 만든 함지그릇. 쭈그랑반팅이. "신세가 고만 쭈그렁반팅이가 됐다."

받다 사다. 받다. "술을 받다."

받댕이 발댕이. 대님.

발가리 닭이 알을 품으면서 경계하기 위해 날개를 세우고 펴는 것.

발꼬뱅이 발목 굽은 잘록한 부분. 팔꼬뱅이.

발끝 발이 움직이는 방향. 행동거지나 외출따위.

　　「규중행실가」 (인동지방) ㉮
　　가장발글 엽보면서 이집가고 저집가면
　　아니할말 수다한말 가장망신 생각하소

　　가장의 발끝이 어디로 향하는지 엿보면서, 이집에 가고 저집에 가서는, 안 할 말과 수다한 말을 해, 가장 망신당할 일을 생각하소.

발더쿠 발떠퀴. 사람이 가는 곳을 따라, 길흉화복이 생기는 일. "가는 곳마다 발더쿠가 생긴다."

발랑 까지다　성격이 되바라짐. 곧 몸이 가분가분하고도 민첩하게 움직여, 성격이 되바라져 까진 것. "저 사람은 발랑 까졌다."

발명하다　무죄를 변명하여 밝히는 것. 「계녀가」(봉화지방) "발명을 바삐마라."

발목(몽)댕이　발모가지.

발사심　어떤 일을 하려고 마음을 내는 것. 또는 팔과 다리를 움직여, 몸을 비틀어서 부스대는 것. "이 일을 할라고 발사심을 냈다."

발설다　내딛는 발걸음마다 낯선 곳. 「화전조롱가」(문경지방) "문만나도 발이설어"

발천(發闡)　열어서 세상에 드러나게 하는 것. 앞길을 열고 세상으로 나서는 것.

　「안심가」 (동학가사) ㉮
　소위서학 하는사람 암만봐도 명인없데
　서학이라 이름하고 내몸발천 하렸던가

　소위 서학을 믿는 사람들 아무리 봐도 이름난 사람 없는데, 서학이라 이름하고 내
　몸을 이 세상에 알리기 위해, 나서는 사람이라고 꼬집고 있다.

발칙　발치거리의 준말. 산치거리. 발측은 발뒤축. 발치는 누워 발을 뻗는 곳.

　「여탄가」 (의성지방) ㉮
　시부모가 계시거든 혼정신성 잘도하소
　요강부어 발칙놓고 화로불을 단속하소
　술이취해 계시거든 냉수숭늉 준비하소

　시부모가 집에 계시거든 저녁잠자리 보아 드리고, 새벽 문후를 잘 해야 한다. 요강에
　오줌을 부어내고 깨끗이 씻어 발측에다 놓고, 화로 불을 잘 단속해야만 한다. 만약
　술이 취해 계시면 미리 찬물과 숭늉을 준비해야 된다는 것이다.
　이 「여탄가」는 신부가 사구고(事舅姑)하는 조목이 되겠다.

발통·바쿠　구르는 바퀴. "갓뎀 구루마발통 누가 돌렸나. 집에 와서 생각하니 내가 돌렸지." 이는 일본군가의 곡조를 그대로 붙여, 광복이후는 미군의 "갓뎀"에다 일어 "구루마"가 나오게 되고, 차 "바퀴"를 "발통"이라 하여 노래 불렀는데, 당시 혼란상을 어느 정도 헤아려 볼 수 있는 대표적인 노래.

밤느진이　밤느정이. "밤느진이가 내금을 풍기민, 꼭 사정 뒤 내금 같다."

밤새미(기)　철야. 밤샘. "섣달 그믐밤은 잠자믄 눈썹이 신다하여, 밤새미를 한다하나, 아이들은 고만 자삐린다."

밤에 손톱발톱 깎으믄, 구신이 들어온다(나온다) 옛날 컴컴한 호롱불 밑에서는 손톱 발톱을 가위나 칼로 깎다가 다치는 수가 있기 때문에, 무서운 귀신을 둘러대어 못 깎게 한 말이다.

밤에 피리를 불믄, 뱀이 나온다 역시 금기어로 밤에 피리를 불면, 자는 사람들이 듣기 안 좋다는 것이다.

밤에 휘바람을 불믄, 도둑이 든다 우리가 어릴 때 밤에 휘파람을 불면 못 불게 했다. 휘파람소리로 무슨 일을 꾸미는 신호처럼 보였기 때문이다.

밥게우 밥그릇. "여름 저녁 보리쌀을 꼽쳐지어, 밥게우에 고봉으로 수비기 담아 내놓으민, 더번데다가 숨이 탁탁 맥힌다."

밥궁이 밥 담아 먹는 그릇. "밥궁이에 찰밥을 담아내어 놓고, 찰밥 많이 묵으믄 골미운다고 칸다."

밥그륵 골게 말다 옥식기 안에 빈구석이 없게 밥을 담는 것. 「계녀가」(봉화지방)

밥띠기 · 밥풀띠기(밥띠꺼리) 밥 알갱이. "텍쪼가리에 니일 묵을라고 밥띠기를 하나 붙었네."

밥재이 아내를 겸양하여 남에게 호칭할 때. "우리집 밥재이는 날씨금 바쁘다."

방게 · 빵기 작은 게. "빵기를 사다가 그대로 뽁아 내놓는데, 늙은이는 이가 없어 못 묵는다."

방고일 반공일. 토요일. "방고일 만나자."

방구 방귀. 또는 바위.

「방구」(동래지방) ⓜ
우리엄마 방구는 고얌방구 우리아바 방구는 야단방구
우리할배 방구는 호령방구 우리누부 방구는 앙살방구
우리동생 방구는 연지방구 우리매부 방구는 풍월방구
이내 방구는 개랄방구

우리 엄마방귀는 날 사랑하는 꿈 방귀요, 우리 아배방귀는 날 보면 야단만 치는 방귀요, 우리 할배 방귀는 날 보고 호령만 하는 방귀요, 우리 누이방귀는 엄살 피우며 반항하는 방귀요, 우리 동생방귀는 연지같이 보드라운 방귀요, 우리 매부방귀는 바람쟁이 같은 방귀요. 이내 방귀는 달걀같이 예쁜 방귀란 것이다.
여기서 제일 좋은 방귀는 엄마의 괴임과 동생의 연지 그리고 자신의 계란방귀임을 토로했다.

방구 · 바(방)우 바위.

「화전가」 (봉화지방) ㉮

산천은 의구한데 방우틈에 샘이난다

산천은 옛날과 같은데, 바위틈에서 샘이 솟는다.

방까(애)　방앗간

「영감노래」 (김천지방) ㉶
영감아 꽂감아 죽지마라
방애품 팔아서 개떡해 주게

「방애노래」 (인동지방) ㉶
강태공의 조작방애 산에나리 산전방애
들에나리 디딜방애 끌고자바 연자방애
미끌미끌 기장방애 타박타박 서속방애
원수끝에 버리방애 찧기좋은 나락방애
등애나무 물방애 사박사박 율미방애
작끌작끌 녹살방애 오동추야 밝은달에
황미백미 찧든방애

"영감"에 "감"이 나오니, 따라서 곳"감"이 나온다. 제발 "영감아!·곳감아! 죽지 말아라." 방아품이라도 팔아서, 하찮은 개떡이라도 해줄께.

강태공이 처음으로 만든 방아, 산에서 내려오니 산전(山田) 방아요. 들로 내려오니 디딜방아, 소가 끌고 잡아주는 큰 맷돌인 연자방아요. 미끌미끌한 기장 찧는 방아, 타박타박 기장과 조를 찧는 방아요. 원수같이 몸서리치는 보리방아, 가장 찧기 좋은 나락방아요, 등애나무로 만든 물방아, 사박사박 찧는 율무방아요. 녹두·메밀·수수 등을 자글자글 갈아서 쌀처럼 찧는 녹살 방아, 오동추야 밝은 달빛 아래 누런 쌀과 흰쌀을 찧는 방아로다. 방아가 12개 반복되어 아주 리드미컬하다.

「물방아」 (조선어독본, 권2) ㉶
방아방아 물방아야 쿵쿵찧는 물방아야
너의힘이 장하구나 폭포같이 쏟는물에
떨어지는 공이소리 쉴새없이 울리면서
한섬두섬 찧어내니 백옥같은 흰쌀일세

방아야! 물방아야! 힘 좋게 쿵쿵 찧는 물방아야!, 너의 힘이 아주 장하구나, 저 폭포같이 쏟아지는 물에 떨어지는 공이소리. 쉴 새 없이 울리는데, 한 섬·두 섬 쌀을 찧어내니, 백옥 같은 흰 쌀이로구나.

방낮에　한낮에. "방낮에 밖에 나가면 살이 탄다."

방동사니　왕골 비슷한 식물. "물에 방동사니가 우비기 떠댕긴다."

방득개비　어린 소녀들의 소꿉놀이.

「붕우소회가」 (안동지방) ㉮
방득개비 세간살림 풀뜯어서 각시하기

소꿉놀이에서 하는 살림살이로, 풀을 뜯어서 각시 만들어 놀이하기가 좋다.

방매이 · 방마치 방망이.

방박지다 단단하다. 야무지다. 튼튼하다.

방발시다 힘이 한창 왕성하게 생겨나는 것.

「화전가」 (안동지방) ㉮
낚시놓은 늙은이도 젊은마음 나겠거든
강동에 송장한은 소년흥취 방발시다

낚시 놓는 늙은이도 젊을 시절 마음이 나겠거든, "강동(江東)에 송장한(送張翰)"처럼 소년시절 흥취가 한창 왕성하게 나겠구나.
장한은 진(晉)나라 오군(吳郡)사람으로 가을바람이 불자, 고향의 순채와 농어회를 핑계대어, 벼슬을 버리고 강동으로 돌아간 고사.

방상하다 비슷하다. "부자지간 모습이 방상하다."

방선도리 굽도리.

방수기생(芳樹妓生) 한창 꽃피어 있는 것 같은 예쁜 기생.

「양신화답가」 (칠곡지방) ㉮
멀리하소 멀리하소 방수기생 멀리하소
잠시라도 방치하면 만인첨소 어떠손고

멀리 하시오. 꽃 같은 기생들을 멀리 하시오. 잠시라도 그대로 두면, 만인들이 쳐다보고 웃는 것을 어쩌겠습니까. 만인첨소(萬人諂笑).

방수방수 방싯방싯.

방수자월(妨數子月) 방수는 불길한 날이요, 자월은 동짓달이다.

「유실경계사」 (안동지방) ㉮
눈에삼삼 밟히었다
방수자월 성혼시킨 내후회 새로워라

일진이 불길하고 거기다 동짓달 딸을 성혼시킨 일이, 어머니 눈에 곧장 밟혀 후회하는 대목이 되겠다.

방안이 세월, 대문밖천리 옛날 여인들이 방안에 갇혀 세월을 보낸 것. 곧 부녀자들은 규방에 갇혀 전혀 외출을 못 하고 사는 것. 「춘유가」(왜관지방) 참조.

방죽 · 천방 방천 뚝. "방죽에 버들이 퍼렇다."

방추(칫)돌 다듬이돌

「노처녀가」 (단대본) ㉮

방추돌을 옆에끼고 짖는개를 때릴 듯이

다듬이 돌을 옆에 끼고, 짖는 개를 때릴 듯했다.

방치년 나이 어린 신부가 초례 후 삼일을 치를 때, 신방에 들어가 얼마 동안 가만히 앉았다가 도로 나오는 것.

「노처녀가」 (단대본) ㉮

전안초례 마친후에 방치년 더욱좋아

신랑의 동탕함과 신부의 아담함이

차등이 없었으니

전안혼례와 초례를 마친 뒤, 신부가 신방에 들어갔다 나오는 모습은, 더욱 좋아 보인다. 신랑의 얼굴이 토실토실함과, 신부의 아담함이 차이남이 없다는 것이다.

방치다 합치다.

방파내기 불만을 강하게 항의하거나 따지는 것.

배구영 · 배꾸머리 배꼽. "배구영이 억시기 크다."

배깥 바깥. "배깥에 나가 놀아라."

배내기 남한테 가축을 주어 키우게 하고, 새끼를 낳으면 얻는 것. 배내. "소를 배내기로 주었다."

배때기(지) 배의 속어. "지 배때기는 칼로 찌르면 안 들어 가나."

배띠미 물고기의 배 부분. "물괴기는 배띠미가 맛이 좋다."

베락 벼락. 벽력(霹靂)에서 온 말. "베락겉이 내뺐다."

「매물노래」 (군위지방) ㉱

방깐에 배락맞쳐 도르끼로 배락맞쳐

방앗간에서 벼락 치듯 방아를 찧고, 도리깨로 두들겨 벼락 치듯 타작하는 것.

배막디 속이 좁아 남의 속을 뒤집으면서도, 차분한 사람. "저 배막디 같은 거."

배미리기 배밀이. 애기들이 배로 밀고 기어 다니는 것. "얼라가 인자 배미리기 한다."

배미재이(자구) 뱀장어. "도랑 돌방구 틈새 배미재이가 숨어 있다."

배뽕양(냥)하다 먹은 음식이 배가 불러 만족한 것. "실컨 묵었디이, 배뽕양해 살겠다."

배뿔띡(띵)이 배불뚝이. 배가 불뚝하게 나온 사람. "저 배뿔띡이 지나 간대이."

배상 배상(配床). 잔치 때 손님 앞앞이 차려내는 상.

배석앉다 한쪽으로 기울여 비스듬히 앉는 것. 「물레노래」(예천지방) 참조.

배숫도랑 개울. "소내기가 오니 배숫도랑물이 흐른다."

배스르다 임신하는 것. "저 각시는 얼라 배슬렀다."

> 「화전가」 (영주지방) ㉮
> 열달 배슬러 해복하니 참말로 일개 옥동자라
>
> 십 개월을 임신하여 해복(해산)하니, 한 옥동자를 얻게 된 것이다.

배차 배추. 뱁차. "올게는 배차농사가 신통찮다."

배차꼬래이 배추뿌리. "저실게 배차꼬래이 깎아묵으면, 그 맛이 달다."

배창시(수) 고추다 매우 우스운 것. 곧 배창자 곧추는 것. "하도 우스버 배창시 고챘다."

배총 배꼽. 삼 가르고 난 뒤, 자른 부분이 한 칠 지나면 절로 떨어진다. "얼라 배총이 떨어졌다."

배치 다래끼. 눈에 생긴 부스럼.

배태 나락이 배태(胚胎)함은, 줄기 끝에 알밴 것. 혹 임신도 이름.

배팅이 배통의 속어. 물텅이. 젖텅이. "배팅이 내놓고 자믄, 배가 차서 배앓이 한다."

백구치다 "배코치다"는 상투밑의 머리털을 돌려 깎는 것. 머리를 빡빡 깎는 것. "머리가 깜애지라고 얼라 백구쳤다."

백낙같이 고함치다 벽력(霹靂)같이 고함친다. "할배가 사랑에서, 백낙같이 쾀치신다."

백남(伯男)의댁 맏올케를 남에게 호칭할 때 쓰는 말. "백남댁". "중남댁"은 둘째올케. "차남댁"은 셋째나 그 아래 올케. "계남댁"은 막내올케.

> 「귀소슐회가」 (대구지방) ㉮　　　　　　「만수가(萬壽歌)」 (영천지방) ㉮
> 백남의댁 각산형님 유명이 현수하여　　효자더라 효자더라 우리백남 효자더라
> 이모임에 못오신가
>
> 맏올케댁 각산형님은 누가 돌아가셔서, 이모임에 못 오셨는가. 여기서 유명(幽明)은

이승과 저승이 아주 달랐다는, 곧 별세한 것을 뜻한다. 맏올케를 다른 사람들한테 지칭할 때, "백남의 댁"·"동생의 댁."은 자기아우의 댁을 지칭, 곧 손아래 올케. 남자는 처가에서 "처남의 댁"이라 부른다. 현수(懸殊)는 현격하게 다른 것.

효자더라 우리 맏올케는 효자이더라.

백당시기 머리가 하얗게 샌 것. "그 당산아 머리가 백당시기가 됐다."

백이 박이. "한살백이"·"두줄백이"

「자는 듯이 죽었고나」(군위지방) [민]
그기어이 내밥이고 깡닥조밥 내밥이지
물에말아 한살백이 장애비나 한살백이
깡다지로 한살백이 시살백이 먹고왔다.

그것이 어찌 내 밥이고, 험한(꽁대기) 조밥이 내밥이다. 그것을 물에 말아서 한술백이로 먹고, 장에 비벼 한술백이로 먹고, 깡다지밥으로 한술백이로 먹고, 세술백이로 먹고 왔다.

백이다 한 곳에 넣어서 모으는 것.

「보리타령」(선산·장천지방) [민]
보리비러 가자시라 이리저리 기리내여
쌈시바리 실어다가 백이라네 백이라네
마당안에 백이라네 띠디러라네 띠디러라네

보리 베러 가자구나. 이리저리 베어내어 삼세바리 실어다가 한 곳에다 모으라네. 마당안에다 모으라네. 두드리라네.

「매밀노래」(군위지방) [민]
딧문안에 부라놓고 마당에 배아였네
안반에다 분을발라 홍두깨 옷을입혀

뒷문 안에 부려놓고 마당 안에 모았다네. 안반에 분을 바르고 홍두깨에 옷을 입혀.

백자포(白子脯) 물고기의 이리(정액)로 만든 포

백제·맥지 "백주(白晝)에"가 "백제."로 된 것. 대낮에는 할 수 없는 짓을 공공연하게 드러내놓고 한다는 뜻으로, 아무 까닭 없이·억지로·엉터리로. "오늘은 백제 왔다."

백짐 백설기. 백편. 흰무리.

백통재판 담배통·재떨이·타구·요강 등을 놓아두기 위해 바닥에 깔아놓은 널빤지.

백푸로 나일론. 나일론이 백 프로를 이르는 것인데, 줄여 "백푸로"만 쓰고 있다.

뱀댕이 배빗대. 뱁댕이. 베짤 때에 날이 서로 붙지 않게 하려고 사이사이 지르는 가는 막대.

뱀딸 뱀딸기.

뱀띠는 운세가 그냥 무난하다 사생(巳生)은 운세가 평범하다는 것이다.

뱁 밥. "뱁이 꼬딩이다."

뱃구리 뱃구레. 사람이나 짐승의 배통. "인자 뱃구리에 양이 찼나."

뱅장 비행장. "뱅장에 뱅기소리땜서 시끄르버 못 살겠다."

버겁다 벅차다. 두껍거나 부퍼서 다루기가 힘에 벅차고 겹다. "이 일은 니한테 버겁다."

버구다 서로가 버티거나, 맞서 겨루려는 것. 서로 비금비금하여 승부를 내지 못하는 것. "시방 아이들이 씨름에 버구고 있다."

버기미 버캐. 오줌단지 등에 허옇게 끼는 것. "오줌단제 버기미가 찌어 내금이 독하다."

버꾸내기 겨끔내기. 서로 번갈아 하기.

버꾸통 시끄러운 모습. 법고(法鼓)통.

버끔(큰) 거품. "물에 버끔이 인다." 이 말은 경남거제·남해 등에서 쓰인다.

버들게지다 생선을 굽는데 고기 살이 떨어져 나가는 것. "괴기 꿉다하이 모지리 버들게진다."

버들구다 좀 굽게 하거나, 참고 견디는 것. "이 일은 버들구믄 손해본다."

버들뭉치 버들치.

버들잎은 아기틀다 버들잎은 속잎이 나오려고 하는 것.

> 「봉우소회가」(안동지방) ㉮
> 버들잎은 아기틀고 제비새끼 넘노는데

버들잎은 속잎이 트고, 제비새끼가 어느 새 날아와서, 넘놀고 있는 것.

버러 벌써. "장아 가더이 버러 왔나."

버르(벌)장머리 버릇의 속어. "아아들이 요시는 버러장머리가 없다."

버름때 버름대. 베틀에 딸린 기구.

버리 보리. 벌쌀. 보살. "버리문디이"는 보리만 먹고 사는 사람. "야이! 버리문디이야."

버버리 벙어리. "저 사람은 버버린가, 말 한마디도 없다."

버심 곡식을 될 때 한 말(되·홉) 되게 되고나서, 한 말이 못차게 남는 양.

버어지다 벗어지다. "머리가 버어져 대머리가 됐다."

버즘 버짐. "영양실조로 얼굴에 마린 버짐이 핀다."

버지·버지기 버치. 자배기보다 조금 깊고 크게 된 그릇. 큰독.

버지감 큰 감. "올게는 버지감이 많이 안 달렸다."

버치 버섯. 버짐.

버투다 버티다. 서로지지 아니하려고 버티는 것. 곧 맞서서 대항하는 것. "이 일 갖고 버투믄 모두 손해다." 버팅개.

버틀 겉으로 드러난 자태. "맨수무리하게 채려 입고 나서이, 버틀이 좋다."

버팀개 베짤 때 피륙이 버티도록 하는 기구로, 버팀개의 양쪽 끝은 최활로 꽉 집게된 것.

벅구 버꾸. 농악기로서 자루가 달린 작은 북. "법고(法鼓)"에서 온 말.

벅수 돌장승. "마실 앞에 벅수가 있다."

벅시머리 배추의 밑줄기.

벅지다 살지다. "강생이가 벅지고 좋다."

번들개 번개.

번지럽다 번거롭다. 조용하지 않고 좀 수선한 듯한 것. 아이들의 행동이 번거로운 것. "저 집 얼라는 번지럽길 말도 몬 한다."

번(뻔)질나다 번듯하다. 혹은 사람이 많이 다녀 질이난 것. 「활노래」(칠곡지방).

번캐 아이들의 심한 장난질. "자는 번캐짓을 잘 한다."

벌시 버릇이.

벌가리 행동이 거침없는 아이. "야이 벌가라."

벌갱이·벌거지 벌레. "배차에 벌갱이가 생겼다."

벌로 함부로. 아무렇게나. "벌로 먹어치우는 것." "벌로 대고말고 지낀다."

벌시다 벌이다.

「정부인자탄가」 (영천지방) ㉮
홑옷에 깍금솔과 겹옷에 상침솔과
핫옷에 벌임솔을
길이도 당겨보며 가랭도 벌시보며
도련도 곱게하고 깃달이도 얌전하다

한복에서 한 겹으로 된 옷에 깨끼솔기(안팎솔기를 곰솔로 박은 사붙이의 겹옷) 혹은 공그르기와 거죽과 안을 맞추어 지은 옷에, 가장자리 실밥이 겉으로 드러나게 두 폭을 맞대고 꿰맨 줄기 혹은 시침질과 솜을 두어 지은 옷에, 벌림 솔은 두 겹 날을 맞박은 박음새 옷이 길이도 맞은 지 당겨도 보고, 가랑이도 벌려보며, 저고리 자락의 끝동둘레를 곱게 짓고, 옷깃을 단 솜씨와 모양새가 좋게도 잘 지었다고, 칭찬하는 모습이다.

벌앉이다 벌을 치는 것.

「농부가」(영양지방) ㉮
명당의 집을짓고 동편의 마구짓고
서편의 고방짓고 양지의 방아걸고
음지의 우물파고 길우에 밭을갈고
길아래 논을갈아 진데는 피심고
마른데는 조심고 양편 두던에는
콩이나 팥이나 녹두나 동아로다
참깨라 들깨라 다주어 심은후의
뒷밭에 면화갈고 동산의 과목이라
뒤뜰의 벌앉히고 앞뜰에 노적쌓고
장독의 더덕넣고 집우의 박올리고
초당아래 연못파고 못우에 대무으고
대우에 석가산이라

명당자리에 집을 짓고·집 동편에 마구간을 짓고·서편에 고방 짓고·양지쪽에 디딜 방아를 걸고·응달쪽에 우물파고, 집둘레인 길 위쪽에 밭을 갈고·길 아래쪽에 논을 가는데, 진 데는 피를 심고·마른 데는 조를 심고·양쪽 둔덕에는 콩·팥·녹두·동아 를 심었다. 참깨·들깨들을 다 심은 뒤에, 뒷밭에는 면화를 갈고·동산에는 과실나무 라. 집 뒤뜰에 벌을 치고·앞뜰에 노적(露積)쌓고, 장독간에 장독에 더덕 넣고, 지붕위 에 박 올리고, 초당아래는 연못 파고, 연못위에 대(臺)를 쌓고서, 대 위에는 석가산(石假 山)을 만들었다.

한국전통가옥의 구조로서, 본채를 중심으로 여러 건조물을 앉힌 제도와, 집둘레 농경지 에 여러 곡식을 심고, 더덕지를 박고·지붕위에 박 올리고·연못을 파고·연못위로 대를 만들고·대위에 석가산을 만든 조경도를 보는 듯하다.

벌임술 두 겹 날을 맞박은 박음새 옷. 「정부인자탄가」(영천지방) 참조.

벌집 벌대로 아무렇게나 지은 임시 가옥. "피란 때 비바람만 피하는 벌집을 많이 지었다."

벌(들)통시 한데에다 얼기설기 엮어, 아무렇게나 지은 변소.

범살넘기 한바퀴 굴러 넘기. "아아들이 범살넘기를 한다."

범아재비 버마재비. 사마귀과에 딸린 곤충. 함부로 날뛰는 사람.

「규방유정가」 (영양지방)㉮
갈증들린 망아지가 개천보고 달려든듯
범아재비 부득총각 냄새맡는 쉬파린가

목마른 망아지가 개천 물을 보고 달려든 듯, 버마재비같이 부득부득 고집 센 총각이요, 냄새를 잘 맡고 달려드는 쇠파리인가.

베니 일본어 "べに(紅)"에서 온 말로 입술연지를 이름. 이 말도 지금은 거의 안 쓰인다.

베루다 벼르다. "꽁베루듯 어지간이 베룬다."

베름간 · 벼름간 대장간.

베름박 바람벽. 방을 흙으로 둘러막은 둘레. "베름박에 똥쌀날꺼정 살아라."

베리기 · 베룩 벼룩. "베리기 간 빼묵을 놈걸으니."

베리다 버리다. 못 쓰게 된 것. 사람이 죽는 것. "이 물건을 잘 몬 만쳐 베렸다."

베태끈 베틀기구의 하나로, 부티끈.

「베틀가」 (예천지방)㉮
음양오행 날을삼고 성신경위 씨를삼아
삼백예순 베틀삼고 인간만세 한필길이
아조깍깍 짜였더니…
제비같이 날랜몸에 베태끈 질러매고
윗씨같이 묘한발에 헌신짝이 왠일인고…
두기둥에 용두머리 양대산 옥경인가…
두대뻗친 눈썹대는 눈썹마자 생각하니…
도투마리 생각하니 공부공짜 완연하네
비게미라 하는것은 베갯잇음 같사오니
동방화촉 좋은밤에 원앙침 베개위에
베개잣자 생각하여 우리가장 전해볼까…
북이라 하는것은 이북이 웬북인고…

북을들고 자세보니 이북이 이상하네
가운데 붉은속에 꾸리하나 들었으니…
잉애대에 잉애걸어 세세히 걸었으니…
사침이라 하는것은 뒤틀트고 앞을훌터
새오리를 골랐으니 부창부수 우리둘이
우불들고 알가르쳐 가도가 평정하기
사치미와 같고지고
눌림대라 하는것은 버틈을 따라가며
진드그니 눌렀으니…
최활이라 하는것은 버틈게 질러놓아
양머리가 끈중하니 남하고 수작해도
말칠랑 두지마소
저질게라 하는것은 도습을 맞게하니
남의일 심술놀아 저질게질 부디마소
바디라 하는것은 영암소 참빗같이
우알로 올림내림 빗김질도 잘도하니
내행실 내마음의 끼인때를 빗기고저
말코라 하는것은 한틀에 몇필이리
쇠코같이 미련말고 말코같이 유공코저
수양같은 이내허리 버틈때로 굽스리고
화살같은 이내허리 신줄따라 펴고굽혀
섬섬옥수 두손길로 번개같이 놓이면서
북지르고 바딜쳐서 찌극찰각 소리하니
금석사죽 나는소리 오음육율 좋건마는
책상앞에 우리가장 공자맹자 하는소리
앞남산에 우리농부 에와대와 하는소리
베틀위에 아기어멈 찌극찰각 하는소리
인간놀이 좋은놀이 이노래에 더할손가

음양과 오행으로 날을 삼고, 별과 날·씨로 씨를 삼아, 일년 내내 베틀에 베를 짜니, 사람 사는 만세를 내다보고, 한필 길이 베라도 아주 꽉꽉 짰다. 제비같이 민첩하게 놀리는 몸에 "부티"끈을 힘껏 뻗쳐 매고, 맵시 있고·길죽하게 생긴 묘한 발에 헌신짝인 "베틀신"이 웬일인고. 세로 선 두 기둥의 "용두머리"는 두 큰 산이 우뚝 솟은 것 같은데, 여기 옥황상제가 사는 서울인가. 두 대로 가로 뻗친 막대인 "눈썹대"는 여인의 눈썹마저 생각나게 한다. "도투마리"는 베 짤 때, 날을 감아 베틀 앞다리너머 "채머리" 위로 얹어두는 틀을 생각게 하니, 공부공(工)짜가 너무 뚜렷하다. "비경이"는 잉아 뒤와 사침대 사이 날실을 걸치도록 하는 가는 나무오리 셋으로 얼레 비슷하게 벌려 만든 것이 베개모양 같사오니, 동방화촉 좋은 밤에 베갯모에 원앙새를 수놓은 베개위에, 베개침(枕)자 생각하며, 우리 가장에게 전하여 볼까 "북"은 씨실의 꾸리를 넣고 북바늘로 고정시켜, 날 틈으로 오가며 베를 짜는 배같이 생긴 통나무로, 이 북은 웬 북인가. 북을 들고 자세 보니, 이 북이 이상하게 보이는데. 가운데 붉은 몸통 속에 씨실"꾸리" 하나가 들었다. "잉앗대"는 뒤로 눈썹줄에 대고 아래로 잉아를 걸어놓은 나무로, 베틀의 날실을 아래·위로 움직여 한간씩 걸러 끌어올리도록 맨, 굵은 실을 세세히 걸었다. "사침"은 "비경이" 옆에 있어, 날의 사이를 띄어주는 두개의 나무토막으로, 이는 뒤를 트고·앞을 훑어 새 올을 골랐으니, 마치 부부가 화합하는 것처럼, 우리 둘이 위를 붙들고·아래를 가르쳐, 가도가 평정키 비는데, 그 기능이 사침과 같을시고. "눌림대"는 잉아 뒤에 있어, 베의 날을 누르는 막대로 "버팀"을 따라가며, 진드근히 눌리는구나. "최활"은 베 폭이 좁아지지 않게 가로 너비를 버티는 가는 나무오리로, 양끝에 뾰족한 쇠를 박은 것이다. 여기 "버팀개"를 질러놓아, 양쪽 머리가 흐트러짐 없이 헌칠하니, 남하고 수작을 해도 끄트머리에는 두지마소. "저질개" 는 주책없이 수선스런 변덕을 부리니, 부디 남의 일에 심술 놓아 저지르는 짓을 하지 마시오. "바디"는 참빗 살처럼 세워 두 끝 앞뒤 대오리로 대고, 당당하게 살로 얽은 것으로, 영암소(靈巖梳)의 참빗처럼 위아래로 비낌 질도 잘 하니, 내 행실·내 마음의 끼인 때를 빗기고 싶다. "말코"는 짜여져 나오는 베를 감는 대로, 한 틀에 몇 필이랴. 소코같이 미련 말고, 말코같이 공이 있고자 한다. 수양버들 같은 이내 허리 "버름대"로 굽히고, 화살 같은 이내 허리 베틀 "신줄"을 따라 펴고·굽혀, 가냘픈 두 손길로 번개같이 높이 북 지르고, 바디를 치며 자각자각 소리 내니, 경쇠·쇠북·피리·현악기와 어우러져 나는 소리가 오음인 궁·상·각·치·우(宮·商·角·徵·羽)와 양성에 딸린 육률(六律) 곧 태주·고선·황종·이칙·무역·유빈(太簇·姑洗·黃鐘·夷則·無射·蕤賓) 등이 내는 소리처럼 좋게 들린다. 마치 책상 앞에 우리 가장이 『공자』·『맹자』를 읽는 소리요, 앞 남산에 우리 농부 애와대와 소모는 소리 같다. 베틀위에 애기어멈 자각자각 베 짜는 소리, 인간놀이 가운데 좋은 놀이로, 이 베 짜는 노래에 더할 손가.

앞에 열거한 「베틀가」에서, 지금은 완전히 잊혀진 베틀에 딸린, 여러 도구들의 명칭이 나와 있는데, 곧 부티·베틀신·용두머리·눈썹대·도투마리·채머리·비경이· 북·북바늘·꾸리·잉앗대·사침·눌림대·최활·버팀개·저질개·바디·말 코·버름대·신줄 등이다. 다른 「베틀가」보다 베틀에 딸린 도구 명칭이 세세히 나와 있어, 잊혀져 가는 우리 것을 되새기기 위해, 장황하게 실었다.

벤닥각시 마늘각시.

벤(빈)달 비탈.

벼게못대기 베개 모서리. "벼개못대기에 원앙을 곱기 수놓았다."

병구려 병구완은 앓는 사람을 잘 돌보아 시중드는 일. "약시세"는 앓는 사람을 위해 약을 쓰는 일. "근사(勤仕)모으다"는 오랫동안 힘써 계속 공을 들이는 것.

「화전가」 (영주지방) ㉮
병구려 약시세 하다보면 남의신세 지고나고
다시 다니며 근사모아 또돈백이 될만하면
또하나이 탈이나서 한푼없이 다쓰고 나네

병구완과 약 대령을 하다보면, 남에게 신세를 지고 만다. 다시 다니면서 열심히 일해, 돈백이 될만하면, 또 하나가 탈이 나서 한 푼 없이 다 쓰고 말아 버린다는 것이다.

병답다 잘못 하는 것. 「화수석춘가」(의성지방) 참조.

보겟도 포켓. 일본어 "ポケット"는 영어 "pocket"에서 온 것.

–보고 한테. 에게. "나보고 가란다."

보골 채운다 애를 먹이는 것. "니 글케 자꾸 보골 채울레."

보(버)내기 보늬. "밤 보내기를 잘 빗기라."

보단지 여자의 성기를 좋게 이른 것.

「보단지노래」 (영천지방) ㉖
단지단지 보단지야 늦게 붙었다 한탄마라
늦게 붙고도 텍되단다
전라 감사도 꿇어앉고 평양 감사도 꿇어앉고
쪼막 도꾸로 쪼잤는가 질바르게 갈라졌네
니가 무어이 점잖어서 구레 세미는 무슨일고
니가무슨 부랑자라 다달이 토혈은 무슨일고
칠팔월을 만났던고 양대꽃은 웬일인고
유행 감기를 만났는가 코물은 쭐쭐 나오나

단지 단지 보단지에 "단"을 넣어 보지를 은근하게 표현했다. 이 보단지가 턱이 되게 붙었다고 한탄하지 말아라. 비록 팽팽하잖게 붙었어도, 턱은 되게 붙었다. 이 앞에서는 아무리 지체가 높은 사람일지라도, 반드시 다 꿇어앉아야 한다. 이 보단지는 주먹도끼를 맞았든지 길 바르게 갈라졌다. 네가 무엇이 점잖어서 구레나룻 같은, 검은 거웃은 무슨 일로 났는고. 네가 무슨 부랑자라고, 다달이 월경 때 피를 토해냄은 무슨 일인고.

칠팔월을 만났든지 성기안쪽이 양대꽃 같은 붉은 빛깔은 웬 일인가. 유행 감기가 들었는지, 콧물이 쭐쭐 나옴은 웬 일인가.

보당 버튼. 단추. 일본어 "ボタン"은 영어 "button"에서 온 것이다.

보동하다 같이 가 주는 것.

「계녀가」 (칠곡지방) ㉮
혀밑에도 도끼들고 입밑에 시비있어
남가는데 보동하면 후회막급 어이하리

혓바닥 밑에 도끼 들었다 함은, 말을 잘 못하면 죽을 수도 있고, 입에 시비가 있음은 입을 잘 못 놀리면, 장차 시비가 일게 된단 것이다. 남 가는데 같이 따라 가주다가, 무슨 잘 못이 있게 되었을 때, 일이 터지고 난 뒤 후회해도 소용이 없다는 것이다. 그러므로 사람은 입을 항상 조심해야 하고, 남을 도와주다가 오히려 자신이 해를 입게 되는 경우가 있음을 이른 것이다.

보뜩(똑) 잔뜩. 가뜩.

보리경사 돼먹지도 못한 서울말을 지껄일 때. 여기서 "경사"는 "겸사"말이 와전된 것이다.

보리문딩이 친한 동무를 오랜만에 만났을 때 쓰는 속어. "야이 보리문딩이야, 어디 갔다 인자 오노."

보리하고 노인하고는, 넘어지면 그만이다 나락은 비바람에 쓰러지면 몇 포기씩 묶어 다시 세울 수 있지만, 보리는 쓰러지면 다시 일으켜 세울 수 없고, 노인도 한번 쓰러지면 다시 일어날 수 없는 것.

보마 보면. "보마 볼수록 이쁘다."

보물 보늬. 밤보물.

보미다 녹슬다. 때가 끼다.

보밍개 명개. 복새기. 갯가나 흙탕물이 지나간 자리에 앉은 검고 고운 흙.

보배우다 보고 배우는 것. 곧 집안이 널러 문견이 많은 것.

「장탄가」 (경주지방) ㉮	「광사탄」 (상주지방) ㉮
여자는 무식하니 보배운데 없거니와.	여자는 무식하야 보배운데 없건마는.

옛날에는 여자들한테는 글을 안 가르쳐 무식한 데다, 더구나 바깥출입을 못 하고 보니, 문견이 없다는 것이다.

보살 보리쌀. "보살이 살처럼 희다."

보살감태 암뽕. 보살감투(菩薩饅頭). 돼지자궁둥에 붙은 고기조각의 한 부분.

보싱기다 잘 보살펴 미리 챙기는 것.

「교녀사」 (예천지방) ㉮
반찬을 보싱기되 구고식성 자시알아

반찬을 잘 보살펴 챙기되, 시아비와 시어미의 식성을 자세히 알아야한다.

보인(保人)앉다 보증 서주는 것. "친한 치구 사일수록 보인 앉지 마라."

보재기 보자기. 해녀. "한저실게도 보재기들은 바닷물 속에 들어간다."

보족(적) 쐐기.

보지는 첫째 통통하고 둘째 쫍아야 하고 싯째 빠는 맛이 있어야 하고 닛째 쑥이 따새야 하고 닷째 물이 많아야 한다 여자 성기의 상태를 말한 것.

보지 좋은 것은, 첫째 만두보지, 둘째 질난보지, 싯째 숫보지, 닛째 빨보지, 닷째 물보지 여자의 성기의 형태를 이른 것.

보지하고 비빔밥 하고는 질어야 맛이 좋다. 여자성기와 논은 물기가 많아야 좋다는 것. "보지하고 논카는 물이 많아야 한다."

보초롬하다 맑고 푸르스름하다.

보푸래기 · 보푸름 보풀. 곧 종이나 헝겊에서 일어나는 털. "헌옷이 되이기 보푸래기가 인다." 보푸름은 대구포나 명태 등을 방망이로 두드려 가늘게 찢어 만든 반찬.

보픈고매 타박 고구마. 물고매. "보픈고매는 목이 맥히기 때민에 물을 묵어야 한다."

보하타 보얗다. "자고 일어나 보이, 눈이 보하케 왔다."

보꼴새 · 풍덕새 소쩍새 · 뻐국새.

「화전가」 (영양지방) ㉮
가련하다 보꼴새는 공산으로 울어들고
듣기좋은 풍덕새는 시화세풍 울어있고
보기싫은 굴뚝새는 이름조차 듣기싫다

「화전가」 (봉화지방) ㉮
가련하다 복꼴새는 우는소리 처량하다
듣기좋은 풍덕새는 시화세풍 울어있고

불쌍하다! 소쩍새 우는 소리가 공산에서 들린다. 듣기 좋은 뻐꾹새는 시절이 좋아 풍년들라 울고, 보기조차 싫은 굴뚝새는 그 이름조차 듣기 싫다.

복떠림 복달임. 복날 개 패듯 한다는데. 옛날에는 삼복이 들면, 일꾼들이 개를 한

마리 사서 잡는데, 주둥이에 홀갱이 하여 나무에 매달아, 몽둥이로 마구 때려서 실신하면 죽게 된다. 이렇게 개가 주둥이에서 피를 흘리면서 기진맥진하여 죽으면, 개 껍질을 대가리로부터 벗겨내는데, 배퉁이는 벌렁거리며 목숨이 살아 있다. 요즘은 개를 식구처럼 신발에 옷까지 해 입혀 몰고 다니는데, 너무 잘 먹여 살이 쪄서 뒤뚱뒤뚱 걷기도 한다. 개가 잘 먹고 운동 부족으로, 개 주인이 몰고 나와 운동시키는 광경을 왕왕 보게 된다. 개를 사람위주로 보아 사람중심으로 키우기 때문에, 오히려 개중심이 아닌 개학대가 되었다. 개는 마당에 매어 두면 서리를 보얗게 맞고도 웅크려 주둥이만 묻고 자는 개가 좋은 개다. 개는 어디까지나 개다. 개를 사람 중심으로 사육하려니 문제다. 한국을 보고 개고기 먹는 야만족이라고 양인들은 지목하나, 그 식문화의 전통적 특징으로 나무랄게 아니라고 본다.

「농가월령가」 ㉠
며느리 말미받아 본집에 근친갈제
개잡아 삶아건져 떡고리와 술병이라
초록장옷 반물치마 장속하고 다시보니
여름지어 지친얼굴 소복이 되었느냐

「죽은 엄마」 (의성지방) ㉭
개장국에 흰밥말아 날부르는 소릴런가
한동한동 쫓아가니 우리엄마 간대없고
물짓는 소릴래라

며느리가 시어른으로부터 겨를을 받아, 친정어버이를 뵈러 갈 때, 개를 잡아서 푹 삶아 건지고, 떡고리와 술병이들라. 초록빛 가리개에 검고 짙은 남빛치마를 차려입고, 다시 자기모습을 비쳐보니, 농사일에 지친 얼굴이 좀 회복된 듯하다는 것이다.

죽은 엄마가 개장국에 흰쌀밥을 말아서, 나한테 먹으러 오라고 부르는 소린가. 한드랑거리며 달려 가보니, 우리 엄마는 간 데 없이 안 보이고, 물 긷는 소리가 들릴 뿐이라.

「근친노래」 (의성지방) ㉠
아랫논에 미베숨거 웃논에 찰베숨거
골골에는 깨를숨거 매떡치고 찰떡치고
찰떡에는 깨소옇고 매떡에는 콩소옇고
목이잘숙 자래병에 소주한병 잔뜩옇고
목이질숙 황새병에 탁주한병 가뜩옇고
쑥개잡아 쑥짐찌고 장닭잡아 원반짓고
암캐잡아 안찜찌고 암탉잡아 찌짐하고
우렁추렁 걷는말게 아해종아 말몰어라
어른종아 부담해라

「화전가」 (군위지방) ㉠
고자불러 점심중에 개도잡고 닭도잡아
후직시 내신쌀로 점심밥도 지어놓고
개장국 육개장은 가지가지 가득하다

며느리가 말미 받아 친정 갈 때, 아랫논에 메벼심고 · 윗논에 찰벼심고, 밭골마다 깨를 심어, 맵쌀떡과 찹쌀떡을 치고, 찰떡에는 깨를 소로 넣고 · 매떡에는 콩을 소로 넣고, 목이 잘숙한 자라병에 소주 한 병 가득 넣고, 목이 길쑥한 황새병에 막걸리 가득 넣고, 수캐 잡아 수캐찜을 찌고, 장닭 잡아 온반(溫飯) 짓고, 암캐 잡아 암캐찜 찌고 · 암탉 잡아 지짐 하고, 월렁출렁 걸어가는 말에다, 아이종아! 말을 몰아라, 어른 종아! 짐 지고 가거라. 친정 가는데, 며느리의 의기양양한 모습을 느낄 수 있다.

고자(庫子, 고지기)불러 점심을 마련할 때, 개와 닭을 잡고, 요임금 때 후직씨(后稷氏)가 농사를 관장할 때, 그가 낸 쌀로 점심밥도 지어놓고, 개장국과 육개장 등 여러 가지로 가득가득 담아낸다.

여기서 「농가월영가」 · 「죽은 엄마」 · 「근친노래」 · 「화전가」 등에서, 당시 일반백성들은 담백질 섭취에, 개고기를 위주로 많이 먹었음을 알 수 있다. 그런 예가 장씨부인(1598~1680)의 『음식디미방(飮食知味方)』을 보면, 「개장 고는 법」 · 「개장」 · 「개장 꼬치누르미」 · 「개장국누르미」 · 「개장찜」 등 개고기 숙수법이, 여러 가지로 나와 있는 것만 봐도 알 수 있다. 특히 불개를 식용으로 많이 잡았다. 이 불개는 서리가 보얗게 내려도, 웅크려 주둥이를 박고 자는 아주 강한 개다.

복상(福相) 복스러운 모습. 복스럽게 생긴 얼굴.

「계녀가」 (영천지방) ㉮
효성이 지극하면 복상이 쉽사오니
복상이 되신후에 평시와 가깝거던
안색도 화케하며 몸수검도 하나니라

효성이 지극하면 복스런 모습이 절로 되며, 복상이 된 뒤에 평시처럼 가깝게 되거든, 얼굴빛도 화하게 하며, 몸이 편찮은 데가 없는가 물어봐야 한다.

복성(상) 복숭아. "복성이 한참 지 맛이 난다."

복성각시 쥐며느리의 일종. "초가집에는 복성각시가 많았다."

복재기 복인(服人)의 비어. 이 복인은 1년 이하의 상복을 입는 사람을 이른다. 그러나 상복을 입는 사람을 보편적으로 이르기도 한다.

본바있다 자랄 때 집안에서 가정교육을 안 시켜도 집안일가가 많아, 보고 · 듣고 하여 문견이 많고, 예절을 잘 알아 행동하는 것. "집안일가가 많아야 본바가 있게 된다."

본집 시집간 딸이 친정을 호칭하거나, 지차로 살림 나간 아들이 부모님 계신 집을 지칭.

볼가내다 물고기 따위를 먹을 때, 혀로 뼈를 발라내는 것. "뼈따구를 잘 볼가내어라."

볼려 본래. 절대. "볼려 안 된다."

볼실하다 버릇하다. "공부해 볼실해 잘 한다." 또는 "볼실"은 "볼수록"도 된다.

볼태기 볼의 속어. "볼태기가 띵딩 부었다.

뵑아라 밟아라. 경남남해안거제도·남해도 등에서 쓰임.

봄보지가 쇠절 녹쿠고, 가을좆이 철판을 뚫는다 계절에 따라 남녀성기가 왕성한 기력을 가질 때를 말한 것.

봄씹은 사흘에 한번이고, 여름씹은 엿새에 한번이고, 갈씹은 하루에 한번이고, 저실씹은 하루에 열 번이다 계절마다 성교의 회수를 달리하는 것.

봇도랑 봇물이 흘러가는 작은 도랑. "앞니빠진 갈가지 봇도랑에 가지마라 잉어새끼 놀랜다."

봇장 배짱. 복장(胸膛). "저 사람은 돈을 채(債)고는, 봇장좋기 안 갚는다."

봉 구슬치기의 중간 구멍(本·盆).

봉개(가) 음식(飮食)을 싸서 보내는 것. 봉송(封送). 예전에는 큰상음식이 오면, 손톱만큼씩 잘라, 어른들 계시는 집에 빛만 보라고, 봉개를 싸서 보낸다.

봉놋방 봉내방. 주막집에 가장 큰방. 대문 가까이 있어, 여러 손이 함께 모여 자는 곳.

봉달이 봉지(封紙). "한의원의 천장에는 약봉달이가 수없이 매달려 있다."

봉두 그릇의 전 위로 수북하게 높이 담은 밥.

봉두각시 행동이 얌전한 것. 봉황머리모양으로 장식한 각시. "봉두각신가 엄전타."

봉빼(잡)다 어떤 집에 며칠동안을 눌러 박여 얻어먹고, 애를 먹이고 나면 "봉을 뺐다"고 한다. "봉 잡다"는 여러 사람이 술이나 밥을 얻어먹고, 한사람한테 뒤집어쓰게 하는 것. "오늘 저 친구는 봉잽혔다."

봉생이(세기)) 짚으로 결은 봉태기. "봉생이에 퍼담아라." 멱동구미.

봉송(封送) 노인들 계시는 집에 잔치나 제사음식을 보내는 것. 물건을 싸서 선물로 보내는 것

「화전가」 (상주지방) ㉮
도집에가 분배하되 봉송없이 먹을손가
불로초로 구은적은 부모님게 봉송하고
무궁화로 구은적은 군자님께 봉송하고
송잎으로 구은적은 산중처사 봉송하고
두견화로 구은적은 초희방에 봉송하고

오색으로 빚은떡은 노소동락 먹어보세

화전놀이 끝에 각기 음식을 나누어 봉송하는 모습이다. 도집사집에서 음식을 나누되, 봉송음식을 마련하지 않고 먹을 손가. 불로초(파·부추)로 구은 적은 시부모님께 봉송하고, 무궁화로 구은 적은 낭군님께 봉송하고, 솔잎으로 구운 적은 산중처사(승려)께 봉송하고, 두견화로 구은 적은 초희방(楚姬房)은 곧 처녀들 방에 봉송하고, 오색으로 빚은 떡은 노소간 함께 즐기며 먹어보자 것이다.

봉실봉실　꽃송이 봉오리가 탐스럽게 보이는 것.

「평암산화전가」 (영양지방) ㉠　　　　　　　「화전가」 (안동지방) ㉠
봉실봉실 봉선화는 노미의 꽃일래라　　　　봉실봉실 귀엽건만 강강아지 서방두고
　　　　　　　　　　　　　　　　　　　　송정모듬 출석하기 당초부름 오류일세

탐스럽게 보이는 봉숭아는 노미(사람이름)의 꽃이구나.
탐스럽고 귀엽게 보이건만, 강강아지(강씨성에 대한 애칭)는 남편을 두고, 송정에서 갖는 모임에 참석하기가 애초부터 어긋났네.

봉지　봉지(封紙)

「베틀노래」 (칠곡지방) ㉠
한편에는 목화갈아 봉지봉지 따여내여
오리오리 잣아내여 모숨모숨 뽑아내여

목화를 갈아서 한 봉지씩 따내어서, 한 오리씩 물레에 자아내고, 한 모숨씩 실을 뽑아낸다.

봉채　봉치. 혼인 전날 신랑 집에서 신부 집으로 채단과 예장(禮狀)을 보내는 일. 봉채(封采).

부가갖고　불구어 갖고. 붇게 해갖고. "콩을 부가갖고 쌂아라."

부개　봉태기. 멱동구미. "배가 부개만하다."

부개같다　옷이 헐렁한 것. "옷이 부개같아 몬 입겠다."

부난살이 난다　실제 보기보다 양이 많은 것. 붇는 살. "양식에 잡곡을 섞어 묵으믄 부난살이 난다."

부난창문　미닫이.

부대끼다　사람들 사이에 치이는 것. 무엇에 시달려서 괴로움을 당하는 것. "아아들 설레에 부대낀다."

부던지 진드기. 여름철 소가죽에 붙어 피를 빨아먹고, 배가 불룩해지면 떨어지는 해충.

부득총각 불덕거리는 총각. 「규방유정가」(영양지방 참조.)

부들다 떼쓰는 것. 조르는 것. 안 떨어지고 붙어 뭔가 요구하는 것. "얼라가 부들어 댄다."

부들방맹이 부들의 열매가, 방망이처럼 솟아나 있는 열매의 한 가지.

부로 일부러. "부로 니가 보고 싶어 놀로 왔다."

부루(리) 상치의 옛말로, 경상도북부지역에서 노인들이 썼던 말이다.

부룻타 부리다. 짐을 내려놓다. "말게서 짐을 부룻타."

부리망 소의 머거리.

부살개 불 피울 때 쓰는 연료. "잔가쟁이는 부살개감이다."

부술 부삽.

부(뿌)시래기 부스러기. "떡뿌시래기만 묵어도 만판이다."

부시럼 부스럼. "여름철에는 알라들 부시럼이 잘 난다."

부운같은 이세상에, 초록같은 우리인생 뜬 구름과 같은 이 세상에, 우리 인생은 초록같은 청춘이라는 것. 「백발가」(영양지방).

부의 부아로 폐경(肺經)이다. 여기서 우리 선인들은 음식도 음양오행을 좇았으니, 오미(五味)와 좌우음양(左右陰陽)을 엄격히 지켰던 것이다.

「교녀사(敎女詞)」(예천지방) ㉮
열한두살 되거들랑 음식지절 미리알아
다섯맛 다섯냄새 오행에 속했으니
신맛과 신냄새는 목(木)에속해 봄철이요
매운맛과 타는냄새 화(火)에속해 여름이요
쓴맛과 비린냄새 금(金)에속해 가을이요
짠맛과 썩는냄새 수(水)에속해 겨울이요
단맛과 향기냄새 토(土)에속해 사개월에
상생상극 알아가며 오미를 마자알아
수극화에 화생토요 토극수에 수생금과
금극목에 목생화요 화극금에 금생수라
이묘리를 몰라될까
수인씨가 불을내고 실롱씨가 농사짓고
훤원씨가 음식내여 밥과죽을 만들었고

팽조가 국을내고 한선제가 떡을내고
후사정이 만두내고 의적이 술을내고
하후씨가 공바들제 청주에서 소곰나고
부열이 매실가서 신국을 만들었네
간경은 목에속해 신맛이 됐을거요
염통은 신경이라 화에속해 매울거요
부의는 폐경이라 금에속해 신맛이요
콩팥은 신경이라 수에속해 짠맛이요
비위는 토의속해 단맛이 됐을거요
오행중 토에맛이 음식에 주장일세
왼쪽은 밥을놓아 좌양(左陽)이 되어있고
오른쪽은 국을놓아 우음(右陰)이 되어있고
술총이 한낱이라 일양(一陽)을 본을받고
절가락이 두낱이라 이음(二陰)을 본을받고
빼종이난 양되야 웃거리 됐을게요
살고기는 음이되야 다음꺼리 됐을거요
마른반찬 양이되고 진반찬이 음이되니
반찬접시 놓더래도 좌우음양 알아놓고
지렁종자 초종자와 고추기름 꿀종자는
맛맞추기 좋으라고 가운데로 드난이라
오미어로 반찬돕고 반찬으로 곡기돕고
곡기로 장부도와 이명(命)이 달렸으니
그아니 중할손가

여자가 열한두 살 되거들랑, 음식에 대한 절차(숙수)를 미리 알아야 한다. 다섯 맛과 다섯 냄새가 오행에 속해 있으니, 신맛과 신 냄새는 목(木)에 속해 봄철이요, 매운 맛과 타는 냄새는 화(火)에 속해 여름이요, 쓴맛과 비린 냄새는 금(金)에 속해 가을이요, 짠 맛과 썩는 냄새는 수(水)에 속해 겨울이요, 단 맛과 향기냄새는 토(土)에 속한다. "사개월"은 어떤 사리의 전후관계가 빈틈없이 딱 들어맞게 하는 원리로, 오행설에 좇아 상생하니, 쇠는 물을·물은 나무를·나무는 불을·불은 흙을·흙은 쇠를 생하는 것이오, 상극은 쇠는 나무를·나무는 흙을·흙은 물을·물은 불을·불은 쇠를 이기는 것이다. 이를 알아가며 오미(五味)를 마저 알아, 수극화(水克火)에 화생토(火生土)요 토극수(土克水)에 수생금(水生金)과 금극목(金克木)에 목생화(木生火)요, 화극금(火克金)에 금생수(金生水)라는 묘한 이치를 몰라서야 될까. 수인씨(燧人氏)는 고대 중국의 삼황의 한사람으로 불 쓰는 법을 내고, 신농씨(神農氏)도 삼황의 한사람으로 농사짓는 법을 가르쳤고, 헌원씨(軒轅氏)가 처음으로 곡물재배법과 문자·음악·도량형 등을 정하면서, 음식을 내어 밥과 죽을 만들었고, 팽조(彭祖)가 국을 내었고, 한(漢)나라 선제(宣帝)가 떡을 내었다. 후사정이 만두를 내고, 의적(儀狄)이 술을 내고, 하후씨(夏后氏)가 공으로 받을 적, 청주에서 한소끔 났고, 부열(傅說)이 매실을 갈이서 신국(新麴)을 만들었다. 간경(肝經)은 목(木)에 속해 신맛이 되었을 것이오, 염통은 심경(心經)이라 화(火)에 속해 매울 것이오. 부아는 폐경(肺經)이라 금(金)에 속해 신맛이오. 콩팥은 신경(腎經)이라 수(水)에 속해 짠맛이오. 비위(脾胃)는 토(土)에 속해 단맛이 되었을 것이오. 오행 중에 토의 맛이 음식의 주장이 된다. 왼쪽은 밥을 놓아 좌양(左陽)이 되어 있고, 오른쪽은 국을 놓아 우음(右陰)이 되어 있고, 숟가락 자루의 끝이 한 낱이라 일양(一陽)을 본을 받고, 젓가락이 두 낱이라 이음(二陰)을 본을 받았다. 뼈붙이는 양이 되어 으뜸가는 음식재료가 되었을 것이오, 살코기는 음이 되어 다음가는 음식재료가 되었을 것이오, 마른반찬은 양이 되고 진반찬은 음이 되니, 반찬접시 놓더라도 좌우음양을 알아서 놓고, 간장종지와 초종지·고추·기름·꿀종지는 맛 맞추기 좋아라고 가운데로 두는 것이다. 오미어(五味魚)로 반찬을 돕고, 반찬으로 낟알기(穀氣)로 장부(남편)를 도와, 이 생명이 주부에 달렸으니, 그 아니 중할 것인가.

부이다 집적거리다. 성가시게 굴다. "부이기는 누가 부이노."

부작대이 부지깽이. "부작대이로 잘 타는 불을 휘젓어, 몬 타게 맹근다."

부적·부석 부엌.

부접(附接) 남에게 의지함.

부제군 말에 실은 가마를 따라가는 마부나, 뒤채를 잡는 부지꾼.

> 「사친가」 (청도지방) ㉮
> 부제군 제처제비 영을받고 들어서고
> 짐바리도 실어내고 마말단속 치송하니

가마 뒤채를 잡는 부지꾼이 "제처제비"는 이내 곧장 영을 받고 들어서면, 짐바리도 실어내고 말마다 단속을 하여, 짐을 실어 떠나 보낸다.

부집 트집 잡고 덤비는 것.

부집다 붙여 잡는 것. 「계녀가」(예천지방) "살손으로 부집하고"·「계녀가」(봉화지방) "살손드려 붙이잡고"

부태 부티.

부태같다 부대(負袋)같다. 큰 자루. 몹시 퉁퉁하게 보이는 것. "저 여자는 몸딩이가 부태같다."

부편 찹쌀가루를 쪄서, 소를 꿀물에 버무려 위에 대추를 얹고, 팥을 쪄서 으깨어 무친 떡.

부품하다 부프다. 거짓말이 들어 있는 것. 부피가 있어도 가볍거나, 성질이나 말씨가 속이 옹차지 않은 것. "저이는 하는 말이 부품하다."

부헛치다 부어놓고 이리저리 헤치는 것. "머 찾는다고 온방구석에 책을 부헛쳤다." 「화전가」(영주지방) 참조.

북다(뿍닥)불 북대기로 불 지르는 것. 아이들이 보골 채움. "아아들이 방구적에서 북다불을 놓는다."

북덕입 북더기입. 짚과 풀 따위가 난잡하게 얼크러진 뭉텅이처럼, 이가 빠진 모습을 형용한 것. 「백발가」(영해지방) 참조.

북망산 육륙봉에 솟난쪽쪽 백발이라 나이를 먹어가니, 차차 백발이 늘어 가는 것이다.

「화전가」(안동지방) ㉮	「화전가」(경주지방) ㉮
북망산 육륙봉에 솟난쪽쪽 백발이라	무정할사 유수광음 어이그리 수이하나
생각사록 여자된일 원통코 분하도다	북망산 누런봉에 솟는쪽쪽 백발이라

사람이 죽으면 북망산으로 가는데, 그 봉우리가 육륙봉(六六峰)처럼 생긴 머리에, 솟는 쪽쪽 머리카락은 모조리 백발뿐이다.

이렇게 허무하게 늙어가는 인생을 생각할수록, 여자로 태어난 일이 원통하고 분할 뿐이다.

무정하구나. 물같이 흘러가는 세월은, 어이 그리 쉬 가버리나. 사람 죽으면 북망산으로 가는데, 누런 봉우리에 솟는 족족 백발뿐이다.

분길같다 분결같다. "손이 분길걸이 차마타."

분답다 좀 소란스럽거나 복잡한 것. "아아들이 분답게 떠든다."

분여중 분요중(紛擾中). 분잡하고 떠들썩한 것. "분여중에 고만 깜빡했다."

분잡다 분답다. 수선스럽다.

분지(작) 점토로 만든 요강. 분지(糞池). "분지를 매에 씻거라."

분지다 귀찮게 하다. 괜히 시비를 걸다.

분지면 먼저 익은 좋은 면화. "소캐는 분지면이 지(제)일 좋다."

불가래 부삽.

불가리 갈겨니. 물고기.

불광 불을 땐 효과.

불구다 · 불가 붇게 하는 것. "콩을 물에 옇고 불갔다."

불내 화근 내. 숯내.

「정부인자탄가」 (영천지방) ㉮
정지간에 들지마라 블내맡기 오죽하랴
방아실에 들지마라 등겨가 오를세라
침자질 과히마라 목고개가 당길세라
저녁사관 일찍하고 네방에가 누었거라
새벽사관 하지마라 단잠을 어이깨리

「사친가」 (청도지방) ㉮
정지간에 들지마라 붐때맡기 우작하랴
방앗간에 들지마라 딩기때기 오를시라
침자질 과히마라 목고개가 땡길시라

정지간에 들어가지 말라, 화근 내 맡기가 오죽 눈이 맵겠는가. 방앗간에 들어가지 말라, 등겨가 몸에 붙게 된다. 바느질일을 너무 지나치게 하지 말라, 목 고개가 앞으로 당긴다. 시어른 저녁자리 일찍 봐드리고, 너의 방에 가서 누웠어라. 시어른께 새벽문후도 드리지 말라, 달게 자는 잠을 깨게 된다. 이는 시집 사는 딸에게 부엌 · 방앗간 · 바느질 등을 너무 힘써 하지 말라고 이르고, 또 사구고(事舅姑)에서 정성(定省)을 규칙대로 하지 말라고 이르는 장면이다.

불동 부추. 부루. "동"은 상추 따위 꽃이 피는 줄기.

「상추밭」 (진주지방) ㉣
아침이슬 상추밭에 불동꺾는 저큰아가
불동이사 꺾네마는 고은손목 다적신다

불매불매 어린아이를 좌우로 흔들면서 하는 소리. "불매불매 불매야 이불매가 어디불맨고 정상도 불맨데". 이를 "풀미"라고도 쓴다.

불매(미)간 풀뭇간.

불발기 야간 햇불 들고 고기잡이. "밤에 걸에 나가 불발기로 괴기를 잡는다."

불버(부)하다 부러워하다. "잘 사는 사람을 불버마라." 「여자훈계가」(예천지방) "칭찬 불이 하느니라."

불사래 · 불쌀개 불쏘시개.

불에삼다 관솔불빛 아래 삼을 삼는 것. 「질삼노래」(군위지방) ㉣ 참조.

불잉고리 불잉걸. 다 타지 않은 장작불.

불종 부리는 종.

「도롱새」 (군위지방) ㉡
담밖에 몸종두고 애말하로 나갔던고

담안에 불종두고 애말하로 나갔던고

담밖에는 잔심부름하는 여자종을 두고 이 말 하려고 나갔던고. 담안에는 부림종을 두고 이 말 하려고 나갔던고.

불퉁거리다(시럽다) 불평스런 말을 하는 것. 말이 순하지 않고 불퉁불퉁한 태도가 있는 것. "저 사람은 잘 불퉁거린다."

붐장 부음. 예전에는 부고가 오면, 처마 밑기둥에다 매달고, 방안에 들이지 않는다. 다만 날짜를 확인하여, 따로 기록해 두었다가 상문을 간다.

「밍노래」(선산지방)[민]

붐장왔네 붐장왔네 어마죽어 붐장왔네

붐하다 날이 새려는 것. "날이 붐해진다."

붑서다 양이 불어나는 것. "마늘 알갱이가 좋아 까보니 붑선다."

붕동 나뭇잎이 싹트는 것.

붕성하다 떠들썩한 것.

붕알 불알. "붕알에 요롱소리가 난다"는 몹시 분주한 것.

붕울붕울 꽃 같은 것이 탐스러운 모습. 붕실붕실.

「꽃노래」(안동지방)[민]

곱고고은 작약화는 붕얼붕얼 너풀었다

곱고 고운 작약 꽃은, 탐스럽게도 너풀거린다.

불우다 · 불아 짐을 내려놓는 것. "짐바리를 불우다."

비게미 비경이. 베틀에 딸린 도구.

비구다 삐치다. 틀어지다.

비끼다 벗기다. "옷을 비껴, 매에매에 씻긴다."

비눌 목욕을 안 해 떨어지는 피부각질. "목욕을 안 해, 다리에 비눌이 떨어진다."

비다 보이다. "비 온 뒤 먼산이 가차이 빈다."

비라리 품삯을 받지 않고 해주는 일.

비락맞다 벼락 맞는 것. 곡식을 타작하거나 빻을 때, 도리깨나 방아에 두드리고 찧는 것. 「미물노래」(의성자방) 참조.

비랑(베락) · 베리 벼랑. "비랑끄티이 선이께 어질어질한다."

비랑내 비린내. "맹물괴기는 비랑내가 많이 난다."

비렁뱅이 거지의 속어.

비록 벼랑. "소낭키 비록에 걸려있다."

비름빡 바람벽. "비름빡 똥칠하도록 살아라."

비리 비루. 개・나귀・말 등 피부에 생기는 병. "비리 올랐나 가려버 죽겠다."

비리비리하다 비릿비릿하다.

비비치다 삼 줄기를 넓적 다리위에 올려놓고 잇기 위해 비비는 것. 삼 뭉치를 간추리기 위해 내리치는 것.

「질삼노래」(안동지방) [민]
이내나는 비비치고 우리형님 나리치고

「질삼노래」(청도지발) [민]
우리형님 비비치고 이내나는 나리치고

비석치기 아이들 노름. "마당에서 아아들이 비석치기 하고 논다."

비석하다 기울다의 고향말. 또는 비슷하다.

「진성이씨회심곡」(선산해평) [가]
가운도 비석하고 내심변 그뿐이라

「화전가」(영주지방) [가]
오리볼실 고운빛은 자네얼굴 비석하이

집안의 운수도 기울고, 나의 마음도 그뿐이다.

오래 볼수록 고운 빛은 자네 얼굴 비슷하다.

비스무리하다 보기에 비슷한 것. "저그 어매와 비스무리한 사람을 봤다."

비시다 벌어지는 것. "카텐을 비시고, 안을 들이다 본다."

비알 벼랑. "산비알."

비양대다 비아냥대다.

비 오는 날 머리를 깜으믄, 큰일에도 비가 온다 비 오는 날은 머리를 감지 말라는 금기어다.

비우 비위(脾胃)는 남의 행동이 아니꼬워 비위가 거슬리는 것. "저 사람은 비우가 상하는 말로 칸다." 또는 비우(飛虎)같다는 뜻도 있다.

「총각 홀애비 노래」(남해지방) [민]
안반걸이 넓은길로 활장같이 굽은길로
비우같이 달려가니

안반 같이는 떡을 치는데 쓰는 두껍고 넓은 판 같은 길로, 활장은 활의 몸둥이처럼 굽은 길로, 동작이 날쌔고・용맹스러운 호랑이같이 달려가는 것.

비이지다 벗겨지다. "구름이 비이지고, 해가 난다."

비잡다 비좁다. 복잡(複雜)한 것. "재(자)리가 비잡아 시사람밖에 몬 앉겠다."

-비지 "빚다"는 누룩과 지에밥을 버무려 술을 담그는 것. 한말비지. 닷말비지.

비 짜들다 비가 마구 쏟아지는 것. "갑재기 비가 짜든다."

비짜리 비 자루. "비짜리는 싸리로 맹근게 좋다."

비치개 가르마 탈 때 쓰는 도구. "비치개로 가르마를 탔다."

비틀 베틀. "비틀에서 비를 짠다."

빈달 비탈. "빈달에 낭키 많다."

> 「삼삼으면서 하는노래」 (김해지방) ⑭
>
> 저건네라 빈달밑에 미영갈아 미영갈아

빈대는 하루에 고손자를 본다 몹시 빠르게 번성하는 것.

빈드시 비스듬히. "방구적에 빈드시 누버잔다."

빈민이 · 비미이 아주 분명(分明)하게 일을 처리하는 것. 변명(辨明).

> 「화전가」 (안동지방) ㉮
>
> 빈면한 금계댁은 우후의 목단화요
>
> 모든 일에서 분명한 금계댁은, 비온 뒤의 모란꽃같이 화려하다.

빈소 · 빈수 궤연을 모신 곳. 빈소(殯所)는 발인 때까지, 관을 머물러 두는 곳.

빈주르다(줄구다) 모자라는 것을 채우는 것. "공기(식구)가 많아, 빈줄러어 보고 묵어라."

빈지다 틈새로 빛이 새어 나오는 것. "방안에 햇빛이 빈진다."

빈탕하다 들어 있어야 할 알이나 속이 들어 있지 않고 빈 것.

빌림타 빌린 값을 받는 것. 빌려준 데 대한 값으로 치르는 돈을 받아내는 것.

> 「복선화음록」 (대구월촌) ㉮
>
> 빌림타 투기하면 그아니 점잖은가.
>
> 빌려준 돈 때문에 강샘을 내게 되면, 그 아니 점잖지 않은가.

빌박 바람벽. "빌박에 똥사부칠 때꺼정 살아라."

빌빌거리다 하는 일 없이 허둥대는 것. 기운이 없어 기를 못 펴는 것.

빗바알 빗방울. "빗바알이 호욕 떨어진다."

빙 병. 골병은 겉으로 드러나지 않고 속으로 깊이 든 병. "절골하믄 참말로 골빙이다."

빙그리다 빈줄이다.

「계녀가」 (칠곡지방) ㉮
남남이 서로앉아 가만히 하는말을
문열어 보지말고 귀기울려 듣지마라
남의사람 잘못한일 뉘잘한다 대답말고
남의집에 미진한일 빙그리여 의론마라
이웃길의 외정사내 서로서로 피할적의
멀리피해 돌아서서 지내간후 갈지라도
애돌아 보지말고 천연하기 지내가라

남남끼리 서로들 가만히 하는 말을, 문 열고 보지도 말고 · 귀 기울려 듣지도 말아라. 다른 사람 잘못한 일을 갖고, 누구는 잘 한다고 대답하지 말고, 남의 집 다하지 못한 일을, 다른 집과 비교하여 의론하지 말아라. 이웃집 가는 길에 바깥사내를 만나거든 서로 피해 갈 적에, 여자는 멀리 피해 돌아섰다가, 남정네가 지나간 후에 갈지라도, 아예 돌아보지 말고 천연스럽게 지내가란 것이다.

역시 훈계로서 말조심과 남정네를 만나면, 여자는 멀리 피했다 가되, 천연스런 태도를 보여야 됨을 강조한 것이다.

빛는길 내왕하게 될 걸음걸이.

「송별애교사」 (선산해평) ㉮
보옥같은 너의형제 백년내왕 빛는길에
쌍쌍이 왕래하고

보배로운 구슬 같은 너의 형제가 평생토록 내왕하는 걸음걸이, 짝을 지어 왕래한다.

빠가사리 동자개(민물고기). "걸물에 빠가사리가 요시는 안 빈다."

빠구리 성교(性交)의 속어.

빠구미 어떤 일에나 정통한 사람. "그 일은 저 사람이 쎄리 빠꾸미다."

빠금장 임시로 먹기 위해, 메주를 빻아 담은 된장.

빠꼼빠꼼 곁눈질하여 보는 것. "사람을 빠꼼빠꼼 쳐다보민 몬 씬다."

빠(삐)대다 밟고 다니다. 민요에 "날미짝근 들미짝근 다빠대어 더럽힜네"라는, 이것은 나가면서 작근 · 들어오면서 작근 다 밟아서 더러워졌네. 여기서 짝근짝근은 지근거리는 것으로, 남이 싫어하도록 귀찮게 구는 것이다. 총각들 방은 홀아비냄새

곧 특유한 총각(홀애비)냄새가 나기 때문에, 사관집 늙은 할머니들이 그 냄새를 없애준다면서 자주 나들었다. 그리고 길이 아닌 곳을 사람들이 많이 뼈대고 다녀, 길이 반들반들하게 났다고도 한다.

빠득하다 바특하다는 국물이 적어 톡톡하다. "죽을 좀 빠득하기 끓이라."

빠삭하다 환하게 잘 아는 것. "시상일 돌아가는 것을 빠삭하게 잘 안다."

빠자먹다 빼먹다.

빠작(죽)빠작(죽) 조금씩 땀이 솟는 것. "홑겁을 묵어 땀이 빠작빠작 난다."

빠졸개 식물의 딱딱한 줄기. "가쟁이 줄기이가 빠졸개가 됐다."

빡빡장 밥 지을 때, 밥 위에 얹어 되직하게 끓인 된장.

빡시다 아주 야무지고 드센 것. "심히 빡시다."

빡조(주)개 완전히 부서진 것. "하던 일이 빡조개가 됐다." 혹은 밥주걱.

빡주 얼굴이 얽은 사람. 그런데 얼굴이 얽은 사람의 얽은 구멍마다 슬기가 들어 있다고 한다. "저 이는 낯이 얽어 빡주다."

「노처녀가」 (단대본) ㉮　　　　　　　「청춘과부가」 (영양지방) ㉮
내얼굴이 얽다마소 얽은궁게 슬기들고　　얽었으나 뀌었으나 부부밖에 또있는가
내얼굴 검다마소 분칠하면 아니휠까　　　견우직녀 성이라도 둘이서로 마주보고

내 얼굴이 비록 얽었다 하지 마시오. 얽은 구멍에 슬기가 들었고, 내 얼굴을 보고 검다고 하지 마시오.
분칠하면 희게 된다고 노처녀가 외치고 있다.

얼굴이 얽었으나 슬기가 스며들었으니, 부부밖에 또 있겠는가. 견우성과 직녀성이 별(星)이라도 둘이 서로 마주 보고 있다. "뀌다"는 "꾀다"로 한곳에 많이 모인 것인데, 얽은 자국에 슬기가 많이 스며들어 있는 것을 이른다.

빤대기 판자. 널판.

빤이 번히. "빤이 알민서 자꾸 캐싼는다."

빤질빤질하다 반들반들하다. "방맹이가 때가 묻어 빤질빤질한다."

빨(뿔)가(게)먹다 남의 것을 유혹시켜, 빨아 먹는 것. "남의 피를 빨가묵는 놈."

빨가쟁이 빨가숭이. 옷을 벗은 아이. "빨가쟁이가 울어싼는다."

빨랑꾼 여기저기 돌아다는 사람.

빨뿌리 파이프. 물부리. "빨뿌리로 담배를 빨고 있다."

빨지 박쥐. 발제(髮際)는 발찌. "목뒤 빨지가 났다."·"밤이 되믄 빨지가 날아 댕긴다."

빵울도 없다 방울도 없다. 곧 조금도 남김없이, 아무것도 없는 것. "니 글쿠싸문 빵울도 없대이."

빼그다리치다 발버둥치다.

빼꼴 뼈골. "오만 뼤골이 쑤신다."

빼다지 서랍.

빼닥구두 하이힐. 뾰족구두. 신으면 삐닥거리는 구두.

「화전가」 (안동지방) ㉮

찌벅쩌벅 빼죽구두 잘각잘각 손목시계
맵시있게 걷는모양 이슬받은 부용이라

「화전가」 (선산지방) ㉮

어떠한 여자들은 고등학교 출신하여
양머리 곽곽구두 보석반지 금시계로

저벅저벅 걷는 "빼닥구두"소리 · 찰각찰각 소리 나는 손목시계, 맵시 있게 걷는 모습이 아침이슬 받고 피어난 연꽃 같다는 것이다.

어떤 여자들은 고등학교 필업하고, 양머리에다 "삐닥구두"와 보석반지 그리고 금시계로, 화려하게 꾸민 모습을 그리고 있다. "곽곽구두"는 "빼닥구두"를 이른 것.

ㅂ

빼때기 · 삐대기 건고구마. "빼때기로 죽을 쑤어 묵는다."

빼뜰다 빼앗다. "남 것을 빼들어 묵는다."

빼마리 뺨의 속어. "그놈을 빼마리를 때릴기지."

빼박았다 흡사 똑 같은 것. "저 아이는 지 아비를 빼박았다."

빼애다 비가 옆으로 쳐서, 처마 안쪽에 뿌리는 것. "비가 막 뺀다."

빼이 밖에. "사람빼이 없다."

빼(빼)장구 몹시 체구가 마른 것. 살가죽이 쪼그라져 배틀리도록 여원 모습. 몹시 망가진 상태. "몬 묵어 빼빼장구가 됐다." · "너무 심들어 빼장구가 됐다."

빼쫓이 성격이 비뚤어진 사람.

뺀드(지)랍다 빤드럽다. 깔깔하지 않고, 윤기가 나도록 매끄럽다. 또는 사람됨이 바냐위고 약아서, 어수룩한 맛이 없다. "조 뺀댓돌같이 뺀드라운 놈."

「화수석춘가」 (의성지방) ㉮

심술부린 소년들아 높은사랑 모여앉아
흉을잔득 하단말이 만리풍을 쉬였으니
이목구비 반드랍고 오장육부 흔들린다
어찌산뜩 웃었든지 입수울이 쩨여졌다
되지못한 음식으로 지새하야 먹었던가

회회칙칙 하난양은 호랑이를 보았던가
우쭐거려 오난양은 협율뛰를 지었난가
비단금이 오르겠다 당치않고 하당찮다

심술을 부리던 소년들은 높은 사랑방에 모여 앉아 자기 아내에 대한 흉을 잔뜩 한다는
말이, 그들은 만리 바깥바람을 쐬었으므로, 귀로 듣고·눈으로 보고·입으로 똑똑히
말하다보니, 사람 됨됨이가 어수룩한 멋이 없고 반드럽고 인색하고, 오장육부의 속마음
까지도 흔들릴 정도가 되었다. 이렇게 남편에 대한 흉을 보며, 어찌나 산뜻 웃었든지,
입술이 찢어질 정도였다. 화전놀이에서 되지 못한 음식을 지나치게 먹었던가. 회회
감고 찬찬 감는 모습은 호랑이를 보았는가. 우쭐거리며 오는 모습은 협률단 떼를
지었는가. 비단 값이 오르겠으니, 당치 않고 하당치 않는다.

뺄갱이 공산주의자를 지칭.

뺨대기 뺨의 속어. "뺨대기가 뽈그무리하다."

뺌하다 잠시만 쉬는 틈. 잠시 날이 개이는 것. "눈코 뜰새 없이 뺌할 여가가 없다."·
"장마비가 오래 오다가 인자 좀 뺌해질라 칸다."

뺍쟁이 질경이.

뺍짜구 질경이.

뺑이 사내아이의 이름. 염라대왕이 사내아이의 이름을 빼버렸다는 뜻으로, 무병장수
를 기원하여 지은 이름.

뻐대다(들다) 발로 어지럽게 흩뜨리는 것.

뻐들막지 버들치.

뻐등니 뻐드렁니. "뻐둥니가 나서 비기 싫다."

뻐석하다 살이 빠져 여윈 것.

뻐어묵다 일이 사달난 것. "그 일은 고만 뻐어묵었다."

뻐저근이(그리) 버젓한 태도. 어여번듯 하여 조금도 굽힐만한 것이 없다. "장승처럼
뻐저근이 섰지마라."

뻐적(스럽)다 생소하여 마음에 거리감이 있는 것. "친구집에 손이 되어 처음 갔더이,
좀 뻐적스럽더라."

뻐정다리 뻗정다리.

뻐지다 부서지다.

뻑대지르다 온순하지 못하고 좀 대항하려는 듯함. "니가 이 에미한테 뻑대지를레."

뻑시다 문이나 사물이 꽉 박히거나 끼어, 여닫는데 힘이 들거나, 잘 열리지 않는

것. "창문이 뻑시기 닫쳐 잘 안 열린다."

－ **뻔** ㄴ들. "제사뻔 지내나." "학교뻔 잘 다니나."

뻔디기 번데기. "저실밤 파는 뻔디기 맛은 고소하다."

뻔지가 좋다 낚에게 스스럽는 것. "저 동무는 남의 집에 가도 뻔지 좋게 잘 논다."

뻔질나게 다니다 자꾸 다녀 길을 훤히 잘 아는 것. 연해 자꾸 드나드는 모습. "학교를 뻔질나게 댕긴다."

뻘쭉(쭘)하다 버름하다는, 서로 맞지 아니하여 틈이 좀 벌어진 것. 사귐에서 사이가 안 좋은 것. 뻘죽하다. 사이가 벌어진 것. "요시 저 친구하고는 사이가 좀 뻘쭘하다." 겸연쩍은 것.

뻬간치 뼈가치.

뻬종이 뼈붙이. 「교녀사」(예천지방) "뻬종이는 양되야."

뽀공새 뻐꾸기.

뽀드락지 뾰루지. "얼굴에 뽀드락지가 자꾸 난다."

뽀시(지)락거리다 부스럭거리다. "가실게 낙엽을 밟으민 보시락거린다."

뽁(복)징이 복어. 1950년대만 해도 장시가 서는 날이면, 값이 헐한 "뽁징이"를 사다가 잘 장만하여 복어를 먹었는데, 이를 잘못 장만하여 사람들이 먹고 죽는 일이 많았다. 원체 고기 먹기 힘든 시절이라, 이런 인사사고가 잦았다. 당시 집에서 부리던 말이 죽자 그 죽은 말을 산에 갖다 묻었는데, 마을 사람들이 겨울철이어서, 죽은 말의 사체를 파다가 그 고기를 먹었던 시절이었다. 복어를 잘못 먹으면 한번은 죽음을 불러오게 된다.

음식을 만들어 먹을 때, 금기시하는 것들을 아래와 같이 나열했으니, 오늘을 사는 우리들한테 참고가 되지 않을까 한다.

「교녀사(敎女詞)」 (예천지방) ㉮

새끼자래 먹지말고 닭의콩팥 먹지말며
범의창지 먹지말고 살기등살 먹지말며
토끼밑굼 먹지말고 여우머리 먹지말고
돼지두골 먹지말고 해물고기 울짜베며
자래허물 먹지말며 복징어알 먹지말고
밤으로 우는소와 털끝이 맺힌양과
다리털 없는개와 눈까지 치뜬돝과

사심에 머리통과 닭의간 먹지마소
범연이 알지말고 음식을 조심하소

새끼자라 · 닭의 콩팥 · 범의 창자 · 삵의 등살 · 토끼의 밑구멍 · 여우머리 · 돼지의 두골 등을 먹지 말고, 해물고기는 울짜(물고기의 소리를 내는 내장부위)를 베어내며, 자라의 허물 먹지 말며, 복어 알을 먹지 말고, 밤으로 우는 소와 털끝이 맺혀있는 양과, 다리에 털이 없는 개 · 눈까지 치뜬 돼지 · 사슴의 머리통 · 닭의 간을 먹지 말라고 하였다. 여기 기휘하는 음식에 대하여 데면데면히 여기지 밀고, 음식을 조심하란 가르침이다.

뽄　본. "핵교 가거든 선상님 뽄을 받아라."

뽄배기　두벌논 매고 놀이하는 것. "오늘 두불논 매고, 일꾼들이 뽄배기하고 논다."

뽈대기　뺨의 속어. "뽈대기에 밥풀이 하나 붙어 있다."

뽈(빨)쥐　박쥐.

뽈치기　볼거리. "아이들 뽈치기가 유행이다."

뽑삐(뺌삐)　삘기는 띠의 새싹으로, 아이들이 뽑아 먹는다. "뽑삐를 빼묵는다."

뽕시리하다　봉긋하다. 볼록하다.

뾰죽(중)새　시누이나 시숙이 뼈죽거리는 것. 「시집살이요」(경산지방) 참조.

뿌시레이　고무라기. 떡의 부스러기. "떡부시레이."

뿌시시　부스스.

뿌시적대다　뿌시덕대다.

뿌자(사)지다 · 뿌직다　부서지는 것. "기계가 뿌자졌다."

뿌지럭거리다　잠자는 사람들이 깨지 않게끔, 살금살금 움직이는 것. 부스럭거리다. "일찍 일어나, 정지에서 뿌지럭거린다."

뿍디(기)　북데기. "돼지우리 뿍디 넣어줘라."

뿍새　저녁놀. "하늘에 뿍새가 곱다."

뿍지　여물.

뿍쭈구리　생김새가 좀 쭈그러진 모습. "머리도 안 빗고 뿌주구리하이 해 갖고 나왔다."

뿐(뿌)지러지다　부서지는 것. "큰바람에 남기 뿌지러졌다."

뿔　플라스틱. 플라스틱제품이 꼭 뿔을 펴서 만든 화각(畵角)처럼 보이기 때문이다.

뿔개다　부러뜨리다. "나무 잔가쟁이를 뿔개다."

뿔그지 · 뿌럭지 · 뿌러기 · 뿌렁지 · 뿌링이 · 뿔갱이 · 뿌래이 · 뿔기　나무뿌리.

"나무뿌렁지가 굵다." · "나무 뿔그지가 엉켰다."

뿔농군　무식하고 순 농사일만 하는 사람. "나 같은 뿔농군은, 어디가나 농군이다."

뿔다구　성내는 것. "니 그래 뿔다구 낼레."

뿔떡베　천의 올이 굵고 질이 낮은 베.

> 「여자훈계가」 (예천지방) ㉮
> 정하고 희게입고 더럽기 입지말고
> 빨래를 자주하소
> 뿔떡베라 아지말고 의복제도 잃지마소
> 장단 광협을 몸이나 맞게하면
> 금의에서 낫고
> 동고삼승 보름새도 제도를 잃고말아
> 장단이 부정하면 입으면 남이웃고
> 수품이 고약하다
> 아무리 금쉬라도 뿔떡이만 못하니라

깨끗하고도 희게 입고, 더럽게 입지 말려면, 빨래를 자주 하란다. 천의 올이 굵고 질이 낮은 베라고 업신여기지 말고, 의복제도를 잃지 말고 단정하게 하란다. 베의 길고 · 짧음과 넓고 · 좁음을 자기 몸에 맞게 한다면, 비단옷보다 훨씬 낫고, 동고에서 나는 좋은 석새삼베나 · 보름새라도 의복제도에서, 옷의 길고 · 짧음이 맞지 않아, 그런 옷을 입는다면 남들이 보고 웃고, 솜씨가 고약하다고 한다. 이렇게 된다면 아무리 비단옷이라 하더라도, 천의 올이 굵고 · 질이 낮은 천의 옷보다 못하단 것이다.

뿔떡불 · 북다불　성나는 것. 속이 몹시 상해서 가슴속이 불난 것처럼 답답한 것. "가심에 뿔떡불이 나서 몬 살겠다."

뿔(불)시다　눈을 부릅뜨고 노려보는 것. "눈을 뿔시고 대든다."

삐가삔쩍　모양을 잘 낸 것. 일본어 "ぴかぴか" 곧 반짝반짝하는 변모한 모습. "삐가삔적하게 잘 입었다."

삐갱이 · 삥아리　병아리.

> 「여탄가」 (의성지방) ㉮
> 일일당부 하신후에 홀홀이도 떠나신다
> 삼사월에 삐갱이가 보라매게 차여온 듯
> 생소한 이강산에 누를믿고 버려두오

친정아버지가 시집살이에 대한 조심해야 할 사항을 하나하나 당부하신 뒤, 가벼이

날듯이 떠나신다. 신부는 마치 삼사월에 병아리가 보라매한테 채여 온 듯, 시집을 오고 보니 낯선 시댁에서 누구를 믿고 살라고, 이렇게 버려두고 가시느냐. 신부가 아주 생소한 시집강산에 온 심정을 그린 것이다.

삐고딩이 사람이 비딱한 것. "저 이는 삐고딩이짓을 하고 댕긴다."

삐굼 성교(性交)의 속어. 소년들이 성교라는 말을 이렇게 썼으나, 지금은 거의 안 쓰이고 있다.

삐긋하면 걸핏 하면. 「교녀사」(예천지방) 참조.

삐까리 볏가리. "나무삐까리"는 땔나무를 볏가리 쌓듯 수북하게 많이 쌓은 것이다. "천지삐까리다."

삐끼다 삐치는 것. "저 얼라는 삐끼갖고 울미 갔다."

삐(삐)끼묵다 벗겨먹다. "몰개깔꾸리한테 한텍 삐끼묵었다."

삐(삑)다구 뼈다귀. "삐다구도 몬 찾는다."

삐둘키 비둘기. "삐둘키가 많으민 지저분하다."

삐드그리하다 옷이나 생선 등을 말려서 물기가 빠져, 약간 축축하면서도 마른 것.

삐뜩(뻐뜩)하믄 걸핏하면. "저 아이는 삐뜩하믄, 잘 삐이진다." "뻐뜩하민 혼자 잘 간다."

삐띠기 어물을 삐득삐득하게 말린 것. 오징어나 가자미 따위 어물이 물기가 완전하게 빠져나간 것을, 장시에서 팔 때 이렇게 부른다. "삐디기 사다가 찌져묵었다."

삐무르다 가위나 입으로 잘라내는 것. "능금을 잘 삐물러 묵어라."

삐삐 · 삘기 잔디의 새싹. "이른 봄날 올라오는 삐삐를 뽑아 씹으민 뒷맛이 좀 달싹하다."

삐삐로 · 뻼뻼이 틈틈이. "삐삐로 들락날락 하민서 살강에 괴기를 다 묵었다." "요시 저 사람이 뻼뻼이 빈다."

삐이지다 삐치다. "저 딸아는 잘 삐친다."

삐적찌그리하다 약간 물기가 빠진 상태. "죽이 오래 끓여 삐적찌그리하다."

삐정(적) 바싹. 바짝.

삐쭉새 종다리.

「화조가」(대구월촌) ㉮
흉년기세 삐쭉새는 금년춘을 근심하고

흉년들어 굶는 해(기세,饑歲) 종달새의 울음소리는, 올해 봄을 근심하는 것 같다.

삐치다　배치다. 끝이 차차 가늘어져 뾰족하게 하는 것. "붓글씨 획을 아주 잘 삐쳤다."

삐태기　비딱하게 닳은 숟가락.

삘기내다　알겨내다.

뺌　뼘. "한뺌·두뺌"

뺌따구　뺨따귀의 속어. "뺌따구 성한 데가 없다."

뻿뻿대로　각자. "뻿뻿대로 맛을 봐라."

사개월 나무의 끝을 어긋맞도록 파낸 짜임새로, 말이나 사리의 앞뒤관계가 빈틈없이
딱 들어맞게 된 원리. "월"은 "원리"의 잘 못 쓰임.

「교녀사(敎女詞)」 (예천지방)
단맛과 향기냄새 토(土)에속해 사개월에
상생상극 알아가며 오미를 마자알아

사까다찌 거꾸로 서는 것. 이는 일본어 "逆立(さかだ)ち"를 그대로 쓰고 있은 것.
지금 젊은 세대들은 안 쓴다.

사까리 사카린(saccharine). 광복 후 설탕이 없을 시절, 인공감미료로 많이 사용했다.
혹은 "사까루"라고 혼칭을 했다.

사고딩이 다슬기 고둥의 일종. 대구에서는 음식점에 메뉴로 "고디이"탕이라 써
붙여 놓았는데, 이는 고둥을 이른 말이다.

사관드리다 사관(私舘). 옛날에는 신부가 시집와서 시부모께 저녁잠자리 봐드리
고·새벽문후 인사하는 것을 석 달 사관 드린다 했으나, 요즘은 하루정도로 끝난다.
저녁자리와 새벽문후를 드리는 일을,『소학』에 "혼정신성(昏定晨省)"이라 했다.
신부는 꼭두새벽에 일어나 세수와 성적을 하고, 친정어머니가 마련해 준 반찬을
상위에 차려 술 한 잔을 드리고 인사 올린다. 사관에는 막걸리로 술상을 차리는데,
겨울이면 술이 차기 때문에, 냉기만 가시면 된다. 그런데 신부들은 이를 잘 몰라,
막걸리를 팔팔 끓여 뜨거운 술을 만드는 수가 있다. 막걸리는 뜨거우면 술맛을
모르게 된다. 참으로 "불한불열(不寒不熱)"이 되게끔, 냉기만 가시도록 데워야 한다.

「계녀가」 (영천지방) ㉮
온공이 뜻을두고 지성으로 봉양하되
혼정신성 석달사관 대체로 하련마는

온화하고 · 공손히 "사구고"의 뜻을 두고, 지극정성으로 시부모를 받들어 모시되,
이 당시 신부들은 저녁자리와 새벽문후를 석 달 동안 사관 드리는 것이, 통상적인
예절로 지켜왔던 것이다.

「종제매유희가」 (인동지방) ㉮
홀적홀적 먹자하니 무무타고 흉을볼덧
얌젼빼고 안먹자니 혼잔타고 흉을볼덧
눈을과이 뜨자하니 완악타고 아니할동
뭇난말을 대답자니 말소래랄 우슬넌가
이리하고 난처하고 져리하고 어려워라
구고기 사관할젹 때나혹시 느즐셰라
삼일후의 반감할졔 입맛맛고 쉽잔토다
사찰하신 싀누들리 뭇기젼의 가라치나
동동촉촉 조심되기 되는대로 할슈업다
맛보자니 미안하고 안보자니 호슈하다
김치한쪽 먹자하니 와삭와삭 소래나고
쌈을싸셔 먹자하니 입버리기 불공하니
조석이라 치운후의 신방으로 도라가셔
살이혹시 보일셰라 허리쇠랄 단속하니
음식소화 할슈업셔 트림이라 졀로난다

「계녀사」 (예천지방) ㉮
교자문 나이갈제 아미를 나직하고
방안에 들어가서 저근닷 앉었다가
예석을 차리거든 실체할까 조심하여
구고님께 뵈올적에 공순히 사배하고
삼배주 들인후에 새방에 들어가서
단정히 가좌하여 저녁을 당하거든
부모님께 사관하되 문안에 들어가서
가직히 앉아시되 묻는말씀 없으시면
아뢸말씀 없나니라
부모님 명령받아 나가라 분부하면
제방에 들어갈제 문밖에서 절을하고
제방에 들어가서 책을보나 일을하나
조심하여 잠을자되 삼경을 지나거든
침석을 바로하고 새벽닭 우는소래
놀래듯 하고 일어나서 세수하며
새벽사관 조심하여 문밖에서 절을하고
단정히 들어앉아 문안을 드리오되
자리가 편하시며 첨절이나 없으신지
지성으로 듣자웁고 나가라 분부하여
아직마다 그리하고 저녁마다 그리하여
구고님께 지성으로 석달사관 하올지라…
반찬을 보싱기되 구고식성 자시알아
반찬등사 정결하고 채수등사 정결하여
부모님 병들거든 정성으로 더욱하여…
조신을 정결하고 탕약을 손수하고
병세를 보아가며 식음을 자조권코
누이며 앉히실제 살손으로 부접하고
대소변 받아낼적 전처럼 뫼시지 말고
근력보고 어데로 누으시고 자세히

알아보며
이불을 정히피고 자리를 정케하라

「종제매유희가」에서 국물 있는 음식을 훌쩍훌쩍 먹자하니, 무무(貿貿)타는 것은 행동이 무지하고 · 서투르다고 흉을 볼 듯하다. 얌전빼고 안 먹자니, 못 나서 사리에 어둡다고 흉을 볼 듯하다. 눈을 지나치게 치뜨자하니, 성질이 완만(緩慢)하고 · 보실나고 아니 할 동, 묻는 말을 대답자니, 내 말소리를 듣고 웃지 않을지. 이렇게 하기도 처지가 곤난하고, 저렇게 하기도 어렵구나. 시부모께 사관드릴 적, 때나 혹시 늦지 않았는가 걱정이요. 시집온 지 사흘 만에 낯선 부엌에서 음식 간을 볼 때, 시어른 입맛 맞추기가 쉽잖다. 내 일을 곁에서 엿보아 살피는 시누이들이, 내가 묻기 전에 가르쳐주나, 공경하고 · 삼가는데서 너무 조심되고, 되는대로 아무렇게나 할 수 없었다. 음식을 맛보자니 시댁식구들한테 미안하고, 맛을 안 보자니 서운한 느낌이 들지 않나 걱정된다. 김치 한쪽을 먹자해도 와삭와삭 소리 남이 조심되고, 쌈을 싸서 먹자해도 입을 크게 벌리기 공손치 못하게 보이니, 아침저녁 끼라도 치운 뒤 신방으로 돌아오니, 내 살갗이 혹시 보일세라. 허리띠로서 단단히 다잡아 매니, 먹은 음식이 소화가 되잖아, 할 수 없이 트림이 절로 난다는 것이다.

새댁이 시집와서 국물 있는 음식을 훌쩍거려 먹기도 · 김치를 와삭거려 씹어 먹기도 · 쌈을 싸먹기도 · 눈을 치뜨기도 · 묻는 말대답하기도 · 피부가 나올까 허리띠를 단속하는 모습은, 지금은 상상할 수가 없다. 그리고 구고께 사관시간이 늦을까 · 시집온 지 사흘 만에 낯선 부엌에서 음식 간맞추기 · 시누이들이 묻기 전에 가르쳐 주기는 하나, 시집살이가 이리저리 난처하고 · 맛보자니 미안하고 · 안 보자니 허수하게 될까 조심하는 모습이, 너무 또렷하게 잘 나타나고 있다.

「계녀사」에서 가마문을 나아갈 때, 눈썹을 낮춤이 하고, 방안에 들어가서 잠시 동안 앉았다가, 예석을 차리거든 체신을 잃을까 조심하란다. 비로소 시부모님께 뵈을 적에 공손히 네 번 절하고, 삼배주 드린 후에 새방에 들어가 단정한 앉음새로 앉아 있다가, 저녁때를 당하거든 시부모님께 저녁사관을 드린다. 그때 문안으로 들어가서 시부모 가까이 앉았으되, 묻는 말씀 없으시면, 신부도 시어른께 아뢸 말씀이 없다. 시부모님 영을 받아 나가라 분부하면, 제 방으로 갈 때, 나와서 문밖에서 절하고 · 제방으로 들어가서, 책을 보거나 · 일을 하거나 조심하여 잠을 자되, 삼경을 지나거든 잠자리를 바로 하고 잔다. 새벽닭 우는 소리에 놀란 듯 일어나서, 세수하고 새벽사관 조심하여, 문밖에서 절을 하고, 단정히 들어앉아 문안을 드리되, 자리가 편하시며 편찮은데 없으신지 묻고, 지극정성으로 구고의 말씀은 듣고, 나가라고 분부하면 나온다. 아침마다 그리하고 저녁마다 그리하여, 시부모님께 지극정성으로 석 달 동안 사관을 드린다. 반찬을 보살피되 구고님 식성을 자세히 알아, 반찬 마련하는 일에서 정결히 하고, 채소 등을 정결하게 씻어야 한다. 시부모님께서 병들거든 정성껏 하여 더욱 몸가짐을 정결하게 하고, 탕약을 손수 달이고, 병세를 보아가며 식음을 자주 권하고, 누이며 · 앉히실 적에, 손을 바로 대어 붙들어 의지케 하고, 대소변 받아낼

적 이전처럼 뫼시지 말고, 기력보아 어디로 누이실까 자세히 알아보며, 이불을 정히 펴고 자리를 깨끗하게 하란 것이다.

자정은 되어 잠자리에 들고, 새벽닭 우는 소리를 듣자마자 놀란 듯 자리에서 일어난다든지, 석달 사관을 매일 새벽과 밤에 드리고, 편찮은 시구고의 대소변을 받아내는 것은, 시집살이의 어려움을 단적으로 잘 보여주는 좋은 예가 되겠다. 우리 할머니들은 이런 고된 시집살이를 해 온 것이다. 그러므로 시집살이가 고추·당초보다 더 맵다고 노래한 것이다.

일본어 "げしゅく(下宿)"를 굳이 우리말로 쓴다면 "사관"으로 써야한다. 이렇게 일본어가 수입되어 화석화한 말로는, "しゅくさい(祝祭)" "しゅくだい(宿題)" "とうそう(同窓)" "はいたつ(配達)" "やくわり(役割)" "たちば(立場)"는 거의 바꾸어 쓸 적당한 우리말이 없고, 지금은 운동경기에서 "しんけんしょうぶ(眞劍勝負)"나 학계에서는 "かくさい(學際)"까지 사용하고 있는 실정이다. 이러고서 맨날 "독도"는 우리 땅이라고 외쳐봤자 헛일이다. "축제"는 "잔치"로·"숙제"는 "집학습"·"동창"은 "동문"·"배달"은 "분전(分傳)"·"역할"은 "구실"로·"입장"은 "처지"로·"진검승부"는 "막판승부"로·"학제"는 "협동연구"로 고쳐 쓰는 것이 어떨가 한다. "학제"란 일본이 영어의 "interdisciplinary"를 일본스럽게 옮긴 것이다.

축제는 일본어에서는 축(祝,いわう)이 "축하하다·축복하다"의 뜻을 가졌지만, 우리 말에서는 "축문(祝文)"이나 "빌다"라는 뜻밖에 없다. 제(祭,まつり)도 일본어에서는 "축제·잔치"의 의미가 있으나, 우리말에서는 "제사"나 "기고"(忌故)의 뜻으로 풀이되고 있다. 그런데 우리 국어사전에서는 이의 풀이를 "축하하고·제사지냄" 또는 "경사를 축하하여 벌이는 큰 규모의 행사를 이르는 말"이라고 엉터리로 풀이하고 있다. 이 일본어 "마츠리"도 우리말 영고(迎鼓) 곧 "영"은 "맞이"요 "고"는 "두드리"에서 유래되었다고 하는데 일리가 있는 주장이 되겠다.

사너리 산허리. "사너리에 안개 두른 듯."

―사니 윷놀이에서 쓰이는 용어. "넉동사니."

사달나다 일이 잘 못되어 탈이 난 것. "하던 일이 사달났다."

사담(私談) 사사로이 하는 말이나, 친정 쪽과 시집 쪽 말을 새댁들이 하는 것.

「사친가」, (영천지방) ㉮
친정생각 자로하면 시가눈치 보이나니
상객이 돌아올제 소리나게 울지마라
흉을보고 웃나니라 하님선이 하직할제
사담을 하지마라 고이케 여기나니
친정에 보낼편지 잔사담을 과히마라

친정생각 자주 하게 되면, 시댁에 눈치를 보이게 되느니, 딸을 시댁에 데려다 주고 가는 상객(친정부친)이 돌아갈 때, 작별하면서 소리 나게 울지 말라. 시댁식구들이 흉보고 웃게 된다. 따라 왔던 하님 선이가 하직할 때, 사사로운 말을 너무 하지 말라. 시댁 쪽에서 괴이히 여기니, 그리고 친정에 보낼 편지에, 시댁 쪽 자질구레한 사사로운 말을 너무 지나치게 쓰지 말라

여기서는 친정아버지와 하님이 이별할 때 조심할 점과, 또 문안편지에서 쓸데없는 시댁 쪽 말을 삼가라고 한 것이다.

사답다 성질이 몹시 사납거나 발걸음이 빠른 것. "퍼뜩 오라캐서 사답게 왔다."

사딩이 사등이. 등성이. 등성마루의 위. "등사딩이를 갈겼다."

사또곤배상 사도고배상(使道高排床). 곧 사또를 위해 과일·과자·떡 따위를 높다랗게 괴어 올려, 잘 차린 음식상. "와! 사또곤배상이다."

사라 접시. 일본어 "皿(さら)"에서 온 것으로, 지금도 전국을 걸쳐 널리 쓰이고 있다.

사라시 마전. 일본어 "曝(さら)し"에서 온 것인데, 지금은 거의 안 쓰인다.

사람과 그릇은 있는 대로 다 쓴다 사람과 그릇은 있으면 있는 대로, 다 사용하게 된다.

사람서리(설레) 사람이 많이 모인 가운데. "사람서리에 섞여 가이 안 빈다."

사랑지회 서로 사랑하는 마음을 가져, 만나는 모임.

> 「청춘한양유록가」 (예천지방) ㉮
> 오매불망 사랑지회 오매삼경 잠못자서
> 욕망이 난망이요…
> 너또한 미물이나 붕우지회 있건마는
> 하물며 여자인생 사향지회 없을손가

자나 깨나 잊지 못하는 지인들끼리 사랑으로 만나는 모임, 자나 깨나 삼경에 잠 못 이루니, 이런 모임을 갖고자 하는 마음을 오히려 바라지 않는 것이 된다. 너 또한 보잘 것 없는 미물(딸을 지칭)이나 벗끼리 만나는 모임이 있으련마는, 하물며 여자인생이 친정고향을 생각는 모임이야 없겠는가.

사래들다·생키다 사례. 음식물이 목구멍으로 넘어가다가 걸려, 기침이나 재채기가 나오는 것. "물마시다 목궁게 생켰다."

사려담다 헝클어지지 않도록 둥그렇게 빙빙 돌려 담는 것.

> 「여자자탄서」 (대구지방) ㉮
> 좋은일도 사려담고 궂은일도 눌러두어

여자로서 당하는 좋은 일은 잘 돌려 담고, 궂은일도 눌러 두는 것.

사름(롬) 재생. 모가 뿌리를 내림. "모종한 고추가 사름했다."

사리(루)마다 팬티. 일본어 "猿股(さるまた)"에서 온 것. 이 말도 현재는 거의 안 쓰인다.

사마구 사마귀. "무사마구가 손에 났다."

사망시럽다 이단적 행위에 빠져드는 것. "저 아지매는 얼마나 사망시리 카는지."

사무 사뭇. 거리낌 없이 끝까지 닿을 정도. "안 쉬고 사무 온다고 왔다."

사무랍다 영악하고 무서운 것.

「화전가」 (영주지방) ㉮
사무라운 개가 무서워라
뉘가 밥을 좋아주나

영악한 개가 무섭다. 누가 좋아서 개한테 밥을 주느냐.
"무는 개를 돌보라"고 너무 순하게 굴면, 도리어 사람대접을 받지 못 한다는 뜻이
담겨있다.

사바사바 귓속말로 무슨 수작을 부리는 것. 이 말은 자유당시절 한동안 정치판에서 유행했으나, 지금은 잊혀진 말이다. 이 말도 일본어 "さばさば"에서 온 것으로, "상쾌하게 · 후련히 · 시원시원한" 뜻을 가졌으나, 우리나라에서는 영 달리 쓰인 예가 되겠다. "그 일은 사바사바해야 한다."

사박사박 혼자 소리 없이 일을 잘 하는 것. "혼차 정지에서 사박사박 일을 잘 한다."

사발모찌(묻이) 사발위에 천을 덮어 구멍을 뚫고, 그 안에 된장 따위의 미끼를 넣어, 물고기를 잡는 것.

사발옷 일할 때 입는 옷. "사발옷차림으로 일하다 왔다."

「질삼노래」 (안동지방) ㉰
새복질삼 질기는년 사발옷만 입더란다.

「질삼노래」 (거창지방) ㉰
불잘놓는 간난우야 사발중우 저왼일고
칠월초생 진삼가래 팔월초생 걸렸구나…
마당앞에 목화불은 남과같이 속만타네
겉이타야 남이알지 속이타서 남이아나

불 잘 놓는 계집아이야 사발중우가 웬일인고. 칠월초승부터 긴 삼꼭지로 삼삼기 시작하여, 팔월초승까지 걸렸다. 마당 앞에 피워놓은 불은 삼삼는 여인들 속만 태운다. 겉이 타야 남이 알아주지, 속이 타서야 남이 알아주나. 곧 삼삼기가 얼마나 고역인지 알 수 있다.

사배사배 찬찬히.

사부대다 조용스리 움직이는 것. "아이들이 사부대고 논다."

사부링 중간띠미. 일본어 "サボる"에서 온 말로, 프랑스어 "**sabotage**"에서 "サボ"와 "る"를 합쳐 일본어화한 것이다. "사보타주"가 태업하는 것으로, "사보루"는 공부하기 싫어 게으름을 피우는 것이다. 이 말도 지금은 안 쓰이며, 지금은 "토끼다" 또는 "제끼다"를 사용하고 있다. "저 놈아는 사부링대장이다."

사부작거리다 꼼지락거리는 것. "얼라들이 사부작거리미 놀고 있다."

사분 "sabao(포르투갈어)"에서 일본어 "シャボン"이 영남지방으로 전파되어 "사분"이 되었다. "수굼포"처럼 이 말은 지금도 쓰이고 있다.

사빠 기저귀. 샅바. 씨름꾼들이 상대편 씨름꾼을 잡기위해, 샅에 두르는 긴 헝겊. 어린아이들 기저귀도 흔히 "사빠"라고 썼다. "얼라 사빠 채워라."

사속(斯速)히 빨리.

> 「망부가」 (청도지방) ㉮
> 강산구경 가셨거든 사속히 돌아오소
> 부귀하러 가셨느냐 유람하러 가셨거든
> 편지라도 전해주소

죽은 남편은 강산구경을 갔든, 빨리 나한테로 돌아오십시오. 부하고 귀하게 되러 갔습니까. 아니면 유람 갔거든 편지라도 전해 주십시오.

사시미 회(膾). 일본어 "さしみ(刺身)"가 너무 널리 보편화되어, 전국 어디를 가나 쓰이고 있다.

-사아나 이야. "오늘사아나 제우 온다 카더라."

사알(홀)드리(도리) 사흘돌이. "돌이"는 되풀이 되는 주기. "저 집에는 손이 사알드리 온다."

사아생 사하생(査下生). 서울 쪽에서는 "사돈총각"·"사돈처녀"라 부르는데, 경상도지방에서는 통상 "사하생"으로 부르고 있다.

사알토록 사흘토록. "돈 받으로 사알토록 온다."

사여볼까 사서 볼까. 「교녀사」(예천지방) 참조.

사연지 동치미와 배추김치의 사이가 되는 지. 무를 잘게 썰어 배추 속에 생조기 토막을 쳐서 넣고 담근 김치. "무시 썰어 옇고 사연지를 담는다."

사연하다 자상스러운 것.

> 「화전가」(예천지방) ㉮
> 사연한 월곡댁은 옥분의 난초로다
> 자상스러운 월곡댁은 옥분에 담긴 난초와 같다.

사우(쟁이) 사위. "오늘 저 집에 사우가 왔다." 장인이 사위한테 문어로 쓸 때에는 부공(婦公)·부옹(婦翁)이라 쓰며, 사위자신이 장인장모가 안 계시면 외생(外甥), 문어로도 역시 마찬가지다.

사이 목재를 헤아리는 단위. 일본어 "さい(才)"를 그대로 사용하는 것이다. 우리말로는 "개비"로 써야만 맞다.

사장(査丈) 사돈집 웃어른을 호칭. 요즘 드라마에서는 사하생들이 예사로 사돈이란 말을 구분 없이 쓰고 있다.

사전 품삯.

> 「화전가」(영주지방) ㉮
> 밖사람은 일백오십급 주고, 자네 사전은 백량줌서
> 바깥사람(남정네)은 일백오십 급을 주고, 자네(여인) 사전은 백량을 주면서, 일을 시킨 것을 말한다.

사접시 사기로 만든 접시.

> 「규중행실가」(인동지방) ㉮
> 입싸기는 측량없고 사접시 뒤집고
> 입싸기는 헤아릴 수 없을 정도여서, 사기접시를 뒤집고 말 것이다.

사지즈봉 서지. 세루. 영어 "serge"는 본디 견모(絹毛)로 양복감. 일본어 "サージ" 프랑스어 "serge"는 "세루"로 "서지" 비슷하나, 바탕이 얇고 올새가 가늘다. 이는 일본어 "セル"에서 온 말이다. "사지쯔봉을 입고 나왔다." "즈봉"은 프랑스어 "jupon"이 일본어 "ズボン"을 거쳐 우리나라에 들어온 말이다.

사찰(伺察)하다 은근히 엿보아 살피는 것.

「동기별향가」 (김천지방) ㉮

사찰하신 수촌댁은 상신이라 불참하고

은근히 잘 살펴주는 수촌댁은 상제의 몸이라 불참하였다.

사처 하처(下處)는 점잖은 손님이 객지에 묵고 있는 집을 높여 이르는 말

사침놓다 사춤. 벌어지거나 갈라진 틈.

「식목노래」 (경북지방) ㉲

무슨열매 열렸든고 햇님달님 열렸더라

해는따서 겉바치고 달은따서 안을대고

무지개로 선을둘러 조모싱을 사침놓고

팔사동동 끈을달아 중문거리 걸어놓고

무슨 열매 열렸든고, 해님·달님 열렸더라. 해는 따서 겉을 받치고, 달은 따서 안을
대고, 무지개처럼 선을 둘러, 저 모서리 벌어진 틈을 만들어, 여덟 가닥 노끈을 달아,
사람왕래가 많은 중문 거리에 걸어놓은 주머니 모습이다.

사타구리·사타리 사타구니. 샅의 비속어. "요시 젊은 여자들은 사타리를 벌겋게
내놓고 댕긴다."

사토(莎土)하다 한식 때 무덤의 흙을 손보는 것.

「과부노래」 (김천지방) ㉮

양반상인 모단중에 사토하기 야단일세

어여쁘다 우리님은 기어데가 이별하고

사토할줄 모르는고

한식을 맞아 양반과 평상인들이 모인 가운데, 무덤에 흙을 덮어 다시 보수하기 야단이
다. 그러나 불쌍한 우리임은 어디로 가버리고, 선영무덤에 사토할 줄 모르는가.

사팔이 사팔뜨기. 눈동자가 비뚤어져 무엇을 볼 때, 눈을 약간 모로 뜨는 사람.

사형(査兄) 사가(査家)의 사돈네 자녀들끼리 호칭. 나이와 관계없이 사형이라 한다.

삭가래 삽가래.

삭(짝)다리 나무의 잔가지. 삭정이. 곧 산 나무에 붙어 있는 죽은 가지. "삭다리는
불기가 없다."

산구졌다 산고(産故)지다. 집안에서 아이 낳는 일을 치르는 것. 옛날에는 산고를
치를 때 산부가 남편을 불러 마루에 앉고, 남편의 상투 끝을 묶고, 그 끈을

산부의 손목에 묶어, 산고를 같이 했다. 또는 산부의 남편한테 키를 씌우고, 여자들이 잘라놓은 머리카락을 손가락 크기로 묶어 남편의 입에 물리고, 해산의 고통을 받고 있는, 산부의 문 앞에 기다리게 했다. 이는 머리카락의 역한 냄새가 구토소리와 함께, 산부가 아랫배에 한층 더 힘이 가해지도록 하자는 것이다.

「남녀부정」(군위지방) ㉑
장개가네 장개가네 이학식이 장개가네
나우걸은 옷을입고 범나우라 띠를띠고
다락걸은 말을타고 한모링이 돌아가니
하인오네 하인오네 산구졌다 하인오네
아배탄말 내가타고 골목에라 들어서니
정구새끼 들어나네 마당안에 들어서니
미역내가 솔솔나네 방안에 들어서니
방바닥이 피못일세
잉애솟은 저국시는 어나잔치 할라고
저리공중 해났고 바디짝 뀐듯 저산적은
어느하인 줄라고 저리공중 해났고
모시도포 시도포는 어나사위 줄라고
저리공중 해났고

장가네, 장가가네, 이학식이란 사람이 장가가네. 나비 같은 옷을 떨쳐입고, 범나비 같은 허리띠를 띠고, 다락같이 높다란 말을 타고, 한 모롱이 돌아가니 하인 오네 하인 오네. 산고 졌다고 하인 오네. 아버지 탄 말을 내가 타고, 골목으로 돌아드니, 생쥐(鼫鼩, 정구)새끼 들었다 나가네, 마당 안에 들어서니, 미역냄새가 솔솔 나네. 방안이라 들어서니, 방바닥이 피 못처럼 피가 흘러 홍건하다. 베틀 잉앗대처럼 하늘에 걸린 저 국수는, 어느 잔치에 쓸려고, 어느 하인을 주려고 저렇게 공중 빨랫줄에 걸어놓았는고. 모시도포 세도포는 어느 사위 주려고 저렇게 공중에 걸어놓았는고. 이학식이 장가가는데, 아내는 이미 해산을 했다. 골목에 생쥐새끼가 들락거리고, 처가라 들어서니 미역냄새가 난다. 국수를 뽑아 말리느라고 공중에 걸어 놓았고, 가는 모시도포는 지어서 마당 빨랫줄에 걸어놓은 모습들이다.

산다구 야생초(식용). "산다구를 캐러 간다."

산두베 밭벼.

산(선)드거리하다 산들거리는 날씨. 싼(썬)뜨거리하다. 좀 쌀쌀한 느낌이 드는 것. "날씨가 선드그리하다."

산머래기 산기슭.

산물 제사상에 올리는 물.

산뿌라 삼뿌라. 치과에서 쓰는 용어. "sanplatinum"을 일본이 "サンプラ"로 쓰면서, 그대로 받아 쓴 것이다.

산소등에 꽃피었다 선영에 꽃이 피었다는 것은, 풍수상 산소를 좋은 곳에 써 자손들이 발복하여, 부귀영달하게 되었음을 이른 것이다. 따라서 부귀공명한 사람에게 경하 (慶賀)하는 말로도 쓰인다.

산손님 해방이후 산에서 내려와 양식이나 가축 등을 빼앗아 갔던 공산 게릴라를 일컬었다.

산영애 피어나는 구름.

「모숨기노래」 (김천지방) ㉤
성주하고 개우산에 산영애는 꽃아닌가
그꽃한쌍 꺾어다가 임의용상 걸고제라

성주(지명)하고도 "개우산"에 피어나는 구름이 꽃처럼 보인다. 그래서 그 구름 꽃을 꺾어다가, 임이 앉는 용상위에 걸고 싶다는 것이다.

산지실 산기슭. "산지실케 소낭키 많다."

산치거리 산줄기의 밑, 산의 발치. "이 산치거리를 돌아가믄 외딴집이 있다."

산태 사태. "장마비에 산태가 졌다."

산(삼)통 늘. "산통 아파 어쩌노."

산틈(산태미) 싸리로 만든 원형의 넓은 도구로 삼태기 · 오품은 움큼.

「화전가」 (상주지방) ㉮
한산틈이(태미) 두산틈이 천수나 피할만치
한오품 두오품씩 능모를 일웠으니
고생한일 생각하면 인산한일 생각하면
산틈산틈 충신이요 오품오품 충신이라

한 삼태기 · 두 삼태기 하늘에서 내리는 비나 피할 만큼, 한 움큼 · 두 움큼씩 능묘를 이루었으니, 옛날 이 능묘 때문에 백성들이 고생한 일 생각하면, 곧 국장 치른 일 생각하면, 삼태기마다 충신의 마음이 어렸고, 움큼마다 충신의 마음이 서렸다. 이 「화전가」는 옛날 사벌(상주)왕국 쪽으로 봄놀이 가서, 왕능을 보고 읊은 것이다.

살 쌀.

> 「쌀」 정일근, 『오른손잡이의 슬픔』(2005) ㉯
> 서울은 나에게 쌀을 발음해 보세요, 하고 까르르 웃는다.
> 또 살을 발음해 보세요, 하고 까르르 까르르 웃는다.
> 나에게는 쌀이 살이고 살이 쌀인데 서울은 웃는다.
> 쌀이 열리는 쌀나무가 있는 줄만 알고 자란 그 서울이
> 농사짓는 일을 하늘의 일로 알고 살아온 우리의 농사가
> 쌀 한톨 제 살점 같이 귀중히 여겨 온 줄 알지 못 하고
> 제 몸의 살이 그 쌀로 만들어지는 줄도 모르고
> 그래서 쌀과 살이 동음동의어라는 비밀 까마득히 모른 채
> 서울은 웃는다.

살가죽이 애를쓴다 버선 양말 따위 구멍이 나서 살갗이 드러나면, 다른 사람 앞에 안 보이려고 애를 쓰게 되는 것. 「여탄가」(의성지방) 참조.

살갑다 몹시 귀여운 것. 마음이 부드럽고 다정스러운 것. "우리 집 살가운 똥강생이."

살강·실경 부뚜막 위에 그릇 따위를 얹게 만든 곳. 혹은 부엌 벽 중턱에 들인 선반.

살강스럽다 귀엽게 여기는 것. "살강시러운 내 새끼."

살갱(깨·캥)이 삵. "살갱이가 밤이믄 나와, 닭을 물고 간다."

살게비 살그머니. 남모르게 살짝. 「교녀사」(예천지방) 참조.

살구경 살그머니 구경하는 것. 「화수석춘가」(의성지방).

살구(쿠)다 살게 하다. "시든 나무를 살쿠다."

살금하다 비밀로 말하는 것.

> 「교녀사」 (예천지방) ㉮
> 살금한 그말끝이 비수검에 더날카와
> 듣는사람 속을따고 절로믿기 하겠구나
>
> 비밀히 말하는 그 말끝이 비수검(匕首劍)보다 더 날카로워, 이 말을 듣는 사람으로 하여금 속마음을 따고 들어가, 절로 믿게 하는구나.

살(솔)기미 살그머니. "발소리도 없이 살기미 왔다."

살따구 살의 속어. "요시 처자들 다리를 내놓고 댕기니, 살따구가 허연게 비기 좋다."

살방살방 살근살근.

살손붙이다 일을 힘껏 다잡아 하다. 일을 정성껏 다 하는 것.

「계녀가」 (봉화지방) ㉮	「계녀가」 (예천지방) ㉮
누우며 앉으실적 살소드려 붙이잡고	누이며 앉히실제 살손으로 부집하고
대소변을 받칠적에 정성을 다하여라	대소변 받아낼적 전처럼 모시지 말고

어른이 편찮아 뉘고·앉으실 적에 힘껏 다잡아 붙여 잡고, 대소변을 받아낼 적에 정성을 다 하여라.

살양발(말) 스타킹. "처자들이 살양발을 신으이 살키하고 똑 같다."

살쭌(찐)이 고양이. 부를 때는 "살쭌아"한다.

살찌미 살점. 몸에 붙은 살. "살찌미가 이들이들하다."

살춤 샅 부근에 달린 주머니. "살춤에 돈을 옇어갖고 갔다."

살키 살갗. "저이는 살키가 도오도 껌다."

살폿 살짝. 남모르는 사이. "살폿 잠들었다."

삼개방 삼을 익히는 방. "삼을 쩌다가 삼개방에서 익쿤다."

삼굿같다 날씨가 찌는 듯이 더운 것. 삼굿은 삼의 껍질을 벗기기 위해 삼을 찌는 구덩이. 또는 삼의 껍질을 벗기기 위해 찌는 장방형으로 된 솥.

삼단같다 삼을 묶은 단과 같은 것. 숱이 많고 길이가 긴 머리. "삼단같은 머리다."

삼동초(추) 시나나빠. 유채. "삼동초꽃이 노랗게 피었다."

삼뚝가지 전짓다리. 삼모시 따위를 삼을 때 쓰는 도구.

삼비 삼베는 다섯새비~여덟새비까지 있다.

삼시시끼 삼시세끼. 아침·점심·저녁의 세끼니.

삼살바우에 앉다 노름에서 앉은 자리가 안 좋거나, 돈을 꿇게 되면 자리를 탓하는 말. 이는 "삼살방위(三煞方位)에 앉다"가 된다. 삼살이란 "겁살(劫煞)·세살(歲煞)·재살(災煞)"을 이르는데, 가령 초상집이나 혼인잔치 집 또는 제사 집에 갔다가 탈이 났을 때, 살이 끼었다고 한다. 만약에 살이 끼어 사람이 죽게 되면, 주당살(周堂煞) 혹은 상문살(喪門煞)이 끼었다고 한다. 주당은 혼인 때 꺼리는 살이요, 상문은 사람이 죽은 방위로부터 퍼졌다고 하는 살이다. 급살(急煞)은 갑자기 죽는 것.

삼시골 삼세골. 삼세번. 더도 덜도 아니고 꼭 세 번. "밭을 삼시골을 맸다."

삼시불 쌍꺼풀. "저 새댁은 삼시불이 져서 이뿌다."

삼이부제 온 이웃에. "삼이부제 댕기면서 논다."

삼장 삼정. 방한용 소등의 덮개.

삼재(三災) "수재(水災)·화재(火災)·풍재(風災)"의 세 가지 재앙이나, "병난(兵難)·역질(疫疾)·기근(饑饉)" 등은 소삼재라 한다. 사람의 운수가 각 3년씩 12년을 주기로 바뀌면서, 행운과 불운이 12년을 주기로 한번씩 온다는 것이다. 이 삼재는 한번 오면 3년 동안 머무르게 되는데, 그 첫해가 "들삼재"·둘째해가 "묵삼재(눌삼재)"·셋째해가 "날삼재"가 되는데, 해가 갈수록 재난의 정도는 점점 희박하게 된다. "들삼재" 때는 매사에 매우 겁을 내고·조심하고, 다음은 부적이나 양밥을 한다. 삼재부적은 몸에 지니고 다니거나, 출입문 위에 붙여둔다. 부적은 머리가 셋·발이 하나인 매(三頭一足鷹)를 붉은 물감으로, 그린 그림이다. 이때 붉은 물감은 경면주사(鏡面朱砂)를 주로 사용한다.

삼줄 탯줄.

삼지(적)다 눈병이 난 것. 눈동자에 생기는 좁쌀만한 희거나 붉은 점. "눈이 삼졌다."

삼짇날 강남서 제비가 돌아오는데, 태어난 애기의 배냇머리를 깎아주며, 이날 산이나 들에 나는 나비의 색깔을 보고 그해 길흉을 예언하는 점을 치기도 한다.

삼척냉돌 삼청냉돌(三廳冷堗)은 금군(禁軍)의 삼청에 불을 때지 않은 찬 방을 이르는데, 몹시 찬 방을 가리킨다. 그러니 "삼청냉돌"을 "삼척냉돌"로 잘 못 쓰이고 있다.

삼통 내내. "저 집 할배는 삼통 시낭고낭한다."

삽작거리·삽지걸 삽작문 앞 길거리. "니개비 오는가 삽작거리 나가봐라."

상가(그)르다 회를 자잘하게 썰거나·물고기의 배를 가르는 것. 이 말은 "삼 가르다"에서 온 것 같다. 애기가 태어나면 탯줄을 가르는 것이다. 이렇게 애기가 태어나면, 곧장 장에 가서 대곽(大藿) 한단을 사오는데, 미역 단이 성인의 키보다 훨씬 크고 긴데, 이를 중둥이를 부질러 갖고 오면 안 된다.

상각 상객(上客). 위요(圍繞). 혼인 때 식구 중 신랑이나·신부를 데리고 가는 사람. "애비가 안 기시니, 백형이 상각을 갔다."

상각 상극(相剋).

상간(上間)에 하는 동안에. 하는 사이에.

> 「베틀가」(선산지방) ㉮
> 굽이굽이 흐르는데 가만가만 걸어가니
> 그상간이 무료하다

굽이굽이 물이 흐르는데, 가만가만 걸어가니, 그 동안에 너무 심심하다.

상괴(계) 삼베를 표백하고 염색하여 색을 내는 일.

상구 아직. "상구 집에 안 갔나." "마루때"는 대들보 "부헛치다"는 이리저리 헤집는 것.

「화전가」 (영주지방) ㉮
상구까지 아니오니 이제하마 죽었구나
한마루때 떨어지며 기둥조차 다탔구나
일촌사람 달라들어 부헛치고 찾아보니

아직까지 안 오니 이젠 죽었구나 생각했는데, 대들보가 떨어지며 기둥조차 다 타버렸다. 한 마을사람들이 달라 들어, 이리저리 헤집고 찾아보는 모습이다.

상구 산소를 헤아리는 단위. "저 산등에는 우리 할배 산소 한 상구뿐이다."

상구졌다 상고(喪故). "뒷집에 오늘 상구졌다."

상그랗다 싸느랗다.

상그리하다 향긋한 것. "국화꽃내금이 상그리하다."

상꺼(것) 상민(常民). 남을 경시할 때, "저 상꺼."

상낮 한낮.

상내 향내.

「용의각시」 (군위지방) ㉰
위씨겉안 겹보선을 두발담숙 담어신고
상내나네 상내나네 거름걸이 상내나네

외씨 같은 겹보선을 두발 담숙 담아 신고, 향내 나네 향내 나네 걸음걸이도 향내 나네.

상답 자녀들의 혼인이나 뒷날 쓰기 위해, 마련해 두는 것. "죽"은 옷이나 그릇 등 열 벌을 이른 것.

「청송가」 (대구지방) ㉮
값진상답 받은의복 색색으로 들었구나

「사친가」 (영천지방) ㉮
상답하인 돌아오니 상의도 넉죽이요
하의도 넉죽이라

값나가는 상답으로 받은 의복들이, 색색으로 봉채함에 들었구나.

상답 가지러 갔던 하인이 돌아오니, 봉채함에 상의도 넉 죽이요·하의도 넉 죽이라.

상댓말 응답. "상댓말을 하지마래이."

상따구가 뻔지르하다 "상따귀"는 속어. 생긴 모습이 번지러한 것. "상따구가 뻔지르한 놈이 무신 소릴 하노."

상방(上房) 큰방의 옆방. 집주인이 거처하는 방.

상봉하솔(上奉下率) 위로는 부모를 모시고, 아래로는 처자를 거느리는 것.

> 「여자훈계가」 (예천지방) ㉮
> 집안이 가난하여 양도가 어려워도
> 죽반간에 정히하여 상봉하솔 할적에
> 웃음으로 웃고하고 화기로 지내며
> 삼순구식 할지라도 가내가 화평하면
> 어른이 질겨하고 노복이 심복하느니라

집안이 아무리 가난하여 양도는 끼니거리가 어렵다 하여도, 죽이고 밥이고 깨끗이 지어 부모를 잘 모시고 식구들을 먹일 적에, 항상 웃음을 웃어 화기로이 지내야 한다. 집안이 매우 가난하게 지낸다 할지라도 집안이 화평하면, 위로 어른이 즐겨하고 종들까지도 심복하여 따른다.

상석 상식(上食).

상송이 꽃가지 맨 윗꽃송이. 「화전가」(영주지방)

상애술 성애술. 물건을 파고 살 때, 흥정이 다된 증거로, 옆에 있던 여러 사람들에게 술이나·담배를 대접하는 일. "오늘 장판에서 상애술을 얻어 묵었다."

상어른 웃어른의 웃어른. 서울지방에서는 곱어른·곱존장(尊長)이라 이르나, 5·60대 어른보다 춘추가 높은 80대 어른은 상어른이라 씀이 맞지 않을까한다.

상질 상질(上秩)·중질(中帙)·하질(下秩). 같은 종류의 여럿 가운데, 가장 나은 물건. 상길(치)·중길(치)·핫길(치). "지일 상질로만 골랐다."

상침술 거죽과 안을 맞추어 지은 옷에 가장자리에, 실밥이 겉으로 드러나게 두 폭을 맞대고 꿰맨 줄기, 혹은 시침질에 솜을 두어 지은 옷. 「정부인자탄가」(영천지방) 참조.

상판때기 얼굴의 속어. "상판때기 쭈글시고 어디 가노."

상혼(上婚) 앙혼(仰婚). 자기보다 문벌이 높은 집에 혼인하는 것.

샅이 붇다 가축들의 암놈이 새끼 놓을 징조를 보일 때. "저 소는 곧장 새끼 놓을랑가 샅이 불었다."

새 초가지붕의 짚. "지붕말랭이를 새로 이었다." 혹 쉬파리의 알. 시샘.

새간장 새가슴. 겁이 많거나 도량이 좁은 사람을 비유적으로 이르는 것.

새강(경) 사경. "같은 새강이면 과부집 살이."

> 「화전가」 (영주지방) ㉮
> 서울장사 남는다고 사경돈 말짱 추심하여
>
> 서울에 가서 장사하면 남는다고, 사경 돈까지 모두 찾아내어 가져갔다.

새(쌔)그럽다 몹시 새콤한 것. "초가 너무 새그럽다."

새금팽이(파리) 본디는 사기그릇의 깨어진 조각. 또는 성질이 아주 칼날 같은 것. "저 사람은 새금파리다."

새기(끼)참 새참. "일하다 새기참을 묵는다."

새깡이 새끼. "기여븐 요 새깡야."

새끼댕이 · 새꾸 새끼의 속어. "새꾸댕이로 짐을 매에 묶으라."

새나 뿐만 아니라. 조차. "그라고 새나"

새더리 사다리. "지붕에는 새더리 놓고 올라 가래이."

새들 밤새껏, "새들 울어놓고, 누가 죽었나 묻는다."

새디 · 새새디 새댁. "저 집 새디는 일손이 좋다."

새딱 마음에 흡족하여 서두르는 모양.

새롱보리 못된 보리.

새미 샘. "촌에 향낭키 있는 데는, 새미가 있다."

새벽으로 문을 내다 새벽 동이 트면 대문부터 활짝 여는데, 그것은 집안으로 복이 들어오라는 뜻이 담겨 있다. 그리고 마을우물물도 먼저 길러온다. 여기서는 문을 새벽으로 낸다는 묘한 표현이다. 「치장가」(성주지방) 참조.

새복질 새벽질. "얼라가 똥을 싸놓고, 방바닥에 새복질을 한다."

새비 새베. 새는 피륙의 짜인 날을 세는 하나치로, 날실 마흔 올을 한 새로 친다. 한 새비. 닷 새비. 열 새비. 보름 새비.

새비 새우. 일본어 "えび(鰕·海老)"도 "새비"의 새가 이로 바뀌어 "에비"가 된 것이다.

새빌손 새벽녘.

> 「뚜꺼비」 (선산지방) ㉮
> 청태산 새빌손에 오는잠을 기여하리

청태산 새벽녘에 오는 잠을 기어이 어찌 하리

새수없다 체신이 없는 것.

새신랑 다루다 새신랑이 첫날밤을 자고나면, 처갓집 청년들이 "너 왜 남의 집 처자 훔쳤느냐"면서, 동상례(東床禮)부터 시작하여 우려먹고, 신랑의 한쪽 다리를 묶어 쳐들고, 발바닥을 때리며 치는 장난질을, 신랑을 다룬다(달다)고 한다. 그리고 신랑을 골리기 위해, 반상 위에는 장지렁과 같은 소지렁물을 종지에 담아 올리기도 하였다. 이렇게 신랑을 잡고 때리고·골리면, 장모는 술과 안주를 내어놓고 대접한다. 새신랑 줄 음식은 장모 눈썹 밑에 숨겨두었다면서, 신랑을 달면서, 처갓집 청년들은 떼를 쓰기도 하였다. 신랑이 처가에 올 때마다 청년들은 모여들어 신랑을 달고, 술과 음식을 얻어먹었다. 6·25전쟁 통에 이렇게 신랑을 묶어 장난질을 하는 광경을 본 미군들이 죄인인줄 알고, 서로 의사소통이 전혀 안 되는데다 청년들이 오케이를 연발하니까, 신랑한테 총을 쏘아 죽게 하였다는 이야기도 있다. 신랑이 장가를 들어 신방에 있으면, 처가 청년들이 수인사차 들어와, "신랑 시하(侍下)신가"하고 물으니, "시아이시"에 좀 있었다고 엉뚱한 대답을 해서 웃음을 자아내게 하였다. 이런 경우는 "자네 완장은 몇 분인가" 완장(阮丈,남의 삼촌)이 몇이냐, 팔에 두르는 완장(腕章)으로 착각해 대답한다든가, 또는 "신랑 어른 연세가 얼마신고" 물으면 가령 "갑자생"이라고 대답하다가, 나중에 다른 청년들이 들어와, 이어 "자네 어른 나이는" 하고 물으면, 가령 "쉰다섯"이라고 대답하면, 당장 "니 아버지가 55명이냐" 하면서 골려준다. 이 "신랑달기"는 영남지방에서는 신부를 "해 묵히기(묵신행)" 때문에 신부가 일년 친정에 있을 동안, 신랑이 신부를 보러오면, 처갓집 청년들이 모여들어 신랑을 애 먹였는데, 이를 "신랑달다"라고 한다.

새아재 고모부. 이모부. 형부. "새아재가 왔다."

새아지매 새형수. "새아지매는 내가 방 출입을 할 때마다 일어섰다가 앉곤 한다."

새와 샘내는 것.

「경부록」 (충남연산) ㉮
남편만일 첩두거든 새와말고 두기마소
일처이첩 예사로다

남편이 만약 첩을 두게 되면, 샘내지 말고 투기를 하지 마소. 일처에 이 첩을 두는 것은 예사로운 일이다.
이 당시만 해도 남편이 첩을 얻는 것을, 큰마누라가 샘을 보거나·강샘 내는 것을 마땅찮게 여겼다. 칠거지악(七去之惡)에 당당히 "질투(嫉妬)"가 한 조목 들어 있었기 때문이다.

새젓 귀 따위에 자그마한 사마귀처럼 생긴 돌기.

새쪽하다 실쭉하다.

새첩다 몹시 민첩한 것 혹은 예쁜 것. 참한 것. "새집 미느리는 새첩다."

새촘새 새침한 사람.

새치기 일하는 사이에, 하는 다른 일.

새코무리하다 날씨가 바람 불고 찬 것.

새(세)피하다 보잘 것 없는 것. "저런 걸 옷이라 입고 댕기니, 비기 새피하다."

새할배 존고모부.

새형님 자형. "매형"은 있을 수 없고, "매제"·"매부"라야 맞는 말이다.

색경(깅) 석경(石鏡). "색경 보민서, 이마털을 뽑는다."

색시상 여색을 밝히는 남자. 「귀랑가」(대구월촌) "어와세상 장부들아 색시상에 영웅 있나" 아! 세상장부들이여! 여색에는 어이 영웅뿐이랴.

샐상하다 정신이 약간 이상한 것.

샛겨 왕겨.

샛도랑 작은 도랑.

「갈가지노래」(영천지방) [민]
앞니빠진 갈가지 샛도랑에 가지마라
잉어새끼 놀랜다

앞니 빠진 아이야! 샛도랑에 가지 말아라. 이 빠진 너를 보면 잉어새끼가 놀란다.

샛득하다 새뜻하다.

「교녀사」(예천지방) [가]
허물을 잘고치면 천백흉이 다묻히고
샛득하고 기특하기 더욱빛이 나련만은

허물을 잘 고친다면 천백가지 흉이 다 묻혀, 새뜻하고 기특하게 더욱 빛이 나련만.

샛바리 섶을 잔뜩 실은 짐. 집바리(짚을 잔뜩 실은 짐). 소등에 샛바리짐을 실었다.

생강시리 생광스레. "점심을 냈더이, 억시 생강시리 칸다."

ㅅ

생내이 잿물에 익히지 않고, 손으로 비벼서 이은 삼실로 짠 베.

생다지 매우 억지스럽게 하는 것.

생딩이 생나무. 솜씨가 서툰 사람.

생똥 산똥. "얼매나 처묵고 생똥을 싼다."

생목개이다 생목 게우다. 먹은 지 얼마 되지 아니하여, 다시 입으로 올라오는 삭지 않은 새콤한 냄새가 나는 음식물. "좀 많이 묵었더이 생목 개인다."

생살 묵으면 어마이 죽는다 옛날엔 양식이 귀해, 아이들이 생쌀을 못 먹게 한 금기어.

생알(아리) 돈배기의 소금을 안 친 것. "생알돈배기는 맛이 좋다."

생(새)알들다 음식을 먹다 목구멍이 막히는 것. 사례. "목궁가 생알이 들다."

생요대분대질을 하다 요대질은 요동이요, 분대질은 남을 괴롭게 하여 분란을 일으키는 것. "아아들이 방구적에서 생요대분대질을 한다."

생이 상여(喪輿). "할배 생이가 나간다."

생이손 생안손. 손가락 끝에 나는 종기. "생이손 아픈 거는 말도 몬 한다."

생장 무장. 뜬메주를 쪼개어 물을 붓고, 익으면 고춧가루·소금·파를 넣어 먹는 장.

생초목 살아 있는 초목들.

「청춘과부가」 (선산지방) ㉮
전생차생 무슨죄로 우리둘이 부부되어
검은머리 백발되고 희든몸이 황금되고
가슴속에 불이나니 생초목이 다타간다
눈물이 비가되어 붙는불을 꺼렸마는
한숨이 바람된다
근원버힐 칼이없고 근심없앨 약이없다
부용같은 이내얼굴 외꽃같이 되였구나
전통같은 고운허리 거미줄이 되였구나

전 세상·이 세상에서 만나 무슨 죄를 지었기에, 우리 두 사람이 부부가 되었나. 검은 머리가 백발 되고, 희든 몸이 황금빛이 되도록 사잤더니, 남편이 가고나자 가슴속에 불이 나서, 생초목 타듯 내 마음이 타들어 간다. 내 눈물이 비가 된다면, 붙은 저 불을 끄련마는, 나의 한숨은 바람이 되련마는, 어쩔 수 없게 되었다. 부부간 금실은 벨 칼이 없고, 근심 없앨 약이 없다. 연꽃같이 고운 이내 얼굴이, 노란 외꽃이 피었구나. 화살 통 같이 꼿꼿하던 허리가 아주 연약한 거미줄처럼 되었다. 청춘에 과부 된 심정을 그린 것이다.

생콩 상극. "저 둘은 생콩이라 만나믄 싸운다."

생키다 사례. 목구멍에 가시나 이물질이 걸린 것. "삼키다"는 짧게 발음한다. "목궁가 생킸다."

생파리같다 톡톡 쏘아 붙이는 것. "기럽기는 생파리같이 달라든다."

생피붙다 상피(相避). 친족관계나 다른 관계로 인하여, 함께 벼슬하기를 기피하고, 또는 청송(聽訟) 시관(試官)을 피하는 것. 유복친 또는 가까운 친척끼리 성적관계를 갖는 것. "저들 집안찌리 생피 붙었다."

생홀애비가 더 괴롭다 죽은 아내보다 살아 있는 홀애비의 삶이 더 괴롭다는 것.

서구새 고들빼기.

서껄(석걸) 밑 처마 밑. "서껄 밑에서 비를 피했다."

「닭노래」 (칠곡지방) ⑩
니모 찐을달아 석걸마중 걸어놓고
구남매를 낳았드니 쥐모모숨 먹어가며
석걸마중 어지마중 곤곤이 키우다가
공중에다 비우새가 오민가민 다차먹고
우리남매 남았고나

해산때 네 모서리에 금줄끈(찐, 구개음화)을 달아 처마마다 걸어놓고, 구남매를 낳았더니, 가난하여 쥐면 한 모숨이 되는 작은 식량으로, 곧 줌안에 들 정도로 소량의 먹이를 먹여가며 키웠다. 해산때 처마마다·의지간마다 금줄을 달고 낳아, "곤곤(困困)"은 몹시 빈곤한 가운데 키우다가, 공중에 비우새가 오가며 다 차가서 먹고, 우리남매만 남았구나.
곧 구남매를 낳아 옳게 먹이도 못하고, 겨우 남매만 키운 회한을 읊은 것이다.

서답(洗踏) 빨래. 개짐.

서(선)뜩 얼른. "서뜩 댕겨 온나."

서디 마름. 지주의 위임을 받아, 소작권을 관리하는 사람. "서디한테 한해만 논을 더 달래라."

서드(두)레 "서두르다"에서 온 말로, 바뻐 나대거나 급하게 차리는 것을 이르나, 어떤 일을 미리 준비하거나, 그런 일을 앞장서서 하는 사람. "앞장서서 서드레하는 사람이 있어야 한다."

서래 서리(霜).

서른 과부는 살아도, 마흔 과부는 몬 넘긴다 30대 과부는 혼자 살아도, 40대 과부는 혼자 못 사는 것.

서른 안 자식, 마흔 안 재물 서른 살 안 곧 20대에 낳은 자식이 자식노릇하고, 마흔 살 안 곧 30대에 재물을 못 모으면, 재물은 안 모이게 된다.

서말찌 서말치. 부엌의 큰 솥을 이름. 쌀 서 말을 밥할 수 있는 큰솥.

서면하다 낯설다.

> 「화전가」 (안동지방) ㉮
> 어느부인 남먼저 나섰던데 흩은머리
> 소복에는 얼굴도 서면하다

> 어느 부인이 남 먼저 나섰던데, 흩은 머리(산발)에다 소복을 하였으니, 얼굴조차 낯설어진다.

서숙 조. "서숙이 풍년이다."

서어먹다 계약하다.

서(西)의 서상(西廂) 성틀놓다 서쪽 행랑에 형틀(베틀)을 놓는 것.

서의하다 쓸쓸하다. 처량하다. 최현(崔晛)「명월음」 "서의흔 이내뜻이 헤나니 허사(虛事)로다"

> 「노처녀가」 (예천지방) ㉮
> 심신이 황홀하여 서의히 앉아보니
> 등불은 희미하고 월색은 만천한데
> 원근의 계명성은 새벽을 재촉하고
> 창밖의 개소리는 단잠을 깨는구나

> 「이씨회심곡」 (봉화지방) ㉮
> 일신이 약약하고 서의하기 그지없다

> 몸과 마음이 멍해져 쓸쓸하게 앉았으니, 등불은 희미하고 · 달빛은 하늘아래 가득한데, 멀고 가까운 곳 닭울음소리는 새벽을 재촉하고, 창밖에 개 짖는 소리는 노처녀의 단잠을 깨우는구나.

> 내 한 몸이 귀찮아 억지로 하는 짓이, 쓸쓸하기 그지 없다.

서재 가자미처럼 생겼으나, 뼈가 억세고 가자미보다 맛이 못하다.

서핀에 무지개 서믄, 개울건너 소매지 마라 서쪽하늘에 무지개가 서면, 개울너머에 소를 매지 말라는 것은, 비가 많이 올 징조이므로, 만약 비가 많이 와 개울물이 넘치면, 소가 떠내려갈 수 있기 때문이다.

─석 씩. "하나석 갖고 온내이."

석바　신행길 가마는 무명베로 된 석바를 X표로 매어 표 나게 하여, 두 사람의 담지꾼이 멜 줄(멜방줄)로 둘러메고 간다.

「상사몽」 (칠곡지방) ㉮
친부모 이별하고 석바두른 사인교의
이내몸을 실고가네 여필종부 하릴없다

「베틀가」 (예천지방) ㉮
그냐저지 머할라ㄴ 우리형님 시집감깨
가마석바 둘러주지

시집가는 새댁이 친정부모를 이별하고, 석바를 두른 "담지군"이 네 사람이 메는 가마에, 이내 몸을 실고 가버리네. 여자는 반드시 남편을 좇아가야 하는 법도를, 난들 어찌할 도리가 없다.

베를 짜서 그 나머지 뭐 하려느냐. 우리 형님 시집갈 때, 가마 석바 둘러주지.

석배기　벼랑.

석세　도랑 가 갯버들뿌리가 엉겨 있어, 고기집이 되는 곳. "걸석세에 물괴기가 오글오글한다."

석수　차례.

「계녀가」 (봉화지방) ㉮
제주를 맑게뜨고 제편을 정케괴고
정신을 차려가며 석수를 잃지마라

제사에 쓰는 술은 맑게 떠야 하고, 제사에 쓰는 떡은 깨끗이 괴야 하고, 정신을 바로 차려가며, 제상에 진설하는 제수에 대한, 차례를 잃지 말아야 한다.

선나선나　섬머섬마.

선낫꼽재기　서너 낱과 꼽재기가 합해진 말로, 아주 작은 사물을 가리키는 말. "떡 달라니 선낫꼽재길 준다."

석(셋)가래　셋가래. 친정아버지가 딸을 시집에 데려다 주고, 이튿날 작별할 때 떠나는 아버지 앞에서 딸이 눈물지우니, 친정아버지는 같이 울 수는 없고, 다만 천장 셋가래만 쳐다보게 된다. 그래서 우스갯 소리로, 딸 시집보내고, 셋가래 몇 개 헤아리고 왔느냐 묻는다.

석감주　작은 항아리 가장자리에, 흙을 발라 잿불에 만든 단술. "잔치에 석감주 맛이 지일좋다."

석주다　계속하는 것. 잇대어 담배 따위를 피우는 것. 「원한가」(풍산지방) 참조.

선감도 떨어지고, 익은감도 떨어진다　죽음에 순서가 없다.

선(썬)그리하다 · 선(썬)드그리하다 날씨가 따뜻해야 할 철에, 선선한 느낌이 드는 것. "날씨가 선그리한기 가실같다."

선내끼 아주 적은 수량을 이른 것. 낱은 하나하나의 수량을 말하는 것이다. "선"은 "서넛"의 준말이다. "얼라 까자를 선내끼 준다."

선득선득하다 선들선들한 것. "소매 속이 선드그리하다."

선선구월 음력구월이면 더위가 물러가고, 선선해지는 구월을 멋스럽게 이른 말.

선몽 현몽. "아배가 꿈에 선몽했다."

선질꾼 지겟다리가 짧아, 진 채로 언덕이나 바위에 앉아 쉴 수 있는 지게. 영덕바닷가에서 해산물을 지고, 태백준령 고갯길을 넘어갈 때 쓰인 지게로, 이를 졌던 지겟꾼을 일렀다.

설디이 설은 나이. 설딩이. 생일이 음력 섣달에 태어난 사람을 지칭. "우리 망냉이는 설디이다." 설은살.

설레 아이들이나 사람들 틈바구니에 있는 것. "아아들 설레에서 시끄러버 몬 살겠다."

설레발이 아이들이 서성대는 것. "아아들이 설레발이를 친다."

설래위 실랑이질.

「복선화음가」 (안동지방) ㉮
안동방곡 이한림은 설래위 하는소리
안동 방방곡곡 이한림이 실랑이질 하는 소리다.

설수갱빈 설수강변(雪水江邊). 눈 녹은 물이 흐르는 강가. "우수갱빈"은 비 오는 강변.

「꽃노래」 (동래지방) ㉺
설수갱빈 피리꽃은 우수갱빈 마주보고
눈 녹은 물이 흐르는 강가에 패랭이꽃은, 비 오는 강가에 마주보고 있다.
눈 녹은 물이라 띠가 돋은 강가에, 들에 모인 문둥이가 우는 듯하다.

「잠」 (군위지방) ㉺
설수에라 띠갱빈에 들문둥이 우는듯다

「꽃노래」 (군위지방) ㉺
남질찌게 아니지고 남필찌게 아니피고
설수갱빈 홀로나나…
도리납짝 피리꽃은 설수갱빈 휘돌았다
나뭇잎이 질 때 아니 지고, 나뭇잎이 필적에 아니 피고, 눈 녹은 물이 흐르는 강가에 홀로 피어났는가. 둥글납작한 패랭이꽃은 눈 녹은 물이 흐르는 강가에 휘돌아 피었다.

「꽃노래」 (군위지방)㉖	「꽃노래」 (달성지방)㉖
도리납짝 도리꽃은 설수갱분 휘자졌네	도리납작 패리꽃은 석수갱빈 휘돌으네

둥글납작한 도리 꽃은 눈 녹은 물이 흐르는 강가에 휘둘러 피었네 여기서 "설수갱비"은 봄이 와서 눈 녹은 물이 흐르는 강가로 · "피리 · 패리꽃"은 패랭이꽃으로 봤다.

설안개 서린 안개.

「담바구노래」 (동래지방)㉖
담배한대 묵고나니 목구멍에 설안개치고
또한대를 묵고나니 백구밑에 요분이난다

담배 한대를 피우고 나니 목구멍 안에 안개가 서리고, 또 한대를 피우고 나니 뱃구멍 밑에 요분질이 난다. 요분질은 여자가 상대한테 성적 쾌감을 주려고 몸을 이리저리 움직여 놀리는 것.

설직멀직 슬쩍멀쩍.

「평암산화전가」 (영양지방)㉓
설직멀직 금마댁은 연지곤지 유명하다

남의 눈을 속여 가며, 재빠르게 슬쩍 멀찍 행동하는 금마댁은, 연지(입술뺨에 바르는 단장)와 곤지(이마에 찍는 연지)를 잘 찍는다고 이름났다.

설치 황줄베도라치과에 딸린 바닷고기. 또는 나머지 별 것 아닌 사물을 가리킴.
「규방유정가」(영양지방) 참조. 혹은 청어새끼.

설치다 마구 움직여대는 것. "머스마들이 막 설쳐댄다."

설피설피 볼썽부르게. 볼썽사납게.

「누항사(陋巷詞)」㉓	「김통인 댕기노래」㉖
측업슨 딥신에 설피설피 믈러오니	꺼칠비단 안을대어 실피실피 깃을달아
	맹자고름 실피달아

뒤축 없는 짚신에다, 볼썽사납게 물러 나온다.
꺼칠한 비단을 안을 대어 볼썽사납게 깃을 달고, 명주고름을 볼썽사납게 달았다.

섧(설)은나 섣달에 태어난 사람의 나이. "내 조카는 섣달에 나서, 섧은 나다."

섬우타 곡식을 퍼내 오면서, 표를 하는 것.

「훈시가」 (달성지방) ㉮

곡석이 많으나마 입치장 하지말고
포백이 많으나마 몸치장 하지말고
헌의복 기워입고 잡음식 먹으서라
조석쌀 내올적에 섬우코 덥허두고…
정지에 나무쌓기 일심으로 미리하고
솥그릇에 물여두기 청염하여 잊지마라
아침을 당하거든 일찍이 문을열고
저녁을 당하거든 일찍이 문을걸되
다시금 만져봐서 후회되게 마라서라

「계녀가」 (예천지방) ㉮

조석쌀 내올적의 섬의코 덥허두고
간장을 떠낸후의 다시곰 잡아매고
호정을 자로쓸어 먼지를 앉게말고

곡식이 많다 해도 입치레를 너무 하지 말고, 베나 비단이 많다 해도 몸치레를 하지 말고, 헌 의복을 기워 입고, 잡 음식(쌀을 제외)을 먹어야 한다. 아침저녁 끼 거리 쌀을 퍼내올 적에, 반드시 표를 하여 덮어둔다. 부엌에 땔나무 쌓기를 한 마음으로 미리 하고, 씻은 빈 솥과 그릇에는 민물을 담아두어, 청렴하게 함을 잊지 말라. 아침을 맞거든 일찍이 대문을 열고, 저녁을 당하거든 일찍이 대문을 닫아걸어야 하되, 대문을 닫고 한 번 더 만져봐서, 혹시 도적이 들어 후회되는 일이 없도록 하라는 것이다. 역시 식량과 포백을 존절하게 쓰고, 화목 쌓기와 씻은 빈솥과 빈기명일지라도 물을 담아두라는 당부 그리고 대문을 먼저 열고·닫아걸되 한 번 더 확인을 하라는 것이다. 옛날 어른들은 자고나면 대문부터 활짝 열었는데, 이는 집안으로 복이 들어오라는 뜻도 있었다.

아침저녁 쌀을 퍼내올 적 표를 해 덮어두고, 간장단지 간장을 떠낸 뒤에 다시 잘 잡아매어야 하고, 집안의 뜰이나 마당을 자주 쓸어서 먼지를 앉게 하지 말아야 한다.

섭서부리하다 섭섭하더.

섭채 콩나물과 무채를 한데 어우른 나물무침. "가실게 무시채하여, 콩지름에 무친 섭채 맛이 좋다."

섭포 협호(夾戶). 본채와 따로 떨어진, 딴 살림을 하게 된 집채. "예전에는 집이 없어 남의 섭호에 많이 살았다."

성노꽃 석류꽃.

「모심기노래」 (동래지방) ㉯

쭐네야꽃은 장개가고 성노꽃은 상각가네
만인간아 웃지마라 시종자를 바래간다

쉽게 풀이하면, 찔래 꽃은 장가가고 석류꽃은 상객 가네. 만인간아 웃지 마라, 씨종자를 바라고 간다.
나이든 사람이 장가를 가는데, 상객 가는 사람은 장가드는 사람보다 젊게 보이는 사람이 따라가니, 이 세상 사람들이여! 비웃질 말아라. 다만 집안 대를 이을 아들 하나를 바라고 새장가들러 간다는 것이다.

성님 · 싱(힝)야 · 쌩이 형님. 이 "성님"도 지금은 어디를 가나 젊은 여자들은 모조리 "언니"를 쓰고 있다. "쌩이"는 주로 경상도 남해안 지역에서 많이 쓰고 있다. 요즘은 그냥 "형"하고 부르는데, 반드시 친형이면 "님"자를 붙여야 한다.

「시집살이요」(대구지방) [민]
성님성님 사촌성님 시집살이 어떱디까
애고애야 말도마라 고추당추 맵다지만
시집같이 매울소냐
성님성님 사촌성님 시집살이 어떱디까
애고애야 말도마라 명주치마 분홍치마
눈물닦기 다쳐졌네
성님성님 사촌성님 시집살이 어떱디까
애고애야 말도마라 조그마한 도리판에
수저놓기 어렵더라
성님성님 사촌성님 시집살이 어떱디까
애고애야 말도마라 동글동글 수박식기
밥담기도 어렵더라
성님성님 사촌성님 시집살이 어떱디까
애고애야 말도마라 중우벗은 시동생에
말하기도 어렵더라

「시집살이요」(경산지방) [민]
오리물을 길어다가 십리방아 찧어다가
아홉솥에 불을때고 열두방에 자리걷고
외나무 다리 어렵대야 시아비 같이 어려우랴
나뭇잎이 푸르대야 시어미 보다 더푸르랴
시아버지 호랑새요 시어머니 꾸중새요
동세하나 할림새요 시누하나 뾰죽새요
시아지비 뾰중새요 남편하나 미련새요
귀먹어서 삼년이요 눈어두어 삼년이요
말못해서 삼년이요 석삼년을 살고나니
배꽃같은 요내얼굴 호박꽃이 다되었네
삼단같은 요내머리 네사리 춤이 다되었네
백옥같은 요내손길 오리발이 다되었네
열새무명 반물치마 눈물씻기 다젖었네
두폭붙이 행주치마 콧물받기 다젖었네
울었던가 말았던가 벼개머리 소이졌네
그것도 소이라고 거우한쌍 오리한쌍
쌍쌍이 떠들어 오네

시집갔던 사촌형님이 친정에 왔다. 사촌여동생이 시집살이 어떻습니까 하고 물으니, 애고! 애야! 말도 말아라. 고추 · 당초가 맵다한들 시집같이 매울 소냐. 다시 물으니, 좋은 명주치마나 · 분홍치마를 횃대에 걸어놓고, 눈물 닦기로 다 쳐졌다. 또 물으니, 조그만 도리 판에 수저 놓기도 어렵더란다. 또 물으니 둥글둥글한 수박식기 밥 담기도 어렵더란다. 또 물으니, 중의 벗은 어린 시동생한테 말하기도 더 어렵다.
여기 우리 어머니들의 시집살이에 대한 생활철학이 들어 있다. 시집살이는 몹시 혹독한데다, 만날 모든 꾸중은 며느리 혼자 듣게 되니, 너무 서러워 명주치마도 눈물 닦기요, 도리 판은 판다리 아래를 봐야 수저 놓는 자리를 알 수 있고, 둥글한 수박식기는 밥을 가득 담자니, 여간 어려운 것이 아니다. 거기다가 삼십대 후반의 시어머니도 애기 낳고 · 새댁도 애를 낳아 시어머니가 젖이 잘 안 나오니, 젊은 새댁이 중의 벗은 시동생까지 젖을 먹여 키운다, 그런 시동생한테 정녕 말하기도 어려웠다. 조선조 여성들의 생활상이 너무 약여하고, 이는 곧 훌륭한 문학작품이 되겠다.

옛날에는 우물이 동리어구에 있어 물을 길러 가려면, 오리 길은 충분히 되었고, 또 연자방아는 십리쯤 되는 곳에 있어, 방아를 찧어다가 양식을 먹었다. 많은 식구들이 살아가자면 아홉 솥에 불을 때고 · 열두 방이나 되는 방마다 자리를 걷고, 청소를 해야 한다. 그런데다 시집은 외나무다리를 건너기보다 어렵다고 했다. 시집살이에서 시아비같이 어려우랴. 나뭇잎이 푸르다고 하지만, 시어미 영보다 더 푸르랴. 시아비는 호랑이같이 호령만 하고, 시어미는 꾸중만 한다. 손윗동서 하나는 날 헐뜯어 고해바치고, 시뉘 하나는 날 못 마땅히 여겨 삐죽거리고, 시아주버니는 뾰족거린다. 그런 가운데 남편은 미련하여 아내의 편을 안 들어 준다. 시집살이야말로 귀머거리로 삼년이요 · 당달봉사로 삼년이요 · 벙어리로 삼년, 합하여 구년을 살고 나니, 배꽃같이 휜하던 내 얼굴이, 누리하게 호박꽃이 핀 매련 없는 모습이 되었다. 삼단같이 숱 많고 길던 머리가, 네 번을 사려 한 춤이 되었다. 백옥같이 흰 내 손길이 오리발처럼 되었다. 열새무명으로 지은 반물치마, 눈물 씻기로 다 젖었다. 두 폭을 붙여 만든 행주치마, 콧물 닦기 다 젖었다. 울었든지 · 말았든지, 베갯머리에 소가 졌네. 그것도 소라고 거위 한 쌍 · 오리 한 쌍 짝지어 떠들어온다.

「시집살이요」는 이 경산지방 가사가 더 구체적으로 표기 되었고, 우리 어머니들은 그야말로 노예로 살아온 생활철학이 배어 있었다 하겠다. 옛날에는 우물물 길러가는 길도 멀고, 거기다가 디딜방아나 연자방아를 찧으러 가려면 십리쯤 가야한다. 방마다 군불을 때고, 또 열두방을 청소한다. 이런 생활 속에 식구간의 갈등은 시아비 · 시어미 · 동서 · 시뉘 · 시아주버니 · 남편 사이에서 일어난다. 귀머거리 · 당달봉사 · 벙어리로 석삼년을 시집살고 보니, 배꽃 같은 얼굴이 호박꽃이 피고, 머리와 손길은 거칠게 질대로 거칠어졌다. 시집살이가 하도 설워, 고운 반물치마 · 행주치마는 다 젖어버린 것이다. 자기 방에 들어가 하도 울고 보니, 베갯머리가(베개 모서리 양쪽에 오리 등을 수 놓음) 소(깊은 물웅덩이)가 졌는데, 마치 거위와 오리 한 쌍이 떠도는 같이 보인 것이다.

「질삼노래」 (안동지방) ⑭
오뉴월 짜른밤에 단잠을랑 다못자고
이삼저삼 삼을적에 두무릎이 다썩었네
어린아해 젖달란다 큰아해 밥달란다

「시집살이노래」 (영주지방) ㉮
아이종아 말몰아라 어른종아 소몰아라
활장같이 굽은길로 설대같이 가고지고
시집으로 올때에는 느름나무 꺾어쥐고
느름느름 오고지고

새댁이 오뉴월 짧은 밤에 단잠을 다 못 잔다. 삼을 삼을 적에 무릎위에 올려놓고 비벼서 삼기 때문에, 두 무릎이 다 썩을 정도라고 했다. 그런데다 어린아이는 젖 달라고 보채고, 큰아이는 밥 달라고 조른다.
아이를 키우면서 방적하는 모습은 지금은 상상도 할 수 없다.

새댁이 근친가는 장면으로, 아이좋아! 말을 몰아라. 어른좋아! 소를 몰아라. 활장같이 휘우듬 굽은 길로, 담배설대같이 곧은길로, 빨리 친정을 가고픈 심정이다. 얼마나 시집으로 가기 싫으면, 느릅나무라도 꺾어 쥐고, 느릿느릿 가고 싶다고 하였을까.

성문(聲聞) 명성. 여기서는 소문.

「꽃노래」(군위지방) [민]
꽃도사 곱거니와 성문두러 못볼래라
인정이 공소하면 성문인들 두럴손가

꽃이야 곱거니와 소문 두려워 못 보겠다. 인정이 엉성하면 소문인들 두렵겠는가.

성설궂다 처음 하는 일이어서, 손에 익숙하지 않은 것. “새댁이 사흘만에 정지에 나가기 되믄 성설궂길 말도 몬 한다.”

성적(成赤) 단장하는 것. 요즘 “화장”은 일본에서 건너온 말이다.

「종제매유희가」(영천지방) [가]
정반상을 먹을적과 세수성적 하올적의
일동일정 어렵도다

정상(正床)이 되는 반상(飯床)을 받아먹을 적과, 세수하고 성적할 적에, 일동일정을 하기가 시집은 어렵다는 것이다.

성주단지 성조단지. 집을 지키는 신. 상량싱(上樑神). “할매는 성주단지를 늘상 잘 모신다.”

「교녀사」(예천지방) [가]
보살할미 무당년과 공중명도 소경놈을
집근처에 왔다하면 몸을쓰고 다려다가
쌀떠놓고 복채놓고 지성으로 묻자한들
오금밑에 회바람쏘여 사해팔방 다니는게
어리석은 규중부인 속이기가 어려울까
겁살운에 망신살에 구설수에 자궁살을
도액곧 아니하면 말씀이 못되겠소

「규중감흥록」(예천지방) [가]
뜨금하면 무녀불러 성주바지 푸닥거리
정성으로 살을풀어 자손만당 부귀하기
지성으로 공을드려 양돈주고 쾌돈주며
옷을주고 기명주며 산에가서 경을읽고
절에가서 불공한들 불효부제 네정성을
귀신인들 도와줄까

ㅅ

체신없이 놀래면서 어찌하여 좋단말고
법당앞에 불공할까 칠성단에 기도할까
공산에가 불을켤까 성주앞에 게도할까

보살할미는 늙은 신녀로 머리를 깎지 않은 채 점치는 여인, 무당년은 굿하고 점치는 일을 하는 여자, 공중(空中)은 귀신소리라고 하며 휘파람소리를 내면서 점을 치는 여인, 명도(明圖)는 무당자신이 수호신으로 삼는 청동제 거울로 곧 태주할미나, 소경놈은 남자가 점치는 봉사 등이 집 근처 왔다하면, 자기 몸을 움직여 데려다, 쌀이나 복채를 놓고 지성으로 묻고자 한들, 오금 밑에 돌림바람을 쐬고·온 사방을 다닌 여자로, 어리석은 규중부인 속이기가 아주 쉽다. 독하고 모진 기운인 "겁살운"에다, 말이나 행동을 잘 못하여 자기 지위나 명예를 손상시키는 "망신살"에, 시비하거나 비방하는 신수인 "구설수", 사람의 사주(생년월일시)를 별자리에 해당하는 12궁의 하나인 임신할 수 없는 "자궁살" 등을, 액막이 아니 하면 안 되는 말씀이다. 그러므로 부인이 치신없이 놀라면서 어찌하면 좋단 말고. 법당 앞에 불공할까, 칠원성군을 모신 단 앞에 기도할까. 공산에 가서 촛불을 켤까, 집을 지키는 신령 앞으로 깨치게 하여, 이끌어 달라고 빌어볼까.

몸이 좀 결리는 듯한 아픈 느낌이 들면, 무당 불러 성주를 새로 받아들이는 굿을 하고, 무당이 간단히 음식을 차려놓고 부정이나 살을 푼다고 하는 굿인들, 정성껏 살을 풀어, 자손이 만당하고 부귀하게 해달라고, 지성으로 공을 들이기 위하여, 한 냥 돈도 주고·엽전 열 꾸러미도 준다. 그러다가 복채 줄 돈이 없으면, 옷도 주고·그릇붙이도 준다. 산에 가서 경을 읽게 하고, 절에 가서 불공한들 불효하고 웃어른에 대하여 공손(不孝不悌)하지 못한, 너의 정성을 귀신인들 도와주겠는가.

성지 형제. "성지간에 우애가 있어야 한다."

성틀 형틀. 곧 베틀.

「나라임금 따다가」 (군위지방) 民
묶우라네 묶우라네 씨이라네 씨이라네
대칼로 씨이라네
올리라네 올리라네 성틀안에 올리라네

묶우라네 씌이라네 큰칼로 씌이라네. 올리라네 형틀안에 올리라네.

「베틀노래」 (경산지방) 民
동의동상 동틀놓고 서의서상 성틀놓고
백옥같은 이내다리 성틀이 웬일인고

동쪽 행랑에 형틀놓고 서쪽 행랑에 형틀같은 베틀놓고, 베를 짜려고 베틀에 앉은 이내 다리 형틀이 웬일이냐.

세꼬시　일본 경도나 구주지방에 사용되는 방언으로, "せごし(背越し)"는 붕어·은어·황어 등 작은 민물고기의 대가리와 내장을 빼내고, 가시채로 썰어 만든 초무침 숙수다. 이밖에도 선술집(居酒屋, いざかや)·흥정꾼(賣場,うりば)·초밥(壽司, すし) 등 일본어가 그대로 쓰이고 있음을 보고, 우리는 반성해야 되겠다.

세물이　빈번하게.

세빠지게　아주 힘들게. "쎄빠지게 일했다."

세(새)비·세(새)미　시애비·시에미. 「해노래」(경북지방) "이붓세비도 세비요 이붓 세미도 세미요"

세비로　신사복. 일본어 "せびろ(背廣)"에서 온 것으로, 본디는 영어 "civil clothes"의 "civil"의 음역이다. 혹은 이런 신사복을 만드는 런던의 거리이름이라고도 한다.

세아리다　헤아리다. "돈을 세아린다."

세앤님예　여학생들이 선생님요하고 부르는 말. "세앤님요"는 "선생님요"다.

세짜래기　혀짤배기. 어린아이가 귀여움을 어른들로부터 받기 위해, 곧장 혀짜래기 말을 하는 것.

셋바늘　혓바늘. "셋바늘이 돋아 매운 것을 몬 묵겠다."

셋바닥이 만발이나 빠지다　몹시 지쳐 피곤한 것. 욕설로 비속어. "야 이놈들아! 셋바닥이 만발이나 빠져 죽을 놈들아."

소갈머리(딱지)·쏘갈머리　심지(心志)의 비속어. 머리 정수리에 머리털이 빠지고 없는 것을 이르기도 한다. "사내가 소갈머리가 저레서야." 이와 반대로 "주변머리"도 쓰인다.

소갑　솔개비. "생소나무를 쩌서, 마르면 소갑이 된다."

소관하다　볼일보다. "소관 하입시더."

소금쟁이　"물우에 소금쟁이가 떠 댕긴다."

소까지　솔가지. 솔가지.

소깔이다　솎아내다. 모종을 뿌려 소복이 소물게 올라온 나물을 속아내는 것. 혹은 무를 뽑아 무청을 떼어내는 것. "무시 이퍼리를 소깔이다."

소끈　깜작 놀라 몸이 움츠려 지는 것. 「바늘노래」(창원지방) "네몸이 자끈하니 내몸이 소끈하네."

소당　상담. 일본어 "そうだん(相談)"에서 온 것. 지금 교육계에서나 일반사회에서 가장 널리 쓰이고 있다. 이 말은 좋지 못한 일을 꾸미기 위해, 호상간 주고받는

말이다. 그래서 우리가 앞으로 쓰는 말로서는, "면담(面談)"이 어떨까 한다.

소대신 소처럼 먹기만 하는 식칭(충)이나, 잠만 자는 잠칭(충)이. 식충이는 먹보요, 잠충이는 잠꾸러기다. 3대군담소설(『유충렬전』·『조웅전』·『소대성전』 가운데, 『소대성전』에 등장인물인 소대성(蘇大成)이 와전된 것이다. "저놈은 처먹기만 하고, 잠만 자는 소대신이다."

소댕이 소댕. 솥을 덮는 뚜껑.

소두래이 홑두루마기.

소똥 쇠딱지. 아이들의 머리 정수리에 덮인 때. "머리에 소똥도 안 버저진 놈이"

소똥벌거지·소똥구레 반딋벌레. "요새는 오염이 심해, 소똥벌갱이가 사라졌다."

소띠는 일이 많다 축생(丑生)은 소처럼 일을 많이 하게 될, 팔자라는 것.

소두방·소더비·소두에 솥뚜껑. "소두뱅이 열어보믄 밥궁이 밥이 있다."

소래기 솔개.

소래다 성기다.

소릿길 좁은 지름길. "소릿길로 퍼뜩 댕겨온네이."

소리끼 없다 소리 없이 행동하는 것. "도둑이 들라카믄, 잘 짖던 개도 소리끼 없이 안 짖는다."

소머거리 소입을 막는 도구. "이라이라"(가는 것). "워워"(서는 것). "어디어디"(오른쪽). "너러너러"(왼쪽).

소머리편육·돼지머리편육·돔배기편육 잔치 때 소머리나 돼지머리 또는 돔배기 껍질을 삶아, 그것이 식혀 엉기면, 얇게 썬 고기.

소무(물)다 빽빽한 것. "배차가 너무 소물다."

소부 보습.

소버짐 쇠버즘. 머리에 나는 일종의 피부병. "예전에는 아아들이, 여름에는 소버짐이 유행했다."

소비 긴 쟁기. 「누항사」 "아까온 저 소뷔는 볏보님도 좋을시고."

소상머리 남의 자식을 말할 때 쓰는 비속어. 소생(所生)머리. 곧 남의 자식을 속되게 나타내는 말로, "인정머리"나 "소갈머리"와 같은 것. "저 놈의 소상들이 그랬다."

소실(슬) 소솔(所率). 딸린 식구.

「계부가」 (봉화지방) ㉮	「규문견회록」 (성주지방) ㉮
너의얼골 잠간보고 첫면목의 기쁜마음	더운때에 농사지어 소슬을 먹게하고

소슬되야 그러한가 너하나라 그러한가
혼연히 돌아와서 사랑사랑 하온후의
온집안을 둘러보고 온소슬을 돌아보니
화기만당 춘풍이오

너의 일굴 삼산 보고, 처음 얼굴의 생김새를 본 기쁜 마음, 네가 우리 식구(所率)가 되려 그러한가, 아니면 너 하나뿐이라 그러한가. 조금도 다름없이 돌아와 사랑한 뒤, 온 집안 둘러보고ㆍ온 식구들을 돌아보니, 온화한 기운이 집안에 가득 차 봄바람이 부는 듯하다.

이는 계부가 전남편의 자식을 자기 식구처럼 맞는 광경을 그린 대목이 되겠다.

한창 더울 때, 농사를 지어 식구들을 밥을 먹게 한다.

소암 효험. "그 약묵고 소암을 봤다."

소이까리 소 몰기 위해 맨 끈. "황소가 부랑해, 소이까리를 매에 잡고 온네이."

소잡다 비좁은 것.

「동기별향가」 (김천지방) ㉮
우리한푼 쓸데있나 죽죽이 헌수하고
소잡하다 소잡하다

우리는 돈 한 푼을 쓸데가 있나. 여러 줄로 늘어서서 장수의 술잔을 올리고 보니, 우리가 선 자리가 비좁다고 한 것은, 헌수하는 사람이 많아 비좁다고 한 것이다.

소적(消寂) 심심풀이로 어떤 일을 하는 것. 「내간」(성주지방) 참조.

소지렁물 쇠지랑물로 소를 치는 외양간 뒤쪽에, 쇠오줌이 괴여 썩어서 붉게 된 물. 이 물이 간장 물빛과 비슷하여, 지난날에는 첫날밤을 자고난 새신랑 아침 반상위에 올려 장난을 치는 일이 더러 있었다.

소천명(所天命) 남편의 명령.

소캐 솜. "소캐뭉팅이로 대갈뱅이를 때리삔다."

소쿠다 솥 안에 음식물이 용솟음쳐 끓는 것. "산나물을 솥에 한번 소카사 묵어야 한다."

소타래기 고삐.

소태 몹시 쓴 것. "약 맛이 소태 같다."

소풀 꼴. "저임 묵고 소풀하러 가거라."

속고뱅이 속고갱이.

속곳 고의(袴衣). 단의(單衣). "속속곳"과 "단속곳"을 통칭한 것.

> 「귀랑가(貴娘歌)」 (대구월촌) ㉮
> 물명주 속곳이며 화완단 고쟁바지
> 백수주 단속곳에 유문갑사 홍치마를
> 잔주름 정히잡아 키에맞게 둘러입고

엷은 남빛 명주실로 만든 베로 된 "속곳"이며, 화완단(火浣緞)은 불에 타지 않는 좋은 비단으로 만든 고쟁이(꼬쟁주)에 백수주(白水紬)비단(수아주)으로 만든 "단속곳"은 바지위에 덧입는 속옷이다. 그 위에 유문갑사(有紋甲紗)는 무늬가 있는 붉은 비단치마를 잔주름 정세(精細)히 잡아 키에 맞게 둘러 입은 모습이다.

옛날 아낙네들은 "속속곳"·"단속곳"·"고쟁이" 등 세별의 속옷을 입었는데 비하면, 요즘은 삼각팬티 하나를 입고 사는 편의한 생활형태로 바뀐 것이다.

속꿍심 꿍꿍이셈.

속다꾸이 속닥궁이. 속닥질.

속닥하다 단출한 식구로 잘 사는 것. "집안 식구가 적어, 속닥하다."

속당가지 속마음의 비속어. "저 이는 너무 속당가지가 비잡다."

속새 씀바퀴.

속수리 상수리.

속아내다 솎아내다. 촘촘하고 **빽빽**하게 난 채소를 가려 뽑아내는 것. "채전밭에 상추가 너무 소물게 나서 속아내어야 한다."

속았다 힘든 일을 하고 난 뒤, 그 일이 다 끝나면, 일을 시킨 사람이, "오늘 하로 속았심더"한다. 곧 수고했다는 뜻이 되겠다.

－손(孫) 녀석의 비속어. "저 놈의 손, 누구 집 자석고."

손가늘다 남에게 무엇을 줄 때, 다랍게 적게 주는 것. 「규중행실가」(예천지방) 참조.

손각시 손말명.

손까시랭이 손거스러미. 손톱부근에 일어나는 얇은 피부껍질.

손님 마마를 이름. 손님마마. "손님이 돌면, 아아들을 피접시키고 야단이 난다."

손님귀가 길다 집에 온 손님이, 부엌에서 여자들이 지껄이는 말을 잘 엿듣는다는 것.

> 「규중행실가」 (인동지방) ㉮
> 문앞에 오는손님 원근친소 생각말고
> 소리없이 접대하소 손님귀가 길다하니

양식걱정 하지말고 있는대로 대접하소

대문 앞에 오는 손님 멀고·가깝거나 친하거나·버성기거나 생각하지 말고, 불평 없이 접대하소. 손님은 불평하는 소리를 잘 엿듣나니, 양식걱정하지 말고 있는 대로 잘 대접하란 것이다.

접빈객을 정성껏 잘 히란 깃이다.

손모갱이·손목댕이·손몽댕이　손모가지의 속어. 발목댕이.

「규중행실가」 (예천지방) ㉑
손가늘다 소문나민 내꺼주고 인심나네

남에게 주는 음식을 적게 준다고 소문나면, 내 것을 주고 마음씀씀이가 안 좋다고 소문난다.

손수세(새)　손댄 흔적이 있는 것. "책장 책을 누가 손수세 했는데."

손아구리　손아귀. "손아구리가 소두방만 하다." 이 "아구"는 일본어 "あご(顎·頤)" 는 한국어 "아구턱"에서 건너간 것이다.

손 없는 날, 이사 간다　손은 날수를 따라 네 방위를 돌아다니는데, 사람의 움직임을 방해한다는 귀신. 이사를 가거나·먼 길을 떠날 때, 손이 없는 날을 택하여 행한다. 음력으로 초하루·초이틀은 귀신이 동쪽에 있고, 초사흘·초나흘은 남쪽에 있고, 초닷새·초엿새는 서쪽에 있고, 초이레·초여드레는 북쪽에 있다. 초아흐레·초열흘·열아흐레·스무날·스무아흐레·삼십일은 하늘로 올라갔으므로, 어떤 방위로 이사 가든 상관이 없다.

손의 귀가 석자　손님으로 간 사람이, 그 집의 정황을 미리 알게 되는 것. 곧 접빈객을 잘하여야만, 소문이 안 난다는 것.

「여탄가」 (의성지방) ㉑
손의귀가 석자라고 손님대접 잘못하면
제것주고 욕먹나니 친빈이나 과객이나
한좌석에 층하마소

「여자훈계가」 (예천지방) ㉑
손의귀가 길고길어 작은소리 듣나니라
밈죽으로 진진하나 박대말고 대접하면
그손님이 돌아가서 칭찬불이 하느니라
만반진수 진진하나 박대하여 대접하면
그손님이 돌아가서 후회막급 하느니라

집에 드는 손님의 귀가 석자나 되어, 손님대접을 잘 못 하면, 소문이 나게 된다. 이렇게 되면 제 것을 주고 욕먹게 되니, 친한 손님이나·잠시 지나가는 손님이나, 한 자리에서는 다른 이보다 낮잡아, 홀대하지 말라는 것이다.

역시 접빈객에서 손님대접을 정성껏 하되, 층하를 두어서는 안 됨을 강조한 것이다.

손님은 귀가 길다는 것은, 부엌에 부녀자들의 불평의 소리를, 아무리 작은 소리를 하더라도 듣게 된다. 미음과 죽이라도 맛이 깊고 흐뭇하게, 박대 말고 잘 대접하면, 그 손님이 집으로 돌아가서 남한테 칭찬을 부럽게 한다. 상위에 가득하게 별스럽고 맛있는 음식을 푸지고 풍성히 차렸으나 박대하여 대접하게 되면, 그 손님이 집으로 돌아가서는 좋지 않은 말을 하게 됨으로써 후회막급하게 된다.

따라서 접빈객을 잘 하란 것이다.

손질 손길.

「화전가」 (문경지방) ㉮
아연히 낙루하여 그럼저럼 노다가서
부녀손질 후려잡고 심중소회 하올적에

놀라 입 벌리고 눈물 지우면서 그럭저럭 놀다가서, 부녀들끼리 손길을 휘둘러 잡고, 마음 가운데 회포를 말할 때.
여기서는 화전놀이에서 젊은 부녀자들이 시집에 대한 소회를 풀어내는 모습이다.

솓깜부리 솔검불. 솔가리.

솔갱이 솔개.

「화전가」 (경주안강) ㉮
부자유친 오작새는 상림우로 날아들고
부부유별 원앙새는 녹수변을 날아들고
군신유의 왕벌이는 가지밑을 날아들고
장유유서 기러기는 남천으로 날아들고
붕우유신 꾀꼬리는 교목우로 날아들고
형제우애 축영새는 원상으로 날아들고
주인아는 연작새는 강남으로 날아들고
고향불망 작기새는 서쪽으로 날아들고
구변좋은 앵무새는 동산으로 날아들고
천렵잠긴 갈매기는 모래밭을 거동하고
연비어천 솔갱이는 구름속을 왕래하고
태도차만 아미나비 꽃속으로 날아들고
춤잘추는 재강벌기 그늘밑을 기여온다

오륜을 이끌어와 부자유친(父子有親)이라 까막까치는 상림(장안서쪽궁원)위로 날아들고, 부부유별(夫婦有別)이라 의좋은 원앙새는 푸른 물가로 날아들고, 군신유의(君臣有義)라 왕벌은 나뭇가지 밑으로 날아들고, 장유유서(長幼有序)라 기러기는 줄지어 남쪽 하늘로 날아들고, 붕우유신(朋友有信)이라 꾀꼬리는 교목위로 날아들고, 형제우애(兄弟友愛)라 축영새는 정원위로 날아들고, 주인을 잘 아는 제비는 강남으로 날아들고, 고향을 잊지 못 하는 작기새는 서쪽으로 날아들고, 맘씨 좋은 앵무새는 동산으로 날아들고, 냇물 속에 고기 잡는 갈매기는 모래밭에서 움직이고, 연비어약(鳶飛魚躍)하는 솔개는 구름 속으로 오가고, 맵시가 참한 아미(蛾眉)같은 나비는 꽃 속으로 날아들고, 춤 잘 추는 재강벌레는 그늘 밑을 기여 나온다.

부자유친과 까막가치 · 부부유별과 원앙새 · 군신유의와 왕벌 · 장우유서와 기러기 · 붕우유신과 꾀꼬리 · 형제우애와 축영새 · 주인 아는 연작(燕雀)새 · 고향불망의 작기새 · 구변 좋은 앵무새 · 천렵(川獵)과 갈매기 · 연비어약과 솔개 · 아미나비 · 재강벌레 등 13가지 나열되었다. 서로 관련을 잘 지었으나, 까막까치는 효성으로 연결되고, 또 형제우애의 "축영새"와 고향불망의 "작기새" 그리고 춤 잘 추는 "재강벌레" 등은 어떤 새와 곤충인지 확인할 수 없다. "날아들고"가 무려 10회 반복하고 있어, 운율상 매끄럽게 낭송할 수 있다.

솔곳이 온전히. 솔깃하다. "솔곳이 다 묵었다." "그 말은 귀에 솔곳하다."

솔깃증 조바심. "일이 잘 안 되이 솔깃증이 난다."

솔끄테 소나무 끝에. "솔끄테 솔방울."

솔(솖)다 괴롭히는 것. 어린애들이 에미를 괴롭히면 "솖아 못 살겠다"고 한다.

솔닥거리다 시끄럽게 떠들다.

솔대백이 소나무가 서있는 산꼭대기. "저 솔대백이 할배 산소가 있다." 어떤 집 족보에 보면, 조상의 산소위치를 "송태백(松太白)"으로 표기한 예도 볼 수 있다.

솔박솔박 사람들이 모르는 사이 차츰 차츰. "얼라가 솔박솔박 잘 큰다." · "살림이 솔박솔박 일어난다."

솔(살)부레미 혼자 남몰래. "이 밥을 솔부레미 다 묵었다."

솔빵구리 솔방울. "핵교는 저실게 난로불 피울라고, 솔빵구리를 주으러 댕겼다."

솔아(애)내다 솔아 내는 것. 귀찮은 말을 너무 들어, 귀가 아프게 되다.

「노부인가」 (청도지방) ㉮
외당에 손님오면 반찬걱정 솔애내고
이웃집에 잔치하면 새벽부텀 나설치고
춘삼월 화초지중 회취나 하자하며

바깥사랑에 손님 오면, 반찬걱정을 귀 아프게 말하고, 이웃집에 잔치하면, 새벽부터 나가 설쳐대고, 춘삼월 꽃피는 가운데, 회취나 하자고 말한다.
제 일은 귀찮게 여기고, 남의 일에 덤벙대고, 좋은 계절을 만나면 모임을 갖자고 떠벌리고 돌아다니는 여인을, 경계한 것이다.

술역 돌리다 슬쩍 돌리는 것. 「미물노래」(의성지방) "싸리비로 술역돌려."

솔피 솔기.

송구 송기(松肌).

「시집살이노래」(예천지방) [민]
송구절핀 또남았네 이웃주고 개나조라
또남았네 또남았네 사돈주고 너돈조라

소나무 속껍질을 짓찧어 쌀가루로 섞어 만든 떡이 또 남았다. 이웃과 개나 주어라. 그래도 또 남았다. 멀리 사는 사돈・너돈(사돈이 오니, 너돈이 옴)도 주어라.

송애 송어(松魚) 혹은 송이(松栮). "물에 송애가 논다."

송장미띠기 두꺼비메뚜기.

송칭이 송충(松蟲). "소낭케 송칭이 많다."

송핀 송편. "추석에는 송핀이 지일 맛이 좋다."

솥・그릇에 물여두기 빈 솥이나 빈 그릇에 물을 담아 두면 뒤로 깨끗이 쓸 수 있다.

솥뒤비・솥두구리 솥뚜껑.

「규중행실가」(인동지방) [가]
솥뒤비를 열지라도 소리날가 조심하소

쇠지 송아지. "쇠지가 디기 이쁘다."

쇠시랑 거름치는 삼지창. "돼지우리 거름을 쇠시랑으로 퍼낸다."

쇠파랭이 쇠파리. "소 있는 곳엔 쇠파랭이가 들끓는다."

쇳대・싯대・열대 열쇠. "두지 싯대를 끼 차야 안주인이 된다."

수구리다 숙이다. "할배한테는 머리 수구려 절해라."

수굼포 "schop"(네델란드어) → "スコップ" → 수굼포. 일본을 통하여 경상도로 들어와 전파된 말이다. 서울로는 불어 "shovel"이 들어와 "삽"을 널리 쓰이게 됨에 따라, 수굼포는 시골말이 되고 "삽"이 표준어의 반열에 올랐다. 그 전에는 군대에서, "수굼포"라 말하다가 상사가 왜 사투리를 쓰느냐며, 이따금 닦아 세우는 일을 볼 수 있었다.

수껑 숯.

수꾸(끼)대비 · 수구때기 수숫대. 민요 「후실장가 와갈랑공」에서 "수꾸때비 수만대야 만구평생 우라버지" 여기서 "수꾸때비"는 수숫대 "수만대야"는 수숫대가 많은 것이다. "만구평생 우라버지"는 우리 아버지는 만고평생을 두고 우리 아버지가 된다.

수귀하다 아직 귀에 잘 안 들어오는 것.

> 「계녀가」 (영천지방) ㉮
> 봉양군자 하난도와 교양자녀 하난법은
> 너의듣기 수귀하야 아즉이야 다못한다

> 남편 봉양하는 도리와 자녀 교육하는 법에 대해서는, 네가 듣기에는 아직 귀에 잘 안 들리겠으니, 다 말 못 하겠다.

수답다 "수다"는 쓸데없이 말수가 많은 것. 수다스럽다. "자아는 좀 수답다."

수답다 아주 정갈한 것.

수대 세수대야. 양동이. "수대에 물을 받아 시수했다."

수두룩뻥뻥하다 충분하고도 많다. "요시 설탕은 수두룩뻥뻥하다."

수루메 오징어. 일본어 "するめ(鯣)"로, 말린 오징어. 이 말도 지금은 거의 안 쓰인다.

수루메기 혼인색(婚姻色)을 띤 피라미 수컷. 혼인색은 동물의 번식기에 나타나는 특별한 몸빛.

수리분 독수리의 덕분.

> 「신행후사향곡」 (대구월촌) ㉮
> 막막한 고향소식 어찌이리 못망(忘)한고
> 수리분(分)에 가는새야 만단수회 실어다가
> 약수가산(弱水家山) 전하시오

> 아득히 먼 고향(친정)소식을, 어찌 이리도 못 잊겠는고. 독수리 덕분에 도망가는 새여. 온갖 근심을 실어다가, 약수삼천리 면면 친정집이 있는 고향산천에 전해 주십시오. 신부가 친정을 못 잊어하는 마음이, 잘 드러나 있다.

수리치기 · 수리적기 · 수리저끔 수리겯기. 수수께끼를 하여, 승부를 겨루는 것.

> 「복선화음록」 (선산해평) ㉮
> 담에올라 사람구경 하기와
> 문열고 엿보기와 마룻전에 춤밸기와

> 「규중감흥록」 (예천지방) ㉮
> 담에올라 구경하기 방문열고 엿보기와
> 마루전에 침밸기와 바람벽에 코풀기와

마른벽에 코풀기와 등잔에 불끄기며
화로전에 불쬐기며 어른말씀 깃달기와
어린아이 수리견기 일가친척 말전하기
이웃부인 흉보기와 젊은종의 서방질과
늙은종의 노구질을 아는척 시비함을
전주하여 일삼으며

등잔앞에 불끄기와 아이들과 수리적기
일가간에 말전하기 형제간에 이간질과
입은옷에 불태우기 탕기에 접시깨기
음식할제 질기먹기 빗키서서 이잡기와
일바쁜데 낮잠자기 수천석꾼 부자믿고
빈한사람 멸시하기 시부모 걱정하면
종종거려 대답하기 발구르며 발광하니
삼이웃이 요란하다

담에 올라서 지나다니는 사람 구경하기 · 문 열고 다른 사람을 몰래 보기와 · 마루 가장자리에 침 뱉기 · 마른 벽에 코풀기 · 등잔불 끄기 · 화롯가에서 불 쬐기 · 어른 말씀에다 덧붙여 말하기 · 어린아이와 수수께끼하기 · 일가친척 말 전하기 · 이웃부인 흉보기 · 젊은 종과의 샛서방질 · 늙은 종의 뚜쟁이 질을 아는 척하여 시비 걸면서, 이쪽 말과 저쪽말로 이간질하길 일삼는다.

부인들의 행신을 12가지로 들면서, 일상생활에서 조심하길 강조한 것이다.

입은 옷을 불 곁에서 잘못하여 태우기 · 탕기접시 깨기 · 음식 만들면서 즐겨 먹기 · 비켜서서 이 잡기 · 일 바쁜데 낮잠 자기 · 빈한 사람멸시하기 등이 더 첨가되었다.

수만대야　이는 수숫대처럼 수만대가 되는, 아주 많고 많은 것을 표현한 것.

「재혼요」 (칠곡지방)　ⓜ
수꾸때비 수만대야 만구평생 우라버지
후실장개 와갈랑고

수숫대가 수만 대가 되는 것처럼, 오래 살아계실 우리 아버지께서, 후실 장가는 왜 가려는고.

「연모요」 (칠곡지방)　ⓜ
수꾸때비 수만대야 만리핑풍 울오매야
인지가면 언제올래

「날마다고 가는 부모」 (칠곡지방)　ⓜ
숫구대기 수만대야 만리핑풍 울오매야

수숫대가 수만 대가 되는 것처럼, 아득히 펼쳐진 병풍 같은 산천에 계신 우리 어머니여. 이제 가면 언제 다시 오렵니까.

수숫대가 수만 대가 되는 것처럼, 아득히 펼쳐진 병풍 같은 산천에 계신 우리 어머니여.

「연모요」 (의성지방)　ⓜ
수수대야 수만대야 산주핑풍 울아배요

「연모요」 (동래지방)　ⓜ
수싯대야 수만대야 오실동동 울아배야
전처 자식두고 후실장가 가지마소

수숫대여! 수만 대가 되는 것처럼, 돌아가셔서 산주(山主)가 되어 병풍같이 펼쳐진 산천에 계신 우리 아버지요.

수숫대여! 수만 대가 되는 것처럼, 동동거리며 오시려나. 우리 아버지여. 전처 자식인 나를 두고, 후실 장가를 가지 마십시오.

「이산저산」 (동래지방) 민   「과부요」 (동래지방) 민
숫구대비 수만대야 만수백대 울오라배   수구때비 수만대야 만수백대 울오라배

수숫대여! 수만 대가 되는 것처럼, 오래오래 수하여 백대까지 살 우리 오라버님.

수만듯 끊임없이 공을 들이듯.

「어린님」 (안동지방) 민
애동나무 밤을숭거 풀닢겉이 어린님을
수만듯이 키와노니 못따먹어 내탓인가

어린 밤나무를 심어 연약한 풀잎같이 어린 남편을 공들여 키워 놓았더니, 못 따먹은 것이 내 탓인가.

수망(首望)치다 이조와 병조에서 추천한 삼인 중 첫째 후보자로, 여기서는 신랑감으로 첫째가 된 것.

「노처녀가」 (예천지방) 가
수망치는 김도령이 첫가락의 나단말가
얼시구 좋을시고 이야아니 무던하랴

사위 고르기에 첫째가 된 김도령이, 첫째로 났단 말인가. 얼씨구! 좋을시고 이것이야말로 무던한 신랑감이 아니냐.

수모(手母) 혼인 때 신부의 단장을 해주고, 예절에 관해 인도해 주는 여자.

「노처녀가」 (단대본) 가
일등수모 불러다가 헌거롭게 단장하면
남대되 맞은서방 난들설마 못맞을까

솜씨가 일등 가는, 단장 잘 하는 여인을 불러다가, 풍채 좋고 의젓해 보이게 단장을 한다면, 남들 모두 맞는 서방, 난들 설마 못 맞을까.

수물과부는 참고 살아도, 서른과부는 몬 참는다 20대 과부는 남편없이 참고 살아도, 30대 과부는 참고 못 산다. "수물 과부는 눈물과부, 서른 과부는 한숨과부."

수박장 큰수박 다 나가니, 작은수박이 자리한다 큰말 죽고나니 작은말이 자리한다와 같은 뜻이다. 큰 인물이 가고 나면, 작은 인물이 대신하는 것.

수비기 수북하게. "밥궁이에 밥을 수비기 담았다."

수새하다 손 댄 흔적이 안 나게 하는 것.

> 「교녀사」 (예천지방) ㉮
> 손수새 퍼내줄제 훗발보아 듬슥주며…
> 가만히 수새하야 흔적도 없이하며
>
> 손댄 흔적이 안 나게 퍼내어 줄 때, 나중을 보아 듬쑥 많이 주며, 퍼낸 자국이나 손댄 흔적이 없이 하는 것.

수석같이 맺힌골격 아주 건장한 골격.

> 「상면가」 (예천지방) ㉮
> 야속할사 하날이요 귀신도 무지하다
> 청춘을 몰라보고 수석같이 맺힌골격
> 병들가망 전혀없어 하해같이 믿었더니
> 이리될줄 알았을까
>
> 야속도 하구나, 하늘이여. 귀신조차도 너무 모르는구나. 청춘을 몰라보고 건장한 골격에, 병들 가망이 아주 없어, 바다같이 믿었더니, 이렇게 될 줄 어이 알았을까.

수시팥떡 요즘은 생일케이크 사다가 촛불 켜놓고 "해피 버즈데이"노래를 부르지만, 과거에는 열 살 될 때가지 수수에다 팥고물을 무친 떡을 해 먹였다.

수액(數厄) 운수에 대한 재액.

> 「상면가」 (예천지방) ㉮
> 이십을 겨우살고 이수액을 입어서러
> 이지경이 되단말가
>
> 스무 살을 겨우 살고 이 같은 재액을 입고서, 이 지경이 되었단 말인가.

수야부모 시부모.

> 「시집살이」 (의성지방) ㉯
> 평생못본 사람이나 소천으로 의지하고
> 생면부지 못본사람 수야부모 의를맺고

일동일심 조심하야 흙발이 황발되고
황발이 흙발되니 그아니 통분하리

한번도 본 적이 없는 사람이나마 남편으로 의지하고, 한번도 만나본 적이 없는 알지 못하는 사람을 시부모 정의를 맺고, 마음을 조심하여 흙발이 되도록 황발이 되도록 시집을 사까니, 그 아니 원통히고 분히랴.

수양산그늘이 강동팔십리다 집안에 한 사람이 잘 되면, 그 혜택을 먼 일가들한테까지 입게 되는 것.

수엘라 · 술메기 수잠자리특히 혼인색 곧 번식기에 나타나는 특이한 몸빛.

수영(양)봄 수양버들이 첫봄 잎이 돋는 것.

「계모노래」 (하동지방) ㉠
우리형제 곱기매여 물기마다 단속하여
수영봄을 후어대여 정귀좋고 재미존데

「초록제비」 (동래지방) ㉫
제비제비 초록제비 능금한쌍 물어다가
수영땅에 집을지어 그집짓던 삼년만에

우리 형제를 곱게 끈으로 맨 것처럼, 물꼬마다 잘 잡도리를 단단히 하듯, 수영버들 늘어진 봄을 휘어대여, 정 좋고 · 재미 좋게 지내는 우애하는 모습을 그린 것이다.
제비여! 초록제비여! 능금 한 쌍을 물어다가, 수양버들 늘어진 땅에다 집을 지어, 그 집 짓던 삼 년 만에.

수울(술)타 수월하다. "손지가 거들어 주이, 훨씬 수울타."

수자 수재(秀才). 미혼 남자를 높이 이르는 말.

수지밥 밥솥에서 처음 뜬 밥.

수지비 뜨기 흐르는 물위나 · 못물 위로, 조그만 돌을 물에 스쳐지나가게 던지는 것.

수지비 수제비. "밀가리가 있어 수지비 해 묵었다."

수타 숱하게. "수박이 수타 나오니 지 철이다."

수풍앓이 수풍(水風)으로 인하여 앓게 되는 것. 「교녀사」(예천지방) 참조.

수하(手下)받치다 손아래 자식들이 부모를 받드는 것.

「신해년화수가」 (안동지방) ㉠
각각이 수하받쳐 오십육십 되였구나
한가한 때가왔네 어와우리 벗님왔네

각기 수하가 부모를 잘 받들다 보니, 벌써 오륙십이 되었구나. 한가한 때가 왔구나. 아! 우리 벗님네도 왔다.

수헤아리기 요즘 초등생들한테 유행하는 말. 한놈・두식이・석삼・너구리・오징어・육개장・칠게・팔다리・구구단・열땡글랑

수화중(水火中) 물과 불 가운데로, 매우 어려운 지경.

「화전가」 (영주지방) ㉮
군로놈의 무지욕설 꿀과같이 달게받고
수화중을 가리잖고 일호라도 안어겼네

군뢰(軍牢)놈의 무지하게 내뱉는 욕설을 꿀같이 달게 받아 들였고, 매우 어려운 가운데도 일들을 가리지 않고 조금도 어기지 않았다는 것이다.

숙지막하다 숙지근하다. 병이 한동안 약간 낫는 것. "인자 촛불데모가 좀 숙지막하다."

숙회(熟鱠) 문어나 오징어 따위를 약간 삶아, 초구추장에 찍어 먹는 회.

순 부드리하다 순이 부드레한 것. 채소 따위가 억세거나 질기지 않고 부드러운 것.

순애기 가을 들어 서리오기 전까지, 돋은 호박잎과 줄기를 이삼일지난 것을 따서, 밥 위에 쪄서 빡빡장에 쌈을 싸먹는 것. "순애기를 밥솥에 쪄, 빡빡장에 싸먹으믄 맛이 좋다."

술구세 술버릇. 일본어 "くせ(癖)"에서 온 것. "술만 묵었다하믄, 술구세가 고약하다."

술떡 증편.

술막지 지게미.

술머으믄 개구신이다 취중 술버릇이 안 좋은 것. "저 사람은 술묵으민 개구신질을 한다."

술 숟가락. "모두 술 들고 밥묵자."

술을 멀리 잡으민, 시집을 멀리 간다 금기어로, 숟가락 끄트머리를 잡고 밥을 먹으면, 음식물이 흐르기 쉽기 때문이다.

술이 떡이 됐다 술이 몹시 취한 상태. "술을 얼매나 묵었든지 술이 떡이 됐다."

술지정 술주정.

술찌개미・술찌기이 술을 거르고 난 뒤 남는 찌꺼기로, 곧 재강. "돼지한테 술찌깅이를 줬더이 묵고, 술이 췌서 비틀비틀한다." 옛날에는 찌게미에 사카루를 섞어, 밥대신 묵었다.

술착이 술을 뜨는 기구. "실굽다리"는 밑바닥에 받침이 달려 있는 그릇. 쌍룡을 그린 "빗접고비"는 빗접을 꽂아 걸어두는 도구. "백통재판"은 담배통・재떨이・타구・요강 등을 놓아두기 위해 깔아놓는 널빤지. "용두머리"는 용의 머리모양을

새긴 장식. "장목비"는 꿩의 꽁지깃으로 만든 비.

「화전가」 (영주지방) ㉮
대양푼 소양푼 세수대야 큰솥 작은솥 닷말가마
놋주걱 술착이 놋쟁반의 옥식기 놋주발 실굽다리
개사다리 옷걸이며 대병통소 병풍 산수병풍
자개함농 반다지의 무쇠두멍 아르쇠 받쳐
쌍용그린 빗접고비 걸쇠등경 놋등경의
백통재판 청동화로 요강타구 재떨이 까지
용두머리 장목비 아울러 활짝다 팔아도
수천양 돈이 모자라서

집안에 사용되는 기명과 도구들이 나열하고 있으니, 대소양푼이 · 세수대야 · 큰솥 · 작은솥 · 닷말지기가마솥 · 놋주걱 · 술착이 · 놋쟁반 · 옥식기 · 놋주발 · 실굽달이 · 개사다리 · 옷걸이 · 큰병 · 통소 · 산수병풍 · 자개함농 · 반다지 · 무쇠두멍 · 아르쇠 · 빗접고비 · 걸쇠등경 · 놋등경 · 백통재판 · 청동화로 · 요강 · 타구 · 재떨이 · 용두마리(꾸미개) · 장목비 등을 아울러 다 팔아도 수천양이 모자란다고 했다.

숨구멍 · 숨골　숫구멍. "얼라가 숨골이 발롱발롱한다." 얼음판에 얇게 얼은 곳.
숫답하다　무던하다. 수더분하다.
숫어리다　계속하여 수다스럽게 떠드는 것.

「회향가」 (안동지방) ㉮
좌우에 숫어리가 뭉게뭉게 날아들어

좌우에 수다스럽게 떠들면서, 사람들이 구름처럼 뭉게뭉게 모여든다.

숭구다 · 숨쿠다　심다. 숨기다. "집에 오문 빼다지에 먼가 숭군다."

「나무」 (칠곡지방) ㉣
우리금생 숭군나무 삼정승 물을퍼서
육조판서 벋은가지 팔도사 꽃이피어
각곳수령 열매열어 만백성이 포식한다

우리 이승에서 심은 나무를 조정 삼정승처럼 물을 퍼 주어, 육조판서처럼 뻗은 나뭇가지에 팔도감사들처럼 꽃이 피어, 각 곳의 수령들처럼 열매가 열어, 만백성들이 배부르게 먹게 된다.
곧 백성들이 포식하는 것이 소망으로 서려 있다.

숭금시 여자의 이름. 이는 여자이름으로, 순금(順金)이 아닐까 한다.

「모숨기노래」 (동래지방) [민]
애기야 도령님 벵이들어 숭금시야 배깎아라
숭금시야 깎은배는 맛도좋고 연하더라

「모숨기노래」 (영천지방) [민]
애기 도련님 병이들어 숭금씨 불러서 배깎아라
숭금실쭉 깎은배는 맛도좋고 연할시나

「숭금씨노래」 (달성지방) [민]
애기도령 병이들어 숭금시야 배깎아라
숭금시 깎은배는 싹싹하고 연한게라

앞의 「모심기노래」(동래 · 영천)나 「숭금씨노래」는 그 내용이 같다. 어린 애기도령님이 병들어 누웠으니, 숭금씨야 배를 깎아라. 숭금씨가 깎은 배는 맛도 좋고 연하더라.

숭굼채 미나리무침나물.

「모숨기노래」 (동래지방) [민]
미나리라 숭굼채라 맛본다고 더디더라

「밭매는노래」 (청도지방) [민]
미나리 숭금채라 맛본다고 더디오네

미나리로 나물을 무쳐 숭금채라, 이 숭금채를 맛 본다고 더디 왔다

ㅅ

숭냥 숭늉. 노계의 「누항사」에 "설더인 熟冷"이 나온다. "내우간에 한 쉰해 살고보믄, 살아온 맛이 숭냥맛 같다더라."

숭보다 흉보다.

「복선화음가」 (안동지방) [가]
백주에 낮잠자기 혼자앉아 군소리며
둘이앉아 숭보기와 문틈으로 손보기며
담에올라 시비구경 어른말씀 토달기와

훤한 대낮에 낮잠 자기 · 혼자 앉아 있으면 군소리를 하고 · 둘이 마주 앉으면 남의 흉보기 · 문틈으로 집에 오는 손님 엿보기요, 아니면 시끄러운 싸움소리 들리면, 담에 올라 시비 붙은 광경 구경하기와, 어른말씀에 일일이 깃달기(토달기)를 한다. 이런 여자행신에 관한 6가지를 들었다.

숭새숭새하다 남의 뒷말을 하는 것.

숭실받(맞)다 보기 흉측스러운 것. "저 사람은 볼 때마다 숭실받게 생겼다 생각된다."

숭악하다 흉악하다. "높은 그릇 텍 고우고 밥술보니 숭악하다"는 게글스레 음식을 먹는 모습이다. 곧 밥술의 밥이 엄청나게 큰 것.

「장탄가」 (경주지방) ㉮

높은그릇 텍고우고 밥술보니 숭악하다
꼬리거나 초리거나 팔빼짚고 잘자시니
밥이거니 죽이거니 눈꼴보소 대궁날가

「장탄사」 (상주지방) ㉮

높은그릇 텍을괴고 밥술보니 숭악하다
꼬리거나 지리거나 팔을베고 잘자시네
밥이거니 죽이거니 눈꼴보소 대궁날다

이 「장탄가」노 ㄴ 내용이 같다. 그릇은 운두가 높아, 턱을 괴고 밥 먹는데, 밥숟가락으로 밥을 너무 크게 떠서, 흉악스럽게 보인 것이다. 반찬 맛이 고리거나 · 절었거나, 어쨌든 팔을 빼어 잘 자시니, 밥이거나 · 죽이거나 먹는 눈꼴을 보시오, 먹다 남길 밥이 있을까.

숭어리 · 숭우리 송이. 송아리. "목단 숭어리가 참 좋다." "연숭어리"는 연꽃송이.

숭태기 과실의 먹고 남은 속심.

숭터 흉터. "헌디 숭터가 크게 남았다."

숱양하다 많은 양하다.

「귀녀가」 (군위지방) ㉮

음식을 대하거든 숱양하여 잘먹으라

음식을 대하거든, 좀 양이 적더라도 많은 양 여기며, 잘 먹어라.

쉐(세)미 수염(鬚髥). "수"는 입거웃으로 턱수염이오, "염"은 구레나룻을 말한다. 이 둘을 합하여 이른 말이다. "쉐미가 은물에 적시낸 것 같다."

「타작노래」 (영천지방) ㉮

중의보리는 뭉글뭉글 쌀쌀기네 쌀쌀기네
깨꾸리 보리는 홀짝홀짝 잘도띠네
양반보리는 쐠이지다

중의 보리는 타작하면, 뭉글뭉글한 것은 물렁물렁하여 미끄러워 쥐기가 어렵다. 그리하여 살살 기는 것 같이 보인다. 개구리보리는 타작하면 홀짝홀짝 잘도 뛴다. 양반보리는 타작하면 수염이 길어, 일꾼들이 까끄라기 때문에 애를 먹는 장면이다.

쉬가 씰다 쉬가 슬다. 곧 파리가 알을 깔기는 것처럼 좋지 못한 원성을 듣게 되는 것. 「수신가」(영양지방) 참조.

쉬다 쇠다. 쐬다. "설을 쉬다." "바람을 쉬고 왔다."

쉰바리 그리마. "아츰에 쉰바리를 보면 재수있고, 저녁에 보면 재수 없다." 『조선어문학회보』3호(1932).

슬게슬게 걸음을 성큼성큼 걷는 것. "걸음을 슬게슬게 잘도 걷는다."

275

슬러치물회 전통적 물회가 아닌, 먹기 좋게 야채를 잘게 썰어 넣은 것.

시가 밀(민)망타 한 시가 급해 안타까운 것. "저 노인의 병은 시가 민망타."

시가지 듣기 좋은 소리 첫째 아들 글 읽는 소리. 둘째 논에 물들어가는 소리. 셋째 한밤중 마누라 옷 벗는 소리.

시간살이 세간살이. 「원한가」(안동풍산) 잔삭갈이 건찮기는 시간살이 자미로다" 잔소리가 많찮기는 세간 재미로구나.

시개미 서캐. 「누에노래」(선산지방)⑲. 참조.

시거리 바닷물에 번쩍거리는 빛 알갱이. "밤낚수 나가믄, 바닷물에 시거리가 번쩍거린다."

시건들다 소견. 철들다. "인자 시건들라 칸다."

시겟도 스케이트. 영어 "skate"에서 일본어 "スケート"로, 우리나라에 들어온 말이다.

시계붕알 시계추. "시계붕알이 흔들흔들한다."

시(새)그럽다 시다. "귤이 시그럽다."

시금장 삶은 콩물 남은 것에다 메주가루와 보리 가루나 등겨가루로 둥글게 만들어, 불에 구워 처마 밑에 달아 두었다가, 담아먹는 된장의 한 가지. "여름에는 시금장이 지맛이 난대이."

시꿈버꿈 일정한 줏대가 없이 이랬다저랬다 하는 것.

시끄때 주발뚜껑. 식기뚜껑.

시나나빠 봄철 나는 채소.

시나다 · 시 넝기다 병이 고칠 때를 지나, 짙어진 상태. 고쳐야 할 타이밍을 놓친 것. "저 사람 병은 시났다."

시날거리(시나리) 심은 지 쉰 날 되어, 먹는 팥의 일종. "시날거리콩을 밥에 안친다."

시낭고낭 시난고난. 신난고난(辛難苦難). 병이 심하지 않으면서도 오래 끄는 모양. "저 할배는 시낭고낭 한다."

시누부 시누이. "시누 하나에, 버리 닷되."

시누이 헌체질 시누이가 올케의 결점을, 시부모께 일러바치는 것. 곧 시뉘가 올케를 키질하듯 들고 흔드는 것.

　　「교녀사」(예천지방)㉮
　　내자식 내자정이 내눈은 어두워도
　　남의자식 다른집에 소망이 적을손가

소망이 과할수록 일일이 살펴보리

말말이 비위상코 사사에 눈이 커지면

시부모 마음변코 가장이 정떠리

시누이 헌체질과 비복들 흉뜯고

산이웃 원근친척 사람같이 안여기면

누구를 탁정하며 누구를 의지할고

내 자식에 대한 자정에는, 내 눈이 어두워 잘 몰라도, 남의 자식이 며느리가 되어, 다른 집으로 시집을 가면, 시댁에서 기대하는 바가 적지 않다. 시댁 소망이 지나칠수록 하나하나 살펴보며 살아야 한다. 시댁은 말마다 내 비위를 상하게 하고, 사삿일에 눈이 커지게 되면, 시부모도 마음이 변하고, 가장도 정이 떨어지게 된다. 시누이가 헌 키 까불 듯 부모한테 일러바치고, 종들이 흉허물로 뜯는다. 그러자니 온 이웃과 원근친척들이 사람같이 안 여기면, 누구한테 정을 붙이며, 누구한테 의지할 것인가.

시다·쎄다 힘이 센 것. "심이 시다."

시다바리 일본어 "したば(下張)り"는 초배(初褙)를 이르는 것으로, 이는 허름한 종이로 애벌 바르는 도배처럼, 숙련공 아래서 일을 처음 배우는 사람.

시다이 실하게. 만족스럽게. "고뿔 시다이 못해보고."

시단마리 숱이 많은 머리. 「서울양반맏딸애기」(함안지방)

시단처자 실다운 처자. 꾸밈이나 거짓이 없이 참된 것.

「모숨기노래」 (경산지방) 閔

머리야좋고 시단처자 울뽕남게 앉아우네

울뽕줄뽕 내따줄께 시간살이 날강하세

땋은 머릿결이 좋고 꾸밈없이 참된 처자가 울뽕나무에 앉아 운다. 울뽕줄뽕 내가 따줄게 살림살이는 나하고 하잔다.

시단풍 시월 단풍.

「척사가」 (안동지방) 歌

구시월 시단풍에 나뭇잎 떨어진 듯

「베틀가」 (영양지방) 歌

구시월 시단풍에 낙엽만 져도

님의생각

구시월 단풍이 물들어 나뭇잎 떨어지면, 임 생각이 간절한 것.

시답잖다 실(實)답지 않다. 보잘 것 없어, 마음에 별로 대수롭잖다. 마음에 맞지 않다.

「여자행실가」 (대구지방) ㉮
친정말은 무관찮고 시답잖은 소리로서
울면불면 하지말라

친정의 말은 관계없다고 또 대수롭지 않은 소리라고, 시집에서 울며불며 말하지 말라. 그것도 뒷날 책잡힐 수가 있기 때문이다.

시드럭거리다 병으로 말미암아 몸이 쇠약해져, 시간을 끌고 있는 것. "시드럭 시드럭 아프다."

시루다(타) 겨루다. 돌리다. "발동기를 시루다."

시룻몸 시룻번(본). 시루와 솥사이 틈에 김이 새지 않게 하기위해, 삥 둘러 바르는 물에 갠 가루.

시리 시루.

「놀림노래」 (동래지방) ㉰
시리밑에 곰백이

「놀림노래」 (하동지방) ㉰
시루밑에 곰팍이

시리떡 시루떡. "시리떡을 차려놓고 상량을 한다."

시리시리하다 추워 으스스한 느낌이 드는 것. "날씨가 좀 시리시리하다."

시리알다 미리 알다. 「두견문답설화」(고령지방) "시리알아 배워두고".

시마 비 시마·풍 시마·난초시마. 일본어 "しま(島)"는 본디 "섬"이나, 어떤 한정된 지역, 예를 들면 유곽지대나 깡패의 세력범위를 나타낸 것으로, 화투에서 시마란 같은 패끼리 모으는 것을 의미한다.

시막지다 대단하다.

시맹덕 새명석.

「활타령」 (칠곡지방) ㉰
청천에 구름같이 탱기대서 시맹덕
꽃맹석에 거울같이

푸른 하늘에 구름 같은 명석이 널찍하고, 탕개를 댄 것 같이 **빳빳한** 새 명석이, 어쩌면 꽃 명석으로 거울 같다는 것이다.
명석에 대한 과장이 심하게 표현되었다.

시부시 슬며시.

시부적시부적하다 적당히 하려는 것. "가진 않고, 내내 시부적시부적한다."

시삐보다　시뻐하다. 마음에 못 마땅하여, 시들하게 생각하는 것. 곧 남을 얕잡아
　　보는 것. "저 사람은 다른 이들을 시삐본다."

시상　세상. "시상비리다"는, 돌아간 곧 죽음을 이른다.

시새하다　시샘하는 것.

　　「계녀가」(봉화지방)㉮
　　재물로 시새하면 동기간 불목되고
　　언어를 잘못하면 지친이 불목되면
　　그아니 두려우며 그아니 조심할가

　　재물로 시샘하면 형제간에 불목하게 되고, 말을 잘못하면 부자 · 형제가 불목하게
　　됨으로써, 재물과 말은 불목을 가져오기 때문에, 항상 두려워해야 되고 · 조심해야
　　된다.

시시껍질하다　시시한 것. "이따우 시시껍질한 것 갖고 싸운다."

시시때이　세수대야. "시시때이에 낯을 씻거라."

시시럽다　스스럽다.

시시름가다　가끔 가다.

시시만끔(시제막금)　시제만큼. 제각각. 따로따로.

　　「붕우가」(예천지방)㉮
　　팔자몸은 시시만큼 시가로 매인몸이
　　오래있기 쉬울손가

　　팔자가 좋잖은 이 몸은 제 각각만큼, 모두가 시댁에 매인 몸이라, 벗들끼리 오래
　　있질 못 한다는 것이다.

시시세만　시간 셈만 하는 것.

　　「사친가」(청도지방)㉮
　　나날이 시시세만 기다린 차의 자식걱정
　　우리 아붓님 오날이야 오는구나

　　나날이 시간 셈만 하고 기다리던 차에, 시집간 딸자식 걱정하던, 우리 아버지께서
　　오늘이야 오시는구나.

시안　세안. 올해 안. "시안에 빚을 갚아라."

시어마이야　감탄사. "아이고! 시어마이야!"

시얼네 시랄네. 시(媤)얼(孼). 시댁울안 또는 날내(埒內).

> 「송별답가」 (선산해평) ㉮
> 줄포척형(茁浦戚兄) 해저댁(海底宅)은 시얼네로 탑탑하여
> 관곡하고 다정하다

줄포 사는 인척 형뻘 되는(영주 상줄동은, 여기는 나주정(丁)씨의 세거지지) 바래밀(해저)댁(봉화내성에 있는 의성김씨 세거지지)은 시집울안 동항 뻘 되는 댁으로, 마음에 들어 매우 사이좋게 지낼 뿐 아니라, 정답고 친절하고도 다정하게 지낸다는 것이다.

시에 씨아. "밤에는 시에소리가 시끄러버 잠이 안 온다."

시(쉬)영타 보기보다 엄청난 것. 몹시 험하게 생긴 것. "저 영감 구렛나루는 보기 쉬영타"·"볼 때마다 시영케 생겨 싫다."

시오시 십오세.

> 「과거질로 들어섰네」 (군위지방) ㉲
> 한살먹어 아밤죽고 두살먹어 어맘죽고
> 시살먹어 할맘죽고 니살먹어 할밤죽고
> 다섯살에 삼촌집가 시오시를 자랐다네

한 살 때 아비가 죽고·두 살 때 어멈 죽고·세살 때 할멈 죽고·네 살 때 할범 죽고, 다섯 살 때 삼촌 집에 갔고, 열다섯 살까지 자랐다네.

−시우다 −싶다. "한데 갔으믄 시우다."

시우잖다 쉽잖다. 「동기별향가」(김천지방) "다시볼가 시우잖다."

시우차다 몹시 세차다. "저 청년은 심이 시우차다."

시월 세월.

> 「춘유가」 (칠곡왜관) ㉮
> 말한번 아차하민 열눈이 지목한다
> 방중이 시월이요 대문밖이 천리로다

말 한번 잘 못하여 "아차!" 하고 선뜻 나오는 소리에, 열 사람의 눈길이 주목한다. 이렇게 규방 속에 갇혀 세월을 보내고, 대문바깥을 나가는 일이 천리 길처럼 멀고멀어, 여자들은 바깥출입이 어려운 것이다.

시월내지다 세월을 내주다. 곧 시간적 여유를 주는 것. 「부녀가」(대구지방)

시장시럽다 남이 한 일을 예사롭게 여기는 것. "니 하는 짓이, 내가 보이 시장시럽다."

시정 남의 사정. 돌아가는 사정. "남의 시정을 알아주어라."

「복선화음가」 (안동지방) ㉮
지황씨 서방님은 아는 것이 글뿐이요
시정모른 늙은구고 다만망령 뿐이로다

무능하고 마음 좋은 지황(地皇)씨 같은 서방님은, 아는 것이라곤 글뿐이다. 남의
사정을 잘 모르는 늙은 시어른들은 다만 망령뿐이다.

시제시제 제 각각. "시제시제 모두 지 집으로 간다."

시주구리하다 힘없이 보이는 것. 시죽하다. "노름 끝에는 언제나 시주구리하기 끝난다."

시지 서당.

「누른깐치」 (안동지방) ㉺
울아버지 서울양반 울어머니 진주띠기
우리오빠 쌍기도랑 우리올끼 쌍기띠기
우리동생 시지도랑 나하나만 옥단춘이

우리 아버지는 서울양반이고 우리 어머니는 진주댁이다. 우리 오빠는 쌍기도령으로
우리 올케 역시 쌍기댁이다. 우리 동생은 서당에 다니는 도령이고 나 하나만 옥단춘
같은 여자란 것이다.

시찬가(市饌價) 시장의 반찬값.

「복선화음가」 (안동지방) ㉮
왜포당포 찬찬의복 시찬가의 전당하고…
시찬값 팔천양은 이낭청 아배삯이

왜광목과 중국포목으로 지은, 장롱 안에 찬찬 동여맨 의복을 꺼내어, 저자거리 찬값으
로 전당하고, 저자 찬값 팔천량은 이낭청(李郞廳)의 애비의 삯이다.

시청(천)같다 시퍼렇고 푸른 것.

「음식솜씨」 (통영지방) ㉺
올라갈때 올고사리 내려올때 늦고사리
양아밭에 양아닷단 솟풀밭에 솟풀닷단
새별같은 네발솥에 어리썰썰 삶아내어
은동에라 담아이고 시천같은 물에다가
어리설설 씻쳐내어

산으로 나물하러 올라갈 때 올고사리를 꺾고, 내려올 때 늦고사리를 꺾고, 양아(蘘荷, 양애) 닷 단을 하고, 쇠풀 밭에서 쇠풀 닷 단을 하고, 샛별같이 네발달린 솥에다 어리설설 삶아내어 은동이에 담아 이고, 시퍼른 물에다가 어리설설 씻어내는 모습이다.

「달노래」(칠곡지방)[민]
달이떴네 달이떴네 시청바다 달이떴네
시청바다 떴는달아 한이방은 어데가고
저달뜬줄 모르신고

「죽은엄마」(의성지방)[민]
쉬청같은 눈물이 월영당못 비오듯 하네

달이 떴네 달이 떴네, 시퍼른 푸른 바다에 달이 떴네. 시퍼른 바다에 뜬 달이여! 한(하나) 이방(吏房)은 어디 가고, 저 달 뜬 줄을 모르시는고.

시퍼렇고 푸른 냇물같이 흘러내리는 눈물이, 월영당 앞 연못에 비 오듯 하는구나.

시컨 실컷. "인자 시컨 묵어바라."

시태 세해. "첫태"는 첫해 · "이태"는 두해. "니태"는 네 해.

시투름하다 반갑잖은 표정을 짓는 것.

ㅅ

시파리 외양간 가축들에 붙어사는 쇠파리. "소믹이는 집은 시파리가 천지삐가리다."

시푸다 싶다. "인자 가는가 시푸다."

시풀시풀하다 칙칙하게 퍼렇다.

시하다 헤아리는 것. 셈하는 것.

시험(엄)타 굉장하다. "아따! 진 짐바리를 보니 시엄케 졌다."

식겁(십겁)먹다 겁(怯)을 먹(食)다. 무섭거나 두려워하는 마음을 가진 것. "차 운전하다가 까닥 하민, 사고 날 뻔해서, 식겁 묵었다."

식기뎅이 식기뚜껑. "식기뎅이에 물받아 묵다니, 비기 싫더라."

식림 식염(食鹽). "식림할 소금을 쪼메 샀다."

식사(食事) 음식을 먹는 것으로, 이는 주로 일본어에 쓰이고 있다. 옛날 가난해 못 먹고 살던 시절에는 인사가 주로 "잘 먹었느냐"에 집중되고 있었다. 그래서 집밖을 나서서, 어른들을 만나면 "아직 드셨습니까" · "저염 드셨습니까" · "지녁 드셨습니까"였다. 당시는 한 끼 해결하는 것이, 곧 큰일이었다. 그런데 요즘은 식사가 보편화되어 쓰이고 있으니, 가령 어른이나 · 나이 든 분들에게는 "진지"라 하여야 맞는데, 며느리가 시아버지한테 "아버님 식사 하세요"라고 쓰고 있으니, 참으로 큰일이다.

식은밥 · 신떡 먹다 남은 식은 밥덩이나 떡.

「계녀아서」 (의성지방) ㉮

친정이라 하는것은 삼복지간 오뉴월에
먹고남은 식은밥과 깊이돋던 신떡이네
오랠수록 변이되고 더둘소록 냄새난다
시가이라 하는 것은 양춘시절 당구월에
익어가는 실과같고 여무는 곡식같네
있을소록 맛이들고 더둘소록 결실한다
친정생각 너무말고 조심하여 잘가거라

친정이라 하는 것은, 예로 들자면 삼복지간인 오뉴월 먹고 남은 식은 밥덩이나,
깊이 갈무리해 뒀던 쉰 떡 같은 것이다. 오래 둘수록 변하게 되고, 거기다가 더
둘수록 냄새가 난다. 그러므로 친정에 대한 생각이나 애연한 회포는 두고 있으면,
식은 밥이나 쉰 떡처럼 냄새가 나므로, 빨리 떨쳐버려야 함을 나타낸 대목이다.
시댁이라 하는 것은 양춘시절이나 구월을 맞아, 익어가는 실과 같고 여물어 가는
곡식 같은 것이다. 시댁에는 있을수록 새 맛을 붙여야 하고, 더 오래 둘수록 결실은
좋아진다. 친정생각 너무 말고, 조심하여 시댁으로 잘 가라고, 친정 어버이가 타이르는
대목이다.
친정과 시댁을 대비하였으니, 친정생각을 식은 밥과 쉰 떡 같이 떨쳐버리고, 익어가는
실과나 영그는 곡식 같은 시댁에, 새 맛을 붙이라는 친정어버이의 간절한 경계가
스며 있다.

식팅(칭)이 · 식퉁(충)이 식충이. 음식을 많이 먹는 사람을 이르는 말. "저 얼라는
식팅이가 될란가 묵기만 한다."

신(싱)각시 여승(女僧). 비구니. "얼굴 이쁜 신각시가 바랑미고 지나간다."

신고(辛苦)이 몹시 애쓰는 것. 그 고통이나 고생. 무척. "신고이 가지마라고 말렀는데."

신(싱)기다 주어싱기다. 말을 전하는 것이나, 말을 마구하는 것. "싱기다"는 주다 · 전
하다의 고어. "먼지 못 알아들을 말을 주어 신긴다."

신(싱)기비 맛장수. 싱거운 사람. "야이! 신기바!."

신내이 씀바귀. "봄나물로 입맛 돋구는 것은 신내이가 지일이다."

신다리삐(뼈) 장단지뼈. 허벅다리뼈. 신 넘지. "신다리뼈를 다치민서, 골빙이 들었다."

신당구 명.

신마이 새내기. 일본어 "しんまえ(新前)"에서 온 말.

신명도망 타고난 목숨이나 운명.

「화전가」 (영주지방) ㉮

신명도망 못할지라 이내말을 들어보소

이내 말을 들어 보시오. 타고난 운명은 어찌 할 수 없다는 것이다.

신선(神仙)가다　죽는 것.

「날마다고 가는부모」 (칠곡지방) ㉯

날가는줄 모르시고 어느골로 신선갔나.

엄마가 죽어 내가 말하는 것을 모르고, 어느 골로 죽어 묻혔나.

신세우고(身勢憂苦)　일신상의 처지와 형편으로 인한 근심과 괴로움.

「규중감흥록」 (예천지방) ㉮

풍병이며 복통이며 신세우고 연첩하니

사사망년 없을소냐

풍병과 복통이며 일신상 근심과 괴로움이, 이어 쌓이고 쌓여 깊고도 많으니, 사사로이 망령인들 없겠는가.

신연(新延)질　새로 도임하는 원님을, 그 집에 가서 맞이하여 오는 것.

「소박노래」 (김천지방) ㉯

올라가네 올라가네 신연질을 올라가네

감치같이 검은머리 점반같이 넓게따고

수절로 금초댕기 나부만치 물리시고

남방수지 책절리 머리우애 수기시고

금석비단 정캐자 어깨마지 떨치입고

신연질로 올라가네

새원님을 맞기 위해 올라가네. 감태(甘苔)같이 검은 머리를 전반(翦板)같이 넓게 땋고, 멋진 궁초(宮綃)비단댕기를 나비만큼만 물리시고, 남방(藍紡)은 엷은 남빛무늬 없는 비단에, 수자(繡刺)는 수놓은 책전립(着戰笠)을 머리위에 숙여 쓰고, 금색(金色) 정쾌자(淨快子) 곧 깨끗한 쾌자로, 등솔을 길게 째고 소매 없이 만든 옷을, 어깨너머로 떨쳐입고, 새원님을 맞으러 올라가네. 남편이 장가들러 올 때 화려한 차림을 그린 것이다.

신을 끼다 신소리를 섞다. 신소리는 상대자 말에 관련하여, 신등머리지게 받아 넘기는 말. 엉뚱한 말을 집어넣다.

「복선화음록」 (대구월촌) ㉮
신을 끼어 기침말고 진정하여 문을열고

신소리를 사이에 끼워 말하는데, 기침을 하지 말아야 하고, 격앙된 마음을 가라앉혀 문을 열어야 한다.

신줄 베틀에 딸린 신. 「베틀가」(예천지방) 참조.

신질로 쉬운 길, 곧 똑 바로 가는 것. "신질로 쌔기 댕겨 온내이."

신출애기 새로 나온 여린 잎.

「당카게야」 (안동지방) ㉶
다따갔네 다따갔네 신출애기 다따갔네.

실 시루의 준발. 또는 명주실을 담는 그릇.

「삼삼으면서 하는노래」 (달성지방) ㉶
뽕따러가세 뽕따러가세 뒷집후원에 뽕따러가세
누에메여 명지짜서 한실두실 모아짜서
맥실맥실 뚜드려서 임도입고 나도입자

뽕잎 따러 뒷집 후원에 가자. 누에 먹여 명주를 한 시루 두 시루 모아짜서, 매끄럽고 실하게 두드려, 임도 나도 입어보자는 것이다.

실겅 시렁.

「삼삼으면서 하는노래」 (달성지방) ㉶
새행담이 담어놓고 새실금에 얹어놓고

옷을 말라내어 행담(行擔)은 싸리나 버들 따위로 결어 만든, 길 가는데 들고 다니는 작은 새 그릇에다 담아놓고, 새로 만든 시렁 위에도 얹어 놓는 것.

실게비 슬그머니.

「교녀사」 (예천지방) ㉮
실게비 누은자릅 택택애장 다녹인다

자식이 슬그머니 누워 잔병치레를 하니, 나의 탁탁한 곧 실속 있고 오붓한 애간장을 다 녹인다.

실구(쿠)다 · 실가 싣는 것. "짐바리를 실가 갔다."

실굼다리 밑바닥에 받침이 달려 있는 그릇. 「화전가」(영주지방) 참조.

실금 개울에 돌로 얼기설기 쌓은 아래로, 좀 가팔라 흐르는 물이 고이는 데, 여기서 고기를 잡는다. 이를 실금이라 한다.

실꿈치 실꾸리. "반질 할라카이 실꿈치가 안 빈다."

실낱같은 낭군몸에 태산같은 병이드니 연약한 낭군 몸에 태산같이 위중한 병이 든 것. 「상사몽」(경주지방) 참조.

실내끼 실낱. 실의 올. "나이 들어 잘 안 보여, 실내끼로 바늘귀 끼기가 에럽다."

실무시 슬며시. "저 친구는 술자리에서 실무시 잘 빠진다."

실빵구리 실감개. "엄마가 실빵구리에 실을 감는다."

실체(失體)하다 체신을 잃는 것.

> 「귀녀가」 (군위지방) ㉮
> 폐백을 드린후에 정대히 팔을들어
> 절하고 일어날적 실체하면 어찌하리
>
> 신부가 시부모를 처음 뵐 때, 대추 · 포 등을 차려 폐백을 올린 뒤, 바른 자세로 팔을 들고 큰절하고 일어날 적에, 체신을 잃지 않도록, 어쨌든 조심을 해야 한다는 것이다.

실쳐 슬쩍.

> 「상면가」 (예천지방) ㉮
> 흥진비래 나의마음 숨은눈물 실쳐닦고
> 하염없이 돌아와서
>
> 흥이 다 하니 슬픔이 와서, 내 마음속 숨은 눈물을 슬쩍 닦고, 하염없이 돌아온다.

실(슬)치다 스치다. "옷깃만 실치고 지나가도, 인연이란다."

실피달아 멋스럽게 달아.

> 「서울양반맏딸애기」 (함안지방) ㉕　　　「설음노래」 (의성지방) ㉕
> 정절비단 겹저고리 맹자고름 실피달아　　넌칠빈칠 쪽저고리 맹자고름 실피달아
> 맵시있게 지어입고
>
> 정결한 비단 겹저고리에 명주고름을 멋스럽게 달아, 맵시 있게 지어 입은 옷이다. 넌출번출 하는 쪽저고리에 명주고름 멋스럽게 달았다.

심구다·심가 심우는 것. "채전에 아욱을 심갔다."

심보하다 견디다(辛抱). "몸이 약해 오래도록 심보했다."

심심하다 슴슴하다. 맛이 좀 싱거운 것.

심지뽑다 제비뽑다.

심짜가리 힘이 빠져, 움직이기 힘든 것. "날이 더버이, 몸에 심짜가리가 없다."

심청스럽다(궂다) 질투심(嫉妬心)이 있는 것. 심술. "저 사람은 심청궂다."

> 「한별곡」 (의성지방) ㉮
> 허황한 저의말을 심청이야 하리만은
> 협협한 군자마음 하물며 소년시절
> 그혹시 염려로다
>
> 사람됨이 들떠서 황당한 저의 말에 질투심이야 내랴 만은, 협협(狹狹)함은 성정이 너그럽지 못하고 아주 좁은 군자마음, 하물며 소년시절에 혹시 바람피울까 그것이 염려가 된다.

심패때리기 상대 손목을 잡고, 손가락의 인지와 장지로 때리는 것. "노름에서 지면 심패때리기다."

십리만치 던져주네 멀리 던지는 것.

> 「시집노래」 (안동지방) ㉱
> 부까라이라 주는걸사 잎다없는 나무술에
> 십리만치 던져주네
>
> 숟가락이라 주는 것이야 숟가락입(잎)이 없는, 나무숟가락을 저만큼 멀리 던져주는 것.

십목(十目)하다 여러 사람의 눈이 지켜보는 것.

> 「여자훈계가」 (예천지방) ㉮
> 외인이 십목하고 노복이 앙시하니
> 범연이 아지마소
>
> 바깥 사람들이 지켜보고, 종들이 우러러보니 데면데면하게 아지 마십시오.

십상 제법. 십성(十成). 아주 잘된 물건이나 물건의 비유. "십상 그 일이 잘 됐다."

싱갱이 승강(乘降)이. 서로 제 주견을 고집하여 옥신각신하는 것. "술 먹고 또 싱갱이 붙었다."

싱깅(겡)이 싱경이. 납작파래. "저실게는 싱깅이 무쳐묵으민 지 맛이 난다."

싱미 성미로 곧 성결과 비위, 심신에 굳어진 좋지 못한 버릇. "저 아이는 싱미가 까다롭다."

싱키다 어떤 일에 감겨드는 것. "구신한테 싱킸나."

싸(쌍)그리 온통. 모조리. "싸그리 모두 샀다."

싸구다 에끼다. 상계(相計)하다. "싸과라"

싸래기 싸라기. "싸래기도 몬 얻어묵고 살 팔자다."

싸리눈 싸라기눈.

싸리다 썰다.

싸물하다 싸움을 하다. "아아들이 붙어 싸물한다."

싸이나 cyanide. 꿩 잡는 약.

싸지르고 돌아댕긴다 함부로 아무데고 돌아다니는 것. "아직나절부텀 싸지르고 돌아 댕긴다."

쌀개미 삵. 살쾡이. "쌀개미가 밤에 댕겨, 닭장을 단도리했다."

쌀꼬레 쌀고리. 쌀을 넣는데 쓰는 고리.

「둘개방노래」(안동지방) ㊉
한짝부모 없는아해 쭉지부러진 달이라네
양친부모 있는아해 쌀꼬레도 달이로다

한쪽 부모가 없는 아이 날개가 부러진 닭 같고, 양친부모가 있는 아이 쌀고리 앞에 있는 닭 같다. 곧 쌀고리의 닭이란 먹을 것이 많고, 복이 많은 아이를 이른 것이다.

쌀미꼬래이 쌀미꾸라지. "도랑에 쌀미꼬랭이를 많이 잡았다."

쌀배기 이남박.

쌀팔다 쌀사는 것.

「복선화음록」(선산해평) ㊍
은죽잠 전당잡혀 쌀팔고 반찬사니

대나무무늬 장식인 은비녀를 전당 잡히고, 쌀을 사고 반찬을 샀다.
시댁살림이 어려우니 며느리가 시집올 때 해 온 은비녀를 전당 잡히고 "쌀을 팔고"했는데, 옛날 반가에서는 상행위를 천시했기 때문에, 쌀을 사는 것이 아니라 판다고 했다.

쌈구다 삶는 것. "날쌔가 쌈가 직일라 칸다."

쌉사무리(레)하다 쌉싸래하다. 쌉쌀한 듯하다. "상추가 독이 올라 쌉살무리하다."

쌍가매 쌍가마. 정수리에 가마가 둘이 있는 것. 옛날에는 쌍가마를 가진 아이들을 보면, 장가를 두 번 간다고 놀렸다.

쌍금쌍금(생금생금) 살금살금.

쌍대 두개만 남은. "다 팔리고 쌍대만 남았다."

–**쌓다** 댄다. "먹어 쌓다."

쌔(씨)갈이 · 쌕이 서캐. 옛날에는 무명옷을 입고 살았다. 때문에 목욕도 못 하고 환경이 불결하여, 무명옷 속 따뜻한 체온에 이가 살기가 아주 좋았다. 이는 서캐를 옷 꿰맨 곳에다 깔겨 놓는데, 따뜻한 아랫목에 이불 펴고 누웠으면, 이가 활동하기 좋은 시간이다. 그리하여 몸이 가려우면 호롱불 아래옷을 뒤집어 놓고, 이를 잡는가 하면, 서캐가 너무 많아 호롱불에 태우면 따닥따닥 소리를 내면서, 묘한 냄새를 풍겼다. 소위 밤마다 "이 사냥"을 했던 것이다.

쌔갈이 꽁지(꽁대기)만하다 아주 작은 것. "주는 기 쌔갈이 꽁지만치 준다."

쌔그랍다 새콤한 맛이 나는 것.

쌔기 속(速)히. 싸게. "쌔기 가거래이."

「화수석춘가」 (의성지방) ㉮
각자싸기 돌아가서 석춘가사 내여놓고
우리동무 면목인가 우리동무 성음이라

각자 **빨리** 집으로 돌아가서 석춘가사를 내어놓고, 만났던 우리 동무 얼굴 본 듯 우리 동무 목소리 들은 듯 보는 것이다.

쌔롱매미 쓰름매미.

쌔리 빠르게 행동하는 것. 혹은 사례를 이르기도 함. "아주 · 매우"의 뜻도 있다. "쌔리 도망쳤다."

쌔리다 때리다. "**빰**따구를 한대 쌔린다."

쌔(째)비다 훔치다. "남의 집 물건을 슬쩍 쌔빈다."

쌔비랬다 쌨다. "요새 산에 창꽃이 쌔비랐다."

쌨다 많은 것.

쌩깔 성깔. 성질. "역시 쌩깔시럽다."

쌩지 생쥐. "쌩쥐가 있는가, 자꾸 뽀지락거린다."

289

써구새 초가지붕의 썩은 짚이나, 짚 따위가 썩은 것. 늦가을 초가지붕 썩은새를 걷어내면, 그 속에서 굼벵이가 나온다. 이를 약용으로도 쓰기도 한다. 썩은새에서 쇠지랑물 같이 검붉은 빛깔의 물이 흘러내리는데, 이를 "지지랑물"이라고 한다.

써리(레)질 써레질. "모 심을라고 논에 써리질을 한다." 썰기.

썩돌 잘 부서지는 돌. "물건이 헐한 기 비지떡이라 카더이, 썩돌겉이 뿌자진다."

썩배기 썩은 그루터기.

쏘가지 속아지. "쏘가지가 고래 소좁아서야."

쏘(소)내기 소나기. "그리도 무루더니, 쏘내기가 왔다."

쏘대다 싸대다.

쏙꼬갱이 속고갱이. "뱁추 쏙고갱이."

쏙청 나물이나 이불 따위의 속. 대나무나 갈대 속에 있는 얇은 꺼풀. "이불 속청을 바꾼다."

쏭쏭하다 쫑쫑거리는 것으로, 원망하듯이 군소리로 쫑알거리는 것. 「화수답가」(영주 지방) "쏭쏭한 입모숨이"

쑤기미(삼시기) 이 바닷고기는 사람한테 날카로운 주둥이로 쏘면 독이 있어, 며칠 아프다.

쑤세 수세미. "올게는 쑤세가 많이 달렸다."

쑤시방티(망티) 머리가 헝컬어짐. 구겨지거나 더러워진 것.

「노부인가」 (청도지방) ㉮
치산골몰 칭탁하고 치장조차 아니한다
두달석달 흙은머리 쑤세같이 되었는고
누리충충 껌은낯은 사흘거리 세슈하고

살림살이 골몰을 핑계대고, 곱게 모양조차 안 낸다. 두석 달 동안 머리손질을 안한 흙은 머리가 헝클어졌다는 것이다. 누리 충충한 검은 낯을 사흘거리로 세수를 한다. 곧 부인이 몸단장도 못 하는 추한 모습이다. 사흘에 한번씩 세수한다니, 그 게으름이 어떤지 알 수 있다.

쑤우때기 수렁논.

쑥놈 수놈. "쑥놈이 지들찌리 싸워, 심좋은 놈이 암놈을 독차지한다."

쑥털털이 쑥버무리. "이른 봄 돋는 쑥 뜯어, 쑥털털이를 해 묵었다."

쓰다 불을 켜다. "밤에 호롱불을 쓴다."

쓰잘데기 쓰잘머리. "쓰잘데기 없는 소리."

쓴하다 시원하다. "처서가 지나이, 아직지닉은 쓴하다."

씨가 만발이나 빠진다 혀가 만발이나 빠진다. 몹시 힘든 일을 당하는 경우, 너무 힘들어 혀가 만발이나 빠져나올 정도가 된다는 좀 과장된 표현이다. 또는 욕할 때, "씨가 만발이나 빠져 죽을 놈아"하고 고함을 치는 비속어이다.

씨간장 집안에 몇 대를 걸쳐 내려온 장독 안에 담긴 오래 묵은 간장.

씨갑시 · 씨가시 씨앗 파는 사람. "씨파는 씨갑시가 어디 갔노."

씨군둥거리다 뭔가 불평의 소리를 하는 것. "혼차 씨군둥거리고 간다."

씨기우다 씨앗을 키우는 것. 혹은 자궁 속에 태아를 기르는 것. 「교녀사」(예천지방) 참조.

씨나락 볍씨.

씨도둑질은 못 한다 부자지간에는 어디를 닮아도 닮은 데가 있는 것.

씨래기 · 시락 시래기. "씨래기국이 맛이 좋다."

씨리 씨롱매미. 쓰르라미. "입추를 앞두고, 씨리가 시끄럽게 울어쌓는다."

씨부리다 지껄이다. "멀 저리도 씨부리노."

씨신년으 보잘 것 없는 시시껄렁한. "씨신년으 꺼."

씨신대다 옆에 붙어 귀찮게 부비는 것.

씨애기 · 쌔기 씨아. "밤에 쌔기를 돌리면, 온 집안이 시끄럽다."

씨(써)우다 우기다. "고집부리고 팍팍 씨운다."

> 「교녀사」 (예천지방) ㉮
> 말리는일 씨우고 듣지말까
>
> 말리는 일을 우겨대어도, 듣질 말까.

씨이다 당기다. "짧게 묵었더이 물이 씨인다."

씨적하다 씨식잖다. 곧 같잖고 되잖다.

씬(신)나락 볍씨. "구신 신나락 까먹는 소리 하네." 영 얼토당토않은 소리를 하는 것.

씰개 쓸개. "저 놈의 자슥, 씰개가 빠졌나."

씰타 쓿다. "방간에서 현미를 쓿어 백미가 된다."

씸바구 씀바귀.

씹다 · 씨굽다 쓰다. "고들빼기는 씹다."

씹맛은 첫째 유부녀, 둘째 과택이, 싯째 암중, 닛째 무당년, 닷째 백정년, 엿째 종년, 일곱째 처자, 여덜째 기생, 아홉째 첩, 열째 마누라 여자의 성기는 신분에 따라 기교가 다름을 이른 것.

씹시무(부)리하다(그리하다) 좀 쓴 맛이 나는 것. "약이 쪼메 씹시무리하다."

씹하고 나믄 달라진다 성교 후 마음이 달라지는 것. "정랑에 갈 때와 나올 때 마음이 다른 것."

씻나락 볍씨.

씻디 쇠뜨기(소가 먹지 못하는 독초). "소는 씻디는 몬 묵는다."

아가시　아카시아(acacia). 이 아카시아는 일제 강점기 때, 척박한 우리 산야에 뿌리가 옆으로 뻗어나가 무성하게 잘 자라므로, 이를 많이 심었다. 오히려 한동안 아카시아가 다른 나무들까지 망가뜨렸다. 그 동안 많이 퇴치하여, 지금은 아카시아 꽃이 피는 모습을 더러 보이기는 하나, 아카시아벌꿀과 꽃필 때, 그 향기만 유용하다 할까.

　　「아리랑」 (문경지방) ㉑
　　신작노 뚝에 아가사 숭가

아까찡끼　머큐롬. "아까"는 일본어 "あか(赤)"와 네델란드어 "tinctuur"의 합성어. 이 말도 지금은 거의 안 쓰인다.

아갈빼이　아가리의 속어. "머라고 아갈빼이 놀리쌓노."

아감지　아가미. "통대구 아감지를 뼈져 짐치를 담는다."

아구차다　아귀차다. "아구차게 꼭 잡아라."

아구테기　아귀 턱. 일본어 "あご(顎)"는 우리말이 건너간 것이다. "그놈 자슥, 가만히 두었나, 아구테기를 날릴끼지."

아궁지　아궁이. "아궁지에 군불을 땐다."

아금받다　매우 알뜰하다.

아깨　아까. "아깨매이로."

아끼바레　벼 품질이 좋은 것. 일본어 "아키바레(あきばれ,秋晴)"는 가을의 쾌청한 날씨를 이른 말로, 일본이 개발한 쌀의 일종.

아나　여기 있다. 옛다. 아이들한테 쓰는 말. "아나, 묵어라."

아나고　붕장어. 일본어 "あなご(穴子)"에서 온 말.

아다리　이 말도 일본어 "あた(當)り"에서 온 것으로, 거의 일상용어에 보편화 되어

쓰이고 있다. 음식물이나·더위로 인하여 몸에 탈이 난 것. 예로 복권 따위가 당첨되었을 때나·아파트분양에 당첨되었을 때도 쓰인다.

아도 찍다 독점하다. 일본어 "あと(後)"는 "뒤"에서 왔고, 곧 뒤에 남은 것을 찍었다는 말은, 독차지했다는 뜻으로 쓰인 것이다.

아래기 주정. 한여름에 막걸리가 시어지면, 신술을 소주 고리에 넣어 불을 지펴 고면, 김이 올라 식으면서 방울방울 떨어지는데, 이를 "아래기"라 한다. 이 아래기는 보통 소주라고 부르는데, 요즘 식용 알코올을 희석하여 만든 소주와는 판판으로, 입에 대면 약간의 화근내가 나고, 좀 과하게 먹어도 머리가 아프진 않다. "아랑"은 소주를 곤 뒤 남은 찌꺼기를 말한다. "술아래기는 독하다."

아랫무(목) 아랫목. 온돌방 불길이 들어와 따끈따끈한 곳을 이른다. 대개는 너무 뜨거워 장판바닥이 까맣게 탈 정도로 눌어 있다. 방한이 제대로 안 되어 문풍지를 달아놓아도, 외풍이 세어 코끝이 시리고, 한겨울에는 자고 일어나 보면, 윗목에 둔 걸레가 얼어 있다. 요즘 아파트는 방한이 너무 철저한데다, 난방이 잘되어 러닝 바람으로 살고 있다.

> 「노탄답가」 (선산해평) ㉮
> 추위를 못어기나 엄동대한 혹독한때
> 아랫목 보료위에 평안히 좌기하사
>
> 추위를 못 어기나, 엄혹한 겨울·혹독한 때, 아랫목 보료위에 평안히 앉아 어떤 일이든 처결한다.

아레 어제의 바로 전날. 그저께. 그제. "아레 그 사람을 만났다." 우리말에 고유어로 내일은 없고, 다만 한자어로 "내일"만이 남아 있다. 나는 "아레"라는 말도 사투리라고 팽개칠 것이 아니라고 생각한다. 내일의 다음날은 "모레"로 쓰인다. 좀 우습겠지만 한자어 내일은 "오레"로 새로 만들어 쓰는 것이, 어떨까 제의해 본다.

아롬하다 만만하다.

아르쇠 화로위에 놓는 삼발이. 「화전가」(영주지방) 참조.

아름있다 신이나 귀신이 알아주는 것. 알아주는 사람이 있는 것. 「회심곡」(예천지방).

아리삼삼하다 눈앞에 어른거리는 것. "친구의 추억이 눈에 아리삼삼하다."

아망시럽다·아구망대이(기) 고집스럽다. 아이들이 부리는 오기(傲氣). "조카는 아망시러버, 만내기 어렵다."

아매 암잠자리.

아무따나 아무렇게나. "아무따나 한 그릇 후닥 묵었다."

아무치도 아뭇하다. "아뭇"은 "아무"

아방신아 어떤 일을 만류했는데, 당사자가 해를 입었을 때. 놀림조로 쓰는 속어. "야이! 아방신아! 꼬방신아!"

아배·어(오)매 아비와 어미. 자식이 제법 나이들은 성인도, 아버지를 "아배" 어머니를 "어매"라고 부른다. 요즘 시아비나 시어미가 시집온 새댁이의 이름을 지망지망하게 부르는 시절이 되었다. 이럴 때는 갓 시집와서 첫아이를 낳기 전까지는 "애기야"라고 부른다. 그러다가 아이를 낳고 손자가 생기면, "애비"·"에미"라고 부른다. 젊은 부부끼리라도 시부모 앞에서 상대편을 호칭할 때, 아내가 남편을 지칭하여 "애비는 들에 나갔습니다"하고, 남편이 아내를 지칭하여 "에미는 채전 밭에 갔습니다"라고 말한다. 일본에서는 남의 아버지를 "아버지"라고 부른다. 그 영향을 받아 그런지 요즘은 라디오·텔레비전에서 어린이나 성인들을 상대로 아나운서가 말할 때, 서슴없이 "아버님"·"어머님"을 떳떳하게 쓰고 있다. 본디 자기를 낳아준 "아버지"와 "어머니"는 유일하기 때문에, 오직 "아버지"와 "어머니"가 최상의 존대어가 된다. 그런데 제 "아버지"를 아들이 "아버님" 혹은 "어머님"하고 호칭하는 것은, 아주 잘못된 표현이다. "아버님"과 "어머님"은 며느리가 시부모를 호칭할 때 쓴다. 남의 "아버지"를 보고 "아버님"하는 것도, 잘못 쓰는 말이다. 그러므로 그 전에는 남의 "아버지"를 부를 때, "춘부장"을 많이 썼고, 또는 "어르신네"라고도 불렀다. 어머니 대신 "안어른"이라고 썼다. 신부가 시집와서 시누이가 있으면, "액시"라 부르고 장가 안간 시동생은 "되렴"·"데리미", 혹은 서울식으로 "도련님"이라 한다. 그리고 시집간 손위 시누이는 "성님"이라 부르지만, 다른 사람한테 시집간 맏시누이를 이를 때, "백남댁(伯男宅)"이라 지칭한다. 남편을 "오빠" 혹은 "아빠"라 부르는 지금 세상, 이렇게 말이 두서없이 쓰임으로써, 세상이 혼란스럽다. 애인을 "오빠"라 한 것은, 60년대 초 여대생이 애인과 같이 가는데, 길에서 대학의 벗을 만났다. 저 사람 누구냐고 물으니, 응급 결에 나온 소리가 "오촌오빠"라고 했다. "오촌오빠"란 없는 것이다. 말을 올바르게 씀으로써, 세상의 질서가 바로 서게 되는 것이다. 아버지 자신이 아들한테 문어로 쓸 때에는 내부(乃父)·내옹(乃翁)으로, 곧 "네아비"·"이아비"란 뜻으로도 쓰인다. 반대로 내모(乃母).

아뱀 시아버님.

아붓시다 앞세우다.

「모심기노래」 (칠곡지방) [민]
어린동생 아붓시고 해다지고 저문날에
워짠소년 울고가나
어린동생 아붓시고 잘때없어 울고가네

어린동생 앞세우고 해 다 지고 저문 날에 웬 소년이 울고 가노. 어린동생 앞세우고 잘 때 없어 울고 간다.

아사주다 음식 따위를 먹도록 손봐주는 것. 집안 식구들의 끼니를 먹을 수 있도록 손봐 주는 것. "아아들 핵교서 오마 배고플라, 쌔기 집에 가서 밥아사 주어라."

아순 감장사, 유월부터 한다 떨어진 감이 맛이 들었으므로, 아쉬운 대로 갖고 나가 판다.

아시동시 아래동서. "아시동서한테 일을 다 미룬다."

아시서답 초벌 빨래. "아지매가 걸에서 아시서답을 한다."

아시타다 엄마뱃속에 새 아기가 들어서자, 아이가 엄마한테 성가시게 구는 것. "저 얼라가 아시타나, 지어미를 몬 살게 칸다."

아아들 삼신, 다른데 없다 아이들은 누구나 울고불고·보채고·싸우는 것이 꼭 같다는 것이다. "아아 삼신은 어델 가나 똑 같다."

아아들 설레 아이들 속에. "하도 장난을 쳐대니, 아아들설레 토채비 나올까 겁난다."

아야보다 망을 보다. "수박서리 나가, 한 사람은 아야본다."

아야부가 맞다 죽이 척척 맞는 것. "두 사람이 아야부가 척척 맞는다."

아웃님 동생의 아낙을 일컫는 문어. 동생의 댁. 아우동서.

「질헌수가·족형경축가」 (대구월촌) [가]
아웃님 성덕덕행 태임태사 양두(讓頭)하며

「수연축친가」 (대구월촌) [가]
유관(裕寬)하다 동생들아 관중(寬重)하다 아웃님아

아우동서가 덕을 이룬 일가의 착한 행실은, 태임(주나라 문왕의 어머니)과 태사(문왕의 비, 무왕의 어머니)를 사양하랴. 성덕(成德)은 몸에 덕을 지녀 일가를 이루는 것. 마음이 너그럽고 크도다. 동생들이여, 관후하고 장중한 아우님이여.

아이 아직.

아이논 애벌논.

아이다(레) 아니다. "그건 아이다."

아잠하다　자우룩하다.

> 「붕우사모가」(경주지방) ㉮
> 추우오동 엽락하고 국화향기 아잠하다
>
> 가을비 오동나무에 지니, 오동잎은 떨어지고, 국화향기는 자우룩하다.

아재비빨(뻘)·할배빨(뻘)　"뻘"은 친족간의 촌수와 항렬을 나타내는 말. "아재뻘"·
"할배뻘"

아잼　자기보다 나이 적은 아재뻘 항렬의 호칭. 시동생을 이르기도 함.

아지매　고모. 종고모. 이모. 작은어머니 등의 호칭.

아지배미　시숙. 손위 시숙을 "아주버님"이라 호칭하나, 손아래 시숙은 통상적으로
"아지배미"·"아지뱀"이라고 호칭한다. 이 말도 서울 쪽에서는 시동생을 부를
때, "서방님"이라 부르고 있는데, 이 역시 한번 고려해 봐야 할 문제다.

아직 아재비, 저녁 씨아재비　장날 장에 갈 때, 아침에는 "아재"라 부르다가, 장판에서
한잔 먹고 저녁에 거나하게 취하면, "씨아재비"라고 마구 부르는 것.

아직알　아침이 안 된 때. "알"은 "아래". 저녁알. "가아가 아직알에 왔더노."

아직에 깐챙이 울믄 좋은 일이 있고, 밤에 까마구 울믄 큰 변이 있다　아침에 까치가
울면 좋은 소식이 있고, 밤에 까마귀가 울면 변란이 일어날 징조란 것이다.

아질아질하다　절벽아래를 내려다보니, 무서운 마음이 드는 것. "높은 비랑에 서서
알로 보이, 아질아질하다."

아짐　아지매. 아주머니로 숙모나 형수를 호칭.

아(애)처롭(치럽)다　애처롭다. "얼라가 아파 골골하이, 비기가 아처롭다."

아칠아칠하다　몸 따위에 안 드러나야 할 곳이 드러남. "요새 처자들은 맨다리를
다 내놓고 댕기니, 비기가 아칠아칠하다."

아홉새끼 낳은소가, 멍에벗을 날이없고　자식이 많으면 골몰 그칠 날이 없는 것.
"당당칠"은 당당히 칠년을 살았다는 것이다.

> 「소노래」(칠곡지방) ㉯
> 아홉새끼 낳은소이 멍에벗을 날이없고
> 신해년 우역에 두뿔이 다빠지고
> 당당칠 넘어들어 옛말씀을 전히알고
>
> 자식이 많으면 골몰 떠날 날이 없고, 신해년 돌림병이 돌 때(소돌림병에 두 뿔이

다 빠지고) 사람이 혼이 다 나갔어도, 그래도 당당히 칠년 넘어 들었는데도 살아, 소가 옛 말씀을 온전히 알아듣는다.

악다받다 마음이 모진 것. 악지스러운 것. "저 사람은 말을 잘 안 듣고, 성질이 아주 악다받다."

악바리 성미가 깔깔하고 고집이 세고 모진 사람이거나, 지나치게 똑똑하고 영악한 사람.

악치 솎은 뒤 늦게 올라오는 싹.

악티이 악(惡). 부아.

안꼬 빵 속에 넣는 팥소. 일본어 "あんこ(餡子)." 이 말도 지금은 거의 안 쓰인다.

안날 전날(前日). "설 안날 미리 큰집을 댕겨왔다."

안다이 똥파랭이 술자리에 공술을 얻어먹으려고, 잘 알고 찾아오는 약은 사람. "저 사람은 안다이 똥파랭이다. 히얀하게 술자리는 잘 찾아온다."

안들 남의 부인을 얕잡아 말하는 비속어. "저 안들은 손이 크다."

안들은 꼬치맛이 화끈할수록 좋아한다 아낙네는 성교 시, 열나게 해줄수록 좋아한다.

안뜰마라 앉지를 마라. "자리가 더러버 안뜰마라."

안(암)뽕 돼지의 자궁이나 위장. "안뽕은 지름끼가 없어, 씹으면 사각거리는기 맛이 좋다."

안숭 "안흉"은 규방여인들의 흉이 되는 것.

안 어스름타 쓸쓸하지 않다. "영감이라도 있는께 안 어스름타."

안으로 맡은 일은 밖으로 미루지 말고 부녀자들이 맡은 일은, 밖의 다른 일로 미루지 말아야 한다. 「계녀가」(예천지방) 참조.

안을 받다 수하사람이나 · 아이들이 바라는 바를, 그대로 들어주는 것. 웃어른의 환심을 사려는 것.

「계녀가」 (봉화지방) ㉮
두세살 먹은후의 지각이 들거들랑
장난을 엄금하고 의식을 존절하고
명주옷 입게말고 새솜을 놓지말고
썩은음식 주지말고 상한고기 먹게말라
귀타고 안을받아 버릇없게 하지마라
밉다고 과장하여 정신잃게 하지마라

아이가 두세 살 먹은 뒤, 철이 들거들랑 장난을 엄히 금하고, 옷과 음식을 아껴 먹고 · 쓰게 하고, 명주 같은 좋은 옷을 입히지 말고, 그리고 옷에 새 솜을 놓지 말아야 한다. 건강상 부패한 음식을 주지 말고, 상한 고기를 먹게 하여서는 안 된다. 자식이 귀엽다고 하자는 대로 다 들어주면 버릇없게 되니, 그렇게 기르지 말라. 그렇다고 밉다고 너무 지나치게 꾸짖어, 아이가 정신을 잃게 하지 말라

자식 키우는 부모의 도리를 일러준 것이다.

안을 하다 마음을 돌려버리는 것. 돌아눕다. 죽었다. "내우간 안 하고 잔다". 「처자과 부노래」(선산지방) "날마다 안을 했네".

안죽(중 · 주 · 직)꺼정 아직까지. "안죽꺼정 다 안 왔다네."

안진다락 앉아서도 물건을 넣어둘 수 있는 다락. "선다락"은 높은데 있는 다락.

「복선화음가」 (안동지방) ㉮

안진다락 선다락에 가진찬합 열두설합

앉아서도 물건을 넣을 수 있는 다락과, 서서 물건을 넣을 수 있는 높은 다락에다, 여러 가지 찬합과 열두 서랍 등으로, 가세가 넉넉함을 짐작할 수 있다.

안질뱅이 민들레.

안창 골목의 마지막 깊숙한 곳. "저 안창에 있는 집이, 우리 집이다." 옛날 어느 주막에 안주인이 홀로 장사를 하고 살았는데, 세 사나이가 각기 잠자리를 하고 갔다. 그런데 세 사나이의 이름도 모르고, 다만 제사를 지내는데, 한 신위는 "안창" · 또 한 신위는 "갈근갈근" · 그리고 한 신위는 "시울이 탱탱"이었다. 이는 한국남성의 성기를 상징한 것으로, "안창"은 길이가 긴 것이요 · "갈근갈근"은 짧은 것이요 · "시울이 탱탱"은 물건이 너무 굵어 여자성기시울언저리에 있음을 나타냈다는 우스운 이야기다. 이 "창"은 "골목창" · "개골창" 등으로 쓰고 있다.

안치매기 물로 가라앉힌 녹말찌꺼기. "꿀밤을 갈아 물에 담우믄, 안치매기 앉는다."

안치산 안살림. 안사람이 집안 살림살이를 잘 다스려 나가는 것. "저 집 아지매는 안치산을 잘 한다.

안 치이다 상하지 않은 것. 피륙의 올이 제대로 있지 않고, 이리저리 쏠리는 것. 또는 이불에 둔 솜이 밀리어 한쪽으로 뭉치는 것. 또는 많은 사람들 틈에 부대끼지 않는 것.

「회인별곡」 (달성지방) ㉮

안 친것은 내가먹고… 안친옷은 내가입고

과실이 상하지 않은 것은 내가 먹고, 올이 상하지 않은 옷은 내가 입는다.

안카게 말 안 할게. "다른 사람한테 말 안 할게."

안태고양(安胎故鄕) 태어난 고향. 조상대대로 살았던 곳으로, 태중에서부터 비롯하여, 이곳에서 태어난 사람의 고향. "사람은 지가 태어난 안태고양을 몬 잊는다."

안판시럽다 속이 야무지게 생긴 모습.

> 「자장가」 (의성지방) 민
> 양풍이전에 갔었던가 안판실이도 생겼네
>
> 양푼 파는 전에 갔었던가, 양푼이처럼 야무지게도 생겼다.

안허물 규방여인들의 허물.

> 「유실경계사」 (안동지방) 가
> 대접이 허소하면 사랑양반 우사되고
> 안허물 절로나고 원근친구 없어진다
>
> 대접이 허수하게 하면, 사랑양반(남편)이 우사를 당하게 되고, 부인의 허물이 절로 나게 되며, 원근에 친구조차 없어지게 된다.
> 접빈객을 정성껏 하란 것이다.

안흠새 흠사(欠事)는 안으로 여자들에게 흠이 되는 일.

> 「계녀가」 (영천지방) 가
> 돌아가 공론인사 아모집 아모댁이
> 안흠세도 없거니와 밖에서 생색이라
>
> 접빈객으로 손님들이 자기 집으로 돌아가, 여러 사람이 인사 말하길 아무 집·아무 댁은, 여자들 흠이 되는 일도 없거니와 바깥남편이 생색이 나게 한다.

앉은봉가(개) 저절로 자기한테 돌아오는 몫.

앉일(안질뱅)방이 용쓰다 앉은뱅이 용 쓰다는, 아무리 애써 봐도 별수 없는 것.

> 「화전가」 (청도지방) 가
> 서울이 좋다한들 안질뱅이 용쓰기고
> 춘풍곡이 좋다한들 소경의 단청이라
>
> 서울이 좋다고 한들, 앉은뱅이처럼 용만 쓰게 되고, 결국 서울에는 갈 수 없다. 봄바람 부는 골짜기가 구경이 좋다한들, 소경 단청구경처럼 봄놀이를 갈 수 없는 심정을 그린 것이다.

부녀자들의 바깥나들이의 어려움을 말한 것이다.

알가(게)먹다　알겨먹다. 약한 사람이 가진 적은 물건을, 꾀어 빼앗아먹는 것. "얼라 까자를 알가먹는다."

알공배　바둑에서 공배를 채우는 것처럼, 조심스런 모습이다. 「원한가」에 "양미간 찡글기는 조심하는 알공배요." 두 눈썹 사이를 찡그리는 것은 조심스러워하는 모습이다.

알그리하다　알근하다.

알그작대다　알찐거리다.

알근거리다　으드등거리다. 곧 모질게 기를 쓰며 부득부득 다투는 것.

알근채　알은 체. "얼라가 날보고 알근채한다."

알령(安寧)　필자가 어릴 때만해도 이를 "알령"으로 발음했다. 요즘은 모조리 "안녕" 으로 표기 그대로 소리 낸다. 이는 경주의 "산내(山內)"나 영천의 "신녕(新寧)"은 "살래"와 "실령"으로 발음한다. 마치 "안남미(安南米)"가 "알랑미" 그리고 "신농씨 (神農氏)"·"선농단(先農壇)"이 "실롱씨"·"설롱단"으로 발음되듯, 이 "안녕"도 "알령"으로 고치기에는 너무 늦은 감이 난다. 선농제는 최초로 농사짓는 법을 가르친 "신농씨"와 농사를 관장한 "후직씨"에게 농사가 잘 되게 해달라고 기원하여 올리는 제사로, 이때 제단에 제수로 소를 잡아 올렸는데, 파제 후 소고기를 푹 고아, 여기 참여했던 노인들에게 올린 국이 "선농탕"으로, 이는 요즘 "설렁탕"으로 더 잘 알려져 있다.

알매치다　새 지붕으로 갈아입히는 것. 산자위에 얹는 흙.

알분(金)삼삼　얼굴이 얇고·얕게 얽은 자국이 드문드문 있어, 더 예쁘게 보이는 것.

「모숨기노래」 (김천지방) ⑫
알구삼삼 곱운처녀 삼삼고개 넘나드네
오맨가맨 빛만비고 장부간장 다녹이네

「모숨기노래」 (경산지방) ⑫
알금삼삼 곱은독에 술맛이 좋아 백화줄세

「농부가」 (성주지방) ⑫
알금삼삼 고은처자 울뽕낭케 걸았었네

「분통같은 젖노래」 (동래지방) ⑫
알금삼삼 곱은처자 오미영 조미영
대장부 간장 다녹인다

「모숨기노래」 (영천지방) ⑫
알분삼삼 곱운처자 울봉남에 걸앉었네

301

오매가매 저처자는 대장부간장 다녹이네

얼굴이 얇게·얕게 살짝 얽은 마마자국이 드문드문 있어, 더 예쁘게 보이는 고운 처자가, 우리 뽕나무에 걸터앉아 있는 모습이, 대장부 간장을 다 녹인다. 고운처녀의 모습을 본 총각의 연정을 그린 것이다. 여기 "오미영 조미영"은 "요 모양·조 모양"으로, "오매가매"는 오며가며이다.

알분단스럽다 아는 체하는 것. 능청스러운 것. 알분단지.

「화전가」(안동지방) ㉮
알분단지 형실이는 다시보니 차숙일세

너무 많이 아는 체하는 형실인가 싶었더니, 다시 자세히 보니 차숙이란 처녀일세.

알시럽다 너무 애처로운 것. 안쓰럽다. "얼라가 다쳐놓으니, 보기가 알시럽다."

「유씨경계사」(안동지방) ㉮
지난게 초산(初産)말은 내가하기 알시럽다

지난해 첫 애기 낳았을 때의 그 말은, 지금 내가 하기에 너무 애처로워 할 수 없단 것이다.

알아야 면장을 하지 면장은 "면장(面長)"으로 대개 알고 있으나, 이는 "면장(面墻)"을 잘 모르고 말하다 보니, 이렇게 와전된 것이다. 이 면장은 『논어』「양화」편에 공자가 아들한테 "주남"과 "소남"을 공부하지 않으면, 마치 담벼락을 마주 대하고 선 것과 같다는 데서 나온 말이다(人而不爲周南召南 其猶正墻面而立也歟). 무식하여 사물을 올바로 관찰하지 못하는 것이라고 말하고 있다. 곧 "알아야 면장을 면한다."는 말은, 무식하여 사려분별을 못 하는 것을 가리킨 말이다.

알짜배기 알짜. 여럿 가운데 가장 중요한 물건. 혹은 조금도 모자람이 없이 본보기가 되는 것. "저 이는 진다 알짜배기다."

알짱같다 알짱. 여럿 가운데 가장 요긴한 물건. 몹시 귀히 여기는 것. "합죽선을 알짱겉이 여긴다."

알찌근하다 아쉽고 안타까운 것.

알차리 알이 찬 열매.

알키(캥이)·알맹이 알갱이.

「알밤」(동래지방) ㉯
밤을한되 받아다가 찰독안에 넣어노니

머리깎은 새양쥐가 올라가며 다까묵고
내려가며 다까묵고
다믄두개 남은 것을 정지에다 두었더니
뒷집할매 불담으러 와서 또까묵고
디만히니 남은것은 껍데기는 힐매주고
알키는 너컹나캉 묵자 너컹나캉 묵자

밤을 한 되 받아다가 좋은 쌀독 안에 넣어 놓았더니, 머리 빠진 생쥐가 올라가며·내려
가며 다 까먹고, 다만 두개 남은 것을 부엌에다 두었더니, 뒷집 할머니가 불 담으러
와서 또 까먹고, 하나 남은 것은 껍질은 할머니 주고, 알갱이는 너와 나와 나누어
먹자는 동요다. 생쥐는 어린아이를 은유적으로 묘사한 것이다.

암　물의 유아어. "얼라 암주라."

암만캐도　아무리 하여도. "암만 캐도 수양산그늘이 강동 팔십리라, 비빌 언덕이라도
있다."

암무당　여자무당.

암사나　숫기 없는 사내. "자아는 암사나다."

암사받다　하는 행동이 야무진 것.

「시집살이노래」 (군위지방) ㉖
오복소복 잘죽었네 대접이라 죽을뜨니
암사받게 잘죽었네 장종지리 장을뜨니
올랑촐랑 잘죽었네

오복소복하게 잘 죽었네. 대접이라고 죽을 뜨니, 야무지게도 잘 죽었네. 간장 종지라
간장을 뜨니, 올랑촐랑 잘 죽었네.
시댁어른들이 며느리를 못 살게 굴다가 돌아가니, 활원한 며느리가 잘 죽었다고
좋아하는 모습이다.

암새　암짐승의 발정. "개가 암새를 내니, 동네 쏫개가 다 모여들어, 시끄러버 몬
살겠다."

암탉이 오리알을 낳고도, 장닭한테 할 말이 있다　부인이 다른 사나이의 애기를
낳아도, 제 서방한테 할 말이 있다는 것.

압꺼렁　앞도랑. "압꺼렁 물이 불어 몬 건낸다."

압치다　똑똑하고 야무진 것.

앗(아)치롭다 아깝다. 다시 언제 만나기가 어려워 마음에 잊혀지지 않는 것.

「화전가」 (예천지방) ㉮
앗치로운 하로해가 여흥이 미진하여
서산으로 넘어간다

아까운 하루 해가 남은 흥취도 다하지 못했는데, 서산으로 해가 넘어 가는 아쉬움을
나타낸 것이다.

압비다 앞이 비다. 딸이 시집가고 나니, 엄마의 허전하고 쓸쓸한 마음. "앞이 비니,
더 몬 살겠다."

앗사리 솔직하게 말하는 것. 일본어 "あっさり"로 "담박하게・시원하게・깨끗이"
등의 의미를 가졌으나, 우리나라에서는 "솔직히・깨끗이" 등의 뜻으로 사용되고
있다.

앙개(고)다리(발이) 앙가발이. 다리가 짧고 옥은 사람. "저 아이는 앙개발이다."

앙구(기)다 암탉이 알을 품는 것. 거름을 만드는 것. 또는 아랫목에 밥을 따뜻하게
묻어두는 것. "암탉이 알을 앙구었다." "거름텅이거름을 앙군다." 암구다.

앙문하다 뒷날 돌아오는 원망. "사람은 도와주면 앙문하고, 짐승은 도와주면 덕이
된다."

앙발구 끈질기게 붙는 것. "저 사람은 한번 한다믄 앙발구다."

앙장구 바다에 사는 성게모양으로 생긴 것.

앙정불정 죽기로. "앙정불정 대든다."

앙징하다 앙증스러운 것. 모양이 제격에 어울리지 않게 작은 모습.

「석별가」 (문경지방) ㉮
깃다리를 볼작시면 반월깃도 넌짓달고
도련을 들고보면 앞치가 앙증하다

옷깃을 예쁘고 모양 있게 단 솜씨를 볼 것 같으면, 반달 같은 것을 겉으로 드러나지
않게 잘 달았고, 저고리자락 가장자리를 보면, 앞쪽 모양이 깜찍하고 귀여운 모습이다.

앙크랗다 단출하다. 앙상하다. 여위다.

앞치 앞쪽. "이 물건은 앞치에 붙어야 한다." 뒷치.

애국시 왜 국수. "애국시가 손국시보다 먹기 좋다."

애긍 애긍(哀矜)은 불쌍히 여기는 것.

「모숨기노래」 (동래지방) 민

너거누부 애궁일사 남정호걸 나를주마.

너희 누님 불쌍하구나. 남정호걸인 나한테 주렴.

애끝보다 처음과 마지막을 부다

「기망가」 (봉화지방) 가

만사를 애끝보아 그러구로 다하여서
뜻대로 한일없고 초로같이 사라지고

모든 일을 처음과 끝을 보아 그러구러 다하고, 내 뜻대로 한 일은 아무것도 없고,
나는 풀끝 이슬처럼 사라져야 하겠다.

애기동지 음력 동짓달 초순에 동지가 들면 애동지요, 보름을 지나고 동지가 들면
노동지 또는 어른동지라고 한다.

애달다 애달프다.

「규중감흥록」 (예천지방) 가

애다를다 남들은 어찌인심 못얻난고
절통하고 애달도다

애달프다. 남들은 어찌 인심을 못 얻는고. 절통하고 애달프다.

애돌다 다시 돌다. 「계녀가」(칠곡지방) 참조.

애동첩 나이어린 화첩(花妾).

「첩노래」 (의성지방) 민

산넘에다 첩을두고 범들가바 수심이요
산밑에다 첩을둘라니 산태날까 수심이요
물가운데 첩을둘라니 물질가바 수심이요
장터거리 첩을둘라니 장꾼들가 수심이요
첩아첩아 애동첩아 일시라도 잊을손가
잠시라도 잊일소냐 첩아첩아 애동첩아

산 너머에 첩을 두려니, 범이 들까 근심이요. 산 밑에 첩을 두려니, 사태 날까 근심이요.
물 가운데 첩을 두려니, 홍수질까 근심이요. 장터거리 첩을 두려니, 장꾼 들까 근심이다.
첩아! 첩아! 어린 첩아! 한시라도 내가 잊겠는가. 잠시라도 내가 잊겠는가. 첩아!
첩아! 어린 첩아!

어린 화초첩(花草妾)을 얻은 남편의 심사로 돌아가 쓴 것으로, 어린 첩을 누가 손댈까 근심스러워함을 옳은 것이다.

애동호박(낭키) · 애딩이　애호박. "애동"이 쓰이는 예로, "애동나무" · "애동가재이"(가지) · "애동첩" 등이 "어린" 뜻으로 사용되고 있다.

「남편원망」 (거창지방) ⑨
애동나무 밤을숭거 풀잎걸이 어린임을
수만듯이 키와놓니 못따먹어 내탓인가
불이붙네 불이붙네 이내간장 불이붙네
내달았네 내달았네 압록강에 내달았네
그저보고 빠질라니 목전에도 못빠질네
처매싸고 빠질라니 발에걸려 못빠질네
그아래를 닐다보니 나우걸이 옷을입고
다락걸은 말타고 불티걸이 지내가네

「첩의노래」 (의성지방) ⑨
늙은가지 지쳐놓고 애동가지 따쳐다가…
늙은물외 지쳐놓고 애동물외 따쳐다가
애동호박 따쳐다가…

어린 묘목인 밤나무를 심은 것처럼, 풀잎 같은 어린 낭군을 끊임없이 공들여 키워놓았더니, 그 밤을 못 따먹은 것이 내 탓이다. 가슴속에 불이 붙어 타네. 이내 간장에 불이 붙어 타네. 힘차게 앞으로 뛰어갔네. 압록강까지 뛰어갔네. 그 물을 그냥 보고 빠지려니, 눈앞에서는 못 빠지겠네. 치마를 싸고 빠지려니, 치마가 발에 걸려 못 빠지겠네. 그 아래를 내려다보니, 나비 같은 옷을 차려입고, 다락같이 높은 말을 타고, 낭군이 불티 날리 듯 얼른 지나가네.

어린 낭군한테 시집가서 정성들여 키웠더니, 출세해서는 본처를 본 채 만 채 그냥 지나가니, 가슴속에 불이 붙는 심정을 지니고, 낭군을 원망하는 것이다.

늙은 가지는 제쳐놓고 애가지 따다가… 늙은 물외 제쳐놓고 애물외 따다가 애호박 따다가.

애들(하)다　애달하다. 애닳다. 안타깝다.

「한별곡」 (풍산지방) ㉮
남자의 강장이라 이별할때 뿐이건만
잊지마라 내이별은 갈사록 애들하고

「기망가」 (봉화지방) ㉮
애들타 차신이여 동양으로 삼국중에
장하다 우리조선

남자의 강하고 혈기가 왕성한대도, 이별할 때뿐이라 하건마는, 잊지를 말아라 내 이별은, 갈수록 애가 닳는구나.

애가 닳는구나, 이 몸이여. 동양 삼국 가운데 장하구나, 우리 조선이여.

애똘(돌)배이　이름 맞추기의 놀이. "학상 아아들이 애똘뱅이 놀이를 하고 논다."

애라리　홍시.

애만살　애 많은 살(煞). 억울한 나이. "저 새댁은 애만살이 들었는가."

애만소리　물건을 잃거나 도둑맞고, 엉뚱한 사람을 짚어 말할 때.

애만(문)하다　애매하다.

애말하로　이 말 하러. 「도롱새」(군위지방) 참조.

애무시다　애가 달다. 안타깝다.

애물단지　애를 태우거나 · 귀찮게 구는 것. "어데 이사 갈라 카믄, 많은 책이 애물단지다."

애밍글밍　"애면글면"은 약한 몸으로 몹시 힘겨운 일을 하느라고, 온갖 힘을 다하는 모양.

「연모가」 (군위지방) ㉮
우리엄마 나를낳어 애밍글밍 기룰쩍에
일천빼골 다녹았고 오만간장 다썪었네
오줌똥을 주무르며 더러운줄 몰랐다네
진자리와 마른자리 가려가며 눕혔다네
쥐민꺼져 불민날까 곱게곱게 질렀다네
무릎우에 젖먹일때 머리만져 주었다네
엄마하고 쳐다보면 아나하고 얼렀다네
씽긋뻥긋 웃을적에 왼집안이 꽃이란다
요새깽이 요새깽이 요강생이 요강생이
볼기짝을 톡톡치며 물고빨고 하았다네

「교녀사」 (예천지방) ㉮
제에미 배속에서 열달애장 씨기울제
입맛궂혀 절곡하며 뼈만남게 하여놓고
자른중에 망조하고 동태하여 놀래보고
아들딸을 자세몰라 밤낮으로 마음쏘여
삼신아기 받은후에 딸낳았다 낙심시켜
미역국 좋은밥을 눈물섞여 먹인후에
배아리 수풍아리 대하징 탈황징에
젓아리 번번마다 평생고질 되게하야
쓸데없이 흐뿐것이 무엇이 유달하야
그러나 부모자정 아들딸 다름없어
핏줄로 자정나고 얼굴보고 사랑스려
만지면 꺼질기요 불기되면 쓰러질가
근근하고 간간하야 내괴롬 전혀몰라
진자리는 내가눕고 마른자리 너눕히고
바람맞이 내가눕고 아늑한데 너를눕혀
이불안의 똥철갑과 속옷안의 오줌마리
척척하게 여자롭세 더러운줄 모르겠네
살게비 누은자롭 택택애장 다녹인다
사람알고 웃음웃고 뒤치고 기발할제
재롱짓에 하여가니 요런사랑 또있는가
눕혀보고 앉혀보고 엎어보고 자쳐보고

둥기둥기 추이면서 안아적적 얼러볼제
언듯키도 얼러보고 요것이 웬것인고
내속에 나왔는가 하늘에서 떨어졌나
땅에서 솟았는가 바다속에 구슬인가
돌속에 백옥인가 금릉전당 부용환가
강능중추 명월인가 문전옥답 많이준들
이런것을 사여볼까…
어화둥둥 내사랑아 내뱃속에 나온사랑
이상하고 하묘하니 둥기둥기 추여보자
남의집에 고기밥이 우리개죽 같을손가
우리아기 기묘절묘 남의아들 부려할까
외굵듯 가지굵듯 어서어서 굵어나서…

우리 엄마 나를 낳아 애면글면 기를 적에, 날 키우느라 일천 **뼈**골 다 녹았고, 엄마의 간장 수많이도 다 썩혔다네. 자식의 오줌·똥을 주무르면서, 더러운 줄 몰랐다네. 오줌·똥을 싸서 진자리가 되면, 보습한 마른자리를 가려가며 눕혔다네. 자식이 너무 귀여워 조금이라도 쥐면 꺼질까·불면 날아갈까. 이렇게 곱게 길렀다네. 안고서 무릎위에서 젖먹일 때, 엄마의 사랑스런 손길은, 내 머리를 만져 주었다네. 엄마하고 쳐다보면 "아나"하고 얼러주었다네. 내가 싱긋벙긋 웃을 적에, 온 집안에 꽃이 핀다네. 요 새끼야! 요 강아지야! 볼기짝을 톡톡 치며, 나를 물고·**빨**고 하였다네. 어머니가 자식을 키우는 과정의 어려움과, 모성애가 얼마나 극진한가 보여주는 대목이 된다.

제 어미 배속에서 열 달 동안 애간장의 속을 썩일 적이나, 또는 열 달 동안 자궁 속에서 씨(태아)를 기를 적에, 입덧으로 맛을 그르쳐 음식을 끊어, **뼈**만 남게 될 정도로 여위었다. 임부가 스스로 혼절한 가운데, 갈팡질팡 어찌 할 바를 모른다. 또 태아가 놀라 움직이면, 배와 허리가 아파 놀랐다. 배속에 태아가 아들인지·딸인지 잘 몰라, 밤낮으로 마음도 쓰였다. 삼신할미로부터 아기를 받은 뒤, 곧장 딸을 낳았다니, 아들 바라는 바가 이루어지지 않았으나, 이내 마음은 곧장 풀어졌다. 미역국과 좋은 쌀밥을 어미는 눈물 섞어 먹고 난 뒤, 배앓이·수풍앓이·대하증(帶下症)·탈항증(脫肛症) 등에 젖앓이(乳腫)를 매매마다 앓아, 평생 고질병이 되었다. 아무 짝에도 쓸모없는 예사로운 내 딸이, 무엇이 그리도 유별스러우냐. 그러나 부모자정(慈情)은 아들·딸 구별이 없다. 핏줄로 자정 나고·얼굴 보니 사랑스러워, 만지면 꺼질 것 같고·불면 쓰러질 것 같은 사랑스런 자식이다. 자식한테 기울이는 자정은 아주 부지런히 정성(勤勤懇懇)을 들이기 때문에, 나는 괴로움을 전혀 몰랐다. 진자리는 내가 눕고·마른자리는 애기 눕히고, 바람맞이에는 내가 눕고·바람 없고 푹한데 너를 눕혀, 이불안에서 애기가 똥을 싸면 똥칠갑과, 어미속옷 안에는 온통 오줌으로 다 젖게 되니, 어미한테는 축축하게 젖는 것이 예사로워, 더러운 줄 아주 몰랐다. 살짝 누워 자라며, 지나가는 잔병치레나마, 톡톡하게도 어미 애간장을 다 녹였다. 그런 가운데 자라면서, 사람을 알아보게 되고·웃음을 웃고·뒤치고·기기 시작할 때와, 아기가 재롱짓거리를 하니, 이런 사랑스러움이 또 있는가. 눕혀도 보고·앉혀도 보고·엎어도 보고·잦혀도 보고, 둥둥 추이면서 안고 수줍게 얼러볼 저에. 언뜻업뜻 얼러도 보며, 이게 나한테 웬 아기인가. 과연 내 속에서 나왔는가·하늘에서 떨어진 것인가·땅에서 솟아 난 것인가·바다 속에서 나온 진주구슬인가·돌 속에서 나온 백옥인가. 중국 금능의 전당강의 부용환가. 강능 경호의 중추명월인가. 문전옥답을 많이 준들 이런 아기를 사볼까. 어와 둥둥 내 사랑아. 내 배속에서 나온 사랑스런 아기, 이상하고·하도 묘하니, 둥둥 추어보자. 남의 집 고기밥이 좋대도, 우리 집 개죽 같겠는가. 우리 아기 기묘·절묘하여 남의 아들이 부러울까. 오뉴월 오이 굵듯·가지 굵듯, 어서어서 굵게 자라라.

<table>
<tr><td>

「만수가」 (영천지방) ㉮

진자리는 모야(母也)눕고 마른자리 아해눕혀
나가시면 등에업고 들오시면 품에품고
더위추위 때를알아 핫옷홑옷 지어주며

</td><td>

「자장가」 (조선어독본, 권3) ㉯

멍멍개야 짖지말고 꼬꼬닭아 울지마라
우리아가 잘도잔다 자장자장 워리자장
엄마품에 폭안겨서 칭얼칭얼 잠노래를
그쳤다가 또하면서 쌔근쌔근 꿈나라로
저녁노을 사라지며 돋아오는 밝은달이
우리아가 잠든얼굴 곱게곱게 비춰주네

</td></tr>
</table>

오줌·똥을 싸서 축축한 진자리는 어머니가 눕고, 마른자리는 아이를 눕혔다. 바깥에 나갈 때는 등에 업고·집에 들어오면 품에 품고, 더울 때는 홑옷으로·추울 때는 핫옷으로 지어 입혀 주었다.
역시 어머니의 모성애를 그린 것이다.

애기가 칭얼대며 잠투정을 하는데, 개와 닮아 짖지 말고·울지 말라는. 그러다가 엄마 품에 안겨서 꿈나라로 갔는데, 그 때 밝은 달이 돋아, 자는 아가의 얼굴에 곱게 비친다는 것이다.

「자장가」 (김천지방) ㉯

자장자장 자는구나 우리아기 잘도잔다
은자동아 금자동아 수명장수 부귀동아
은을주면 너를사랴 금을주면 너를사랴
국가에는 충성동이 부모에겐 효자동이
형제에겐 우애동이 일가친척 화목동이
동네방네 유신동이 태산같이 굳세거라

하해같이 굳세거라 유명천하 하여보자
잘두잔다 잘두잔다

애(에)비다 여위다. "요시 크니이라고 그런가 얼라가 많이 애빘다."

애삐시하다 시삐 여기는 것. "니가 하는 요술은 애삐시하다."

애살 애를 써서 하려는 태도. "애살이 있어 공부를 잘 한다."

애살스럽다 군색하고 애발스러운 것. 영남지방에서는 애교나 붙임성이 있는 것.
"엄마가 역시 애살시럽다."

애울리다 어울리다.

「기망가」 (봉화지방)㉮
녹음방초 넘쳐넘쳐 애울리고.

녹음과 방초가 뻗어 나가, 넘쳐 어울리는 모습이다.

애장 애간장. 속. 자궁을 뜻하기도 함.

애장서리 애장 터. 아이들은 죽으면, 장사의 격식도 없이 바로 묻는 묘 터.

애지녁 이른 저녁.

애지랑단지 어린아이가 귀여운 짓거리를 하거나, 귀여움을 받는 것. "저 딸아는
애지랑단지." "단지"는 온통·전부·많은 것을 나타낸 말이다.

애쫀하다 약간 섭섭하다.

애초 아총(兒塚). 어린아이의 무덤. "저 고개너머 애초가 있어 가기 싫다."

애초롬하다 매초롬하다. 곧 젊고 건강하여 아름다운 태가 있는 것. 「보리타작노래」
(함양지방) "처재보린가 에오 매초롬하다 에오"

애(에)추 자두. "비가 많이 와서 애추 맛이 없다."

애추기 예초기(刈草機). "요시는 칠월 벌추 때, 애추기로 퍼뜩 해치운다."

애해하다 예와 같다. 의희하다.

「화전답가」 (예천지방)㉮
천하명승 검무산은 구면목이 애해하다

천하의 이름난 승지인 검무산은, 옛 보던 모습이 지금 와서 보니 의희하다.

애허리지다 골병들다.

애홉다 슬프도다.

「평암산화전가」 (영양지방) ㉮

애흡다 우리들은 여자몸이 되었으니

삼강오륜 바탕삼고 삼종지도 잘지키며

슬프구나. 우리들은 여자 몸이 되어 살아가는데, 삼강오륜을 도덕상 기초로 삼고, 삼종지도를 잘 지키며, 살아야 한다.

애휼(哀恤) 불쌍히 여겨, 은혜를 베푸는 것. 「화전가」(안동지방) 참조.

액땜 앞으로 올 액운을, 다른 고난을 겪는 것으로, 미리 떼우는 일. 발인 때 상제들이 관을 들고 방 네 구석을 향해, 관을 세 번씩 올렸다·내렸다 하는 데, 망인이 사오십년 살았던 자신의 방에 대하여, 마지막하는 인사. 망인이 귀신이 되어, 다시 문지방을 넘어 방안으로 되돌아오지 못하게 하는 액땜이다

액시 시집 안간 시누이에 대한 호칭. "액시가 억시기 정이 많다."

앤 안. 아니. "앤 간다."

앤(앵)꼽다 아니꼽다. "저 놈아 노는 꼬라지 보믄, 앵꼽아 몬 보겠다."

앳병 화병.

「화전가」 (영주지방) ㉮

시어머님 앳병나서 초종후의 상사나서

시어님조차 화병이 나서 겨우 초종장사를 치룬 후, 또 상사가 났다는 것이다.

앵고름하다 하찮다. 만만하다.

앵(앤)깅 안경. "앵깅 안 찌민 암 것도 안 빈다."

앵이 영여(靈輿). 요여(腰輿). 장례 때 신주를 싣고 가는 작은 가마. "행상 앞에는 앵이가 앞선다."

앵지(기)손까락 새끼손가락. "앵지손까락이 받틀랐다."

앵통하다 본디 원통(寃痛)하다는 뜻이나, 애석하고 아까운 것. "일가뿌린 책이 앵통 하이 생각난다."

야 이 아이. "야! 그놈아 바라."

야꾕이 앙괭이·야광귀(夜光鬼)·藥王鬼·夜雨降. 정월 초하룻날 밤에 하늘에서 내려와, 자는 아이의 신 가운데 제발에 맞는 신을 신고 간다는 귀신. 신을 잃어버리면 그해 운수가 불길하다고 함. 혹은 신을 잃어버린 사람은 그해 죽는다고 하여, 모든 사람들이 신을 방에 들여놓고 잔다. 이 야꾕이를 쫓기 위해 대문이나 마당

높은 곳에 체를 걸어놓으며, 귀신이 체의 눈을 세어보다가 날이 밝으면 그냥 돌아간다. 혹은 얼굴에 먹이나 검정 따위를 함부로 칠해 놓은 모양을 이르기도 함.

상자일(上子日) 음력정월의 첫 쥐날. 쥐불놀이 또는 서화일(鼠火日). 모두가 들로 나가 논두렁·밭두렁의 잡초를 태운다. 이는 쥐를 잡으려는 방편이기도 하지만, 나락해충을 제거하기 위한 것이다.

옛날 이날 궁중에서는 자낭(子囊)은, 곧 길쭉한 비단주머니(頒囊)를 신하들과 근시들에게 나누어주었다. 농가에서는 방아를 찧으면 그해 쥐가 없어진다고 하여, 밤중에 부녀자들이 빈방아를 찧거나, 콩을 볶으면서 "쥐주둥이 지진다"고 주문을 외기도 하였다. 이날 백사를 꺼리고·근신한다. 쥐는 곡식을 축낸다하여 모든 일을 쉬고 놀았다.

상축일(上丑日) 음력정월의 첫 소날. 이날은 소한테 일을 시키지 않고 쉬게 하며, 콩·조 등 곡식을 먹여 살지게 한다. 소가 오곡밥을 먼저 먹으면 풍년이 들고, 나물 따위를 먼저 먹으면 흉년이 든다 함.

상인일(上寅日) 음력정월의 첫 범날. 이날 여자가 외출하여, 남의 집에서 대소변을 보면, 그 집 식구한테 호랑이가 해를 끼친다하여, 여자들은 바깥출입을 삼갔다. 짐승들에 대한 악담을 안 한다. 또 人日 곧 인날은 음력 초이렛날로, 질병을 예방하고 친목을 도모한다.

상묘일(上卯日) 음력정월의 첫 토끼날. 이날 여자가 먼저 문을 열면 불길하다 하여, 남자가 먼저 문을 연다. 또한 이날 새로 뽑은 실을 토사(새삼)라 하며, 이 실을 주머니 끝에 매달면 재앙을 물리친다 함. 또는 여자들이 아침 일찍 남의 집에 출입하면, 그 집에 재수가 없다는 속신이 있다. 토끼는 털이 많아 정초에 이날이 들어 있으면, 그해 목화 풍년이 든다 함.

상진일(上辰日) 음력정월의 첫 용날. 이날 하늘에서 용이 내려와, 우물 속에 알을 낳는다고 하여, 부녀자들이 새벽 일찍 일어나 제일 먼저 우물물을 길러 밥을 지으면, 한해 운수가 좋다고 함. 용의 밭갈기(龍耕)는 그해의 흉풍을 알아보는 점의 한 가지로 동지를 중심으로 언 얼음의 모양이 남쪽에서 북쪽으로 갈라지면 풍년들고, 서쪽에서 북쪽으로 향하면 흉년이 든다. 동서남북으로 갈라지면 풍년도 흉년도 아님. 이날 머리를 감으면, 용의 머리털처럼 길어진다. 콩을 볶아 먹으면, 그해 곡식에 벌레가 슬지 않는다.

상사일(上巳日) 음력정월의 첫 뱀날. 이날 머리를 빗으면 그해 집안에 뱀이 들어온다고 하여, 남녀노소를 막론하고 머리를 빗거나 감지 않으며, 짚으로 뱀을 만들어 불을 지른 다음 마당구석에 버리면, 일년 내내 뱀이 들지 않는다고 함. 또는 빨래를 하지 않고 바느질도 하지 않으며, 땔나무를 옮기거나 집안에 들여놓지 않는데, 뱀을 두려워하기 때문이다.

상오일(上午日) 음력정월의 첫 말날. 붉은 팥으로 시루떡을 만들어 마구간에 놓고, 말의 건강을 위해 고사 지내고·먹이를 주어 위로한다. 여느 지방에서는 장을 담근다. 특히 말날 중에 "戊午日"의 "戊"字가 "茂盛"의 "茂"와 음이 같고 뜻이 통하므로 길일로 치고, "丙午日"은 "病"과 통하므로 고사를 안 지냄.

상미일(上未日) 음력정월의 첫 양(염소)날. 모든 일을 삼가고, 행동을 조심함.

상신일(上申日) 음력정월의 첫 잔나비날. 여자보다 남자가 먼저 일어나 문밖에 나가, 부엌의 네 귀를 비로 쓴 뒤, 마당의 네 귀를 쓴다.

상유일(上酉日) 음력정월의 첫 닭날. 부녀자들이 바느질이나 빨래를 하지 않는다. 이를 만약 어기면 손이 닭발처럼 흉하게 된다고 믿는다.

상술일(上戌日) 음력정월의 첫 개날. 이날 일을 하면 개가 텃밭에 가서 해를 주기 때문에, 일손을 쉬고 논다.

상해일(上亥日) 음력정월의 첫 돼지날. 이날 삶은 콩깍지나 왕겨로 살결을 문지르면, 피부가 부드럽고 고와진다고 믿어, 아침 일찍 남녀노소 할 것 없이 이를 행함. 또는 궁중에서는 해낭(亥囊, 비단주머니, 宮囊)을 신하들과 근시한테 나누어 주었고, 민가에서는 얼굴이 희어진다고 하여, 팥가루로 세수를 하였다.

대보름은 烏忌日·午忌日·上元日·元夕節·原宵節이라 달리 명칭하며, 약밥·오곡밥에 묵나물(호박·박·가지·버섯·고사리·고비·도라지·시래기·고구마순·피마지잎)을 먹으며, 더위팔기·개보름쇠기·쥐불놀이·꿩알줍기·까치밥주기·노간주나무싸리나무태우기 등 농경문화와 연관된 행사가 행해졌다.

가수(稼樹) 음력정월 초하룻날 행하는 풍속으로, 과일나무 두 가지 사이에 돌을 끼워두면, 그해 과일이 많이 열린다고 함. 나무시집보내기.

걸식복(乞食福). 정월보름날 쌀·콩·팥·조·수수 등 5가지 이상의 곡식으로 밥을 지으면 오곡밥인데, 이날 성씨가 다른 셋집 밥을 얻어먹으면 운수가 대통한다 하여, 아이들이 밥을 얻으러 다녔다.

곡식안내기 농가에서는 정초에 자기 집 곡식을 팔거나·빌려주지 않는다. 이때에 곡식을 내면, 자기 재산이 남한테 가게 된다는 속신에서다.

나무그림자점 한 자 길이의 나무를 마당가에 세워놓고, 자정 무렵 그 나무에 비치는 그림자의 길이로써 농사의 풍흉을 점침.

낟(벼)가릿대 농가에서 긴 소나무를 뜰에 꽂아 만들어놓는 낟가리의 모작(模作). 풍년을 기원하는 뜻으로 음력정월 열사흘 날에 만들어, 다음달 초하룻날 뽑아 없앤다. 또는 보름 전날 거름더미에 막대를 세우고, 벼이삭이나 조이삭 등을 매달아놓은 다음, 가마니나 섬을 가져다 곡식을 퍼서 넣는 시늉을 했다. 이 때 "나락이 만석이요"·"조가 천석이요"·"콩이 백석이요"·"팥이 오십석이요" 하고, 마치 수확을 얻은 양 고함을 쳐서, 그해의 풍년을 기원하는 풍습이다.

달불이 달불음·月滋·潤月. 콩을 사용하여 한해 농사의 풍흉을 알아보는 것으로, 정월 14일 수수강을 둘로 쪼개어, 그 속에 콩 12알(윤년 13알)을 넣은 다음, 노끈으로 동여 우물 속에 넣었다가, 이튿날 새벽에 꺼낸다. 콩이 많이 불은 달은 풍년이 들고·적게 불은 달은 흉년이 든다 함. 혹은 집불이라고 함.

달맞이 정월 보름날 밤 달맞이를 하는데, 달빛이 희면 많은 비가 내리고·붉으면 가뭄이 들고·진하면 풍년이 들고·흐리면 흉년이 든다는 속신.

달집태우기 달이 뜨기 전 달집을 만들어놓고 기다리다가 달이 솟아오르는 것을 맨 처음 본 사람이 달집에 불을 붙이고 달을 향하여 절을 한다. 달집이 한꺼번에 잘 타오르면 풍년이 들고, 제대로 타지 않으면 흉년이 든다고 한다.

닭울음점 鷄鳴占年. 정월 대보름날 새벽에 첫닭울음소리를 들어, 열 번 이상 울면 그해 풍년이 든다고 함.

복토(福土)훔치기 부잣집의 흙을 몰래 훔쳐다가, 자기 집의 부뚜막에 발라 복을 기원하는 풍속.

사발점 사발에 재를 담아, 그 위에 여러 가지 곡식의 종자를 담아, 이튿날 아침 종자의 행방을 보아 있으면 풍년이 들고, 날아갔거나 떨어졌으면 흉년이 든다 함.

청참(聽讖) 새해 첫새벽 거리로 나가 돌아다니다가 사람이나 짐승의 소리든 뭐든, 처음 듣는 소리로 일년 중 신수를 점치는 것. 예로 까치 소리를 들으면 풍년·참새나 까마귀 소리를 들으면 흉년·먼데 사람소리를 들으면 평년작이 된다고 믿었다. 또는 첫새벽에 까마귀가 먼저 지저귀면, 그해 바람이 세고 병이 흔하다고 하며, 소가 먼저 기동하면 풍년이 들고, 개가먼저 짖으면 도둑이 심하다고 한다.

줄당기기 볏짚으로 암줄과 숫줄을 만든 후, 이를 마을단위나 군단위로 양편을 나누어 줄을 당기는데, 암줄이 승리해야 풍년이 든다 함.

키점(챙이점) 대보름날 풍년들 곡식을 미리 알고자 점치던 일.

야끼모 군고구마. 일본어 "やきいも(燒芋)." 이 말도 지금은 거의 안 쓰인다.

야로부리다 야료(惹鬧)는 생트집을 부리고 함부로 떠들어 대는 것. 남에게 속임수를 부리는 것. "저 이는 장날 장판에서 야로를 잘 부린다."

야룩하다 야릇하다는 괴상하다의 뜻이 있다. 고시조에 "야로졔라"를 얄궂어라로 풀이했다.

[첩노래] (영해지방) ㉒
입모숨이 조렇거든 말세진지 야룩하리
눈구석이 조렇거든 방구석이 야룩하다

손목이 조헣거든 음식지짐 야룩하리
네뒤칙이 조렇거든 걸음걸이 야룩하리
처매귀가 조렇거든 징영귄들 야룩하리
눈구석이 조헣거든 방구석이 야룩하리
이내눈에 조렇거든 군지눈에 여시로디

첩의 입모습이 저렇게 생겼거든, 수다한 말수로 나한테 올리는 진지가 야릇하랴. 눈구석이 저렇게 생겼거든, 방구석도 깨끗해 야릇하랴. 손목이 저렇게 생겼거든, 음식 지짐 만들기가 야릇하랴. 네 발뒤축이 저렇게 예쁘게 생겼거든, 걸음걸이가 야릇하랴. 치마귀가 저렇게 생겼거든, 직령(무관의복)권들 야릇하랴. 눈구석이 저렇게 생겼거든, 방구석도 깨끗해 야릇하랴. 내 눈에나 · 내 마음에도 저렇게 들게끔 야릇하게 잘 보이는데, 군자인 낭군의 눈에야 예사로 보이랴.

첩이 내 눈에도 호릴 만큼 태도와 집 꾸밈이 좋은데, 하물며 남자 눈에야 어떠하랴 것이다.

야마리 얌치. 마음이 깨끗해 부끄러움을 아는 태도 얌통머리의 준말. "저리 야마리도 없을꼬."

야매 일본어 "やみ(闇·暗)"에서 온 것. 몰래 물건을 매매하는 것.

야무락(물딱)지다 하는 일이 빈틈없는 것. 야무지다. "사람이 야무락져야 한다."

야물다 여물다. 마음과 몸이, 깜찍스럽게 똑똑하고 당당한 것.

야불야불 나불나불. "야불야불 잘 주낀다."

야사하다 값이 싼 것. "채소값이 야사하다."

야시끼리하다 치장(治裝)같은 것이 좀 야한 것. "옷을 야시끼리하게 차려 입었다."

야시도백이 온갖 장난질을 잘 하는 것. "저 딸아는 야시도백이짓을 한다."

야시시하다 좀 약하게 고운 것.

야아들 이 아이들. "야아들아! 보래이."

야이! 문둥아 반가운 친구를 오래 만에 만났을 때 하는 인사. "야이! 문둥아, 어디 갔도?"

야이쪼놓다 속임수를 부리다. "길거리 야바위꾼들이 야이쪼를 부린다."

야재 야지(野地). "야재에 나무를 고았다."

야지리 모조리.

야코(꾸)직이다 기죽다. 위압되어 지기를 못 펴는 것. "여럿이 한 사람을 야코 직인다."

야찹다 얕은 것. "걸물이 야찹다."

야푸다 옅다. "야푼 물도 깊게 건너라"

야화상 · 야물상 첫날밤 신랑 · 신부에게 차려주는 주안상. 이를 "야물상"이라고도
한다.

「여탄가」(의성지방) ㉮
그렁저렁 일모하고 상방이라 들어가니
화촉동방 들어가서 신랑신부 마주앉아
초면으로 상대하니 부끄럽기 오직하랴
야화상을 마친후에 금침으로 나아갈때
청포관대 벗어다가 동병상에 걸어놓고
녹이홍상 고이벗어 이장에다 간수하고
꿈나라로 들어갈제 기락이 도도하다

그럭저럭 해가 저물고 상방인 화촉동방으로 들어가서, 신랑과 신부가 마주 앉아,
초면으로 상대하니 부끄럽기가 오죽했으랴. "야화상"을 받아 신랑신부가 먹길 마친
뒤, 이부자리 속으로 들어갈 때, 먼저 신랑은 푸른 도포와 관디를 벗어, 같은 상위에
나란히 놓고, 신부도 녹색저고리와 붉은 치마를 고이 벗어, 이 신방 장롱에다 잘
간수하고, 꿈나라로 들어갈 때, 그 즐거움이 매우 화락하였다.
"야물상"을 받는 광경과, 신랑신부가 옷을 벗고, 한 이불속에서 첫날밤의 즐거움을
나누는 광경이다.

약국대 여뀌 대. "가실기 되민 걸가 양국대가 붉은 꽃겉다."

약시세(시) 약을 대령하는 것. 또는 앓는 사람을 위하여, 약을 쓰는 일. 「화전가」(영주
지방)

약약하다 몸이 귀찮아 억지로 하는 짓. 「이씨회심곡」(봉화지방) 참조.

얄모하다 얄미운 것.

「교녀사」(예천지방) ㉮
얄모하기 우시면서 눈낄짓을 하여가며…
음식의복 아끼잖고 간들거려 얄모한놈

얄밉게 웃으면서 눈길 짓을 하여가며…, 음식과 의복을 아끼지 않고, 간들거리며 쓰는
얄미운 놈.

얄부리하다 얇은 성한 것. "옷이 얄부리해 칩다."

얄핀하다 두께가 얇은 것.

얌얌하다 얌전하다.

양글타 야무진 것. "아이가 양글게 생겼다."

양님딸 고명딸. "저 집 양님딸이다."

얌(염)동머리 없다 염치없는 것. 얌통머리. "저 아이는 얌동머리가 없다."

양바우 틈에 옹달샘 여자의 성기를 빗댄 말.

양반다리하다 책상다리 하는 것. "저 얼라가 지법 양반다리를 개고 앉았다."

얌생이 염소. "얌생이 몬다."

얍삽하다 잔꾀를 부려 밉다. "하는 행신머리가 얍삽하다." 얄팍한 것.

양껏 먹어라 뱃구레가 차도록 먹는 것. 먹을 수 있거나 할 수 있는 양의 한도까지. 곧 양은 양(量)이 아닌, 위(胃)의 고어 "양"에서 온 것이다. "밥을 양껏 묵었나." · "소 양을 사다 보신했다."

양대 밥에 안쳐 먹는 콩. 광저기. 강낭콩. "밥에 양대를 안쳐 묵는다."

양돈 · 쾌돈 · 짝 돈의 단위로 양. 엽전 열 꾸러미(냥)가 쾌. 백냥이 짝. 곧 돈을 세는 단위. 짝은 짐짝을 세는 단위.

「규중감흥록」 (예천지방) ㉮
푼푼이 모와내어 양돈모와 쾌돈되고
쾌돈모와 짝을지어 전야에 논을사고
후에야 밭을사고 울을하고 담을치고
개초걷고 개와하고 안밖중문 소실대문

한푼 두푼 모아내어 한 냥 돈이 모아지고, 엽전 열 꾸러미가 쾌돈이 된다. 엽전 열 꾸러미를 모아 백냥인 짝이 된다. 이렇게 되면 들판에 논을 사고, 뒤에 가서는 밭을 산다. 그리고 집둘레 울을 하고 · 담을 치고, 이엉을 걷어내고 기와를 덮고, 안에 중문을 만들고 · 밖에는 행랑채 지붕보다 높이 솟을 대문을 만든다.

양띠는 운세가 그냥 좋다 미생(未生)은, 그리 좋거나 · 나쁘지 않은 운세다.

양반이 사흘 굶으믄, 맹건줄을 졸라 맨다 양반이 체면이나 처신을 지키려는데, 배가 고파도 망건당줄을 다잡아 졸라매면, 이마가 조여 눈알이 바로 박히기 때문이다.

양발 양말. "더버도 양발을 신는다."

양밥 양법(禳法). 도둑을 맞았을 때, 훔쳐간 사람을 저주하기 위해, 밥 · 콩 · 소고기 등을 뚜껑 없는 조그만 단지에 담아, 사람들의 왕래가 많은 삼(사)거리에 음식물이 썩을 때까지 둔다. 만약 밥이 썩으면 도둑질한 사람이 위장병에 걸리고, 콩이 썩으면 팔뚝에 콩 같은 피부병이 나고, 소고기가 썩으면 피부가 썩게 된다. 물건을 도둑맞았을 때 정확한 상황을 알아야 한다. 만약 정확한 상황을 모르고 양밥을 하게 되면, 양밥을 한 사람이 해를 입게 된다. 또 "다래끼양밥"도 하는 경우가 있는데, 마을의 삼거리에 다른 사람들이 안 볼 때, 돌을 얼기설기 놓아, "깐챙이집"을 짓고, 그 안에 침을 밭은 뒤, 종기 난 부위의 **속눈썹**을 서넛 넣어두면 된다. 마마 같은 돌림병이 돌아, 그 병이 낫고 나면, 짚으로 허수아비를 만들어, 동구 밖 나무에다 매달기도 한다. 양밥에 의한 예방으로, 삼재가 들린 사람의 옷을 태워, 그 재를 삼거리에 묻거나, 그해 첫 번째 인일(寅日)이나·오일(午日)에, 세 그릇 밥과 삼색과 일을 차려놓고 빈다. 또는 종이로 만든 버선본을 대나무에 끼워 정월대보름날 집 용마루에 꽂고 동쪽을 향해 일곱 번 절하고 축원한다. 이런 "양법(禳法)"에서, "허재비양밥"을 하는 일도 있다. "점바치한테 가서 점쳤더니, 우리 집 물건을 도두키 간 사람이 목성(木姓)바지라, 양밥을 하라 카더래이."

양아 양하(蘘荷). 「음식솜씨」(통영지방) 참조.

양약하다 비위에 거슬리는 것. (육류)

양재기(지) 고래의 배 쪽에 있는 고기.

양지 돈배기의 짙은 보랏빛 나는 살고기. "돈배기 괴기는 양지가 맛이 좋다."

양찰도 양철동이. "양찰도 물이 넘었다."

양치다 소가 새김질하는 것.

양푼뜨대기 물방개.

양핀이 양푼. "양핀이 나물을 무치고 있다."

얘짓잖다 야젓잖다. 점잖지 못하고 가벼운 것.

어개다 일을 어기게 되는 것. 어그러지다. "일이 고만 어개졌다."

어구씨다 억센 것.

어구중천구신 들렸나 배를 곯아서 많이 먹는 "아귀귀신(餓鬼鬼神)" 들렸나. 곧 아귀는 몸이 앙상하고 마른데다, 목구멍이 바늘구멍 같아 음식을 먹을 수 없어, 늘 굶주리는 귀신으로서 중천에 떠돈다. "하도 많이 묵어 어구중천구신 들린 줄 알았다."

어그(글)럭지기다 어그러지다. 어긋나는 짓을 하는 것. "일이 안 되도록, 어글럭 지긴다."

어긋대지르다 바로 나가지 않고, 어긋나가는 것. "니 자꾸 어긋대지를레."

어느리 에누리. 요즘 대형마트들이 "바겐세일"이 아니면, 일본어 "할인"을 쓰고 있다. 우리말 "에누리"란 좋은 고유어를 팽개치고, 이를 굳이 쓸 필요가 있느냐. 뿐만 아니라 "인상"은 "ひ(引)きあ(上)げる"의 일본말임을 안다면, 우리말로 바꾸어 쓸 필요가 있지 않겠느냐. 에누리의 반대어는 "덧두리"다.

어느 전년에 언제. 행동이 굼떠서 지체될 때. "어느 천 년에 다 할고?"

어덕어덕하다 약간 딱딱한 것.

어덜쌂다 육류고기를 대충 익히는 것. 곧 푹 삶지 않는 것. 반대어는 "무라쌂다"는 무르게 삶는 것. 『규곤시의방(閨壼是議方)』 "개쟝국느롬이 개룰 솔만 어덜솔마"

어두부리하다 약간 어둠이 깔리는 것. "날이 하마 어두부리하다."

어둑가(두까) 어둑하여. "어두까 집에 손님이 왔다." 어둑살.

어둔타 하는 일이 어설퍼 보이는 것. 어둔(語鈍)은 "말이 둔하다." 곧 말을 더듬거리는 것. "말이 쪼메 어둔타."

어둡사리 어두워지기 시작하는 것. "어둡사리가 지기 시작한다."

어드등하다 마음이 불편한 것.

어디예(요) · 어언제예 아니오. 부정(否定)을 나타내는 말. "니 갈래. 어디예(언제예)." · "니 집에 갈래. 어언제요."

어또 어떠냐. "요시 어또?"

어뚝(뜩) 빨리. 어서.

어뜬요 아니오 · 아닙니다. "집에 갈래. 어뜬요."

어러지다 떨어지다. 무너지다.

어려중석 어려서부터.

「순천박씨부인노탄」 (칠곡지방) ㉠
치산범절 출등함을 어려중석 가르친들
그어이 쉬울손가

생활수단 세우는 범절 등이, 뛰어나게끔 어려서부터 가르친들, 그 어이 쉽겠는가. 출등(出等)은 여럿 가운데 뛰어난 것이다.

어룸하다 어리어리한 것. 말이나 행동이 다무지지 못하고 어리석은 것.

어르(루)다 · 얼르다 애기한테 말이나 · 표정 등으로 하는 짓거리. 혹은 어우르다. "엄마가 애기를 어룬다."

「교녀사」 (예천지방) ㉮

다어르고 눕혀놓고 다시들어 또어를적에

다 어르고 난 뒤, 눕혀놓고 다시 들고서, 또 어를 적에.

어룽(룽)정　어리광. "아이가 큰 게 어룽정부린다."

어리넉달　남의 환심을 사려고, 수단을 피우는 것.

어리다　날을 세우다.

어리미　어레미.

어리비기(비리)　사람이 어리 한 것. 어리보기는 언동이 얼뜨거나 어리석은 사람을 얕잡아 이르는 말. "저 아이는 어리비기짓을 한다."

어리장고리장　아이들을 어리며, 귀여워하는 것.

「화전가」 (영주지방) ㉮

우리부모 사랑하사 어리장고리장 키우다가…

영감할매 마음좋아 어리장고리장 사랑하다

우리 부모가 자식을 사랑해 귀엽게 키우는 모습이다. 영감과 할매가 마음이 좋아, 서로 어르며 사랑하는 것.

어린자식 쪽백에 밥담듯 담아놓다　자식을 줄줄이 많이 낳은 것.

어림 반푼어치도 없다　아주 어림도 없는 것. "어림"은 겉가량이요, "반푼어치"는 아주 적은 돈이다. "그 일은 니한테는 어림반푼어치도 없다."

어마꿈하다　얼마만하다.

어망에 빠지다　어망(魚網)은 뜻밖의 일로 남의 횡액에 걸려드는 것이나, 여기서는 여색에 빠져 헤어나지 못하는 것. "저 난봉꾼이 어망에 빠졌다."

어맴　시어머님.

어문짓　"어물다"는 사람의 성질이 여물고 오지지 못한 것. "어문 짓, 인자 고만 해라." 혹은 애먼.

어발이 떠발이　사람이 좀 모자라는 것. "니 어발이떠발이짓 자꾸 할래."

어뱅이　어부.

어버리　멍청이.

어벌렁하다　차림새가 허술한 것. "옷이 좀 어벌렁하다."

어벙하다　엄벙하다. 이는 말이나 행동이 확실하지 못하고 떠벌리는 것. 혹은 사람이 정신이 좀 나간 듯한 것. "와 어벙하게 카나."

어불러 어울려. "마실사람들이 어불러 잘 논다."

어사무사(어시미시)하다 아리송한 것.

어사영(용) 산에 나무나 · 풀을 베러가서 부르는, 남자들의 신세한탄한 노래다. "초동꾼들이 "어사영을 초성 좋게 잘 부른다."

「어사영」 (대구공산) [민]
히에산은 내산이요 물은내물 아니로다
주야장천 흘러가는 물을 내물아라 할수있나…
배가고파 지은밥은 돌도많고 미도많다
돌많고 미많은건 어미없는 탓이로다

아하! 산은 내가 나무하러 다니는 산이오, 물은 내가 고기 잡으러 다니는 물이 아니다. 언제나 늘 흘러가는 물은, 냇물이라 할 수야 있나. 배가 고파 지은 밥은 돌과 미도 많다. 밥에 돌과 미가 많은 것은, 어머니가 없는 탓이다.

어석 구석.

「거창방아노래」 (거창지방) [민]
마실어석 한번 비었더니
볼때마다 돈치기 조루도록 하네

마을 구석을 한번 비어두었더니, 볼 때마다 돈치기를 끈덕지게 요구할 때까지 한다.

어섭 어스름한 황혼.

「질삼노래」 (군위지방) [민]
불에삼고 달에삼고 어섭삼고 새비삼고

관솔불 아래 삼을 삼고 · 달빛아래 삼고 · 어스름한 황혼에 삼고 · 새벽에 삼는 것.

「질삼노래」 (안동지방) [민]
영해영덕 진삼가리 진보청송 관솔가지
우리아배 관솔패고 우리올배 관솔놓고
이내나는 비비치고 우리형님 나리치고
밤새도록 삼고나니 열손가리 반을축여
닷손가리 반남았네

영해영덕 긴 삼 모숨꼭지 진보청송 관솔을 아버지는 패어오고 오빠는 관솔불 놓고,

관솔불 아래서 삼꼭지를 나는 자꾸 대고 비비고, 우리 형님은 내리치고 밤새도록 삼고 나니, 열손가락 반을 축였는데, 아직도 다섯 손가락 반이 남았다.

「질삼노래」(통영지방)[민]
김해김산 진삼가리 남해남산 잔솔가지
달에삼고 초성에 진삼기래 그믐까지
걸렸고나 삼아놓고 사을몸살 매여놓고
사을몸살 짜놓고 석달몸살

김해김산 긴 삼 꼭지를 남해남산의 잔솔가지불에 삼고 달빛에 삼고, 그러구러 초승부터 그믐까지 다 삼았다. 삼을 다 삼아놓고 사흘 몸살, 베틀에 매어놓고 사흘 몸살, 삼베를 다 짜놓고 석달 몸살을 했다.

어성내기 생무지.

어수찮다 대단찮다. 시시한 것. "오늘 묵은기 어수찮다."

어슬게지다 얽어지는 것. "집이 오래돼, 비름박이 어슬게진다."

어슬프다 손에 익지 않은 것. "하는 일을 보자니, 너무 어슬프다."

어시 · 억시 아주. 억시기. "어시 잘 묵는다."

ㅇ

어시삐시하다 아리송한 것.

어야꼬 · 어예하노 · 어애다 어찌 할고. 어떻게 하나. "아이고! 저래 갖고 어야꼬."

어야다가 · 어야든동 어찌 하다가. 어찌 하였든. "어야다가 다쳤노." "어야든동 묵고 보자."

어언제 "아니"라는 부정.

어예끼나 어떻게 하였거나. "어예끼나 가고 볼 일이다."

어이어이 초상에 혈족이외의 곡.

어정떠다 어정뜨다. 엉뚱한 일을 넘고 처지게 해 믿음성이 없는 것.

어정스럽다 어른스럽다.

어정칠월 · 둥둥팔월 어정칠월은 곧 음력칠월은 바쁜 농사철이라 어정거리는 동안 지나감을 멋스럽게 이른 말. 둥둥팔월은 곧 음력팔월은 건들팔월로, 건들바람이 일고 "둥둥"거리다 보니, 어느덧 팔월이 지난다는 멋스런 말이다. "깐깐오월 · 미끌유월"은 오월은 농사일이 너무 많아 깐깐하고 · 지루하게 지나가고, 유월은 미끈하게 쉬이 지나감을 뜻한다. 그리고 "선선구월"은 구시월이면 모든 사람들이 반갑다고 한다.

「베틀가」 (영양지방) ㉮

빠르도다 유수세월 물결같이 흘러흘러

어정칠월 등을지고 둥둥팔월 다다라서

선선한 구시월을 반겨하여 인사하네

빠르+나. 흐르는 물 같은 세월은 물결같이 흘러가서, 어정어정 칠월은 등을 지듯이 지나갔고, 둥둥 팔월은 바쁜 가운데, 선선 구시월을 어느덧 다달아서, 모든 사람들이 반겨하며 인사를 하네.

어젯밤 방이 냉골이라 소금 꾸벘다 방이 추워 냉골이어서, 겨울철 바닷물을 푸다가 소금을 구울 때처럼, 몹시 춥게 잔 것.

어줄없다 어쭙잖은 것. 분수에 넘치는 언행을 하므로, 비웃을만한 것.

「기천가」 (칠곡지방) ㉮

우리부주 책임인가 어줄없은 니가사를

어찌하여 처리하리

우리 아버지 책임인가, 어쭙잖은 너의 가사(歌辭)를 어찌하여 처리하겠나.

어지 의지(依支)는 원채에 기대어 지은 달개. 가난함이나 비 따위를 피할 수 있는 곳을 이르기도 한다. "어따 어지하고 살꼬."

어지간히 엔간히. 어지간하게. 어여간하다. "어지간히 잘도 논다."

어지마중 의지마다. 의지간(依支間)은 원채에 기대어 지은 달개이나, 몸을 기대고 살 수 있는 임시 거처.

어짱지르다 어긋대지르는 것. 바로 가지 않고, 어긋나게 행동하는 것.

어척 어처구니.

어치기 어부랭이. 메뚜기 잠자리 등의 짝짓기.

억바리 억센 힘.

억빼기 몹시 술이 많이 취하여 억병되다. 억병은 한량없이 마시는 술의 양. "술이 억빼기 되었다."

억산듬 궁벽한 시골두메.

억수로 물을 끼얹듯이 억척스럽게 내리는 비. "비가 억수로 온다.".

억시기 억세게는 굉장히. 많이. 몸이나·뜻이 굳고 세찬 것. "억시기 비가 많이 온다." "억시기 잘 논다."

억시내 음식을 먹기 전 조금 떼어내어 던지며 내지르는 말. "고시내"와 같은 뜻.

억장 억장(臆臟). 극심한 슬픔이나·절망 따위로, 몹시 가슴이 아프고 마음이 괴로운 것. 「수연경축가」(대구월촌) "가이없고 애석함이 억장이 끊어질듯". "억장(億丈)이 무너지다"와는 어원이 다르다. "억장"은 썩 높은 길이를 이른다.

억주기디 뒤엉키다. "억주게 씨운다."

언간하다 엔간하다. "심이 시어 언간하다."

언달 추운 달에 태어났느냐, 추위를 몹시 탈 때 쓰는 말. "언달에 태어났다."

언듯키 언뜻. 홀연히. 별안간. 잠깐.

> 「교녀사」(예천지방) ㉮
> 언듯키도 얼러보고 요것이 웬것인고
> 홀연히도 얼러 보고, 이것이 웬 것인고

언떵거리 얼은 흙덩이. 「밍노래」(선산지방) 참조.

언사나 어느 사이. "언사나 다 묵었다.'

언치다 얹히는 체하다. "먼가 잘 몬 묵었나, 체했다."

언행동지(言行動止) 말과 행동 그리고 몸을 움직여 모든 하는 짓. 행동거지. 「계녀가」 (칠곡지방) 참조.

얼간잽이 팔다 남은 생선을 소금 친 것. "얼간"은 소금을 약간 쳐서 절이는 간. "이 고등애는 얼간잽이다."

얼개다 헝클어진 머리를 대강 빗질함. "머리를 얼개고 놀로 가래이."

얼거(게)지다·얼거러지다 머리카락이 절로 빠지는 것. "늙으이 빗질하문 머리가 자꾸 얼개진다."

얼걸라가다 어울러 가다. "얼라캉 얼걸라 간다."

얼구(쿠)다 얼게 하다. "물을 얼구다."

얼금배기 곰보.

얼금 첫얼음이나, 밭 채소가 언 것.

얼기미 어레미. 구멍이 좀 크게 난 체. "얼기미로 가리를 친다."

얼는하면 툭하면. 언뜻.

> 「노탄가」(선산해평) ㉮
> 뱃병없이 잘먹더니 얼는하면 잘체하고

배의 병이 없이 잘 먹더니, 툭하면 잘 체한다.

얼동상 서동생. "내 동상 여러 가운데 얼동상이 하나 있다."

얼(알)라 어린아이. "얼라 젖비린내가 참 좋다."

얼럭 얼른.

얼레 친척. 겨레붙이.

얼레발이치다 엉너리치다. 곧 능청스런 수단으로 남의 마음을 사는 것. 얼른 뚱땅 해치우는 것. "저 친구는 어른 앞에서, 얼레발이를 잘 친다."

얼레시럽다 얼렁뚱땅하는 것. 슬쩍 엉터리를 부려 얼김에 남을 교묘하게 속이는 것. "저 사람은 얼레시러 말을 함부러 못 한다."

얼먹(멍)거리다 왔다 갔다 하는 모습. "그림자가 얼멍거리니, 배깥에 누꼬."

얼분스럽다 보기는 어리석하나, 그렇지 않은 것. 이지랑스러운 것.

「화전조롱가」(문경지방)㉮
얼분할사 내압댁은 공사원에 맥혔으니
남이라 바라보니 또한걸음 이상하다

어리석지 않구나, 내압댁 오는 길이 역사(役事)하는 일꾼들한테 막혔으니, 남이라도 바라보니, 또한 놀러오지 않는 걸음이 이상하다.

얼빵하다 얼빠지다. 사람이 좀 모자라는 것. "사람이 혼이 나가, 얼빵하다."

얼쌀먹다 언걸먹다. 큰 고생을 한 것.

얼안(래) 둘레 안. 테두리의 안. "이 얼안에서는 심이 장사다."

얼은털 털갈이 할 때 듬성듬성 돋아나는 솜털. 박인로의 「누항사」㉮ "어론털 덜도든 늘근쥐는 탐다무득(貪多務得)ᄒ야." 계절이 바뀌어 털갈이로 아직 솜털이 덜 돋은 엉설궂게 생긴 늙은 쥐(위정자)는, 교활하고 욕심만 많아, 많이 얻기만 탐내고 애쓴다.

얼짐 얼김

얼짱머리 없다 줏대가 없는 것. "저이는 얼짱머리 없이 말한다."

얼쩡거리다 얼찐거리다. 앞에서 감돌며 자꾸 알랑거리는 태도를 보이는 것. 또는 어른거리는 것. "배깥에 먼가 얼쩡거린다."·"저 이는 높은 사람한테 잘 얼찡거린다."

얼찐대다 퍼뜩 모습이 보이다가 사라지는 것. 얼씬대는 것. "앞에 얼찐하더이 안 빈다." 얼씬하는 것.

얼축(척)없다 엄청나다. 어처구니없다.

「노부인가」 (청도지방) ㉮

말하다가 얼축없어 헛웃음이 절로난다

말하다가 엄청나게 기가 막혀, 헛웃음이 절로 난다.

얼칭이 언청이. 윗입술이 찢어진 사람. 헐칭이. "얼칭이는 수술하믄 표가 없다."

얼푸시 얼풋. 어렴풋이. "카텐 너머로 그림자가 얼푸시 빈다."

얼(어)푼 · 어뜩 얼른. 어서. "얼푼 갔다 오너라." "어뜩"은 확 지나가는 바람에. "어뜩 묵고 가거래이"

엄덕(嚴德)하다 조상대대로 내려온 위엄. 위엄 있는 집안이 지닌 덕.

「기망가」 (봉화지방) ㉮

엄덕하신 조상여업 장복(長福)이 무궁하여

자손영화 있을지라

위엄과 함께 지닌 덕이 조상선세에 남긴 업으로, 자손들에게 길이 복됨이 무궁하여, 영화로움이 있을지라.

엄머증나다 싫증나는 것 지긋지긋한 것.

엄버무리다 꽉 차지 못한 상태. 엄범부렁하다. 곧 속은 비고 겉만 부픈 것. "거죽만 엄버무리하다."

엄버지기만하다 엄(큰) 버치(큰독). 아이들이 똥을 많이 싼 것. "얼라가 똥을 엄버지기 만치 쌌다."

엄심이 · 엄식 어떤 일을 보기보다 잘 해내는 것. 박인로 「누항사」 ㉮에 "쇼흔적 주마ㅎ고 엄섬이 말할싀"로 표기 되어 있다. 이를 잘 모르니 "엄숙하게 · 점잖게 · 엉성하게" 따위로 풀이했다. "비기보다 엄심이 잘 해냈다."

「상면가」 (예천지방) ㉮

그열매가 엄식굵어 진사급제 수직할제

그 열매(결과)가 보기보다 잘 굵어(되어), 진사급제하고 관직에 나아갈 때.

엄엄(奄奄)하다 기식이 장차 끊어지려고 하는 모습.

「계부가」 (봉화지방) ㉮

기식이 엄엄하여 거의죽게 되였더니

호흡하는 기운이 끊어지려하고, 거의 죽게 되었다.

엄첩(칩)다 보기보다 잘 하는 것. "엄첩시리 잘 묵는다."

엄청하다 생각보다 대단한 것. 엄청나다는 정도가 예상한 바와는 아주 딴판으로 정도가 대단한 것.

「기망가」(봉화지방) ㉮
비전박토 향초와 기수심고 일취월장
자라나서 엄청하여 일월을 희롱하고

비옥한 밭이거나 · 척박한 땅이거나, 향초와 아름다운 나무를 심어, 날로 · 달로 자라나 대단하게 달라지니, 해와 달을 희롱하는 듯하다.

엄치다 함께 덤으로 금하는 것. 두 가지 이상을 합쳐. "배하고 능금하고 엄쳐 얼맨교"

「베틀노래」(영해지방) ㉯
베틀다리 네다리요 이내다리 두다리요
마구엄쳐 육다리라.

베틀다리는 네 다리요, 이내 다리는 두 다리다. 마구 엄쳐 여섯 다리다.

ㅇ

엄하다 엉뚱하다. "저 사람은 쪼메 엄한 구석이 있다."

엇쩌게 어제저녁에. "아들이 엇쩌게 휴가왔다."

엉(앵)간이 · 언간이 하다 웬만큼 하다. 어여간 하다. "인자 고만하고 엉간이 해라." · "언간이 꼬대기더이 진일 봤다."

엉감 언결.

엉겁절에 엉겁결에. 자기도 미쳐 모르는 순간에 갑자기. "너무 급하이 엉겁절에 말이 안 나온다."

엉겅쿠 엉겅퀴. "들에 엉겅쿠가 많이 돋았다."

엉구럭(렁) 엄살. "저 사람이 엉구럭을 지긴다."

엉굴랑(럭) 엉구렁. 엉굴웅. 엉뚱한 구덩이. "돈을 엉굴랑에 다 쳐넣었다."

엉그럭 어린아이가 일부리 떼쓰거나 보채는 것. "저집 얼라가 빌라세 엉그럭지긴다."

엉기 몸서리. "일이 엉기난다."

엉깨이 주다 방귀를 뀌거나, 똥 눌 때 힘을 주는 것. "얼라가 똥 눌라고 엉깨이 심 준다."

엉머구리 맹꽁이. "논에 엉머구리가 운다."

엉(응)바지 응석받이. 어른에게 사랑을 믿고, 어려워하는 기색이 없이 버릇없는 언행을 하는 것. 응석 부리는 것. "아아들은 응바지로 키우믄 버르장머리가 없다."

엉설궂다 몹시 엉성하다. 저녁 끼를 해 먹을 때를 놓쳐서, 집에 가서 새삼 밥 지어 믹는 일이 마음에 썩 내키지 않을 때 쓰는 말이다. "지녁 헤묵으라 카이 엉설궂다."

엉치 엉덩이부근 뼈. "요시 아아들은 옷을 엉치 걸치고 댕긴다."

엉컴 허풍치는 행동.

엉키다 엉기다. 한데 뭉쳐 붙다. "온통 한군데 엉키붙었다."

에나 정말. 참말. "그 사람이 에나 왔다."

에럽다 어렵다. "시험문제가 디기 에럽다."

에리 깃. 일본어 "えり(襟)"가 그대로 사용되고 있다.

에릴 적부텀 질매가지다 어릴 적부터 길마가지다. 길마는 말의 굽쇠 모양으로 구부러진 나무로, 곧 길마에 쓰이는 나무는 본디부터 굽게 자란 나무를 사용하기 때문이다. 사람의 성질이 본디부터, 굽은 길마가지처럼 굽어 고칠 수 없는 것 "저 집 영감탱이는 에릴 적부텀 질매가지다."

에미 시부모가 자식 난 며느리에 대한 호칭.

에(어)법 제법. "에법 노랠 잘 한다."

에울망건 둘레만 빙 둘러싼 망건.

「놋다리」 (안동지방) ㉙
긔어데서 손이왔노 경상도서 손이왔네
몇대간을 밟고왔노 신댓간을 밟고왔네
무슨옷을 입고왔노 철갑옷을 입고왔네
무슨갓을 쓰고왔노 용단갓을 쓰고왔네
무슨갓끈 달고왔노 새청갓끈 달고왔네
무슨망건 쓰고왔노 애울망건 쓰고왔네
무슨풍잠 쓰고왔노 호박풍잠 쓰고왔네
무슨창의 입고왔노 남창의를 입고왔네
무슨띠를 띠고왔노 관대띠를 띠고왔네…
무슨보선 신고왔노 타래버선 신고왔네
무슨행전 치고왔노 자지행전 치고왔네
무슨신을 신고왔노 목파래를 신고왔네

그 어디서 손님이 왔느냐. 경상도에서 손님이 왔다. 몇 다섯 간을 밟고 왔느냐. 쉰다섯 간을 밟고 왔다. 무슨 옷을 입고 왔느냐. 철갑옷을 입고 왔다. 무슨 갓을 쓰고 왔느냐. 용단에서 나는 갓을 쓰고 왔다. 무슨 갓끈을 달고 왔느냐. 새청 갓끈을 쓰고 왔다. 무슨 망건을 쓰고 왔느냐. 둘레만 남은 망건을 쓰고 왔다. 무슨 풍잠(망건의 당, 앞쪽의 장식)을 쓰고 왔느냐. 호박풍잠을 쓰고 왔다. 무슨 창의(벼슬아치가 보통 때 입는 웃옷)를 입고 왔느냐. 남색창의를 입고 왔다. 무슨 띠를 띠고 왔느냐. 관대에 딸린 띠를 띠고 왔다. 무슨 버선을 신고 왔느냐. 사려 묶은 타래버선을 신고 왔다. 무슨 행전(바지나 고의를 입을 때 무릎아래 매는 것)을 치고 왔느냐. 자주색 행전을 치고 왔다. 무슨 신을 신고 왔느냐. 나무 파래신을 신고 왔다.
여기서 "무슨"이 10회 반복되고, "왔노"와 "왔네"가 각 12회 반복되어 리드미컬하게 귓전을 울린다.

에크소 무슨 일을 결단 지을 때, 내어지르는 소리. "에크소! 이 일은 오늘 해 치운대이."

엔병 염병.

엘라 왕잠자리.

엥꼬 일본어 "えんこ". 자동차가 고장 난 것. 기름이 바닥나다.

여간지소 · 저간지소 · 역안소 여기 앉으시오. 저기 앉으시오.

「자는듯이 죽었고나」 (군위지방) ㉮

맹덕자리 피틀치며 크도크도 큰어마님

여간지소 저간지소 그기어이 내자리고

거적대기 내자리지 짚자리라 피틀치니

큰어마니 주잖었네

명석자리 펼치면서 첩이 본부인을 큰어마님이라 부르며, 여기 앉으시오 저기 앉으시오 하니, 그것이 어찌 내 자린고. 거적대기가 내 앉는 자리지. 그러자 짚자리를 펼치자 본부인이 주저앉았다.

여근동서 시집살이에 엮인 가까운 동서.「부녀가」(김천지방) "말매같은 여근동서."
여름철 말매미같이 시원시원 잘 우는 모습을 지닌 가까운 동서.

여깽이 · 야(여)시 · 얘수 · 여허 여우. "예전에는 야시가 많았는데, 지금은 없다."

여꾸리 옆구리. "자가 내 여꾸리를 툭툭 친다."

여달스럽다 "여들없다"는 행동이 멋없고 우직스럽다.

「평암산화전가」 (영양지방) ㉮

여달스런 송화댁은 말하는걸 볼작시면

후평영감 닮았는가

멋없고 우직스런 송화댁은 말하는 것을 볼 것 같으면, 후평영감을 닮았는가.

여대 높임말. "여대를 한다."

여(요)대이 요판. 요대기. "잘란다. 여대이 깔아라."

여덟팔자 너른눈썹, 석삼자로 살이졌네 「장탄가」(경주지방)로 젊을 시절 여덟팔자처럼 생긴 넓은 눈썹이었으나, 어느덧 나이 먹어 이마에 가로로 석삼 자의 주름살이 잡혔다는 해학적인 표현이다. 이런 규방가사로 상주지방의 「광사탄」에 "여덟팔자 너른눈썹 석삼자로 쓸어졌네"가 같은 표현이다.

여럽다 열없다. 조금 부끄럽고 계면쩍 것. 또는 성질이 묽고 다부지지 못한 것. "아이고, 여러버 몬 보겠대이."

> 「꽃노래」 (군위지방) ㉖
> 포리쪽쪽 가지꽃은 울안에도 산천일세
> 여럽도다 할무대는 남먼저도 홀로퓄다

포리쪽쪽한 가지꽃은 울안에 피어 좋은 경치가 되고, 부끄럽다 할미꽃은 다른 꽃보다 먼저 폈다.

> 「꽃노래」 (의성지방) ㉖
> 호박꽃과 박꽃은 사촌형제 휘돌았네
> 열없는 할미꽃은 남보다 먼저피고

호박꽃과 박꽃은 마치 사촌형제처럼 둥글게 휘둘렀고, 부끄럼 타는 할미꽃은 다른 꽃보다 먼저 폈다.

> 「꽃노래」 (동래지방) ㉖
> 여럽도다 활무대는 남먼저도 피고나네.

부끄럼 타는 할미꽃은 다른 꽃보다 먼저 피었다.

여름철에 죽으믄, 사방 문이 열려있어 좋다 여름철 사람이 죽으면 장사 치르는 일이 몹시 어렵다. 이는 온 사방 문이 열려 있으므로, 상주들 마음에 다소 위로라도 주기 위한 말이다.

여맥이 여물.

여반 아낙네 무리. 여반(女班).

여부까시 사마귀. "손등에 여부까시가 생겼다."

여(야)불때기 옆을 이르는 속어. "저 골목안창 여불때기에 대문이 있다."

여사 예사(例事). "남 물건 도둑질을 여사로 한다."

여수(與受)가 질기다 주고받는 것. 빌려간 돈을 진작 돌려주지 않고 차일피일 하는 것.

> 「계녀가」 (칠곡지반) ㉮
> 썼는그릇 여수법이 남녀간에 별다르니
> 서로두어 맡지말며 마주서서 주지말고
> 언행동지 백행중의 발소리 조심이라

사용한 그릇은 주고받는 법이 남녀간에도 별다르니, 서로 두었다고 맡지 말며·마주 서서 주지 말고, 말과 행동 등 움직이고·머무는 일 등, 여러 행신 가운데 발소리를 조심해야 한다.

사용한 기명은 맡아 지니지 말고, 금시 돌려주어야 하는데, 그 자리 마주 서서 주지 말라는 것이다. 여자는 발소리를 조심하라는 것은, 항시 조심하는 태도를 지니라는 것이다.

여자 말띠는, 팔자가 거시다 여자가 오생(午生)으로 태어나면, 팔자가 거세다는 것이다.

여작(직) 여태. 여직. "여작 집에 안 갔나."

연비연사 연비연사(聯臂連査). 혼인으로 맺어진 관계. 옛날에는 어떤 가문에 아들이 장가들었을 때, 이 가문에 어떤 다른 사람(일가)의 아들이 장가든, 그 집과 혼인한 일이 있으면, 혼인한 저쪽 가문과는, 연비연사간이라고 한다.

여석아 여식아이. "저 여석아는 버르장머리가 없다."

여울내끼 여울낚시. "걸에서 피리를 여울내끼로 잡고 있다."

여자 여주. 덩굴식물. "여자가 마당에 많이 달랬다."

여자유행(女子有行) 원부모(遠父母) 여자가 출가하여 시집가면, 친정부모를 멀리하게 되는 것.

> 「경부록」 (충남연산) ㉮
> 여필종부 의중하나 슬프도다 여자유행
> 원부모 하였으니 소천명을 아니듣고
> 자행자처 할량이면 일일마다 그릇되어
> 가도불성 하느니라

> 「화전가」 (봉화지방) ㉮
> 가소롭다 가소롭다 여자일신 가소롭다
> 규중에 깊이묻힌 여자유행 같을소냐

여자는 반드시 남편을 좇아감을 마음속에 두고 있으니, 슬프다 여자가 시집가면,

친정부모를 멀리하게 되었으니, 남편 명령을 아니 듣고, 스스로 행실하고 · 처리할
것 같으면, 일마다 그르쳐서, 가도가 바로 서지 않게 된다.

우습구나! 여자일신이 우습구나! 규방에 깊이 묻혀 사는 여자가 시집가는 길이 같겠는가.

여축(餘蓄) · 에축없다 하는 일이 틀림없는 것이나, 조금도 남는 여분이 없는 것.
"저 사람은 하는 일이 여축없다." 깔축 없는 섯.

역불로 일부러. "역불로 제 에미를 못 살게 칸다."

역위지통(逆位之痛) 보모님을 두고서 자식이 먼저 죽는 것. 망극지통(罔極之痛)은
부모의 죽음 · 참척지통(慘慽之痛)은 자식의 죽음 · 천붕지통(天崩之痛)은 남편의
죽음 · 고분지통(叩盆之痛)은 아내의 죽음 · 할반지통(割半之痛)은 형제자매의 죽
음. "환(鰥)"은 늙어 아내가 없는 사람 · "과(寡)"는 젊어 남편을 여읜 여자 · "고(孤)"
는 어려 어버이를 여읜 아이 · "독(獨)"은 늙어 자식이 없는 사람이다. 곧 홀아비 · 과
부 · 고아 · 무자식을 이른 것이다.

「이씨회심곡」 (봉화지방) ㉮
백수존안 구고님네 역위지통 새롭더라
오월비상 이내신세 그때에 죽었으면
동사동혈 하올것을 모질기가 맹호같아
굶어봐도 아니죽고 독약해도 아니죽고
구차투생 비분하다

흰 머리의 시어른을 대하니, 자식이 먼저 죽은 비통함이 새롭다. 오월비상(五月飛霜)의
청상과부가 된 이내 신세, 남편이 죽을 때 같이 죽었으면, 동시에 한 무덤에 갈
것을, 이 목숨이 모질기가 사나운 호랑이 같아, 굶어 봐도 아니 죽고 · 독약을 먹어도
아니 죽고, 구차스럽고 · 욕되게 살길 꾀하니, 더욱 비통하고 · 통분하다.
생과부의 비통한 심정을 그린 대목이다.

연가하다 계모임이나 화수회 또는 화전놀이 따위 날자가 정해지지 않았을 때, 미리
알아보는 일. "화전을 언지하는지 연가해 봐래이."

연그랍다 연기가 나서 눈이 매운 것. "아궁지 불울 때니, 눈이 연그럽다."

연달래 영산홍. "참꽃보다 연달래가 더 이쁘다."

연변 찹쌀밀수수가루로 반죽해 번철에 지진 뒤 속을 넣고, 네모나게 접은 떡.

연에 잇달아. "연에 댕겨 온나."

연즉 넌짓.

「화수석춘가」 (의성지방) ㉮

깃다리 볼작시면 반달체로 연즉달고
도련을 살펴보니 앞뒤가 까중하다

옷에 깃을 단 솜씨를 볼 것 같으면 반달처럼 넌지시 달았고, 저고리 자락의 가장자리를
실펴보니, 앞뒤가 尙充하다.

연철 적을 굽는 쇠로 만든 도구.

「화전가」 (상주지방) ㉮

화문석을 내리치고 화전공사 분주하다
연철을 도로놓고 만인적덕 꾸어보자
푸를청자 소를넣고 붉은홍자 예를입혀
봄춘자로 빚음치고 꽃화자로 간수치자

꽃무늬돗자리를 내리 깔고, 화전놀이 먹을 음식 장만하기가 분주하다. 연철을 걸어
놓고 여러 사람이 먹을 적덕(炙德,적)을 구어 보자. 화전에 적을 굽는 모습이 "푸를청자"
의 소를 넣고, "붉을홍자"로 예절스럽게 옷을 입혀, "봄춘자"로 빚어내어, "꽃화자"로
짠 간수를 치자는 것이다.
화전놀이에 화(참꽃)전을 굽는 모습을 묘사한 것이다.

연치 여치. "밤에는 연치가 운다."

「소먹이는 아이노래」 (선산지방) ㉯

이산천 풀에 연치우난 소래
산천이 요란하구나

이 산천 풀덤불 속에서 여치우는 소리만이 요란하다.

연한 배다 성질이 아주 부드럽고 좋은 것. "저 처자는 마음씨가 연한 배다."
열달애장 임신하여 열 달 동안 애간장을 태우는 것. "애장"은 임신을 뜻하기도
함. 「교녀사」(예천지방) 참조.
열때 · 쇳대 열쇠. "시어머니로부터 고방 열때를 받아야, 주부로서 행신할 수 있다."
열바락 버선 따위를 오래 신어 바닥이 엷어진 것.

「규중행실가」 (인동지방) ㉮

출입하는 저가장을 의복남루 뉘책망고
열바락 남낫날이 버선깁기 미리하소

바깥출입하는 남편 의복이 남루하게 되면, 뉘 책망 받을 일이 되겠는고. 엷은 버선 바닥이 뚫어져 구멍 나면, 남들 앞에 체면이 서지 않게 되니, 미리 버선 깁기를 하란 것이다.

열불나다 몹시 스트레스를 받아, 마음속에서 이는 화병의 일종.

열손재배 손을 놓고 가만히 있는 것.

열지내다 술이 열흘을 지나, 아주 좋은 맛이 감도는 것. 「중춘화전가」(예천지방) "열지낸 불노주를 옥배에 가득부어 권하며 먹을 적에 세상에 잔돈칠푼 그무엇이 두려울까."

열합(여랍) 섭조개. 홍합. 열은 십이므로 씹으로, 여성성기에 비유했다. "지사에 열합이 반드시 올랐다."

엿먹여 희롱 남을 넌지시 골리거나, 속여 손아귀에 넣고 제멋대로 놀려 약을 올리거나, 골이 나게 하여 노는 것. 엿 먹여 놀림.

「구부인애경가」 (대구월촌) ㉮
해당화 꽃그늘에 엿을먹여 희롱으로
남의없는 장중 보옥으로

해당화 핀 꽃그늘에서 엿 먹이듯 먹여놓고, 제 마음대로 데리고서 희롱함에, 그러나 남에게 없는 내 자식은 손바닥 가운데 보옥이다.

염측으로 가르침 옆측. 정상적으로 가르치는 것이 아니고, 옆에서 보고 배우는 것. 옛날 여자들은 정상적 교육을 못 받음으로, 어머니한테서 배우는 것.

「교녀사」 (예천지방) ㉮
염측으로 가르칠적 꽃싸움 숨바꾸질
동두께비 절배우기 아애놀음 여자놀음

「활」 (예천지방) ㉮
살금살금 당기노니 활줄에 붙인후에
허리피고 손을드니 염측이로 놓고당겨

여자는 옆쪽에서 한글을 배울 적에, 더불어 꽃싸움과 숨바꼭질 · 소꿉놀이에서 절하는 법도를 배우는 것이, 여자아이들의 놀음이다.

엽초리 옆쪽 뾰족하고 가는 부분.

「나비요」 (선산지방) ㉠
엽초리 휘초낭케 나위나위 범나위야

옆쪽으로 뻗어나간 가는 회초리나뭇가지에 나비야 나비야 범나비야.

엿쓰다 조청을 양쪽에서 당겨 엿가락을 만드는 것. "엿도가에서 두 사람이 손바닥에 침을 발라가며, 엿을 쓰고 있다."

엿재이 소금쟁이. "물우에 엿재이가 잘 댕긴다." 엿장수. "엿재이가 가시게를 엿판에 치면서 소리 지른다."

엿질금 엿기름. "엿질금으로 단술을 맹근다."

영(잉)개(기) 이엉. "지붕영개를 엮는다."

영검 영험. 신의 도움. "뒷골 무당이 영검이 있다."

영결하다 "영절하다"는 말로 그럴 듯 한 것. 참과 같이 그럴 듯하거나·여실한 듯한 것. 「노처녀가」(예천지방) "내 점이 영결하여 이처럼 맞는구나!" 곧 내가 치는 점이 그럴듯하여 이처럼 맞는구나.

영그(글)라 영글다. 곧 여물다. 혹은 똑똑한 것. "니 오늘 가거든, 그 일 영글라 온네이."

영남 역성. 누가 옳고 그른지 관계찮고, 한 쪽 편만 드는 것.

> 「현부인가」 (대구월촌) ㉮
> 그른짓을 지을때도 옳다고 영남들고
> 동류가 싸움하면 남의아이 뺨을치고
> 아비가 다그치면 그렇잖다 발명하고
>
> 그른 짓을 할 때에도 옳다고 편을 들어주고, 친구가 싸움을 하면 그 앙갚음으로
> 남의 아이 뺨을 치고, 남편이 연해 몰아치면 그렇지 않다고 변명을 한다.
> 부인의 올바르지 못한 행동을 꾸짖는 것이다.

영동할마이 영둥할매. 음력이월 바람이 세차게 불고, 얼음이 얼곤 한다. 그러면 "영동할마이"가 내려온다 하고, 또 이월이 다 갈 때면 "영동할마이"가 올라간다고 한다.

영미롭다 영특하다.

영잎 마른 잎.

영장 송장. 시체의 속어. 지금 사체란 용어가 많이 쓰이고 있다. 사체(死體)란 일반적으로 동물의 주검을 말한다. 일본에서는 "시체(屍體,したい)"나 "사체(死體,したい)"나 소리가 같고, 획수가 덜 복잡한 "사체"를 쓰고 있다. 이런 사례는 "은퇴(隱退, いんたい)"가 한자로 획수가 많기 때문에, 같은 소리로 나는 "인퇴(引退,いんたい)"로 쓰고 있다. 가령 "충분(充分,じゅうぶん)"이나 "십분(十分,じゅうぶん)"이나

일본어에서는 음이 같기 때문에 간편한 "십분"을 주로 쓴다. 우리말에 "십분"은 보편화되어 많이 쓰이고 있다.

영체 영체(零替). 영락(零落)하는 것. 살림이 아주 보잘 것 없이 구차하게 된 것. 가난한 것.

「복선화음가」 (안동지방) ㉮
반벌은 좋건마는 가세가 영체하다
신행에 허다하인 밥인들 먹일소냐

양반으로서 문벌은 좋건마는, 집의 형세가 가난하다. 신행에 따라온 많은 하인들, 밥인들 먹일 수 있겠는가.

옆눈 곁눈. "어른 앞에서 옆눈질하믄 못 씬다."

옇다 넣다. "줌치에 돈을 옇다."

예 난리. 사변. "예 짐 동이듯 한다."

예담(例談) 예사로이 하는 말. 항용(恒用)하는 이야기. 「한별곡」(안동지방) 참조.

예수(禮數) 인간관계에 있어서의 예절상의 정도. 예절을 찾아 인사하는 것.

「한별곡」 (안동지방) ㉮
천개나자 지벽나고 해가나자 달이뜨며
구름삼겨 용이되며 장단나자 춤이나며
상투나자 동곳나며 군자나자 내가나니
이제도 기이할뿐 천연도 중할시고
길일양신 좋은날에 예수차려 만나보니
세상사람 다당한일 나혼자 당한듯이
천만고 전한법을 오날날 처음인듯
엄동의 설중고목 봄비올줄 어이알리
염천의 갖춘부채 청풍날줄 어이알며
오뉴월 농부들이 팔월신곡 어이알며
심산에 있난중이 퇴속할줄 어이알며
규중처자 이노림을 내나알지 뉘가알리
괴타하면 망발이요 좋다하면 예담이라

하늘과 땅이 처음으로 열리고, 해가 나자 달이 뜨고, 구름이 생겨 그 가운데 용이 나며, 노래의 장단이 나오자 춤이 나왔다. 남자들의 상투가 생겨나자, 동곳이 나왔으며, 군자인 남편이 나자, 내가 따라 났다는 것이다. 이 제도가 기이할 뿐 아니라, 하늘이 맺어준 인연도 중하구나. 좋고 경사스러운 좋은 날에 예절을 좇아 인사를 나누고 만나보니, 세상 사람들이면 모두 당하는 일을 나 혼자서 당한 듯이, 아득한 옛날부터 전한 혼인법식을 나는 오늘 처음 당하는 듯, 한겨울 눈 속 고목이 봄비 올 줄 어찌 알겠으며, 한여름 갖춘 부채가 청풍이 날 줄을 어찌 알겠으며, 오뉴월 힘 든 농사일 뒤 팔월 새 곡식이 날 줄 어찌 알겠으며, 깊은 산중에 있는 숭려가 속세로 물러날 줄 어찌 알겠으며, 규중에 있는 처자로서 이 놀음을 나나 알지 누가 알겠는가. 괴이하다 하면 망발이요, 좋다하면 예사로이 하는 말이다.

예(여)른하다 어렵하다. "여자눈에 저만할 때 남자눈에 예른할까."

오감타 제 처지나 분수에 넘치는 것. "그만하면 오감타 생각해라."

오구리다 오그리다. "몸띵이를 오구리고 있다."

오그락지 오갈. 무말랭이. "무시오그락지."

오금쟁이 오금의 속어. "오금쟁이 비파소리가 난다." · "상포비 받아놓고 오금쟁이 끓어라."

오꼬시 일본어 "おこし(粔籹)"에서 온 것. 튀긴 쌀 과자. "설(구정)에 오꼬시를 맹근다."

오끼바데 계집애들이 땅위에 금을 긋고, 그 위에서 한 쪽 발을 들고 노는 놀이. "딸아들이 오끼바데하고 논다."

오는개 오는 해. "오는게는 좀 좋아지겠지."

오늘이나사아나 오늘이야. "오늘이나사아나 왔더이, 친구가 나가고 없다."

오(호)다리 작은 잠자리를 잡아, 가는 막대기에 실로 매어달아, 오다리! 오다리! 하면서 못 둑을 돌면, 왕잠자리가 날아와 붙게 되고, 이를 잡아 불에 구워먹기도 함.

오다바치다 일러바치는 것. "시누는 시어매한테, 잘 오다바친다."

오단가리나다 일이 결말 · 결단이 난 것. "하는 일이, 오단가리가 없다."

오단없다 하는 일이 결단력(決斷力)이 없는 것. "아무 오단 없이 일을 한다."

오도바(우두부) · 오마 여러 갈래를 한데 모아. "쏟길라 잘 오두바 싸갗고 가거라."

오동가리 내다 어떤 일을 결단력 있게 결말짓는 것. "그 일을 오동가리 내고나이 쎅이 시원하다."

오드래기 소의 힘줄을 푹 삶아, 썰어 먹으면 오들오들한다.

오들개 오디. "오들개 따무었더이 입이 파랗다."

오련하다 엷은 것.

오리드리 날아왔다 날아들었다.

「모심기노래」 (영양지방) ㉮
무내안개 잦은곳에 방울없는 매가떴네…
오리드리 산간제비 반달찾아 들어가네

부옇게 낀 안개가 잦아진 곳에 방울 없는 매가 떴다. 산간 제비가 집을 찾아 날아왔다 들었다 하는 모습이, 저녁때 제집인양 반달 찾아 날아 들어가는 모습이다.

오라베　오빠. "오라베요."

오리(래)목　오르막. "인자 상통 오리목길이다."

오리볼실　오래 볼수록.

「화전가」 (영주지방) ㉮
오리볼실 고은빛은 자네얼굴 비석하이

창꽃을 오래 볼수록 고운 모습은, 자네 얼굴과 비슷하다.

오만데　여기저기. "시상 오만데 다 댕겼다."

오매가매　오며가며. "오매가매 감낭케 감을 따묵었다."

오물씨다　오므리다.

오미영 조미영　요모양 저모양. 「분통같은 젖노래」(동래지방).

오방대틀　오방(동서남북중앙)에 걸쳐, 틀이 큰 사람. "손이 커서 오방대틀이다."

오방지다　옹골차다. 알차다. 대단하다.

오베(배)기　고래 고기의 꼬리부위.

오베다　훔치다. "잘 오베묵고 산다."

오봉　일본어 "おぼん"에서 온 말. 큰 받침 그릇. "오봉에 담아내라."

오부랑세이군디　쌍그네. "오부랑세이군디를 나란히 뛰었다."

오부록하다　수북하게 보이는 것. 자그마한 물건들이 한군데, 많이 모여 소복한 것. "아욱이 오부록하게 났다."

오분디이　정이월에 태어난 사람. 제 난해의 나이를 온전하게 다 먹은 것. 허실이 없이 홋홋하게 필요한 것만 있거나, 살림이 옹골차고 포실한 것. "우리 큰아는 정월에 나서 오분디이다."

오분순타　오붓한 것. 오달진 것. "우리 식구찌리 오분순케 묵었다."

오불오불　채소의 잎이 나와 보기 좋은 모양. "상추가 오불오불하게 올라왔다."

오불치다　이것저것 합쳐 싼 것.

오븐거 온전한 것. "밤 주어온 게, 오븐거 몇 개 안된다."

오븐돈 수중에 온전하게 들어온 돈. "오늘 받은 돈은 오븐돈이 됐다."

오살이 제때 수확한 농산물. 이른 철에 농작물을 수확하는 것. 반대어 늦살이. "중기때는 오살이 과실이 나오겠다."

오소하다 두려운 것.

「회인곡」 (대구지방) ㉮

마음이 오소하고 글도또한 단문지어
말은비록 무식하나 진정으로 기록하니
그리알아 눌러보소

이 가사를 써놓고 보니 마음이 두렵고, 글도 또한 단문으로 지어, 기록한 말은 비록 무식하나, 진정으로 기록하였으니, 그리 알고 눌러 보십시오.

오심기 일찍 내는 모내기.

오아바치다 웃어른께 몰래 일러바치는 것.

오익(입)가다 일시적 가출. "학상이 오입갔다."

오자구 오징어.

오자미 오재미. 베로 둥글게 만들어, 그 안에 콩을 넣고, 그것을 발로 재기 차듯 차고 노는 계집애들의 놀이. "딸아들이 오자미놀이 한다."

오자지 사내아이의 성기를 이름.

「오동노래」.(대구지방) ㉯

복동이 자지 오자지 오동낭케 걸려서 오도가도 못하네
복동이 자지 오자지 오동나무에 걸려서, 오도가도 못 한다. 자지에 "오"자를 붙여 두음이 "오"가 반복되고 있는 동요다.

오장치 · 오재기 오쟁이. 짚으로 만든 섭.

오재(쟁)이 언젠가 같이 놀러 오자는 것. "여기 한 번 더 놀러 오재이."

오줄없다 · 오줄빼기 · 오조리 좀 모자라는 짓거리를 하는 것. "저 사람은 오줄이 없다."

오줌마리 옷이 온통 오줌에 젖은 것. 「교녀사」(예천지방) 참조.

오지다 오달지다. 곧 허수함이 없이 실속이 있는 것. 혼자 차지하는 것. "오지게 당했다." "사돈요 가을 닭은 오지지요."

오지랍넓다 하는 행동이 분수에 넘치는 것. 주제넘어 관계없는 남의 일에 간섭하는 것. "애! 사람이 오지랍이 넓게 설친다."

오진살 생월이 일러 꽉찬 나이.

오채이 올챙이.

오품 응큼. "한오품 쥐어 줬다." 「화전가」(상주지방) 참조.

옥식기 오긋한 놋그릇. "옥식기에 밥을 담아, 아랫무 이불속에 묻어둔다."

온 오늘. "온 밤에 온다."

온걸 온전한 것을. "쓰도 안 하고, 온걸로 주었다."

온것잖다 온전하지 못 한 것. 혹은 좀 모자란 듯한 것. "사람이 온것잖게 칸다."

온공(溫恭)하고, 관곡(款曲)하라 온화하고 공순하며, 정답고 친절한 것.

「계녀사」(영천지방) ㉮
원근친척 빈객손님 온곡하고 관곡하라

멀고 가까운 친척이거나·귀한 손님에게, 온화하고·공순하며 정답고·친절하게 대하라는 것.

온깐 온통.

「오동오갑」(의성지방) ㉫
꼬치같은 시어마님 온깐방을 뒤굴며…
할림새라 시누부는 온깐정지 뒤굴며

고추같이 매운 시어머님 온 방안을 뒤구르며…남의 잘못을 일러바치는 시누이도 온 부엌안을 뒤구르며.

온나 통 것. 온 낱.

온네이 오너라. 다음에 또 놀러 오라고 할때, 하는 인사말. "모레 놀로 온네이."

온다꼬 카고 온다 하고. "어지 온다꼬 해놓고, 와 안 왔노."

온달치격 보름달처럼 생긴 것.

「화전가」(예천지방) ㉮
두귀종곳 월병이며 온달치격 송편과

두귀가 쫑긋한 달떡이며, 보름달격식으로 만든 송편.

온대이 어떤 손님이 오는 것. "손님이 우리 집으로 온대이."

온데 온갖 군데. "운데 놀다 집에 왔다."

온돈 한 푼도 축나지 않은 돈. "온돈 헐라 한 게, 좀 섭섭더라."

온말 존대말.

온아직·온지녁 오늘아침·오늘저녁. "온 아직에 온다 카던데." "온지닉에 간다 카던데."

온이(오이) 가느냐 온새미로. 온통으로. "인자 집에 온이 가느냐." 이제 집에 완전히 가느냐. 아주 가느냐.

온판 전체의 국면. 전판. 완전한 것. "적 온판을 다 묵었더이 배가 부르다."

온핀이 반핀이(半偏)의 반대. "반핀이가 아니고 온핀이다."

올개 올해. "올게 농사가 잘 될끼다."

올껑이 다슬기. 민둘고둥.

올꼴시럽다 아기의 외모가 참하게 생긴 것.

「자장가」 (의성지방) ㋺
옹기전에 갔었던가 올꼴시리도 생겼네

옹기전에라도 갔었던가, 애기가 토실토실한 게 참하게도 생겼다.

올딩이 정월에 태어나 제 나이를 그대로 다 칠 수 있는 것.

올무 올미. 논이나 연못에 나는 식물. "논에 올무를 캐묵었다."

올배·오랍 오라버니. "올배 오시는교." "오랍을 몬 본지가 오래됐다."

올부레미 온전하게. "고대로 올부레미 다 갖고 왔다."

옷을 벗다 여기서는 음식물에 옷을 입혀 삶는 가운데, 입힌 옷이 벗겨지는 것.

옹가지 장독간의 질그릇인 옹자배기. 옹배기. "옹가지가 장깐에 줄미기 놓였다."

옹골지다 고소한 것. 싸다. "까불더이 옹골지기 잘 되었다."

옹찰이(추리) 자배기. 질그릇으로 둥글넓적하고 아가리가 쩍 벌어졌으며, 소래기보다 약간 운두가 높다.

옹쳐매다 동여매는 것.

옹총시럽다 경망스러운 것.

옹콤하다 눈이 움푹한 것.

윺음갚음 대갚음. "큰 일에는 서로 윺음갚음이 있다."

와 왜. "와 이케 싼노."

와사풍 와사풍(喎斯風). 눈과 입이 한쪽으로 비딱하게 돌아가는 것. "저 사람이 와사풍이 들었다."

와이당 외설(猥褻). 일본어 "わぃだん(猥談)"을 그대로 쓰고 있다.

와이카노 왜 이렇게 구느냐. "와 부들고 이카노."

왈개다 · 대왈개다 어떤 일을 싫어하는 것. 혹은 몰아세움. 윽박질러 마구 다그치거나 나무람. "그런 일이라믄 대왈개다."

왕창 왕청대다. 엄청나게 틀리는 것. "니가 한 일은 왕창 잘 몬 됐다."

왕토쟁이 미장이.

왜왜하다 알싸한 것.

외굵듯 가지굵듯 어린아이가 오뉴월 외나 가지 굵듯 자라라는 것. 「교녀시」(예천지방) 참조.

외들레하다 시끄러운 것. "마당안이 사람들로 외들레하다."

외삼촌이 물에 빠졌나, 웃긴 왜 웃노 자기와 관련 없는 일이 있을 때.

외이앉다(들다) 외어앉다. 자리를 피하여 비켜 앉거나, 다른 쪽으로 돌아앉는 것. 「물레노래」(예천지방) 참조.

외자하다 떠들썩하게 외치는 소리. 「노처녀가」 "신랑온다 외자하고"

외처하다 외촘하다. 집의 외진 구석이나 으늑히 깊은 곳.

> 「현부인가」 (대구지방) ㉮
> 악한빛과 악한소리 귀에눈에 멀리하고
> 자리가 부정하면 앉지도 아니하고
> 음식이 부정하면 먹지도 아니하고
> 외처한데 앉지도 아니하고
> 기울게 아니자고 악한소리 아니하고
> 악한말을 아니듣고 십삭을 당하도록
> 못쓸일을 아니터니

이는 『소학』 「입교」편에 실린 "태교"로서, 악한 얼굴빛과 악한소리를 귀와 눈에서 멀리하는 것은, 악한 소리나 악한 말을 하지 않는 것으로, 이는 "목불시사색(目不視邪色)"과 "이불청음성(耳不聽淫聲)"이요. 자리가 깨끗지 아니하면 앉지도 아니한다는 것은, "석부정부좌(席不正不坐)"요. 음식이 깨끗지 아니하면 먹지도 아니함은, "불식사미(不食邪味)"요. 외진구석에 앉지도 아니함은, "좌불변(坐不邊)"이다. 몸을 기울여 자지 않는다 함은, "침불측(寢不側)"이다. 그런데 "입불필(立不蹕)"과 "할부정불식(割

不正不食)" 그리고 "야칙영고송시(夜則令瞽誦詩)" 등은 누락되었다.

이렇게 태교에 알맞은 가르침대로 했더니, 훌륭한 자식을 낳게 되었다는 것이다.

외통며늘　외통은 외곬으로만 통하는 고집이 센 며느리. "저 집 며늘은, 외통며늘이다."

외통베개　신혼부부가 베는 하나로 된 베게. 「모숨기노래」(동래지방)㉤. 참조.

윙(윙·잉)기다　옮기다. "꼬치모종을 윙기 숨구었다."

왜라　그렇지! 맞다! "왜라! 그렇다."

왠떡이고　뜻밖에 얻는 횡재. "오늘 일수가 좋은가 당첨되고 보니, 왠 떡인고 싶다."

요각　요객(繞客). 혼인 때 가족 또는 일가 쪽에서 신랑이나·신부를 데리고 가는
사람. 곧 상객을 뜻한다.

　　　「석별가」(규방가사)㉠

　　　하님뒤에 가마가고 가마뒤에 요각가고

　　　요각뒤에 후배가고

　　　신부가 시집을 갈 때 따라가는 여자를 "하님"이라 하여 여종을 이르나, 근래는 신부의
　　　친정 쪽에서, 따라가 현구고례(見舅姑禮)가 끝나면 곧장 돌아간다. 요객은 상객을
　　　이르는 것으로, 신부의 아버지가 가는 것이 통상적이오, 요객 뒤에 후배(後陪)는
　　　후행으로 신부가 시집갈 때, 신행 짐을 갖고 가는 사람들을 이른다.

요공　뇌물.

요구　요기(療飢). "요구는 거짓꾸로 쪼메 했다."

요대(지랄)질　나부대는 것. 요디지랄. "아들이 요대질을 하고 논다."

요롱　요령. "붕알에 요롱소리가 나도록 댕겼다."

요를 하다　요기하다. "오민서 요는 좀 했나."

요사(妖邪)가나다　요망하고 간사스러운 것. 또는 하는 일이 꾀가 나는 것. "일이
안 될라니 요사가 났다."

요상시럽다　요사스럽다. 요사하게 보이는 것. "일이 요상시럽게 돌아간다."

요오　여기. "요오 좀 앉아 바라."

요이 땅　달리기의 출발신호. "요이"는 일본어 "よ(良·善)い"에서 온 것.

요정케　때를 알맞게. "마침 밥묵을 때, 요정케 잘 왔다."

욕봤다　힘든 일을 하고나면, 수고했다는 말을 이렇게 쓰기도 한다. "일한다고 욕
봤다." "일한다고 쏙았다."

욕식　욕식(蓐食). 아침 일찍 길을 떠나게 될 때, 잠자리에서 밥을 먹는 일.

욕심이 많으문, 식물을 감한다　너무 지나치게 욕심을 부리다 보면, 제 것조차 찾아 먹지 못하게 되는 것.

욕티바지　욕을 몹시 얻어먹게 되는 것. "일하다가 욕만 티바지 얻어 먹었다."

용궁맞이　넋건지기·용굿·용신굿·혼건지기. 물에 빠져죽은 이의 넋을 물속에서 건져 올려 한을 풀어주고, 지승으로 보내는 것.

용띠는 팔자가 거세다　진생(辰生)은 타고난 운세가 거센 편이다.

용마름　지붕마루에 올리는 짚으로 엮은 것. 용마름 올라갈 때, 일꾼들이 "방문열어라"고 소리친다. 그래야만 그 집 처녀의 모습을 볼 수 있기 때문이다.

용매　날랜 매.

　　「소꿉노래」 (안동지방) ⑩
　　물우에는 매가가고 선녀앞에 용매가고
　　용매앞에 풍물가고

　　물위에는 매가 날아가고, 선녀 앞에는 날랜 매가 날아가고, 날랜 매 앞에는 풍악이 간다.

용시　용수. "전배기술을 뜰라믄 독안에 용시를 박는다."

용신굿　무당이 용왕에게 기도하기 위해 하는 굿.

용신제　유월유두 논가에서 용신에게 비를 내려, 풍년이 들게 해달라고 지내는 제사.

용의비(빗)　용무늬의 빗.

용정(舂精)　곡식 찧기와 쓿기.

용천지랄한다　온갖 망동(妄動)을 저지르는 것. "사람이 온것잖아, 생용천지랄을 한다."

우거리　오가리.

우글씨다　우그리다.

우기대다　우기다. 고집하여 주장하는 것. 제 고집을 세우려고 억지를 부리는 것. "돈으로 우기댈라고 칸다."

우끔　웅큼.

우네　고래의 가슴살 곧 배 쪽 살고기를 이른다.

우두바가다　데리고 가다.

우러구러　안되는 일을 완력으로 억지로. 위력(威力)으로. "안 될 일을 우러구러

해 달라고 졸라댄다.”

우렁두렁 우락부락.

우로매 · 우라배 우리 어매 · 아배. “우라배 우로매가 시상에 지일이다.”

우뢰질하다 몹시 윽박지르며 혼쭐내다.

「귀랑가」 (대구월촌) ㉮

이리저리 우뢰질하며 중군장께 하는말이

이리저리 윽박질러 중군장(中軍丈)께 하는 말.

우루고 베루다 우리고 벼루다, 억지로 요구하고, 이루려 마음먹는 것. 몹시 벼르는
것. “잘 해달라고 우루고 베룬다.”

우루다 우리다. 울골질하거나 달래거나 하여, 두고두고 얻어먹는 것. “친구를 몬
살게 우라먹는다.”

우리하다 통증. “많이 걸었더이, 다리가 우리하다.”

우멍(뭉)자지 우멍거지. 성인남자의 성기표피가 덮인 것. “아이들 때는 우멍자지다.”

우밍년 후명년. “우밍년에 갈 끼다.”

우묵하다 잡초가 우거진 것. “골목에 풀이 우묵하다.”

우뭇까시 우뭇가사리. “우뭇까시를 삶으민 우무가 된다.”

우벙 우엉. 우방(牛蒡). “우벙 뿔거지는 길다.”

우부리다 얽다.

우비기 우부룩하다. 한데 뭉쳐 더부룩한 것. “사람들이 우비기 몰려 온다.”

우사시럽다 우세스러움. “우사시러버 어쩔 줄 몰랐다.”

우설시다 넝쿨 따위가 우거져 음습한 것. “덩굴이 우설시다.”

우쑥거리다 으쓱거리는 것. 갑자기 어깨를 한번 쳐들어 들먹이는 모양. “잘 난 채하고,
우쑥거린다.”

우악(愚惡)시럽다 몹시 거칠게 생겼거나, 성질이 못된 것. 미련하고 우락부락하게
보이다. “억시기 우악시럽게 생겼다.”

우안자 팔을 벌리며 아기를 안는 말.

우야꼬 어찌 할고. “이 일을 우야꼬.”

우야든동 어찌 했던. “우야든동 잘 댕겨 오너라.”

우야다 · 우얄래 어쩔래. “니 이 일을 우얄래.”

우엄타 위험타. "술묵고 차 모는 것은, 아주 우엄타."

우에꺼 이외의 것. "우에꺼는 다 버리라."

우예끼나 · 우에 어쨌거나. 어찌. "우예 그리 많이도 다쳤나."

우와기 윗도리. 일본어 "うわぎ(上着)." 이 말은 지금도 가끔 쓰인다. "우아기 벗고 대든다."

우죽없다 산산 조각난 부스러기로, 아무 것도 없는 것. 우죽은 나무나 대의 우두머리에 있는 가지. "우죽없이 뿌사졌다."

우줄기다 우줆이다. 말려도 듣지 않고 억지로 행하는 것.

> 「교녀사」 (예천지방) ㉮
> 내인제 사람될까 아무려나 하여보소
> 죽이진 못하오리 우줄기면 똥을싸리
>
> 내 이제 사람 될까, 아무렇게나 하여 보십시오. 죽이진 못 하오리라, 말려도 듣지 않고 억지로 행하면 똥이라도 싸리라.

우중지(又重之) 더욱이.

> 「교녀사」 (예천지방) ㉮
> 우중지 잘난치로 손보기를 일수하고
>
> 더욱이나 잘 난 체로, 어떤 일에 손보기를 일쑤 잘 하는 것.

우제(지)바르다 하는 짓이 조심성이 없는 것. 곧 행동이 거친 것. "얼라가 우제바르게 청끝으로 기여 나간다."

우주부리다 이것저것 한테 어우르는 것. "이것저것 우주부리 갖고, 저임을 해 묵었다."

우중타 위중한 것. "병환이 우중타 해서 문병 왔다." 요즘 어른들이 "아프면" "시"자만 집어넣어, "아프시다"로 쓴다. 그러나 이는 "편찮으시다"고 고쳐 써야 한다.

우짠 어찌 한. "우짠 일로 왔노."

우짤라고예 어찌하려고요. "할배, 이 일을 우짤라고예."

우채다 분위기에 휩싸여, 남들 따라 일을 할 때. "기경가기 싫은데, 여러 친구들 새 우채여 갔다."

우풍 외풍. "문풍지를 달아도 우풍은 시다."

우태롭다 위태롭다. "우태로운 짓은 하지 마라."

우펍다 조심이나 두려움이 없이 함부로 말하거나 일하는 것.

욱닥불놓다 분통 지르는 것. "욱대기다"는 억지를 부려서 제 마음대로 해내는 것. 난폭하게 위협하는 것. 우락부락하게 우겨대는 것. "욱닥"은 수선스레 북적거리는 것. "니 자꾸 욱닥불 놓을레."

욱여넣다 욱다는 안쪽으로 좀 구붓하게 넣는 것. 방아 호박에 넘쳐 바깥으로 흘러나온 가루를 쓸어 넣는 것. "가리를 호박에 욱여넣는다."

욱키다 후쳐내는 것.

「문답노래」 (김천지방) 倒
수풀속에 워야 미메추리 워야
한마리를 워야 욱키내여 워야
성냥불로 워야 끄실라서 워야

수풀 속에서 워야 하며, 산메추리 잡아 워야 하며, 한 마리를 워야 하며, 후쳐내어 워야 하며, 성냥불로 워야 하며, 그으러 워야.

운자(運者) 운이 트인 사람. 「화수석춘가」(의성지방) 참조.

운짐달다 운김은 남은 기운. 울력으로 우러나는 힘. 다급해지는 것. "운짐이 달민 멀 몬 하노."

울달 울타리의 준말.

「화전가」 (경주지방) ㉠   「베틀가」 (영양지방) ㉠
택변의 오류버들 도연명의 울달이요   울달밑에 누런국화 산천초목 설워하네

집 주변의 오류버들은, 도연명이 심었던 버들 울타리다.

울타리 밑에 누런 국화를 보고, 산천초목도 그처럼 물들어 섧게 보이네.

울래미 삘래미 잘 우는 아이를 놀릴 때, 이르는 말. "울래미 삘래미 샛도랑에 가지마라."

울러미다 둘러메다.

울서같다 채소를 잘 손질하여, 한참 보기 좋은 것.

「미나리요」 (의성지방) 倒
이슬비가 솔솔올때 오짐똥을 주었다가
울서같이 좋거들랑 은장두라 드는칼로
이리어석 저리어석

이슬비가 솔솔 올 때에, 오줌·똥거름을 주었다가. 잘 손질을 하여, 한참 좋거든

은장도라 잘 드는 칼로, 이리 어석·저리 어석 베어 내는 것.

울안이 산천 울안에 화초나 나무들을 심어, 경치가 좋은 산천처럼 보이게 만든 것. 곧 여자가 외출을 못 하니, 집안에 갇혀 지냄이, 곧 울타리 안이 여인이 즐기는 산천과 같다는 뜻이다.

울올바시 우리 오라버니. "울올바시가 오늘 놀로 왔다."

울짜 물고기의 소리를 내는 내장부위. 「교녀사」(예천지방) "해물고기 울짜베며"

울적하다 마음에 갑작스레 일어나는 것. 울적(鬱寂)·울적(鬱積)과는 다른 의미로 쓰임.

「회심곡」(대구월촌) ㉮
만고문장 귀객들이 시흥이 울적하여
만고로 문장을 잘 짓는 귀한 손님들이, 시 짓는 흥치가 갑자기 일어난다.

울치 신울.

울크다 웃자라다.

움(옴)닥거리다 조금 움직임이 있는 것. "강생이가 움닥거리는 걸 보이, 살랑갑다."

움썩움썩 아기나 채소 따위가 무럭무럭 자라는 것. 음식 따위를 잘 먹는 것.

움틀움틀 꿈틀꿈틀. 약간 움직이는 상태. "쪼메석 움틀움틀한다."

웁쌀 흰쌀은 한 그릇 정도 얹어 밥을 지어, 나이든 어른 상에 올리고, 다른 식구들은 꽁보리밥을 먹게 된다.

웃거리 음식을 만드는데, 으뜸이 되는 재료. 「교녀사」(예천지방)

웃기 웃음거리.

「규중감흥록」(예천지방) ㉮
제모제(母弟)가 흉을내여 남의웃기 말을마라
자기 동복아우가 흉을 내어도 남의 웃음거리 말을 하지말라.

웃무 온돌방의 윗목. "웃무는 발이 시럽다."

웃달 정랑같이 나무를 걸쳐, 서거나 앉을 수 있도록 한, 두 개의 나무토막.

「식구노래」(군위지방) ㉯
웃탈밑에 숨은궁기 우리동생 어디가고
나무를 걸쳐 설수 있도록 만든 웃달 밑에 숨겨 둔 구멍 속, 우리 아우가 어디로 갔느냐.

웃도리 윗도리.

웃(우)찌 웃기.

웃티 신부가 혼례 때 입는 옷. 이 옷감은 신랑 집에서 봉치가 올 때, 이것으로 신부의 옷을 짓게 된다. 이는 고어에서 "우틔"는 치마로 『번역소학언해』에 "댜른 뵈우틔를 ᄀ라닙고(更着 短布裳)"로 표기되고 있다.

웅굴 우물. "옛날에는 부인들이, 웅굴물 여다 묵는 일이 참 기(괴)럽었다."

> 「배차씻는 처자야」 (예천지방) ⑨
> 정자끝 굴웅굴에 배차씻는 저처자야.

웅지 빨랫터.

웅치놓다 욱대기다. 윽박지르고 억지를 부려서 마음대로 하다. 또는 을러대어 억눌러 위협하거나, 억지를 써 우기는 것.

> 「현부인가」 (대구월촌) ㉮
> 가장을 웅치놓고 온집안에 난장이라
> 가장을 욱대겨 놓고 보니, 온 집안이 난장판이 되었다.

웅켜 수확 때 흘리거나 빠뜨린 낟알.

워리워리 개를 부를 때. "개를 워리워리 부르믄 베락같이 온다."

원(엉)기증나다 몹시 싫증이 나는 것. "이 일은 인자 원기증이 난다." · "그 일을 생각하믄 엉깃증이 난다."원기부족증(元氣不足症).

원디(대)밭 원두막이 있는 밭. "원디밭에 위(참외)를 사왔다."

원반 온반(溫飯). 장국밥.

원산(遠山)같은 푸른눈섭 미인의 눈썹.

> 「노처녀가」 (청송지방) ⑨
> 원산같은 푸른눈섭 세류같은 가는허리
> 아름답다 나의자태 묘하도다 나의거동
> 거울다려 하는말이 어화답답 내팔자여
>
> 멀리 보이는 산 같은 미인의 푸른 눈썹 같거나, 가느다란 버들 같은 미인의 가는 허리에, 아름답다 나의 맵시여!, 묘하도다! 나의 행동거지여. 거울한테 하는 말이 아! 답답구나! 그러나 시집못가는 나의 팔자여.

원(온)수지 중요한 부분. 본바탕. "원수지만 달랑 다 없어졌다."

「꽃노래」 (의성지방) ㉰
객사청청 버들꽃은 원수지에 청춘이요

객사의 푸릇푸릇한 버들과 꽃들처럼, 이때가 중요한 나의 청춘이다.

원승시럽다 원흉(元兇)스럽다. "소름이 돋고, 원승시리버 몬 살겠다."
원청 원체. 워낙.
원캉(카) 원체. "얼라가 원캉 잘 무으니, 키우기 쉽다."
월끼 올케. "월끼 데불고 채전에 갔다."
월남치마 막 입는 치마. "집에서는, 월남치마 입으민 핀타."
위격(違格) 일정한 격식에 어그러지거나, 도리에 어긋나는 것.

「화전가」 (예천지방) ㉠
불선불후 이번놀음 위격말고 놀아보세

불선불후(不先不後)는 공교롭게도 좋지 않은 기회를 만났으나, 어긋나지 말게 화전놀이를 놀아보자는 것.

위코 위하고.

「화전답가」 (의성지방) ㉠
감주청주 내어놓고 청전밀수 맛을보아
산신령을 먼저위코

「화전답가」 (예천지방) ㉠
감주청주 열어놓고 청정밀수 맛을돋아
산신령을 먼저위코

단술과 청주를 내어놓고, 깨끗한 꿀물을 맛부터 보아, 산신령께 먼저 위한다.
단술과 청주단지를 열어놓고, 깨끗한 꿀물에 맛을 돋우는 데, 산신령부터먼저 위한다.

유달하다 유별스러운 것.

「여탄가」 (의성지방) ㉠
유달하신 어마곁에 하루밤을 모신후에.

「모심기노래」 (경산지방) ㉰
애기 쓴다고 걱정말게 이내줌채 약들었다
총각아 총각아 유달은 총각아

유별스러운 엄마 곁에서 하룻밤을 모신 뒤에.
애기가 선다고 걱정을 말게. 이내 주머니에 불임 약이 들었다. 총각이여! 유별스런 총각이여.

유달자 유달스러운.

「구부인애경가」 (대구월촌) ㉮

고산여해(高山如海) 유달자의 우리조모 너의남매

높은 산과 바다 같은 마음을 지닌, 유달스런 우리 조모님과 너희들 남매.

유련 유련(留連) 객지에 묵고 있는 것. 소적(消寂)은 심심풀이로 어떤 일을 하는 것.

「내간」 (성주지방) ㉮

객지에 유련할제 소적하리 뉘시던고

객지에 묵고 있을 때, 심심풀이를 놀 사람은 그 뉘시던고.

유룸(름) 마련. 준비. 장만. 유렴. 혼인(婚姻)시키기 위해 혼수(婚需)를 미리 마련하는 것.

「규중행실가」 (인동지방) ㉮

도포창옷 더러우니 서답빨래 요랑하소

아해품고 낮잠자기 삼동삼춘 지내시도

한자비도 유렴없네

「구부인애경가」 (대구월촌) ㉮

다락의 온갖실과 우리위해 유렴이고

도포와 창옷이 더러우니, 서답과 빨래를 헤아려 하십시오. 아이품고 낮잠 자기와 추운 삼동과 따스한 삼춘을 지냈어도, 한자 베도 마련이 없다.

다락에 여러 실과들을 갈무리 해놓았는데, 우리들을 위해 마련한 것이다.

유리 우박.

유모촌 육촌. 재종간.

「소노래」 (칠곡지방) ㉯

당당칠 넘어들어 옛말씀 전히알고

유모촌도 삼백이나 유모촌도 간데없네

당당히 칠년 너머 살았으니, 예말씀을 온전히 알아듣고, 육촌도 많았으나 모두 가버리고 없단 것이다.

유세하다(스럽다) 몹시 젠 체하고 뽐내는 것. 이는 옛날 임금이 내린 명령문인 유서(諭書)를 유서통에 넣어 달려가는 하인배는 양반들이라도 간대로 손댈 수 없음으로,

이에서 유래되었다는 말이 있다.

「장탄가」 (경주지방) ㉮
애기선다 유세하면.

「화전가」 (규방가사, 안동지방) ㉮
화전놀음 말하거든 한보따리 가져다가
유세시리 주어보세

「상면가」 (예천지방) ㉮
유세없난 자식이나 윤택하게 자라나서
부귀영화 보았더니

애기가 선다고, 젠 체하고 뽐내는 것.

화전놀음 말았거든, 한 보따리 가져다가, 젠 체하고 뽐내는 그런 말을 들어 보자.
젠 체하고 뽐내고 자랑하는 자식이나마, 곱게 잘 자라서 부귀영화를 보자고 했더니.

유월선물　유월에 나는 수박과 참외. 선물은 수박을 일컫는 것.

「사모가(思母歌)」 (선산해평) ㉮
유월선물 낭자하면 오색단선 번뜩이며
외서리 하러갈제

유월선물은 수박과 참외가 여기저기 흩어져 어지러운데, 오색 둥근 부채를 들고
부채질하며, 외서리 하러 갈 때.

육갑떨다　육십갑자(六十甲子)떨다. 좀 모자란 듯한 언행을 하는 것. 곧 되지 못한
사람이 격에 어울리지 않은 엉뚱한 짓을 함을 얕잡아 이르는 것. "저 사람은 곧장
육갑을 떤다."

육모초　익모초(益母草). "여자들한테는 육모초가 참 좋다."

육소간　푸줏간. 정육점(精肉店). "육소간에 가 소고기 사 온내이."

육초가 기어올라 온다　육초는 소기름으로 만든 초. 구미(口味)에 안 맞아, 구역(嘔逆)
질이 나는 것. "말하는 꼬라지가, 육초가 기여올라 온다."

윤디　인두.

「석별가」 (영일지방) ㉮
인두전도 차자내서 여기저기 던저노코
중침세침 가래내서 이실저실 뀌여노코
유록이며 진홍이며 척수맞게 지어두고
당홍이다 밤물이다 주름잡아 하여낼제

인두와 가위를 찾아내어, 여기저기 던져놓고서는, 중침과 세침을 가려내어, 이 실과 저 실을 꿰어놓고, 푸른 버들 빛 천과 붉은 빛 천들을, 치수에 맞게 지어두고, 자주 빛과 검은 남빛을 띤 천을, 주름을 잡아 옷을 만들어 낸다.

윤집장 고추장에 초간장을 탄 것. "괴기회를 묵게 윤집장을 맹글어라."

융감 윤감(輪感). 전염성 감기. 돌림감기. 개좆대가리. "융감이 돌아, 온 식구가 다 아프다."

음달 응달. "음달에는 얼음이 껑껑 얼어 있다."

응정부리다 응석부리는 것. 애기가 귀여운 짓을 하거나 억지를 부리는 것. "얼라가 응정을 부린다."

음침하다 음충하다는, 마음이 검고 내숭스럽고 불량한 것. 성질이 명랑치 못 한 것. 날씨가 흐리고 컴컴한 것. 속을 잘 헤아릴 수 없는 것. "심뽀가 음침하다."

윷놀이 이를 "척사(擲柶)"·"저포(樗蒲)" 또는 "사희(柶戲)" 등으로 부르고 있다. 이는 주로 안동지방에서 구정에 동서양편으로 갈라, 겨루게 되는데 "도"·"개"·"걸"·"윷"·"모" 가운데, 그 즉시 따라 나오면, 전원이 일어나 흥겹게 노래 부르는 것이다. 가령 꼭 "개"가 필요할 때, "개"가 나오면 "개송" 노래를 부르다가, 여흥이 미진하면 「구구가(九九歌)」를 부르고, 그래도 미흡하면 「화조가(花鳥歌)」를 부르는 식으로 불렀다. 이 "도"는 돝(豚)·"개"는 개(犬)·"걸"은 코끼리(象)·"윷"은 소(牛)·"모"는 말(馬)을 의미하고 있다. 그런데 "걸"은 "양(羊)"이라고도 한다. 윷판의 첫 밭으로부터 앞밭이나 뒷밭으로 꺾지 않고 11째 밭으로 가면 "찌도"·12째 밭으로 가면 "찌개"·13째 밭으로 가면 "찌걸"·14째 밭으로 가면 "찌윷"이라고 한다. 이 「윷노래」는 임기중이 편찬한 『역대가사문학전집』 권45과 발표된 논문도 있다. 이 「윷노래」의 작자는 여러 사람이 거명되고 있으나 확실치 않으며, 여기서는 가사로서보다 중요한 민속문화의 하나로 원문만 실어 보겠다.

도노래(道頌)

일월성신(日月星辰) 분명(分明)하니 천도(天道)가 적실(的實)하고
산천초목(山川草木) 분명(分明)하니 지도(地道)가 적실(的實)하고
인의예지(仁義禮智) 분명(分明)하니 인도(人道)가 적실(的實)하다
위아(爲我)하고 겸애(兼愛)하신 양묵도(楊墨道)를 도(道)라하랴
인의(仁義)하고 예지(禮智)하신 공맹도(孔孟道)를 도(道)라하랴
왕사(往事)가 창망(滄茫)하니 옥창(玉窓)에 형영도(螢影度)냐

춘일(春日)이 방모(方暮)하니 초중(草中)에 우양도(牛羊道)냐

녹수(綠水) 진경도(秦京道)는 경치(景致)도 좋거니와

지시(知是) 장안도(長安道)는 번화(繁華)할제 더욱좋다

거년한식(去年寒食) 낙양도(洛陽道)는 고객(孤客)의 수심(愁心)이요

관새극천(關塞極天) 유조도(惟鳥道)는 산곡(山谷)도 심수(深邃)하다

오황대도(於皇大道) 당천심(當天心)은 성주표정(聖主表情) 적실(的實)하고

장안대도(長安大道) 연엽사(蓮葉斜)는 팔가구맥(八街九陌) 이아니냐

우순(禹舜)이 발정(發政)하사 숭산(崇山)에 방환두(放驩兜)냐

성왕(聖王)이 설악(設樂)하사 요지(瑤池)에 헌벽도(獻碧桃)냐

욕보진수(欲報秦讐) 장자방(張子房)은 소절잔도(燒絶棧道) 하단말가

문일지십(聞一知十) 안연(顏淵)이는 안빈락도(安貧樂道) 하였도다.

하수(河水)에 무빙(無氷)한데 광무(光武)가 이도(已渡)하고

계수(桂水)에 주즙(舟楫)없이 남도(南渡)를 바랠소냐

배도(裵度)의 장(壯)한공(功)은 회서(淮西)를 실평(悉平)하고

백도(伯道)의 효도(孝道)로도 종신무자(終身無子) 하였도다.

서역국(西域國) 넓은들에 극락세계(極樂世界) 바라보니

아미타불(阿彌陀佛) 계신곳에 도솔천(兜率天)이 명랑(明朗)하고

관음보살(觀音菩薩) 계신곳에 연화봉(蓮花峰)이 수려(秀麗)하다

제환진문(齊桓晉文) 패도(覇道)런가 문무주공(文武周公) 왕도(王道)런가

공부자(孔夫子)의 성도(聖道)런가 맹부자(孟夫子)의 현도(賢道)런가

일엽편주(一葉片舟) 다사(多事)한데 무릉홍도(武陵紅桃) 찾단말가

규중(閨中)에 망부정(望夫情)은 노심(勞心)이 도도(陶陶)하고

준사(俊士)의 노는곳에 취흥(醉興)이 도도(陶陶)하다

서생(徐生)의 녹도서(錄圖書)는 종적(踪跡) 묘망(杳茫)하고

공명(孔明)의 형익도(荊益圖)는 경륜(經綸)이 만단(萬端)이다

홀도창전(忽到窓前) 의시군(疑是君)은 절대가인(絶代佳人) 찾아가고

도화유수(桃花流水) 묘연거(杳然去)는 별유천지(別有天地) 여기로다

문도운안(聞道雲安) 국미춘(麴米春)은 미미향료(美味香醪) 좋거니와

문도하양(聞道河陽) 근승승(近乘勝)을 보첩봉래(報捷蓬萊) 더욱좋다

만물무비(萬物無非) 춘의사(春意思)는 만화방창(萬化方暢) 좋거니와

일문도시(一門都是) 난생에(暖生涯)는 화란춘성(和暖春城) 더욱좋다

빙상(氷上)에 구리(求鯉)하니 왕상(王祥)의 효도(孝道)런가

백리(百里)에 부미(負米)하니 자로(子路)의 효도(孝道)런가

오십(五十)에 모부모(慕父母)는 순(舜)임금의 효도(孝道)런가
칠십(七十)에 무채의(舞彩衣)는 노래자(老萊子)의 효도(孝道)런가
어주축수(漁舟逐水) 아니어든 무능도원(武陵桃源) 어디메뇨
지자우귀(之子于歸) 아니어든 도지요요(桃之夭夭) 무삼일고
칠년대한(七年大旱) 이니이든 단발기도(斷髮祈禱) 무심일고
구년홍수(九年洪水) 아니어든 착산통도(鑿山通道) 무삼일고
공맹(孔孟)의 관일도(貫一道)는 성언(聖言)이 역력(歷歷)하다
관운장(關雲長)의 행차(行次)런가 청룡도(靑龍刀)는 무삼일고
서왕모(西王母)의 잔치런가 옥창도(玉窓桃)는 무삼일고
아조동산(我阻東山) 아니어든 도도불귀(蹈蹈不歸) 무삼일고
도지요요(桃之夭夭) 아니어든 기엽진진(其葉蓁蓁) 무삼일고
이구산(尼丘山)에 도(禱)를하야 공부자(孔夫子)를 탄생(誕生)하고
상림야(桑林野)에 도(禱)를하야 칠년대한(七年大旱) 비가왔다
도지운원(道之云遠) 아니어든 갈운능래(曷云能來) 어이하며
주도여저(周道如砥) 아니어든 군자소리(君子所履) 어이되리
도화세축(桃花細逐) 양화락(楊花落)은 떨어지는 경(景)이로다
도화능홍(桃花能紅) 이능백(李能白)은 희고붉은 경(景)이로다
위아(爲我)하고 겸애(兼愛)하니 양묵(楊墨)의 도(道)아니냐
청정(淸淨)하고 적멸(寂滅)하니 불자(佛子)의 도(道)아니냐
육산(肉山)하고 포림(脯林)하니 걸주(桀紂)의 무도(無道)로다
분서(焚書)하고 갱유(坑儒)하니 진시황(秦始皇)의 부도(不道)로다
도중(途中)에 속모춘(屬暮春)은 고향(故鄕)생각 절로나고
도방(道傍)에 일석비(一石碑)는 만고정절(萬古貞節) 가련(可憐)하다

개노래(介頌)
산호고수(珊瑚高樹) 육칠척(六七尺)은 보배(寶貝)자랑 왕개(王凱)로다
상인삼척(霜刃三尺) 비수검(匕首劍)은 협수고풍(俠藪高風) 형가(荊軻)로다
동문에(東門) 괘관(掛冠)하고 영수(穎水)에 세이(洗耳)하니
소부허유(巢夫許由) 절개(節介)라
수양산首陽山) 은(殷)고사리 기장(飢腸)을 채였으니
백이숙제(伯夷叔齊) 절개(節介)라
멱라수(汨羅水) 찬물결에 대부(大夫)를 영장(永葬)하니
굴삼려(屈三閭)의 절개(節介)라

오두록(五斗祿) 마다하고 율리촌(栗里村) 돌아들어
청풍북창(淸風北窓) 한가(閑暇)한데 자위희황(自謂犧皇) 하였으니
도처사(陶處士)의 절개(節介)라
간의대부(諫議大夫) 마다하고 부춘산(富春山) 돌아들어
동강상(桐江上) 칠리탄(七里灘)에 수조창파(垂釣滄波) 하였으니
엄자능(嚴子陵)의 절개(節介)라
양인대작(兩人對酌) 산화개(山花開)는 술이취(醉)차 잠이오고
시문부정(柴門不正) 축강개(逐江開)는 두능야로(杜陵野老) 초당(草堂)이오
국위중양(菊爲重陽) 모우개(冒雨開)는 구월황화(九月黃花) 좋거니와
만호천문(萬戶千門) 차제개(次第開)는 일야동풍(一夜東風) 더욱좋다
비래비거(飛來飛去) 낙수가(落誰家)는 날아드는 경(景)이로다
비입심상(飛入尋常) 백성가(百姓家)는 날아드는 경(景)이로다
백가시서(百家詩書) 저일가(貯一家)는 만권시서(萬卷詩書) 좋거니와
차득규화(借得葵花) 향일개(向日開)는 백일충성(白日忠誠) 더욱좋다
우중춘수(雨中春樹) 만인가(萬人家)는 시화세풍(時和歲豊) 노래하고
봉문금시(蓬門今始) 위군개(爲君開)는 벗을맞아 즐겁도다
춘만건곤(春滿乾坤) 복만가(福滿家)는 만인가(萬人家)의 입춘(立春)이라
화역지흠(花亦知欽) 근함개(近檻開)는 반가울손 꽃을보고
천불능궁(天不能窮) 역색가(力穡家)는 무자가색(務玆稼穡) 더욱좋다
창녀(娼女)의 불갱이부(不更二夫) 성춘향(成春香)의 절개(節介)라
집우관목(集于灌木) 아니어든 기명개개(其鳴喈喈) 무삼일고
춘일지지(春日遲遲) 아니어든 창경개개(鶬鶊喈喈) 무삼일고
호조영춘(好鳥迎春) 가후원(歌後院)은 노래가(歌)자 좋거니와
비화송주(飛花送酒) 무전첨(舞前簷)은 춤출무(舞)자 더욱좋다
국화종차(菊花從此) 불수개(不須開)냐 풍생도두(風生渡頭) 금봉가(錦鳳家)냐
백운생처(白雲生處) 유인가(有人家)는 한산석경(寒山石逕) 찾아가고
연남계북(燕南薊北) 협사(俠士)들은 비가강개(悲歌慷慨) 노래하네
기칙불원(其則不遠) 아니어든 벌가벌가(伐柯伐柯) 무삼일고
서시(西施)의 고은색(色)도 추파(秋波)를 반개(半開)하고
석가여래(釋迦如來) 예쁜얼굴 주순(朱脣)을 반개(半開)하고
청루미색(靑樓美色) 고은태도(態度) 옥창(玉窓)을 반개(半開)로다
지지옹출(枝枝壅出) 옥부용(玉芙蓉)은 가지가지 부용(芙蓉)이요
엽엽장개(葉葉長開) 금작약(金芍藥)은 잎잎이 작약(芍藥)이라

호산(胡山)에 푸른풀은 왕소군(王昭君)의 절개(節介)라
면산(緜山)에 타는불은 개자추(介子推)의 절개(節介)라
해상(海上)에 뜨는달은 노중련(魯仲連)의 절개(節介)라
삼년(三年)을 불하루(不下樓)는 문천상(文天祥)의 절개(節介)라
십년(十年)을 지한절(持漢節)은 소자경(蘇子卿)의 절개(節介)라
만승제(萬乘帝) 마다하고 영수(潁水)로 돌아들어
우음선유(優飮善遊) 하였으니 소부허유(巢父許由) 절개(節介)라
고죽군(孤竹君) 마다하고 수양산(首陽山) 돌아들어
채기미혜(採其薇兮) 하였으니 백이숙제(伯夷叔齊) 절개(節介)라
핍란수제(逼暖隨堤) 유안개(柳眼開)는 망국정신(亡國精神) 가련(可憐)하다

걸노래(傑頌)

제왕뭉(帝王門)에 스승하니 요순우탕(堯舜禹湯) 호걸(豪傑)이오
도덕문(道德門)에 스승하니 공맹안증(孔孟顔曾) 호걸(豪傑)이요
변사중(辯士中)에 출류(出類)하니 소진장의(蘇秦張儀) 호걸(豪傑)이요
언어중(言語中)에 출류(出類)하니 재아자공(宰我子貢) 호걸(豪傑)이요
조수중(鳥獸中)에 출류(出類)하니 봉황기린(鳳凰麒麟) 호걸(豪傑)이요
지장기마(知章騎馬) 사승선(似乘船)을 말잘타기 호걸(豪傑)이요
승비마(乘肥馬) 의경구(衣輕裘)는 공서적(公西赤)의 호걸(豪傑)이요
목양촌(牧羊村) 이별(離別)하고 누외청산(樓外靑山) 전송(餞送)하니
초왕손심(楚王孫心) 호걸(豪傑)이요
추수공장(秋水共長) 천일색(天一色)은 등왕각(滕王閣)에 기록(記錄)하니
왕자안(王子安)의 호걸(豪傑)이요
초등부(楚滕府) 아녀자(兒女子)로 한단시(邯鄲市)에 매사(買絲)하니
평원군(平原君)의 호걸(豪傑)이요
육출기계(六出奇計) 제진평(齊陳平)은 참여(參與)못한 삼걸(三傑)이요
원종적송(願從赤松) 장자방(張子房)은 인간(人間)마다 호걸(豪傑)이요
청니판(靑泥板) 취(醉)한술로 만승천자(萬乘天子) 부러하니
백납승(白衲僧)도 호걸(豪傑)이요
선위설사(善爲說辭) 자하자공(子夏子貢) 언어중(言語中)에 호걸(豪傑)이요
선언덕행(善言德行) 민자안연(閔子顔淵) 덕행중(德行中)에 호걸(豪傑)이요
옥결(玉玦)이 무광(無光)하야 동성(東城)으로 돌아드니
범증(范增)이도 호걸(豪傑)인가
저포일척(樗蒲一擲) 백만금(百萬金)은 유의(劉毅)의 호걸(豪傑)이요

무전보전(無田甫田) 아니어든 유수걸걸(維莠傑傑) 무삼일고

전유발발(鱣鮪發發) 아니어든 하답걸걸(葭菼揭揭) 무삼일고

포도주(葡萄酒)를 취(醉)케먹고 강(江)에달을 건지다가

기경상천(騎鯨上天) 하였으니 이태백(李太白)이 호걸(豪傑)이요

만리장성(萬里長城) 면담안에 야방궁(阿房宮) 높이짓고

육국제후(六國諸侯) 조회(朝會)받고 삼천궁녀(三千宮女) 시위(侍衛)하니

진시황(秦始皇)의 호걸(豪傑)이요

홍문연(鴻門宴) 큰잔치에 배달직입(排闥直入) 하였으니

번장군(樊將軍)의 호걸(豪傑)이요

화용도(華容道) 좁은길에 의석조조(義釋曹操) 하였으니

관운장(關雲長)의 호걸(豪傑)이요

박랑사(博浪沙) 너른들에 철추(鐵椎)를 높이들어

점지시황(點指始皇) 하였으니 창해역사(滄海力士) 호걸(豪傑)이요

팔천병(八千兵) 헐어불고 오강(烏江)에 빠졌으니

항적(項籍)이도 호걸(豪傑)인가

폐온포(弊縕袍) 떨쳐입고 의호학(衣狐貉)을 불치(不恥)하니

계자로(季子路)의 호걸(豪傑)이요

천하일색(天下一色) 탁문군(卓文君)은 양원석(梁園席) 좋은잔치

봉황곡(鳳凰曲) 화답(和答)하니 사마장경(司馬長卿) 호걸(豪傑)이요

취과양주(醉過楊州) 하올적에 황귤(黃橘)이 만거(滿車)하니

두목지(杜牧之)의 호걸(豪傑)이요

천하장사(天下壯士) 사부자(四父子)로 천추사(千秋史)에 제명(題名)하니

손토로(孫討虜)도 호걸(豪傑)이요

천하문장(天下文章) 삼부자(三父子)로 만리교(萬里橋)에 제명(題名)하니

소노천(蘇老泉)의 호걸(豪傑)이요

남병산(南屛山) 살기중(殺氣中)에 장창(長槍)을 높이들고

좌충우돌(左衝右突) 하였으니 조자룡(趙子龍)의 호걸(豪傑)이요

기정(旗亭)에 쟁갑을(爭甲乙)은 묘기(妙妓)가 창가(唱歌)하니

왕희지(王羲之)의 호걸(豪傑)이요

풍패(豊沛)에 유랑(劉郎)이는 대취(大醉)할제 호걸(豪傑)이요

강동(江東)에 항적(項籍)이는 도강(渡江)할제 호걸(豪傑)이요

시상(市上)에 자중자(子仲子)는 춤잘추기 호걸(豪傑)이요

옹간(甕間)에 필리부(畢吏部)는 술잘먹기 호걸(豪傑)이요

비마경구(肥馬輕裘) 공서적(公西赤)은 군자중(君子中)에 호걸(豪傑)이요
추쇄황루(椎碎黃樓) 이청련(李靑蓮)은 문사중(文士中)에 호걸(豪傑)이요
휴기동산(携妓東山) 사안석(謝安石)은 재상중(宰相中)에 호걸(豪傑)이요
원탁교목(願托喬木) 홍불기(紅拂妓)는 창녀중(娼女中)에 호걸(豪傑)이요
동대(銅臺)에 딜금포(脫錦袍)는 호치(虎痴)가 약마(躍馬)하니
조맹덕(曹孟德)의 호걸(豪傑)이라

윷노래(由頌)

탁문군(卓文君)이 늙으신가 백두음(白頭吟) 무삼일고
고당명경(高堂明鏡) 아니어든 비백발(悲白髮)은 무삼일고
황렴경연(黃染輕烟) 유색신(柳色新)은 누른것을 물들이고
백유잔설(白楡殘雪) 매화로(梅花老)는 흰백자(白字) 머물렀다
백학(白鶴)이 비상천(飛上天)은 두나래를 펼쳐들고
백로(白鷺)의 권일족(捲一足)은 한다리로 성큼성큼
백홍(白虹)이 관일(貫日)하니 연인(燕人)이 외지(畏之)하고
백마(白馬)로 조주(朝周)하니 기자홍범(箕子洪範) 이아니냐
청춘작반(靑春作伴) 아니어든 백수방가(白首放歌) 무삼일고
목야정벌(牧野征伐) 아니어든 백어등주(白魚登舟) 무삼일고
추심귤수(秋深橘樹) 금천편(金千片)은 유자(柚子)빛이 황금(黃金)이요
풍타노화(風打蘆花) 설일장(雪一場)은 갈꽃이 백설(白雪)이라
백제성중(白帝城中) 운출문(雲出門)은 종적(踪跡)이 묘망(杳茫)하고
소월누대(素月樓臺) 무출객(無出客)은 월광(月光)이 상심(傷心)이라
야유사균(野有死麕) 아니어든 백모포지(白茅苞之) 무삼일고
공곡생추(空谷生芻) 아니어든 교교백구(皎皎白駒) 무삼일고
와겨신가 와겨신가 유현덕(劉玄德)이 와겨신가
남양초당(南陽草堂) 풍설중(風雪中)에 백학(白鶴)이 지로(指路)하고
백락천(白樂天) 용한글이 효과농상(效課農桑) 같단말가
백우선(白羽扇) 묘(妙)한법(法)이 삼분천하(三分天下) 하였구나
당대문장(唐代文章) 찾아가니 이태백(李太白)이 살아있고
월녀서시(越女西施) 보려하니 천하백(天下白)이 여기왔네
삼산반락(三山半落) 청천외(靑天外)는 푸를청자(靑字) 좋거니와
이수중분(二水中分) 백로주(白鷺洲)는 흰백자(白字) 더욱좋다
조정유도(朝廷有道) 청운심(靑雲深)은 푸른것이 구름이요

여항무사(閭巷無事) 백일장(白日長)은 흰백자(白字) 가져오네

명구유연(鳴鳩乳燕) 청춘심(靑春深)은 푸를청자(靑字) 던져두고

낙화여서(落花如絮) 백일장(白日長)은 흰백자(白字) 가져오네

상황벽오(霜黃碧梧) 백학서(白鶴捿)는 벽오동(碧梧桐) 푸른가지

백조학학(白鳥翯翯) 길들이고

백자미백(白者未白) 홍미홍(紅未紅)은 홍도화(紅桃花) 붉은길에

백화분분(白花粉粉) 더욱좋다

황조시겸(黃鳥時兼) 백조비(白鳥飛)는 집우관목(集于灌木) 좋거니와

백조학학(白鳥翯翯) 더욱좋다

도화세축(桃花細逐) 양화락(楊花落)은 무능춘색(武陵春色) 좋거니와

유서편편(柳絮片片) 더욱좋다

삼천세계(三千世界) 은성색(銀成色)은 유리세계(琉璃世界) 어디메뇨

십이루대(十二樓臺) 옥작순(玉作屑)은 백옥루대(白玉樓臺) 여기로다

이화일지(梨花一枝) 춘대우(春帶雨)는 배꽃이 비를띠고

소지노화(笑指蘆花) 월일선(月一舩)은 갈꽃이 달을꼈다

백마작설(白馬嚼齧) 황금륵(黃金勒)은 양색(兩色)이 영롱(玲瓏)하고

백운생처(白雲生處) 유인가(有人家)는 산로(山路)도 기구(崎嶇)하다

동령(冬嶺)에 수고송(秀孤松)은 독수창창(獨秀蒼蒼) 좋거니와

추월(秋月)이 양명휘(揚明輝)는 월색교교(月色皎皎) 더욱좋다

월상씨(越裳氏) 조공(朝貢)할제 헌백치(獻白雉) 무삼일고

십만항병(十萬降兵) 야류혈(夜流血)은 피혈자(血字) 내사싫다

홍문옥두(鴻門玉斗) 분여설(紛如雪)은 눈설자(雪字) 더욱좋다

미월루대(微月樓臺) 하서령(下西嶺)은 월색(月色)이 상심(傷心)하다

백일(白日)에 의산진(依山盡)은 일색(日色)이 장모(將暮)하고

백두궁(白頭宮) 아녀자(兒女子)는 왕사(往事)를 슬퍼한다

천한(天寒) 백옥빈(白屋貧)은 생애(生涯)가 담박(淡泊)하고

백발(白髮)에 수류락(隨流落)은 연광(年光)이 쇠로(衰老)로다

순(舜)임금이 붕(崩)하신가 창오산(蒼梧山)에 눈이오고

아황여영(娥皇女英) 붕(崩)하신가 황능묘(黃陵廟)에 분칠했네

관운장(關雲長)이 붕(崩)하신가 백의백마(白衣白馬) 무삼일고

극인란란(棘人欒欒) 아니어든 소관소필(素冠素韠) 무삼일고

백일무광(白日無光) 곡성고(哭聲苦)는 이정(離情)이 가련(可憐)하고

백운장사(白雲長思) 공부아(工夫兒)는 비회(悲懷)가 망극(罔極)하다

백일(白日)에 현고명(縣高明)은 부귀공명(富貴功名) 좋거니와
백수(白首)로 수상오(愁相誤)는 무정세월(無情歲月) 가련(可憐)하다

모노레(毛頌)

당덕종(唐德宗) 가일연(佳日宴)에 헌수(獻壽)하는 손숙모(孫叔毛)냐
주목왕(周穆王) 요지연(瑤池宴)에 헌도(獻桃)하는 서왕모(西往母)냐
의강남수(倚江枏樹) 초당전(草堂前)에 권아옥상(卷我屋上) 삼중모(三重茅)냐
지상어금(池上於今) 유봉모(有鳳毛)는 두능야로(杜陵野老) 청편(淸篇)이요
만고운소(萬古雲宵) 일우모(一羽毛)는 제갈량(諸葛亮)의 충절(忠節)이요
태산경어(泰山輕於) 일홍모(一鴻毛)는 위국충신(爲國忠臣) 게아니냐
양주(楊朱)의 발일모(拔一毛)는 성현(聖賢)이 불청(不廳)하고
시황(始皇)의 우모정(牛毛政)은 백성(百姓)이 원망(怨望)이라
기칙불원(其則不遠) 아니어든 벌가벌가(伐柯伐柯) 무삼일고
소고후제(昭告后帝) 아니어든 감용현사(敢用賢士) 무삼일고
이모(毛)저모(毛) 다버리고 모영전(毛穎傳) 용한글은
팔대가(八大家)에 제일(第一)이요
모수(毛遂)가 자천(自薦)하니 십구인(十九人)에 제일(第一)이요
모용수(慕容垂)가 진(陣)을치니 연군(燕軍)이 대패(大敗)로다
오월도로(五月渡瀘) 제갈량(諸葛亮)은 심입불모(深入不毛) 하단말가
십년지절(十年持節) 소자경(蘇子卿)은 설설전모(齧雪旃毛) 하단말가
설만장안(雪滿長安) 학정홍(鶴頂紅)은 눈가운데 학(鶴)이날고
만록총중(萬綠叢中) 일점홍(一點紅)은 풀가운데 꽃이로다
왕소군(王昭君) 호사총(胡沙塚)에 백양목(白楊木)도 좋거니와
양태진(楊太眞) 화청지(華淸池)에 붉은연(蓮)꽃 더욱좋다
삼경루상(三更樓上) 석양홍(夕陽紅)은 엷게붉어 못쓰도다
도화일지(桃花一枝) 낙래홍(落來紅) 적게붉어 못쓸로라
상엽홍어(霜葉紅於) 이월화(二月花)는 과히붉어 못쓰도다
만자천홍(萬紫千紅) 총시춘(總是春)은 일색(一色)이 붉어라
근시청람(近市晴嵐) 취욕부(翠欲浮)는 모연(暮烟)이 푸르렀고
고성반조(孤城返照) 홍장렴(紅將斂)은 석양(夕陽)이 붉었구나
풍청월백(風淸月白) 삼년롱(三年弄)을 흰백자(白字) 좋거니와
녹암홍심(綠暗紅深) 주일배(酒一盃)는 붉을홍자(紅字) 더욱좋다
소상반죽(瀟湘班竹) 혈루흔(血淚痕)은 애원(哀怨)이 처량(凄凉)하고

목야정벌(牧野征伐) 혈표저(血漂杵)는 인명(人命)이 가련(可憐)토다

탔단말가 탔단말가 진시황(秦始皇) 아방궁(阿房宮)이

석달열흘 탔단말가

웃단말가 웃단말가 태산(泰山)에 대부송(大夫松)이

무능홍도(武陵紅桃) 웃단말가

공문제자(孔門弟子) 둘러보니 공서적(公西赤)이 간데없고

절대가인(絶代佳人) 찾아가니 연지홍(臙脂紅)이 살아있네

무루정(蕪蔞亭) 두죽(豆粥)을랑 붉다하고 좋다하네

호타하(滹沱河) 맥반(麥飯)을랑 검다하고 싫다하네

홍문옥두(鴻門玉斗) 분여설(紛如雪)은 눈설자(雪字) 좋거니와

십만항병(十萬降兵) 야류혈(夜流血)은 피혈자(血字) 더욱좋다

계전적성(鷄田赤城) 아니어든 안문자색(雁門紫塞) 무삼일고

양귀비(楊貴妃) 예쁜얼굴 해당화(海棠花) 잠을자고

서시(西施)의 고운자태(恣態) 적작약(赤芍藥)이 반(半)만폈네

석양(夕陽)에 붉은노을 고목(孤鶩)과 같이날고

구고(九皐)에 우는학(鶴)이 단사(丹砂)로 이마했네

창(窓)밖에 앵도화(櫻桃花)는 오록조록 붉어있고

성(城)위에 목단화(牧丹花)는 너풀너풀 붉었네

유막(柳幕)에 앵가성(鶯歌聲)은 푸른것을 노래하고

화방(花房)에 접무홍(蝶舞紅)은 붉은것을 춤을추고

천상벽도(天上碧桃) 신결자(新結子)는 복성이 열매맺고

월중단계(月中丹桂) 우생지(又生枝)는 계수(桂樹)가 꽃이폈네

사상초각(沙上草閣) 유신암(柳新暗)은 푸른버들 내사싫다

성변야지(城邊野池) 연욕홍(蓮欲紅)은 붉은연(蓮)꽃 꺾어오세

모별자(母別子) 자별모(子別母)는 비회(悲懷)가 망극(罔極)하고

자오자오(慈烏慈烏) 실기모(失其母)는 반포심(反哺心)이 게아니냐

추수공장(秋水共長) 천일색(天一色)은 푸른빛이 한결같고

낙하고목(落霞孤鶩) 제비(齊飛)하니 붉은빛이 한결같다

대택변(大澤邊) 참사일(斬蛇日)에 백제자(白帝子)가 울단말가

망탕산(芒碭山) 오채운(五彩雲)에 적제자(赤帝子)가 웃단말가

사촌백설(沙村白雪) 잉함동(仍含凍)은 백설한풍(白雪寒風) 미료(未了)하고

강상홍매(江上紅梅) 이방춘(已放春)은 만화방창(萬化方暢) 새롭도다

함풍취벽(含風翠壁) 고운세(孤雲細)는 중중창벽(重重蒼壁) 푸르렀고

배일단풍(背日丹楓) 만목조(萬木稠)는 금수산광(錦繡山光) 더욱좋다
오경대루(五更待漏) 화만상(靴滿霜)은 황문(皇門)을 여대(如待)하고
구중춘색(九重春色) 취선도(醉仙桃)는 선리춘풍(仙李春風) 더욱좋다
부귀춘화(富貴春花) 우후홍(雨後紅)은 태평시절(太平時節) 기형(氣形)이요
서촉앵도(西蜀櫻桃) 야지홍(也白紅)은 금강춘색(錦江春色) 붉었네
양유(楊柳) 사사록(絲絲綠)은 실실이 푸르렀고
도화(桃花) 점점홍(點點紅) 점점(點點)이 붉었네
왕소군(王昭君) 고은눈물 단봉문(丹鳳門) 하직(下直)하고
초대선녀(楚臺仙女) 예쁜얼굴 연지홍(臙脂紅)을 단장(丹粧)했네

구구가(九九歌)
구구팔십(九九八十) 일강로(一江老)는 여(呂)의동빈(董浜) 찾아가고
팔구칠십(八九七十) 이적선(二謫仙)은 채석강(采石江)에 달건지고
칠구육십(七九六十) 삼로동공(三老董公) 한패공(漢沛公) 찾아가고
육구오십(六九五十) 사호선생(四皓先生) 상산(商山)에 바둑뚜고
오구사십(五九四十) 오자서(五子胥)는 동문(東門)에 괘관(掛冠)하고
사구삼십(四九三十) 육관대사(六觀大師) 팔선녀(八仙女) 희롱(戲弄)하고
삼구이십(三九二十) 칠덕무(七德舞)는 당태종(唐太宗)의 풍악(風樂)이요
이구십팔(二九十八) 팔진도(八陣圖)는 제갈량(諸葛亮)의 진법(陣法)이요
일구구(一九九) 구궁수(九宮數)는 하도낙서(河圖洛書) 게아니냐

이가 외가. "방학에 이가 댕겨 왔다." 옛날에는 애기가 태어나서 첫 외가를 갈 때에, 눈썹사이에 부엌아궁이의 검정을 찍어 갔다. 이러한 풍습은 아기의 장수를 기원한 행위다. "언제 외할아비 콩죽 묵고 살았나."는 말은 주는 물건이 하찮을 때나·별로 필요 없는 것을 줄 때 쓰는 말이다. "이삼촌이 물에 빠졌나 웃긴 와 웃노."는 남이 크게 웃을 때 쓰는 말이다.

이까 오징어. 일본어 "いか(烏賊)" 이 말도 지금은 거의 안 쓰인다.

이까리 소고삐. "소이까리 잘 잡고 온네이."

이깝 물고기의 미끼. "낚시에 괴기가 이깝만 물고 달라뺀다."

이게다 이기다. 곧 반죽이 어울리도록 섞어서 다지는 것. 가루에 물을 부어 촉촉하게 만드는 것. "밀가리에 물을 붓고 이게라."

이기요 이것 봐요. "이기요, 주이소."

이녘(역) 부부간에 호상간(互相間)에 부르는 호칭. 당신. 남편이 아내를 보고 못

마땅해 "이녁이 왜 그러노"한다.

이대이대 소를 똑바로 가자 모는 소리.

이드름 여드름. "젊을 땐 이드름이 난다."

이듯하고 저듯하다 이렇듯 하고·저렇듯 한 것.

「교녀사」 (예천지방) ㉮

다어르고 눕혀놓고 다시들어 또어를제
잔뼈는 녹아지고 굵은뼈는 부러진다
사랑하기 이듯하고 애쓰기가 저듯한데
아이야 알아주랴 부모인정 알아주소

자식을 기를 적에, 다 어르고 눕혀 놓고 다시 들고 또 어를 적에, 잔뼈가 녹아지는
듯·굵은 뼈는 부러지는 듯, 자식 사랑하기가 이렇듯 하고·애쓰기가 저렇듯 한데,
아이야 알아줄 것인가.
부모 인정을 알아주란 것이다.

이따구(우) 이따위. 이런 것들을 얕잡아 이르는 말. "이따구를 능금이라고 사왔나."

이따 이따가. 조금 뒤.

이따매이 이 따위 것.

이렁성거리다·일성거리다 일찍 일어나 움직이는 것. 일을 시작하는 것. "정지에서
엄마가 반찬 맹근다고, 일성거리고 있다." "인자 일을 일성거려 바라."

이루꾸 쪄서말린 잔멸치. 일본어 이리꼬(いりこ, 炒子·熬子).

이마빼기(마빼기) 이마빡의 속어. "이마빼기가 역시 반들반들한다."

이말무지 "에멜무지로"는 첫째 단단하게 묶이지 아니한 꼴. 둘째 결과를 꼭 바라지
않고 헛일 겸 시험 삼아 하는 일. "이말무지로 댕겨왔다."

이무럽다 친근해 서먹서먹하거나 조심스러운 맛이 없는 것.

이물다 과실이나 채소 등의 멍이 든 것. 굳어지다. "과실이 차가 흔들거려, 많이
이물었다."

이밀기밀하다 가물가물하다. 어렴풋하다.

이바구 이야기. "이바구쟁이가 이바구를 잘 한다."

이 방아 저 방아 캐도, 서방 가죽방아가 제일 성교 때 남자성기가 으뜸이라는 것.

이빳다 제일 처음. 일본어 "いっぱつだ(一發打)" "이빳다로 니가 갔다 오이라."

이빠디 잇몸. 잇바디는 이가 죽 박힌 열의 생김새. "이빠디가 참 비기 좋다."

이빠이 가득. 일본어 "いっぱい(一杯)" "술이 이빠이 됐다." "술잔에 이빠이 쳐라."

이불밑 달이뜬다 부부간 성교장면을 그린 것. 「치장요」(성주지방) 참조.

이불호청 이불의 홑청. "이불호청이 더러버 빤다."

이붓 이웃. 삼이부제. "지녁만 무었다 하믄 이붓간다."

이쁘(뿌)다 예쁘다. "가는 손님 뒷꼭대기가 이쁘다." 손님은 간다하면 뒤치다꺼리가 없으니, 마음이 홀가분해지는 것.

「박꽃」 (함양지방) ㉖
푸른치마 밑헤서 얼골 감추고
햇님보고 내외하는 곱게도핀 박꼿아
이뿌게 단장하고 이슬총각 입맞추며
빵긋빵긋 박꼿아

푸른 치마는 넙적넙적한 박이파리 밑에서, 그의 얼굴을 감추고, 해님보고는 부끄러워하는 새 각시처럼 곱게도 피어난 박꽃이여! 예쁘게 단장하고 저녁에 내리는 이슬총각과 입 맞추며, 빵긋빵긋 웃으면서 피어나는 박꽃이여!
이 「박꽃」은 순박한 어린이 세계를 숨김없이 나타낸 동요로서, 빼어난 작품이 되겠다.

이삼저삼 이 생각 저 생각. "이삼저삼 하다가 고만 말았다."

이새기 이삭. "나락 이새기 줏는다."

이스(시)매기 실로 이어 붙인 곳. "옷 이시매기를 잘 찾아바라."

이슬치기 풀 이슬이 내린 길을 걸을 때, 맨 앞에 서 가는 사람. 이슬을 털고 가는 사람은, 취한 사람처럼 비틀거린다. "술이 많이 체서 이슬치기 걸음이다."

이아재 외숙. 외아버지. 요즘은 촌수인 "외삼촌"이 보편화 되어 사용되고 있으나, 이는 잘못 쓰이는 예가 되겠다. "이아재가 놀로 오셨다."

이양하다 혼사가 결정된 뒤, 집안끼리 베푸는 간단한 잔치모임. 주로 안동지방에서 쓴다. "사성도 왔겠다 이양하자." "이양"은 좋은 일이 있을 때, 나누어먹는 음식.

이여드레 이레와 여드레.

이연뜰아야 "이놈 아들아"의 속어. "이연뜰아아야! 내 말 좀 들어 바라."

이을 들다 다른 사물에 받혀 멍이 들거나·흠이 생긴 것. "아아들 설레 치여, 이을 들겠다."

이이가 외외가(外外家). 어머니의 외가. "니 이이가가 어디고."

이자뿌다 잊어버리다. "늙어 정신이 없어 금방 듣고도 돌아서민서, 이자뿌린다."

이적지(끔) 이때까지. "이적지 밥 한사발을 다 몬 묵었노."

이전에 예전에. "잇날 이전에 한 사람이 살았다. 아이가."

이지랑시럽다 이지렁스럽다. 곧 능청맞고 천연스러운 것. "저 사람은 이지랑시러버 못 씬다."

이짜 이쪽. "이짜 사람이 많다."

이짜도 없다 아무 말이 없는 것. "저이는 재미바 놓고, 나한테는 이짜도 없다."

이치다 이아치다. 자연의 힘이 미쳐서, 손실이나·상해가 있게 하다. 채소 따위가 부딪쳐 생채기 나다. "배차가 이쳐 매련 없다."

이침저침 이 첨 저 첨. 첨(站)은 역참 또는 새참 등이 있으나, "이참저참"으로 이러구저러구·이럭저럭, 곧 알지 못하는 사이 어느덧. "오늘 이침저침 니가 보고시퍼 왔다." 이냥저냥.

이카(캤)다 이렇게 말했다. "아아들이 이카고 떠든대이."

이카리 꼬비.

이탁 외탁. "우리 손지는 이탁을 많이 했다."

이태·시태·니태 두해·세해·네해.

이테 여태. "이테꺼정 안 묵고 머 하노."

이포(吏逋) 아전이 공금을 빼돌려 쓴 빚. 「화전가」(영주지방)

이핀·저핀 이편·저편. 자신이 스스로 자기를 대접하여 이르는 말로, 부부간에 호상간의 호칭으로 사용된다. 아내가 남편보고 "오늘 장에는 이편이 가소."하거나, 제삼자를 말할 때 "저편네"를 쓰기도 한다.

> 「여자훈계가」 (예천지방) ㉎
> 가장을 보노라니 시부모가 허소할까
> 시부모를 못섬기면 이핀부모 욕먹이고
> 시부모를 천대대하면 이핀부모 가슴뜯네
> 금실 화락은 고인이 잇가로며
> 요조 숙녀는 시전의 첫머리라

가장을 본다면 시부모 모시는 태도가 야무지지 않게 할까. 시부모를 잘못 섬기면 자기부모 욕 먹이게 되고, 시부모를 천대하면 자기부모 가슴을 아프게 한다. 부부사이 애정의 즐거움은 고인이 일컬었으며, 마음씨 얌전하고 자태가 아름다운 요조숙녀는 『시경』의 첫머리에 나오는 말이다.

이할배 외할아버지.

이허리지다 기진맥진하다.

익내이 물레로 자아 잿물에 익힌 삼실로 짠 삼베.

인내(네)·인나 여자들을 호칭하는 비속어. “저 인나가 간따바리 커서 일을 저질렀다.”

인나다 일어나다. “아베는 인나면 대문부터 복이 들오라고 할짝 열었다.”

인냉 일본어 “いんねん(因緣)”에서 온 말. 싸움하기 앞서, 말로 걸고 덤벼드는 것. 지금은 거의 안 쓰인다.

－인데 에게. “너인데만 말했다.”

인 도오 이리 다오. “돈을 인도오.”

인두겁 사람의 탈이나 형체를 쓰고, 못된 짓을 하는 것. “요시 파렴치한들은 인두겁을 썼다.”

인들(뜰)아 이놈아의 속어. “전뜰아”는 저놈아의 속어. “인뜰아야 니 그럴래.” “전뜰아는 고만 갔다.”

인물행상 방상시(方相氏)로, 장례 때 행상 앞서서 악귀를 쫓는 흉측한 사람모양을 한 것.

「모숨기」(경산지방) [민]
해다지고 저문날에 우연행상 지나오나
이태백이 본처죽어 인물행상 떠나간네

「모숨기」(동래지방) [민]
해다지고 저문날에 우인행상 지나가네
이태백이 본처잃고 이별행상 떠나가네.

「모숨기」(성주지방) [민]
어제저녁 날저문제 인물행상 지나가네
이태백이 본처댁이 인물행상 떠나가네.

해 다 지고 저문 날에 웬 행상이 떠나가네. 술 잘 먹고 잘 놀던 이태백 같은 한량의 아내가 죽어, 행상 앞에 방상시가 앞장서서 떠나감을 노래한 것이다.

인방(박) 임박(臨迫). 금세. “인방 보이더이 사라졌대이.”

인심단지 인심이 많은 사람. “저 집 할매는 인심단지다.”

인어미 인이 백인 어미라는 말. 어머니의 겸칭.

「송별애교사」 (선산해평) ㉮

일일전(一日前) 천리같이 사친지회 중하거든

동기잃은 인어미를 시시만나 반기다가

하루 앞서서 멀고 먼 길처럼 가서, 어버이 만남이 중하거든, 형제 잃은 어머니를 때때로 만나 반긴다.

인자(지) 이제. "인지 가믄, 언지 올래."

인작 이내. "큰집에 가거든 인작 온네이."

인정끝에 쉬슬고, 사랑끝에 원망이라 인정을 너무 많이 나누면, 끝에 가서는 파리 알이 슬 듯 나빠지게 되고, 너무 사랑하다 보면, 끝에 가서는 서로 원망하게 되는 것.

인정 베는 칼은 없다 부부간 인정이란 인간관계에서 당장 끊여지지 않는다는 것이다.

「청상가」 (대구지방) ㉮

청룡도 태야검도 인정베는 칼은없고

창백한 석창포도 근심썩는 약은없다

청룡언월도(靑龍偃月刀)와 태아검(太阿劍)같은 좋은 칼이 있지만, 인정을 베는 칼은 이 세상에 없고, 창백한 석창포 같은 좋은 약이라 할지라도, 나의 근심으로 썩어가는 마음을, 고칠 약은 없다.

인지 강정.

인지 인제. 이제.

인차 이내. "인차 잘 대겨 오너라."

인치대다 치근대다.

일가뿌리다 잃어버리다. "양산을 일가뿌리고 왔다."

일건지다 일어서 건지는 것.

「밭매는노래」 (총도지방) ㉲

찹쌀닷말 밉쌀닷말 일건진다고 더디오네

은저닷단 놋저닷단 시할라고 더디오네

찹쌀과 맵쌀 다섯 말을 일어서 건진다고 더디 오나. 은·노 젓가락 다섯 단 헤아린다고 더디 오나.

일껀 · 이러껀 "일껏"은 일삼아 여태껏 일부러. 모처럼. "일껀 그리 돌아가는기라."

일뜸질 찜질. 뜸을 뜨는 짓. 일을 너무 많이 해, 땀이 나서 뜸질을 한 것처럼 된 것. "오늘 일뜸질 했다."

일로 이리로. "일로 와 핀키 앉아라."

일마 · 글마(임마 · 금마) "이놈아"의 속어. "그놈아"의 속어. "아이고 임마야." · "금마는 어기 갔노."

일바시다 일으키다. "지우 일바시 앉힜다."

일빈 금방. 조금 전. "친구가 일빈 댕겨갔다.

일수이 쉽게. 자주.

「노처녀가」 (단대본) ㉮
코구멍이 맥맥하나 내음세는 일수이 맡아
입시음이 푸르기는 연지빛을 발라보세

코 구멍이 맥맥하나, 냄새는 쉽게 맡아, 입술이 푸르기는 하나, 연지빛깔을 발라보자.

일테로 예를 들자면. "일테로 말하자문, 일이 지대로 안 된다."

잃는양 사람이 죽는 것.

「쾌지나 칭칭나네」 (울산지방) ㉯
이팔청춘 소년들아 백발보고 반절마라
잃는양은 설잖에도 시는양이 더욱설다
꺼문머리 백발되고 희든갓은 황금되네

이팔청춘 소년들이여 백발 보고 반절을 하지마라. 죽는 것은 설잖아도 머리가 세는 것은 더욱 설다. 검은 머리 백발되고 희든 살갗은 황금빛이 되었다.

임끼없다 사람의 기척이 없이. 인기척.

「달노래」 (군위지방) ㉯
숨끼없이 긔눕었네 임끼없이 긔눕었네

숨기척과 인기척 없이 그가 누웠구나.

임박곰박 연거푸. 임븨곰븨. "얼라가 젖달라고 임박곰박 운다."

임빼이 이마의 속어. "임빼이가 넙직하다."

입구억 입구석.

「괴똥어미」 (영양지방) ㉯
입구억이 춤이흘러 연지분도 간데없고

입가로 침이 흘러, 성적한 연지분도 지워져 간데없다.

입내 소리나 말 그대로, 남의 흉내를 내는 것.

「계녀가」 (봉화지방) ㉮
이웃에 왕내한제 무름없이 가지말고
급한일 아니거든 밖으로 왕래말라
남의집에 가거들랑 더욱조심 하여서라
웃음을 과히하여 이뿌리가 나게말며
옷깃을 벌게하며 속옷을 나게말며
남의말 전치말고 남의입내 내지마라
부귀를 흠선말고 음식을 층하말고
양반을 고하말고 인물공론 하지마라

「교녀사」 (예천지방) ㉮
나무순 꺾지말고 곡식이삭 꺾지말고
부모홀대 하지말고 남의아이 치지말고
음식보면 사양하고 어른보면 공경하고
이웃집 가더라도 훔치질 하지말고
남의말을 듣더라도 타인에게 전갈말고
옳은일을 보거들랑 본을받자 마음먹고
악한일을 보거들랑 나는마자 마음먹고
여일곱살 되거들랑 일배우자 마음먹고
일여덟살 되거들랑 사내들과 놀지말고
동생사촌 되더라도 몸대어서 앉지말고
어른말씀 싫어말고 잘배우자 마음먹어

이웃집 오갈 때, 예의 없이 가지 말고, 급한 일이 아니거든 바깥으로 나다니지 말아라. 남의 집에 거거든, 더욱 조심을 해야 한다. 가령 웃음을 지나치게 웃어, 이촉까지 나오게 하지 말며, 옷깃을 벌어지게 앉아 속옷이 나오게 하지 말 것이다. 남의 말을 다른 사람에게 전하지 말며, 남의 말을 흉내 내지 말아라. 부귀를 부러워하지 말고, 음식을 낮잡아 홀하게 대접하거나 차별을 두지 말고, 양반들이라도 높낮이를 달리 하지 말고, 인물에 대한 괜한 의론을 하지 말아라.

나무순과 곡식이삭을 꺾지 말고 · 부모를 소홀히 대하지 말고 · 남의 아이를 치지 말라. 음식을 보게 되면 사양하고 · 어른을 보면 공경심이 앞서야 하고 · 이웃집에 가면 물건을 훔치지 말고 · 남의 좋지 않은 말을 듣더라도, 다른 사람한테 전하질 말고 · 옳은 일을 보게 되면 본을 받자 마음먹고 · 악한 일을 보게 되면 나는 그렇게 말자고 마음먹고 · 여섯일곱 살 되거들랑 가사를 배우자고 마음먹고 · 일곱여덟 살 되게 되면 사내아이들과 놀지 말고 · 사촌동생이 되더라도 살갗을 대어 앉지 말고 · 어른말씀을 싫어하지 말고, 잘 배우자고 마음을 먹어야 한다.

이 「계녀가」와 「교녀사」는 여자의 가정교육과 성교육까지 하는, 지금 우리들의 삶에서도 그대로 통용되는 교훈들이다.

입다실꺼 입맛 다실 간단한 음식. "아지매 머 입다실꺼 없는교."
입맛 궂히다 입맛을 그르치게 되는 것.
입모숨(심) 입모습. "입모심이 참하다."

입목사업(立木事業) 서도를 이르거나, 필력이 강한 것. 입목삼분(三分)은 먹물 흔적이, 축판에 삼 푼이나 스며들었다는 왕희지의 고사에서 나온 말.

「수연축친(祝親)가」 (대구월촌) ㉮
진사공 따님으로 입목사업 적을손냐

진사공의 따님으로, 좋은 글씨가 적겠는가.

입사구 잎사귀. 이파리. "여름이 되이 입사구가 더 퍼레진다."
입살개 입만 싼 사람. "저 부인은 말이 많아, 입살개다."
입살맞다 입 싼 사람들의 말썽을 맞는 것. 입길.

「원한가」 (의성지방) ㉮
이선달네 맏딸애기 입살맞어 죽었다네

이선달네 맏딸 처녀가, 입 싼 사람들한테 말썽을 일으켜, 맞아 죽었다네.

입새 입구(入口). "골목 입새 저 집이다." 혹은 입성.
입수부리 입술. "얼어 맞아 입수부리 반팅이가 됐다."
입시음 입시울. 입술.
입식기 밥 담아 먹는 그릇. "손님이 여럿 오이, 입식기가 모지란다."
입안에 쎄걸이 논다 일을 잘 처리하거나, 아부를 잘하는 것.
입이 짜리다 입이 짧다. 음식을 듬성듬성 먹지 못 하는 것.
입정 놀리다 입버릇. 사납게 말하는 것.

「교녀사」 (예천지방) ㉮
총총거려 입정놀려 손님귀에 가게하고
욕식으로 먹인후에 잡마음 다시들면
손가락에 침을묻혀 문구멍을 뚫어놓고
치보고 내려보고 다보고 돌아설제
속마음 어떻던고

몹시 세게 사납게 말을 하여, 사랑에 계신 손님 귀에 들어가게 하고, 아침 일찍 길 떠날 때, 잠자리에 속에서 아침을 먹인 뒤에, 잡된 마음이 다시 들면, 손가락으로 침을 묻혀 문구멍을 뚫어 위로보고 · 내려보고, 이렇게 다 보고 돌아설 때, 그 속마음이 야 과연 어떠하던가. 욕식(蓐食)이란 아침 일찍 길 떠나게 되어, 잠자리 속에서 아침을 먹는 일.

입죽거리다 이죽거리다. 곧 쓸 데 없이 말을 수다하고, 밉살스럽게 지껄이는 것. "자꾸 무신 소린지 입죽거린다."

잇가로다 일컫는 것. 「여자훈계가」(예천지방) 참조.

있는 달애비보다 없는 풍쟁이가 낫다 돈이 있어도 수전노처럼 아껴 쓰지 않고 다랍게 구는 사람보다는, 돈이 없어도 좀 과장스레 허풍을 떠는 사람이 나에게 이득이 있다는 것.

잉내내다 · 잉내다 흉내내다. 조금만 성의를 표하는 것. "손지가 잉내를 잘 낸다."

> 「계녀사」 (예천지방) ㉠
> 이웃에 왕래할때 무릅을 쓰고가고
> 급한일 아니거든 밤으로 왕래마라
> 남의집 가거들랑 더욱더욱 조심하여
> 웃음을 과히마라
> 옷깃을 벌게매여 속옷이 나게마라
> 인물은 평논말고 양반을 고자말고
> 남의잉내 내지말고 남의말 전치말라

이웃집 왕래할 때, 머리에 장옷처럼 무릅을 뒤집어쓰고 가고, 급한 일 아니거든 밤에 왕래하지말라. 남의 집 갈 때에는 더욱 조심하는데, 웃음을 소리 지나치게 나게 하지말라. 옷깃을 벌어지게 매어 속옷이 나오게 하지말라. 다른 사람들의 인물에 대한 평론을 하지 말고, 남편에 대한 일을 고자질 하지 말며, 남의 흉내 내지 말고, 남의 말을 전하지 말라는 여자들의 행신을 조심하라는 가르침이다.

잉물 잇물. 잇꽃의 꽃부리에서 채취하는 붉은 빛의 물감.

> 「여자탄식가」 (김천지방) ㉠
> 누대종가 종부로서 봉제사도 조심이요
> 통지중문 호가사에 접빈객도 어렵더라
> 모시낫기 삼베낫기 명주까기 무명까기
> 다단이러 베틀보니 직임방적 괴롭더라
> 용정하여 물여다가 정구지임 귀찮더라
> 밥잘짓고 술잘빚어 주사시에 어렵더라
> 함담을 맛시하여 반감분이 어렵더라
> 세목중목 골라내어 푸세다듬 괴롭더라
> 자주비단 잉물치마 염색하기 어렵더라

춘복짓고 하복지어 빨래하기 어렵더라
동지장야 하지일에 하고많은 저세월에
첩첩이 쌓인일을 하고한들 다할손가

여러 대를 이어온 종부로서 봉제사 하는 일도 조심되고, 종부한테 출입하는 중문에 손님 온다고 기별하여 일르니, 굵은 가사(家事) 가운데 접빈색하기 어렵나. 보시 · 삼베 짜기와 명주 · 무명 짜기, 가닥 많은 일(多端)일이 일어, 베를 보니 길쌈일과 실 뽑는 일이 괴롭다. 곡식을 찧고 · 쓿고 하는 용정(舂精)과 물을 긷고 · 절구질 하는 정구지임(井臼之任)도 귀찮다. 밥 잘 짓고 · 술을 잘 빚으니, 이 술 취한 뒤 나쁜 버릇으로 언행 함에 대하기 어렵다. 음식 맛의 짜고 싱거운 함담(鹹淡)을 맛보아야 하는, 반감(飯監)몫도 어렵다. 올이 가늘고 고운 무명과 중질되는 무명을 골라내어, 풀 먹이는 일과 다듬이질도 괴롭다. 자주비단과 잇물 치마 염색하기도 어렵다. 봄옷을 짓고 · 여름옷 지어, 빨래하기도 어렵다. 동지 긴긴 밤과 하지 긴긴 날에 하고많은 저 세월에, 쌓이고 쌓인 일을 하고 한들 다할 수 있겠는가.

종부로서 봉제사 · 접빈객 · 직임방적 · 숙수(熟手)에 관련된 일 · "푸세"와 다듬이 · 염색 · 빨래 등 일이 너무 많고 많음을 탄식하고 있다.

잉애대　잉앗대. 베틀에 딸린 기구.

잉약다　영악하다.

잎비자루　풀잎으로 만든 비.

「노처녀가」 (단대본) ㉮
버선본을 못얻으면 잎비자루 제일이오

버선본을 얻지 못 하면, 커다란 잎비자루가 제일 좋단다.

ㅈ

자갈풍 자가품. 일을 많이 하여 손목이나, 많이 걸어서 발바닥이 시큰거리고 아픈 것. "일하다가 손에 자갈풍이 들었다."

자개 공기놀이.

자그라지다 짜그라지다.

「아리랑」 (김천지방) [민]
어따야 총각아 내손목 놓게
물겉은 손목이 자그라진네

어따! 총각아 내 손목을 놓게. 물 같은 내 손목이 짓눌려서 짜그라진다.

자근당 한참동안.

자금질 자맥질.

자꾸 지퍼. 영어 "zipper"에서 일본어 "チャック"가 우리말로 정착된 것이다.

자대기 · 자닥 한자대기. 한 아름. "감자를 한 자대기 안고 왔다."

자(저)드랑 겨드랑.

자따럽다 하는 일이 마음에 차지 않는 것. 하는 짓이 잘고 다라운 것을 "잗달다"고 한다. "와 저리도 자따럽게 카노."

자라 쟁기질할 때, 소한테 왼쪽으로 가라는 소리. "자라자라."

자라기 자락. "이불 한자라기 덮고 잤다." · "노래 한자라기 불러라."

자라하다 · 자라배 자라배앓이 하는 것. 복학(腹瘧)이나 별학(鼈瘧)으로, 어린아이의 지라가 부어 겉을 만져보면 자라모양 같고, 열이 올랐다 · 내렸다 몹시 아픈 병. 여름철 아이들이 배탈이 나서, 자로 아프면 자라한다고도 한다.

「캐묻는노래」 (영천지방) [민]
건너집 김서방 나무하러 갑세

배아파 못가겠네 무슨배 자라배.

자랑이 쉬쓴다 너무 자만하여 거들먹거리면, 일을 그르치거나 낭패를 당하게 되는
것. 「수신가」(영양지방) 참조.

자래 자라. "자래와 닭을 옇어 고으믄 용봉탕이라 칸다."

자래다 충분하다. 넉넉하다. "오늘 지녁밥이 자래나."

자로오면 졸리면.

> 「화전가」(영주지방) ㉮
> 잠이나 자로오면 꿈에나 만나지만
>
> 잠이나 와서 졸리면 꿈에나마 만나겠지만, 먼저 간 낭군을 그리워하는 것이다.

자록하다 갸륵하다. 혹은 자비 · 자애롭다. 하는 일이 착하고 장한 것.

> 「화전가」(영주지방) ㉮
> 가세도 엄장하고 시부모님 자록하고
> 낭군도 출등하고 인심도 거록하되
> 매양앉아 하는말이 포가많아 걱정터니…
> 엄한중의 수금하고 수만양이 이포 추어내니
>
> 집안형세도 의용이 장대하고 · 시부모님이 착하고, 남편도 뛰어난데다 인심도 좋았다.
> 매양 자리에 앉으면 어른께서 하는 말씀이 미납한 세금 곧 포(逋)가 많다고 걱정하는
> 대목을 말하고 있다. 엄한 가운데 수령이 수금한 수만 량의 "이포"를, 아전이 이
> 공금을 집어 쓴 것을, 들추어낸 것이다.

자름자름 자그맣게. "자름"은 짧음에서 왔다.

> 「강능화전가」(강능지방) ㉮
> 자름자름 지져내어 유리쟁반 담아놓고
>
> 자그맣게 지져내어, 유리쟁반에 담은 모습이다.

자릅하다 애기들이 한동안 잘 성장하다가, 잔병을 치르고 나면, 다시 잘 먹고 잘
자라는 것.

> 「원한가」(풍산지방) ㉮   「견월사향가」(선산해평) ㉮
> 양미간 찡글기는 조심하난 알공배요   일년삼백 육십일에 자릅없이 잘커거라
> 안박구억 즐기기는 나를못내 하심이라   백년삼만 육천일에 부귀영화 전허거라

밤새와 잔기침은 고무도둑 지킴이오
많이먹고 체잖기는 자릅없는 장군이요
새벽담배 석주기는 불안끄잔 경륜이라
낙치하신 입모습은 자색이 드러치고
배선같은 센털은 은시실로 서리난듯
잔삭가리 건찮기는 시간살이 재미로다

양쪽 눈썹사이 찡그리는 것은 조심하기가, 마치 바둑알을 민 밭에 둘 때, 조심하는 마음이오. 안방구석 즐기기는 아내를 못내 잊기 때문이다. 밤새워 가며 잔기침하기는, 좀도둑을 지키자는 것이다. 노인이 아무리 먹어도 체하지 않는 것은, 잔병치레를 하지 않는 장군감이다. 새벽담배를 잇대어 피우는 것은, 불씨를 끄지 않자는 계책이다. 이가 빠진 입안모습은 자주 빛이 떨쳐 있고, 흰 눈 같은 센 털은 은실로 썬 듯, 노인이 잔소리가 많지 않기는, 그것도 살림살이에서 재미로 보태지는구나.

젊은 부인이 노인을 남편으로 모시고 살아가는 모습으로, 지금 우리로서는 이해가 되지 않는 부분이 많다. 노인이 노상 찡그리는 모습·안방을 독차지한 것·밤새도록 잔기침·식체(食滯)가 없는 것·새벽담배 피우기·잔소리가 없는 것 등이 부각되고 있다.

일년 삼백육십일을 어린아이가 잔병치레 않고 잘 성장하여라. 그리고 백년 삼만육천일을 부귀영화만 전하게 하여 달라는 소망이 서려 있다.

—**자리**　자락. 가락. "노래 한 자리할래."·"이바구 한자리 재미있다."
자망하다　자만(自慢). 스스로 자랑하여, 거만스러운 것.

「계녀가」 (성주지방) ㉮　　　　　　「계녀가」 (영천지방) ㉮
불안이 하지말고 자망으로 하지마라　　다시금 사려하되 불안히 알지말고
내안것이 자망이요 내안나니 병통이라　자망으로 하지마라
먹던술도 널찌나니 아는길을 물어가라　내난것이 자망이오 내난것이 병통이라

시어른께 마음을 불안케 하지 말고, 자랑과 거만한 행동을 하지 말아라. 내가 안다고 하는 것이 자랑과 거만이고, 내가 안 나서자니, 그것이 나에게 병이 되는 것이다. 먹던 술잔도 손에서 떨어지는 수가 있으니, 아는 길도 물어서 가란 것이다.
역시 시어른께 어디든 먼저 나서지 말고, 모든 시댁의 일은 일일이 물어서 하라는, 친정부모의 경계하는 말이다.
다시금 생각하되 불안케 여기지 말고, 자랑과 거만으로 하지말라. 내가 잘 났다고 마음먹는 것이 자만이오, 내가 잘 났다고 마음먹는 것이 나쁜 점이 된다.

자무락질　무자맥질.

자무래기 벼이삭이 팬 것.

자물다 물속에 잠기는 것. "아아들이 물속에 자물었다 올라온다."

자물시다 기절하다. 까무러지다. "그 소릴 듣고 그 자리에서 자물싰다."

자바지 세벌 논매기. "나락논 막불 자바지 매고 있다."

자발없다 참올성 없이 경솔한 것.

> 「규중행실가」 (안동지방) ㉮
> 자발없는 저부인네 타인대해 참을손가
> 혀끝에 도끼있어 살인밀천 아조쉽네
> 참올성이 없는 경솔한 저 부인이여. 타인에 대하여도 참겠는가. 혀끝에 도끼 있어,
> 사람 죽이는 일은 아주 쉽네.

자방침(틀) 재봉틀.

자부동 방석의 일본말 "ざぶとん(座布團)"에서 온 것.

자부람 게의 빗살. "대기의 자부람은 맛이 하나도 없다."

자부래미 잘 조는 사람. "저 아이는 자부래미다."

자부럽다 · 자불다 졸음이 오는 것. "밤 9시만 지나믄, 눈꺼풀이 쳐지고 자부럽다."

자부레지다 날씨가 비올 듯 가라앉은 것.

자부시오 잡수십시오. 먹으십시오. 마십시오의 높임말.

> 「형주씨수연경축가」 (대구월촌) ㉮
> 형주소원 성취러니 내술한잔 자부시오
> 한무제 승로반에 이슬받은 감로주요
> 이술한잔 자부시면 자손만당 하오리다
> 형주(兄主)께서 소원을 이루었으니, 내 술 한잔 잡으십시오. 한나라 무제가 하늘에서
> 내리는 장생불사의 감로수를 받아먹기 위해, 구리로 만든 큰 반위에 이슬 받은 감로주
> 라. 이 술 한잔 잡으시면, 자손들이 집안에 가득 찰 것이라고, 축원하고 있다.

자북하다(자부룩하다) 자욱하다. "안개가 자북하기 찌었다."

자새 얼레. 또는 자위. 공기놀이.

자석(슥)아 자식아. "자석아야, 와 이리 시끄럽노."

자슥내이 자식 낳기.

자시 자세히. "이 책을 자시 읽어바라."

자심(滋甚)하다 더욱 심한 것.

> 「화전가」 (예천지방) ㉮
> 천연한 경기댁은 춤못추고 소리못해
> 괄세가 자심하니 그아니 미안한가
>
> 천연스러운 경기댁은 춤도 못 추고 노래도 못 하니, 곧 괄시가 더욱 심하게 되니 그 아니 미안한가.
> 화전놀이에서 춤과 노래를 시키는데 경기댁이 못하니 업신여겨 하찮게 대하는 광경이다.

자아(들) 저 아이. "자가 어디 갔다 오노." 저 아이들. "자아들이 숨갔다."

자옥비게 자주빛이 나는 옥같이, 썩 좋은 베개.

자우 자웅. 쌍. 또는 경우.

자이다 쟁이다.

자자(지)있다 흐드러지게 핀 것.

> 「화전가」 (영양지방) ㉮   「화전가」 (상주지방) ㉮
> 백백홍홍 자진곳에 만화방장 시절이라…   만세춘광 자진곳에 너와나와 놀아보자
> 후원에 도리화는 홍홍백백 자자있고
>
> 희고 붉은 꽃이 흐드러지게 핀 곳에, 따뜻한 봄날 온갖 만물이 나서, 자라는 시절이라.
> 뒤란에 복사와 오얏꽃은 희고 붉게 흐드러져 있다.
> 만세를 두고 봄빛이 흐드러진 곳에, 너와 나와 놀아보자.

자작자즉 행동을 잠적히 하는 것.

> 「계녀가」 (봉화지방) ㉮
> 흥등흥등 하지말고 자즉자즉 하였어라
>
> 눈치를 살피며 꾀를 부리지 말고, 잔죽고 있거라. "흥등흥등"은 "흥뚱항뚱"으로 무슨 일에 정신을 전혀 쓰지 않고, 눈치를 살피며 꾀를 부리는 것.

자잘궂다 성격이 좀 자잘한 것.

> 「화전가」 (봉화지방) ㉮
> 자잘궂은 일숙아는 쇠틀째는 명곡일세
>
> 좀 자잘궂은 일숙이는 그 목소리가 소프라노처럼, 쇠를 찢는 듯한 명곡일세.

자장고여물 길게 쓴 여물.

「소노래」(칠곡지방)[민]
집이라 찾아드니 맑은물 태아주고
자장고 여물에 찬물 태아주니
먹을수가 있을소냐

나는 집이라고 찾아드니, 맑은 물을 타서 주고, 길게 쓴 여물처럼 찬물에 타서 주니, 나는 먹을 수가 있겠는가.

자장(영)구 자전거. "자장구 타고 놀로 나갔다."

자재기 자치기.

자절(철)치다 자지러지다. 너무 놀라 몸을 가누지 못하는 상태. "교통사고 당한 사람을 밨더이, 몸이 자절치더라."

자제(自制)하다 욕심이나 감정을 억제하는 것. 망설이는 것. "이 쌈에서, 니가 자제해라."

자주감자 자지감자. "자주감자는 묵으민, 많이 아린다."

자지(쳐)놓다 잦히다. 곧 뒤로 기울어지는 것. 밥이 끓은 뒤 잠깐 물렸다가 다시 불울 조금 때어, 물이 잦아지게 하는 것. "밥솥 밥을 자지놓다."

자지다 잦히다. 잦혀진 것으로, 뒤로 기울어진 것. 또는 욱어진 것. "윷가치를 자져놓다."

자진(잭게) 잦아진 것. 잦다. 뒤로 기울어진 것.

「지신밟는노래」(청송지방)[민]
굽은나무 잭게하고

「지신밟는노래」(청송지방)[민]
자진낭근 곡기처서

굽은 나무는 잦아지게 하고, 잦아진 나무는 곧게 치는 것.

자질무리하다 자잘한 것. "무시가 자질무리하다."

자책나다 집안 일이 순조롭지 않고, 때맞추어 앓거나·손실이 생기는 것. "집에 자꾸 자책이 나서 어찌 살꼬."

자청파 쪽파. "자청패로 적꾸어 묵었다."

자추 자취. "어디로 갔는지 자추가 없다."

자치래기 자투리. "자치래기베로 밥상보를 맹글었다."

-자테 에게. 한테. 곁에. "딸자테 말했다 아이가."

자판 좌판. "할배산소에 자판을 놓았다."

자혼중(自昏中) 스스로 정신이 아찔하여 까무러친 가운데. 「교녀사」(예천지방) 참조.

자황없다　자황(雌黃)은 시문을 첨삭하거나 변론의 시비를 뜻하나, 부인들이 너무 분주한 살림살이에서 경황이 없는 것.

> 「춘규탄별곡」(상주지방)㉮
> 인간자황 때맞추면 늙어진다 하탄하랴
> 자황없이 늙었으니 자연탄식 없을소냐

사람의 분주한 살림살이도 때를 잘 맞추면, 늙어간다고 한탄하겠는가. 살림살이에 경황(景況)없이 늙었으니, 절로 탄식이야 없겠는가.

작객(作客)　자기 집을 떠나, 객지나 남의 집에 머문 손님.

> 「복선화음가」(안동지방)㉮
> 삼일을 지낸후에 세수작객 예법으로
> 부엌으로 내려가니 소슬한 부엌에

시집와서 사흘을 지낸 뒤 세수하고, 남의 집에 머문 손님처럼 부엌으로 내려가니, 으스스하고 · 쓸쓸한 낯선 부엌에 드는 모습을, 그리고 있다.

작고도 큰 것이 씹구영이다　여자의 성기를 묘사한 것.

작뚜　작도. "소꼴 비온 것을, 작뚜로 썰었다."

작반(作伴)　길동무 삼는 것.

> 「중춘화전가」(예천지방)㉮
> 노소간에 작반하여 앞서거니 뒤서거니

늙은이나 · 젊은이와 길동무하여, 앞서거니 · 뒤서거니 가는 모습이다.

작발하다　어떤 일을 서둘러 시작하는 것. 혹은 작벌(斫伐)로 나무를 베어내는 것.

> 「지신밟기」(동래지방)㉤　　　　「사심노래」(달성지방)㉤
> 전라도 지리산 나무한개 작발하니　무주공산 열매먹고 죄없이도 사는짐생
> 까막까치 집을지어 그나무 부정하다　이내일신 작발하면 경상감사 진상밖에
> 또한개를 작발하니 날새들새 집을지어　그우에 더하겠소
> 그나무도 부정하다

전라도 지리산에 들어가 나무 하나를 찍어내니, 검은 까치집을 지었으니, 그 나무도 부정하다. 또 하나를 찍어내니, 날아다니는 새와 들새들이 집지었으니, 그 나무도 부정하다.

여기서 부정한 것은 기휘하는 일로, 예로 아이를 낳거나 · 사람이 죽는 일을 부정하다고

한다.

　인기척 없는 쓸쓸한 산중에서, 열매만 따먹고 아무런 죄짓지 않고 산 짐승으로서, 사슴인 이내 일신을 찍어 죽이면, 경상감사에게 진상하는 이외에 더 할 것이 있겠소.

작평　어떤 일에, 계획을 세워 행하는 것. 「청춘한양유록가」(예천지방) "한양길 작평하니 쾌할시고 이내걸음."

잔내비띠는 재주가 많다　신생(申生)은 잔나비처럼 교묘한 재주를 부릴 줄 안다는 것이다.

잔대기　잔디. "밋등에 잔대기를 심겄다."

잔사담　자잘한 사사로이 하는 말. 「사친가」(영천지방) 참조.

잔삭가리　잔소리. "건찮다"는 많지 않은 것.

　「원한가」 (풍산지방) ㉮
　잔삭가리 건찮기는 시간살이 자미로다

잔인하다　잔인(殘忍)하다는 시집가는 당자가 친정을 떠나면서, 친정식구들에 대하여 갖는 마음이, 인정 없이 매몰스레 구는 것처럼 보이는 것.

　「애향곡」 (의성지방) ㉮
　잔인하다 동생들아 형아형아 서로불너
　짤은손 길게뻣쳐 소매끗 마조잡고
　슈이오라 우난거동 참아어이 헤어질고

　내 마음이 매몰스럽구나! 동생들아! 형아! 형아! 서로 불러가며, 짧은 손길을 길게 뻗쳐 옷소매를 마주 잡고, 근친을 쉬 오라며 시집으로 떠나는 딸의 우는 거동을 보고, 참아 어이 이별할꼬.

잔자(孜)롭다　자잘한 잔정. 움직이는 모양이 가늘고 잔잔한 것.

　「붕우사모가」 (경주지방) ㉮
　잔자롭다 억만세고 숭고하신 팔순구고
　만년향수 뫼삽다가

　자잘한 잔정이야, 억만 세가 지나도, 숭엄하고 고상하신 여든 시부모님께, 만년토록 오래 수를 누리도록 모시고 싶은 것이다.

잔줄(졸)내기　잔졸(孱拙). 여기서는 어린아이를 뜻함. "저 집 아지매 죽었다 아이가.

잔졸내기 없이 자석 다 키워놓고 갔대이."

잔줄누이 안감의 솔기마다 풀칠하여, 줄을 세우는 누비질.

「화전가」 (영주지방) ㉮

잔줄누이 겹허리띠 맵시있게 잘끈매고

풀칠하여 줄을 세우는 누비질에, 한 겹 허리띠를 맵시 있게 잘끈 맨 모습을 그린 것이다.

잔줄이다 억제하여 참다.

「정부인자탄가」 (영천지방) ㉮

아버님도 하직하고 하님들이 하직할제

대성통곡 할듯하나 나는눈물 잔줄이고

친정아버지와 따라온 하님들이 하직할 때, 큰 목소리로 울 듯하였으나, 나는 눈물을 억제하여 참았다.

잔질다 마음이 약하고, 하는 짓이 다랍다. 「환갑가」(성주지방) "포류잔질"

잔지 나무의 잔가지.

「모숨기노래」 (경산지방) ㉮

잔지야 잔버들 시당삭에 온갖물건 다들었네

사래야 길고 장찬밭에 목화따는 저처자야

잔가지와 잔 버들가지로 엮은 좋은 당시기(반짇고리)에 온갖 물건이 다 들었다. 사래 길고·곧고 긴 밭에 목화 따는 저 처자여.

잔챙이 잔물고기. 여럿 가운데 가장 작고·품이 낮은 사람이나 물건. "큰물 뒤 반디로 괴기잡으로 갔더이, 잔챙이뿐이다."

잔치국시 본디 제상에 얹던 국수인데, 국수처럼 명이 길라고 돌때 해먹기도 하고, 또는 장가 안간 총각을 보고, "딩게(댕기)풀이 국시 언제 먹노"한다. 주로 잔치 때 국수대접을 많이 했다.

잘개 삼을 사는 품앗이할 때, 삼단의 둘레를 재는 자. 삼실을 꼬아 만든다. 또는 타작할 때 쓰는 농기구. 곧 개상.

잘게 자루에. "잘게 쑤시 박았다."

잘드막하다 아주 짧게 보이는 것.

「화전가」 (영양지방) ㉮

가지각색 입담좋게 잘드막한 몸둥이를

여러 가지 이야길 입담 좋게 하고, 약간 짧은 듯한 몸둥이를.

잘숨하다 잘쑥하다. 약간 짧은 듯한 것.

「설음노래」 (의성지방) ㉑

수야비단 화단처매 쌍무지개 말을대여

청구일상 끈을달아 허리잘숨 잘라입고

수야의 비단은 꽃무늬비단치마에, 쌍무지개 말기를 대어, 호도애(청구, 靑鳩) 한 쌍에다 끈을 달아, 허리에 잘쑥 졸라 입었다.

잠 점(點). 사람 몸에 검은 반점은 잠. "팔띠기에 검은 잠이 하나 있다."

잠(첨)매다 잡아매다. 따로따로 있는 것을, 흩어지지 않게 한데 매는 것. 끈으로 묶다. "다친데 헝겊으로 잠맸다."

잠바 점퍼. 영어 "jumper"가 일본어 "ジャンパ"로 거쳐, 우리나라에 들어와 그대로 사용되고 있다.

잠(잔)죽하다 참척하다. 일에 정신을 골똘하게 써서, 다른 생각이 없는 것. 입 안 떼고, 가만히 있는 것. "입띠지 말고 잠죽히 가만 있거라."

잠지 자지. 사오십년전만 해도 사진관 쇼우 윈도우에 아들아이의 잠지를 당당하게 내어놓고 백날사진이나 · 돌 사진을 찍어 자랑스럽게 진열했는데, 이는 남아선호사상의 한 표상으로 여긴 결과다. 지금은 서양풍속이 들어와 성기를 내 놓고 사진 찍는 것은, 미풍양속에 어긋난다하여 사라졌다. 한국 사람들이 미국이민을 많이 갔고, 서양아기들의 고추를 보고 한국서처럼 만지고 좋아했더니, 당장 성추행행위로 경찰에 고발을 당한 일도 있었다.

잠차지다 하는 일에 재미를 붙이는 것.

「상사몽」 (칠곡지방) ㉮

어머님의 시중들고 침선에 잠차지네

그럭저럭 이내나이 십칠세 되었구나

어머니 하시는 일에 심부름 들어주고, 바느질일에 재미를 붙였다. 그럭저럭 내 나이 십칠 세가 되었다.

시중은 수종(隨從)으로, 옆에서 여러 가지로 심부름을 하는 것.

잠착(潛著)하다　한 가지 일에만 정신을 골똘하게 써서, 다른 생각이 없는 것.

> 「애여요」 (상주지방) 민
> 어화우리 우리귀녀 책보기만 잠착말고
> 무명짜기 바느질을 부지런히 배울지라
>
> 아! 우리 귀한 딸아! 책보기만 정신을 쏟지 말고, 무명베 짜기와 바느질을 부지런히 배워야만 한다.

잠치(충)이　잠꾸러기. 잠충이. "저 사람은 잠치이다."

잡구잡신　잡귀잡신. "잡구잡신은 물알로."

잡북 · 자뿍　가득. "트럭에 짐을 잡북 싣고 간다."

잡입　잡스런 입맛.

> 「화전가」 (예천지방) 가
> 꽃꺾어 화전하니 잡입이 사라지고
> 선미를 맛본닷이 향기가 서리어서
> 입안이 가득하니 정신이 쇄락하다
>
> 꽃을 꺾어서 화전놀이를 하니 잡스런 입맛이 사라져 버리고, 신선한 맛을 맛 본 듯이 향기가 서려, 입안에 가득하니 정신이 개운하고 깨끗해진다.

잡주지　씨아의 부분.

잡채다　몹시 독촉하는 것. 재촉.

> 「교녀사」 (예천지방) 가
> 길삼을 하라하면 못하는걸 어이하리
> 잡채여 못견디면 의병으로 하는체로
> 고치풀고 미영감고 쐐기질 활타기며
> 물레질에 베짜기를 일일이 남을시켜
>
> 길쌈을 하라하면 못 하는 걸 어이 하랴. 몹시 재촉하여 못 견디게 되면, 병이 난 양하는 것처럼 하고, 고치 풀고 · 무명(木綿) 감고 · 쐐기질 · 활 타기 · 물레질 · 베 짜기를 하나하나, 남을 시킨다.

잡치다　발목을 약간 잦혀서, 잘 걷지 못하게 된 것. "꾸치다"로도 쓰인다.

잣다　잡수다.

「미나리노래」 (의성지방) [민]
쫑대래기 둘어치고 골호맹이 손에들고
이등저등 댕기다가 민미나리 캐여다가
맛을보고 잣지말고 빛을보고 잣고가소

좋다래끼 둘러치고 골호미 손에 들고, 산등 여기저기 다니다가 민미나리 캐었다. 맛을 보고 잡수지 말고 빛을 보고 잡수고 가시오.

잣비개 · 무자이불 자수 놓은 베개. 자수를 놓지 않은 이불.

「치장요」 (성주지방) [민]
이불밑엔 달이뜨고 호박씨로 봉창내고
새벽으로 문을내여 무자이불 겹이불에
허리반만 둘려놓고 원앙침 잣비개는
머리마중 든겨놓고 샛별같은 저요강은
발치마중 든겨놓고

「베틀노래」 (칠곡지방) [가]
원앙침 잣비개는 둘이비자 하였더니
혼자비기 웬일인고 알숨달숨 무자이불
둘이덮자 하였더니 혼자덮기 웬일인고
얼매만치 울고나니 소이졌네 소이졌네
비개머리 소이졌네 그걸사 소이라고
거우한쌍 오리한쌍 쌍쌍이 날아드네

「순문하네」 (군위지방) [민]
상내나네 상내나네 색시거게 상내나네
달이떴네 달이떴네 비개머리 달이떴네
꽃이폈네 꽃이폈네 이불밑에 꽃이폈네

ㅈ

이불 밑에 달이 떴다는 것은, 남녀간 정사로 클라이맥스에 다다른 것이다. 때문에 호박씨로 봉창 내었다는 것은, 정사로 기분에 도취되어 봉창이 호박씨 만하게 보이는 것이다. 그 정사의 새벽 문이 훤히 밝아 오자, 자수 않은 겹이불이 두 남녀의 허리에 반만 둘려 있고, 원앙침이 수놓인 자수베개는 머리마다 당겨 베고, 샛별같이 반짝이는 저 요강은 발치마다 당겨 놓인 광경이다.
섹스의 광경을 흥미진진하게 가사로 읊조린 대목이 되겠다.

향내나네 색시 거기서 향내나네. 달이 떴네 베개머리 달이 떴네. 꽃이 폈네 이불 밑에 꽃이 폈다는 것은, 신혼부부의 섹스광경을 읊조린 대목이 되겠다.

원앙새 수놓은 자수베개를 둘이 베자 하였더니, 혼자 베기는 웬 일이 되었는가. 알록달록한 자수 않은 이불은 둘이 덮자고 하였더니, 혼자 덮고 자기는 웬 일인가. 얼마만큼 울고 났더니, 소이 졌네. 그 베개머리에 소이 졌네. 그것도 소이라고 거위와 오리 한 쌍씩 짝을 지어 날아든다.
과부된 부인이 베틀에서 불렀던 대목이다.

「삼삼는노래」 (달설지방) 圓

무자이불 어데두고 거적대기 덮었는고

자수 않은 이불은 어디 두고, 거적때기를 덮었는가.

「강노새」 (청도지방) 圓   「설음노래」 (의성지방) 圓

그방에라 자니꺼내 무자이불 치치덮고   화포요를 픽티치고 무자이불 널리피고

동아비개 두리비고 첫날밤에 자니꺼내   자옥비개 돈아비고 지어보세

그 신방이라고 자니까, 자수 없는 이불을 위로 올려 덮고, 동아같이 생긴 베개를
둘이 베고, 첫날밤에 자니까.

반물빛깔 바탕 요를 펼치고, 자수 않은 이불을 널리 펴고, 자수한 옥 같은 베개를
돈우어 베고 지어 보자.

화포(花布)란 반물빛깔의 바탕에 흰 빛깔로 꽃무늬를 박은 무명을 이른다.

─장 ─자락.

「꽃노레」 (동래지방) 圓

그술묵고 치정끝에 노래한장 불러보자.

장가구(강구) 장바구니. 이 말도 지금은 잘 안 쓰인다. "가구"는 일본어 "かご(籠)"에
　서 온 말로 우리말 "장(場)"과 합성어가 된 것이다.

장갱이 정강이. "장갱이 촛대뻬를 깐다."

장과지다 까무러치다.

장근 늘. 줄곧.

장꼬방 · 장두깐(장깐) 간장을 두는 고방. 장독간. "장꼬방에 숨어라."

장꽁 장끼. 수꿩. "장꽁 목치레가 이쁘다."

장꽃 간장위에 허옇게 뜨는 더껑이.

장내(예)놓다 장리(長利)놓다. "곡식을 장내 놓는다."

장다리 장단지

장다지 늘. 줄곧.

장단지 · 장동우 · 장초마리 장독. 혹은 장딴지는 종아리를 이르기도 한다. "억시기
　씻거 장단지가 반들거린다."

장딩이 잔등이의 속어. "장딩이를 밟을 끼지."

장막지 간장박(粕). 간장을 담그고 남은 찌꺼기.

장목비　꿩의 꽁지깃으로 만든 비. 「화전가」(영주지방) 참조.

장물　간장 물. "말 많은 집 장물이 씹다."

장부이　장군.

장석　부개 비슷하나, 짚으로 느슨히 엮어 만든 물건을 담는 도구. "장석 안에 호매이가 있나 바라."

장수철개(갱)이　못 주위에 나는 잠자리. "못위로 장수철갱이가 날라 댕긴다."

장우타　가라앉다. 안정을 취하는 것.

장인영감 돈띠묵었나　안 갚아도 되는 돈. 제찍한 모습.

　　「화전가」 (영양지방) ㉮
　　재동댁을 볼작시면 장인영감 돈띠먹었다
　　찌덕찌덕 잘도논다

　　재동댁을 볼 것 같으면, 장인영감 돈 떼어먹은 것처럼 배만 쑥 내미는 모습인양, 찌득찌득 잘도 논다.

장찬가음　곧고도 긴 옷감.

　　「화수석춘가」 (의성지방) ㉮
　　명주비단 고운가음 누비질 언제하며
　　백토황토 장찬가음 푸세다듬 뉘가할고

　　명주와 비단 고은 옷감 누비질을 언제 하며, 희고 누런 곧고도 긴 옷감에 풀 먹이는 일과 다듬이질은 누가 할고.

장찬밭　장천(長阡)밭. 장차다는 꼿꼿하고도 길거나, 길고도 먼 것을 이른다.

　　「석별가」 (영일지방) ㉮
　　농문을 열고보니 할일또 새로 있다
　　명지비단 고운가음 누비질 언제하며
　　백토황토 장찬가음 푸세다듬 누가할고
　　춘추복 누비할제 열손가락 다파이고
　　동하복 다듬할제 두팔이 휘절닌다

　　장롱 문을 열고 보니, 바느질 할 일이 새로 있다. 명주비단 고은 감을 누비질을 언제 하겠으며, 흰빛·누런빛의 옷감을 풀 먹여·다듬이질은 누가 다 할꼬. 춘추복 누비질할 적에, 열손가락이 다 파일 정도요, 동·하복을 다듬이질할 적에, 두 팔이 휘결릴 정도였다.

부인들이 사철 옷을 손수 짓고, 푸세·다듬이질·누비질의 어려움을 호소한 가사가 되겠다.

잩에 곁에. "잩에 두고, 먼데 찾으로 댕긴다."

재그랍다 유리나 쇠를 자를 때 나는 소리. "귀에 재그랍게 들리는 유리 끊는 소리."

재까닥 재깍. "재까닥 댕겨 온네이."

재꼴리다 재고르다. 재잘거리다. 지껄이다. "재꼴리는 소리가 듣기 싫다."

재넝기다 단술을 안쳐 삭히는데, 일정한 시간을 넘겨 맛이 새콤하게 된 것을 이른다.

재래기 절이기. 겉절이. "배차재래기에 밥을 비벼 묵었다."

재만댕이 잿마루.

재바르다 재치 있고 빠르다. "저 청년은 재바르다."

재봉치기 신랑한테 혼례식에 들어설 때, 던지는 재. "신랑이 초례청에 들어서이, 재봉치기를 했다."

재산치 바구니.

재수 좋은 기택(과택)은 넘어져도 고치·가지 밭에 자빠지고, 재수 없는 기택은 넘어져도 개똥밭에 자빠진다 재수 있는 과부는 남자들한테 잘 접근할 수 있으나, 그러지 못한 과부는 형편이 안 좋은 것.

재불 재(再)벌. 두 번째. "그 남정네가 재불 왔다 카이."

재(지)우(와) 겨우. "재우 집에 왔다."

재이 쾌기(나물 따위).

재(자)죽 자국. "발재죽 소리도 없다."

재책없다 주저함 없이.

「애여요」 (상주지방) ⓜ

잘가거라 잘가거라 재책없이 잘가거라

잘 가라 잘 가라, 주저함 없이 잘 가거라.

재첩 가막조개. 갱조개.

재추띠 재취댁(再娶宅). "저 여자는 재추띠로 갔다."

잰메늘 부지런한 며느리. "저 집은 잰며늘을 봤다."

잰중 으스대거나 뽐내는 것.

잽싸다 매우 재고 날쌘 것. "잽싸게 댕겨 오너라."

잽(쩹)이 잡이. 어떤 일을 감당해 낼 능력이 안 되는 사람에 대한 비속어. 무엇을 할만한 상대. "당해 낼 잽이가 없다." · "너 겉은 잽이가 멀 한다고." 과실이나 고기 덩이가 크고 작은 것. "큰잽이" · "작은잽이"

잽히다 잡히다. "잽혀 죽을 뻔 했다."

잿디이 잿마루.

쟁게미 번철

쟁기질 음력이월 축일(丑日)·소날 비로소 쟁기질을 한다.

쟁(쨍)깨미 놋그릇을 닦기 위해, 깨진 기와조각을 곱게 빻은 가루.

쟁기다 잠기다. "보재기가 전복 딸라고, 물속에 쟁겨 들어갔다."

쟁이 천천히. "놀로 쟁이 온네이."

쟁핑(펑)하다 표면이 편편한 것. "마당에 나락을 쟁핑하기 널어라."

쟁피 피. "논에 나락 익을 때 보이, 쟁피가 벌겋다."

「너랑죽어」, (의성지방) ⑫
너랑죽어 쟁피되고 날랑죽어 주사되고
약방에 만나보세
울아버지 제빌넌가 집만짓고 가고없네
우리엄마 나빌넌가 알만슬고 가고없네
우리오빠 쟁필넌가 글만배고 가고없네

「권치렁」, (군위지방) ⑫
수채앞에 쟁피숨아 저쟁피가 다저가도
우리형님 어디가고 쟁피단속 아니하노

너랑은 죽어 피가 되고, 나랑은 죽어 주사(朱砂)가 되어, 약방에서 만나자구나. 우리 아버지 제비던가, 집만 짓고 가고 없네. 우리 어머니는 나빌런가, 알만 슬고 가고 없네. 우리 오빠 피일런가. 글만 배우고, 가고 없네.
부모와 오빠마저 가고 없다는, 한탄이 서려 있다.

수채 앞에 피를 심어, 저 피가 익어서 다 떨어지도록, 우리 형님 어디 가고, 피 단속을 아니 하는가.

저가부지 제 아버지. 저거마이. "저가부지가 자석아를 잘 몬 키윘다." "저거마이가 말이 많다."

저거들 저희들. 너그들. "저거들 찌리 다 해묵었다."

저거안지소 저기 앉으시오. "여거안지소. 저거안지소."

저근하다 어지간하다. 웬만하다.

저내년 재내년(再來年).

저녁굶은 시어마이 상판때기 같다 고부간의 갈등으로 말미암아, 서로 꼴 보기가 싫은 것.

저녁답 저녁무렵. "저닉답 서늘할 때 만나자."

저따매이 저따위

저런 맨작이 저렇게 말도 안 되는, 난처한 일만 저지르는 것. "저런 맨작이 바라."

저런 맹낭이 있나 저런 맹랑한 일이 있나. 맹랑은 생각하던 바와 아주 다르고 허망한 것.

저름 점. "괴기 한 저름."

저모레 글피. "저아레가 지났이, 저모레 장날 보자."

저물게 저물녘.

저분 · 저붐 · 절 젓가락. 혹은 "적가치"로도 말한다. "저분 한모를 가져 온네이."

저승꽃 노인의 얼굴에 나는 거뭇거뭇한 잠(點). "할배 얼굴에 저승꽃이 핀다."

저실게 겨울에. "저실게는 방안에 가만이 있다."

저아래 그끄러께.

저어꺼정 저희끼리. 너어꺼정.

저 엄마는 아이한테 고물이다 저 엄마는 아이한테, 해달라는 요구대로 다 들어준다는 것이다. 이 고물은 본디 인절미나 경단 등의 겉에 묻히거나, 시루떡의 켜와 켜 사이에 뿌리는 팥 · 녹두 · 동부 · 콩 · 깨 따위의 가루를 이르나, 요즘 정치판에서 돈 먹는 일을 흔히 고물이 떨어진다고 한다.

저임 · 저염 점심. "저임 묵으로 가자."

저작년 재작년.

저저력 사람들이 돌보지 않아, 모습이 보잘 것 없는 것.「청춘한양유록가」(예천지방) "상체화 일지홍도 저저력이 되단말가." 상체(常棣)는 아가위나무로, 『시경』「소아」 편에서 형제우애를 노래한 것이다. 상체화 한가지의 붉은 꽃을 돌보지 않아, 보잘것 없는 모습이 되단 말가.

저저모레 글피.

저저아래 그끄러께의 전날.

저지레(질)한다 아이들이 무슨 일인가 저지르는 것. 곧 장난질을 하는 것. "얼라들이 서지레를 한다."

저질게 베틀에 딸린 기구.「베틀노래」(예천지방) 참조.

저짜 저쪽. "저짜 사람들이 많다."

저찬하다 분주하다.

> 「붕우가」 (예천지방) ㉑
> 저찬한 이한몸이 잠시의 여가없어
>
> 분주한 이 한 몸이 잠시도 여가 없다.

적(젓)가치 · 절가치   젓가락. 절. "적가치가 없어, 반찬을 몬 묵겠다." 철가치(철로).

적뿐이 아이다   분수에 넘치게 행동하는 게 아닌 것. "에어컨 사는 것은, 적뿐이 아이다."

적상(積想)하다   쌓이고 쌓인 생각.

> 「상장가사」 (청송지방) ㉑
> 그전이별 적상키로 만나기만 생각하고
>
> 그전의 이별할 때, 쌓이고 쌓인 생각들이, 만날 것만으로 생각한 것.

적쇠(새)   석쇠. "적쇠에 소고기를 굽는다."

적심   재목을 물에 띄워 내리는 일.

> 「그리올라 기하더니」 (군위지방) ㉠
> 눈중발에 물을떠서 그물에 적심타서
> 적심끝에 용이앉아 용아머리 핵이앉아
>
> 작은 중발에 물을 떠서 그 물에 적심을 띄우니, 적심 재목 끝에 용이 앉았고, 용의 머리에 학이 앉았다.

적은댁   소실. "작은댁"은 따로 살림하는 아들이나 아우의 집.

적지나다   야단나다. 적지를 내다. 적지천리(赤地千里)란 춘상갑(春上甲)에 비가 오면 천리되는 땅이 흉년이 들어, 거둘 것이 아주 없게 된 땅을 이른다. 춘상갑은 입춘 지난 뒤 첫 번째 돌아오는 갑자일.

젂다   겪다. "강물은 건너 바야 하고, 사람은 젂어 바야 한다."

전끈   가득.

전다지   온통. 전부. "공끼라 하이, 전다지 다 가져 갔다."

전대(디)다   견디다.

> 「댕기노래」 (의성지방) ㉠
> 전대바라 전대바라 우리아배 안동부사
> 하실적에 전대바라 우리어메 진주댁이

하실적에 전대바라 울올바시 서울양반
하실적에 전대바라 우리형님 새벽각시
하실적에 전대바라 안동놈의 대추설기
쫀득쫀득 전대바라 의성놈의 불콩설기
성걸성걸 전대바라

네가 견뎌 봐라 견뎌 봐라. 우리 아버지 안동부사 하실 적까지만 견뎌봐라. 우리
어머니 진주댁 하실 적까지 견뎌봐라. 우리 오라비 서울양반 하실 적까지 견뎌봐라.
우리 형님 새벽 같이 각시하실 적까지 견뎌봐라. 안동서 나는 대추 넣은 백설기
쫄깃쫄깃한 맛이 날 때까지 견뎌봐라. 의성서 나는 불콩 넣은 백설기 성걸성걸한
맛이 날 때까지 견뎌봐라. "전대바라"가 7회 반복된다.

전덤이　파도의 기세.

「화전가」 (영주지방) ㉮
오르는 전덤이 손으로 헤고
나리는 전덤이 가만이 있으니

기어오르는 파도의 기세를 손으로 헤치고, 내려가는 파도의 기세를 가만히 보고
있으니 라고 표현했다.
파도의 기세를 그린 대목이다.

전동　전통(箭筒). 화살 넣는 통.

「청춘과부가」 (상주지방) ㉮
부용같은 이내얼굴 외꽃같이 되였구나
전동같은 이내허리 거미줄이 되였구나

연꽃 같은 이내 얼굴이 노란 외꽃같이 피었고, 화살 통같이 꼿꼿하던 이내 허리가
거미줄같이 되었다.

전물　전국.

전반(翦板)　인두판.

「잃은댕기」 (의성지방) ㉫
삼단같은 이내머리 구름같은 흔튼머리
반달같은 어룽소로 어리설설 빗가내라
전반두리 넓이땋아 궁초댕기 끝만물려
어깨너머 귀던지고

숱이 많아 길게 늘인 이내 머리, 구름같이 흐트러진 머리를 반달같은 어룽빗으로 어리설설 빗겨내려, 인두판두리처럼 넓게 땋아, 궁초비단댕기로 끝만 물려, 어깨너머 귀모서리로 던진다.

전반(翦板) 도(두)리 땋아 늘린 머리채가 숱져서, 치렁치렁한 머리가 흔들리는 것.

전배기 물 안탄 전술. 전국. 전내기. 나이든 세대들은 흔히 "모로미(もろみ, 諸味·醪)"라고 하는데, 이는 일본어다. 혹은 "모주(母酒)"라고도 한다. "물 안 탄 전배기는 독하다."

전수 전혀. "몸져 누우니, 밥을 전수 몬 묵는다."

전신만신 모조리. "전신만신 사람뿐이다."

전이밥 순 입쌀로 지은 이팝.

「첩의노래」(영해지방)[민]
위씨같은 전이밥에 앵도같은 팥을 안쳐…
도리도리 수박식기 꽃갈납작 담아놓고

「종금새노래」(대구지방)[민]
무슨밥을 지어주도 앵도같은 팥을삶고
외씨같은 전이밥을 식기굽에 발라주고
소뿔같은 더덕지를 접시굽에 발라주고
말피같은 전지렁을 종지굽에 발라주고

무슨 밥을 지어 주더냐. 앵도 같은 팥을 삶아, 외씨 같은 이팝을 지어, 식기굽에다 발라주고, 소뿔 같은 더덕지를 접시굽에다 발라주고, 검붉은 말피 같은 진간장을 종지굽에다 발라준다.
이밥·더덕지·진간장 등을 식기·접시·종지 등의 식기굽에다 조금씩만 발라주는 것을 표현한 것이다.

전이없다 아주 없다.

「베틀노래」(경산지방)[민]
비틀연장 전이없어 천상에 올라가서
비틀한쌍 노와노니 비틀놀때 전이없어

베틀연장이 아주 없어, 하늘에 올라가 베틀 한쌍 얻어와 놓으려니, 베틀 놓을 곳이 아주 없네.

ㅈ

전주다 겨누다. "화살을 전주다."

전주르다 견주는 것. 비교하는 것. "아아들찌리 키를 전줄러 본다." 본디는 동작을 진행하는 가운데, 장차 힘을 내기 위해, 한번 쉬는 것을 뜻하나, 고향말에서는 "견주다"의 뜻으로 많이 쓰인다.

전주집 전주하던 집. 곧 말을 이집 저집 옮기기 좋아하는 집부인. 「부녀가」(김천지방) 참조.

전중살다 감옥살이하다. 일본인 고리대금업자 "전중(田中)"한테 돈을 못 갚아, 그의 사설감옥에 갇혀 살다 나온 것으로, 감옥살이를 "전중살다"로도 쓰였다. 이 말도 지금은 거의 안 쓰인다.

전지렁 다른 간장이 안 섞인 온전한 간장. 「시집살이노래」(의성지방) 참조.

전체만큼 각기 따로. "니일 저임은 전체만큼 싸오기다."

절딴나다 결단 나다. "저 집구적이 고만 절딴이 났다."

절래우(두)다 줄여 가는 것.

> 「논매기」 (경산지방) 民
> 히우여 절래우여 절래우여 절래우여
>
> 후여! 줄여, 줄여, 줄이여.

절래판 논매기 때, 마지막 남은 논바닥.

> 「논매기소리」 (대구공산) 民
> 절래판이 닥쳐온다 이논배미 다매가네
> 절래판이 닥쳐왔다 에이요 호호야
>
> 마지막 남은 논바닥이 다 되어온다. 이 논배미 다 매어간다. 마지막 남은 논바닥이 다 되어온다. 에이요! 호호야!

−절(질)러 이래. 이후. 뒤. "집에 온 절로."

절레다 걸리다.

절마 저놈. 점마. "절마 때민에 내가 졌다."

절박다 딱하다. 절박(切迫).

−절사 −거릴사. −거리며.

> 「소먹이는 아이노래」 (동래지방) 民

통장사 통을지고 쿵쿵절사 넘어간다

「판장사 판을지고」(동래지방)[민]
판장사 판을지고 판판절사 넘어간다

통장사는 통을 지고 쿵쿵거리며 고개를 넘어가고, 판장사는 판을 지고 판판거리며 고개를 넘어가는 모습이다.

절삭다 과실이나 김치 등이 오래되어 결이 삭는 것. "능금이 오래되어 절이 삭았다."
절소리운 소리를 배운.

「강능화전가」(강능지방)[가]
절소리운 부인들은 소리도 하여보세

소리를 배운 부인네들은, 소리라도 하여 보자.

절수옷 수의. 우리는 "壽衣"로 쓰고 있으나, "襚衣"로 씀이 옳다. 이 수의는 하루 낮동안 다 지어야하고, 옷 꿰맨 마지막 실오리는 매지 않는다.
절였다 숲이 짙은 것. "여름 들어 숩에 덩굴이 꽉 절였다."
절우다 모를 쪄나가는 것. 줄여가는 것.

「모숨기노래」(경산지방)[민]
절우자 절우자 이모판을 절우자
절우자 절우자 유지장판 절우자

줄여가자! 줄여가자! 이 모판을 줄여가자. 줄여가자! 줄여가자! 기름먹인 장판을 절이자.

젊은 보지는 뿌듯한 맛으로 하고, 늙은 보지는 요분질 맛으로 한다 여자 성기는 노소에 따라 그 맛이 다른 것.
점도록 저물도록. "점도록 쌔빠지기 일을 했다."
점들 저물도록. "점마는 쳐묵고 점들 핑둥거리고 논다."
점마들 · 임마들 저놈아이들. 이놈아이들. "점마들은 놀고, 임마들은 일만 한다."
점바치 점쟁이.

「현부인가」(대구월촌)[가]
예전에 현부인은 점바치와 무당배를
친치 아니하고 가도를 안정하고

예전에는 현부인이라면, 점쟁이와 무당패들을 가까이 하지 아니 하여, 집안 살림을 안정시켰다.

점반 겸상. 겸반. “점반상을 채려 내왔다.”

점(정)배기 전내기.

점섬 점심. 저염. 저임. “점섬(저임)을 맛있게 묵었다.”

「밭매는노래」(청도지방)[민]
서울이라 남정자야 점섬챔이 늦어온다.

점주 식혜(食醯). 단술. 식해(食醢) 젓갈.

접다 그만두다. 싫다. “올 농사는 접었다.” “먹고접다.”

접들다 곁들다. 옆에 끼어드는 것. “쌈에 딴 사람이 접들면 안 된다.”

접머슴 어린 머슴. 곁머슴.

「미물노래」(의성지방)[민]
잎은동동 떡잎이요 열매동동 깜은열매
꽃은동동 배꽃이요 대는동동 붉은대요
접머슴아 낫갈아라 큰머슴아 지게저라
꼬구랑낫 갈아다가 지게목발 얹어다가
담밑에다 시웠다가 마당에다 갖다놓고
도리깨로 비릭맞고 싸리비로 술역돌려
칙칼을 나리내어 쫄박으로 건지내어
방간에 비락맞쳐 작은하늘 눈이와서
국시대로 뭉치내어 홍두깨로 옷을입혀
안반에다 물을발라 은장도라 드는칼로
어석어석 싸리내어

메밀 잎은 동동 뜨니 떡잎이 지고, 열매는 동동 뜨니 껌은 열매다. 매밀꽃은 동동 뜨니 배꽃 이오, 메밀대는 동동 뜨니 붉은 대다. 어린 머슴아! 낫을 갈아라. 큰 머슴아! 지게를 져라. 꼬부랑 낫을 갈아다가, 메밀을 베어 지게목발에 얹어다가 · 담 밑에 세웠다가 · 마당에 갖다 놓고, 도리깨로 두들겨 벼락을 맞혀, 싸리비로 슬쩍 돌려 쓸어, 메밀국수를 책 칼로 썰어내어, 삶아 조롱박으로 건져내었다. 이 메밀은 방앗간에 벼락 맞듯 찧으면, 작은 방앗간 공간에 눈이 오 듯하고, 국수대로 뭉쳐내어 홍두깨에다 옷을 입혀, 안반에다 물을 발라 은장도라 드는 칼로 어석어석 썰어내는 광경이다. 메밀을 수확하여 국수를 만드는 과정을 그린 것이다.

접시기 접시. "접시기에 얼라 밥을 담았다."

접치키다 접혀진 것. "책장이 접치킨다." 혹은 겹쳐지는 것.

접후다 사람을 접하여 주는 것. "사람을 접하 보냈다."

젓발이 곁에 달라붙어 있는 것. "먼 일가 젓발이다."

정간케 정갈하게. "옷을 정간키 입고 왔다."

정구(鼱鼩)새끼 생쥐새끼. 「남녀부정」(군위지방) 참조.

정구지 부추. "정구지는 절에서는 안 묵는다."

정구지임(井臼之任) 물 긷고 절구질을 맡아하는 것.

정귀좋다 정이 있어 귀히여겨 좋은 것. 「계모노래」(하동지방).

정기 경기(驚氣). "얼라가 자다가 정기를 잘 한다."

정꽌 세게 힘껏 정통으로 때림. "금마 정꽌을 때렸다."

정낭 정랑(淨廊). 주로 경상도지방에 널리 쓰이고 있다. 요즘은 "화장실化粧室"로 보편화 되었다. 우리가 쓰는 화장실은 일본에서는 영어 "toilet"를 빌어 와 줄여 "トイレ"를 많이 쓰며, 아울러 "てあら(手洗)い"도 사용한다. 화장한다는 말은 일본어 "けしょう(化粧)"에서 온 말이다. 우리 조상들은 "성적(成赤)·단장(丹粧)" 한다 썼으나, 이 말은 사라지고 "화장"이 대신 쓰였다. 일본이나 중국에서는 "화장실"이란 용어는 안 보인다. 정낭이란 말이 고향말이라고 폄하하여 내버린 말이다. 한 번 더 어느 말을 써야할 지 곰곰 따져봐야 하겠다. "정낭아 앉아 개 부르듯 한다"는 말이 있는데, 너무 쉽게 사람을 부릴 때 쓰는 말이다. 또 "여측이심(如厠二心)"이란, 뒷간에 갈 적 마음 다르고, 올 적 마음 다르다는 뜻도 새겨 볼만하다.

정내미 정나미. "저 이는 아주 정내미가 없다."

정반청 시집에 들기 전 임시로 머물러 쉬는 곳.

「사친가」(청도지방) ㉮
머리도 씨다듬고 옷섭도 수리하고
새정신이 절로난다 정반청의 들어가서
분성적 다시할제 찹쌀감주 냉면수를
먹으라고 권고하나 조심많애 못먹을세

시집에 드는 신부가 정반청에 들어 머리도 쓰다듬고·옷섭도 새로 매만지고, 이렇게 하고 나니 새 정신이 절로 난다. 다시 분으로 성적을 할 때, 찹쌀감주와 냉면을 먹으라고 권하나, 조심이 많은 자리라, 못 먹었던 것이다.

정성　정성(精誠)은 온갖 힘을 다하려는 참되고 성실한 마음을 뜻한다. 부모님을 위해 자식이 온갖 마음을 기울이는 것으로, 시집가는 색시가 시부모에게 드리려고 마련한 옷. 이불·음식 따위를 이른다.

「석별가」(영일지방) ㉮
춘하추동 사시절에 정성하기 골몰이오
토수보선 줌치등을 잔일하기 골몰이오

「시집살이요」(예천지방) ㉯
정성짐은 누가질고 정성짐은 내가지지
갈지게는 어이갈고 오동낭클 꺾어들고
오동오동 가려무나
올지게는 어이올고 느릉낭클 꺽어들고
너릉느릉 오라무나

시어른들께 드릴 춘하추동 사계절 입을 옷 만들기에 골몰하고, 또 토시와 버선 그리고 주머니 등 잔일하기에 골몰하는 모습이다.

정성으로 마련한 옷 짐은 누가 지고 갈 것인가. 내가 지고 가지. 친정에 갈 적에는 어찌 갈고. 친정 길은 오동나무 꺾어 들고, 오동오동 기분 좋게 가려무나. 그러나 시댁에 갈 적에는 어찌 갈고. 느름나무를 꺾어들고 느름느름 오려무나.

친정 길은 발길이 가벼워 오동오동 걸음이요, 시댁 길은 느름느름(느릿느릿) 천천히 가고 싶다는 대목이 된다.

정성무당　신이 내리지 않아, 뒷전 굿만을 맡아하는 뒷전무당.

정술　고래 고기는 열두 가지 맛이라 한다. 내장부위의 고기를 이른다.

정월에 뜯은 쑥국 시번 묵은, 노인이 문지방을 넘는다　쑥이 건강에 좋다는 것이다.

정지깡구　식모에 대한 비속어. 부엌데기. 절에서는 밥 짓는 부엌을 "정재(淨齋)"라고 하는 데, 여기서 유래되어 쓰인 말인가 싶다. 혹은 "정재(整齋)"라고 주장하는 이도 있다. 이 말들이 "정지"로 변한 것이 아닐까 하는 이도 있다. "정지깐"에서 일하는 여자를 비속어로 부른 것이다.

정지나무　정자나무. "여름에는 정지나무 그늘이 쉬기 좋다."

젓살내라다　아우타다.

젓팅이　젓통. 지금은 일본어 "유방(乳房)"이 너무 보편화되어 완전히 우리말이 되었다. "乳"는 "ち"요 "房"은 "ふさ"다. 이 "후사"는 송이의 뜻으로, "꽃송이(花房)"·"포도송이(葡萄房)" 등으로 쓰이고 있다. 이를 "젓통"으로 쓴다면 우스울까. "유방암"을 "젓통암"이라 하려니, 이미 화석화 된 말이어서, 거슬리는 느낌마저 든다. 이렇게 의학에서 사용되는 용어 가운데는 "치매"가 있다. "치매"는 일본어 "ちぼう(癡呆)"에서 온 것으로, 우리말에는 "노망(老妄)"·"망령(妄靈)" 등이 있으나,

이는 욕설이나 · 비속어로 많이 쓰였기 때문에, 이를 기피한 현상으로 볼 수 있다.

제게(기)나 적이나. 다소라도. 비록 조금일지라도. "제기나 하든 갔을라꼬."

제기다 어떤 행동을 계속 드러내는 것. 대다. 부리다. "난리 제기다."

제(재)깍 무슨 일을 시원스럽게 해 내는 모습. "제깍 해 치운다."

제꼬리다 젠 체하는 것. "동문회에서 제꼴리는 친구는 아주 비기 싫다."

제끼다 농땡이 치는 것. 하던 일을 집어치우고 도망쳐 달아나는 것. "핵교수업을 제끼고 담넘어 내뺐다."

제(지)럽 · 재럽 겨릅. 껍질을 벗겨낸 삼의 속대. "제럽대는 알매치는데 쓴다."

제릅비 지붕을 일 때, 쓰는 겨릅으로 만든 비.

제모(齊貌) 가지런하게 한 모습. 「화전가」(영주지방 참조.)

제(祭)묻다 문상하다.

제비꽁대이 제비추리로 아주 적은 것. "밥을 제비꽁대이만치 준다."

제비납짝 날아와 제비처럼 민첩하게 움직이는 것. 「첩노래」(의성지방) 참조.

제제이(히) 제각기. 제제금.

「청춘한양유록가」 (예천지방) ㉮
남북조 옛날친구 내왔다고 기별하여
제제히 다불러서 구안면을 반겨보소

「교녀사」 (예천지방) ㉮
발없는 그말끝이 저저이 돌아들어
그시집 귀에가면 추호도 유익없고
박꽃될줄 몰랐구나

남북 쪽 옛날 친구들 내가 왔다고 기별하여, 제각기 다 불러서 옛 안면을 반겨 보시오. 발 없는 그 말끝이 제각기 돌아들어, 시집쪽 귀에 가게 되면, 조금도 유익한 바 없고, 박꽃같이 될 줄 몰랐구나.

「상면가」 (예천지방) ㉮
예전에 노든아해 재재히 다모여서
만화방창 자랑하고 화전놀음 하러갈제

예전에 놀던 아희들 제 각기 다 모여, 온갖 만물이 한창 피여 나고 자라남을 자랑하는 이 지음, 화전놀음 하러 갈 때.

제(지)주(祭酒) · 제(지)편 제사에 쓰는 술과 떡.

「계녀가」 (봉화지방) ㉮
제사를 당하거든 의복을 갈아입고

「계녀가」 (예천지방) ㉮
기일을 당하거든 각별히 조심하여

방당을 쇄소하고 헌화를 절금하고
제미를 씻을적에 티없이 좋게씻고
웃음을 과히하면 입침이 튀나니라
비질을 바삐마라 티끌이 나느니라
검블나무 때지미라 불티가 니느니라
아이들이 보채나마 먼저떼여 주지말고
종들이 죄있어도 매바람 내지말라
제주를 정케뜨고 제편을 정케괴와
정신을 차려가며 차례를 잊지마라
등촉을 꺼지말고 옷끈을 푸지말고
닭울기를 고대하야 고즉히 앉았다가
행사를 일찍하고 음복을 노눌적에
음복을 고루논와 원망없이 하여서라

의복을 갈아입고 제물을 정결하고
마당을 소쇄하고 헌화를 절금하고
제미를 씻을적에 희도록 다시씻고
제물을 씻을적에 티없이 다시씻고
웃음을 크게밀타 너의춤이 튀느니라
비질을 다시마라 문지가 나난이라
종들이 잘못있어 매바람 치지마라
제주를 맑게하고 제편을 정케걷고
가직히 앉았다가 닭울기를 고대하여
화상을 일찍하고 음복으로 가추놓아
원망없이 할것이라

제사를 당하면 옷을 정갈하게 갈아입고, 방과 당을 깨끗이 청소하고, 시끄럽게 떠드는 일을 일절 금하고, 제미(祭米)를 씻을적에 티없이 좋이 씻고, 웃음을 지나치게 하면 음식에 입의 침이 튄다. 비질을 바쁘게 하지 말라, 왜냐 하면 티끌이 일기 때문이다. 부엌에서는 검불나무를 때지 말아라, 왜냐 하면 불티가 날기 때문이다. 아이들이 제사음식을 달라 보채도, 먼저 떼어 주지 말 것이며, 종들이 잘 못이 있어도, 매 바람을 내어서는 안 된다. 제사 술을 깨끗이 뜨고·제사떡을 깨끗이 괴고, 정신을 차려가며 제사의 차례를 잊지 말아야 한다. 제삿날 밤은 등촉을 끄지 말아야 하고, 또 부인들은 옷끈을 풀지 말고 있다가, 첫닭 울기를 고즈너기 앉아 기다렸다가, 제사의 모든 행사가 일찍 끝나면, 음복을 나눌 적, 음식을 고루 나누되, 원망 듣는 일이 없도록 하여라.

제사 때 주의할 점, 음복을 잘 나누어야 함을 보여주는 좋은 대목이 된다.

제삿날을 당하거든 특별히 조심하여, 우선 새 의복으로 갈아입고, 제사에 쓰는 음식을 깨끗이 장만해야 된다. 마당에 먼지를 쓸고·물을 뿌린다. 시끄럽게 떠드는 훤화(喧譁)를 엄금하고, 메 짓는 쌀을 씻을 때 낟알이 희도록 거듭 씻고, 제물(제수)을 씻을 때에 티 없이 다시 씻어야 한다. 제삿날 여자들은 웃음을 크게 내지말라. 크게 웃으면 너희들 침이 제수에 튄다. 비질을 하지 말라, 먼지가 나기 때문이다. 종들이 잘못이 있더라도 매로 치지 말라. 제주를 맑게 뜨고, 제사지낸 뒤 떡을 깨끗하게 거두고, 제상 앞에 가까이 앉았다가 첫닭울기를 기다려 제상 치우기를 일찍 하고, 음복음식을 고루 갖추어 놓아, 뒤로 원망 듣는 일이 없도록 해야 된다.

제찍하다 젠 채하다. "제찍하기 구믄, 모두 밉기 본다."

제처제비 준비하라는 재촉. 「사친가」(청도지방) "부제군 제처제비 영을받고 들어서고"

제추리 겉껍질을 벗겨내고 속껍질만 말린 삼.

제(재)피 산초. "미꼬랭이국에 제피를 타서 묵는다."

젠마이 시계태엽. 일본어 "ぜんまい(發条・撥条)." "시계 젠마이 돌아가는 소리 하네."

젠이 천천히. "여름방학 하거든, 우리 집에 젠이 놀로 온나."

조갈붙다 성교(性交)행위의 비속어. "좆"과 "공알"의 합해진 말.

조갑지 조가비. 혹은 여성의 성기를 이르기도 함.

조곤조곤 하나하나. "먼가 조곤조곤 쳐주낀다."

조깃상 교자상.

「과부노래」(군위지방) [민]
스물두폭 채일밑에 니모반듯 조깃상에…
시든 가슴이 황금되고 검던머리 백발되고
만수무강 하잿더니 십년시월 모다사고
영이별이 되였고나

스믈두폭 차일밑에 네모 반듯한 교자상에, 희던 가슴이 황금되고, 검던 머리가 백발되고, 만수무강 하자 했더니, 열 해 열 달 못다 살고 영 이별이 되었구나.

ㅈ

조두직임(俎豆職任) 제사에 관련된 여러 가지 일.

「고별가」(예천지방) [가]
규문밖을 나지말고 일시일각 조심하야
조두직임 숱한일을 귀찮다고 생각말고

제사를 당하면, 여자들은 규문을 나가지 말고, 일시일각이라도 매사에 조심하여, 제사에 관련된 여러 가지 책임과 숱한 일들을 귀찮게 생각하여서는 안 된다.

조따매이 저 따위 것.

조루(로) 물뿌리개. 여우로(如雨露). 이렇게 일본어를 우리 한자음으로 읽어 그대로 쓰이는 예는 많다. 우리가 흔히 쓰는 "호열자(虎列刺コルラ)"는 일본이 콜레라를 이렇게 표기한 것이다. 제일 많이 쓰이는 용어가 "낭만(浪漫,ろうまん)"인데, 이는 영어의 "roman"을 한자로 취음한 것이다. 이는 완전히 우리말 속에 당당히 한자리 차지하고 있다. 가령 영어의 "cancer"를 일본은 암종(癌腫,ガンシュ)로 쓰고 있다.

일본이 외래어를 받아들이며, 그들로서는 한자어를 빌어다 음이 비슷하게 썼는데, 그 일본어를 우리는 되받아 쓰고 있다. 그래서 이 한자어는 전혀 다르게 쓰고 있는 실정이다. 지금 "낭만"이라는 말을 "로만"이라 쓴다면 우스꽝스럽게 보일 지경이다.

조루다 조르다. 아이들이 부모한테 어떤 일을 해 달라고 보채는 것. "노리개를 사달라고 디리따 조룬다."

조막디이 주먹만한 것. 조막다시. "조막디이만한 놈이 까분다."

조막타 주먹만한 것. 조그마한 것. "저 물건은 조막타."

조매 좀체. 좀처럼. "외숙이 조매 보기 힘든다."

조박무시 몹시 작은 것. 조각무. "저 조박무시만한 놈이 설친다."

조밥댕이 조밥덩이처럼 솜이 뭉치는 것.

「활」(예천지방) ㉮
조밥댕이 이지말게 뭉게뭉게 피워내니
오호상에 연기른가 용문산에 먼지른가

솜이 조밥덩이처럼 뭉치지 말게 뭉게뭉게 피워내어, 솜을 오호(五湖) 위에 연기같이 용문산 먼지같이 솜을 활로 피워내는 것.

조빼다 도망치다.

조수다 죄다. 잡아 켱기어 되게 하다. "자꾸 조사싸서 몬 살겠다."

조시 상태. 일본어 "ちょうし(調子)." 이 말은 지금도 많이 쓰이고 있다.

조애 애. "조애 태운다."

조에다 조이다.

조였다 주었다. 줍다.

「잃은댕기」(의성지방) ㉤
조은댕기 나를다오.

「댕기노래」(대구지방) ㉤
조였다네 조였다네 김통인이 조였다네

조오싣다 잡아싣다.

조오짜다 쥐어짜다.

조오차다 걷어차다.

조왕제(竈王祭) 조왕제신. 조왕신. 부엌을 맡은 신에게 지내는 제사.

조우 종이.

> 「누에노래」 (선산지방) ⑨
> 그혼이라 나위되어 일장지 조우끝에
> 시백모래 헐은다시 와앙창 밝은달에
> 시개미 서른다시 일장지 슬어 놓고
>
> 누에도 혼이 있는지. 나비되어 한 장 종이 끝에 가는 흰 모래를 헐은 듯이, 와장창 밝은 달빛아래 서캐 알 슬은 듯이, 한 장 종이 위에 알을 슬어 놓았다.

조자리나다 족자리는 대문의 윗장부. 장부는 널문짝 한 쪽 끝 아래, 위로 상투같이 내민 쇠붙이. 곧 장부쇠가 문을 자꾸 여닫기 때문에 잘 닳는데, 조자리났다 한다. 모조리 싹없어지는 것. "저 사람은 아주 조자리가 났다." 역시 "시치미"는 매주인을 기록한 쇠뿔조각으로, 매가 어느 집에 날아들면, 시치미를 떼고 자기 매라고 주장한다.

조자붙이다 죄다. 억지로 뭔가 해달라고 조르는 것. "지 어미한테 조자 붙는다."

조작이다 일을 시원스럽게 하지 못 하고 꼼지락거리는 것. 또는 어린아이가 느린 동작으로 아장아장 귀엽게 걷는 것.

> 「규방유정가」 (영양지방) ㉮
> 덜렁이는 풍산손은 갈증들린 망아지가
> 개천보고 달려들듯 범아자비 부득총각
> 냄새맡은 쉬파리가 유월통수 달려들듯
> 달랑이는 무릉손을 앞니빠진 강아지가
> 물똥보고 달려들듯 조작이는 성주손은
> 칠팔월 병아리가 곡식간의 달려들 듯
>
> 덜렁거리는 풍산서 온 손님은, 갈증 들린 망아지가 개천 물을 보고 달려들 듯, 버마재비 같이 불뚝거리는 총각은, 냄새 맡고 날아오는 쇠파리가 유월 정랑에 달려들 듯, 달랑거리는 무능서 온 손님은, 마치 앞니 빠진 강아지가 물똥보고 달려들 듯, 좀 꼼작거리며 아장아장 걷는 성주서 온 손님은, 마치 칠팔월 병아리가 곡식간의 달려들 듯, 모두가 그 성격을 묘사하고 있다.

조(주)저안따 주저앉다. "주저앉아 묵고 있다."

조주어 앉다 자리에 다른 사람이 앉게 바싹 당겨 앉는 것. "지하철좌석에 사람들이 조주어 앉았다."

조준다 겨눈다. "총을 조준다."

조지다 일이나 말을 허술하지 못 하게 단속하는 것. 망치게 하는 것. 큰일 난 것.
"그 일은 영 조졌다."

조짜배기 가짜로 만든 물건. 이를 요즘은 "짝퉁"으로 말하고 있다. 정치가들도 "꼼수"
라는 말을 예사롭게 쓰고 있다. "꼼수"는 쩨쩨한 수단이나 방법을 이른다.

조차간(造次間) 오래지 않은 짧은 시간이나, 갑작스러운 때.

「규중감흥록」 (예천지방) ㉮
조차간에 잘못보와 한번눈에 나게되면
갑작스레 잘못 보아서, 한번 눈밖에 벗어나게 되는 것.

조청(造淸) 인공으로 만든 꿀로, 묽게 고아 굳어지지 않은 것. 여기 "청(淸)"자는
우리나라에서는 "꿀"로 쓰이고 있다. 큰나무 등걸 구멍에 벌들이 모아둔 꿀은
"목청(木淸)" 산속 바위틈바구니에 벌이 모아둔 꿀은 "석청(石淸)"이라 한다. 빛깔
이 희고 품질이 좋은 꿀은 "백청(白淸)"이라 한다.

조체없다 조처(措處)없다. 조처는 어떤 일에 알맞게 대책을 취하거나, 일을 잘 정돈하
여 처치하는 것. 어찌 할 도리가 없는 것. "어찌 조체할 수가 없다."

조춤(치)바리 달리기. "핵교에서 조춤바리를 했다."

조피 조포(造泡). 두부. "조피를 맹글어 묵고 싶다."

존시(尊媤) 시부모를 지칭.

존이모(尊姨母) 손자가 할머니의 여형제를 지칭. 그런데 텔레비전 연속극을 보면,
"이모할머니"라고 부르는데, 이는 이모의 할머니가 되기 때문에 영 안 맞는 말이다.
이 존이모는 달리 "왕이모(王姨母)"나 "대이모(大姨母)" · "선이모(先姨母)"라 불
러도 좋겠다. 역시 할아버지의 누이나 · 누이동생을 우리가 호칭할 때, 왕고모(王姑
母) · 대고모(大姑母) · 선고모(先姑母) · 존고모(尊姑母)라고 부르는 것을 미루어
보면 알 수 있다.

존존하다 가지런하다. "이가 존존한게."

존줄(절)타 존절(撙節)은 씀씀이를 알아 맞게 쓰는 것. 주로 돈이나 물건을 아껴
소중하게 잘 쓰는 것을 이른 것이다. 어머니가 대도시에 나가 자취하는 아들에게
용돈을 주면서 "존줄케 쓰라이" 한다.

존항(尊行)　숙항이상의 항렬.

「귀녀가」(지방미상) ㉮
존항이 출입할제 기거를 방심마라

아재뻘 되는 이들이 출입할 때, 신부는 동작에 있어서 마음을 놓지 말아야 한다.

졸개　한 무리들. 남의 부하를 붙좇으며, 부분적으로 심부름을 하는 사람.

「부녀가」(김천지방) ㉮
벌떼같은 시누졸개 들랑날랑 찌끌찌끌
말매같은 여근동서 이리숙덕 저리숙덕…
친정졸개 벌떼같이 까막깐치 범본듯이
독불장군 영웅없고 전주집이 일색없네

시댁 벌 떼 같은 시뉘무리들이 들랑날랑 시끌시끌하고, 야생매 같은 가까운 동서들끼리
이리 숙덕 · 저리 숙덕거린다. 내 친정무리들이 벌 떼 같으나, 까막까치가 범본 듯이
달아나니, 나 혼자만이 따돌림 받는 외로운 영웅이 될 수 없고, 말을 전주하던 집이
아주 빛이 없어지네.

졸곧다　올곧다.

졸기다　달아나는 것. 내졸기다. "쌈하다가 안될 성 시프이, 내졸긴다."

졸뱅이　졸보(拙甫)는 재주가 없고 아주 졸망하게 생긴 사람. "저 졸뱅이 좀 바라."

좁살영감　잔소리가 많은 영감. "저 좁살영감 또 행차하신다."

좄다　주었다. "돈과 물건을 좄다."

종금새　종달새.

종내기　아이들을 지칭할 때 비속어. "저 종내기 어느 집 소상인고."

종다리　종달새. 바람은 "산귀"를 "내귀"로 고쳤는데, "산귀"는 산의 귀퉁이가 아닐까
한다. 이렇게 고쳐 써진 이상화의「빼앗긴 들에도 봄은 오는가」에서, "아마도 봄신령
이 잡혔나보다"를 "아마도 봄신명이 접혔나보다"로 마음대로 고쳐버려, 본디 시와
는 거리가 멀게 만들었다. 1954년 백기만(白基萬)이 편한 『상화와 고월』도 1926년
『개벽』 6월호(빼앗긴 들에도 봄은 오는가)를 확인해 봐야 정확성을 알 수 있겠다.

「빼앗긴 들에도 봄은 오는가」 이상화 ㉑
바람은 산귀에 속삭이며
한자욱도 섰지말라 옷자락을 흔들고

종다리는 울타리넘어
아씨같이 구름뒤에서 반갑다웃네.

「화전가」(선산지방) ㉮
맑은바람 선선한대 지지우는 종달새는
반공중에 높이뜨고

맑은 바람이 선선하게 불고, 지지배배 우는 종달새는 하늘 가운데, 높이 떠 있다.

종목 손목(팔씨름). "종목잡고 팔씨름한다."

종재기 종지. "종재기에 초를 담았다."

종주발거리다 종알종알 대는 것.

좆몽딩이 남자 성기의 속어. 비속어. "난쟁이 좆지레기만하다."하면, 가뜩이거나 난장이키로 작은데다가, 그 난쟁이 좆 길이 만하다는 비속어로, 평상인보다 좀 키가 작은 사람을 장난삼아 웃으며, 하는 말이다. 다리몽댕이. 팔몽댕이.

좋은 보지는 첫째 만두보지. 둘째 길난보지. 싯째 숫보지. 닛째 빨보지. 닷째 물보지.

좨기 손의 엄지손가락과 집게손가락으로 쥘 만한 양. "장아서 묵나물 한 좨기 사왔다." "할배 돌아가서, 눈물 한 좨기 짰다."

쟁이쟁이 천천히. "쟁이 쟁이 놀로 온네이."

죄면 · 조멘 조면(阻面). 사이가 안 좋아, 오래 서로 만나지 못하고 지내는 것. "성지찌리(형제끼리) 죄민하고 산다."

죄민장사 조면장사. 안 팔리는 물건을 억지로 파는 것. "물건이 안 팔리 죄민장사를 했다."

주게 밥주걱의 준말. "주게로 밥을 푸고 있다."

주게떡 갑작스레 손님이 오면, 주걱으로 남은 밥을 이겨서 팥을 삶아 으깨어 무친 떡.

주끼다 지껄이는 것. "머라고 쳐주낀다."

주당구신 남의 잔치 · 장사에 술 먹고 오다 길에서 죽으면, 주당귀신(周堂鬼神)이 붙어서 그리 되었다면서, 장사 치르고 망인이 죽은 자리에다 무당을 불러 굿을 했다. 특히 혼인 때 꺼리는 신으로, 큰달과 작은달에 따라, 주당귀신의 위치가 달라진다.

주딩이 주둥이. 입의 비속어. "주딩이 빠마하다"는 몹시 뜨거운 음식을 가리킨 것.

주럽 피로하고 고단한 것. 「경부록」(충남연산) "주럽없이 냅떠시면." 주름은 홍정하

고 구문을 받는 사람

주룩살 주름살.

주(쭈)리 거스름돈. 일본어 "つ(釣)りせん(錢)"에서 온 말. 이 말도 지금은 거의 안 쓰인다.

주먹국시 준비 안 된 상대에 갑자기 음식을 만들라고 요구할 때, 힘들고 어려움을 나타내는 말.

주먼이 주머니. "주먼이 돈이 똑 떨어졌다."

주(쥬)부 영어 "tube"가 일본어 "チューブ"로 들어온 말.

주사야량(晝思夜量) 밤낮으로 생각하고 헤아림.

> 「백발가」, (예천지방) ㉮
> 편작이나 다려다가 늙은병을 고쳐볼까
> 염라왕께 소지하야 늙자말게 하여볼까
> 주사야량 생각하나 늙지말게 수가없네
> 억만번을 생각해도 늙지말게 할수없네

> 편작이나 데려다가 늙어가는 병을 고쳐볼까. 염라대왕께 청원이 있을 때 관청에 내는 서면 소장을 내어 늙지 말게 하여볼까. 밤낮으로 생각하고 헤아려보나, 늙지 말게 할 수가 없다. 수없이 많이 생각해도 늙지 말게 할 수가 없다.

주서(우)싱기다 주어섬기다. 들은 대로 본 대로 수다스럽게 이야기하는 것. 이것저것 쭉 말하는 것. "머라고 아아들이 주서싱긴다."

주잖았네 주저앉았네. "다리가 아파, 바닥에 주잖았다."

주장 대개. 주로. "이전엔 주장 신부집에서 혼례 지냈다."

주적걸음 아기가 비틀거리며, 재롱스럽게 걷는 모습의 걸음걸이. "주적거리다"는 아기가 걸음발 탈 때, 제멋대로 걷는 것.

> 「이씨회심곡」, (선산해평) ㉮
> 웃음치고 너털대며 어청어청 주적걸음
> 눈에삼삼 보고파라

> 웃음치고 주제넘은 짓을 하거나, 말을 야단스럽게 하며, 어정거리며 제 멋대로 걷는 걸음이 눈에 삼삼하게 떠올라 보고 싶다.

주전(점)버리 군것질. 주전부리. 때 없이 군음식을 자꾸 먹는 버릇. "텍없이 주전버리를 하믄 건강에 안 좋다."

주접들다 살림살이가 구차해지거나, 몸치레와 옷이 추저분해지는 것. 「경부록」(충남
연산) "주잡고 어렵도다."

주치 좌초. 한약재.

죽가 · 줏께 줄까. "돈 죽가."

죽고못산다 아주 친한 사이. "저 친구들은 죽고 못 사는 사이다."

죽구재비 힘이 빠진 모습. "야이, 죽구재비야! 와 심짜가리가 그리도 없노."

죽방렴 경상도남해안에서 바다가 물살이 센 곳에, 긴 말뚝을 박고, 그 안에 그물을
쳐서 멸치를 잡는 방식의 한 가지.

죽(직)사게 몹시. 아주. "죽사게 얻어터졌다."

죽사돈 죽은 총각집과 처녀집 사이 사돈을 맺는 것. 이는 몽달귀신 손말명의 혼인을
시킴으로써, 집안의 편안을 빌기 위해 치러진다.

죽쑤어 개바라지 죽을 쑤어 개 치다꺼리한 것으로, 좋은 일을 엉뚱한데 넘기는 것.

> 「규방유정가」 (영양지방) ㉮
> 죽쑤어 개바라지 이설치를 어이할꼬
>
> 죽 쑤어 개한테 주듯, 좋은 것을 엉뚱한데 넘겨주고, 남아 있는 이 괴도라치 새끼는
> 어찌 할꼬. 설치는 괴도라치의 새끼.

죽이맞다 그릇의 죽이 맞 듯 일손이 맞는 것. 한 줄로 잇달아 줄지어 있거나, 동작이
거침없이 곧장 나아가는 모습. "그 일은 손에 죽이 맞다."

죽자고 한사코. 죽자구나 하고는 일이나, 고통의 다급한 고비를 참거나 · 이겨낼
결심. "죽자고 덤빈다."

죽져 등겨.

죽죽이 "죽"은 옷이나 그릇 따위 열 벌을 묶어 이른 말로, "죽"을 강조한 말. "죽(竹)"은
꼴이 같은 물건 10개. "입(立)"은 대접과 사발을 헤는 단위. 가령 사발 58개를
5죽8립. "쌍(雙)"은 두개를 한 벌로 칠 때, 촛대 한 쌍. "건(件)"은 술잔이나 잔대
한 벌. "좌(坐)"는 건과 같다. "장(張)"은 기와를 헤는 단위.

> 「복선화음록」 (대구월촌) ㉮
> 쌀을주고 옷을지어 죽죽이 짝을지어
> 자개농에 넣어두고

기명도 많거니와 전곡을 두루흩어
왜화기와 놋동이에 당사기며 유리병을
죽죽이 사들여

바느질삯으로 쌀을 주고 옷을 지어, 죽마다 짝을 지어 자개농에 넣어 두고, 기명도
많거니와, 돈과 곡식을 두루 흩쳐내어, 왜화기와 놋동이 · 당사기 · 유리병을 죽마다
사들인다. 부인이 분수에 넘치게 손 크게 살림을 사는 모습이다.

줄구다 · 줄가　줄이는 것. "몸이 애비서 옷을 줄갔다."
줄금줄금　비가 이따금 줄기줄기 내리는 것. "소내기가 한줄금 지나갔다." 줄기줄기.
줄남생이같다　많은 자식들을 앞세워 가는 모양. "얌생이가 줄지어 간다." 여기서는
　남생이가 아님. 줄남생이는 양지바른 물가 볕을 받으려고 죽 늘어앉은 남생이.
줄대부리　벽의 횃대. "젖은 옷을 줄대부리에 걸어 말룬다."
줄미기　줄을 선 모습. "학상들이 줄미기 섰다."
줄창　줄짱. 줄곧. 끊임없이 잇달아. 멈추지 아니하고 내쳐서. "줄창 온다고 왔다."
줌치　주머니.

「주머니노래」 (안동지방) ⓑ
달랑잡아 안을대고 핼랑잡아 걸을대고
쌍무지개 선을둘러 샛빌로 총총걸어

주머니를 만들 때, 달일랑 잡아 안을 대고 · 핼랑 잡아 겉을 대고, 쌍무지개로 끈을
둘러, 샛별처럼 총총 걸어두는 주머니의 화려한 모습이다.

중값　중한 값. 돈을 많이 준 것.

「상면가」 (예천지방) ㉮
중값주고 지은의복 고운때도 한번 못묻히고

돈을 많이 주고 지은 의복을, 고운 때도 한번 묻히지 못 했다.

중개　중배끼. 중계(中桂). 중계과(中桂果). 밀가루에 설탕과 술을 넣고 반죽해서
　곱게 밀어 기름에 튀겨낸 과자의 일종으로 제상에 올림.
중기(中氣)　24절기 가운데 음력으로 매월 중순이후 드는 절기를 말한다. 추석이후를
　흔히 이르기도 하나, 영남에서는 추석 즈음을 말한다. 중기란 추석이 빨라, 햇곡식이
　나지 않아 천신할 수 없기 때문에, 추석명절 제사를 뒤로 물리게 된다. 그러면
　음력으로 중구(重九)에 햇곡식으로 제사를 지내게 되는데, 이를 중기라고 한다.

또는 사람의 "속 기운"을 이르기도 한다.

「화전가」(안동지방) ㉮
규중이 깊다한들 얼마나 깊었든고
십리출입 오리출입 마음대로 못할러라
봉제사 접빈객은 조심하기 그지없고
명주길쌈 삼베길쌈 길쌈방적 골몰하다
이런걱정 하노라니 어느여가 놀잔말가
추석중기 세시때는 천둥같이 만나보고
혼인잔치 회갑때는 번개같이 흩어가니
애달을사 우릴러라 한번놀기 어렵더라

「규행가」(영해지방) ㉮
개장이나 육장이나 다릴수록 맛이난다
어회이던 육회이던 간할수록 맛이난다
노인은 중기없어 자로허기 나는이라
때알아 장만하여 자로자로 권하여라

옛날 부녀자들이 거처하는 규방은 깊숙한 곳에 있어, 외간사람들이 들어갈 수도 없었고, 새댁들은 외간 출입도 용납되지 않은, 감옥 같은 곳이다. 그러므로 오리·십리 출입도 시어른들의 승낙을 받아야 가능했다. 다만 사구고(事舅姑)·봉제사(奉祭祀)·접빈객(接賓客)·침선방적(針線紡績)이란 오라에 구속당할 수밖에 없었다. 이러한 여공(女功)은 명주·삼베·무명길쌈에 골몰하고, 빨래·푸세·다듬이·옷 만들기 등으로, 조금도 여유가 없었다. 뿐만 아니라, 남편의 뒷바라지와 아이들이 있으면 젖먹이고·돌보는 일로, 열손이 모자랄 지경이었다. 추석명절 때 햇곡식이 나면, 이로써 제사를 뫼시지만, 시절이 빨라 햇곡식이 안 나면, 중기 때 제사를 지내는데, 이때 친척과 인척들을 천둥같이 퍼뜩 만나거나, 혼인잔치나 환갑 때 친인척을 번개같이 만났다가 헤어지는 아쉬움 곧 뇌별전봉(雷別電逢)을, 새댁들은 그리고 있다. 천둥이나 번개같이 친정식구들을 퍼뜩 만났다가 헤어지는 아쉬움과, 부녀자들이 마음 놓고 놀 기회가 전혀 없음을 노래한 것이다.

개장국이나 육개장국은 다릴수록 깊은 맛이 우러난다. 물고기회든·육회든 간을 알맞게 할수록 당길 맛이 난다. 늙은이는 속 기운(中氣)이 없어, 자주 허기가 난다. 그러기에 때를 알아 음식을 장만하여, 자주자주 권하라고 일렀다.

중니(내)미 중노미. "옛날 주막 아궁이 불을 지펴주고·물을 길러오고·기명 씻는 허드렛일을 하는 사내로, 홀아비로 살면서 주막안주인의 일을 거들러 준다."

중딩이 중동. 사물의 허리가 되는 부분. "호박 중딩이를 짜른다."

중밀때 방아개비 비슷한 곤충. "아이들이 중밀때를 많이 잡아 왔다."

중발굽 종지 굽. 혹은 보시기. "반찬을 중발굽에 발라 준다."

중북살 초상집에서 일보다가, 사나운 귀신한테서 입는다는 재액.

중빌 중별. 중치의 바늘을 중별로 이른 것.

「금낭」[민]
남산밑에 남도령아 서산밑에 서처자야
하늘가에 올라가서 뿌리없는 남글캐어
빌당안에 수틀놓고 그남글랑 크고커서
한가지에 해가열고 한가지에 달이열고
한가지에 별도열고 해를따다 겉을대고
달을따다 안을대고 금낭하나 지어놓고
중별따다 중침놓고 상별따다 상침놓고
외무지개 선두르고 쌍무지개 끈을달아
임줄라고 지은염낭 임을보고 염낭보니
임줄뜻이 전혀없네

남산 밑에 사는 남도령아 · 서산 밑에 사는 서처자야. 하늘가로 올라가 뿌리 없는 나무를 캐어, 별당 안에서 수틀에 수를 놓았는데, 하늘에 있는 그 나무는 너무 크고 커서, 한 가지에 해가 열리고 또 한 가지에는 달이 열리고, 그리고 한 가지에 별이 열렸다. 그 해를 따다 주머니 겉을 대고, 달을 따다가 안을 대고, 그리하여 비단주머니 하나를 지어 놓았다. 그 주머니에 중별 따다가 중침을 놓고, 상별 따다가 상침을 놓고, 외무지개처럼 끈을 두르고, 또 쌍무지개처럼 끈을 달아, 사랑하는 임에게 주려고 만든 두루주머니를, 임을 보고 두루주머니를 보니, 임한테 줄 뜻이 전혀 없다.

ㅈ

중우 아랫바지. 중의. 고의. "중우 벗은 시동생, 말하기도 어렵더라."

중우적삼 둘되믄 간다 중의와 적삼이 각각 두벌씩이 되면 죽는다는 뜻으로, 겨우 살만하게 되면, 그만 죽게 된다는 것이다.

중이퍼리 죽 이파리. 가죽나물. "중이퍼리로 맹근 가죽자반은, 논매기때 구워 반찬한다."

중챙이 망둥이 비슷한 물고기. "요새는 중챙이는 안 잽힌다."

중치맥히다 음식물이 목구멍을 넘어가다 가로 막힌 것. 지나치게 놀라거나 언짢거나 하여 어이없는 것. "긴 나물을 먹다가 중치가 맥힐 뻔 했다."

중토 중동. 붓을 먹물에 중간쯤 풀어 쓰는 것.

「화수석춘가」(의성지방)[가]
청황붓 무심필을 중토만 덥석풀어.

「타령」(창원지방)[민]
삼각산 중토지 비오나 마나
어린가장 품안에 잠자나 마나

청황빛 털로 만든 붓을, 중간쯤 덥석 푸는 것이다.

삼각산 중간 쯤 되는 곳에 비가 오나마나, 나이어린 신랑품안에 안겨 잠을 자나마나.

쥐띠는 밤중에 태어나면 잘 산다   자생(子生)은 밤중에 태어나면 잘 산다는 것은, 쥐가 밤중에 먹이를 찾아 활동하기 때문이다.

쥐면 꺼질까 불면 날아갈까   자식이 너무 귀여워, 쥐면 꺼질 것 같고 불면 곧장 날아갈 것 같은 것.

쥐모모숨   쥐면 한 모숨. 손안에 움켜잡으면 한 모숨 되는 소량. 「닭노래」(칠곡지방) "쥐모모숨 먹어가며 석걸마중 어지마중."

증외가(曾外家)   할아버지의 외가.

증이 나다   싫증이 나는 것.

> 「노부인가」 (영천지방) ㉮
> 청춘세월 잠깐이라 희뜩뼈뚝 늙는모양
> 보기싫고 증이나네 옹총망총 늙는모양
>
> 청춘시절은 잠깐이라. 이미 머리가 희뜩 번뜩 늙는 모양, 보기 싫고 싫증이 나네. 머리털이 올망졸망 늙어가는 모습이 보기 싫다는 것이다.

지   제. 자기. 요즘 텔레비전을 보면, 나이 별로 크게 차이도 안 나는데, 깍듯이 "저"라는 말을 무작위로 쓰는 경우를 볼 수 있다. 하기야 그 전에 모 외무부장관은 "저희나라"를 쓰는 경우를 보았다. "저희 집" "저희 학교"가 아니고 "우리 집" "우리 학교"로 써야만 한다. 응당 "저희나라"가 아니고 "우리나라"로 씀이 옳은 말이다. "저"나 "제"는 어른들 앞에서 써야지, 잘 모르는 첫 대면에서 상대에게 함부로 쓰는 것은 바른 예절이 아닌 것이다. 이 "저희"도 군사문화의 일종으로 대대장이 사단장 앞에서 "저희 대대" 사단장이 군단장 앞에서 "저희 사단"하고 쓴 것이 보편화된 것이 아닐까 짐작해 본다.

지갈피우다   잘난 체 몹시 빼기는 것. "어디 가믄 지갈피와 싸서, 몬 델고 댕기겠다."

지검 · 지기미   비듬.

지고 밑지다   남한테 져주고, 언제나 밑지는 것이, 곧 장차 이득이 있다는 것.

지그럽다   간지러운 것. "등뜨리가 지그럽다."

지금지금   음식에 섞여 있는 잔모래 따위가 자꾸 씹히는 것.

> 「교녀사」 (예천지방) ㉮
> 뫼그륵애 뉘와돌과 편가루에 문지꺼정
> 섞어가며 지금지금 지내놓고

메밥을 지었는데 뉘와 돌이 섞여 있고, 편가루에는 먼지까지 섞어 만든 떡을, 제사지내고 음복 때, 이 음식들에 잔모래가 섞여 있어 씹자니, 지금거리는 모습을 그린 것이다.

지까　기껏. "지까 고곳뱉이 몬 했나."

지꼬　겨우코.

「소타령」(칠곡지방) 民

너는천지 무궁토록 살고살고 지꼬살아 천하백성 도아다고.

너는 이 세상에 영원토록 살고 살아, 기어코 살아서 세상백성을 도와다오.

지꼬댕이　노름. "짓고땡이"는 투전 골패 노름. 5장씩 나누어 가지고, 3장은 "무대"를 짓고, 나머지 2장으로 땡잡기를 하는데, 많은 자가 이김. "무대"는 열 또는 스무 끗으로 꽉 차서 무효가 됨을 일컫는다.

지(주)끼다　지껄이다. "자꾸 머라고 지낀다."

지나개나 · 지나서나　쥐나 개나. 아무나. "저 이는 지나개나 다 좋다."

지나(난)이　천천히. "지난이 먹어라." "지나이 놀러 오너라."

지난개　지난해. "지난게 여름에 왔던 총각이다."

지날로　피륙 따위의 세로로 놓인 실에서 나온 말이나, 제 길이대로 자르는 것. "참위를 지날로 빈다."

지남지북(之南之北)　남쪽으로도 가고 · 북쪽으로 가서, 서로 헤어지는 것.

「청춘한양유록가」(예천지방) ㉮

명가후예 한딸로서 고문거족 출가하여
통고금지 예법으로 지남지북 흩어져서
이십세전 귀령길에 일시향락 즐겁더니…
지남지북 회문노와 발행낙열 정일하니
이때는 어느때요 춘삼월 모춘가절

「화전가」(예천지방) ㉮

너오거든 나도오고 나오거든 너가오며
부디부디 명심하여 잊지말고 노자서라
지남지북 돌아가서 부귀영화 누리면서
만세만세 기약하세

이름난 집의 후손인 한 딸로서, 이름 있는 집이요 · 대대로 번창한 문벌 있는 집안으로 시집을 가서, 예나 이제나 한결같은 예법(통고금지 通古今之)에 의하여, 남북으로 각각 흩어져, 스무 살 전 근친 와서 화전놀이 가서, 한때 향락으로 즐겁게 놀자. 남북 쪽으로 여러 사람들이 돌려 보도록 쓴 글을 보내어, 출발할 즐거움과 기쁨에 날짜를 정(定日)하니, 이때가 어느 때요, 춘삼월 모춘의 가절이다.

네가 오거든 나도 오고 · 내가 오거든 네가 오며, 부디 명심하여 잊지 말고 노자구나. 남북으로 헤어져 시집에 돌아가면 부귀영화 누리더라도, 만세를 두고 화전놀이에서 만나기를 약속하자.

지대에 절로. 제자리. "감나무가 지대에 나서 자랐다." "바람도 안 불었는데, 지대에 넘어졌다." "얼음이 지대에 다 녹았다."

지데 본투박이 제자리 "저 사람은 지데 사람이다." "얼음이 지데 다 녹았다." "능금 한 반팅이를 지데 앉아 박냈다." "지데 나서 지데 자란다."

지두토연 지두통인. 으뜸가는 통인. 「토연노래」(의성지방)⑭ 참조

지둘쿠다 넘어지지 않게 기대거나 의지하게 하는 것. "지둥을 나무로 지둘쿤다."

지따나 제 딴은. 자기 나름대로. 저 사람으로서는. 저의 생각으로서는. "지따나 한다고 했다."

지랄발광요대질 지랄용천.

지랄삥하다 행동을 마구하는 것으로 일종 비속어. "저놈으 소상 지랄삥하나."

지랑물 오양간에 소의 오줌물이나, 초가지붕 짚이 썩어서 떨어지는 물. "옷에 지랑물 맞을라 가지마래이." 또는 새신랑을 골려주기 위해, 반상에 간장물 대신 지랑물을 종지에 담아내어 놓는 장난을 치기도 한다.

지랑해 해질 무렵.

지래 지라. "소지래는 질다."

지러지(래기) 겉절이. 절이 지. "배차로 지러지를 해 무었다."

지럭지 · 지러기 길이. "저 방에 있는 농이 지럭지가 얼매나 되노."

지(재)럽다 저리다. 발이 지린 것. "오래 앉았더이 발이 지럽다."

지럽에 예상하기에. 느끼기에. "올 지럽에 같이 온나."

지럽자리 삼의 말린 속대인 겨룹으로 결은 자리. "여름엔 지럽자리가 몸에 안 붙는다."

「물래」(의성지방)⑭
나는가네 나는가네 지팽이나 꺾어주소
밀집을 꺾어주네
시아바이 나는가네 지팽이나 꺾어주소
쏙새회기 꺾어주네
형님형님 나는가네 지팽이나 꺾어주소
지룹을 꺾어주네

시집살이 못 하겠다고 나는 간다며 지팡이나 꺾어달라니 밀짚을, 시아버지한테 꺾어달라니 속새회기를, 손윗동서한테 꺾어달라니 겨룹을 꺾어준다는 해학이 서려 있다.

지렁(랑) 간장.

> 「시집살이노래」 (의성지방) ⓔ
> 달겉은 동솥안에 어리설설 삶아내어
> 말피겉은 전지렁에 소피겉은 꼬추가리
>
> 달 같은 동솥 안에 어리설설 삶아내어, 말피 같은 진간장과 소피 같은 고춧가루.

지르매 길마.

지리 길이. 지리기. "옷 지리가 맞나."

지만(遲慢)타 더디고 느즈러지는 것. "빙이 많이 지만해졌다."

지만하다 그만두다. "곡소리를 지만하이소."

지망지망 투미해 조심성이 없는 것. 무슨 일에 삼가지 아니하고 소홀한 것. 조심성이 없고 경박하여 소홀한 모양. "지망지망이 카지 말아라."

지망하다 버릇없다.

지미 기미. "얼굴에 지미가 많이 찌었다."

지발적선 제발 덕분에.

지부 제부. "지부가 온다."

지분대다 지분거리다.

지붕지슬 지붕 기슭. 지붕처마 언저리. "박이 지붕지슬게 줄이 올라간다."

지사 제사. "오늘 지사 든다 카더라."

지살이꾼 자작농.

지상 모습. 모양. 「베틀노래」(칠곡지방) "흔터노는 지상이요."

지새(에) 기와. "저 골목 지새집이 우리 집이다."

지새다 시샘하다. "아아들이 지들찌리 지샌다."

지새보다 흘겨보다.

지새하다 너무 지나치게 먹은 것.

> [화수석춘가] (의성지방) ㉠
> 되지못한 음식으로 지새하야 먹었던가
>
> 좋지 못한 음식으로, 너무 지나치게 먹었던가.

지서로 차라리 · 조용히, 또는 짓이 나다. "그냥 나두는게 지서로 나알다." · "지시

나서 말리도 말 안 듣는다."

지스락(랑)물 처마에 떨어지는 낙수. "비가 오민 초가에서 지스락물이 떨어진다."

지시 제때. "지시에 퍼뜩 갔다 온내이."

지시들다 몸이 몹시 피로한 것. "자꾸 와 지시가 드는지 모리겠다."

지신밭 지심 밭. 기음밭. "땀을 흘리민서 지신밭을 맸다."

지실 기슭.

「꽃노래」 (군위지방) 問
희다희다 박꽃은 지붕지실 휘자졌네…
포리포리 돌개꽃은 산지실로 휘돌으네…
희다희다 찔래꽃은 산지실로 휘돌으네

희고 흰 박꽃은 지붕 기슭에 흐드러졌네. 포리포리한 도라지꽃은 산기슭으로 휘돌아 피었네. 희고 흰 찔레꽃은 산기슭으로 휘돌아 피었네.

지심 기음. "지심매던 그 밭이라도 보고싶다."

지양 저녁.

「계모노래」 (예천지방) ㉮
전실자식 있거들랑 후실장개 가지마소
이내눈물 받아서로 지양뜰에 뿌렀다가
지양꽃이 피거들랑 날만이기 돌아보소

전처자식 있거들랑, 후처장가 가지 마시오. 이내 눈물 받아설랑, 저녁 뜰에 뿌렸다가, 저녁에 꽃이 피거들랑 날만 여겨 돌아보십시오.
전처자식이 애비를 보고 후처장가 가지 말고, 저녁에 피는 박꽃 같은 딸 나를 보아달란 것이다.

지여지다 그치다.

「회취가」 (봉화지방) ㉮
오던비도 지여지고 월출동령 떠오른다

오던 비도 그쳐지고, 달은 동쪽 산마루로 떠오른다.

지엽다 지루하다. "지엽도록 기다린다."

지와집·재집 기와집. 기와 2천장을 한"우리"라 한다. "저 지와집이 작은집이다."

지우 겨우. “다리가 아파 지우 왔다.”

지이다 유산이나 · 아이를 잃는 것. “얼라 배슬렀다, 고만 지었단다.”

지자거래 저자거리.

「나라잉금 따다가」 (군위지방)[민]
벗기싫은 미명옷 입기싫은 공비단옷
타기싫은 역말거래 가기싫은 서울질에
넘기싫은 문경새재 들기싫은 지자거래
시기싫은 재자고개 들기싫은 대문안에
서기싫은 임금앞에 해기싫은 절을하고
해기싫은 말을하니 묶우라우 묶우라네
참바올바 묶우라네

시집가는 신부의 심정이 ,평소 집에서 입던 무명옷이 벗기 싫은데다, 좋은 공단비단옷은 입기 싫다는 것이다. 시집가는데 타기 싫은 역말 거리에서, 가기 싫은 서울 길 같은 시집에, 넘기 싫은 문경새재 같은 재를 넘어, 싫은 저자거리를 들어갔다가 싫은 저자고개에서 쉬어, 들어가기 싫은 시집 대문 안에 들어가 임금 같은 시구고 앞에 하기 싫은 절을 하고, 하기 싫은 말을 하고나니, 신부를 묶어라 한다. 그것도 볏짚 또는 삼을 세 가닥 굵다랗게 드린 줄이나 올로 드린 줄로 묶어라 한다. 이건 신부가 시집살이에 묶이는 것을 나타낸 것이다. 시집이 얼마나 싫으면, 싫다는 말이 11회 반복되고 있다.

ㅈ

지자리떡매 가만히 있어도 저절로 돌아오는 몫.

지정 기장. “지정밥을 해 묵었다.”

지정머리 좋지 못한 짓거리. “지정머리가 와 그렇노.”

지주(지)금 제마다. 제각기. “갈아 입을 옷은 지주금 갖고 온나.”

지지개 기지개. “하품을 하고 지지개짓을 한다.”

지지랑물 짚 지렁물. 초가지붕의 짚이 썩어 흐르는 물.

지지바 계집아이. 지집. “지지바가 까분다.”

지지부레하다 없애도 되는 소소한 것. “이사 갈 때, 지지부레한 건 몽땅 버리라.”

지집과 음석은 훔치먹는 것이 별미다 여자와 음식은 남몰래 훔쳐먹거나 성관계를 갖는 것이 더 좋다는 것.

지집 못 된기, 아래우로 주전부리한다 여자행신 좋지 못한 것이 아무렇게나 행동하는 것.

지집은 꼬치맛이 화끈할수록 좋아한다. 여자는 남자의 성기가 화끈한 맛을 주는걸 좋아한다.

지집은 수물엔 꿀겉이 달고, 서른엔 무시장아찌처럼 짭짤하고, 마흔엔 시금털털하고, 쉰엔 맵은 맛만 나고, 예순엔 씹은맛만 남는다 여자와의 성교에서 나이에 따라 다른 것을 이른 것.

지천대다 지청구하다.

지천들다 한기가 드는 것. "날씨가 추버서 지천들다."

지추(주)르다 돈이나 물건·날짜 따위를 뒤로 쓰기위해 남겨두는 것. "감자를 다 묵지 말고, 쪼매 지추라라."

「회인별곡」 (달성지방) ㉮
어여쁘다 내여아들 천간이야 지출여
애지중지 내친실아
강보유치 너키울적 업고안고 자나깨나
너하나를 기를적에 일심정력 다고다셔
진자리는 내가눕고 마른자리 너를뉘어
한서를 가려가며 좋은음식 너를주어
안친것은 내가먹고 좋은옷은 너입히고
안친옷은 내가입고 이렇듯이 너기를때
허다한 겪기풍상 내혼자 다겪어서
세월이 신속하여 어느사이 너의방년
이구십팔 되었구나

예쁘구나. 내 딸아이, 돈과 곡식을 남겨두듯, 매우 사랑하고·귀한 내 친딸이여(室兒). 포대기에 싸인 어린 너를 키울 적에, 업고·안고·자나·깨나, 너 하나를 기를 때에 한 마음으로 정력을 다하고 다하셔, 진자리는 엄마가 눕고·마른자리 너를 뉘어, 추위·더위 가려가며, 좋은 음식은 너를 주고, 치이지 않은 과실은 내가 먹고, 좋은 옷은 너를 입히고, 치이지 않은 옷은 내가 입고, 이렇듯 나를 기를 때에, 허다한 세상고난 겪기를 엄마혼자 다 겪고서, 세월이 빨리 가서 어느 사이 내가 꽃다운 나이 열여덟 살이 되었구나.

엄마가 딸을 키울 때의 정성이 너무 자상하게 그려졌다. "내친실아"는 "내親室兒"

지추리 계추리. 경북에서 나는 황저포(黃紵布).

지치다 제치다. "좋은 건 지치놓고 묵으라."

지치말다 지치러지지 아니하다. 마음에 들거나 상처입지 아니하다.

> 「현부인가」 (대구월촌) ㉮
> 시동서 시동생을 일체로 화합하여
> 아는체도 하지말고 허물치도 지치말고
> 부인은 띳띳한딕 순한것이 첫째로다

시댁동서와 시동생들을 하나로 화합하여, 내가 너무 아는 체도 하지 말고, 시댁식구들을 허물치도 말고, 부녀자란 떳떳한 덕을 지녀, 순한 마음을 갖는 것이 첫째가 된다.

지키(끼)미 지킴이. 큰 구렁이나 산중에 호랑이 따위를 이르기도 함. "저 쏘에는 지키미가 살고 있단 소문이 있다."

지탁(地坼) 땅이 갈라지는 것. 곧 어머니의 별세를 이른 것.

> 「능주구씨경자록(警子錄)」 (대구월촌) ㉮
> 십세전 천붕당코 삼세후에 지탁하니
> 잔약하온 신세로서 곤곤히 성장하여
> 이십세 당한후에 최씨댁에 출가하니

열 살 앞서 아버지를 여의고, 세살 뒤에 어머니를 여의고, 잔질에 약한 신세로 어렵게 성장하여, 스무 살 맞은 뒤 최씨댁으로 시집간 것이다.

지토리 문지도리. 돌쩌귀. 문장부.

> 「어린님」 (안동지방) ㉠
> 없는옥아 대답핫가 지토리를 빼고보니
> 밍지수건 목을매서 자는듯이 죽었고나

가고 없는 옥아. 대답할까. 문지도리를 빼고 보니, 명주수건 목을 매고 자는 듯이 죽었구나.

지 팔 지 흔들기 각자 알아 행동하기.

지푸다 깊다. "지푼 물은 조심해야 한다."

지푸랭이 지푸라기. "새끼 꼬고 나이 옷에 지푸랭이가 붙었다."

지피방 큰방에 딸린 작은 방. 지피마는 작은 말.

> 「처자과부노래」 (선산지방) ㉠   「시집살이」 (달성지방) ㉠
> 삽작거리 들어서니 사당앞에 생이짜고   조고만한 집피방에 조고만한 초립쟁이

마당앞에 널을짜네 이방저방 디쳐놓고　　　가지마세 가지마세 그부모가 천년사나
쪼고마는 지피방에 문을열고 들다보니　　　그부모가 만년사나.
저안에 저선비가 날마다고 안을했네

삽작 앞 길거리로 들어서니, 사당 앞에서 상여 짜고, 마당 앞에는 널을 짜고 있다. 이빙·저빙 제서놓고, 조그만 작은방에 문을 닐고 블며나보니, 저 안에 있는 저 선비(낭군)가 날 마다고 돌아 누었단, 곧 죽었단 것이다.

조그만한 작은 방에 조그만한 초립 쓴 신랑아, 가지 말라. 그 부모가 천년만년을 사느냐.

지하(支下)　지손(支孫).

지해기　새꽤기. 곧 껍질을 벗긴 줄기.

직사게　아주. 너무. "직사게 잘 한다."·"직사게 바로 왔다."

직성(直星)　직성이 풀린다는 말은 소원이나 욕망 따위가 제 뜻대로 이루어져, 마음이 편해지는 것이다. 이 직성에는 제웅(나후, 羅睺)직성은 남자 10살·여자 11살 드는 해에 제웅(허재비)을 만들어 액땜을 해야 한다. 토(土)직성은 길하거나·흉하지 아니하며, 남자 11세·여자 12세에 든다. 수(水)직성은 길한 것으로, 남자 12세·여자 13세에 든다. 금(金)직성은 길한 직성으로, 남자 13세·여자 14세에 든다. 일(日)직성은 반흉반길로, 남자 14세·여자 15세에 든다. 화(火)직성은 흉한 직성으로, 남자 15세·여자 16세에 든다. 계도(計都)직성은 해와 달을 두 손으로 떠받들어 청룡을 타고, 분노의 상(相)을 한 신상으로 나타나는데, 남자 16세·여자 17세에 든다. 월(月)직성은 반흉반길로, 남자 17세·여자 18세에 든다. 목(木)직성은 길한 직성으로, 남자 18세·여자 19세에 든다.

직인다　죽인다. 아주 끝내주게 좋은 것. "맛이 직인다."

진갈눈　진눈깨비.

진고리　진피. 곧 끈질기게 달라붙는 것. 징고리.

진구다·진가　지게작대기로 지게를 받치는 것. "짐바리를 진가라."

진내기　얼굴에 티가 있는 것.

「정송가」 (대구지방) ㉮
등잔불 그림자에 옆눈으로 살큼보니
백옥으로 깎았으니 진내기도 전혀없다

등잔불 그림자가 지기에 옆 눈으로 살큼 보니, 흰 옥으로 깎은 듯한 얼굴엔 티도

아주 없다.

진다 진짜. "이 고기는 진다 비싸다."

진동한동 마구 달려가는 것.

> 「우리부모」 (의성지방) ㉠
> 진동한동 쫓아가니 우리엄마 간데없고
> 물지는 소릴네라
>
> 마구 달려 쫓아가니, 우리 엄마는 간 데 없고, 물 떨어지는 소리뿐이다.

진드레미 지느러미.

진물 좋은 물.

진바리 바다에서 고기를 잡아, 그 자리에서 소금 친 것. "장아서 진바리 고등애 한손을 샀다."

진빼다 한곳에 눌어붙어 애를 먹이는 것. "그 집에서 며칠 진을 뺐다."

진상뜨다 하는 짓이 밉상스럽거나, 점포 안의 나열된 물건을 값을 묻기만 하고 사지 않는 얄미운 짓만 하는 것. 곧 꼴 보기 싫은 모습.

진이가 진외가(陳外家). 아버지의 외가. 어머니의 외가는 외외가(外外家).

진일보다(당하다) 어떤 일로 몸을 다치는 것. 궂은 일. "오늘 하루 운수가 나빠 진일을 당했다." · "깨글막진 데로 니려오다 진일 당했다."

> 「노처녀가」 (단대본) ㉠
> 가슴이 뒤안기는 진일잘할 기골일세
>
> 가슴에 되안겨 궂은일을 잘 처리할 씩씩한 의기를 지녔다.

진지 진실로. 진지(眞摯).

> 「능주구씨경자록」 (대구월촌) ㉠
> 요조할사 어진덕은 진지저의 짝일래라
>
> 얌전한 부인이구나, 어진 덕은 진실로 나한테 짝이로구나.

진진하다 혹은 진진(津津)하다는 푸지고 풍성하거나, 맛 따위가 깊고도 홋뭇한 것. 곤지곤지하다. "애기가 손을 들고 진진한다."

진짓다리 전짓다리. 아이들한테 약을 멕일 때, 위아래 턱을 벌리게 하는 도구.

진짜배기 진짜박이. 진짜의 속어. "짝퉁이 하도 많은데, 이건 진짜배기다."

진찮다 하여서는 안 될 일을 하는 것. "백제 진찮은 짓을 했다."

진창 흙이 물렁하게 되어, 발이 빠지면 잘 못 나오는 곳. "비가 와서 골목챙이 진창이 됐다."

진판산판 진둥한둥.

질겁내다(하다) 숨이 막힐 지경으로 깜짝 놀라는 것. 아주 겁을 내는 것. 뜻밖의 일로 몹시 놀라는 것. "아주 질겁했다."

질게 지레. "질게 겁묵고."

질겡이 질경이.

질고도 짜른 목 음식이 먹고 싶어 짧은 목을 길게 뽑는 것. 「화전가」(안동지방) 참조.

질구다 기르다. "콩지름을 질구고 있다."

질그늙다 삶의 고통 속에 제 나이보다 겉늙어 뵈는 것. "몸이 자꾸 아파 질그 늙는다." ·"밥을 질그 퍼묵고 갔다." 등으로 쓰이고 있다.

질그밥 밥이 뜸이 덜 든 것. "시간이 없어 질그밥을 먹고 갔다."

질그잡아빨다 옷이 더러운 곳만 잡아 빠는 것. "옷을 질그잡아 빨아 입고 갔다."

질금 엿기름. "밀로 질금을 낸다." 콩질금. 엿질금. 녹디질금.

질대로 제 바탕대로. "소괴길 질대로 빈다."

질랑이 어떤 일에 이력이 난 것. "이 일은 저 사람이 질랑이다."

질매 길마. "소한테 질매를 지운다."

질발기 진흙을 발로 밟는데, 이는 반죽을 고르게 하기 위해, 한쪽면만 1시간을 밟는다.

짊어내다 짊다. 지게·수레·길마 따위에 짐을 뭉뚱그려서 올려 얹는 것. 「활노래」 (칠곡지방) "번질하게 짊어내어"

짐 김(먹는 김·수증기). "짐이 술술 피어오른다."

짐실이 짐받이.

짐(진)빠 짐바. 짐을 질 때 묶는 밧줄. "짐빠를 단디이 매라."

「염불선」 (동래지방) ㉖
참살닷말 밉살닷말 유리를 짐빠걸어
이물가득 실어놓고
아범줄로 허파줄로 어멈줄로 간경줄로

형제줄로 애정줄로 허리능청 둘러매고

그어대 가는배요

찹쌀 다섯 말과 멥쌀 다섯 말을 배에 싣고, 유리같이 좋은 짐바를 걸었는데, 뱃머리까지 가득 실어놓고, 아범의 든든한 밧줄은 허파 줄로 · 어멈의 든든한 밧줄은 간에 붙은 줄로 · 형제의 든든한 줄은 애정의 줄로, 허리까지 능청스럽게 둘러매고, 그 어디로 가는 배냐고 묻는 것이다.

짐치쏙(속) 김치소.

집거리 집 앞 길거리.

「처자과부노래」 (동래지방) 민

우리집거리 가거들랑 우리부모께 소식전케

우리 친정집 앞거리 가거들란, 우리 부모님께 내 소식을 전하여 달라.

─ **집다** (먹고)싶다. "묵고 집고, 가고 집다."

집산적 섭산적.

집세기 짚신. "인자 짚세기는 아주 없어졌다."

집안이 씨암닥 잡은 먹은 듯하다 집안이 아주 고요하거나, 혹은 단란한 것.

집장(汁醬) 고추장에 식초를 탄 것. "미나리강회는 집장이 좋아야 한다."

집지다 진하다.

집철개이 말잠자리. "집철개이가 난다."

집청(汁淸) 조청. 인공 꿀. "엿질금으로 집청을 맹근다."

짓다리 짓둥이. 짓거리.

짓(짚)담다 물속의 돌너덜에 고기를 잡기 위해, 짚을 넣어 고기가 모여들게 하는 것. "가실 다하고 나믄, 걸물에 짓담아 괴기를 잡는다." 고치 짚자리를 주로 많이 사용하였다.

짓이 나다 덩달아 자꾸만 하는 행동. 이골 나다. "잘 한다, 잘 한다하이, 짓이 나서 더 잘 한다."

짓치(추)구신 주초(柱礎)귀신. 기둥 밑 괴는 물건.

「저승간 맏딸애기」 (군위지방) 민

대문안에 들어서니 문직이 막아서네

만단춘이 내노라고

마당안에 들어서니 마당미구리 막아서네
통시에라 들어서니 옹이각시 밖이서네
마귀에라 들어서니 마대장군 막키서네
정지에라 들어서니 종의각씨 막키서네
뜰에라 올라서니 짓지구신 막아서네
마리에라 올라서니 성주구신 막아서네
방안에 들어서니 구석할마니 막아서니
긋치없이 대들보를 뜰고갔네

친정 쪽 부모가 딸의 집 대문 안에 들어서니 문지기가 막아섰다. 만단춘이 내놓으라고 막아선다. 마당 안에 들어서니 마당 마구리가 막아선다. 정랑이라 들어서니 나무옹이 처럼 생긴 각시가 밖에 섰다. 마구에 들어서니 마대(馬隊)장군이 막아선다. 부엌이라 들어서니 종의 각시가 막고 섰다. 마루라 올라서니 성주(城主)귀신이 막아섰다. 방안에 들어서니 구석할미가 막아섰다. 구처(區處)없이 곧 친정부모는 하는 수 없이 대들보를 들고 갔다. "구처"는 변통하여, 처리하는 것.

징(진)게 큰나무. 고어 "즘게"가 와전.

「질삼노래」(청도지방)[민]
청도미량 진삼가래 월태산 높은징게
우리아배 관솔피고 우리어매 관솔놓고

청도밀양서 나는 긴 삼 가랑이 월태산 큰나무, 우리 아버지는 관솔 패고 우리 어머니는 관솔불을 놓는다.

「질삼노래」(군위지방)[민]
청도밀양 진삼가래 와낭산 높은진게
울미산 관솔가지

청도밀양서 나는 긴 삼 가랑이 와낭산 큰나무 울미산 관솔가지는 곧 삼을 삼기 위해, 관솔불을 놓기 위해 큰 소나무 관솔을 패어내는 것을 표현한 것이다.

징고이 매우 검질기게.

징금지 · 징거미 징거미. 민물새우. "징금지 잡아, 된장풀어 끓이민 지 맛이다."

징기 진기(津氣)는 먹으면 징건하여, 오래도록 속이 든든한 기운. "찰밥은 묵으믄 뱃구리가 든든한게 징기가 있다."

징기(구)다 지니다. "징그다"는 미리 준비하는 것.

「창회곡」 (안동지방) ㉮

삼십이 넘어서니 시각으로 타는애장

혈뉵이 마르는중 딸인들 징길손가

서른 살이 넘어서니 시각으로 타는 애간장, 아래로 혈육이 없는 가운데, 딸자식인들
지니겠는가.

징날 학질에 걸려, 하루걸러 아픈 날.

징(쟁)이 천천히. "징이 놀로 오게."

징징하다 적적한 것. "할마이 볼일 보러 나갔으이 오늘은 징징하겠다."

짙다 몸집이 불어나는 것. "저 집 메누리 몸이 짙은 걸 보이 해산달이 다 됐다."
 − **짚기** 싫고. 「화수석춘가」 (의성지방) 참조.

짚단 시단 들 힘있으믄, 오입질한다 사내는 짚단 세단 들 힘이 있으면 계집질 한다.

짚오자기 짚으로 결은 오자기.

「연모요」 (김천지방) ㉰

조고만한 짚오자기 신을삼아 전하라소

조그만 짚 오자기와 신을 삼아서 전하란다.

짜(쪼)가르다 조각내다. "능금을 짜갈라 묵는다."

짜개 공기놀이.

짜구 자귀. "짜구로 나무를 다듬는다."

짜구나다 자귀 나다. 이는 강아지가 병으로, 너무 먹어서 배가 붓고·발목이 굽는
 것. "짜구날라 고만 멕이라."

짜(째)그락거리다 작은 일에 대하여, 듣기에 딱하도록 옥신각신하는 것. "성지간에
 짜그락거린다."

짜드다 찌들다. "살림이 짜들어 매련 없다."

짜드라 모 , 모든. "짜드라 사람들이 몰리 온다."

짜(쩌)들다 비가 퍼붓다. "소내기가 짜들다." 혹은 물건이 오래되어 때나 기름이
 묻어 더럽게 된 것. 세상의 여러 가지 괴롭고 어려운 일을 겪느라고 시달리는 것.

짜리(르)다 짧다. "황새는 다리가 질고, 오리는 짜리다."

짜매다 잡아매다. "허벌렁한 옷을 짜맸다."

짜부라지다 조부라드는 것. "공이 바람이 빠져, 짜부라졌다."

짜우 자국. "머 한 짜우가 있나."

짜(쪼)치다 쪼들리다. 살림이 몹시 궁색한 것. "집안 살림이 맨날 짜친다."

짜투매기 짜투리.

짝눈이 애꾸눈이.

짝다리 살아있는 나무의 죽은 가지. "이 낭게는 짝다리가 없다."

짝배기 왼손잡이.

짝붕알 한쪽 불알이 좀 작은 것.

짝지 지팡이. "노인은 짝지를 짚으민, 훨썩 댕기기 좋다."

짝지칼 주머니칼.

짝짜거리하다 물기가 없이 말라붙은 것. "국물이 없어, 짝짜거리하다."

짝째기 짝짝끼리. 한 짝이 됨. "짝째기 모디 간다."

짠데(대) 잔디. 김소월의 "금잔디"㉮를 이별의 슬픔이니, 죽은 임에 대한 그리움과 한이라고 하고 있다. 그러나 심심산천에 붙는 불은 무엇을 표현한 것일까. 잔디는 남녀간 성기둔덕에 나는 거웃이며, 더구나 심심산천은 남녀의 가장 깊숙한 심심산천 곧 성교에서, 붙은 불처럼 활활 타오르는 사랑이다. 아무리 생각해도 야산의 잔디 잔디 금잔디부터 점점 깊은 산중의 잔디로 불붙어 들어간 열애의 성교로 보고 싶다. 가신 임 무덤가는 비약적으로 보아, 젖퉁이를 표현한 것이고, 남녀간 성적 교합은, 그야말로 봄빛과 봄날이 왔다고 보면 어떨까 한다.

잔디
잔디
금잔디
심심산천에 붙는 불은
가신 임 무덤가 금잔디
봄이 왔네 봄이 왔네
버드나무 끝에도 실가지에
봄빛이 왔네 봄날이 왔네
신신산천에도 금잔디에

「엄마생각」 (달성지방) ㉯
송춘을라 울을삼고 뒤짠대를 이불삼고
두견일라 벗을삼고 외로이 기실내라
저승길이 길갈으면 오며보고 가며보지
뒤짠대가 문갈으면 열고보고 닫고보지

송추(松楸)는 무덤둘레에 도래솔을랑 울타리삼고 띠잔디를 이불삼고, 소쩍샐랑 벗을 삼고 외로이 계신다. 저승길이 길 같으면 오가며 보겠지만, 띠잔디가 문 같으면 열고보고 닫고 보겠다.

짠졸래기 잔졸(孱拙)은 잔약하고 졸망한 것. 좀 작은 것들. "이 짠졸래기는 모지리 버리라."

짠지 짜게 만든 지.

짠(짼)하다 눈에 선히 나타나는 모습. 안타깝게 뉘우쳐서 속이 좀 아프고 언짢은 것. "딸이 시집가고 나니, 눈에 짠하다."

짤프다 물기 등을 짜는 것.

짧은손 길게뻗쳐, 소매끝 마주잡고 「애향곡」(의성지방) 시집을 가면서 친정식구들과 이별하는 광경을 그린 모습으로, 헤어짐의 애틋함을 짧은 손이 나마 조금이라도 길게 뻗쳐, 손길을 마주잡는 표현기교가, 아주 뛰어나다.

짬뱅이 난쟁이.

짬봉·잔뽕 일본어 "じゃんぽん"에서 온 것으로, 한데 섞은 것.

짬상 짜는 인상. "뒷집 아지매는 짬상이다."

짬 없다 앞뒤가 없거나, 두서가 없는 것. "짬없이 비싸게 값을 부른다." 「빼앗긴 들에도 봄은 오는가」(이상화) 참조.

짬직하다 침착하고 야무진 것.

짭박 끄덕 "안주 짭박도 안 한다."

짭질(졸)맞다 살림이나·음식 따위가 알맞은 것. 혹은 물건이 알속 있고 값진 것. "짭질잖다"는 점잖지 못하고 추한 것.

> 「여자유행가」 (안동지방) ㉮
> 의복을 자주빨아 추접게 하지마라
> 짭짤찮은 모양이다
>
> 의복을 자주 빨아 입어, 남 앞에 추접하게 보이지 말라. 이는 점잖지 못하고 추한 모양을 보이는 것이 된다.

짭짝짭짝 짭짭거리는 것. 집적집적. 망설이는 것. 조심성(操心性)이 있는 행동. "물건을 짭짝짭짝 만치기만 한다."

짭쪼름하다 짭짤하다. 약간 짠 듯한 것. "돈배기맛이 짭쪼름하다."

짱개이 조장면(酢醬麪). 중국인 지칭. "인천엔 짱게이들이 많이 산다."

짱꼴라 제기차기. "손자는 짱꼴라를 잘 찬다."

짱배기 정수리의 속어. "짱배기가 훤한께 비기 좋다."

짱크다 자로 재는 것.

째그닥하다 깨끗하다.(한 쪽 눈이 짜그란진 듯하다.)

째기발 앙감질은 한발은 들고 한발로만 뛰는 것. 발뒤꿈치를 드는 것. 깨금발(질). "째기발로 서서 기경한다."

째기칼 주머니에 넣고 다니는 작은 칼. 조끼주머니칼. 접칼. 접도. "째기칼을 갖고 댕기민 잘 써믹힐 때가 있다."

째다 찢다. "종우를 짼다."

째리다 술에 취하다. "술에 째리다."

째보 언청이.

째비다 남몰래 훔치는 것. 살을 꼬집다. "살을 째벼 눈치채게 했다."

째여나오다 액체가 스며 나오는 것. "장마가 지이, 바람박으로 물이 째여나온다."

째지다 찢어지다. 기분이 좋은 것. "오늘 기분 째지게 좋은 날이다."

째지리하다 물이 조금 괸 것. 째질째질하다는 자질자질한 것. "물이 바닥에 안죽 째지리하다."

짹 짝.

> 「과부노래」(김천지방) 閔
> 꺼리짹도 짹이있고 헌신짹도 짹이있고
> 맷돌짹도 짹이있고 은낭나무 탱자나무
> 둘이쌍상 마주서고 시상천지 만물중에
> 짹없는기 없던구만 칭이같은 내팔자야
>
> 껑리짝도 짝이 있고·맷돌짝도 짝이 있고·헌신짝도 짝이 있고, 은행과 탱자나무는 둘이 마주 서야 꽃이 핀다. 세상천지 만물 중에 짝이 없는 것이 없는 키 같은 내팔자야.

쩰쫌하다 옆으로 좁다란 것. "괴기 비늘이 쩰쫌하다."

쨉이다 꼬집다.

쨋불 겻불. 잿불. 곡식의 겨를 태우는 불. "잔칫날 단술이 안 식도록 쨋불을 피운다."

쩌린짝지 짧은 지팡이.

> 「가야산해인사」(성주지방) 歌
> 쩌린짝지 길기잡고 숙소를 돌아오니
> 등대하여 올린석반 산채더욱 선미하다

짧은 지팡이 길게 잡고 숙소로 돌아오니, 준비하여 기다리다 올린 저녁밥상엔, 산나물이 더욱 산뜻하고 아름답다.

쪄지다 나뭇가지가 무게를 못 이겨 째어지는 것.

쩔(짤)다 절다. 오래되어 땀 따위가 속속들이 배어든 것. "책이 오래되어 쩔었다."

쩔둑(룩)바리 절름발이. 절뚝발이. 발을 저는 사람에 대한 속어. "다리를 다쳐 쩔둑바리가 되었다."

쩔때부리다 하는 일이 잘 안 될 때, 마구 훼방 놓는 것. "저 친구는 술만 묵었다하민 쩔때를 부린다."

쩔렁거리다 사방을 휘젓고 다니는 것. "쩔렁"은 큰방울이나 얇은 쇠붙이 따위가 함께 흔들려 세게 나는 소리. "온 사방을 쩔렁거리고 댕긴다."

쩔레부리다 부정한 행동. "일이 안 되이, 쩔레부린다."

쪼가르(리)다 칼로 잘라 조각내는 것. "능금을 쪼갈라 묵는다."

쪼가리(쪼갱이) 조각. "종우를 쪼가리쪼가리 냈다."

쪼고실 쪼구미다리(동자기둥)가 놓인 마을.

「모심기노래」(함양지방)[민]
서울이라 냉기없어 쪼고실로 다리나아
그다리를 건니자면 쿵쿵절사 소리난다

서울이라 나무가 없어, 쪼구미다리로 다리를 놓아, 그 다리를 건너자면 쿵쿵거려 소리가 난다.

ㅈ

쪼구 조기. "쪼구가 요새는 옳은 기 없다."

쪼구마이 꼬마. 키가 작은 사람에 대한 속어. "저 쪼구마이한테 시키라."

쪼그랑망태 일이 파의가 된 것. 쪼그랑밤. 쪼그랑할멈. "일이 고만 쪼그랑망태가 됐다."

쪼(찌)글시다 쭈그리다. "쪼글시고 묵는다." 혹은 바르거나 떨어뜨리는 것.

「물래」(의성지방)[민]
앞티가 넝그들랑 앞으로 휘씨불고
뒤로 넝그들랑 앞으로 쪼글시고
참깨기름 찌글시소

앞쪽으로 넘거들랑 앞으로 휘쓸어 버리고, 뒤쪽으로 넘거들랑 앞으로 쭈그리고, 참깨기름을 바르시라. 물레 돌릴 때, 몸가짐을 이른 것이다.

쪼까내다 쫓아내다. "집에서 쪼가냈다."

쪼다(리) 바보. 제 구실을 못 하는 등신. "이 쪼다야! 그것도 모르나."

쪼대 진흙. 도토(陶土)의 통속적 명칭. 조대흙. "쪼대로 그륵을 맹근다."

쪼대로 제 멋대로. "시시만큼 쪼대로 논다."

쪼루다 졸이다. 몹시 초조하게 애를 쓰는 것. "얼라가 엄마한테 쪼룬다."

쪼림 민물고기를 고추장 따위를 발라 바짝 졸인 것.

쪼막손 조막손.

쪼(쩌)메 · 쪼께 · 쪼만창 조금. 대구지방은 쪼메, 부산지방은 쪼께로 쓴다. "쪼매 더 있다 가거라."

쪼물래기 조무래기. 곧 자질구레한 물건이나 어린아이. 혹은 거제지방에서는 고구마를 으깨어 만든 떡을 이르기도 함. 고구마를 조물락조물락 주물러 만들기 때문이다.

쪼물닥쪼물닥 조몰락조몰락. 자꾸 주무르는 것.

쪼바리 아주 못난 사람을 이르는 것.

「시집살이노래」(군위지방) [민]
쪼바리꽂은 시어머니 엉그구꽂은 시아바이
할미새꽂은 시누이 할무대꽂은 맏동새
신랑꽂은 함박꽂

못난 꽂은 시어머니, 엉겅퀴 꽂은 시아버지, 할미새 꽂에 "할미"는 하리를 잘 하는 시누이요, 할무대꽂은 "할"은 "하리"를 나타내고, "무대"는 지지리 못난 할미꽂같이 미련한 맏동서요, 신랑 꽂은 함박꽂이다.

「물래」(의성지방) [민]
쪼바리같은 시어머니 요미느라 조미느라
고결사 일이라고 점심챔이 덜대왔나

쪼바리같은 시어머니가 이 며늘아 저 며늘아, 그걸사 일했다고 점심참이 덜 되어 왔느냐.

쪼부라지다 쪼그라지다. 부피가 줄어드는 것. "공이 바람이 빠지니, 쪼부라진다."

쪼불(물)시다 쪼그리다. "자리에 쪼불시고 앉았다."

쪼빗하다 뾰족하다.

쪼사대다 쪼아대다. "입으로 먼가 쪼사댄다."

쪼사부리다 부셔버리는 것. "물건을 쪼사부란다."

쪼우(으)다 죄다. 아이들이 졸라대는 것. "아아들이 쪼아싸서 몬 살겠다."

쪼이다 쪼들리는 것. "살림이 많이 쪼인다."

쪼자분타 좁고 인색한 것

쪼자뿌다 · 쪼자묵다 쪼아 먹다. "닭이 잘 쪼자묵는다."

쪼치다 살림이 궁색한 것. "살림이 거들나 쪼친다."

쪼치바리 · 쪼치발레기 달리기. "핵교운동장에서 쪼치바리를 했다."

쪽닥하다 쫄딱하다. 물체가 줄어든 것. 배가 고픈 것. "주머이기 쪽닥하다."

쪽쪼고(쪽주구)리하다 속이 빈 상태. "쪽조고리한 빈털터리가 됐다." "공에 바람이 빠져 쪽쪼고리하다"

쪽팔리다 얼굴이 알려지는 것의 속어. "텔리비에 얼굴이 쪽팔린다."

쫀쫀레미 성격이 쫀쫀한 것. "우리 아아는 쫀쫀레미다."

쫄가리 졸가지. 잎이 다 떨어진 가지. "잎지고 쫄가지만 남았다." "피마자 쫄가리가 억시다."

쫄따구 졸병의 속어. "졸때기"는 지위가 변변치 않은 사람. "쫄따구는 상관 말만 잘 들으민 된다."

쫄르레(쫄러르)미(쫄로래기) 옆으로 나란히. 쫄래미. "성지간에 쫄르레미 왔다."

쫄박 조롱박. 「미물노래」(의성지방) 참조.

쫄작하다 보기보다 좁다랗게 보이는 것.

쫌보(타)다 기회를 엿보다. "쫌을 바서 오라카이."

쫌지 방 징두리에 바르는 장판지. "장판 바르민서, 가로 쫌지를 잘 발라야 한다."

쫌지럽다 좀스럽다. 곧 규모가 보잘것없이 작거나, 성질이 잔 것. "저이는 쫌지럽게 생깄다."

쫌지(질)레기 쫌쪼래기. 씀씀이가 적은 사람. "돈 쓰는 솜씨가 쫌지레기다." 배포가 적은 사람. "사람 행신머리가 쫌질레기다."

쫌팽이 좀팽이는 몸피가 작고 좀스러운 사람을 낮추어 하는 말. "저 이는 쫌팽이다."

쫍질무리하다, 쫍지리하다 좀 좁은 듯한 것. "쫍질무리한 종우."

쫑가리다 나누는 것. "나무를 쫑가린다."

쫑구래기 종구라기. 조기만한 바가지. "쫑구래기에 밥을 담았다." "사람이 쫑구래기같다."

쫑다래끼 종다래끼. 작은 다래끼. "쫑다래기 차고 소캐따러 갔다."

쫑대 감 따는 도구. "마늘 쫑대가 올라온다." "쫑대로 감을 딴다."

쫑매(미)리   돌고기.

쭈그랑방탱이 · 쭈굴방탱이   쪼그라지다. 일이 볼모양 없이 된 것. 혹은 늙어 주름투성이가 된 것. "일이 고만 쭈그랑방탱이가 됐다." · "저 할매는 얼굴이 쭈글방탱이가 됐다."

쭈그럭살 · 쭈굴살   주름살.

쭈글시럽다   쭈그르다. 다른 사람한테 체면이 안 서게 된 것. "얼굴이 화끈한기 쭈글시러버 죽을 뻔 했다."

쭈봉   양복바지. 프랑스어 "jupon"이 일본어 "ズボン"을 거쳐, 우리나라에 들어 왔다.

쭉담(축담)   죽담. 마당보다 높게 돈우어 집을 지은 것. 둘레담도 됨. 축담. 잡석을 흙과 섞어서 쌓은 돌담.

「어깨팔노래」 (부산지방) ㉯
어데꺼정 왔노 안중안중 머렀네
어데꺼정 왔노 동산건너 왔네
어데꺼정 왔노 삽작거리 왔네
어데꺼정 왔노 축담밑에 왔네

어디까지 왔니. 아직도 아직 멀었네. 어디까지 왔니. 동산건너 왔네. 어디까지 왔니. 삽작문 앞거리에 왔네. 어디까지 왔니. 죽담 밑에 왔네.
숨바꼭질의 동요가 되겠다.

쭉드레품   허드렛일.

쭉디기 · 쭉딩이   쭉정이. "밤이 전신만신 쭉디기배끼 없다."

쭉백   쪽박. 작은바가지.

쭉자궁이치다   일을 망가뜨리는 것. "고만 일을 쭉자궁이치고 말았다."

쭉하면(카문)   손쉽게. 툭하면. "이사 간 집에 모두 쭉하믄, 화장지와 세제를 잘 사간다."

쭐갱(기)이   줄기. "토란 쭐갱이를 따담아 가실 햇빛에 늘어놓는다."

쭐대 · 쭐따구   목줄띠. 목구멍의 힘줄. "고만 쭐대를 잡아 뺄기지."

쭐래기   잉어새끼. 혹은 쭉.

쭐리다   졸다. 줄다. 위축당하는 것. "깡패들은 사람들을 쭐리기 할라고, 문신을 많이 한다."

찌거리   소입에 씌우는 머거리.

찌게다시   이는 일본어 "つ(突)きた(出)し"에서 온 말이다. 일본요리에서 처음 내놓

는 가벼운 안주를 이른 것이다. 곧 양식에서 정식 메뉴 코스 앞서 나오는 식욕을 돋우기 위한 음식인 "오트불"과 같은 것일까.

찌금찌금　이따금. "요시는 친구가 찌금찌금 빈다."

찌깅이　재강. 술을 거를 때, 물을 타지 않고 체에다 밭치면, 이 술을 "전배기"라 한다. 이 재강은 돼지한테 주면, 이를 먹고 돼지도 벌겋게 취하여 비틀거렸다. 술을 담가 이레쯤 지나면 밥알이 뜨고, 노란 청주가 되는데, 이를 일본어 "모로미(もろみ,諸味・醪)"라고도 하고, 또 "꽃청주"라고도 한다.

찌께　찌끼.

찌끄라지(기)・찌그락지　찌꺼기. "다 묵고 찌그라지만 남았다."

찌끔　저런. 저 찌금. "찌끔, 그카믄 되나."

찌닥거리다　찌드럭거리다는 남이 시달리도록 매우 성가시게 끈끈히 구는 것. 거만스럽게 건들거리는 것. "차타고 찌닥거리고 돌아 댕긴다."

찌득찌득하다　찐득찐득한 것.

찌라시　전단지. 일본어 "ち(散)らし"를 그대로 쓰고 있다. "신문에 찌라시가 많이 들어 있다."

찌럭　모두. "찌럭 돌려라."

찌르레미　씨러래기. 여치. "가실밤 찌르레미가 운다."

짜른손 길게잡다　차마 헤어지기 아쉬운 마음.

찌릉내　지린내. "정낭에 찌릉내가 등천을 한다."

찌리찌리　끼리끼리. "모두 찌리찌리 논다."

찌부둥하다　찌뿌드드하다. 몸이 개운치 않은 것. "감기가 들었는지 몸이 찌부둥하다."

찌불땅하다　기우듬하다.

찌시래기　찌꺼기.

찌이(에)다　옷이 몸에 꽉 찬 것. 끼이다. "멋 부린다고 가랑이가 찌이는 호때기바지를 입고 댕긴다."

찌자진다　식은 밥을 따뜻하도록 다시 찌는 것. "식은 밥을 찌자진다."

찌지글하다　땅바닥이 물기가 있어, 미끄러운 것. "바닥에 물이 찌글찌글한다."

찌지불 찌지불　되고 말고 마구. "돈 벌어 찌지불찌지불 쓰면 못 모운다."

찌짐개　지짐. 부침개. "찌짐개를 굽고 있다."

찌징게다　(차 따위에)치이는 것.

찌치(들)다 옷을 오래 입어 찌든 것.

「여탄가」 (의성지방) ㉮
출입하는 남편의복 자주자주 손질하소
찌치며우 고운옷을 그냥두며 어이되우
많이모인 연회석에 버선신발 떨어져서
발가락이 내다뵈면 살가죽이 애를쓴다

나들이하는 남편의복 자주 손질하시오. 찌들면 그 고운 옷을 그냥 두면 어이 됩니까. 많이 모인 연회석에 버선신은 발이 구멍이 뚫려서, 발가락이 드러나면 살가죽을 안 보이려고 남편이 애를 쓰게 된다.
주부가 출입하는 남편의 체모가 깎이지 않도록, 미리 잘 다독거려야 함을 일러준 것이다.

찍새 구두닦이 가운데 구두를 찍어, 가져오는 아이. "다방에 찍새들이 와 구두를 딱으라고 칸다."

찍자붙다 찌그렁이 부리다. 달라붙어 애 먹이는 것. "저 아이가 찍자붙어 애를 미긴다."

찍접거리다 직접거리다. "찍접거리고 대든다."

찐달다 끈을 달다. 「닭노래」(칠곡지방)

찐대기 보리를 베어다 금방 찐 것. "숭년에는 찐대기부터 맹글어 묵는다."

찐득이 진득이. "궁디이 붙이고 찐득이 있거라."

찐디(드)기 진드기. 몹시 질기게 들어붙는 것. "자가 찐디기같이 붙어 몬 살기 칸다."

찐맛없다 진(眞)맛. 어떤 모임에 갔더니, 자기와는 무관한 일만 널어놓을 때, 찐맛 없다고 한다. 또는 소망하던 일이 허사로 돌아가는 것을 이렇게 말하기도 한다. "아이, 찐맛 없다."

찐바리 쩔름발이의 속어. 다리를 쩔뚝거리는 것. "다릴 다쳐 찐바리가 됐다."

찐살 가을철 논에 도구를 칠 때, 벤 나락을 쪄 쌀로 만든 것. "찐쌀은 오래 씹을수록 구시한 맛이 난다."

찔금찔금 질금질금. 비가 약간씩 오는 것. "비가 찔금찔금 온다."

찔기다 똥을 조금 싼 것. 또는 질긴 것. "얼라가 옷에 똥을 쪼메 찔겼다."

찔내미 울내미 뒤에 붙는 말. 걸핏하면 찔찔짜는 아이.

찔다 물을 긷는 것. "웅굴에 물찔러 갔다."

찔둑없다 좀 모자라는 듯한 것. 두서없는 것. 주책없는 것. "지 분수도 모리고 찔둑없이 칸다."

찔락거리다 잘난 채 거들먹거리는 것. "잘 났다고 찔락거린다."

찔수 같은 동류들끼리 끼리 노는 것. "지 찔수대로 간다 아이가."

찜찜하다 뒤가 개운치 않은 것. 마음이 계면쩍어서 선뜻 말하기 어려운 것. "뒤가 찜찜하다."

찝찌름하다(무리하다) 찝찔하다. 찝찌레하다. 약간 찝질한 것. 뒤가 개운찮은 것. "깨분찮고 뒤가 찝찌름하다."

찡가먹다 끼워먹다. "화투에서 찡가묵기를 했다."

찡골대다 끈질기게 붙어 애먹이는 것. "아아들이 방구적에서 찡골을 댄다." 찡고리.

찡구다 끼우다.

찡글시다 찡그리다. "얼굴을 찡글신다."

찡(칭)기다 치이는 것. 끼이는 것. "차에 사람이 찡겼다."

찡하다 귀에 소리가 울리는 것. "깃바쿠에 찡하는 소리가 난다."

차가탄 착화탄(着火炭)을 소리 나는 대로 쓴 것이다. "연탄 피울라고 차가탄을 사온다."

차개차개 차곡차곡. "책을 차개차개 쌓는다."

차나락 찰벼. "차나락을 쪼메 심았다."

차노치 찹쌀가루로 만드는 부침개. 시집가는 신부가 친정집에서 부쳐가는 부침개. 이는 시집에 가서 시어른에게, 새벽문안 인사(사관) 올릴 때, 차려놓는 음식.

차단지 입이 야무진 것. "입이 차단지다." "단지"는 애물단지 등 많이 쓰인다.

차댕(댄)기다 방이 더워, 이불을 발로 차 걷는 것. "아들이 자면서, 이불을 차댕긴다."

차랑(찰랑) 쇠구슬. 철환(鐵丸). "차랑을 갖고, 구실치기를 한다."

차람이불 차렵이불. "차렵"은 옷에 솜을 얇게 두는 것. "더버 차람이불 덮고 잔다."

차례강산이다 차례가 아득한 것. 극장에 입장하려는데, 줄이 길게 널어서서 있을 때, 들어가려는 사람의 차례가 아득한 것을, "강산"이란 말을 묘하게 쓴 것이다. 혹은 "천지강산이다"는 대단히 많아 지천일 때, 쓰고 있다.

차마다(타) 예쁜 것. 어린아이들의 행동이 예의바르게 보이면, 아이고! "차마다". 또는 어린아이가 귀엽거나·예쁘면 "차마다"고 한다. 이 말은 "참하다"에서 왔는데, 평소 말할 때는, "차마다" 혹은 "차마타"로 소리난다.

차만하다 느리고 차분한 것.

차매다·첨매다 처매다. 짜매다. "손가락 진일을 바서, 헝겊으로 첨맸다."

차열 찻멀미.

차종손 종손의 맏아들.

–차판 –기회. –처시. "이 차판에 묵고보자."

착망 착명(着名)은 문안 갔을 때, 누가 다녀갔음을 알게 하기 위해, 이름을 올리는 것.

「규중행실가」 (인동지방) ㉮
무정세월 이세상에 백발양친 어이할고

언문배와 친정통정 그도못해 절박거든
하인보내 문안하고 일년일순 제삿날에
출가외인 착망있다

무정한 세월은 흘러 이 세상에 살아 계시는 백발양친을 어이 할고. 언문을 배웠으니 친정과 편지를 통하나, 이마저도 잘 안 되어 마음이 절박할 때는 하인이라도 보내어 문안인사를 드린다. 한해 한번 돌아오는 친정 제삿날엔 출가외인 딸이라도 이름을 올려달란다.

찬물내기 찬물받이. 찬물이 솟아나 괴거나, 들어오게 된 논.

찬물에도 목이 메이고, 숭양에도 목이 멘다 너무 슬퍼서 찬물과 숭늉 가릴 것 없이 목이 메는 것.

찬물짐치 동치미. "저실게 얼음이 설거렁거리는 찬물짐치는 맛이 잇다."

찬평 시사 때 제수음식.

「과부노래」(의성지방) [민]
시월이라 시사때에 남우집에 소년들아
찬평지고 산소가서 슬프다 우리임은

시월이 시사 때가 되면, 다른 집 소년들은 제수음식을 지고 산소에 가는데, 슬프구나! 우리임은 어디로 갔는가.

－찰 －대. 한찰·두찰·세찰. "찰"은 매 맞는 수의 단위로 "차례"의 준말.

ㅊ

「저성간맏딸애기」(군위지방) [민]
한찰이나 때렸는가 겉머리야
두찰이나 때렸는가 속머리야
겉머리야 속머리야 머리맡에 앉은어매
만단춘이 대신가소

겉머리는 한찰·속머리는 두찰을 때렸는가. 머리맡에 앉은 엄마가 만단춘이 대신 가소.

찰떡겉이 말했더이, 개떡겉이 듣는다 남이 진심으로 한 말을, 허술하게 듣고 마는 것.

찰떡치기 술래놀이에서, 엎어놓고 넘는 것. "아이들이 찰떡치기 놀이를 한다."

찰반지다 찰진 것. "떡이 억시기 찰반진다."

찰시중 어른을 곁에 가까이 모셔, 시중드는 것.

「붕우가」 (대구지방) ㉮

찰시중은 굴잔우리 몃곳으로 훗허진고

바싹 다가가 어른을 모시자고 굴었던 우리들은, 몇 곳으로 나뉘어 흩어졌는고.

참꽃 진달래꽃. 영남지방에서는 참꽃 혹은 "창꽃"으로 불러왔으나, 김소월의 시 「진달래꽃」이 교과서에 실려 애송되면서, 지금은 거의가 진달래꽃이 되어버렸다. 과연 "참꽃"이 시골스런 말이라서 버려야 할까, 곰곰 따져 봐야겠다. 이른 봄 온 산천을 붉게 물들이는 이 꽃이야말로 참다운 꽃이 아닐까 한다. 어떤 국어사전에는 "먹는 꽃"이란 뜻이라고 했다. 그런데 이 진달래꽃을 학교에서 가르칠 때, 7·5조 혹은 5·7조라고 했다. 그러면서도 이 시를 민요조라고 했다. 7·5조 혹은 5·7조라는 일본의 "하이쿠(俳句)"의 영향을 받은 것이고, 이 하이쿠는 중국의 5언·7언 한시에서 배워간 것이다. 과연 소월의 「진달래꽃」이 민요조가 되는 가는, 아래에서 보기로 하겠다.

「진달래꽃」 ㉯

나보기가 역겨워 가실 때에는	4 3 2 3
말없이 고이 보내드리 오리다	3 2 4 3
영변의 약산 진달래꽃	3 2 4
아름따다 가실길에 뿌리 오리다	4 4 2 3
가시는 걸음걸음 놓인 그꽃을	3 4 2 3
사뿐히 즈려밟고 가시 옵소서	3 4 2 3
나보기가 역겨워 가실 때에는	4 3 2 3
죽어도 아니눈물 흘리 오리다	3 4 2 3

참꽃이 필 무렵 부는 바람을 화신풍이라고도 한다. "二十四花信風"은 8절후 곧 소한부터 곡우까지다. 1절후는 3후로 나누어지는데, 1후는 5일이 된다. 아래 보기로 하겠다.

소한(小寒) ① 매화(梅花)매화꽃 ② 산다(山茶) 동백꽃 ③ 수선(水仙)화

대한(大寒) ① 서향(瑞香)팥꽃나무② 난화(蘭花)난초꽃 ③ 산반(山礬)서향

입춘(立春) ① 영춘(迎春)개나리 ② 앵도(櫻桃)앵두꽃 ③ 망춘(望春)야생개나리

우수(雨水) ① 채화(菜花)애채꽃 ② 행화(杏花)살구꽃 ③ 이화(李花)오얏꽃

경칩(驚蟄) ① 도화(桃花)복사꽃 ② 체당(棣棠)황매나무③ 장미(薔薇)꽃

춘분(春分) ① 해당(海棠)화 ② 이화(梨花)배꽃 ③ 목란(木蘭)목련꽃

청명(淸明) ① 동화(桐花)오동꽃 ② 맥화(麥花)보리꽃 ③ 유화(柳花)버들꽃

곡우(穀雨) ① 목단(牧丹)모란꽃   ② 도미(酴醾)차화   ③ 연화(棟花)멀그슬나무

참말로카나 부로카나 참말로 그러나 일부러 그러나. "니 참마로카나 부로카나 바른말 해바라."

참봉 남자 봉사. 대구 약전골목 옛 희도학교 뒷골목에 남자노인으로 점을 용케 잘 치는 장씨 성을 가진 봉사가 있었는데, 장 참봉이라 불렀다. "참봉 날 지내듯 한다."

찹살개 삽살개는 청삽살이와 황삽살이가 있었다. 이 우리 전통 개를 지금 보존하려고 키우고 있다는 소문을 들은 바 있다. 이 개는 온몸에 털이 무질서하게 나서, 꼭 짚덤불속에 굴렀다가 나온 모습으로 지저분하게 생겼다. 주둥이는 개죽을 먹고 나면, 온갖 음식찌꺼기가 붙어 불결하게 보일 뿐 아니라, 더구나 비 오는 날, 개가 비를 맞고 보면, 개 비린 냄새에다 등마루의 털은 가르마를 탄 것처럼 보인다. 이렇대서 우리 개를 천시하여 씨가 말라 버린 것이다. 주인한테 충성심도 대단했고, 또 도둑도 잘 지킨 개로 기억된다. 이 "삽살개"를 "찹살개"로 부른 것은 애칭이 아닐까싶다.

창 신의 밑바닥이나, 여기서는 깊숙한 곳을 의미한다. "안창·개골창·골목창" 등으로 쓰이고 있다.

창면 메밀가루를 묽게 하여 구워내면 투명한데, 이를 안반에 민 국수처럼 썰어서, 오방색고명을 얹어 먹는 국수의 일종.

창석 키에 뚫린 구멍에다 끼워 좌우 방향을 틀 때, 사용하는 막대. "챙이에 창석을 찌어야 한다."

창시 · 창지 · 창대기 · 챙이 창자를 이른 것으로. 속어로는 "창대기"라 한다. 일상 쓰이는 말로는 너무 우스워 죽겠다 할 때, "하도 우스버 배창시(창지)가 터져 죽겠다" 고 한다.

창캐(깨) 산짐승 다니는 길 속에 놓아두는 쇠올개미로 밟으면 발목이 죄게 된다.

채강(菜薑) 나물국.

「모숨기노래」 (동래지방) ⑭
꽃은꺾어 머리꽂고 잎은따서 채강불고
송기따서 짝지짚고 우리부모 찾아가네

꽃은 꺾어서 머리에 꽂고, 잎은 따서 나물국 끓이고, 송기따서 지팡이 짚고, 우리 부모 찾아간다. 아주 해학적 표현아 되었다.

채국 냉국. 여름철 오이(물외) 썰어 미역 따위를 넣고, 시원하게 만들어 먹는 것을 채국이라 한다. 이를 서울 쪽에서는 "찬국"이라고도 한다.

채다 돈을 빌리는 것. 이는 한자어 "채(債)"에서 온 말로, 돈을 빌린다는 뜻으로 쓰인다. "돈을 채다." 혹은 채하다.

채다리 술을 거를 때 동이 위에 놓는 Y자형의 나뭇가지.

채로 한참. 차라리. "질이 채로 멀다." "여 채로 있거라."

채롱 싸릿개비나 버들가지로 엮은 채그릇.

> 「화전가」 (영주지방) ㉮
> 한줌따고 두줌따니 춘광이건 채롱중을
> 그중의 상송이 뚝뚝꺾어 양쪽손에 갈라쥐고
> 잡아뜯을 맘이전혀 없어 향기롭고 이상하다

한줌 · 두줌 따니, 광주리나 · 채그릇 속에 차고, 그 가운데 가장 좋은 창꽃송이(춘광)는 꺾어 양쪽 손에 나누어 쥐니, 잡아 뜯을 마음이 전혀 없는데다, 그 향기로움에 마음은 이상하단 것이다.
화전놀이에서 진달래꽃을 꺾어 노는 모습이다.

채밭 채전밭.

채상 개상. 볏단 · 보릿단 따위를 메어쳐 이삭을 떠는데 쓰는 농기구.

채수 채소. 「교녀사」(예천지방) "채수등사 정결하야"는 채소 등이야 정결하여야.

채알(일) 차일(遮日)은 잔칫날이나 · 상사 때, 햇볕을 가리기 위해 마당에 치는 포장이다. "채알"같은 말은 지금 들어도 정감이 간다.

> 「처자과부」 (선산지방) ㉤
> 묻었고나 묻었고나 강수자를 묻었고나
> 강수자의 무덤우에 장대비가 오거들랑
> 챙알갖다 덮어주소

묻었구나! 더벅머리 강씨 총각을 묻었구나. 더벅머리 강씨 총각 무덤위에 장대같은 비가 오거든, 차일 갖다 덮어주십시오.
처녀로 혼인날 받아놓고 가버린, 강수자(姜豎子)에 대한 슬픔이 장대비처럼 내리거든, 제발 차일이나마 쳐서 비 안 맞게 덮어 달라는 애원이 서려 있다.

책(칙)칼선비 날카로운 선비. "큰칼갈아 손에들고 책칼갈아 품에품고" 「초록제비」 (동래지방) "울오빠 책칼선배 내하나만 비단처자". 「식구노래」(선산지방) "울오라배 책칼선비".

「시집살이요」 (안동지방) [민]
둘째동생 책칼선비 새째동생 호박할량
우리형님 옥당각시 이내나도 옥당각시

둘째아우는 조끼칼 같이 날카로운 선비요, 셋째아우는 호박같이 물렁한 한량이요, 우리 형님(손위동서)은 옥당에 거처하는 각시요, 이내 나도 역시 옥당에 거처하는 각시다. 책칼은 조끼주머니에 넣고 다닐 수 있는 작은 칼.

챔빗 참빗. "챔빗으로 머리를 빗으믄, 머릿니도 다 잡는다."

챗물 챗국.

챙(창) 채양(遮陽)의 준말. 모자 따위의 햇볕을 가리는 부분.

챙견 참견. "너는 그 일에 챙견하지 말아라."

챙(칭)이 키. "챙이로 까불면, 콩깍대기는 다 날라간다."

「과부노래」 (김천지방) [민]
시상천지 만물중에 짝업는기 없든구만
칭이같은 내팔자야

세상천지 만물 가운데 짝 없는 게 없겠다만, 키 같은 내 팔자야.

처권(妻眷) 아내와 권식.

「모숨기노래」 (경산지방) [민]
해다지고 다저문날 우연행상 지나오노
이태백이 본처죽고 인물행상 떠나가네
해다지고 다저문날 우연수자 지나가노
짠디짠디 금짠디밭 백년처권 잃고가네

해가 다 지고 저문 날에 웬 상여가 지나가느냐. 이태백이 본처가 죽고 잘난 인물 상여가 떠나간다. 해 다 지고 저문 날에 웬 수자 곧 더벅머리총각이 지나가느냐. 잔디 금잔디 밑에다 묻고 일평생 같이 할 아내를 잃고 간다.

처서 지나모 모갱이 주딩이 돌아간다 처서가 지나면 모기가 활동이 차츰 사라지게 된다.

처자죽은 바람인가 억시기 쓴하다 한여름 몹시 물쿠다가 시원한 바람이 불어 올 때.

처주끼다 "지껄이다"의 속어. "저 아아들이 먼가 처주낀다."

처주다 뒤로 처지게 하는 것. "쪼치발레기에서 손자가 뒤처졌다." · "휘장이 오래되이 처주진다."

척념(惕念)하다 경계하여 두려워하는 마음.

「훈시가」(영주지방)㉮
농사때 당하오면 농사를 척염하여
아무쪼록 남과같이 득인심을 잘하여라
밥한술에 후풍이요 반잔술에 원성이라

농사 때를 당해 오면, 농사일을 근심하고 두려워하여, 아무쪼록 남들같이 인심 얻기를 잘 하여라. 밥 한술을 나누어 먹음으로써 순후한 풍속이 되고, 조금 주는 반잔 술에서도 사람들의 원성을 사게 된다.

척심하다 명심하다. 결심하다.

척척하다 축축하다. 「교녀사」(예천지방) 참조.

천간 돈이나 곡식. 「회인별곡」(달성지방) 참조.

천(청)간시럽다 청간(淸簡)스럽다. 깔끔스러운 것. "저 부인은 어찌 청간시리 카는지."

천관시럽다 너볏한 것. 남에게 보이기 번듯하고 의젓한 것.

천덕꾸러기 천덕구니. 천더기.

천둥걸이 만나보고 번개걸이 흩어가니 친정식구나 친구들의 만남을, 잠시 동안 갖는 아쉬움. 뇌봉전별(雷逢電別).

천만 천식.

천(첨)방하다 지천(至賤)으로 많은 상태. "상치쌈으로 천방했다."

천불나다 화가 나는 것. "속에 천불나서 몬 살겠다."

천붕(天崩)당하다 남편이나 아버지의 돌아가심을 당한 것.

천상 천생(天生). 할 수없이. 타고난 생김새가 부모를 닮은 것. "저 아이는 천상 지 애비를 빼닮았다."

천석꾼은 천 가지 걱정, 만석꾼은 만 가지 걱정 사람은 부귀빈천을 막론하고, 모두가 나름대로 걱정을 안고 살아간다는 것.

천업다 천하에 없는 것.

천지강산에 이는 부사어로 쓰이는 말이다. "매우·몹시·아주" 등의 뜻으로 통용된다. "천지강산에 그런 못된 놈이 어디 있나"가 예가 되겠다.

천지삐가리 가을 철 수확하여 하늘과 땅에 쌓인 "볏가리"를 이른 것으로, 몹시 많은 것. 대구지방에서는 지천으로 많을 때, 흔히 사용하는 말이다. 가을철 추수하여 나락 단을 마당가장자리에 차곡차곡 쌓아놓은 더미를 바라볼 때, 절로 배가 불렀을 뿐 아니라, 만포장이 된 기분이, 마치 온 세상에 쌓여 있는 것처럼 많아 보였다.
"묵을끼 천지삐가리다."

천지에 널너리하다   오만데 많은 것. "밤농사가 잘 되이, 밤이 천지에 널너리하다."

천집살이   아주 낮고 천한 일을 맡아 하는 것.

> 「화전가」 (영주지방) ㉮
> 애고애고 서방님아 살뜰이도 불쌍하다
> 이럴줄을 짐작하면 천집살이 아니하네

아이고! 서방님이여! 살뜰하게도 불쌍하구나. 이렇게 될 줄 짐작했더라면, 아예 천한 일을 아니 했을 것이다.

천황씨   마음이 너무 너그러워, 무능한 듯 보이는 남편.

> 「노부인가」 (청도지방) ㉮   「복선화음가」 (안동지방) ㉮
> 가장불러 하는말이 천황씨야 천황씨야   천황시 서방님은 아난거시 글뿐이요
> 장날도 모르시고 장볼것도 안시키고   「효부가」 (안동지방)
> 자는듯이 들누었소   천황씨의 서방님은 글밖의 몰라서라

여기서는 남편이 가사를 전혀 모르고, 아는 것은 글밖에 없음을, 아내가 안타까워하는 모습이다. 그러므로 천황씨처럼 마음만 너그러울 뿐, 아주 무능한 남편임을 그리고 있다.

철가치   철로. "철가치를 쭉 따라가면, 우리 고향이다."

철갱이(철기)   잠자리. 이는 영남지역에서 남자리·초랭이·짤래비·자마리 등 여러 가지로 불려지고 있다.

> 「친목유희가」 (군위지방) ㉮
> 철기같은 상하의복 맵시있게 차려입고

잠자리 날개 같이 가벼운 상하의복을, 맵시 있게 차려 입은 모습을 그린 대목이다.

철냄비   프라이 팬. "철냄비에 며루치를 뽁고 있다."

철대반죽   물기가 지나치게 많아 아주 진 것.

철따구·철딱사니   철딱서니. "와 그리도 철딱사니가 없노."

철떡거리다　한참동안 떠드는 것. "와갖고 철떡거려 싸턴이 갔다."

철로 쓰다　터무니없이 낭비하는 것. "요새 아아들은 연필을 철로 쓴다."

철수찾다　제철에 맞추는 것.

　　「강능하전가」 (갑능지방) ㉮
　　철수찾아 고은의복 각가지로 호사할제

　　제철을 찾아 고은 의복, 각가지로 호사할 때.

철수화　절수화(節隨花)는 장미과의 상록관목으로, 월계꽃 또는 사계화.

　　「질헌수가 · 족형경축가」 (대구월촌) ㉮
　　백발쇠안 우리부모 의관을 정제하고
　　부전불후(不前不後) 내외분이 철수화 손에들고

　　흰머리에 쇠약한 얼굴인, 우리부모 의관을 바로 잡아 가지런히 쓰고, 앞서지도 · 뒤서지
　　도 아니 하고, 나란히 내외분이 월계꽃을 손에 든, 의좋은 모습이다.

철푼철　적어서 철푼밖에 안 되는 돈.

　　「사친가」 (청도지방) ㉮
　　젖을주어 잠재우고 철푼철을 모아내어
　　사철의복 곱게지어 몸단장도 곱게하고

　　아기 젖을 주어 잠을 자게하고, 적은 철푼 돈을 모아서, 사철의복을 곱게 지어, 몸단장도
　　곱게 하는 모습이다.
　　근검절약하며 살아가는 모습이다.

첨절(僉節)　인사말에 집안이 무사하시냐를 상대편에 물을 때 쓰는 말. "집안 첨절은
　안 기시니껴."

첩산이　첩(妾)의 속어.

　　「첩노래」 (의성지방) ㉽
　　첩이란년 죽이자고 첩의집에 달려들어
　　거동보소 거동보소 첩이란년 거동보소
　　제비납짝 날러와서 나비한쌍 절을하고
　　은설합에 답배담고 놋설합에 불을담고
　　서발너발 화수설대 두손으로 내어놓고

크다크다 큰어마님 잡우시요 잡우시요
담배한대 잡우시요
은동오란 옆에찌고 은뜰배기 손에들고
은따뱅이 머리얹고 동헌뜰에 물을여어
샛빌겉은 동솥안에 앵두겉은 팟을놓고
온달겉은 큰솥안에 외씨겉은 전이밥에
앵두겉은 팟을놓고
가지밭에 달거들어 늙은가지 재쳐놓고
애동가지 따쳐다가 은장도라 드는칼로
이리억석 저리억석 뭉치뭉치 기러내어
구름같은 참지름에 말피겉은 조지렁에
소피겉은 전지렁에 샛빌겉은 동솥안에
아각자각 볶어놓고

첩을 죽이려고 첩의 집에 달려가니, 첩의 동작을 보소. 제비처럼 납작 엎드려 민첩하게 나비처럼 곱게 절을 하고, 은설합에 담배와 놋화로에 불을 담고, 긴긴 화수(花繡)담배설대를 두 손으로 받쳐 들고, 크나큰 큰어머님 담배를 잡으시라고 아양을 떤다. 은동이를 옆에 끼고 · 은두레박 손에 들고 · 은또아리 머리 얹고 · 동헌 뜰에 물을 길어다가 샛별같이 반짝거리는 동솥 안에 앵두 같은 팥을 놓고, 온달 같은 큰 솥 안에 외씨 같은 입쌀로 앵두 같은 팥을 놓아 밥을 짓고, 가지 밭에 달려가서 늙은 가지는 제쳐놓고 애동가지 따다가, 은장도라 드는 칼로 이리 어석 저리 어석, 뭉치마다 칼로 잘라내어(기리내어), 구름 같은 참기름 · 말피 같은 초간장 · 소피 같은 진간장을 넣어, 샛별 같은 동솥 안에 아각자각 볶아 내어, 본처를 대접하는 모습이다.
그러므로 "올 때는 참칼같이 먹은 마음, 갈 때는 찬물같이 풀고 가소"라는 첩의 아양과 애교가 넘치는 대목이 되겠다.

「첩의노래」(동래지방)[민]
첩의집은 꽃밭이고 본댁집은 칠밭이라
밤으로는 자러가고 낮으로는 놀러가네

「첩의노래」(영해지방)[민]
술집에는 양돈가고 큰집에는 분돈가고
첩의집에 귀돈가고

첩의 집은 꽃밭처럼 되고, 본댁집은 칡밭처럼 되었다. 첩의 집엔 밤으로는 자러가고 낮으로는 놀러간다.

술집에는 한 냥돈이 가고, 큰집에는 몇 푼 안 되는 돈이 가고, 첩의 집에는 쾌 돈이 간다.

「첩년부고」(동래지방)[민]
아따고년 잘죽었다 인두불로 지질년이

담뱃불로 지질년이 고기반찬 갖춘밥도
맛이없어 못먹더니 소곰밥도 달도달다

어따 그년 잘 죽었다. 인두불이나 담뱃불로 지질 첩년이 속 시원하게 잘 죽었다. 고기반찬 갖춘 밥도 맛이 없어 못 먹었더니, 첩이 죽고 나니 소금밥을 먹어도 밥맛이 달기만 하다. 첩에 대한 더 오르는 증오심과 질투심이 잘 그려져 있다.

첫물에 안 취하고, 훗물에 취한다 본처가 죽고 나면, 후처한테 빠지게 된다는 것.

청 대청. "아배가 청에 오리신다."

청구(靑鳩) 호도애.

청노지상 청루기생.

청두복성 천도복숭아.

「쌍가락지노래」(동래지방) [민]
청도복성 오라부님 거짓말씀 말아시오

「쌍가락지노래」(안동지방) [민]
청두복성 오라밧님 거짓말쌈 말아시오

천도복숭아 같이 잘 생긴 오라버님, 거짓 말씀을 하지 마시오.

청령(聽令) 어른의 영을 기다려, 듣는 것.

「계녀가」(봉화지방) [가]
부모님 병들거든 청령을 더욱하여
권속이 많으나마 종맡겨 두지말고

부모님이 편찮으시거든 어른 영 듣기를 더욱 잘 해야 하며, 식구들이 많으나마 종들한테 시중드는 일을 맡겨 두지 말라는 것이다.

청사리 고래의 껍질에 붙은 고기.

청상과부는 살아도, 홍상(紅裳)과부는 몬 산다 나이어려 청상과부가 된 이는 혼자 살아도, 나이든 과부는 혼자 살지 못한다. "수무살 과부는 살아도, 서른살 과부는 못 참는다." · "수무살 과부는 눈물과부, 서른살 과부는 한숨과부."

청소 물이 괴여 있는 깊은 푸른 소.

「설음노래」(의성지방) [가]
이거우야 이오리야 쉰질청소 어데두고
이걸사 소이라고 거우한쌍 오리한쌍
쌍쌍이도 떠들오네

이 거위야, 이 오리야, 쉰 길 깊은 푸른 소를 어디에 두고, 이것도 소라고 거위 한 쌍과 오리 한 쌍, 짝을 지어 떠들어온다.

베개모서리 수놓은 오리를 보고, 설움에 북받쳐 노래한 것이다.

청소갑 청솔개비. 푸른 솔을 쪄서, 땔감으로 만든 것. "청소갑을 했다."

청애동자 똑똑한 사내아이. "청아들"이란 똑똑 하고 부실하지 않은 건강한 아들.

「우씨문중축하구부인회심곡」 (대구월촌) ㉮

청애동자 상저(相杵)소리 봉황이 춤을추고

똑똑한 청아들은 방앗소리에, 봉황이 춤을 추는 듯하다.

청정밀수(淸淨蜜水) 청정한 꿀물.

청춘과부 갈라하면, 양식(밥)싸고 말릴나네 청상과부가 개가하려고 한다면, 밥을 싸들고 다니면서라도 말리겠단 것이다. 「화전가」(규방가사, 영주지방)

체계(遞計)놀이 장에서 돈을 비싼 변리로 꾸어주고, 장날마다 본전의 얼마와 변리로 받아들이는 것. "골동이다"는 머리를 동여매는 것.

「화전가」 (영주지방) ㉮

일수월수 체계놀이 내손으로 서기하여

낭중에다 간수하고 수자수건 골동이고

본전과 변리를 일정한 날짜에 나누어 날마다 거둬들이는 일과, 다달이 갚아 나가는 빚들을 장날마다 본전과 변리를 거두는 고리대금업을 내손으로 서기노릇하면서, 그 돈을 주머니 속에 간수하고, 수자(繡刺) 수건으로 머리를 동여매고, "고리업(高利業)"을 했음을 말하고 있다.

체수법도 몸의 크기와 생활상의 예의와 제도.

「교녀사」 (예천지방) ㉮

남의흉사 좋아하여 원근일가 불화하고

남노여복 부린대도 체수법도 전혀없어

여히같이 간사한년 내비위만 맞찼으면

남의 흉사를 좋아하여 거기 쏘다니므로, 원근일가들한테 불화하고, 침선에 남녀노복을 부린다 해도, 시어른들의 몸의 크기를 전혀 알바가 없어 아무따나 옷을 짓고, 여우같이 간사한 년이 내 비위만이라도 맞추었으면 한다.

초다디미 초다듬이. 첫 단계. "메누리는 초다디미부터 질을 들이야 한다."

초달다 깃달기. 어른말씀에 아랫사람이 덧붙여 말하는 것. 「복선화음가」(안동 지방)

초때뼈 정강뼈의 속어. "공자 초때뼈 까는 소리한다." 잘 알지도 못하면서 문자 써가면서 말하거나, 도덕 따위를 잘 아는 체하고 말할 때, 흔히 사용되는 속어가 되겠다.

초(투)망 쬉이.

초래기 밥 담는 옛날 도시락. "나무꾼들이 점심 초래기를 갖고 산으로 갔다." 초시래기.

초래 깔때기. "참지름을 빙에 담을 때, 초래가 지일이다."

초래 버드나무로 만든 피리. 초래나무(수양). "연한 버들 가쟁이로 초래를 맹글믄 소리가 좋다."

초랭이 잠자리.

초롬하다 초름하다는 넉넉하지 못하고 조금 모자라거나, 마음에 차지 않아 시쁜 것. "옷 입은 태가 초롬하다."

초롱 양철통. "며루치젓 담은 초롱이 왔다."

초름 첫머리. "산나물이 나는 초름에"

초리다 음식이 오래되어 저린 내가 나는 것. 「장탄가」(경주지방) 참조.

초마리·초래미 간장을 담는 작은 항아리. "초마리에 간장을 담아 묵는다."

초배기 초 투성이. 처음. "술이 취해 초배기가 됐다.

초실하다 초라하고 부실하다.

초썽좋다 목소리가 좋은 것. "노래 부르는데, 초썽이 아주 좋다."

초아재비 몹시 신 것. 여름철 막걸리가 시어, 맛이 새콤해지면 엿을 사다 넣고, 초를 일구게 되는데, 초두루미 주둥이를 짚으로 마개 하여 막고, 정랑구석에 갖다 일년여 두면, 암모니아냄새 때문인가, 아주 감칠맛 나게 맛좋은 초가 숙성된다. "너무 시어, 초아재비다."

초악(점) 학질(瘧疾). 초학(初瘧). (초학)草瘧. 하루걸이. "여름철 초악이 걸리믄, 양지쪽 앉아 칩다고 발발 떤다."

초집 초장.

초짜배기 처음으로 어떤 일을 하는 것. "이 일은 지한테는 초짜배기라, 모리이 잘 갈쳐 주이소."

초토(草土) 거상중임을 말하는 것.

「화전가」 (영주지방) ㉮

외사촌 형제같이 있어 삼년초토 지나더니

외종형제라도 친형제같이 있어서, 삼년거상을 함께 지냈다.

초행·재행·삼행 구혼례의 풍습으로, 신랑이 처음으로 신부 집에서 전안(奠雁)·초례(醮禮)를 올리기 위해 첫걸음 하는 것을 "초행"이라 한다. 옛날에는 교통이 불편하여 신랑이 집으로 돌아가기 보다는, 처가근처 다른 집에 가서 하룻밤을 자고, 다시 처가로 돌아오는 것을 "인재행(因再行)"이라 하여, "재행"을 대신한다. 이때 처가 지붕마루가 보이지 않는 다른 집을 택하여, 여기서 잠을 잔다. "도신행"을 하지 아니 하고, 묵는 경우 두 번째 처가에 상객과 함께 가는 걸음을 "삼행"이라 하는데, 이를 통상 "보러간다"고도 한다. 신부가 친정에 1년 있다가 시집에 가는 것을 "묵신행"이라 하며, 또는 "해믹힌다"고도 한다.

촉 나무나·씨앗의 싹이 트는 것. 본디는 "촉(鏃)바르다" 하면 긴 물건의 끝에 박힌 뾰족한 것을 이른다. "나무 촉이 튼다."

촉바르다 입바른 것.

촉새 입이 싼 사람. "저 여자는 입이 촉새다."

촌띠기 촌뜨기. "저 사람은 촌띠기다."

출딱대다 출랑거리다. 주책없이 경망스러운 것. "텍없이 출딱댄다."

출래받다 방정맞은 것.

촛기 구슬치기의 첫 구멍. "구실치기에서 촛기를 놓쳤다."

총냉이 행실이 경박한 것.

총생이 초목 따위가 더부룩하게 무더기로 난 것.

최활 버팀개 양쪽의 피륙을 펴지게, 꽉 잡는 쇠끝이 뾰족한 베틀에 달린 기구.

추구리(려) 주다 격려하여 주다. "추다"는 남을 일부러 칭찬하는 것. "공부 잘 한다고 추구려 주었다."

추군거리다 입속에서 넣어 하는 말.

추깡 축항(築港). 방파제. "추깡에 배가 들어 왔다."

추군추군 천천히. "음식을 추군추군 묵어야 언치지 않는다."

「가야산해인가」 (성주지방) ㉮

앞에가는 저친구야 추군추군 쉬여가세

앞에 가는 친구야, 천천히 쉬어 가잔다.

추노다   숨은 것을 찾으려 뒤지는 것. "추다"는 숨은 물건을 찾아내려고 뒤지는 것.

「화전답가」 (의성지방) ㉮
근근이 추노라니 홀왕홀후 가는세월

겨우 찾으려 뒤지노라니, 문득 앞으로 왔다가·문득 뒤로 가버리는 세월. 여기서 "홀왕홀후(忽往忽後)"는 『논어』의 "첨지재전 홀언재후(瞻之在前 忽焉在後)"를 잘못 인용했다.

추달하다   초달(楚撻). "죄인을 추달한다."

추리   자두.

추리하다   추레하다. "노인은 추리하기 해서, 댕기믄 안 된다."

추려잡다 · 후려잡다   "추려잡다"는 위로 끌어올려 잡는 것이오, "후려잡다"는 휘둘러 쳐서 잡는 것.

「화전가」 (예천지방) ㉮
서산으로 기울이는 저햇빛을
한손으로 추려잡고 두손으로 후려잡고
만류만류 하여보세

서산으로 기울어지는 저 햇빛을, 한 손으로 끌어올려 잡고·두 손으로 휘둘러 잡고, 못 가게 말려보자.

추바리   오지그릇. "추바리에 개장국을 담아 왔다."

추새   초가집 처마. "저실게 추새 밑을 디비서, 참새를 잡는다."

추접다   추잡하다. "추접시리 논다."

추지다   물기가 배어 있는 것. 또는 한자리에 꾸준히 머무는 것. "궁딩이가 추지다."

추지저끔   수수께끼.

추포   날실을 명주로 씨실을 삼실로 짠 베.

축구   바보축구(畜狗). "야이, 바보축구야."

축산이   바보의 속어. 축생(畜生). "점마는 바보축산이다."

춘부장(春府丈 · 椿府丈)   남의 아버지를 높여 부르는 말. 요즘은 일본어의 습관이 들어와 일상적으로 아버님·어머님 하는데 이는 며느리가 부르는 호칭이다. 이는 나를 낳아준 분에게만 쓰였다. 호칭으로 영존(令尊)·춘당(椿堂)·춘부대인(椿府

大人)·춘정(椿庭)·춘부(椿府)·춘장(椿丈) 등 한자어가 수다하나, 어르신·어른이라 호칭함이 맞다 하겠다.

춘포 날실을 명주, 씨실을 모시로 짠 베.

출인(出人) 출중. 뭇사람 가운데 특별히 뛰어난 것. 「기천가」(칠곡지방) 참조.

출입(出入) 남자가 장가 든 곳. "저 집 아들, 어디 출입 했노."

출출나라 밥해먹기 배가 출출할 때, 밥을 해 먹는 것.

> 「동기별향곡」 (김천지방) ㉮
> 질아오륙 쌍륙치기 화투하여 내기하기
> 출출나라 밥해먹기 갖추갖추 하건마는
>
> 조카야! 대여섯 번 쌍륙 치기와 화투치기 내기를 하여, 배가 출출할 때 밥해먹기와 온갖 놀이를 한다.

층거리 층. "바우가 층거리졌다."

치 체.

> 「모심기노래」 (성주지방) ㉭
> 사랑앞에 국화숭거 순을질러 술지웠네
> 술이귀자 치장사 오고 치미우자 임이왔네
>
> 사랑방 앞에 국화를 심고, 순을 잘라 술을 빚었다. 술이 괴자 체 장사 오고 체를 메우자 임이 왔다.

치(齒) 잇바디. 연치. 어른의 나이. 아주 나이 많은 노인은 "춘추"라 한다.

> 「형주씨수연경축가」 (대구월촌) ㉮
> 존귀비천 노소없이 치를따라 존경하고
>
> 지위가 높고 귀하거나·신분이 낮고 천하거나, 노소 없이 나이를 따라 존경한다.

치각 췌객(贅客). 남의 집 사위를 이르는 것. "저 집 오늘 치각이 왔단다."

치거리 산의 발치(아래 쪽). 산치거리. "요강은 발치거리에 놓아라."

치다 기르다. 고어에서는 봉양하다의 뜻. 지금은 새 짐승이 새끼를 기른다는 뜻으로 "축(畜)"으로 쓰이며, 사람을 기르는 경우는 "휵(畜)"으로 읽어, 그 뜻을 달리한다.

> 「복선화음록」 (대구월촌) ㉮　　　　「수연축친가」 (대구월천) ㉮
> 채전을 가꿀적에 가지외를 굵게하여　　인자하신 성덕으로 부모님께 일심효양

장에가서 팔아오며 개를치고 닭을쳐서　　　자손에게 양휵교훈 북두 여산으로
장에가서 팔아오고

채전밭을 가꿀 적에, 가지와 오이를 굵게 키워서, 장에 내다 팔아 오고, 개와 닭을
길러, 장에 내다 팔아 오는 것.

인후하고 가새로우신 기룩힌 덕스로, 부모님께 힌마음으로 효싱으로 봉양하고, 사손들
을 부양하여 기르며 교훈하시니, 북두성처럼 · 높은 산처럼 우러르게 된다.

치대다　애기들이 어미한테 붙어 애먹이는 것. 또는 아래쪽에서 위쪽으로 올라가며
대는 것. "얼라가 지어미한테 치댄다." 또는 무엇에 대고 자꾸 문지르는 것. (빨래 ·
반죽)

치뜨럽다　치사하고 더러운 것.

치빨나다　몹시 잘 나가는 것. "아주 치빨나기 잘 간다."

치송하다　취성(娶成)하다. 장가들여 한 가정을 이루게 해주는 것. "자석 치송을
다 했다."

치수　체수(體數). 몸피의 길이나 너비.

「여자가」 (안동지방) ㉮
지옥같은 이규중에 동창을 비겨안자
인도가위 차자노코 즁침세침 골라내여
시체보고 체양보아 제의하기 어렵드라

지옥 같은 이 규방 가운데서 동창(東窓)을 의지하고 앉아, 인두와 가위를 찾아놓고
즁치바늘과 가는 바늘 골라내어, 그때그때 몸피의 길이나 너비 보고, 몸 생긴 모습을
보아가며, 옷 만들기가 정말 어렵다.
제의(製衣)하기가 시체(時體)와 체양(體樣)만 보고, 몸에 맞게 짓기가 어려움을 호소한
것이다.

치숫다　지저분하고 더러운 것. "옷이 치수우이 누가 잩에 갈라."

치아삐라　치워 버리라. "비가 올라카이, 마당애 곡석을 치아삐고, 비설거지를 어서
해라."

치양없다　층하(層下)없다. 차별이 없는 것.

「과부노래」 (의성지방) ㉨
아해야 치양없이 늙으나 노소없이
양반아 상인없이 저달구경 가자세라

아이나 늙은이거나 노소와 층하 없이, 양반이거나 상인 없이 저 달구경 가자구나.

치우다 자녀 혼인시키는 것. "아들딸을 모조리 치웠다."

치이다 지치다. 또는 멍이 들거나·흠이 생기게 된 것. "능금이 차가 흔들거려, 모지리 치있다."

> 「사친가」 (청도지방) ㉮
> 가매안에 치인다리 각통증(脚痛症)이 절로난다
>
> 가마 안에 쪼그리고 앉아 왔으니, 다리가 지쳐 다리통증이 절로 난다.

치지도위 치지도외(置之度外). 도외시하여 버려두는 것.

> 「화전답가」 (의성·예천지방) ㉮
> 지성으로 앉았으면 점잖하신 우리들이
> 치지도위 할것이라
>
> 지극히 정성된 마음으로 가만히 앉아 있으면, 점잖은 우리들이 도외시되어 내버려 둘 것인가.

치찰(治察) 잘 보살피는 것.

> 「교녀사」 (예천지방) ㉮
> 언행심법 치찰할까 치찰을 아니할분
>
> 말과 행동·마음 쓰는 법을 잘 보살필까. 보살핌을 아니 할 분이시다.

치천 체천(遞遷)이란 봉사손(奉祀孫)의 대수(代數)가 다한 신주를, 최장방(最長房)이 제사를 받들게 하려고, 그 집으로 옮기는 것. 최장방이 죽으면, 그 다음 최장방의 집으로 옮겨가는데, 최장방이 없을 때는 매안(埋安)하게 된다. 최장방은 4대 이내 자손 중에서 항렬이 가장 높은 사람.

칙간(광) 측간(厠間). 뒷간. "칙간에 갔다."

> 「상추뜯는 처녀」 (군위지방) ㉯
> 하늘에는 일월님도 칙광에도 비쳤는데.
>
> 하늘에 해와 달도 측간까지 비쳤다.

친구 벗. 동무. 요즘은 유치원 아이들부터 "친구"를 쓰고 있다. "엄마 친구 집에 가서 놀다 올까요" 이 "친구"라는 말이 보편화된 것은, 남북분단이후 북한이 "동무"

를 씀으로써, 우리 남한에서는 "동무"를 기피했다. 본디 아이들한테는 "동무"를 일상적으로 썼으나, 광복후 "동무"를 기피하고 안 썼기 때문에, "친구"가 너무 익숙해졌다. 초등학교 교과서에도 모조리 "친구"로 표기되어 있다. 옛날에는 "친구"라고 부르는 것은, 나이 40대쯤을 넘겨야만 썼던 것이다. 아이들이 "친구"라고 쓰면 어른들로부터 호통을 들었다.

친실아(親室兒) 시집간 딸. 「회인별곡」(달성지방) 참조.

친정제사 지내주면, 외손이 잘 안 된다 딸이 친정 부모의 제사를 지내주면, 자기 아들들이 잘 안 된다는 말이다. 따라서 친정제사를 지내지 말라는 것.

칠갑(漆甲) · 찰갑(鐵甲) 액체 따위를 뒤집어 쓴 것. 피칠갑을 당하거나, 물감 따위를 많이 뒤집어 쓴 모습. "온 몸에 피칠갑을 했다."

칠기 · 칠깅이 칡. "칠깅이 줄꺼리는 잘 뻗는다."

「첩의 노래」(동래지방)[민]
첩의방에 놀러갔네 양산원님 놀러갔네
첩의집은 꽃밭이고 본댁집은 칠밭이라
밤으로는 자러가고 낮으로는 놀러가네

「너랑죽어」(의성지방)[민]
너랑죽어 칠기되고 나랑죽어 칠기되어
만첩산중 썩드가서 칠기한쌍 갱기보세

칠성제(七星祭) 음력 정월 초이렛날 야반 칠성신에게 올리는 제사. 이를 위해 일곱 번 목욕하고 · 일곱 번 쌀을 씻어 밥을 짓고, 제수를 차려놓고 칠성신에게 지내는 제사로 수명과 성장을 빈다. 이런 가신(家神)으로 "삼신"은 아이를 점지해 주고, 그밖에 "성주신" · "조왕신" · "터주신" · "정랑귀신" 등은 집을 지켜주는 가호신(加護神)이었다.

「화전가」(안동지방)[가]
어마님께 살을빌고 아바님께 뼈를타서
칠성님께 복을타서 시왕님께 영을받아
삼신님의 덕택으로 이세상에 나셨도다
애지중지 키울적의 업어주고 안아주고
애휼하신 그은혜를 어느천년 갚아볼고

「회심곡」(예천지방)[가]
이세상 나온사람 뉘덕으로 나왔는고
석가여래 공덕으로 아부님전 뼈를빌고
어머님전 살을빌며 칠성님전 명을빌고
제석님전 복을빌어 이내일신 탄생하니
한두살에 철을몰라 부모은공 알을손가

어머니께 살을 빌고 · 아버지께 뼈를 타서, 또 칠성님께 복을 타서 · 저승 시왕(十王)님께 영을 받아, 삼신님의 덕택으로, 이 세상에 태어났다. 사랑하고 · 귀중하게 키울적의 업어주고 · 안아주고, 자식을 불쌍히 여기시는 그 은혜를, 오랜 세월이 지낸대도 어이 갚을 수 있겠는가.

이 인간 세상에 태어난 사람은, 누구의 덕으로 이 세상에 태어났는고. 석가여래공덕으로 아버지께 뼈를 빌고·어머니께 살을 빌어 이 세상에 태어났다. 그밖에 칠성님께 목숨을 빌고, 수명·곡식·의복·화복 등을 맡은 제석님께 복을 빌어서, 이내 한 몸이 탄생하니, 한두 살 철없을 적, 부모님 은공을 알겠는가.

「상사몽」 (경주지방) ㉎
부모님 모르시게 후원에 탑모으고
야삼경 닥쳐오면 정한수 바쳐놓고
새의복 정히입고 두손모아 꿇어앉아
비나이다 비나이다 칠성님전 비나이다
신명님께 기도하고 귀령님께 기도하네
허사로다 허사로다 칠성신명 허사로다
실낱같은 낭군몸에 태산같은 병이드니
만방약 소용없고 무복굿도 소용없다

부모님 모르시게 뒤란에 탑을 쌓아 올리고, 한밤 삼경이 다가오면, 정화수(첫새벽에 기른 물)를 받쳐놓고, 새 의복을 깨끗이 갈아입고, 두 손을 모아 꿇어 앉아, 비나이다. 칠성님 앞에 빕니다. 하늘과 땅의 신령님께 기도하고, 귀신과 신령님(鬼靈)께 기도드렸다. 그러나 헛일이로구나! 칠성님과 신령님도 모두 헛일이로구나. 실낱같이 가늘고 쇠약한 낭군 몸에, 태산같이 무거운 병이 들었으니, 만 가지 약도 소용없고, 무당과 점쟁이 굿도 소용없이 되었다.

칠안 애기가 태어나고 한칠 안을 이르는 것. 두칠부터 일곱칠까지 쳐준다.
칠칠받다 일솜씨가 능란하고 빠름. "칠칠받기 일도 잘 한다."

「화수석춘가」 (의성지방)
칠칠받고 넉넉함은 광청석이 차일었다

잘 자라 길차고 넉넉하기는 광에 천석(千石)이 찰 정도였다.

침자(針子)질 바느질. "저 각시는 침자질을 잘 한다."
칩다 춥다. "동지 들민서 날씨가 칩다."
칭구(기)다·찡구다 차에 치이는 것. "차에 칭깄다."
칭칭이 농악놀이. "청정나네"에서 유래.

카나 하나. 하느냐. "카나, 안 카나"

카더라 · 칸다 라고 하더라. "그리 카더라." "간다 칸다."

칸닝구 카닝. 수험자가 시험감독자의 눈을 속이는 부정행위. 영어 "cunning"가 일본
어 "カンニング"를 거쳐 들어온 말. "내 친구 하나는 칸닝구만 했다."

칼같이 먹은마음, 참물같이 풀어주소 첩을 향한 본처의 불타는 복수심을 칼같이
품고 갔으나, 첩이 찬물같이 풀고 가라는 애원이 서려있다.

「밍노래」 (선산지방)⑨
칼걸이 먹은마음 참물걸이 풀어주소
아배아배 우라배요 너그집 살림있어
누룩장을 담을싸고 우리집에 살림없어
언떵거리 담을싸고 야야야야 그말마라
컬걸이 먹은마음 한시에 푸리뿌라

「첩노래」 (영해지방)⑨
참칼같이 먹은마음 참물같이 풀어뽈고
어서바삐 집에가자 어마어마 작은엄매
어떻든고 어떻든고 야야야야 그말마라
참칼같이 먹은마음 참물같이 풀어뿌다

전처소생이 작은집에 갈 때 칼같이 먹은 마음, 돌아올 때는 찬물같이 시원스레 풀어주고
가십시오. 아배! 우리 아배요, 너의 적은집에는 살림이 있어 누룩 장으로 담을 쌓았으나,
우리 집에는 살림이 없어 얼은 흙덩어리로 담을 쌓았다. 야야! 그런 말 말아라. 칼같이
먹은 마음 일시에 풀어버려라.

첩 집에 갈 때 본처의 마음은 참칼을 갈아 마음속에 품고 갔으나, 돌아갈 때는 그만
찬물같이 풀고 가란 것이다. 어서 바삐 집으로 가자. 어머니! 적은어머니가 어쩌하던고.
야야! 그 말 말아라. 갈 때는 참 칼 같이 독한 마음먹고 갔는데. 올 때는 찬물같이
풀어버리고 온 것이다.

「첩노래」 (의성지방)⑨
크다크다 큰어마님 참칼같이 먹은마음
참물같이 풀고가소

여기서는 첩이 아양 떠는 모습으로, 크다! 크다! 큰어머니, 나한테 올 때 참 칼같이 먹고 온 마음을, 돌아갈 때는 찬물같이 풀어버리고 가란 것이다.

칼랄 칼날.

「화전가」(문경지방) ㉮
수단좋은 화공들이 붓을들어 그린듯이
만학천봉 솟은한이 구름속에 칼랄이요

수단 좋은 화공들이 붓을 들고 그린 듯이, 수많은 골짜기와 봉우리들이 솟아 구름 속에 칼날 같다는 것이다.

칼밥 시루떡을 괴기 위해, 맞추어 자르고 남은 부스러기 떡.

칼조개 맛조개. "칼조개는 맛이 있다."

칼(깔)치젓 갈치젓. 풀치젓. 김장 때 갈치를 잘라 배추 속에 넣고 담가, 두세 달 뒤 꺼내 먹으면, 갈치가 폭 삭아 맛이 아주 좋은 김치가 된다.

칼클타 깨끗하다. 칼카리. "옷을 칼클키 빨아라."

칼혼 늑혼(勒婚). 억지로 맺어진 혼인.

「부녀가」(대구지방) ㉮
그른져런 시월내져 칼혼지경 되얏구나
칼혼으로 겹한마음 천양달나 하든쌀을
빅양에다 허혼ㅎ야 된듯만듯 출가하야

그럭저럭 혼사 일을 결정짓지 못 하고, 미그적거리다(머뭇거리다) 저쪽에 시간을 내주어, 결국 칼혼 지경에 다달았구나. 칼혼으로 급해진 마음은 천 냥을 달라하던 딸을, 백 냥에다 혼인을 허락하여, 아무렇게나 출가를 하게 되었다. "겹하다"는 급하다. 혼인에 딸을 물건 팔 듯, 돈으로 흥정한 것이다, 아무렇게나 출가하게 된 경위를 적고 있다.

캄카무리하다 약간 껌껌한 것.

-캉·-카 하고. "니캉·나캉."

캐지나 칭칭나네 "쾌재(快哉)라 청정(淸正)나네."가 원어였으나, 사람들 구전 속에서 와전된 것이다.

「캐지나 칭칭나네」(동래지방) ㉯
캐지나 칭칭나네 하늘에는 별도많고

캐지나 칭칭나네 시내갱빈 자갈도 많고

캐지나 칭칭나네 헌두디기 이도많고

캐지나 칭칭나네 남의메눌 말도많고

캐지나 칭칭나네 이내가슴 수심도 많네

1598년 가능청성이 일본으로 쫓겨 가자, 경상도백성들이 기뻐서 뛰면서, "청정나네"라고 환호했다. 이 "청정나네"가 후일 "칭칭이"가 되어, 농악의 명칭으로도 쓰였다. "쾌재라 칭칭나네"는 반복되면서, 하늘에 별·시내강변 자갈·헌 두더기(누더기)의 이·남 며느리의 말·이내가슴에 수심이 많다고 결론지었다.

커리 켤레.

컬트래미 트림.

코꾼다리 코뚜레.

코낀대기(이) 코뚜레. "저 송아지는 인자 코낀대이 해야겠다."

코따가리(딱재이)·코따대기 코딱지. "얼라가 코구멍 파서, 코따가리 꺼집어 냈다."

코방아(애) 찧다 넘어져 코를 다치다.

「화전가」 (안동지방) ㉮

소리한번 질렀으면 코방애 찌을노다

소리 한번 크게 질렀으면, 코방아를 찧겠구나.

코빼기·코뺑이 코의 속어. "요시는 코빼기도 안 빈다." 모습.

코짱디이·눈짱디이 콧잔등. 눈잔둥이의 속어.

콩사리 들에서 익은 콩을 불에 구워먹는 것.

「사리」 (동래지방) ㉣

사라사리 사리중에 무슨사리 제일일고

콩사리는 입만끌고 담사리는 배고프고

시집사리 속만타고 양주사리 제일좋다

"사르"는 것 가운데 무엇을 사르는 게 제일일까. 콩을 살라먹으면 입만 검게 그을고, 더부살이는 배가 고프고, 시집살이는 속만 태우고, 부부생활이 제일 좋다는 것이다.

콩이퍼리쌈 콩잎쌈은 부드러운 콩이퍼리를 따서 된장에 삭혀, 내중 쌈 싸 먹을 때, 쿰쿰한 야릇한 냄새가 난다. 이 콩이퍼리를 빡빡된장에 쌈 싸 먹으면 맛이 좋다. 가을에 콩이퍼리가 노랗게 물들면, 따서 소금물에 쟁였다가, 다시 멸치젓갈에 버무려서 먹는다. 지난 6·25전쟁 때 서울서 피란 온 사람들이, 이 콩이퍼리 먹는 모습을 보고, 콩잎은 소가 먹지 사람이 먹는 거 아니잖아 했다. 옛날 시집살이하는 며느리들은 시어른 상에 올릴 쌀밥을 한 주걱 퍼내고 나면, 총총 썬 콩이퍼리와 꽁보리밥에 된장을 비벼서 먹고 살았던 가난한 시절도 있었다.

콩지름(질금) 콩나물. 콩질금. "장아서 콩지름 사다가 쪼려 묵는다."

콩코무리하다 코릿하다.

쾌치나 칭칭나네·쾌지나 칭칭나네 "가등청정"이 나가네가 변한 말로, 주로 경상도에서 많이 불려지는 농악의 일종. "칭칭"은 "청정"의 와전으로, 청정이 정유재란때 왜구의 본부를 울산에 차려 놓고, 중국쪽과 종전회담을 했는데, 일본이 조선을 분할하자고 제의했다. 이미 일본은 전라도를 적국(赤國)·충청경기도를 청국(靑國)·경상도를 백국(白國)이라는 지명을 붙여놓고, 그 밖은 중국이 가지라고 했다. 그러나 풍신수길이 죽자 이 분할문제는 청정이 쫓겨 가기 바빠, 흐지부지 되고 말았다. 16세기 일본에 의해 제의된 조선분할은 19세기말 러시아가 부동항을 찾아 혈안이 되었을 때, 38선 북은 러시아가 차지하고·남은 일본이 차지하라 했으나, 일본에 의해 파의가 됐고, 20세기에 들어와 일본이 패망하기 며칠 전, 쏘련이 참전함으로써, 결국 미소가 분할하여 통치하는 민족적 비극을 불러왔고, 이 비극은 아직 휴전상태로 지속되고 있다.

쿠사리 먹다 꾸중 듣다. 일본어 "くさ(腐)り"는 썩음을 뜻하나, 속을 썩이게 하는 것, 또는 불쾌를 주는 의미로 쓰이고 있다. "선생님한테 쿠사리를 묵었다."

큰손님 마마. 작은 손(수두). 상대되는 사돈의 혼주. "저 집에 큰손님이 왔다."

큰아다 아이들을 달래는 말. "아따! 큰아다. 말 잘 듣네."

큰아배 조부(반촌). 큰아버지(민촌). 큰어매.

큰아뱀 시조부. 큰어매.

큰할배 증조부. 고조부.

키일 큰 일.

타리골뱅이　다슬기.

타리다　사리다. 동그랗게 포개어 감는 것.

타박고매　진기나 물기가 없어 먹기에 팍팍한 고구마.

타박(터벅)타박(터벅)　고구마 따위가 목이 막히는 것.

타시롭다　태(態)스럽다. 아주 고운 모습.

　　「화전가」 (선산지방) ㉮

　　선녀같은 두소저는 타시로운 월태화용

　　선녀 같은 두 아가씨는, 고운 모습이 꽃과 달 같은 맵시다.

타줄　봇줄. 멍에의 양끝 턱이 진 곳에 매어, 물주리 막대에 연결된 끈.

탁배기　막걸리. 탁걸리. "한동안 탁배기를 안 묵다가, 지금은 모두 탁배기를 많이 찾는다."

탁주사냥　막걸리를 얻어먹기 위해, 싸다니는 것.

　　「장탄가」 (경주지방) ㉮

　　게을리기 짝이없고 능청키도 그지없네

　　앞집초당 뒷집초당 투전이야 바둑이야

　　나가면 탁주사냥 들어오면 낮잠일다

　　게으르기 대중이 없고, 능갈치게 남을 속이기도 끝이 없다. 앞집 · 뒷집 초당을 찾아가, 투전하기와 바둑 두기다. 바깥에 나가면 막걸리 먹기 위해 싸다니고, 집에 들어오면 낮잠 자는 일이다.

　　나태한 남편에 대한 행동을 못 마땅해 하는 모습이다.

탈(頉)나(라)다　탈이 생기다. 뜻밖에 일어난 변고나 사고. "탈이 나도 단디이 났다."

탈어미(매)다　기분이 나빠 목을 숙이고 있는 것. "말도 안 하고 탈어매고 앉았으면 어쩔래."

탈치다 빼앗다. 이 말도 "탈(奪)"에서 온 것이다. 곧 탈취(奪取)다. "남의 물건을 지 물건처럼 탈친다."

탐마 잠깐.

탐살(貪煞) 해로운 일이 다른 사람한테까지 미치게 하는 것. 노계박인로의 「누항사」에 보면, "이중에 탐살은 다 내집의 모왔나다." 지금도 "너 때문에 내가 탐살 만났다"고 쓰이고 있다.

탐새기 남의 일을 망가뜨리는 것. "저 친구가 이 일을 탐새기쳤다."

태기치다(때기치다) 메어치는 것. "씨름판에서 장사가 태기를 쳤다."

태무심 아주 무심한 것. "아주 이 일은, 태무심하다."

태산으로 세월삼아 일월같이 믿었더니, 천생연분 아닐런가 백년해로할 부부인연이 안 된 것. 「이별가」(안동지방)

태수 곡식을 타작해서 나는 수확량.

태아주다 나누어 주거나 태워주는 돈 따위를 받는 것. 「소노래」(칠곡지방) 참조.

태주(胎主) 마마를 앓다가 죽은 어린 계집아이 귀신으로, 이 혼신이 다른 여자애한테 지피여, 길흉화복을 말할 뿐 아니라, 매사를 잘 알아맞힌다. 혹은 명도(明道)라고도 한다.

태치미 퇴침. "태치미 갖고 온네이."

택구 택호. 요즘은 노파들이 계신 집만, 이 택호로 부르고 있다. "저 할매 택구가 머시라 카더러."

택택애장 톡톡하게 애간장을 녹인 것. 「교녀사」(예천지방) 참조.

탱개치다 탱개는 물건 동인 것을 죄어치는 장치. 탱개로 팽팽하게 하는 것. "자부름이 와서 눈에 탱개를 쳐야겠다." 탕개. 통개.

> 「활노래」 (칠곡지방) ㉫
> 청천에 구름같이 탱기대서 시맹덕
> 꽃맹석에 거울같이 번질하게 짊어내어
> 베개금침 좋은물건 내몸 아니고 못맨든다
>
> 푸른 하늘에 구름같이 동인 비녀장을 질러, 올이 가늘게 짠 멍석은 꽃 멍석으로, 곧 거울같이 뭉뚱그려 올려 얹어내고, 베개와 이불들 좋은 물건들은 내 몸 아니고는 못 만든다.

멍석을 만드는 자랑이다.

탱글탱글하다 열매나 살이 찐 것. "능금이 탱글탱글하다."

탱금지기 안 넘어지게 받치는 것. "탱금지기로 잘 받쳐라."

탱주 탯자. "과원 둘레 탱주울이다."

탱탱하다 피부가 탄력이 있어 보이는 것. 속에서 캥겨, 겉으로 팽팽하게 불어나온 것. "살이 탱탱하게 쪘다."

터구 · 터배기 바보.

터드레 수질(首絰). 테두리.

터럭이 털의 속어. "저 이 가슴패기는 전수 터럭이다."

터바꾸다 처지를 바꾸다.

「경부록」 (충남연산) ㉮
어느구고 좋아할꼬 터바꾸어 생각하소

어느 시아비 · 시어미가 좋아 할꼬. 처지를 바꾸어 생각하십시오.

터배기 더버기. "욕을 터배기로 얻어 묵었다."

터불 터울. "저 집 메누리는 얼라 터불이 좋대이."

터서리밭 텃밭.

터팔다 아이동생을 임신한 것. "저 얼라는 터를 팔았다."

털분하다 많아서 넘치는 것. "오늘 술이 많아 털분했다." 혹은 뒤집어 쓰는 것.

털털이 용모가 단정하지 못 하고, 지저분한 아이.

털팔이 아이들이 번지럽게 노는 것. "야 임마야, 털팔이짓 하지 말아래이."

털핀이 단정하지 못한 것. "자아는 털핀이짓 하고 댕긴다."

텅(퉁)가리 메기 비슷한 물고기. "요시는 물이 더러버 텅가리가 없다."

테가리 터거리. 턱의 속어. "테가리를 고만 날릴끼지."

텍대다 그렇게 셈하다. "돈 받은 텍대라."

텍도 없다 턱없다. "그 일은 너한테는 텍도 없다."

텍바지 턱받이. "침을 자꾸 흘려, 텍바지가 꽈질이가 됐다."

텍사(조)가리 턱주가리. 아래턱의 속어. "텍사가리를 때릴끼지."

토깽이 토끼. "요시 할매들은 손자한테 토깽이로 갈치니, 며늘네가 사투리 갈친다고 야단이다."

토깽이띠는 액운이 많다 묘생(卯生)은 사나운 운세를 갖고 있다.

토끼다 도망치는 것. "공부하기 싫어이, 사부링해 토낀다."

토매간 정미소. 벼를 갈아, 현미를 만드는 곳. "토매깐에서 나락을 찧었다."

토매기 토막.

토(도)배기 토박이. 본토박이의 준말. 나이 따위를 많이 먹은 것. "자아는 나이도배기다." "저 사람은 서울토배기다."

토사리 도망. "모임에서 살짝 빠져나와 토사리쳤다."

토시럽다 유복하다. "저 영감님은 늙어도 토시럽다."

토연 통인. 관장 앞에 딸려, 잔심부름을 하던 사람. 지두통인은 으뜸가는 통인.

「댕기노래」(의성지방)[민]
토연토연 지두토연 주었거든 나를주소

「댕기노래」(대구지방)[민]
통인통인 김통인아 빠진댕기 나를주소

「토연노래」(의성지방)[민]
토연토연 지두토연 이선달네 딸볼라고

토째(채)비 도깨비. "저 애장터에는 밤마다 토째비가 나온다더라."

톱(톺)반찬 큰일에 손님상에 놓는 고등어 따위를 작게 도막내어, 작은 접시에 담은 반찬.

톱톱하다 톡톡하다. "베가 톱톱하기 잘 짰다."

통 도통. "요새는 그 사람이 통 안 보인다."

통다지 통째.

통배기 그릇의 한 종류.

통시(수) 정랑(淨廊). 입이 통시비틀 같다. 통시웃달. "이 빠진 개 벌통시 만났다." 이가 빠져 뼈다귀 같은 단단한 먹이를 못 먹다가, 다행히 울도 없는 정랑을 만났다니, 우연찮게 좋은 기회가 온 것. 이 통시는 한자어 "통시(桶屎)"에서 왔을 가능성도 있다. 옛날에는 땅을 파고 항아리나 통 같은 것을 박아, 똥을 누었기 때문이다. 통수. 통사.

김사엽의 「민요채집기」(조선일보,1935.8.2.~9), "정서방네 맏딸애기 통시웃달 수꾸대를 꺾어설낭 던져주고 할길없이 돌아가네." 여기서 웃달은 수수대로 얼기설기 엮은 가림대. "비틀"은 재래식 정랑위에 발을 올려놓고 앉을 수 있게 만든 두개의 나무토막.

「과거질로 들어섰네」(군위지방) [민]
지게짝지 들라하니 통시빗틀 꺾어주고

지게 작대기 들라 하니, 수수대로 엮은 통시 비틀을 꺾어준다. 영 얼토당토 않는 짓거리를 이른다.

통자바리 통(사람의 도량 내지 씀씀이). "통자바리가 커서 돈을 잘 씬다."

통지중문 안으로 출입하는 중문으로, 손님 접대하는 음식을 준비하라고 알리는 것. 「여자탄식가」(김천지방) 참조.

통치다 구별하지 않고 한데 합치는 것. 「교녀사」(예천지방) [가] 참조.

톭다 계추리(경북서 나는 삼베의 일종)를 째어, 그것을 곱고 부드럽게 하기 위해, 톱으로 삼실을 눌러 밀며 실을 당기는 것. 또는 생선의 주둥이와 지느러미를 잘라내는 것. "삼을 톱으로 톱아야 된다."

퇴밀이 "살미리"로, 문살의 등을 밀어 장식하는 일.

「귀랑가」(대구월촌) [가]
이간마루 퇴밀이를 거울같이 닦아놓고
사(四)모(稜)에 풍경달아 바람따라 일어난다

두 칸 마루엔 문짝 뼈가 되는 나무오리를 거울같이 닦아놓고, 네 모서리에 풍경 달아 놓으니, 바람 따라 소리가 난다.

투가리 뚝배기.

–**투백이다** 무엇인가 흠뻑 뒤집어 쓴 것. "먼지투백이."·"물투백이."

툭사(수)바리 툭사발.

「숨기는노래」(동래지방) [민]
옛날옛적 간날갓적 나무접시 소년쩍
툭수바리 영감쩍 무자수 궐롱쩍

옛날 옛적에 지난 날 지나간 적에, 나무접시 같은 소년 적에, 툭사발같이 생긴 영감 적, 무자치 권련피울 적.
나무접시같이 매초름하게 생긴 소년과, 툭사발같이 우락부락하게 생긴 영감시절, 그리고 무자치가 담배피울 적같이, 엉뚱한 것들을 끌어당긴 동요다.

「혼인노래」(경남지방) [민]
월래가 하는말이 깨어진 툭사리는

「화전답가」(예천지방) [가]
툭수발에 장맛이요 백주에는 외손이라

테를매여 쓰것마는 내팔자야

본디 하는 말이 깨어진 툭사발은, 테를 매어서라도 쓰겠지만, 아이고 나 같은 팔자야.
툭사발에 제격은 장맛이요, 막걸리는 한 손(외손)만이다.

툭지다 몸이 보기보다 단단하게 보이는 것. "저 사람은 몸이 툭지다."

툴개다 사정없이 내쫓는 것.

퉁두랑이 퉁두래미. 퉁두름하다. 몸매가 굵은 사람.

퉁망스럽다 퉁명스럽다. 불쑥 불쾌한 말을 하거나, 불쾌한 얼굴을 나타내 보이는
것. "하는 짓이 쪼메 퉁망시럽다."

티겁지 팃검불.

티(튀)기다 튀하다. 새나 짐승의 털을 뽑기 위해, 끓는 물에 잠깐 담갔다가 꺼내는 것.

티(퇴)내다 싫어지는 것.

「소먹이는 노래」 (선산지방) ⓜ
논밭전지 반듯한것 신작로 대고
되지못한 밭대기 일퇴만 낸다

논밭뙈기 반듯한 것은 신작로가 되어버리고, 소출도 많이 안 나는 밭뙈기, 일하는데
퇴만 냈다.

티두리 테두리. "이 티두리 안을 나가민 진다."

티무리기 못 쓰게 된 허섭쓰레기. 퇴 물림. 혹은 큰상물림. "이건 할배 쓰던 티무리기다."

티미하다 투미한 것. 트릿한 것. "저 인간은 티미하다."

티바지먹다 퇴박 먹다. "저 사람한테 티바지 묵었다."

티방(박)주다 퇴박맞다. 마음에 들지 않아 거절당하는 것. "티방줄라, 단디이 해라."

티(튀)하다 띵하다. 웅숭깊게 아프거나, 정신이 깨끗지 못 한 것. "차안에 사람이
많이 타서, 골이 티하다."

팅구다 퉁기다. 값을 올려 받으려 하는 것. "저 장사가 물건값을 팅군다."

파람내다 솜을 활로 타서 솜방망이를 만들어 물레를 잣는 것. 「물레노래」(예천지방) 참조.

파래질 용두레질. "논바닥이 말라 파래질을 팔이 시도록 했다."

파랭이 · 포리 파리. "짐승이 있으이, 집에 파랭이가 득실거린다." "포리"는 거제 · 남해에서 쓰임

파랭이낚시 가짜 미끼로 고기 잡는 것. "파랭이낚시로 피리를 잡고 있다."

파사거리하다 푸석한 것. "찰기가 없이 파사거리하다."

파싹 몹시 쇠약한 것. "오래만에 할배를 만났더이, 파싹 늙었더라."

파이다 파의(罷議 · 破議) 일이 안 되는 것. 이 말은 영남지방에서 일상용어로 가장 많이 쓰이고 있다.

> 「한별곡」 (인동지방) ㉮
>
> 파이로다 파이로다 이내걸음 파이로다.
>
> 일이 안 되었다. 이내 걸음 일이 안 되었다.

파짠지 파김치.

파토놓다 어떤 일을 중간에 뒤엎는 것. 특히 화투판에 잘 쓰인다. 파투(破鬪). "노름에 자꾸 돈을 잃으이, 파토놓고 치웠다."

판때기 널판자. 판자. "판때기를 대어, 우신 바람막이가 됐다."

판쌍놈 행실이 아주 나쁜 사람.

판쓰리 노름판에서 모조리 휩쓸어 가는 것.

팔고 생(生) · 노(老) · 병(病) · 사(死) · 애별리(愛別離) · 원증회(怨憎會) · 구부득(求不得) · 오음성고(五陰盛苦) 등. 이 가사에는 두운(頭韻) "팔"이 11개나 와서, 리드미컬하게 들린다.

「상면가」 (예천지방) ㉮

팔월양신 돌아드니 팔월공산 달밝은데

팔만가지 수심이라 팔을걷어 꽃그리고

팔음으로 요를재워

팔고로 보던때도 보내기 섭섭하니

팔자로 보더라도 팔자분간 못할러라

팔공산 신령님아 팔선녀를 모을적에

팔도로 다니다가 우리윤실 다려간다

음력 팔월 경사스런 날이 돌아오니, 팔월 공산에 달이 밝은데 오만가지 수심이 난다. 팔을 걷어 꽃 그리고, 팔음의 첫째는 종(鐘)은 금(金)·경(磬)은 석(石)·거문고는 사(絲)·적(笛)은 죽(竹)·생우(笙芋)는 포(匏)·부(缶)는 토(土)·북은 혁(革)·어(敔)는 목(木)으로 요를 재우고, 팔고로 보아도 보내기 섭섭하다. 딸의 팔자를 보더라도 팔자분간은 못 하겠다. 팔공산 신령이여! 팔선녀를 모을 적에 팔도를 다니다가 우리 윤실(尹室)을 데려간다. "팔"이 11회 반복되고 있다. "요(療)를 재워"는 병을 고쳐 재우는 것으로, 다시 노랫소리를 고르게 하는 것.

팔꿉·팔꼬배기(뱅이)·팔꾸머리·폴 팔꿈치의 속어. "팔꾸머리가 아파, 물리치료를 받았다." "폴"은 거제·남해에서 쓰임.

팔대지 팔대짓. 팔을 흔드는 것.

팔띠기 팔뚝의 속어. "팔띠기가 햇빛에 끄슬러 거멓다."

팔모가지 팔목의 속어. "팔모가지가 새쿰거린다."

팔모깨끼 팔모로 깎은 술잔.

「여동요」 (함안지방) ㉯

시금시금 씨아바시 청끝에 나서면서

팔모깨끼 꽃유리잔 값주면 보리마는

수천금의 메늘애기 값을준들 살아올가

「원망노래」 (함양지방) ㉯

실패걸은 우리어메 분통걸은 나를두고

임의정도 좋지마는 자식정을 띠고가네

시금거리길 잘 하는 시아버지 대청 끝에 나서면서, 팔모깨끼 꽃 유리잔 값을 주면 사보련마는, 수천 금을 주어도 못 살 며느리애기 돈을 준들 살아올까.

실패처럼 감고 감아도 끝이 없는 우리 어매의 정, 예쁜 분통같은 나를 두고, 사랑하는 임의 정도 좋지마는, 자식 정을 떼고 가버렸네.

남편이 없는 과부가 새서방을 얻어, 전서방한테 난 날(자식) 떼어버리고 가는, 친엄마의 몰인정함을 묘사했다.

팔이 들이굽지, 내굽지 않는다 자기 식구나·잘 아는 사람이면, 이해관계에서 안쪽으로 팔이 굽는 것.

팔진미 중국서 성대하게 차린 음식상에 갖춘다고 하는 여덟 가지 진미. 곧 순모(淳母)·순오(淳熬)·포장(炮牂)·포돈(炮豚)·도진(擣珍)·오(熬)·지(漬)·간료(肝膋)이나, 「교녀사(敎女詞)」에서는 순오·순모·포돈·포장·진·진미·외오·삼식 능으로 나열되었다.

「교녀사(敎女詞)」 (예천지방) ㉮
내측편에 있는음식 팔진미가 무엇인고
산두베 밥쌀위에 육장을 따리고서
기름부어 맛을도와 순오라고 일흠하니
진미도 첫째가고
기장밥도 그리하여 순모라고 둘째가고
도야지를 속을따서 뱃속에 대추넣고
그곁에 갈대싸고 갈대위에 흙을발라
부엌에 넣어꾸워 겉껍질을 벗긴후에
쌀가루로 반죽하여 그것을 다시싸서
그몸에 잠길만치 물부어 따린후에
다시내어 얇게빚어 영념을 갖춘후에
그릇에 다시담아 큰솥에 중탕하여
물들기 하지말며 뜨겁게 하지말며
삼일삼야 불을때여 다만들어 먹을적에
토장타고 육장타서 재미를 도왔으니
그이름이 포돈이라 진미로 셋째가고
양의고기 또그렇고 그이름이 포장이라
진미로 넷째가고
우양과 사심고기 힘줄을 떼어내야
부드럽게 하온후에 양념갖차 먹는것이
그이름도 도진이되 다섯째 진미되고
새로잡은 소고기를 가늘게 난도해서
좋은술에 담았다가 돌시만에 먹을적에
신국타고 간을하여 진미로 여섯째요
생고기 힘줄발라 저며서 되대피고
계피와 건강가루 간을섞어 뿌린후에

「여자훈계가」 (예천지방) ㉮
전곡이 유여하고 집안이 유족하며
날마다 팔진미와 때마다 오후청을
울음으로 주고받고 짜증으로 지내며는
석숭의 부자라도 세상이 귀찮하다

구워도 좋을거요 말라도 좋을거요
외오라고 이름하니 일곱째 진미되고
소와양과 도야지를 세가지를 한데섞어
쌀가루 삼분이와 고기점 삽분일을
섞어쪄서 먹는것이 삼식이 여덟째요

내측편에 있는 음식 가운데 팔진미가 무엇인고. 산두벼(밭벼)로 지은 밥쌀 위에
육장(肉醬)을 넣어 다려, 거기다 기름을 부어 맛을 도우면 순오(淳熬)라고 이름 하니,
진미로 첫째간다. 기장밥도 위와 같이 지으면, 순모(淳母)라 하고 둘째간다. 돼지
속을 따서는, 뱃속에 대추 넣고, 그 곁을 갈대로 싸고, 갈대위에 흙을 발라 부엌에
넣어 구워내어, 겉껍질을 벗긴 뒤, 쌀가루로 반죽하여, 그것을 다시 싸서, 돼지고기에
잠길 만큼 물을 부어 다린 뒤에, 이를 꺼내어 얇게 빚어, 양념을 고루 갖춘 뒤에,
그릇에 다시 담아 큰 솥에 중탕(重湯)하되, 물이 들게 하지 말며, 뜨겁게 하지 말며,
삼일 삼야 불을 때어, 다 만들어 먹을 적에 토장(土醬,된장)을 타고·육장을 타서,
여러 가지 맛(諸味)을 도왔으니 그 이름이 포돈(炮豚)이라, 진미로 셋째 간다. 양의
고기도 포돈과 같이 하고, 그 이름을 포장(炮牂)이라 하니, 진미로 넷째 간다. 우양과
사슴고기 힘줄을 떼어내어 부드럽게 한 뒤, 양념을 갖추어 먹는 것이 도진(擣珍)이라
하니, 다섯째 진미가 된다. 새로 잡은 소고기를 가늘게 난도질해서 좋은 술에 담았다가,
돔만에 먹을 적에, 신국을 타고 간을 하여 먹으니, 진미로 여섯째 간다. 생고기의
힘줄 발라 저며 되덥히고, 계피와 말린 새앙가루로 간을 섞어 뿌린 뒤에, 구워도
좋고·말려도 좋을 것이니, 이를 오(熬)라 하며, 진미로 일곱째가 된다. 소와 양과
돼지 등 세 가지를 한데 섞되, 쌀가루 삼분의 이와 고기점 삼분의 일을 섞어 쪄서
먹는 것이 삼식(三食)이라 하니, 진미의 여덟째 간다. 위의 팔진미가 중국인의 팔진미와
는 차이가 난다.

돈과 곡식이 푼푼하고 넉넉하고 집안이 살림살이가 넉넉하여, 날마다 팔진미와 끼마다
오후청(五侯鯖)을 먹어도 집안이 불화하여 울음으로 주고받거나 짜증으로 지낸다면,
석숭 같은 부자라 할지라도 귀찮게 여기게 된다.

팔찜 팔짱.

팝씨 파씨.

패 파. "채전밭에 패가 시퍼렇다."

패나게·팬하다 편하게. 한걸음에 가는 것. 빨리·곧바로. "패나게 댕겨온네이."

패당패당하다 피둥피둥하다. 늙은이 원기가 좋아, 살이 찌고·탄력이 있는 살갗이
  윤택하게 보이는 것. "노인 근력이 안죽꺼정 패당패당하다."

패대기치다 땅바닥에 집어던지는 것. "그놈으 소상, 바닥에 패대기를 치지."

패댕이　팽개치는 것. "배차를 패댕이치믄 이물어 몬 씬다."

패랍다　파리하다.

패(피)리꽃　패랭이꽃.

패밭다　내뱉다. "입안에 가시를 패밭았다."

패에 보다　펴보다. "책을 패에 본다."

팬수잰(쟁)이　편수간에 일하는 사람. "불미간에 팬수쟁이들은 억시 덥겠다."

팬잔시럽다　부끄러워 할 만한 처지인데, 낯두껍게 나대는 성격.

팬찮다 · 핀찮다　편찮다. 요즘 텔레비전에 아나운서들이 사용하는 말 가운데, "아프시다"를 너무 많이 쓰고 있다. 존대보조어간인 "시"만 들어가면 되는 줄 알고, 나이든 어른들에게 "아프시다"를 마구 쓰고 있다. 어른들은 "아프시다"고 아니고 "편찮으시다"고 해야만 마땅하다. "할배가 팬찮으시다."

팽다리　가부좌. 책상다리. "하안거(夏安居)에 승려들은 팽다리로 앉는다."

팽댕이　팽이. 아이들이 달리기를 아주 잘 하면 "팽댕이 겉이 달라뺀다"고도 한다. "팽댕이같다"는 몹시 하는 행동이 민첩한 것.

「댕기노래」 (군위지방) ⓜ
우리올배 없었드면 어느누가 정이많아
십리장을 팽댕이치듯 서돈주고 사다줄까

우리 오빠가 없었다면, 어느 누가 정이 많아 십리 떨어진 장에, 팽이처럼 빨리 달려가서 댕기를 서 돈 주고 사다줄까.

팽댕이 치고 있다　한쪽 다리를 다른 넓적다리에 괴어 앉는, 선비들의 앉음새. "사랑에 아재는 팽댕이 치고 앉아, 손님과 이바구하고 기신다."

퍼그리　채소의 한 포기. "한퍼그리 벌갱이 묵었다."

퍼글레　같은 일가의 여러 갈래. "저 집은 퍼글레가 많다."

퍼대다　마구 퍼붓다.

퍼뜩　빨리. "퍼뜩 뒤어라."

퍼지이다　마구 퍼붓는 것. 퍼지다는 널리 미치는 것. "비가 막 퍼지이고 있다."

펑퍼질고(풍무지리고) 앉다　엉덩이를 땅에 붙이고 차분히 앉는 것. "쪼굴시고 앉으면 다리가 재러버, 아주 핀케 펑퍼질고 앉아라."

평접시　제사 때 과일을 담는 평평한 제기.

포(逋) 포흠(逋欠)질 하는 것. 포흠은 관청의 물건을 사사로이 써버리는 것. 「화전가」 (영주지방) 참조.

포구 포기. "배차한 포구."

포궁(胞宮) 자궁.

「교녀사」 (예천지방) ㉮
태극이 삼긴후에 음양이 판단하야
양기난 상승하야 하늘이 되야있고
음기난 하강하야 땅일흠이 되었어라
사람도 이와같애 포궁안에 떨어준물
잠시불철 쉬지않네
아흐레 밤낮으로 뱅뱅돌아 그친후에
방울속에 구멍뚫어 구멍속에 기운려
다달이 변해갈제 첫째달에 기름려
둘째달에 피가어려 셋째달에 음양어려
넷째달에 태가어려 오삭만에 힘줄려
육삭만에 배가어려 칠삭만에 형용어려
팔삭만에 움직이고 구삭만에 뛰노라서
열달만에 낳았구나
조물이 이상하여 생김도 공교하다
머리가 둥글기난 하늘을 본을받고
발이 모나기는 땅을 본을받아
앞은 양이되고 뒤는 음이되어
이마는 일월같고 콧대는 산악같고
입은 지당같고 혈맥은 강과같고
모발은 초목같고 골절은 암석같고
사지가 생기기는 사시를 본을받고
춘하추동 맺은후에 절후마다 석달이라
팔다리 마디수가 세마디 아니온가
모두통쳐 열두마디 열두달 형상이요
전신골절 세어보면 삼백육십 아니온가

태극이 생긴 후 음양을 판단하여, 양기(陽氣)는 위로 올라 하늘이 되어 있고, 음기(陰氣)는 아래로 내려와 땅이름이 되었다. 사람도 이와 같아 자궁 안에 떨어진 정자·난자가 잠시도 밤낮을 가리지 않고 · 쉬지도 않았다. 아흐레 밤낮으로 뱅뱅 돌아 그친 뒤에, 정자가 난자 속에 구멍 뚫어, 그 구멍 속에 기운이 어려, 다달이 변하여 갈 적에, 임신 첫째 달은 기름이 어리고, 둘째 달은 피가 어리고, 셋째 달은 음양이 어리고, 넷째 달은 태가 어린다. 다섯 달 만에 힘줄이 어리고, 여섯 달 만에 배가 어린다. 일곱 달 만에 형용이 어리고, 여덟 달 만에 움직이고, 아홉 달 만에 뛰논다. 그리하여 열 달 만에 낳았다. 조물이 이상하여, 생김도 재치 있고 · 기묘하다. 아기의 머리가 둥글기는 하늘을 본 받았고, 발이 모나기는 땅을 본 받아서, 앞은 양이 되고 · 뒤는 음이 되었다. 이마는 일월 같고 · 콧대는 산악 같고 · 입은 못 같고 · 혈맥은 강과 같고 · 모발은 초목 같고 · 골절은 암석 같고, 사지가 생기기는 사시를 본받고, 춘하추동 맺은 뒤에 절후마다 석 달씩이라, 팔다리의 마디 수가 세 마디가 아닌가. 모두 한데 합쳐서 열두 마디는 열두 달의 형상이요. 전신 골절 세어보면 삼백육십이 아닌가. 역시 음양오행에 비겨 사람의 형상을 비겨본 것이다.

포때 표시. "만만한 놈 포때 봤나."
포또 달고나. 설탕에 소다를 넣어, 연탄불 위에 끓여 만들어 먹는 과자.
포류(蒲柳)잔질 땅버들처럼 연약한 것.

「환갑가」 (성주지방) ㉮
포류잔질 이내몸이 이만수가 이외일세
세상만사 허황할뿐 인간갑자 덧없구나

땅버들처럼 잔약한 이내 몸이, 이만한 수(壽)가 뜻밖이다. 세상만사가 황당할 뿐, 인간의 나이는 속절없이 먹는구나.

포시럽다 아주 호사롭게 살아온 것. 포살한 것. "너는 너무 포시럽게 컸다."
포원 포원(抱願). "저 사람은 돈에 포원이 졌다."
포토봤나 어떤 싹수. "만만한 놈 포토봤나."
폭시리하다 폭신하다. 부드러운 촉감이 드는 것. "자리가 폭시리하다."
폴 팥. 거제 · 남해 등에서 주로 사용됨.
표(表)차롭다 면세(面勢)가 번듯하다. 여럿 중에 드러내놓기에, 겉보기가 번듯한 것.

「노처녀가」 (단대본) ㉮
중매파를 불러다가 지은조작 표차로이
흔하면 어찌아니 못될손가

중매노파를 불러다가 만든 일부러 꾸민 것이, 드러 내놓기는 형세가 번듯하게 보이니, 많이 있는 가운데 오가다 보면, 어찌 아니 이루어질 것인가.

중매하는 모습을 그린 것이다.

푸구묵다 흠집이 생긴 것. "이 모개는 푸구묵었다."

푸대 포대. "쌀을 푸대에 담는다."

푸등기다 옷자락이 펄럭이는 것. "옷자락이 푸등기다."

푸술 귀얄. 물감·풀·옻 등을 칠할 때 쓰는 솔.

푹새 푸서기. 거칠고 단단하지 못해 부스러지기 쉬운 것. 옹골차지 못 하고 아주 무르게 생긴 사람. "그 일은 푹새가 됐다."

푼시업다 푼수 없다. 분수없다.

「사향곡」 (봉화지방) ㉮
푼시업는 나의몸이 긔일참곡 언제할고

어떤 정도에 맞지 않은 나의 몸이, 기일(忌日)에 참혹한 곡(慘哭)을 어찌 할고.

풀각시 계집아이들의 소꿉놀이에서, 풀로 각시를 삼는 것. "딸아들이 풀각시놀음을 한다."

풀대죽 밥이 질게 된 것. "밥이 아이라, 풀대죽이다."

풀떠거리 풀떨기.

풀떼 풀떼기.

풀무풀무 부라부라.

풀새비 사람을 쏘는 풀벌레. "나무잎사구를 만치다가 풀새비한테 쏘였다."

풀시미 풀솜. 누에고치를 삶아 떼어낸 실. 베를 매거나 짤 때에 올이 끊어지면 이를 이을 때 쓴다.

풋굿(구) 한참 더운 여름철 아시논매기를 마치고 난 뒤, 장마 비로 길이 헐어지거나· 끊어지면, 이 길을 마을 장골들이 보수를 하게하고, 또는 우물물을 퍼내고 바닥을 청소하게 하는 일을 말한다. 이런 일을 하고 나면, 마을에서 한판 술과 음식을 장만하여 먹이고 놀게 하는 모임을 "풋굿"라 한다. 세벌논매기를 마치고 노는 일꾼들의 놀이. 이 "풋굿"은 "초연(草宴)"이 되겠다. "오늘은 장골들이 풋구하고 논다." 호미씻이.

풍게질 물레질.

「사친가」 (청도지방) ㉮
명주비단 침자질과 마포무명 풍게질과

모럼있게 가르치고 책쓰기며 편지쓰기

명주와 비단으로 바느질과 삼베와 무명 등 물레질과, 이런 일들을 "모럼있게"는 묘리 있게 가르쳐주고, 그밖에 책 베껴 쓰기 · 편지 쓰기 등 교육을 어머니로부터 배움을 받는 것이다.

풍덩하다 옷의 품이 몸에 안 맞아, 헐렁한 것. "몸이 작아 옷이 풍덩하다."

풍딩이 풍뎅이. "풍딩이는 날개가 있다."

풍신 사람의 풍채나 신체의 모습. "풍신치고는 너무 작다."

풍정각시럽다 남 앞에서 있는 체하고, 거드름을 피우는 것. "역시 풍정각시럽게 칸다."

풍채흥치 풍채와 흥취.

「화전가」 (봉화지방) ㉮
너무과한 너의대접 저녁상이 또웬일고
풍채흥치 겸했구나 송별회가 이아닌가

너무 지나치게 하는 너의 대접, 또 저녁상이 웬 일인고. 좋은 풍채와 술자리 흥치를 겸했으니, 이것이 송별회가 아닌가.

피 돼지 똥과 피를 떨고 무게 다는 것. "돼지를 살 때, 피를 떨고 산다."

피감자 껍질을 벗기지 않은 감자.

피단 폐단(弊端). "저리도 큰소리 치이, 피단은 피단이다."

피등피등하다 청년들이 활기찬 것. 피둥피둥. "청년들이 한참 피둥피둥할 때다."

피딩이 · 피대기 약간 건조시켜, 물기가 조금 있는 건어물. "오징어는 피딩이가 묵기 좋다."

피랭이 피라미. "걸물에서 피랭이를 낚시질한다."

피롱 폐농(廢農). "가물어서 피롱이다."

피리꽃 패랭이꽃.

피밤 겉밤. 껍질을 안 벗긴 밤.

피새(詖辭)놓다(까다) 알랑거리며 늘어놓는 너스레. 『맹자』「공손추」에 나온 말이다. 부품하게 거짓말을 뇌깔이는 것. "점마는 말이, 전부 피새만 깔인다."

피야가주 피어갖고. "꽃을 피야가주 왔다."

피죽 피로 쑨 죽. "피죽도 한 그륵 몬 묵었나"는 몹시 허기가 진 것처럼 기운이 없어 보일 때.

피틀치다 펼치다.「자는 듯이 죽었고나」(군위지방) 참조.

피편 잔치 때 소머리·돼지머리·돔배기 따위를 푹 고아, 그 국물이 식히면 엉기게 되는데, 나중에 그것을 썰어 내어놓게 된다. 이를 소머리눌린 것·돼지머리 눌린 것이라고 하는데, 또 편육이라고도 한다.

핀(편)달 편. 쪽 또는 비탈. "양지핀달에 따시다고 모두 앉았다."

핀(편)때 편대. 편틀. 네모난 굽 높은 제기로, 떡(편) 따위를 괸다. "핀떼에 떡을 고운다."

핀키 편하게. "핀키 살다 갔다."

핀피롭잖다 편편(便便)롭지 않다. "뒷집 할배는 아들땜에 속이 상해, 마음이 핀피롭잖다."

핏미 이슬.

핑경 풍경(風磬). 처마끝에 다는 걸쇠

「지신밟기」(김천지방) ⑫
주인주인 문여소 나그네손님 들어가오　　　(대문)
주님! 문 열어 주소. 나그네손님(풍물쟁이) 들어 갑니다.
어허러 지신아 이집을 지을때에　　　(대청)
어느 대목이 지었노
동리 이대목 가진연장을 가지고
거지 공산에 치치달아
서른시명 역군들이 옥도끼를 둘러메고
양평가평을 들어가서 공산에 올라 소목베고
대산에 올라 대목베고
굽은낭근 등을치고 자진낭근 곱기쳐서
용오머리 터를닦고 학의머리 집을세워
니귀에 핑깅달고 동남풍이 건듯부니
핑깅소리 요란하다
어허러! 지신아!

어허러 지신이여! 이 집을 지을 때, 어느 대목이 지었느냐. 동네 이대목이 갖가지 연장을 가지고서, 사람 없는 빈 산위로 올라가, 33명 일꾼들이 옥 같은 도끼를 둘러메고, 경기도 양평·가평(嘉平)을 들어가서, 공산에 올라 작은 나무 베고, 큰 산에 올라 큰나무 베고, 굽은 나무는 등을 치고, 잦혀진 나무는 곱게 쳐서, 용의 머리에 터를 닦고·학의 머리에 집을 세워, 처마 끝 네 귀퉁이에 풍경 달고, 동남풍이 건 듯 불어오니, 풍경소리가 요란하구나. 어허러! 지신이여!

조앙의 각씨야 니가 무엇을 불붓나　　　　(정지)
나매부앙 조앙신 백우부앙 조앙신
금통관실 조앙신 여핑기란 조앙신
어허러! 지신아!

부엌을 맡은 신인 조왕각시야! 네가 무엇을 부러워하느냐. 남의 부엌 조왕신(竈王神)·바깥부엌 조앙신·금통관실(금통은 큰방부엌 아궁이에 걸린 무쇠 솥. 관실은 광실로 너른 부엌)의 조앙신·여평기라는 조앙신. 어허러! 지신이여!

좌청룡은 우복코 우청룡은 좌복코　　　　(뒤뜰)
청용황용을 누릴새 청용황용을 누릴새
잡구잡신은 물알로
어허러! 지신아!
온갖 천석을 부르세

왼쪽의 청룡은 오른쪽에 엎드렸고, 오른쪽 청룡은 왼쪽에 엎드렸고, 청룡과 황룡을 이집에 누리도록 하자. 잡귀와 잡신은 물 아래로, 어허러! 지신아! 온갖 천섬을 다 들어오도록 부르자.

콩도천석 팥천석 양대천석 부르세　　　　(고방)
왼갖 도둑을 막우자 발큰 도둑을 막우자
고무도둑을 막우자
어허러! 지신아!

콩도 천섬·팥도 천섬·양대도 천섬을 들어오도록 부르자. 온갖 두둑을 막게 하자. 발 큰 도둑을 막게 하자. 좀도둑을 막게 하자. 어허러! 지신이여!

핑풍　병풍(屛風). "지사때 핑풍을 친다."

하깃돈 노자(路資). "하인들 가는데, 하깃돈을 주었다." 여비는 일본어.

하꼬방 깡통 따위로 인 판자 집. 일본어 "はこ(箱)"와 우리말 "방"이 붙어 이룩된
말. 6 · 25동란 때, 대도시 개울가에 집이 없는 피란민들이 미군부대에서 나온
깡통을 벌려 지붕을 이고, 벽면은 "볼"은 일본어 "ボル"로 영어 "board"를, 우리가
그대로 받아들여 "볼박스"라 한다. 이 "볼박스"를 대어, 지은 판자집. 서울은 청계천
변이나 각 도시에 판자촌이 많았다.

하날님이 대꼭지요 남대문이 쥐궁일세 하느님이 뚜껑 손잡이같고, 남대문이 쥐구멍
처럼 하잘 것 없이 보이는 것.

「화수석춘가」(의성지방) ㉮
새서방님 대전님이 혼몽천지 야단일세
하난님이 대꼭지요 남대문이 쥐궁일세

새신랑과 대전(대반)님이 온다고 기별이 오자, 천지에 정신없이 야단이다. 하느님이
뚜껑의 손잡이 같고, 거창한 남대문이 쥐구멍처럼 하잖게 보이는 것.

하늘병 간질(癎疾). 지랄병.

하님 신부에게 따라가 도와주는 여인. "신부가 시집갈 때, 하님이 따라간다."

하당찮다 너무나 당치 않은 것. 「화수석춘가」(의성지방) 참조.

하(화)딱지 화병(火病) 또는 화증(火症)의 속어. 이 화증은 우리말에만 있다. "화딱지
가 나서 못 살겠다."

하랭이 천식기가 있어 목에서 나는 소리. "천식이 있으믄, 목궁가 하랭이소리가
난다."

하머(무)나 이미. 벌써. "하머나 댕겨 왔나."

하메(마) 벌써. "하마 다 무어뿠나."

하빠리 일본어 하(下)ば(張)り. 곧 어떤 일을 배우는 새내기를 뜻한다. "저 사람일은 안죽 하빠리다."

하삭다 곰삭다.

하이깔라 신사. 영어 "high collar"가 일본어 "ハイカラ"를 그대로 사용하고 있음. 곧 양풍을 좇아, 유행을 따라 멋을 부리는 것. 참신하고 조촐한 모습.

하잔타 하찮다. 대수롭지 않은 것. "좋고·하잔코 간에 내끼 되문 고만이다."

학띠다 어떤 일에 진저리가 나는 것. 여기서 학(瘧)은 학질을 떼어내는 것. "얼매나 고집이 신지 학을 떴다."

학을 기리다 아이들이 몹시 떼쓰는 것. 참느라 힘 드는 것. 역시 학질과 같은 것에서 온 말이다. "그 일땜에 학을 기린다."

한(항)가하다 하게체를 쓰는 것.

한그·항(한)금 가득. 많이. 한 아름. "자두를 한그 안고 왔다."·"한금 주어라."

한그메 기껏. "한그메 간다고 간기 얼매 몬 갔다."

한그석 가득한 것. "사람이 한그석이다."

한(항)근가다 일이 잘되어 막힘이 없는 것. 좋게 잘 되어 나가는 것. "요시 시세가 좋아 한근간다." 한금(金)은 큰금(돈).

한근하다 한가하다. "파랭이를 날릴 정도로 한근하다."

한(항)글여 아울러.

> 「여자탄식가」 (봉화지방) ㉮
> 부선재배 두번절에 삼생연분 매자노코
> 한글여 한잔술노 백년해로 기약햐야
> 동방화촉 즐겻던니 삼생연분 안일넌가
>
> 부인이 먼저 신랑한테 두 번 절하고, 삼생연분을 맺어 놓고는, 아울러 한잔 술로 평생 함께 늙기를 기약하고, 화촉 켜고 신방에서 즐겼더니, 삼생연분이 아닐런가.

한글량 한결같은.

한끈 한껏.

> 「동기별향가」 (김천지방) ㉮
> 한끈힘써 하는 것이 떡국그릇 밥한그릇
> 우리마음 시뿐지라
>
> 한껏 힘써하는 일이, 떡국 한 그릇·밥 한 그릇에, 우리들 마음에 차지 않은지라.

한날 각중에 어느 날 갑자기. “친구가 한날 각중에 죽었단다.”
한다안 한동안.
한달에 열흘은 굶어도, 영감 없이는 하루도 몬 산다 남편 없이는 살기가 힘든 것.
한머리 한편.

「베틀가」 (구미지방) [민]
한머리는 과거보는 소문이 들리는지라
한편으로는 과거 본다는 소문이 들리는지라.

한박물림[민] 푸닥거리. “암무당” 여자 무당이고, “박수무당”은 남자무당. 이는 남의 집 큰일에 가서 음식을 얻어먹고, 갑작스레 배가 아프거나・열이 나고 오한이 드는 것. 이런 경우 “뜬귀”가 범접한 것으로 믿고, 노파를 불러 객귀물림(한박물림・쪽박물림)을 하는 무속적 행위를 말한다. 이런 객귀 내지 잡귀 또는 “뜬귀”를 물리는 일을 “물림”이라 한다. 귀신은 “물리침”이 아니라 물림(退)이라 한다. 이때 바가지를 긁는데, 이에서 유래하여 지금은 아내가 남편에게 몹시 잔소리나・불평의 말을 널어놓을 때, “바가지를 긁다”고 한다. 뜬귀가 범했는지 여부의 판단은 생콩 대여섯 개를 씹게 하여, 삶은 콩처럼 구수하다면, 귀신이 범접한 것으로 본다. 다음은 대접에 곡식을 가득 담고 환자의 옷으로, 그 대접 위를 싸 덮어 씌워, 싸잡아 왼손에 쥐고, 곡식부분을 환자의 배나 이마에 닿을 듯・말 듯 둥글게 원을 그리며, 주사(呪辭)를 되뇌게 된다. 이때 주사는 다음과 같다.

모생모명이 그저 일수 불길하여
모방모처 모방가문 출입하여
궂은 음식 얻어먹고 이병이 난듯하니
그저 못된 귀신 눈을 떠 보았거든
이 그릇에 옴팍하게 자취를 내어서
이무지한 몸이 눈으로 보는 듯이
귀로 듣는 듯이 알게 하소서 양기(禳祈)

아무 성씨・아무(이름)가, 그저 그날 운수가 좋지 못 하여, 아무 쪽・아무 곳・아무 가문을 출입하였다. 그리하여 불결(나쁘고 언짢은)한 음식을 얻어먹고, 이 병이 난 듯하니, 그저 못된 귀신이 눈을 떠서 보았거든, 이 그릇에 움푹하게 흔적을 내어, 이 무지한 몸이 눈으로 보는 듯이・귀로 듣는 듯이, 알게 하여 주소서.

대조선 모모도 모모군 모모면

모모동 모모생이 모년 모월모일

모방으로 나갔다가 일수가 불길하여

모씨 가문의 음식을 얻어먹고

이병을 얻은 것이 본 듯하고 들은 듯하니

처녀 죽은 귀신이나 총각 죽은 몽달 귀신이나

아이낳다 죽은 귀신이나

물에 빠져죽은 귀신이나

배앓다 죽은 귀신이나

급살병에 죽은 귀신이나

목매달아 죽은 귀신이나

굶어서 죽은 귀신이나

갈 곳 없어 해매다가 거지중천 떠다니던 귀신아

우리 모생을 눈떠 보았거든

이 한박물림 쪽박물림을 그저 달게 받아먹고

썩 물러 나가거라

만약 물러나지 아니하면

목 좁은 자루 병에 잡아넣어

푸른 보로 잡아 싸고 붉은 보로 덮어 싸서

천근들이 무쇠 가마에 속절없이 담아 넣고

만근들이 뚜껑으로 요동 없이 덮어씌워

엄나무 말뚝에 참나무 골을 쳐서

올참바 동아줄로 휘휘친친 동여매고

마디마디 고를 맺아 꼭꼭 묶어

천길만길 깊은 소에 사정없이 던지면은

다시는 이승에서 마른음식 진음식을

얻어 먹도 못할 터니

이 한박물림 쪽박물림 받아먹고

우리모생 아픈 것을

절로 찝은 듯이 숟갈로 떠낸 듯이

언제 아팠느냐 말도 없이

꾀병같이 낫게 하고 썩물러 나가거라

헷쐬!

대조선 아무도(道) 아무(郡) 아무면(面) 아무 동(洞) · 아무 생이 아무 해 · 아무 달 · 아무 날·아무 쪽으로 나갔다가 그날 운수가 안 좋아, 아무 씨 가문의 음식을 얻어먹고, 이 병을 얻은 것을 본 듯하고·들은 듯하니, 처녀 죽은 손각시 귀신이나·총각 죽은 몽달귀신이나·아이 낳다 죽은 귀신이나·물에 빠져죽은 귀신이나·배 앓다 죽은 귀신이나·운수가 언짢은 "급살병"에 죽은 귀신이나·목매달아 죽은 귀신이나·굶어 죽은 귀신이나·갈 곳 없어 헤매다가 허공중에 떠다니던 귀신아! 우리 아무 생을 눈떠 보았거든, 이 한박물림·쪽박물림을 그저 달게 받아먹고, 썩 물러 나가거라. 만약 물러나지 아니하면, 목 좁은 자루 병에 잡아넣어, 푸른 보자기로 잡아 싸고·붉은 보자기로 덮어 싸서, 천근들이 무쇠 가마에 아무래도 단념할 수밖에 별도리 없이 담아 넣고, 만근들이 뚜껑으로 요동 못하게 덮어씌워, 엄나무말뚝에 참나무로 밖을 못 나가게 쳐서, 삼실로 세 가닥지어 굵다랗게 드린 줄로, 굵고 튼튼하게 꼰 줄을 여러 번 휘어 감고·꼭꼭 감아 동여매고, 마디마다 고리를 맺어 꼭꼭 묶어, 천길·만길 되는 깊은 소에 사정없이 던지면, 다시는 이승에서 마른음식이건·진음식을 얻어 먹도 못 할 터이니, 이 한박물림·쪽박물림 받아먹고, 우리 아무 생 아픈 것을 젓가락으로 집어 낸 듯이·숟갈로 떠낸 듯이, 언제 아팠냐. 말도 없이, 거짓으로 꾸민 병같이 낫게 하고, 썩 물러 나가거라. 헷쩨.

칼물 받아라! 칼물 받아라! 칼물 받아라!　　퇴귀(退鬼)
그저 이건밥을 안고싸서 물러나라
우리 모생을 죄병같이 낫게하여
언제 아팠느냐 말도없이 음식을 달게먹고
생기를 돌게하여 그저 영검을 보아라
어라 뜬귀야!
이 한박물림 좋이받고 썩물러 나가거라

칼물을 받아라! 칼물을 받아라! 칼물을 받아라! 그저 이 많은 푸진 밥을 안고·싸서 물러 나가거라. 우리 아무 생을 거짓 죄병같이 낫게 하여, 언제 아팠냐. 말도 없이 음식을 달게 먹고 생기를 돌게 하여, 그저 신의 영묘한 감응을 보여라. 어라! 떠돌아다니는 못된 귀신이여! 이 한박물림 좋이 받고, 썩 물러 나가거라.

헷쐬!　　　　　　　　　　　　　축귀(逐鬼)

헷세!

「노리개노래」(상주지방) 旣
울어매 노리개는 망내딸이 노리갤네…
울어멈 노리개는 함박족박 노리갤네

우리 어매 노리개는 막내딸이 노리개다. 우리 어멈 노리개는 큰 바가지와 작은바가지가 노리개다. 부엌에서 바가지로 물일을 하기 때문이다.

한반에 먹지말고, 한홰에 걸지말라 내외간은 한 상에 밥을 먹지 말아야 하고, 또한 옷도 한 횃대에 걸지 말아야 한다.

「규중감흥록」, (예천지방) ㉮
남편은 하늘이라 천운으로 정한인연
이내몸의 백년고락 이사람의 매였으니
조차간에 잘못보와 한번눈에 나게되면
독숙공방 찬자리에 뉘를의지 하잔말가
일시라도 모르오면 백년이 원수로다
만나보면 눈흘기고 묻는말은 핀잔이라
남남끼리 둘이만나 정을쫓아 유별한데
정이또한 끊어지면 남만도 못하리라
끊친정이 다시들며 엎친물이 담길까…
여자의 제일행신 유순함이 으뜸이라
남편의 뜻을받아 말삼을 순케하며
식성을 맞초와서 음식을 공경하며
성내거든 웃음웃고 걱정하면 한숨하고
더러운것 뵈지말라 한번보고 두번보면
용열하다 마음먹고 자연이가 상하나니
초립쓴 신랑보고 부디수이 대접마라
그래도 하늘이라 진로하면 어려우니
일후에 장성하여 소박하면 항거할까
여자는 강성하고 남자는 유약하면
음양이 교상하며 가도를 난성이라…
아내가 헌칠하면 가택이 안녕하고
적은것을 시삐말고 청하거든 투기마라
그른것이 녹녹하다 죽기까지 공경하여
초년같이 대접하고 앞을보와 걸음걷고
생각하여 말을하고

「계녀가」, (봉화지방) ㉮
가장은 하늘이라 하늘같이 중하여라
언어를 조심하고 사사이 공경하고
미덥다고 방심말고 친타고 야당말라
음식을 먹더라도 한반에 먹지말고
의복을 둘지라도 한홰에 걸지말라
내외란 구별하여 힐난케 마라사라

「귀녀가」, (성주지방) ㉮
백년 유락이 군자에게 매여있고
일가 흥망이 부인에게 달렸으니
백사를 의론하여 네혼자 주장말며
별식을 만나거든 시장할제 대접하고
의복을 미리하면 출입할제 재촉없다
군자가 방탕하여 별가를 둘지라도
너할도리 잊지말고 투기를 하지말라
정의만 손상하고 가도가 망하리라…
초립쓴 어린신랑 어리다고 웃지말라
조만해도 하늘이라 천장만장 높은하늘
낮은땅이 이길소냐

남편은 하늘이라 하늘이 정한 운수로 정해진 인연이다. 이내 몸의 평생 고락이 남편에게 매였으니, 갑작스레 잘못 보아, 남편 눈에 한번 벗어나게 되면, 독숙공방신세가 되고, 찬 자리에 누구를 의지하여 산단 말고. 잠시라도 이를 잘 모른다면, 평생이 원수같이 된다. 내외간에 만난다면 눈 흘기고, 아내가 묻는 말을 비꼬아 꾸짖게 된다. 부부는 남으로 둘이 만났고, 정을 좇아 구별이 있는데, 정이 또한 끊어지면, 남보다 못한 것이다. 이렇게 된다면 끊어진 정이 다시 들겠으며, 엎어진 물처럼 다시 주어 담을 수 없다. 아내의 첫째 행신은 부드럽고 온순함이 으뜸이다. 남편의 뜻을 받들어 말씀을 순하게 하며, 식성을 맞추어서 음식을 삼가고 · 존경하여 이바지하며, 남편이 성내거든 아내는 웃음을 웃고, 걱정을 하면 같이 한숨을 함께하고, 아내의 추합 모습을 보이지 말아야 한다. 한번 보고 두번 보면, 못 생겨 변변치 못 하다고 마음먹게 되면, 절로 정의가 상하게 된다. 초립 쓴 나이어린 신랑을 보고 부디 허수히 쉽게 대접하지 말라. 그래도 하늘같은 남편이라 성내고 · 노여워하면 아내가 어렵게 된다. 나중에 장성하여 박대하거나 · 미워하여도 아내로 생각지 않으면, 대항할 수 있을까. 여자가 분노 · 증오 등 생활에서 흥분시키는 감정이 강성(强性)하고, 남자가 부드럽고 약하여 잘 견뎌내지 못하면, 음양이 상처 나는 교상(咬傷)이 된다. 그러면 집안에 행하는 도덕 · 규율이 이루어지기 어렵다. 아내가 헌결차고 칠칠하면, 집안이 안녕하게 된다. 적은 것을 대수롭게 여기지 말고, 남편이 청하거든 강샘이나 · 꺼려하는 투기(妬 忌)를 하지 말라. 남편이 그른 일을 했더라도 · 내 성격이 무름하게 부드러워, 죽을 때까지 공경해야 한다. 처음 혼인 때처럼 초년같이 대접하고, 앞을 내다보고 걸음을 걷고, 반드시 생각하여 말을 해야 한다.

남편은 하늘이라. 하늘같이 소중하구나. 말을 조심하고 사사로이 공경하되, 믿음성 있다고 마음을 놓지 말고, 친하다고 알랑거리며 아첨 말라. 음식을 먹더라도 한반에 먹지 말고, 의복을 둘지라도 한 횃대에 걸지 말라. 내외란 구별함이 있어야 하고, 힐문하여 비난하지 말아야 한다.
내외간에는 엄연히 구별이 있어야 함을 강조한 것이다.

평생의 즐거움이 남편에게 매였고, 한집안의 흥망도 부인에게 달렸으니, 모든 일을 의론하고, 네 혼자 주장 말아야 하며, 특별히 좋은 음식을 만나게 되면, 남편이 시장할 때 대접하고, 의복을 미리 손질해 두면 남편이 출입할 때, 어서 달라고 조르는 일이 없게 된다. 남편이 여색에 빠져 난봉부려, 적은집(첩)을 둘지라도, 네가 할 도리를 잊지 말고, 강샘을 내지 말라. 이렇게 되면 남편과의 친한 정만 서로 떨어지고 상하게 되어, 한집안 살림을 망치게 된다. 초립 쓰고 다니는 어린 낭군을, 어리석다고 비웃지 말라. 조그만 해도 낭군은 하늘이라, 천길 · 만길 높은 하늘같은 낭군을, 낮은 땅인 아내가 이길 수 있겠느냐.
남편은 하늘이요 · 아내는 땅이라고 시인하면서, 가령 낭군이 첩을 얻더라도, 여자로서 할 도리와 투기를 하지 말라고 한다. 요즘 남녀평등의 시대와는 동떨어진 구시대의 유교사상에서 나온 사고방식이다.

한삐가리   한 아름 가득. 한 볏가리. "강냉이를 한삐가리 안고 왔다." 볏가리는 볏단인 데, 그처럼 가득히 많다는 것.

한새   일세(一世)는 당대.

「옥설가」, (예천지방) ㉮

한새 문물은 패왕부 되오리라…

한새 명경은 동중서를 의논하고

일세의 문물은 패자(覇者)의 왕부(王府)가 될 것이오, 일세의 강경(講經)은 동중서(董
仲舒, 176?~104?)와 의논할 것이다.

강경은 시관 앞에서 경서 가운데, 지정된 몇 대문을 강송하는 것.

한소끔   한번 끓고 난 뒤. "솥에 육개장이 한소끔 끓었다."

한소매   반소매 일본어 한소데(はんそで, 半袖)에서 온 말.

한입빼치   얼마 안 되는 음식의 양이나 돈. "저 떡은 한입빼치도 안 된다."

한자대기   한 아름 가득. "감을 한자대기 안고 왔다."

한자리   노래나 이야기 따위를 할 때 쓰는 말이다. "어이 노래 한자리 잘 불러 봐라." ·
"재밌는 이바구 한자리 해라."

한장우   한 자웅(雌雄). 한 짝. "토깽이 한 장우를 장아서 사왔다."

한재(좨)기   눈물이나 비가 한 줄기. "눈물 한좨기 짰다." "장아서 나물 한좨기 샀다."

한저름   한 젓가락. 소량의 먹이를 얻어먹는 것. "괴기 한저름 묵고 나이 간에 기별도
안 한다 아이가."

한집안에 범띠가 셋이면 안 좋다   한 집안에 인생(寅生)이 세 사람이 있으면, 누구든
한 사람이 먼저 죽는 것으로, 안 좋다고 했다.

한창 나   한창나이.

한타랑   한 부류. "노소없이 한타랑에 잘 논다."

– 한탕 · 두탕   "탕"은 한차례 두 차례. "신문배달, 두탕을 뛰었다."

한테 간다   한 곳으로 가는 것. "물이 흘러 가다가, 바다로 한테간다."

한키 · 두키   "키"는 한사람 두 사람. "집에 어떤 사람이 한키 왔다갔다." 열키 · 스무
키 · 백키.

한 파수   한 파수(派收). 장날에서 다음 장날까지의 동안. "어물거리다 보이 한 파수
지나갔다."

한흑큼   한 움큼. "손아구에 한흑큼 쥐었다."

할림새   남의 잘못을 몰래 일러바치는 짓거리를 하거나 · 그런 사람. "할리다"는
고어에 참소를 당하다는 뜻이었으나, 후대로 내려와서 어른들에게 잘 일러바치는
사람을 가리켰다. "새"는 경상도 말에서 모습 · 짓거리 또는 사람을 가리킨 것으로,

"해미새" · "촉새"들에서 볼 수 있는 바와 같이 하늘을 나는 "새"를 의미한 것이 아니다.

「시집살이노래」 (군위지방) [민]
농에열가 하여보니 농때묻어 못옇겠고
줄에거니 줄때묻고 입자하니 몸때묻고
상추밭에 던졌더니 할림새 시누씨가
날미짝근 들미짝근 다빠대여 더럽히네

「시집살이노래」 (안동지방) [민]
정지라고 들어가니 할림바치 시누이가

새 옷을 장롱에 넣을까 하여 보니, 농의 때가 묻어서 못 넣겠고, 줄에 걸자니 줄의 때가 묻겠고, 입자하니 몸의 때가 묻겠다. 그리하여 상추밭에 던졌더니, 하리는 짓을 잘 하는 시누이가 문을 나면서 자끈 · 들면서 자끈, 다 밟아서 더럽혀 놓았다. 가장 미운 시누이를 들추면서, 쓴 「시집살이노래」가 되겠다.

낯선 부엌이라고 들어가니, 잘 하리는 시누이가 시어른들한테 뭐라고 일러바칠까, 조바심하는 신부의 모습이다.

할매 조모. 증조모.

할맨교 · 할밴교 할머니 · 할아버지 안녕하십니까. 요즘 가장 널리 쓰이는 인사말로 "안녕 하십니까"다. "평안 하십니까" · "편안 하십니까" · "별고 없으십니까" · "무고 하십니까" 등 인사말이 허다하다. 얼마 전까지만 하여도 아침 먹고 바깥에서 마을 어른들을 만나면, "아직진지는 드셨습니까" · "아직 드셨습니까"였다. 못 먹고 살던 때라, 한 끼를 해결하는 것이 안녕한 것이었다. "고맙다"는 말은 어른에게는 안 쓰는 게 예절이 되겠다.

할맴 시증조모.

할무대꽃 하리놀고 미련한 것. 또는 할미꽃. 「시집살이노래」(군위지방) "할무대꽃은 만동새."

함담(鹹淡) 음식의 짜고 · 싱거운 것.

함박살 허벅살.

함부레 함부로. "할배 보러 올 땐, 함부레 그냥 오지 마라."

함(합)뿍 흠뻑. 물이 푹 배도록 젖은 모양. "비를 함북 맞았다."

합씬 흡씬. 물이 푹 내배도록 젖은 모양. 아주 많이. "비를 합씬 맞았다."

합자(蛤子) 홍합.

합천말진이 독장사 목소리가 크다 목소리가 유별나게 큰 사람을 이른다.

합창갱이 한군데로 들어붙은 것. "종우를 비 오는데 두었던이 모지리 합창갱이가 됐다."

항글애비 · 항골래 방아깨비. 사람이 허수하게 생긴 것. "사람이 온것잖이, 항글애비 같다."

항애(荒貨)장사 끈목 · 쌈지 · 바늘 · 실 등 잡살뱅이 물건을 파는 사람.

> 「모숨기노래」 (경산지방) 민
> 장사야 장사야 항애장사야
> 니걸머진 것이 무엇이고
> 만상도 나오는 가진항애
> 온갖물건이 다들었다네

> 장사야 황아장사야. 네 걸머진 것이 무엇인고. 만상(萬狀)은 갖가지 모양이 다 나오는 갖은 항아, 온갖 물건이 다 들었다.

해갈이 과실나무가 해를 갈아가면서, 많이 열리고 · 적게 열리는 것. "호두가 해갈이를 한다."

해깝다 가볍다. "얼라 몸을 안아 보이 해깝하다."

해그러쌓다 해버릇하다. "잘 난 채 해그러쌓는다." · "아파트값이 떨어진다고 해그러쌓는다."

해그름 해거름. 해가 거의 넘어갈 무렵. "해그름에 할배가 오셨다."

해근 종기(腫氣)뿌리.

해금(굼) 해감. "수채에 해금내금이 많이 난다."

해기 서캐. 혹은 홰기.

해(세)꼴린가 "먹고 싶다"의 속어. "돼지수육가게 앞을 지나이, 구수한 괴기냄새에 해가 꼴린다."

해끗다 해맑고 깨끗한 것.

> 「난감춘아」 (동래지방) 민
> 앉거라 인물보자 서거라 거래보자
> 해끗떠라 눈매보자
> 방끗 웃어라 눈맵시 보자.

해나싶다 혹시나. "해나싶어서 와 봤다".

해딴 해가 있는 동안. "처녀들은 외출을 해딴에 해야 한다."

해(헛)똑똑이 헛똑똑한 것.

> 「평암산화전가」 (영양지방) ㉮
>
> 주제너븐 진안댁은 해뚜똑이 분명하다
>
> 제 분수에 넘게 건방진 진안댁은, 헛똑똑한 것이 분명하다.

해락 결단력. 맺고 끊는 정도. 옳고 그름을 판단하는 것.

해롭잖다 좋다. "쑥은 몸에 해롭잖다."

해루 허루(虛漏).

> 「규중감흥록」 (예천지방) ㉮
>
> 조상에게 나린기물 간수하여 조심하라
>
> 제신명에 해루이라
>
> 조상대대로 내려온 기물들을 잘 보살피고 지키되 조심성을 지녀야 된다. 제 흥겨운 신과 멋에 허루하게 다룰 수 있으랴.

해멀꺼 해 먹을 것. "저녁거리 해멀끼 없다."

해미 햇무리. 혹은 조모가 손자·손녀한테 자기를 일컫는 말.

해미새 하는 모습이. 하는 짓거리가.

> 「원한가」 (안동지방) ㉮
>
> 어와 망극하다 저늙은이 거동보소
>
> 동정간 해미새가 밉단말이 허류하랴
>
> 아! 가엾구나. 저 늙은이 행동을 보시오. 기거하는 모습이 밉단 말이 거짓이다.

해믹히다 신부가 혼인해 친정에 일년 해를 먹히는 것. 묵신행. "저 집딸은 해믹힌다 카더라."

해(햇)볼실하다 해 버릇하는 것. "처음엔 어슬프나, 자꾸 해볼실하면 이력이 난다."

> 「화수답가」 (영주지방) ㉮
>
> 이팔시절 우리몸이 시집살이 했불고
>
> 여필종부 옛법대로 낭군따라 시집가니
>
> 층층시하 엄한교훈 마음대로 말할손가
>
> 이팔청춘 우리 몸이 시집살이해야 하니. 여자는 반드시 남편을 좇아가는 옛 법도대로,

낭군을 따라 시집가니, 시조부모와 시부모의 엄한 교훈을 받아야 함에, 내 마음대로 말할 것인가.

해분 마땅히 당하는 제 해. "금년 해분" 혹은 실과나무의 열매가 적게 열리면 해분갈이 한다고 한다.

해뻐면 하면. "고집시워 해뻐문 어쩌노."

해쌌는다 덮어씌우는 것. 하다의 강조가 된다. "복성열매 봉지를 해쌌는다."

해악 행악.

해안 해가 지기 전. 한해의 안. "해안에 얼른 댕겨 오너라."

해액 해악(害惡). 해가 되는 일.

「양토강이」(군위지방)[민]
글로먹고 사는짐승 인간에도 해액인가
곡식에도 해액인가

「노루노래」(동래지방)[민]
글로먹고 사는짐승 사람의게 해럽드냐
짐승의게 해럽드냐.

해재끼다 일을 해대는 것. "억척같이 일을 해재낀다."

해채 해감. "하수구에 해채를 걷어낸다."

해필 하필. "해필 오늘사 왔노."

핼갛다 핼쑥하다. "많이 아팠는가, 얼굴이 핼갛다."

햇임눈물 · 달임눈물 동요. 빗물을 이른 것.

「비노래」(단양지방)[민]
아츰비는 햇임눈물 저녁비는 달임눈물
오네오네 비가오네 우룩주룩 비가오네
밤에밤에 오는비는 청용황용 눈물인가

「초생달」(고성지방)[민]
달아달아 초생달아 어데갔다 인제왔노
새각시의 눈썹겉고 늙은이의 허리겉고
달아달아 초생달아 어서어서 자라나서
거울겉은 니얼굴로 우리동무 한테가서
나와겉이 비쳐주고

아침 비는 해님 눈물, 저녁 비는 달님 눈물. 오네 오네 비가 오네, 우룩주룩 비가 오네. 밤에 오는 비는 청룡황룡 눈물인가. 순박한 동요다.

달아달아! 초승달아! 어디 갔다 이제 왔나. 이 초승달은 새 각시 눈썹 같고, 늙은이

허리 같고, 달아달아! 초승달아! 어서어서 자라나서, 거울 같은 너의 얼굴로, 우리 동무한테 가서, 나와 같이 비쳐달란다.

역시 순박한 동심의 세계를 노래한 것이다.

행담(行擔) 싸리나 버들 따위로 결어 만든, 길가는 데 갖고 다니는 작은 그릇.

「삼삼으면서 하는 노래」 (달성지방) 민

옥가새로 말러서네 새행담이 담어놓고

새실금에 얹어놓고

옥가위로 말라내어 새행담에 담아놓기도 하고, 새시렁에 얹어 놓기도 하는 것.

행리청 행례청. 초례청.

「이생원맏딸애기」 (군위지방) 민

정반상을 받거들랑 수저달캉 뿌러주소

행리청에 들거들랑 사모관대 무너지소

신랑이 정반상을 받거들랑, 수저가 달캉 부려져 주시오. 신랑이 행례청에 들거들랑 사모관디가 부서지소.

이렇게 저주하는 것으로 볼 때, 새로 장가를 드는 남편을 저주하는 모습을 그린 대목이 되겠다.

행비 행보. "귀찮지만 한 행비 더 댕겨 오너라."

행사 소행. "저놈의 소상 행사머리가 저렇다."

행상(行喪) 상여. "요시는 행상 맬 사람이 없다."

행상머리 행신머리. "하는 행상머리만 바도, 장래가 훤하기 빈다."

행신(行身)이 개삐따구다 술이 취하면 하는 처신이 엉망인 것. "저 사람은 술만 묵으문, 행신이 개삐따구다."

행이 황소.

「후실장가 와갈랑공」 (칠곡지방) 민

후실장가 와갈랑공 반달같은 본처두고

온달같은 아들두고 고래같은 행이두고

앵두같은 딸을두고 후실장가 와갈랑공

후실장가 왜 가려는고. 반달 같은 본처 두고 온달 같은 아들 두고·고래등 같은 황소 두고·앵두 같은 딸을 두고서, 후실장가 왜 가려는고.

행재 행자(行資). 노자.

행(형)핀무인지경 형세가 아주 어렵게 된 것. 형편무인지경(形便無人之境). "장사가 잘 안 되어 행핀무인지경이다."

행하다 휑하다. 어떤 이치·속내·학문 등에 막힐 것 없이, 잘 통하는 것. "저 학상은 머든지 행하니 알고 있다."

허걸밭을 매다 돈 따위를 빌리려고, 여기저기 헤매고 다닌 것. "돈 좀 채할라고, 허걸밭을 맸다."

허궁 허방. 땅이 갑자기 움푹패여 빠지기 쉬운 곳.

허깨다 헐다. "담을 허깨갖고, 새로 싼다."

허도행사(虛度行事) 헛된 행사.

허드래기 대수롭잖은 것. "저 집 영감은 밖에 나가면 허드래기를 자꾸 갖고 온다."

허들시리 허들어지다. 풍만하다. 혹은 황당한 경우에도 쓰인다.

「수연축가」 (대구월촌) ㉮
선명하다 모란화가 허들시리 피는양은
네얼굴 아름답고 향기롭다

조촐하고 깨끗한 모란화가 탐스럽게 핀 모습은, 모란처럼 너의 얼굴이 아름답고도 향기롭구나.

허들푸리하다 야무지지 못하고 싱거운 것.

허래빠졌다 헐한 것. "포도가 한물로, 헐해 빠지다."

허류(虛留)하다 실제로 남아있는 것처럼 거짓기록만 남아 있는 것.

허리매(태) 처녀들의 허리맵시.

「모숨기노래」 (성주지방) ㉲
진주덕산 토란밭에 지심매는 저런아기
허리매는 저리곱고 잠자리나 빈민할까

진주 덕산 고을의 토란 밭 기심 매는 저 처녀야. 허리맵시가 저리도 고운데, 잠자리는 분명히 잘 할 것 아닌가.

허리짬(쌈) 허리춤.

허릿빵 허리띠. 허릿바. "허릿빵에 만보기를 달고 댕긴다."

허발이 헛된 말이나·행위를 하는 사람. 몹시 주리거나·궁해, 욕망을 채울 대상에 대한 체면 없이, 함부로 먹거나·덤비는 것. "저 허발이 좀 보래이."

허벌렁(불럭)하다 "허부렁하다"는 "서부렁하다"로 든든하게 다 붙지 않고 느슨한 것. 속이 꽉 차지 못 한 것. "야위니 옷이 허벌렁하다."

허벗다 가망이 없는 것. "일이 영 허벗었다."

허부래기 끝물에 나는 나쁜 고추나 과실. 또는 쭉쟁이. "능금 허부래기는 소 좌라."

허북하다 허부렁하다. 서부렁하다.

「밭매기노래」, (함양지방) ㉤
시집간지 사흘만에 밭을매로 가라하니
까막까치 신든발에 허북신이 원일인고

앞의 "까막까치"는 까만 빛깔의 갖신이요, "허북신"은 신기 편한 신발을 말한다. 시집간 지 사흘 만에 밭을 매라고 영이 떨어지니, 까만 갖신 신던 발에서 서부렁한 신을 신는 것이 웬 일인고.

허삐(뿌) 덮어놓고. "허삐 자꾸 사달라고 졸라댄다." 혹은 허투루.

허뿌다 씀씀이가 허수로운 것. 헛되이 되는 것. 허전하고 쓸쓸한 것. 한심스럽고 어이없는 것.

「동긔별향가」, (김천지방) ㉮
헛부로다 우리우리 헛부로다

「벽진이씨사향곡」, (영덕지방) ㉮
차호 헛뿌다 언제나 무왕불복 천운이여

허전하고 쓸쓸하구나. 우리들이 허전하고도 쓸쓸하구나.

아아! 허전하고 쓸쓸하구나. 언제나 가는 일이 없고·다시 함이 없는가, 하늘만이 갖는 운수여.

「정부인자탄가」, (영천지방) ㉮
이십연 키운공이 헛부고 가소롭다

「구부인애경가」, (대구월촌) ㉮
투호상화(相和) 하던일이 일장춘몽 허뿌도다

스무 해 동안 부모님이 키운 공이, 허전하고 쓸쓸하게 되고 보니, 너무도 어이없어 우습구나.

두 사람이 청홍화살을 항아리에 많이 던져 넣는 수효로, 승부를 가리는 투호놀이로, 서로 화목했던 일이, 한바탕 봄꿈처럼 되고 보니, 허전하고 쓸쓸할 뿐이다.

「수심탄」, (안동지방) ㉮
어젠날 초월청춘 얼푼백발 웬일인고
심중자탄 허뿌구나 백수광음 뉘붙드리

「청춘한양유록가」, (예천지방) ㉮
누수방방 앞을막자 해배어 올수없어
한송정하 겨우지나 동구빡을 다달아서

어제 날은 초승달 같던 청춘이, 얼른 흰머리가 되니 이게 웬 일인가. 마음속 스스로 탄식하니 허전하고 쓸쓸하구나. 흰머리의 노인으로 가는 세월을, 그 누가 못 가게 붙잡겠느냐.

눈물이 방방(滂滂)은 비 오듯 하여 앞을 막자, 허삐 올 수 없어 한송정 아래를 겨우 지나 동구 밖에 다달았다.

허성하다　허전하다.

「신해년화수가」 (안동지방) ㉮
얌전할사 동강동무 어이하여 불참인고
허성하기 그지없네

얌전 하구나 동강의 동무여. 어찌하여 불참했는고. 허전하기 끝이 없다.

허(虛)수하다　공허하고 서운한 것. 허술한 것. 「종자매유회가」(안동지방) 참조.

허실허실하다　흐물흐물한 것.

허여무리하다　약간 흰 듯함. "달밤에 허여무리한 그림자가 빈다."

허우대　허위대. 겉모양이 좋고 체구가 큰 것.

허재(채)비　허수아비. 제웅을 말한다. 이 제웅을 짚으로 사람형상으로 만들어, 그 뱃속에 돈이나 쌀을 넣어, 직성이 든 사람의 생년월일시를 적어 넣고, 짚으로 동여매어 마을 어귀에 버렸다. 그러면 마을 아이들이 제웅 속에 넣어둔 돈을 꺼내고는 제웅을 땅에 두드리며 노는 놀이를 "제웅치기(打芻戱)"라 한다.

「평암산화전가」 (영양지방) ㉮
외딴곳에 영양댁은 허재비를 닮았는가

외딴 곳에 사는 영양댁은 허수아비를 닮았는가. 사람이 좀 허술한 구석이 있어 보이기 때문에 "허재비"라고 했다.

허재비양밥　마마 같은 전염병이 돌면, 병이 물러난 뒤 허수아비를 만들어 동구 밖 나무에 매어 다는 것.

허접시레기　허섭스레기. "남은 물건은 허접시레기뿐이다."

허챙이　언청이.

허판　일이 헛되이 되는 것.

헌심없다　한심스러움이 없다.

「베틀가」(영양지방)[민]
눌림대라 호부래비 과부하나 못데리고
헌심없이 있는갈다

베틀에서 눌림대란 것은 호불애비 신세로, 과부 하나도 못 거느리고, 한심스러움 없이 딱하게 있는 모습이다.

헌출하다 헌칠하다. "키가 헌출한기 인물감이다."

헌튼머리 산발된 머리.

「설음노래」(의성지방)[민]
삼단같은 이내머리 구름같은 헌턴머리

「순문하네」(군위지방)[민]
구름같이 헌튼머리 반달같은 용의비로
어리설설 흘리삣어

젊을 때 삼단 같은 이내 머리가, 나이 들어 구름같이 산발된 머리가 되었다.

구름같이 산발된 머리가 반달 같은 용의 빗으로, 어리설설 흘려 빗는 것이다.

헐각(歇脚)하다 잠깐 다리를 쉬는 것.

「기천가」(칠곡지방)[가]
금잔디에 헐각하니 출인한 종남의댁
흥취를 도우려고 대반을 등대하니

금잔디 위에서 잠깐 다리를 쉬니, 특히 뛰어난 사촌오빠의 댁이, 흥을 돋우려고 접대하는 일을 미리 준비시켜 기다린다. "종남의댁(사촌오빠의 아내)"

헐라 헐다. 꺼내 쓰기 시작한 것. "종이를 헐라 씬다."

헐무리하다 물건이 좀 낡은 것. "헐무리한 옷이다."

헐미 헌데. 부스름.

헐수찮다 변변하지 않은 것.

헐썩 훨씬.

헐어지다 짓거나 쌓인 물건이 저절로 물러나거나 흩어지는 것. 여기서는 흩어져 가는 것으로 헤어짐을 말한다.

「석별가」(영일흥해지방)[가]
일년이나 반년이나 모녀각각 헐어지니
잘기시오 잘기시오 어마부대 잘기시오
명년봄에 꽃피거던 부대수이 다려오소

잔인하다 동생들아 형아형아 부르면서
소매끝 마주잡고 수이오라 우난거동
차마어이 헐어질고

친정 와서 일년·반년만에 만났다가, 모녀가 각기 헤어지니, 잘 계십시오, 어머니 부디 잘 계십시오. 내년 봄 꽃필 때면 부디 쉬 데리러 오시오. 시집으로 가는 내가 인정 없고 모질다. 시집으로 가는 언니를 보고 "형아"라고 부르면서, 소매 끝을 마주 잡고 쉬 친정으로 오라며 우는 태도를 보고, 차마 어이 헤어질고.

헐쯤하다 허름한 것.

헐추리하다 시장기가 약간 도는 것. "배가 쪼메 헐추리하다."

헐칭이·얼칭이 언청이. "저 집 얼라는 헐칭이라 카더라."

헐 떡이다 아무 것도 아닌 것. "아이고, 거기 된다고, 헐 떡이라 캐라."

헐하다 값이 싼 것.

헐후(歇后)하다 대수롭지 아니하다.

「송별애교사」 (선산해평) ㉮
부모일맥 내일신이 내혈맥 너의형제
심중기대 헐후할까

부모님 피를 받은 혈맥의 내 일신이, 나의 혈맥은 모두 너의 형제들과 같아, 마음속 기대함이 대수롭지 않을까.

헛띠기 허사가 되는 것. 헛디이. "일이 구만 헛띠기가 됐다."

헛제사밥 제사를 안 지내고, 제사밥처럼 차려놓고 파는 것으로, 안동지방에서 볼 수 있다.

헝감 엄살.

헤갈때기 헤갈. 허갈. 거짓공갈. "헤갈때기 매다." 곧 허둥대고 헤매고 다니는 것.

헤딱 뒤로 기우는 상태. "고만 헤닥 뒤비진다."

헤루질 밤에 해안에 나가 불빛을 비추어, 조개나 소라 따위를 잡는 것.

헤비다 후비다.

헤우다 헹구다.

헥세 판단. 판결.

헥시다 헤치다.

혀납대기 혀짤배기.

혀밑에 도끼, 입밑에 시비　혀를 잘못 놀리면 죽을 수도 있고, 입을 잘못 놀리면 시비가 일게 되는 것. 「계녀가」(칠곡지방) 참조.

> 「규중행실가」(인동지방)㉮
> 허끝에 도끼있어 살인밀천 아조쉽네

현반　선반.

> 「처자과부」(선산지방)㉱
> 현반끝에 얹어노니 조마한 시누씨가
> 들랑날랑 훔쳐먹고.

협율뛰　협률단의 떼. 협율단의 떼. 협률(協律)은 지방을 떠돌아다니며 연극·노래·춤 등을 공연하는 패거리로, 띠는 한 패안에 몇 사람으로 나누어진 "떼"를 말하는 것. 「화수석춘가」(의성지방) 참조.

협협하다　젊을 때 모험심이 많아, 엉뚱한 외도 같은데 빠지는 것. 「한별곡」(의성지방) "협협한 군자마음 하물며 소년시절"

호(號)가 나다　소문이 나다. 또는 이름이 널리 알려지는 것. "저 사람은 술만 묵으문, 잘 싸운다고 호가 났다."

호갈·호그래기·호르래기　호루라기. 호각(胡角). "핵교 운동장에서 선상님이 호갈을 분다."

호강에 받쳐, 요강에 똥싼다　너무 지나친 호강.

호드락바람　회오리바람. "호드락 바람이 부니 정신이 없다."

호때이(기)　버들피리. 호드기. "수양버들이 물오리민 잔 가쟁이 잘라 호때기를 맹글어 분다."·"요시 아가씨들 바지는 호때기다."

호랑새　시집 사는 며느리가 시아버지가 무서우니, 이렇게 익살스럽게 표현한 것. 「시집살이요」(경산지방) 참조.

호로(胡奴)자석　후레아들. "호로자슥 같은 놈."

호매이고기　양미리.

호맹이　호미. "호맹이로 밭에 지심을 맨다."

호박　디딜방아의 곡식 찧는 움푹 파인 구덩이. 확. "디딜방아 고가 호박에 쌔리 박힌다."

호박건박　호박고지.

호박씨로 봉창내다 벽에 붙은 작은 봉창. 「치장요」(성주지방) 참조.

호박에 이도 안 들어 간다 이치에 맞지 않은 소리를 하는 것.

호박이퍼리쌈 유월 호박넌출 벋듯 한단 말이 있는데, 호박잎을 아낙네들이 저녁밥을 짓기 전, 연한 것을 따서 뒤쪽 껄그러운 부분을 다듬어, 저녁밥솥에 얹어 쪄내어, 빡빡된장에 쌈을 싸먹는다.

호박한량 마음씨만 좋은 것. 「시집살이요」(안동지방) 참조.

호분니불 홑이불. "여름에는 호분니불 덮고 자도, 선득할 때가 있다."

호분차 혼자. "니 호분차 왔나."

호붓(부) 다만. 겨우.

> 「이생원맏딸애기」 (군위지방) ㉕
> 한살먹어 할바죽고 두살먹어 할마죽고
> 시살먹어 아바죽고 니살먹어 어마죽어
> 호붓다섯 입학하야 근근이 열다섯에
>
> 태어나 한 살 먹어 할아버지 죽고·두 살 먹어 할머니 죽고·세 살 먹어 아버지 죽고·네 살 먹어 어머니 죽어, 다만 다섯 살에 입학하여, 이제 겨우 열다섯이 되었다.

호불애비 홀아비. 조선조에는 "환과고독(鰥寡孤獨)"이라 하여 "홀애비·과부·고아·자식없는 노인"을 가장 불쌍히 여겨 돌봐 주었다. 광부(曠夫). 환부(鰥夫).

호사(豪奢)다 가마나 차를 타고 기분 좋은 상태가 된 것. "좋은 차타고 호사했다."

호슈하다 허수하다. 「종자매 유희가」(안동지방) ㉕ 참조.

호시다 재미있다. "오늘놀이는 호시다."

호시(리)뺑뺑이 무슨 일이 아주 하기 쉬운 것. "그 일은 너무 쉬워 호시뺑뺑이다."

호야 램프. 일본어 "ほや(火屋)"가 그대로 쓰인 것.

호욕 혹시. "저 노인이 바같출입은, 호욕 빈다."

호인밥 고봉밥. 감투밥.

호작거리다 그림 따위를 그리는 것. "호작거린 그림."

호작(닥)질 아이들이 장난질 하는 것. 손장난.

「열녀가」 (함양지방) ㉕	「쌍가락지노래」 (영덕지방) ㉕
쌍금쌍금 쌍가락지 호작질로 닦아내어	쌍금쌍금 쌍가락지 호닥질로 닦아내어
멀리보니 달일레라 절에보니 처잘레라	먼데보니 달일네라 잘에보니 처잘네라

그처자 자는방에 숨소리가 둘일레라
홍달박씨 오라바님 거짓말씀 말으시오
동남풍이 디리불어 풍지떠는 소리라오
은잔등에 불을써서 지름닳른 소릴레라

소리 없이 살금살금 닦는 쌍가락지 손장난삼아 닦아내어, 멀리서 보니 달이구나.
곁에서 보니 처자이구나. 그 처자 자는 방에 숨소리가 둘이구나. 홍달박씨 오라버님
거짓말씀 마십시오. 동남풍이 들이불어 문풍지 떠는 소리랍니다. 은잔 등에 불을
켜서 기름 닳는 소리로구나.
쌍가락지를 닦아 처녀한테 주렸더니, 그 처녀 자는 방에 숨소리가 두 사람 소리다.
그러나 숨소리가 아니라, 문풍지와 기름 닳는 소리라고 얼른 둘러대고 있는 모습이다.

「쌍가락지노래」 (영덕지방) ⓜ　　　　　「쌍가락지노래」 (안동지방) ⓜ
생금생금 쌍가락지 호닥질로 닦아내여　　　쌍금쌍금 쌍가락지 호당질로 닦아내여
먼데보니 달일네라 잘에보니 처잘네라　　　멀리보니 달일는가 곁에보니 처잘는가

쌍가락지를 살금살금 손장난삼아 닦아놓고, 먼데서 보니 달 같고 · 곁에서 보니 처자라
고 한 것이다.
달 같고 처자 같은 가락지를, 애인한테 주려는 마음이 깃들어 있다.

호작호작　남몰래 혼자 일하는 것. "집안에서 호분차 호작호작 일을 잘 한다."
호잡(좁)다　매우 좁은 것.
호주머이　갯주머이. 개주머니는 "개화주머니"의 준말이란 것은 익히 잘 알고 있다.
　　　　지금도 "개화기"란 용어를 쓰고 있는데, 이는 "개명기"가 되어야 마땅하다. 이는
　　　　19세기말엽 일제가 우리나라를 일본화 내지 식민화를 하기 위해 써먹은 용어다.
호푸다　호다(꿰매는 것).
혹다래끼　혹이 다래끼 같은 것. 더 달린 것. 혹당가지. "목뒤 혹다래끼가 있다."
혹뿔　받혀서 머리가 불룩 나온 것. "이마가 문짝에 받혀, 혹뿔이 났다."
혼두깨미　소꿉질.
혼방이다　옷이 잘 맞는 것. 일본어 "ほんばん(本番)"은 영화 텔레비전 · 라디오
　　　　등에서 연습이 아닌 실제 연기를 이르는 말인데, 입성이 근사하게 잘 어울릴 때
　　　　쓰이고 있다.
혼새비　혼인 때, 혼수를 지고 가는 하인. 곧 혼수애비의 준말.

「총각홀애비노래」 (남해지방) ⓜ
앞에가는 혼새비야 뒤에오는 상각양반

앞에 가는 혼수애비야, 뒤에 오는 상객양반.

혼신(魂神)　사람의 행실이 안 좋을 때 쓰는 비속어. "저 사람은 무슨 혼신이 저런지."

혼잔(昏孱)타　어리석고 못 나서 사리에 어두운 것. 「종자매유회가」(안동지방) 참조.

혼잡　소꿉질. 장난.

혼줄나다　몹시 혼나는 것. 몹시 놀라서 맑은 혼이 나갈 지경에 이르게 된 것. "금마땜에 혼줄날 뻔했다."

혼착하다　정신이 한 곳에 빠져버리는 것.

「상장가」(안동지방) ㉮
안동읍은 색향으로 일렀으니 화류계에
정을붙여 가무에 혼착한가

안동읍은 미인의 고장으로 일렀으니, 노는 계집들이 있는 곳에 정을 붙여, 노래와 춤에 정신이 빠졌는가.

홀(할)카먹다·홀게다　호려 먹는 것. "문방구주인이 구신 날라리 같은 걸 갖다 놓고, 아이들 돈을 홀카 먹는다."

홀캥(깨)이·홀가지·홀당가지　개 따위의 목에 맨 줄. "홀깽이 없는 개장사"

홀때기　호드기 같은 바지가랑이가 좁아 다리에 착 달라붙는 것. "요시 처자들은 가랑이가 딱 붙는 홀때기바지를 많이 입고 댕긴다."

홀라(헐러)당　홀랑. 홀딱. "그 처자한테 홀라당 빠졌다."

홀박　온전하게. "저 사람한테 홀박 속았다."

홀애비집 앞은 보얗고, 홀에미집 앞은 큰질이 난다　홀아비 집은 적적하고, 과부집 앞은 남정네가 출입한다는 것.

홀챙이　올챙이.

홀(홀)치　쟁기.

홀치매다　풀리지 않도록 단단히 잡아매는 것. 바느질에서 꿰매기의 마지막 홀쳐매는 것.

홀키다　홀치다. 유혹당하는 것.

홈굴레　"황굴레"의 암컷.

홍겁먹다　몹시 애먹는 것. 혼겁(魂怯). "오늘 찻길을 건너다가 홍겁먹었다."

홍수　홍시(紅柿).

홍양홍양 약간 몰랑한 느낌이 드는 것. "홍어삐기 삭아 홍양홍양한다."

홍재 횡재. "복건(권) 사서 홍재할라 칸다."

홍진 홍역. 마진(痲疹). "홍진은 일생 한 번 썩은 지나야 한다."

홍치이다 뭔가 헷갈리는 것. "낫살이나 묵고 보이, 먼가 자꾸 홍치인다."

홍택(탁) 혼탁(混濁). 너무 삶겨서 물러진 것. "괴기를 너무 쌂아, 홍택이 되었다."

화근내 불에 탄 냄새. "밥이 타서 화근 내가 난다." 화독(火毒)내.

화닥질 난다 화딱지의 속어. 화가 나는 것. "일이 잘 안 되이, 화닥질이 난다."

화당당하다 당황스러운 것.

화동이 불을 담아서 화로로 쓰는 동이.

화둑화둑 열기가 달아 오려는 것. 날이 몹시 더워지는 것. "날이 화둑화둑 더버진다."

화산(花山) 봄이 되어 꽃이 온 산에, 흐드러지게 핀 것.

「베틀가」(영양지방) [민]
이런팔자 또있는가 잎은피어 청산이라
꽃은피어 화산되고 춘광춘색 만났건만

「화전가」(영양지방) [가]
꽃은피여 화산이요 잎은피여 청산이라

이런 기구한 팔자가 또 있는가. 시절은 꽃은 피어 꽃동산이요, 잎은 피어 청산이 되었다. 봄 경치와 봄빛을 만났건만, 베틀에 앉아 세월 보내는 따분한 모습이다.

화장춘치다 "화장치다"로 당당하게 큰소리로 쳐서 떠벌리다. 화장춘하다.

「현부인가」(대구월촌) [가]
가장이 한말하면 부인이 열말한다
부인이 화장치면 자연히 가화가 나느니라

남편이 한마디 말을 하면, 부인이 열 마디 말을 한다. 그리하여 부인이 큰소리로 떠벌이면, 절로 집안에 화가 나게 된다.
그러므로 부인이 너무 내뛰면 안 됨을 강조한 것이다.

화포 반물빛깔 바탕에 흰 빛깔 꽃무늬를 박은 무명베.

환쟁이 그림 그리는 사람. 화가에 대한 속어. "저 사람은 환쟁이가 됐다."

환(황)칠 그림이 되고말고 마구 칠하는 것. "베름박에 아아들이 황칠을 했다."

활대장승같다 활대장승(闊大長栍). 키가 큰 것. "저 사람은 키가 활대장승같다."

활등(활장)같이 굽은 길로 살대같이 달려와 활의 굽은 등 같은 길로 화살대같이 빨리 달려오는 것.

「회심곡」 (예천지방) ㉮

어제오날 성튼몸이 저녁나절 병이들어
섬섬약질 가는몸에 태산같은 병이드니
부르나니 어머니요 찾으나니 냉수로다
인삼녹용 약을쓰나 약효험이 있을손가
무녀불러 굿을한들 굿덕인들 입을손가
제미쌀을 쓸고쓸어 명산대천 찾아가서
상탕에 메를짓고 중탕에 목욕하고
하탕에 수족씻고 촛대한쌍 버려놓고
향노향합 불가추고 소지한장 드린후에
비나이다 비나이다 하나님전 비나이다
칠석님전 발원하고 신장님전 공양한들
어느성현 아름있어 가감이나 할가분야
제일전에 진광대왕 제이전에 초강대왕
제삼전에 송제대왕 제사전에 오관대왕
제오전에 염라대왕 제육전에 변성대왕
제칠전에 태산대왕 제팔전에 평등대왕
제구전에 도시대왕 제십전에 전윤대왕
열시왕에 부린사자 일직사자 월직사자
열시왕에 명을받아 한손에 철봉들고
또한손에 창검들며 쇠사슬을 빗겨치며
활등같이 굽은길로 살대같이 달려와서
닫은문을 박차면서 뇌성같이 소래하고
성명삼자 불러내여 어서가자 바삐가자
뉘분부라 거역하며 뉘영이라 지체할까
실낱같은 이내목에 팔둑같은 쇠사슬로
결박하야 끌어내니 혼비백산 나죽겠다
여보시오 사자님아 노자돈 갖고가세
만단개유 애걸한들 어느사자 들을손가…
옛늙은이 하는말에 저승길이 멀다던데
오늘내게 당하여선 대문밖이 저승이라
친구벗이 많다한들 어느뉘 동행할까
구사당에 하직하고 신사당에 재배하고

높은데는 낮아지고 낮은데는 높아진다
악의악식 모은재산 먹고가며 쓰고가랴
사자님아 사자님아 내말잠깐 들어주소
시장할때 점심하고 신발이나 곤쳐신고
어서가자 애걸한들 들은채도 아니하고
쇠뭉치로 등을밀어 어서가자 바삐가자
이렁저렁 여러날에 저승문에 다달으니
우두나찰 마두나찰 소리치며 달라들어
인정달라 비는구나 원정쓸돈 한푼없다
단배곯고 모은재산 인정한번 써볼손가
저승으로 옮겨올까 환전부쳐 갚아올까
의복벗어 인정쓰며 열두대문 들어가니
무섭기도 끝이없고 두렵기도 측량없다…
임금님께 극간하야 나라에 충성하며
부모님께 효도하야 가법을 세웠으며
배고픈이 밥을주어 아사구제 하였는가
헐벗은이 옷을주어 구단공덕 하였는가
병든사람 약을주어 활인공덕 하였는가
높은산에 불당지어 염불공덕 하였는가
좋은밭에 원두심어 행인해갈 하였는가
부처님께 공양드려 마음닦고 선심하야
중생공덕 하였는가 어진사람 모해하고
불의형사 많이하야 탐정함이 극심하니
너의죄목 어찌하리 죄악이 심중하니
풍도옥에 가두리라…
너의죄목 드러바라 시부모와 친부모께
지성효도 하였는가 동생형을 어찌하여
친척간에 불목하며 동세간의 이간하고
괴악하고 간투한년 부모말씀 거역하여
형제불목 하게하고 세상괴악 다버리고
열두시로 마음변해 못듣는데 욕을하고
마주앉아 웃음낙달 군말하고 성내는년

대문밖을 썩나서니 적삼내여 손에들고
혼백불러 초혼하니 없든곡성 다시난다
일직사자 손을끌고 월직사자 등을밀어
풍우같이 재촉하야 천방지방 몰아갈제

남의말을 일삼는년 풍도옥에 가두리라…
차례대로 처결할때 도산지옥 화산지옥
한빙지옥 금수지옥 발설지옥 독사지옥
아침지옥 거해지옥 각처지옥 분부하여
모든죄인 저결한후 대년을 배실하고

어제와 오늘 매양 성하던 몸이 저녁 무렵 병이 들어, 가냘프고 약한 체질인 가느다란 몸에 태산같이 위중한 병이 드니, 아파서 부르느니 엄마요 찾는 것은 냉수뿐이다. 인삼이나 녹용 같은 약을 써보나 약발이야 있겠는가. 무녀 불러 굿을 한들 굿 덕인들 입겠는가. 제미(祭米) 쌀을 쓸고 쓸어서 메를 지어, 이름난 산과 큰 시냇가에 찾아가, 흐르는 시냇물 위쪽에서 메를 짓고, 흐르는 시냇물 중간에서 목욕하고, 흐르는 시냇물 아래쪽에서 손발을 정케 씻고, 촛대 한 쌍을 버려놓고, 향로와 향합에 불까지 갖추어 놓고, 신령 앞에 빌기 위해 종이를 살라 공중으로 소지를 올린 뒤, 비나이다! 비나이다! 하느님 전 비나이다! 칠석님 전 소원을 빌고, 장수(將帥)의 적(籍)을 가진 귀신 앞에 공양을 한들, 어느 성현의 보호가 있어, 보태거나 덜어주는 일을 할까싶냐. 저승의 시왕 가운데 제일전(第一殿)의 진광(秦廣)대왕~도산(刀山)지옥관할 · 제이전의 초 강(初江)대왕~화탕(火湯)지옥관할 · 제삼전의 송제(宋帝)대왕~한빙(寒氷)지옥관 할 · 제사전의 오관(伍官)대왕~항마(項魔)지옥관할 · 제오전의 염라(閻羅)대왕~발 설(拔舌)지옥관할 · 제육전의 변성(變成)대왕~독사지옥관할 · 제칠전의 태산(泰山) 대왕~거해(鉅骸)지옥관할 · 제팔전의 평등(平等)대왕~철상(鐵床)지옥관할 · 제구전 의 도시(都市)대왕~풍수(風水)지옥관할 · 제십전의 전륜(轉輪)대왕~흑암(黑暗)지옥 관할 등이다. 시왕이 부리는 사자는 일직사자(日直使者)와 월직(月直)사자로, 시왕의 명을 받아 그들은 한손에 철봉을 들고, 또 한손에 창검(槍劍)을 들었고, 쇠사슬을 빗겨 찼으며, 활등같이 굽은 길로 화살대같이 빨리 달려와서, 닫은 문을 박차고 뇌성같이 소리치면서, 망자의 성명 삼자를 불러내면서, 어서 가자 바삐 가자고 독촉을 한다. 누구의 분부라고 거역하겠으며 누구의 명령이라고 늦잡죄어 늦어질 수 있겠는 가. 실낱같이 가느다란 이내 목에 팔뚝 같은 쇠사슬로 묶어서 끌어내니, 몹시 놀라 혼이 나고 넋을 잃어, 나 죽겠단 소리뿐이다. 여보시오! 사자님 집을 떠나 다니는 동안 쓸 돈이나 갖고 가자고, 여러 가지로 깨우쳐 알아듣도록 잘 타이르고 사정하여 본들, 어느 사자가 듣겠는가. 이는 사람이 죽는 순간 염라대왕의 사자가 망자를 데리고 지옥으로 가는 모습을 그린 것이다. 염라대왕은 휘하 열여덟 장관(將官)과 팔만옥졸을 거느리고 있으며, 망자의 인간생전 선악을 다스려 악을 방지하는 대왕이다. 망자가 죽은 지 초7일까지 진광대왕께 가고 · 27일까지 초강대왕께 가고 · 37일까지 송제대왕께 가고 · 47일까지 오관대왕께 가고 · 57일까지 염라대왕께 가고 · 67일까 지 변성대왕께 가고 · 77일까지 태산대왕께 가고 · 100일까지 평등대왕께 가고 · 1주 년까지 도시대왕께 가고 · 3주년까지 오도전륜대왕께 간다. 옛 늙은 이 하는 말이 저승길이 멀다더니, 오늘 나한테 당하여선 대문 밖이 곧 저승이더라. 친구와 벗이 많다한들 어느 누가 저승길에 동행해줄까. 옛 사당에 하직인사하고 새 사당에 두 번 절하고, 대문 밖을 썩 나서보니, 내 적삼 손에 들고 혼백 부르는 초혼을 한다. 없던 곡성이 다시 난다. 일직사자 내 손을 끌고 월직사자는 내 등을 밀어 급하게 몰아치는 풍우같이 어서 가자고 재촉한다. 천방지방 정신없이 돌아갈 때, 지옥 길의 높은 데는 낮아지고 낮은 곳은 높아진다. 헌 옷과 맛없는 음식을 먹어가며 모은 재산, 죽어서 먹고 가랴 또는 쓰고 가랴. 사자님이여! 사자님이여! 내 말을 잠깐 들어 주십시오. 저승 가는 길에 시장할 때 점심 먹고 신발이나 고쳐 매어신고 가자 애걸한들, 들은 채도 아니하고, 쇠뭉치로 등을 밀며 저승사자 어서 가자. 바삐 가자 재촉한다. 이럭저럭 여러 날 만에 저승 문에 다다르고 보니, 푸른 눈과 검은 몸뚱이 그리고 붉은 머리의 우두인신의 나찰과 마두인신의 나찰이 소리치며 달려들기에, 망자가 인정을 베풀어 달라고 비는구나. 저승 먼 길에 쓸 돈이 한 푼도 없다. 음식을 달게 많이 먹을 수 있는 배를 곯아가면서 모은 재산, 인정 한번 써볼 수 있겠는가. 저승으로 옮겨와서 돈을 바꾸어 빚을 갚아볼까. 의복을 벗어 사자한테 주며 인정을 쓰며, 지옥 열두 대문을 들어가니, 무섭기도 끝이 없고 두렵기도 헤아릴 수 없다. 임금님께 지극하게 간하여 나라에는 충성하고, 부모님께 효도하여 가법을 바로 세웠으며, 배고픈 이 밥을 주어 아사자를 면케 구제하였는가. 헐벗은 사람 옷을 주어 아홉 가지 신단(神丹)으로 공덕 하였는가. 병든 사람 약을 주어 목숨을 구원하는 공덕을 하였는가. 높은 산에 불당을 지어 염불공덕을 하였는가. 좋은 밭 원두막에 수박참외 심어 행인들의 목마름을 풀어 주었는가. 부처님께 공양드려 마음 닦고 · 선심 하여 중생들에게 공덕 하였는가. 어진 사람 모해하고 뜻밖의 형벌의 일(刑事)을 많이 저질러, 방탕한 마음이 아주 극심하니, 너의 죄목이 어이하리. 너의 죄악이 심중하니, 도시대왕이 관할하는 풍도감옥에 가두겠다. 너의 죄목 들어 보아라. 시부모와 친부모께 지극정성으로 효도하였는가. 형과 동생을 어찌하여 찬척끼리 불목하게 만들었으며, 동서끼리 하리놀아 사이가 버성기고 멀어지게 하고, 괴이하고 흉악하고 간사하게 능갈치는 연, 부모말씀 거역하고 형제간 불목케 하고, 세상 괴악을 다 버리고 열두시로 마음이 변해, 못 듣는데서 욕을 하고, 마주 앉으면 웃음 넉살이오, 객쩍은 말하고 성내는 연, 남의 말을 일삼는 연, 샘내기 일삼는 연, 이런 사람은 풍도지옥에 가두리라. 차례대로 결정하여 처리할 때, 도산지옥(칼) · 화산지옥(불) · 한빙지옥(얼음) · 금수지옥(맹수) · 발설지옥(혀뽑음) · 독사지옥 · 아침지옥(풍수) · 거해지옥(톱) 등 각 지옥에 분부하여 모든 죄인 처결하고, 큰 잔치를 배설했다.

「근친노래」(의성지방) ㉮
활장같이 굽은길로 안반같이 너른길로
서발장때 뻗힌길로 설대같은 곧은길로
반부담에 도듬하고 울렁출렁 걷는말게

「상여소리」(대구공산) ㉯
활장같은 굽은길에 곱게곱게 모셔가자

우리집에 나는간다 오동오동 나는간다

오랜 시집살이를 벗어나, 그리운 친정으로 의기양양하게 가는 모습을 그린 것이다. 친정 가는 길이 구부등한 길로, 또 한편 안반같이 넓게 보이는 길이다. 서발이나 되는 장대처럼 바르게 뻗힌 담배설대처럼 곧은길로, 작은 부담짝을 돋움 하여 울렁출렁 거리며 걷는 말에, 우리 친정집으로 나는 간다고 뻐기녀, 기분이 좋게 오동오동거리며, 나는 간다는 자랑이 넘치고 있다.

활수하다 부인네가 손이 큰 것. 음식 따위를 막 퍼주면, 활수(闊手)하다고 한다. 무엇이나 아끼지 않고, 시원스럽게 잘 쓰는 솜씨.

「상장가사」 (청송지방) ㉮
녹녹히 돌아가서 활수로 쓰압소서

「경부록」 (충남연산) ㉮
제수존절 본색이니 활수남용 하올손가

하잘 것 없이 집으로 돌아가, 손 크게 시원스레 쓰십시오.

제수(祭需) 등 씀씀이를 절약하는 것이 본디 모습인데, 손 크게 함부로 마구 쓰서야 될 것인가.

활원했다 장애가 사라지고 시원스럽게 된 것. 활원(闊願). 시가 쪽 어른들이 돌아가고 나니, 며느리가 홀가분한 처지가 되었을 때, "그 집 메늘 인자 활원했네"라고 한다.

황구월석 여기서는 "일구월심"처럼 세월이 흘러감을 나타낸 것으로, "황구월석"도 "일구월심"의 오기가 아닌가 한다. "황구월석"은 빠르게 흘러가는 물을 나타낸 것으로 보고자 한다.

「청상요」 (군위지방) ㉩
행구로 가세 행구로 가세 황구월석 너른물에
옥돌을랑 마주놓고 쿵덕철석 행구다니…
널랑죽어 잉어되고 나는죽어 붕어되어
황구월석 너른물에 둥실떠서 만나보세

「화전가」 (문경지방) ㉮
세월이 사정없어 일구월적 가게되면
이팔광음 이시절이 시호시호 부재니라

행구러 가자 빠르게 흘러가는 넓은 물에, 옥 같은 돌을 마주 놓고 쿵덕철석 행궜다. 너는 죽어 잉어 되고 · 나는 죽어 붕어되어, 빠르게 흘러가는 넓은 물에 둥실 떠가서 임을 만나 보자구나.

빨래를 나간 임은 잉어 · 나는 붕어가 되어, 만나고 싶다는 소망을 그리고 있다.

세월이 사정없이 빠르게 흘러가게 되면, 이팔청춘 이 시절의 좋은 때는, 두 번 다시 오지 않는다는 것이다. "시호시호부재래(時乎時乎不再來)"가 인용되었다.

ㅎ

황글애비 방아깨비(수컷). 몸이 버쩍 말라 보이는 사람을 이르기도 한다. "저 청년은 황글애비같다." 때때.

황수물 홍수 난 황토 물. 황수(黃水)

황아장시 황화(荒貨)장수. 황아는 끈목·담배·쌈지·바늘·실 따위 잡살뱅이물건을 파는 장사치를 이른다. "요시는 황아장사 대신, 트럭이 만물을 싣고 팔러 댕긴다."

황애정승같다 황아정승(荒貨政丞)같다. 여기서 황아란 잡살뱅이 물건을 파는 장수를 이르는데, 이 말이 잘못 쓰여 정승으로 와전되었다. 정승은 혹은 장승일 수도 있다. 정신이 나간 양 멀뚱하게 서있는 것. "저놈의 소상 황애정승이가, 와 뻐저거리 선노."

황천수 사람이 죽어서 가는 곳에, 흐르는 물.

「상여소리」 (대구공산) ㉖
백년집을 이별하고 만년집을 찾아가네
황천길이 멀다더니 대문밖이 황천이네
빈손으로 태어나서 빈손으로 돌아가네
초롱같은 우리인생 이슬같이 떨어지네
북망산천 얼마멀어 한번가면 못오던고
활장같은 굽은길에 곱게곱게 모시가자

「만가」 (대구지방) ㉖
북망 산천이 먼줄 알았더니
방문밖이 북망이라
황천수가 머다더니 앞내물이 황천술세

평생을 살았던 집을 이별하고, 영원히 잠들 집을 찾아간다. 저승길이 멀다더니 대문밖이 저승이요, 우리 인생은 본디 "공수래공수거(空手來空手去)"로, 풀끝에 맺히는 이슬 같은 우리 인생은, 이슬같이 떨어진다. 죽어서 가는 북망산이 얼마나 멀기에, 한번 거기 가면 다신 못 오는고. 활짱 등 같이 굽은 무덤길로, 고이고이 모시고 가자는 상두꾼의 소리다.

북망산천이 멀리 있는 줄 알았더니, 방문밖에 바로 북망산이 있다. 죽어 건너는 명도천이 멀리 있는 줄 알았더니, 바로 앞에 흐르는 냇물이 황천수구나.

그러므로 죽음이란 멀리 있는 게 아니고, 바로 곁에 가까이 있음을 나타낸 것이다.

홰(毁)상(毁床) 철상(撤床)하는 것. 제상음식을 치우는 것.

회문(回文)놓다 화전모임에 여러 사람이 차례로 돌려보도록 쓴 글.

회바람 돌아다니며 바람을 쐰 것. 「교녀사」(예천지방) 참조.

회차·회추·휘치·히추 회취(會聚). 모임. 모꼬지. 화전놀이.

「사친가」 (영천지방) ㉕
재행삼행 다니실제 소도잡고 개도잡고

사린(四隣)종족 다청하니 달마다 잔치같고

날마다 회차로다

처가로 재행·삼행 걸음 할 적, 소와 개도 잡아 사방이웃에 사는 일가붙이를 다 청하니, 사위가 올 때면 달마다 잔치 같고·날마다 회취를 하는 것 같다.

회회칙칙 회회찬찬. 회회 감고 찬찬 감는 것. 「화수석춘가」(의성지방) 참조.

횟대식해 영덕지방에서 홍치고기로 삭힌 식해.

횡하니 빠른 걸음으로. "횡하니 댕겨 온나."

횡횡이치다 몹시 분주하여 어쩔 줄 모르는 것. "이 일을 어째야 될지 몰라, 횡횡이를 치고 있다."

효박(淆薄) 쌀쌀하고 각박함.

「규중행실가」(인동지방) ㉮

세상물정 효박하니 인정밖에 다시없네

세상의 형편이 쌀쌀하고도 각박하니, 인정밖에는 다시 없다.

후께 뒤에. 후제. "후께 다시 한번 더 보자."

후꾸 과거 교복의 앞쪽 목을 단정하게 채우는 것. 이것도 일본어 "ふく(服)"에서 연유한 것으로, 지금은 안 쓰인다.

후달(들)리다 휘달리는 것. 시달리는 것. "아아자석한테 후달려 몬 살겠대이."

후답하다 감당하다.

후대끼다 부대끼다. "저리도 후대끼민 어쩌노."

후둘레다 휘둘리다.

후드레기 목이버섯.

후들기다 세차게 치거나 흔드는 것.

후딱 음식 따위를 빨리 먹어치우는 것. 퍼뜩. "후딱 잘도 묵는다."

후라이 깐다 거짓말 하는 것. 영어 "fly"에서 온 것이 영 엉뚱하게 쓰인 것이다. "니 디(되)도 안 디는 소리로 후라이 깔레."

후루막 두루마기.

후름하다 훌훌하다. "죽을 후름키 쑤었다."

후리하다 후줄근하다.

후시대다 빨리 서두르는 것.

「춘규탄별곡」 (상주지방) ㉮
고이하다 후시대는 조혼하기 힘쓰다가
조혼어이 못할진대 실시하기 무습일고

괴이하다 서둘러 나이어려 빨리 혼인시키려 노력하다 조혼은 못 시켰어도, 혼인시기를 놓침은 무슨 일인고.

후아대다 휘어잡다. 후려잡다. 뒤에서 도와주는 것. "대학 공부시킨다고 돈 후아댄다고, 지애비가 욕봤다."

후아든다(잡다) 휘어잡다. 무엇을 구부려 거머잡는 것. 억센 사람을 손아귀에 넣고 부리는 것.

「사리랑타령」 (하동지방) ㉰
후아든다 후아든다 반절이나 하고오소

휘어잡는다 휘어잡는다, 절을 반만큼만 하고 오시오.

후아지다 휘어지다. "나무 가쟁이가 바람에 후아졌다."

후억하다 흡족한 것.

「사시풍경가」 (영양지방) ㉮
양대의 구름비를 후억히 마신후의

무산에 있는 양대의 구름비를 흡족하게 구경하는 것을, 마신다고 했다.

후적시다 헤적이는 것.

후정(청)거리다 휘젓거리다. 물 같은 것을 저어서, 흐리게 만든 것 "죽은 후정거리문 뒤엔 못 묵는다."

후정후정 돈이나 물건을 쉽게 쓰는 것. "아아들이 종우고·연필이고 후정후정 잘도 쓴다."

후줄거리다 몸이 약간 흔들리는 것. 몹시 지쳐서 몸을 가누지 못할 정도에 이른 것. "아랫도리가 후절거린다."

후지다 뒤로 쳐지는 것. 깊은 곳. "이 산꼴은 도시보다 많이 후지다."

후지박다 마구 쥐어박는 것. 또는 윽박지르다. 큰소리로 쫓다. "주먹으로 막 후지박는다."

후쪼가(지까)내다 쫓아내는 것. "아아들이 방구적에서 노니, 시끄러버 후쪼가냈다."

후쳐내다 내쫓는 것. 몰아내는 것. 곧 시집보내는 것.

「석별가」 (영일지방) ㉮
너를후쳐 보낸후에 앞히비여 어찌할고
이말씀 들은후외 ㅣ내마음 어떨손고

「애향곡」 (의성지방) ㉮
너를훌처 보낸후에 앞히비여 어찌할고

너를 시집으로 쫓아 보낸 뒤에, 내 앞이 텅 빈 것 같아 어찌 할꼬. 어머니의 이 말씀을 들은 뒤에 딸인, 내 마음인들 어떠하겠는고.
시집보낸 어미의 심정이나 또 시집온 딸의 심정을 그린 것이다.

「여자행실가」 (대구지방) ㉮
철모르는 우는아기 품자하면 답답하고
매를들고 치질마라 제의자식 제가쳐도
부모앞에 치질마라 불효한 행실인즉
너는응당 모르리라 주게핥던 이웃개와
울게했는 이웃닭은 오죽이나 밉겠느냐
아무리 밉더라도 말소리 낮추어서
순리로 후쳐내라 미워하고 석나서서
부지막대 뚜드리며 온갖구실 다늘이며
매를들고 쫓는행실 부대부대 하지마라

「규중감흥록」 (예천지방) ㉮
날고기는 개닭인들 어른앞에 꾸짖며
여자음성 문외에 나갈쏘냐
일락서산 황혼되면 오날은 어떠할까
동동촉촉 지낸마음 일각인들 변할쏘냐
행여혹시 눈에날까 조심할사 무궁하다

철모르고 우는 아기를 품에 품자니 답답하고, 매를 들고 치자하니 아무리 제 자식을 제가 친대도, 부모님 앞에서 쳐서는 안 된다. 부모 앞에서 매치는 것은 불효(不孝)스런 행실이다. 너는 으레 모르겠구나. 부엌에 들어와 주격 핥던 이웃 개와 이웃집 우는 닭도 오죽이나 밉겠는가. 아무리 밉더라도 말소리를 낮추어서, 순리대로 쫓아내어야 한다. 자식과 이웃집 개와 닭이 밉다고 썩 나서서, 부지깽이로 두드려 패고, 온갖 구실을 다 늘어놓으면서, 매를 들고 쫓아내는 행실을 부디부디 하지 말라고, 딸한테 교훈하는 것이다.

날고 기어 다니는 개와 닭인들, 어른 앞에 꾸짖지 못하며, 여자의 음성이 문밖에 나가서는 안 된다. 서산으로 해 빠지고 황혼 되면, 오늘은 내 행신이 어떠했는지. 시부모님께 공경하고·삼가서 매우 조심스레 지내는 내 마음이야, 일각인들 변하겠느냐. 바라건대 혹시 시부모와 남편의 눈에 벗어날까, 조심하는 일이 무궁하다.

후추 후제. 뒷날 어느 때.

「붕우가」 (의성지방) ㉮
언제나 상봉하여 후추에 싸인회포…

후추에 친한동무

언제 서로 만날까, 또 뒷날 만난다면 이전에 쌓인 회포를 풀런가. 뒷날 어느 때에 친한 동무를 만나려는, 마음이 잘 나타나 있다.

후품 뒤로 품어주는 마음씨.

「붕우사모가」 (경주지방) ㉓
층층분 후품자애 내온지 일년만에
보내시려 영이나 황송하오 감사한말

「병암정 화전가」 (예천지방) ㉓
부모님의 후품자애 남녀차등 두었을가···
지벌도 보려니와 후품성도 고려한다.

층층 시어른 분들이 뒤로 품어 주시는 자애로움으로, 내가 시집온 지 일년 만에 친정에 보내시려는 영이 나자, 어른들의 영에 눌려 두렵고도, 감사한 말을 어이 다 하겠는가.

부모님의 뒤로 보듬어 주는 자애로움이, 남녀간 차이나 · 등급을 두었을까. 딸을 시집보내기 위해, 지체와 문벌도 보려니와 뒤로 보듬어 주는 것도 생각해 보는 것이다. 곧 지체와 문벌도 보지만, 저쪽 인심을 고려해 본다는 것이다.

훅쟁이 · 훅지 · 홀치이 · 후치 극쟁이. "논밭을 후치로 갈아 엎는다."

훅하다 날씨가 좀 풀리는 것. "내내 깡치우다가, 인자 훅한기 쪼메 날씨가 풀릴란가."

훈(薰)에 끼다 약 기운을 쐬는 것. 몹시 힘 드는 것. "날씨는 덥제, 일하자이 훈에 찐다."

홀 마구. 대강대강.

홀기다 후리다. 몰아내는 것. "반디로 걸물에 괴기를 잡을 때, 아아들 보고 홀기라고 했다." · "닭장 안에 닭을 홀기 잡다."

홀배다 후려치다.

홀빈하다 휑뎅그렁한 것. 몹시 허전하거나 공간이 텅 비어 있는 것. 또는 훌훌한 것으로 죽 따위가 잘 퍼져 멀겋고 묽은 것.

홀찐이(치기) 홀칭이. 극쟁이. 쟁기와 비슷하나 보습 끝이 무디고 술이 곧게 내려갔다. "홀찡이로 논을 갈고 있다."

홀치다 세게 훑다.

홀치이 극쟁이. 혹은 가을걷이하고 나락을 훑는 도구.

홋발 뒤로 나타나는 보람이나 효과.

「교녀사」 (예천지방) ㉓
손수새 퍼내줄제 홋발보아 듬슥주며

손댄 흔적이 안 나게 곡식을 퍼내줄 적에, 뒤로 나타나는 보람을 보아 듬쑥 퍼준다.

훤화(喧譁) 시끄럽게 떠드는 것.

휘국시 회국수로 홍어를 얹어 먹는 국수.

휘(히)대다 휘젓고 다니는 것. "온 세상을 휘대고 냉긴나."

휘시널다 후셔 너는 것. 쌓인 것을 흩어내어 너는 것.

「보리타령」 (썬산지방) ㉕
너어라네 너어라네 니기낫는 멍덕에다
두기낫는 밀게다가 이리저리 휘시널어
사흘반을 휘시널어 보리방아 찧어라네

널란다. 네 사람이 날은 멍석에다 곡식(보리)을 널란다. 두 사람이 만든 밀개로, 이리저리 흩어내어 널어 사흘반을 흩어내어 널어놓으니, 보리방아를 찧으란다.

휘자졌(잤)네 꽃이 한참 피어, 아름다운 것.

「꽃노래」 (군위지방) ㉕
희다희다 박꽃은 지붕지실 휘자졌네
노리노리 감꽃은 잎을안고 휘자졌네
누리누리 호박꽃은 줄로안고 휘자졌네
도리납작 도리꽃은 설수갱빈 휘자졋네
꽃을내 꽃을내 미나리로 꽃을내
들고났다 초롱꽃은 등불밑에 휘자졌네

「모숨기노래」 (동래지방) ㉕
담장밖에 화초숭가 담장밖을 휘자잤네

흰 박꽃은 지붕 기슭에, 한참 피어 흐드러졌다. 노릿한 감꽃은 감잎을 안고, 한참 피어 흐드러졌다. 누리한 호박꽃은 뻗어나는 줄을 안고, 한참 피어 흐드러졌다. 도리 납작한 복사와 자두 꽃은 싸늘한 물이 흐르는 강변에, 한참 피어 흐드러졌다. 꽃이라네 꽃이라네, 미나리 꽃도 꽃이라네. 피어났다 초롱꽃은 등불 밑에서, 한참 피어 흐드러졌다. 우리 주변에 흔히 볼 수 있는 꽃들을 시절과 관계없이 이것저것 읊은 것이다.

담장 밖에다 화초를 심어, 담장 밖으로 꽃이 피어 흐드러졌다.

휘잦기다 녹음이 짙어진 것. 녹음이 흐드러진 것.

「농촌가」 (고령지방) ㉕
꽃은피어 만발하고 잎은피어 휘잦기고
두견새 날아든다

꽃은 피어 만발하고, 잎은 피어 흐드러졌는데, 두견새가 날아든다.

휘젓하다 호젓하다.

휘주답다 바람을 피우고 다니는 난봉꾼. 아무데나 마음대로 다니며 노는 것.

「백발가」 (예천지방)㉮

경가파산 하고나도 휘주답게 오입하리

이렇듯이 세월보내 매일장취 오랠손가

재산을 모두 떨어 없애어, 집안이 형편없이 되고나도, 아무데나 마음대로 다니며 오입하랴. 이렇듯이 세월 보내며 매일 술 취하길 오래할 것인가.

휘초낭게 뻗어나간 가느다란 회초리나무에.

휘치다 후치다. 후려잡는 것. 「첩노래」(의성지방) "새한마리 휘쳐다가"

휘황하다 정신이 어지럽다. 정신이 온전하지 못 하다.

흉구(凶口) 흉한 말썽.

「시집노래」 (안동지방)㉯

어라요거 요망할거 물러서라 내다서라

누야흉구 낼라고야

어라! 이것, 이 망할 것. 물러서라 내다 서라. 누이(시집간) 흉한 말썽 내려고.

흉두(兇肚) 흉험한 뱃속. 흉악스런 속병.

흔치다 흩다. "채전밭에 씨앗을 흔치다."

흔터놀다 흩어 놀다. 잡되게 놀다.

「베틀노래」 (칠곡지방)㉯

잉애때는 이삼형제 눌림대는 호부래비

매일장춘 술만먹고 흔터노는 지생이요

뒤로 눈썹줄에 대고 아래로 잉아를 걸어 놓은 대는, 이삼 형제 같은 모습이요, 잉아의 뒤에서 베 날을 누르는 막대는, 호불애비 같다는 것이다. 아내는 베틀에 앉아 베를 짜느라 골몰하고 있는데, 맨날 잇달아서 술만 먹고, 잡스럽게 노는 남편의 모습이, 내외간에 좋은 대조를 이루고 있다.

흘구디이 흙구덩이. "흙구덩이를 짚이 파제낀다."

흘레 교미.

흘리살다　벼슬아치가 여기저기 떠돌아다니며 사는 것.

「장탄가」(경주지방) ㉮
수렴방백 흘리살아

수령이나 방백은 한곳에 살지 못하고, 떠돌이로 사는 것.

흘삐이　흙덩이. "비온 날 차가 지나가니, 흘삐이가 튄다."
흠다리　과실이 상처가 난 것. "까마구가 능금을 쪼사묵어 흠다리가 많다."
홍동홍동　홍똥항똥. 마음이 들떠 어름어름 지내는 모양. 「계녀가」(봉화지방)
홍진망진　홍청망청. 홍청거려 마음껏 즐기는 것. "홍진망진 돈을 물씨듯 씨고 댕긴다."
홍코 많다　흔하고 많은 것. "요시 과실철이라 과실이 홍코많다."
희갈하다　목마름을 풀어주는 것. 곧 해갈(解渴)의 오기.

「계녀사」(예천지방) ㉮
치우에 물을길어 상전을 희갈하니
그아니 불쌍하며 그아니 가련한가

추위에 물을 길어 상전을 해갈시키니, 그 아니 불쌍하며, 그 아니 가여운가.

희(히)껍하다　가벼운 것.
희끄덕하다　희끄무레하다.
희뜩　자세히 보지 않고 지나가는 것. "가는기 희뜩 비더라."
희룸하다　엉성한 것.
희숭스레하다　희읍스름하다.
희자지다　휘잦아지다. "꽃이 희자졌다."
희(히)얀하다　희한하다. 희귀한 모양. "그참 아무리 생각해도 희안하다."
희우다　헹구다. "걸물에 서답을 희우고 있다."
희활(稀闊)　소식이 드문드문하거나, 사이나·틈이 성긴 것. 동안이 먼 것.

「청춘한양유록가」(예천지방) ㉮
칠십칠년 너의조모 희활한이 걸음을…
박장대소 우는말이 금석놀음 희활하다

일흔일곱 나이 너의 조모께서 드문드문 걸음 한다. 손뼉 치며 크게 웃고, 울며 하는 말이 오늘 저녁 같은 놀음은 드물었다.

ㅎ

히끔하다 희끔하다. 약간 흰 성한 것. "서답이 쪼메 히끔해졌다."

히닥하다 물건이 별로 마음에 들지 않아 시답잖은 것. "이런 히닥한 물건은 안 팔린다."

히득시그리하다 약간 흰 듯이 보이는 것. "날이 샐라고 하늘이 히득스그리해진다."

히마리 힘이 빠져 축 쳐진 모양. "와 사람이 죽도 한 그릇 안 무었나, 그리 히마리가 없어 빈다."

히밀렁하다 헤무르다. 곧 헤식고 무른 것.

히번득거리다 눈을 크게 뜨고 흰자위를 굴려 번쩍거리는 것. 희번드르르하게 번쩍거 리는 것. "눈을 히번득거리며 생 지랄이다."

히부여시름하다 희붐하다. 동이 트는 것. "날이 샐라고 히부여시름하다."

히(허)쁘다 헤프다. 씀씀이가 예사로운 것.

「화전가」(봉화지방) ㉮
백년광음 히쁜인생 아니놀고 무엇하리

평생 세월이 예사로운 인생으로, 아니 놀고 무엇 하겠는가.

히(휘)시다·힉시다 헤치는 것. 덮인 것을 헤쳐 보는 것. 또는 타는 불을 부지깽이로 후비는 것. "잘 타는 불을 히시싸터이 고만 거졌다."

히야까시 일본어 "ひや(冷)かし"에서 온 말. 여자한테 빈정대며 놀리는 것.

히야시하다 일본어 "ひ(冷)やし"에서 온 것. 음식물을 차게 한 것.

히지끼다·히적거리다·힉시다 헤적이는 것. 후적거리다. "그 일은 히지끼민 히지낄 수록 더.

힌재 흰자. 흰자위(달걀). 노른자

힌채이 흰자위. "다신엄마 날보기는 힌채이로 보네."

힝구다·힝가 헹구다. "옷을 힝구고 있다."

힘(심)차리다 이것저것 알아 셈을 차리는 것. "인자 힘차릴 나이됐다."

힝야(싱야·쌩야) 형아. 어릴 때는 이렇게 부르지만, 성인이 되면 "형님"이라 불러야 한다. 요즘은 "형"하고 부르는 것은 바른 말이 아니다. "싱야 눈깔사탕 고만 빨고 날 주라."